한국근대사 바로 이해하기
사진과 함께 보는 - 우리의 역사! 우리의 삶!

여 명 80년

우리는 어떻게 살아왔나

제1권

김경옥 지음

'청소년을 위한 다큐멘타리 한국근대사'
이 책은 항목의 나열식 설명을 넘어 역사 상황을 재현하고 사진 등 의 자료를 최대한 곁들여 입체적으로 편집, 우 리 근대사의 올 바른 이해를 도 우 력고 노력했다.

여명 80년
우리는 어떻게
살아왔나

서 문

瑞文堂의 崔錫老 사장은, 참으로 고마운 분이다. 이번에 <黎明 80年>을 네 번째로, 서슴없이 출간해 주시기로 했기 때문이다.

본디 10권의 문고판으로 낼 예정이었지만, 기왕에 서문당이 가지고 있는 근대의 여러 귀중한 사진을 곁들여서, 글을 더욱 빛내기 위해, 호화 책자 여섯 권으로 내기로 했다.

본디 최석로 사장은 내가, 1985년에 팔리지 않을 회갑기념으로 내려는 내 제2 희곡집을 선뜻 내주시기도 했다. 고마워서 어쩔 줄을 몰랐다. 큰 출판사를 경영하는 내 절친한 친구가, 수지가 맞지 않는다고, 망설인, 희곡집을 말이다.

이번에, 벗인, 도서출판 創造社의 崔德敎 사장이 첫 번째로 1964년에, 출판했으며, 두 번째로는, 1982년에, 大衆書館의 鄭雲洙 사장이, 그리고 세 번째로 고광수 사장의 '우리터'에서, <불타는 제국>이라고 책이름을 바꾸어서 열 권으로 내려다가, 세 권만 내고, 중단되었다.

1964년도 <韓國出版文化賞> 著作賞을 받은 바 있는, 이 책은, 1884년 갑신정변으로부터 1945년 8·15해방 때까지, 우리 근대의 정치·경제·외교·군사·교육·문화·사회·종교·유행·체육 등 사회 일반의 모든 현상에 걸쳐 훑어본, 이 한국 최초의 조감도는 철저하게, 자유민주주의와 인도주의적인 철학에 더했음을 밝혀둔다.

물론 이 작품은, 당시 동아방송국을 책임지고 출발하는 崔彰鳳부장 착상으로, 또 趙東華 제작과장의 진행으로, 그리고 나 김경옥의 집필로 태어난 귀여운 아이였다.

특히, 이번 책은 그동안의 지나친 점과 모자라는 점을 수정하여, 새로이 내놓는 증보판답게, 800여 점의 희귀 역사 자료 사진들을 곁들여 금상첨화 격으로, 사진 자료의 해설은 서문당의 최석로 사장이 맡아 김경옥과의 합작품으로 자신 있게 내 놓는다.

강호 제현의 아낌없는 매질과 가르침을 바란다.

거듭 말씀드리지만, 용기를 내어 上梓를 결단한 서문당의 최석로 사장이 이 한국 최초의 실록극을, 세상에 내놓음에 있어서, 다시 한 번 고마움을 밝히며, 또한 옆에서 끊임없이 힘을 보탠 아내 惠卿에게 감사한다.

2005년 8월

지은이 · 김 경 옥

차 례

* 〈사진 찾아보기〉와 〈초판 때의 서문〉은 제6권에 수록되어 있습니다.
(서문 쓰신 분들 이병도 · 이희승 · 박종화 · 김규동 · 조지훈 선생)

서 장

　봉건(封建)과 암흑과 사대사상(事大思想) 속에서 끊임없이 접철되어 오던 오랜 진통을 헤치고, 마침내 조수처럼 밀려든 근대화를 향한 개화의 함성이 처음으로 한반도에 일어난 1884년! 이후 근대화의 문턱에 이르기까지의 여명기 80년간, 우리 민족이 겪어 온 가지가지의 형극(荊棘)·수난·시련의 역사를 사건과 인물 중심으로 연대를 좇아 정치·경제·사회·문화 등 전 분야에 걸쳐 샅샅이 묘파(描破)하여 여기 생생한 민족의 근대화를 집대성한다.

굳게 닫힌 왕성의 문 조수처럼 밀려드는 개방의 함성에도 조정은 개방과 쇄국으로 갈등을 빚다가 결국은 대원군의 주도하에 양이배척으로 가닥을 잡아가고 있었다

아직도 깊은 잠을 자고 있다.
아직도 깨어나지 못하고 있다.

그러나
머얼리서
또한
가까이서
들려오는 아우성 소리
그리고 함성

그것은
하늘이 무너지는 소리 같기도
그것은
대지가 쪼개지는 소리 같기도
권세와 암흑을 뚫고
신음소리와 함께 새벽은 트이어 온다.

아시아의 동쪽
조그마한 반도, 단군얼검이 헤치고
고구려의 세찬 숨결과
신라의 슬기로운 솜씨로 가꾸었고
백제의 지혜로움이 마련하여
아름다움을 사랑해 온 피가

외척 지키는 장병들 양이배척으로 가닥을 잡은 조선은 한층 더 경비를 강화
했다. 강화부 갑곶리의 수문과 성벽을 지키고 있는 수비병들의 모습(1876년)

면면히 흐른 겨레
찬란한 문화를 꽃피워 왔건만

이제 침체와 낡은 사상과 오오랜 혼미에 감싸여
썩은 벼슬아치는 하늘 무서운 줄을 모르고
착한 백성은 굶주려 있는데
식민지의 눈초리가 무서운데

아직 문을 열지 못하는가
아직 잠을 자는가
아, 동방의 등촉이여!

그렇다! 동방의 등촉이면서 캄캄한 어둠에 잠겨 있는 오랜 세월, 시샘과 완미
속에서 당쟁을 거듭하던 몇백 년……, 세계는 봉건의 낡은 껍질을 깨뜨려 버리
고, 시민이 주권을 잡고 근대로 근대로 전진하고 있는데, 그래도 아직 악몽에서

흥선대원군 쇄국정책 등으로 실정을 거듭했던 고종 황제의 친부

척화비 1871년 대원군이 세운 쇄국정책의 상징인 척화비

꿈틀거리던 집권자들, 그 밑에 착한 백성들은 눌리고 눌려서 고달픈 나날을 지새우고 있었다.

그러나 이러는 사이에도 쉴 새 없이 근대 국가로 달음질치는 세계 역사의 물결은 성급히 우리들의 굳게 닫힌 문을 두드려 잠을 깨우려 했다.

밤이 지나면 반드시 새벽은 오는 것이다.

먼저 개명의 숨결은 많은 피를 흘리면서 종교에 업혀 들어왔고, 새로운 문명은 통상과 식민정책의 배를 타고 앞을 다투어 들어왔다.

1866년 드디어 이 나라 보수의 대표자 대원군은 이와 같은 물결을 막으려고 불란서의 선교사 9명을 필두로 하여 국내 신도 8천여 명의 천주교도를 대량 학살하였고, 그 결과 병인양요(丙寅洋擾)가 일어났다.

전함(戰艦) 7척으로 구성된 불란서 함대가 로즈 제독의 지휘 아래 그 해 9월 양화진(楊花津)에 이르러 강화도(江華島)를 침범했던 것이다.

또한 평양에서도 낯선 이국 배 한 척이 대동강(大同江) 물결을 타고 거슬러 올라왔다. 이것을 본 군관민은 모두 함께 달려들어 그 낯선 배에다 불을 질러 버렸는데, 이 배가 바로 미국선 제너럴 셔먼(General Sherman)호였다.

이때 이웃 나라인 일본에서는 1868년에 도쿠가와 바쿠후(德川幕府)가 오랜 세월에 걸쳐 대대로 독재해 오던 정권을 메이지 천황(明治天皇)에게 돌려줌으로써 이른바 왕정복고(王政復古)로 환원(還元)하였는데, 그것이 바로 일본이 근대국가로서의 발전적 계기가 된 메이지유신(明治維新)의 시발점이 된 것이다.

바로 그 이듬해인 1869년 유럽에서는 수에즈(Suez) 운화가 개통되었다. 온갖 고난 속에서도 이 역사적 운하를 완성한 레셉스(Lesseps)는 이집트 부왕 사이드를 비롯한 수만 군중으로부터 열광적인 환영을 받았다.

"이 수에즈 운하의 개통으로 유럽과 동양이 연결된다는 것을 생각할 때 공의 위업은 후대에 길이 빛날 것이오."

이러한 국내외의 일련의 사실은 근대 민족국가의 형성을 끝낸 유럽 제국의 후진 지역에 대한 식민지 쟁탈전의 전초이기도 한 것이었다. 그리고 또한 동양에서도 유럽에 뒤지지 않으려고 근대화를 서두르고 있다는 것을 나타낸 현상이기도 하였다.

이렇듯 지구가 새로운 시대로 뒤바뀌려고 하고 있는 즈음에도 이 나라 안에서는 일체의 세계 정세를 외면하고 다만 양반들의 부패와 행패가 이를 데 없었고, 그와는 반대로 백성들은 어디서나 굶주림에 허덕이고 있었다.

신미양요 때의 미군 기함 1871년 4월 남양 앞바다에 나타났던 아시아 함대사령관 로저스 제독의 기함 콜로라도호

미군의 강화도 상륙 신미양요 때 양측의 많은 희생자를 내며 강화도 덕진을 점령했던 미군들이 돈대 위에 늘어서 환호하고 있다

그리하여 마침내 전국 각처에서는,

"잡아라! 저놈 잡아라!"

"어디루 도망쳤어?"

"저 산 모퉁이로…… 보리 몇 됫박을 가지구."

"그놈도 엔간히 배가 고팠던 모양이군."

이렇듯 도둑 떼의 도량이 이루 말할 수 없었다. 그런가 하면 토둑질도 할 수 없었던 착한 농민들은 절망적인 생가에 모든 걸 차라리 체념해 비리는 것이었다.

"풍년이 들면 세금이다 뭐다 해서 다 빼앗아 가구, 농사가 못 되면 못 되었다구 야단이니 이 노릇을 어떻게 해먹겠나."

모여 앉아서 농민들은 한탄만 했다.

그러나 백성이 이런 곤경에 처해 있어도 시골 양반들이나 아전들은 거들떠보지도 않았다. 함부로 백성을 구속하고 형벌하였을 뿐만 아니라, 그들은 아무리 금품을 약탈해도 불문에 부치는 것이 당시에는 일종의 법률처럼 되어 있었다.

사실 백성들은 억울한 일을 당해도 어디에다 하소연할 곳이 없었다. 그리하여 굶다 못한 백성들은 드디어 화적 떼가 되어 버리는 것이다

"그 양반놈 집을 불살라라!"

"부모의 원수를 갚아라!"

하고, 참다 참다 못해 분노가 폭발한 그들은 마침내 골수에 맺힌 양반과 관리들의 집에다 방화하고 재물을 약탈하였다.

"용서없이 모조리 뺏어라!"

어쩌면 그것은 자기가 오랜 세월에 걸쳐 억울하게 빼앗겼던 물건을 이렇게 앙갚음하여 찾아 다니는 것인지도 모른다.

1877년과 78년 두 해 동안을 절정으로 하는 경향 각지의 화적 떼의 횡행은 문자 그대로 무법천지를 이루어 놓았다.

그러나 어떤 사람들은 벼슬에 눈이 어두워 벼슬을 돈으로 사려고 돈보따리를 걸머쥔 채 벼슬아치의 앞잡이를 찾아다녔다.

"나으리, 이게 마지막입니다. 이젠 팔 전답이란 모조리 팔고 손바닥만큼도 안 남았으니 그저 무슨 벼슬이라도 한자리……."

"글쎄, 이 사람아, 나야 자네의 딱한 사정을 모르는 바 아니지만 원체 돈이 좀 적어서…… 다시 좀 생각해 보게."

신미양요 때의 피해 현장 광성진 공방전에서 전사한 아군 병사들의 참혹한 모습

일본의 운양호 침범 1875년 9월 20일 일본 군함 운양호는 함재포로 강화도 초지진과 영종진에 맹폭격을 가하고 육전대를 상륙시켜 약탈하고 조약 채결을 강요했다

"네?"

"허! 자네두 잘 알 테지만 그만쯤 가져온 사람이라야 어디 자네 하나뿐인가? 그러니 나도 참 입장이 거북해서……."

"그럼 안 되겠단 말씀입니까?"

이렇게 벼슬을 사려다 뜻을 이루지 못하고 화를 내고 돌아간 사람은 으레 도둑이 되거나 화적패에 들어가게 마련이었다.

이렇듯 매관매직이 공공연하게 실행되었다. 그러나 이와 같이 돈으로 양반을 살 수 있는 세상은 차츰차츰 병들이 가고 있었다.

그리고 한편으로 이것은 낡은 봉건제도의 붕괴를 예고하는 하나의 몸부림치는 아우성이기도 하였던 것이다.

이렇듯 백성의 생활이 도탄에 빠지고, 사회가 혼란할 대로 혼란하고, 도둑들이 밤낮을 가릴 사이 없이 노략질을 일삼는데도 궁중에서는 민비가 굿으로 밤을 지새웠다.

"이 나라 살림이 편안한 것은 모두 여러분의 덕분이오."

무당을 앞에 놓고 나라를 태평하게 한 공과를 치하하는 민비였다.

"황공하온 말씀, 모두 곤전마마의 덕이옵니다."

"나야 뭘 굿구경이나 하다가 떡이나 먹는 거지. 그리고 내일부턴 또 백일기도를 시작해야 할 텐데 일진이 어떻소?"

"내일은 일진이 극상이옵니다."

"그럼 준비시키도록 하시오."

그리고 세도를 손아귀에 넣은 민씨 일족은 고관대작은 물론이요, 나라의 주요한 벼슬을 모조리 자기들끼리 나누어 차지했다.

민비의 양오빠 민승호(閔升鎬)와 민겸호(閔謙鎬)는 당상관(堂上官)이 되었고, 민영준(閔泳駿)·민영달(閔泳達)·민영환(閔泳煥)·민영소(閔泳韶)는 당시 세력의 네 거두였다. 실로 이들 네 사람은 이름의 맨 끝자만을 세력의 순서대로 붙여서 일준(一駿)·이달(二達)·삼환(三煥)·사소(四韶)라고 할 만큼 권세가 당당하였다.

그밖에도 민영익(閔泳翊)·민영국(閔泳國)·민영삼(閔泳三)·민영목(閔泳穆)·민영기(閔泳綺) 등이 참판·보국대신 및 각지의 감사를 지내는 등 조정의 모든 권리는 완전히 민씨 일족의 손아귀에 있었으니, 그 권세의 강대함이란 이루 말할 수가 없었다. 그러는 가운데 관기의 부패와 사회의 혼란은 쌓이고 쌓인 것이다.

이런 일도 있었다. 민비의 친정 오빠 민승호의 계실에 이씨가 있었다. 그 여자는 민승호가 죽어 30 미만에 청상과부가 되었는데, 그 뒤 불의의 짓으로 아들을 낳았다. 그것을 안 민비의 노여움은 대단하였다.

그러나 이씨는 매일 궁중에 들어가 민비의 비위를 맞추는 데 온갖 수단을 다했다. 그 결과 민비는 노여움을 풀었고, 마침내는 과거에 급제한 지 10년밖에 안 된 친정 조카 이종필을 황해감사로 내려보낼 수 있었던 것이다.

이렇듯 조정이 민씨 일족의 권세 밑에 눌리어서 정치가 완전히 마비되어 있는 동안 구미의 각국은 각각 자기들의 식민지 확보에 혈안이 되었고, 더욱이 아프리카·중동 아시아에 대한 식민 경쟁은 최고조에 달해 가고 있었다.

"오늘 우리 러시아는 코칸드 한국(Khokand 汗國)을 합병한다."

1876년 러시아는 드디어 코칸드 한국을 합병하였으며, 영국의 빅토리아(Victoria) 여왕은 인도의 황제임을 선언했다.

그리고 이듬해인 1877년에는 영국이 트랜스발(Transvaal)을 병합했고, 그 해 12월에는 러시아군이 페레브나를 함락하고 오트만파샤를 항복시켰다.

조선시대 별기군(別技軍)의 군복 차림 별기군은 고종 19년
(1882년)에 설치되었다

영국은 또한 지중해를 지배함으로써 유럽은 말할 것도 없고, 지구 전체를 지배할 수 있는 발판을 손아귀에 넣게 되었다.

그러기에 앞서 오스트리아는 보스아니아 헤르체코비나에 진군하였다.

이렇듯 유럽 제국이 식민 경쟁의 소용돌이 속에서 혈안이 되어 있을 때, 인류의 예지들은 문명을 바꾸어 놓는 작업에서 하나 하나 성공해 가고 있었다.

1877년의 어느 날이었다.

그래햄 벨(Graham Bell)의 집에서는 요란한 벨소리가 들렸다.

"여보세요, 들립니까?"

"네, 네, 잘 들립니다."

그래햄 벨은 드디어 전화를 완성했다. 그런가 하면,

"여러분! 고맙소. 나 에디슨은 드디어 여러분들을 광명의 세계로 인도할 수 있게 되었소. 이 전등은 탄소선으로 만든 전구요."

하고 흥분한 어조로 말했다.

이 말을 들은 군중은 환성을 올리며,

"확실히 빛의 혁명이오!"

"위대한 발명이오!"

하고, 에디슨 만세를 외쳤다.

물론 정신적인 면에 있어서는 과학에 패배한 인간 정신이 절망 속에 허덕이며 현실을 저주하면서 탐미의 세계로 도피하는 데카당의 사조가 전 유럽을 휩쓸기도 했다. 칼라일(Thomas Carlyle)이니 도스토예프스키(Dostoevskii)니 다윈(Charles Darwin)이니 하는 사람들이 그런 지성들이었다. 그러나 물질문명의 찬란한 꽃은 활짝 피기 시작했던 것이다.

이런 사실이 우리나라에도 알려지지 않을 리가 없었다. 이때부터 새 세상에 눈뜬 정객들이 나타나기 시작했으며, 드디어 조정에서는 항구를 열고 수호조약을 맺기 시작했다.

그리고 또 조정에서는 고종이,

"오늘 공들을 이렇게 모이게 한 것은 북양대신 이홍장(李鴻章)이 양반의 자제들을 뽑아 보내라고 하였기 때문이오. 제공들은 이번에 그 대표로 뽑혔으니, 현대식 기계문명을 배워 우리나라를 세계 열강과 어깨를 겨눌 수 있도록 하오."

"황공하옵니다."

"그럼 영선사(領選使) 김윤식은 이들 예순아홉 명을 데리고 곧 떠나시오."

"네."

양반의 젊은 자제들을 뽑아 신 과학문명을 연구차 중국으로 유학시켰던 것이다.

달라진 군복, 장교와 병사의 차림 일본인 교관, 러시아인 교관, 프랑스인 교관 등을 초청 나름대로의 군사훈련도 했다

천진으로 유학간 학생들은, 각각 전공 부문이 정해지고, 조국의 개화를 위해 좋건 싫건 공부하게 되었으니, 그들이 나중에 새로운 일꾼으로 등장하게 된 것이다.

한편, 군대의 훈련에 있어서도 근대식 방법을 채택했다. 상투는 틀었으나 군모를 썼고, 바지 저고리는 입었으나 허리에는 당당히 군도를 착용했다.

그러는 가운데도 봉건 귀족들은 과거의 제도에 연연하면서,

"글쎄, 영감 제 얘기를 좀 들어 보십시오. 서양 오랑캐들이 서울 장안을 활보하는가 하면 개화판가 뭔가 하는 젊은 놈들은 양반을 없애라고 상감께 상주까지 하였다니……."

"뭐? 양반을 없앤다고?"

"글쎄, 이게 나라가 망할 징조가 아니고 뭡니까?"

"그래, 그렇다면 그 개화파란 놈들 눈엔 대국두 없구 어미 아비두 없단 말인가? 쯧쯧, 당장에 상소를 올려야겠군."

"아무렴요, 양반의 제도를 없앤다니 그게 말이 됩니까?"

"암, 그렇구말구. 여봐라, 거기 뉘 없느냐. 나귀에 안장을 얹혀라. 건넌마을 민 대감 댁에 급히 좀 다녀와야 되겠다."

이렇듯 세상이 뒤죽박죽이었다. 그러나 이 나라의 개화를 위한 젊은이의 정열은 하늘로 치솟아 오르기만 했던 것이다.

그리하여 마침내 운명의 갑신년이 다가왔다.

1. 갑신정변

1884년 12월 5일, 개화당의 청년 정객들은 사대당(事大黨)의 보수 정치에 불만을 품고, 우정국(郵政局) 낙성식(落成式)을 기하여 일본 공사와의 모의하에 사대당을 몰아낼 정변을 일으킨다. 이에 고종은 경우궁(景祐宮)으로 피난하고, 익일 개화당 일색의 신정부가 조직되나, 추방된 사대당의 요청으로 청군이 출병하여 일본군과 충돌한다. 그 결과 일본군의 패배와 일본 공사의 배신으로 개화 정부는 무너지고, 김옥균·박영효 등은 마침내 일본으로 망명해 간다.

경성 우정국 1884년 12월 5일 낙성식을 기하여 정변이 일어났던 당시의 우정국 전경

탑골 승방의 모의

1884년 고종(高宗) 21년 갑신년 10월 17일(양력 12월 5일) 밤, 안국동(安國洞)에서 일어난 불길은 오랜 세월 동안 봉건의 어두운 꿈에 잠겨 있던 이 나라의 백성들을 일깨워 주는 횃불로 타올랐고, 그로부터 개명과 파란과 굴욕과 항쟁으로 이어 온 이 민족의 근대사는 시작되었다.

김옥균(金玉均)·박영효(朴泳孝)·홍영식(洪英植)·서광범(徐光範)·서재필(徐載弼) 등의 개화파 청년 정객들은 안동별궁(安洞別宮)의 방화를 신호로 하여 일시에 수구파를 모조리 살해하고, 궁중을 점령하여 혁명을 일으킴으로써 자기들이 정권을 장악하려 했던 것이다.

그 전전 해 일본과 제물포조약(濟物浦條約)을 체결한 후 임오군란(壬午軍亂)의 사죄를 겸해서 수신 사절(修信使節)로 일본을 다녀온 청년들 중 민영익(閔泳翊)을 제외한 20대의 청년 정객이 이 거사에서 앞장을 섰던 것이다.

이야기는 수신 사절이 일본으로 떠나는 2년 전으로 거슬러 올라간다

1882년 8월 9일 일본 선박 메이지마루(明治丸)를 타고 떠난 이 청년 정객들은 배 안에서 국기(國旗)를 논의했다.

그들은 철종의 옹주 부마(翁主駙馬)요 수신 사절단의 정사인 금릉위(錦陵尉) 박영효와 부사 김만식을 비롯하여 종사관인 김옥균·서광범·홍영식·서재필·민영익 등이었다.

"여러분! 큰일이 하나 있소."

하며, 김옥균이 문득 말머리를 꺼내어,

"금릉위 박영효 대감 이하 여러분, 갑자기 생각난 일은 아닙니다만…… 그리고 여러분들도 늘 말씀해 오시던 말인데……."

하자, 모두들 무슨 말인가 하고 조바심에 겨운 재촉의 빛이 감돌았다.

"다름이 아니라 여러분도 다 아시다시피 지금 여러 외국에서는 나라를 대표하

는 국기라는 게 있지 않습니까? 이
번에 우리가 일본에 가면 필시 그것
이 문제되리라 생각하오."

　모두들 고개를 끄덕였다. 그리하
여 여러 가지 논의하던 끝에 박영효
가,

　"그 문제에 관해선 자고로 우리나
라에서 우주의 원리인 태극(太極)
을 많이 사용해 오던 터이니, 내 생
각으로는 우리나라를 태극으로 상
징한 기를 만들면 좋을 것 같습니
다."

하고 의견을 제의하자, 모두들 아무
런 이의 없이 찬동의 뜻을 표함으로
써 태극기가 마침내 우리의 임시 국
기로 결정되었다.

김옥균(金玉均 1851~1894) 갑신정변 때 14개조의 혁신 정책을 표방하고 개화당 내각을 주도했으나 실패하고 일본으로 망명했다

　"그리고 하늘과 어짐을 뜻하는 '건(乾)', 땅과 의로움을 의미하는 '곤(坤)' 태양
과 예의를 말하는 '이(离)', 달과 지혜의 '감(坎)', 이렇게 사괘(四卦)를 넣는 것이
좋을 것입니다. 또한 일본에 가면 태극을 그려 넣은 기를 우리의 국기로 내세우
되, 상감께서 말씀이 계신 것으로 합시다."

　이렇게 하여 처음으로 우리 태극기는 만들어졌고, 그것도 우리나라에서보다
일본에서 처음으로 휘날렸다는 것은 그 뒤의 우리 민족의 역사를 살펴볼 때 너무
나 역설적인 것이었다.

　이와 같이 국기를 처음으로 만든 동기는 어떻든 태극기는 그 이듬해, 즉 1883
년 정월에 국기로 공식적인 제정을 보게 되었던 것이다.

　그런데 갈 때에는 한복을 입고 일본으로 건너간 이들 수신 사절단이 돌아올 때
에는 양복을 입고 돌아옴으로써 또다시 깊은 잠을 자고 있는 백성들의 눈을 휘둥
그레 만들었다.

　그들이 눈에 설은 양복을 입고 늘어서서 서울의 거리를 거리낌없이 걸어가는
것을 보고 사람들은 여기저기서 수군거렸다.

서광범(徐光範 1859~1939) 갑신정변 후 일본을 거쳐 미국에 망명했다가 청일전쟁 후 10년 만에 귀국, 제2차 김홍집내각의 법무대신이 되었다

박영효(朴泳孝 1861~1939) 13세 때 철종의 딸과 결혼, 금릉위로서 갑신정변에 가담했다가 실패하자 일본으로 망명, 10년 만에 귀국하여 제1차 김홍집내각의 내무대신이 되었다

"아니 저 사람들은 일본에 수신사로 갔던 사람들 아니오?"

"그래, 맞았소. 저 맨 앞에 가는 사람이 금릉위 박영효요. 그리고 그 뒤에 따르는 사람들이 김만식·서광범·김옥균, 그리고 홍정승 댁의 홍영식과 서재필, 민영익 등이군."

"그런데 저게 무슨 옷이오?"

"그게 바로 양복이라는 거요."

"허 , 저런 걸 입구 이 한성에서 활보를 하다니 세상은 변하여 가는군."

"허지만 ㄱ 양복이라는 게 얼마나 보기에두, 간단하고 맵시 있소?"

"예? 여보시오, 당신도 개화당이오? 저 허리가 개미허리처럼 잘록하고 또 저 바지 꼴은 뭐요? 저건 입으나마나지. 통을 저렇게 좁게 하구선 바질 입었다는 거요?"

"그래도 활동하는 데 편할 것 같지 않소?"

"허, 이 양반이 우리네 조상이 만든 미풍을 어떻게 생각하는 거요? 우리 옷이 어째서?"

"아니, 그저 그렇달 뿐인데 그렇게 화내실 것은 없지 않소?"

"아, 이 사람은…… 우리 조선 사람이 몇천 년 입어 온 옷까지 바꿔 입어야다

홍영식(洪英植 1855~1884) 우정총판으로 '우정국'의 핵심 역을 맡아 갑신정변을 일으키고, 실패하자 끝까지 국왕을 호위하다가 수구파에 잡혀 처형당한다

서재필(徐載弼 1863~1951) 갑신정변 후 미국으로 망명했다가 1896년 12년 만에 귀국, 고종 황제의 신임을 받아 국정에 참여한다

구? 그래, 우리나랄 양놈들에게 팔아먹자는 거요?"

"아, 이분이 누가 그럽디까?"

"왜놈·아라삿놈·서양놈들이 우리나랄 엿보고 있는 이때 저따위 놈이 감히 주둥아릴 놀리구."

모두들 신식 양복에 기탄 없는 비판을 퍼부으며 멸시했으나, 이해를 해주는 축도 있었다.

그렇게 완고한 보수사상이 민중 속에 깊이 뿌리를 박고 있는 것은 아랑곳도 없다는 듯, 이들 젊은이들은 일본에서 보고 느낀 것은 말할 것도 없고 개명된 사실을 일일이 국왕 고종에게 보고하고 개화의 필요성을 극구 역설하는 것이었다.

"모두들 수고했소. 무사히 돌아온 것을 치하하오."

"황공합니다, 전하!"

"그래, 공식 보고는 천천히 듣기로 하고…… 일본국에서 무어 색다른 것이라도 많이 보았소? 금릉위, 말해 보오."

"전하께 아뢸 말씀이 한두 가지가 아닙니다."

"허, 그렇게 많소? 놀라운 일이로군."

"신, 옥균 아룁니다. 우선 천황을 비롯해서 전 국민이 서양의 새로운 문물을 받아들이는 열의가 어디다 비길 바 없습니다.”

“음…….”

국왕 고종은 자못 감탄하는 눈치였다. 그러자 그들은 더욱 열을 올렸다.

“새로운 기계도 많이 도입한 모양이어서 생산업도 놀랄 만큼 발전되옵고…….”

“신, 영효 아룁니다. 뿐만 아니라 전기라는 문명의 이기를 도입하여 대소 도시에서는 거의 전등을 켜고, 우리네 같은 등불은 쓰지 않는 줄로 압니다.”

“그래, 금릉위, 그 전등이란 얼마나 밝소?”

“밤이 낮과 같아서 아무리 어두운 밤에도 무슨 일이든 익히 할 수 있을 뿐 아니라 불을 켰다 껐다 하는 데도 번거로움이 없어 여간 편리하지가 않은 줄로 압니다.”

“그래, 그런 모든 일을 일본 천황이 앞장서서 한단 말이오?”

“그러하옵니다.”

모두들 마치 약속이나 한 듯이 사뢰었다.

“일본은 우리나라와 달리 본시 천황이 있으면서도 도쿠가와 장군(德川將軍)이 대대로 정사를 맡아 하던 중 존황파(尊皇派)가 도쿠가와 정권을 뒤엎고 새로이 천황의 손에 정권이 돌아온 차라 개혁의 의욕이 충천한 줄로 압니다.”

“경들의 느낀 바를 과인도 가히 짐작할 것 같소.”

김옥균은 열띤 음성으로 고종에게 느낀 바를 역설하였다.

“그럼에도 불구하고 우리나라에서는, 황공하온 말씀입니다만, 관아(官衙)의 건축들은 고대(高大)하오나, 백성들의 집들은 축생(畜生)의 우리와 같이 초라한 초가집들이옵고…….”

김옥균은 굳은 결의를 얼굴에 나타내며 말을 이었다.

“황공하옵니다. 말씀을 아뢰게 된 김에…… 거리의 하수구나 변소를 보면 도저히 눈을 찌푸리지 않고는 볼 수 없으며, 코를 막지 않고는 지나갈 수 없는 형편이라…….”

옆에서 제지하는 말도 뿌리치고 김옥균은 열변을 토했다. 고종도 깨달은 바 있는 듯 고개를 끄덕이었다.

“그럼 어떡하면 좋다는 거요?”

“모든 문물 제도를 개혁하는 길밖에 도리가 없는 줄로 압니다.”

“금릉위도 그렇게 생각하시오.”

개화당 동지들 1884년 12월 5일, '우정국 사건'을 일으키기 직전에 찍은 개화당 동지들의 모습

"네— 옥균의 말 하나하나가 옳은 줄로 아룁니다. 더욱이 근자에 와서 미국·영국·덕국(德國)·법국(法國)·아라사 등 여러 나라들이 통상을 청해 오고 있는 바, 우리의 나라 꼴과 백성의 생활이 그런 것을 알면 저들이 우리를 경시(輕視)할 것 같아 큰 걱정이옵니다."

"경들의 말이 옳은 줄은 나도 아오만……."

하고, 국왕 고종은 한순간 이맛살을 찌푸렸다. 고종은 수구적인 사상이 지배하는 궁중의 반발을 우려하는 것이었다.

그러자 옆에 있던 민영익은,

"그런데……."

하고 잠시 머뭇거리더니,

"신, 민영익의 생각은 다른 기회에 상감께 소상히 아뢰겠습니다."

"왜?"

고종은 민영익이 같이 다녀왔으면서도 생각을 달리하고 있다는 것을 깨달았다.

"소신은 이만 물러가겠나이다."

불만을 표시하고 나가려는 민영익을 박영효가 불러 세웠다.

"잠깐, 어전에서 좀 무례합니다만…… 영익은 우리 말에 허식이 있다고 생각하는 거요?"

"지금은 아무 말도 하고 싶지 않을 뿐이외다."

이 청년 정객들 중에서 민태호(閔台鎬)의 아들 민영익은 유독 생각을 달리하였던 것이다.

그래서 수신 사절단 일동의 국왕 배알이 끝나는 즉시로 민영익은 민씨 세도의 총지휘자인 민비한테로 달려갔다. 김옥균 등이 한 이야기를 낱낱이 일러바쳐야겠다고 생각했기 때문이다.

그렇지 않아도 개화파 일색으로 된 수신 사절이 귀국하였다는 말을 듣고 궁금하던 민비는 민영익을 보자 여러 가지 말을 듣고 싶어 마음이 급했다. 그러나 민비는 가슴을 가라앉히며 태연히 묻는 것이었다.

"그래, 이번에 일본 수신 사절을 따라가서 많은 문물을 보고 왔느냐?"

"소신 민영익 중전마마께 긴히 아뢸 말씀이 있사옵니다."

"그래, 말해 보아라."

"다름이 아니라, 오늘 낮에 수신 사절 일동이 상감을 배알한 자리에서 일본의 발전상을 극구 찬양하며, 우리나라에서도 모든 제도를 급히 개혁할 것을 요구했사옵니다."

"금릉위와 김옥균 등이?"

"네—"

"그래서?"

"그야 저도 잘 보아서 알 수는 있었습니다만, 제도를 개혁한다고 금시에 일본만큼 발전할 수도 없는 것이고……."

"나라가 발전할 수만 있다면야 무엇이든지 해야 되지 않겠느냐?"

"지당한 말씀입니다."

"그래, 영익은 그들에 반대한단 말인가?"

"그런 뜻이 아니오라……."

"호호…… 우리 사이에 무엇을 감추겠느냐? 한집안인걸."

민영익과 민비는 조카와 고모 사이였다.

"실은 저도 상감마마·중전마마 두 분과 나라를 사랑하는 마음에서 박영효·김옥균 등의 언사 뒤에 숨은 그들의 저의를 살펴본 것입니다."

"무슨 다른 뜻이라도?"

"네, 그들은 일본의 세력을 끌어들여 이 나라의 정권을 잡으려고 책동하는 것 같습니다."

"뭣이?"

민영익은 박영효·김옥균·홍영식 등과 줄곧 행동을 같이하면서 그들이 일본의 힘을 빌려 개혁 정권을 세우려는 뜻을 알아챘던 것이다.

그 말을 들은 민비는 그렇지 않아도 미심쩍었던 사실이 명백해지자 새삼 놀랐다. 민비는 한동안 말이 없었다. 그러나 그녀의 입은 바르르 떨리고 있었다. 민비는 더 가만히 있을 수가 없었다.

"내 생각은 추호도 흔들림이 없으니 조카가 모든 걸 잘 알아서 하길 바라겠어."

"황공하옵니다."

민비는 자기네 민씨 일족의 태도를 다시 한 번 다짐하는 것이었다.

그런 일이 있은 뒤 김옥균이 다시 일본에 건너갔다가 왔다. 그런데 국내 정정은 점차 어지러워 개화파의 가장 중심적인 인물이요, 김옥균의 둘도 없는 동지인 박영효는 번거로움을 버리려고 미국으로 건너가려고 했다.

이것을 안 김옥균은 여장을 풀자말자 박영효한테로 달려갔다.

"김 공, 웬일이오? 이 밤중에……."

"금릉위께서는 정말 웬일이십니까?"

"뭐가?"

"그 소문이 참말이오?"

"글쎄, 말씀을 하시구려."

"미국으로 가신다는 것 말이오?"

"그럴까 하고 있소."

김옥균은 박영효의 눈을 쏘아보다가,

"대감!"

하고, 떨리는 음성으로 불렀다.

그러고는 한참 동안 박영효의 얼굴을 쏘는 듯이 쳐다보다가 천천히 입을 열었

일본 공사 다케조에(竹添進一郞) 개화당 일파가 믿고 모의했던 당시의 일본 공사

다.

"박영효 대감이 그럴 줄은 몰랐소!"

"……."

"우리들의 맹약을 저버린단 말이오? 나라가 이럴수록, 정국이 어지러울수록 우린 더욱 더 분발해야 할 게 아니겠소?"

"그야 그렇지만……."

"이번에 내가 일본 건너가서 신통한 성과는 못 얻었소. 그러나 여기에서 일본 다케조에(竹添) 공사와 미국 공사 들을 설득시키면 자금(資金)도 얼마만큼은 만들 수 있소."

"그럼 거사(擧事)를 할 수 있단 말이오?"

"그 일을 위해서 우리들은 얼마나 간난신고를 겪어 왔소."

박영효는 심각하게 듣고만 있었다.

"우리 동지, 아니 이 나라의 장래를 위해서 금릉위 대감은 미국으로 갈 수 없소."

김옥균의 냉정하고 결의에 찬 말을 듣자, 박영효는 엄숙한 공기가 자기를 감싸는 것을 느꼈다. 그는 한참 동안 묵묵히 앉아 있었다. 그러다가 마침내 굳은 결의를 하는 듯이,

"알겠소."

하고, 김옥균의 손을 굳게 잡았디.

"미안하오."

박영효의 이 말에 김옥균은 감격했다.

"고맙소."

"조금이라도 동지들의 뜻을 저버리려던 나를 용서해 주오."

"무슨 그런 말씀을…… 우리의 앞날은 창창하오."

"홍영식, 서재필, 서광범 제공들과도 곧 만나야 되겠군요."

"알아서 연락하겠소. 그럼……."

김옥균은 발길을 돌리다 말고,

"참, 우리 개화당의 군대를 지휘하는 데는 부평의 신복모(申福模) 동지가 좋을 듯한데 대감은 어떻게 생각하오?"

하고, 박영효의 뜻을 물었다.

"신복모? 이야기는 됐소?"

"흔연히 서약했소."

"그럼 더 말할 것 없소."

박영효는 미국으로 가려던 생각을 이 자리에서 단념하고 마침내 김옥균과 더불어 개혁을 위한 거사를 계획했던 것이다.

그리하여 개화파의 혁명 계획은 착착 진행되어 갔다. 그날의 수배를 군대 지휘자인 신복모와 의논하기 위해서 어느 날 밤, 박영효·김옥균·신복모는 탑골 승방에 모이기로 했다. 비밀을 지키기 위하여 멀찍이 떨어진 곳을 택했던 것이다.

어느 어두컴컴한 길목으로 접어들자, 박영효는 다가서며 김옥균에게 물었다.

"김 공, 여기가?"

"쉿, 금릉위, 오늘 얘기가 새어 나가면 안 되겠기에 멀찍이 여기로 정했소."

그들은 발소리를 죽여 가며 뒤뜰로 돌아가서 불빛이 희미하게 새어 나오는 어느 방 앞에 멈추어 섰다. 김옥균은 나직이 불렀다.

"여보시오."

이때 방 안에서 기다리고 있던 신복모가,

"누구시오?"

하고, 역시 나직이 대답했다.

"신 공이오?"

"지금 오십니까?"

"금릉위 대감께서도 동행이시군요."

"기다리게 해서 미안하오."

"자아, 결례하겠습니다. 어서 들어들 오십시오."

그렇게 하여 개혁의 세 동지는 어느 구석진 방 호롱불 밑에서 거사를 논의하게 되었다.

"그럼, 여러 가지 형편이 그러니 거두절미(去頭截尾)하고 그날의 수배를 정합시다."

김옥균의 말에 박영효가 찬동의 뜻을 표했다.

"그것이 좋을 것 같소."

"날짜도 이미 정해진 것이고……."

"날짜는 역시 1월 17일?"

신복모가 날짜를 다짐하자 김옥균은 머리를 한 번 끄떡했다.

"그날엔 무슨 일이 있어도 거사를 해야겠소."

박영효도 이의가 있을 리 없었다.

"그렇소, 우정국 낙성식에 여러 나라의 공사들도 참석할 게고 하니 참 좋은 기회요."

"그럼, 그날에 제가 맡아서 할 일을 빨리 말씀해 주십시오."

"그걸 여기서 의논합시다."

그들은 이 자리에서 거사의 총람(總攬)은 홍영식으로, 집행 총지휘자는 박영효로, 그리고 서광범을 참모로 하고, 김옥균은 일본 공사와 영국·미국 공사와의 교섭을 맡기로 했다.

또한 서재필은 왕궁의 취체와 군대의 영솔을 맡고, 이규완(李圭完)과 윤경순(尹景純)은 안동별궁 방화의 책임을 맡도록 되었다.

그리고 병력은 어영병 1천 명과 일본군 2백 명을 동원하기로 했다.

또한 암살에 있어서는 민영익을 윤경순·이은종(李殷種)이 책임지고, 윤태준(尹泰駿)은 박삼룡(朴三龍)·황용택(黃龍澤) 두 사람이, 이조연(李祖淵)은 최은동(崔殷童)과 신중모(申重模), 한규직(韓圭稷)은 이규완과 임은명(林殷明)이 맡게 되었다.

신복모는 역사(力士) 40여 명을 금호문(金虎門) 밖에 잠복시켜 두었다가 안동별궁의 방화와 때를 같이하여 입궐하는 민영익·한규직·윤태준 등을 시살하도록 결정하였다.

또 전영 소대장(前營小隊長)인 윤경완(尹景完)은 전영병 50명을 거느리고 침전(寢殿) 앞을 파수 보게 하고, 궁녀를 시켜 폭탄을 통명전(通明殿)에 투입시키도록 하였다.

그뿐만 아니라 김봉균(金鳳均)·이석이(李錫伊)를 시켜 화약을 인정전(仁政殿) 행랑에 장치시켜 놓고, 신호를 기다려 폭파시키도록 했다.

이렇게 상세한 거사 작전이 결정되고 궁중 복도에까지 폭탄 장치를 하자는 말이 나오자, 박영효는 고종의 신변을 걱정했다.

"폭탄이 터진다고 해도 상감께서는 다치시지 않으시겠지요?"

"그런 일은 우리들이 미리미리 방지할 수 있을 것 같소."

"글쎄, 상감은 우리를 항상 두둔하고 계시고, 또 우리 일이 아무리 성공해도 상감께 무슨 일이 있으시다면……"

하고, 박영효는 그것을 무던히 걱정하는 것이었다.

"그런 일은 있을 턱이 없소."

김옥균의 거사 진행 계획을 처음부터 묵묵히 듣고 있던 신복모는,

"치밀하신 계획을 잘 알겠습니다. 그러지 않아도 유사시에 대비해서 역사를 수십 명 뽑아 두었던 터이올씨다."

신복모는 미리 부하를 길러 두었던 것이다.

"이 계획은 일사불란 진행되어야 하오."

"우리가 정녕 나라를 위해 목숨을 바쳐 하는 일이니 신명도 도울 것을 굳게 믿소."

박영효는 떨리는 음성으로 말했다.

"나라와 백성을 점점 더 구렁텅이로 몰아넣으려는 수구당과 사대당의 무리를 도륙하지 않고서는 아직도 위태롭습니다."

"그럼, 오늘의 수배에 조금도 어김이 없도록 각별한 각오가 있기를 동지들에게 부탁합니다."

그들은 진정 나라를 위한다는 생각에서 목숨을 바쳐도 무방하다고 굳게 다짐했다.

그리고 끝으로 1월 17일 밤에 안동별궁의 방화를 신호로 해서 모두 일제히 일어설 것을 다시 한 번 굳게 다짐했다.

"거사의 신호는 역시 그대로 해야죠?"

"그렇습니다."

"그러면 1월 17일 밤, 안동별궁의 방화를 신호로 해서……"

"네, 안동별궁의 방화를 기해서 일제히. 자아, 그러면……"

"그날을 기약해서……"

세 동지는 굳게 손을 잡았다.

야반의 궁중 돌입

　바로 그날은 드디어 왔다. 개화당·수구당·사대당 등의 암투가 서로 엇갈리고 헝클어진 가운데 운명의 그날은 온 것이다.

　이 곳 안국동에 자리잡은 우정국(郵政局)에선 낙성식이 진행되고, 그 자리에 참석한 박영효·김옥균·서광범·서재필 등의 얼굴에는 긴박한 초조의 빛이 감돌고 있었다.

　이젠가 이젠가 하고 기다리는 봉화의 불길, 아직 그 신호의 불길은 솟구치지 않는다.

　이렇듯 개화당의 폭탄을 안은 채 우정국 낙성식은 계속해서 진행되었다.

　"여기서 다시 한 번 이 자리를 빛내 주신 후트(Hoot) 미국 공사, 애스턴(Aston) 영국 영사, 진수당(陳樹黨) 청국 영사, 시마무라(島村) 일본 공사관 서기 제위에게 감사를 드리는 바입니다."

　우정국장 홍영식(洪英埴)의 폐회사가 끝나고 곧 축연으로 들어갈 무렵에 김옥균의 옆에 와서 조용히 속삭이는 사람이 있었다.

　"잠깐 영감을 누가 뵙자는데요."

　그 말을 전갈받자 김옥균은 슬쩍 축연 자리를 빠져 나왔다.

　잠시 후 김옥균이 자리에 없는 것을 안 홍영식이,

　"옥균 공은 누가 불렀을까요?"

하고, 박영효한테로 바짝 다가앉아 귓속말로 물었다.

　"무슨 차질이 생긴 건 아닐까요?"

　"그럴 리야 없겠고……."

　"옥균 공이 창밖을 자꾸 내다보는 것 같던데, 좀 심상치 않은 것 같소."

　"하긴 아직 불길이 안 오른 걸 보니……."

하며 속삭일 때, 김옥균이 심상치 않은 표정으로 들어왔다.

　"옥균 공이 들어오는군. 아무래도 눈치가 이상한 것 같아……."

　"글쎄, 안색이 좋지 않군요."

　"시마무라 서기와 속삭이는 게 아무래도…… 홍 국장께서 잠깐 가보고 오시구려."

　"그러죠, 내 잠깐 옆에 갔다 오리다."

정적이 흐르는 경복궁 전경 하지만 당시의 궁궐 안은 개화파와 수구파의 대결장이었다

손님들의 틈을 헤치고 홍영식은 시마무라 쪽으로 발을 옮겼다.

한편 금호문 밖에서도 신복모 등이 신호를 초조히 기다리고 있었다. 그 초조함을 잊으려는 듯 신복모는 다시 한 번 부하들에게 지령을 설명했다.

"여러분, 이 금호문이야말로 오늘 저녁 거사에 가장 중요한 지점이오."

"여기 잠복했다가 허탕치는 게 아닐까요?"

"아니오, 꼭 이 문을 통해야 입궐을 할 테니…… 알았소?"

"네."

"쉿, 소리가 너무 크오."

초조한 시간이 계속되었으나, 불길은 좀처럼 오르지 않았다.

"아, 빨리 불길이 올랐으면……."

모두들 애타게 기다리는 것이었다.

이때 궁중에서 민비가 넓은 뜰을 거닐고 있었다.

그런데 문득 쿵, 하고 무엇이 넘어지는 소리를 듣고,

"누구냐?"

하고, 소리를 쳤다. 어둠 속에 한 궁녀가 오들오들 떨고 있었다.

"소녀이옵니다, 중전마마."

"이 밤중에 거기서 뭘 하고 있느냐?"

“네, 저 아무것도……."

궁녀는 몹시 당황하는 눈치였다.

“아니, 왜 뭐 못할 짓을 했느냐?"

“아니옵니다. 어두워서 발을 헛짚어……."

“정말이냐?"

“네."

민비는 부쩍 의심이 들었다.

“치마에 뭣을 감추고 있지?"

“네?"

“손을 이리 내놓아라."

“네."

그러나 궁녀의 손에는 아무것도 없었다.

“호호…… 아무것도 가지고 있지 않으면서 손은 왜 그렇게 감추느냐?"

“저, 손이 차가워서……."

“하긴 날씨가 차니까…… 어서 처소로 가도록 해라."

“네."

민비도 지나치게 긴장을 하고 있었다.

때는 늦가을 밤, 달은 남산 위에 솟아 교교한데, 저녁 안개가 조용히 가라앉은 서울 장안은 평화 속에 저물었다. 격랑을 품고도 그저 고요하기만 한 폭풍 전야의 정적(靜寂)!

개화당의 물샐틈없는 자객 배치도 아랑곳없이 밤은 깊어 갔다.

이때 우성국에서는 한창 축연이 계속되고 있었다. 밖에서는 김옥균을 또 불러냈다.

“김옥균 영감, 잠깐."

“잠깐만 밖으로 나오십시오."

“알았어."

김옥균이 한 사람의 뒤를 따라 사라지자 민영익이 몹시 의아해했다.

“홍 국장 무슨 일이오? 김옥균 공이 들락날락하니."

“글쎄, 모르겠는걸요."

이때 돌연히 한 관리가 뛰어 들어오며,

"저, 아룁니다. 이 옆 초가집에서 불이 났습니다."

하고 아뢰었다. 장내는 잠깐 긴장의 빛이 감돌았고, 곧 뒤숭숭해졌다.

"별궁이 아니고?"

"네."

박영효는 별궁이 아닌 것을 이상히 여겼다. 이 말을 들은 민영익이,

"별궁은 또 왜요, 금릉위 대감?"

"아, 아니, 아 저기 김 공이 돌아오는군."

그러자 민영익은 불현듯 이상한 생각이 들어 밖으로 나가려고 했다. 그것을 본 박영효가 재빨리 물었다.

민영익(閔泳翊 1860~1914) 고종 때 문신. 개화당의 갑신정변 때 부상. 호는 운미(芸楣)로 서화가이며 그의 난그림은 유명하다

"민영익 공, 어딜 가오?"

"무슨 일인지 잠깐 나가 보고 오겠소."

김옥균이 들어오는 것을 보고 민영익은 총총히 나가 버렸다.

"김 공, 저건 무슨 일이오?"

밖에서 떠들썩하는 소리가 크게 들렸다. "불이야, 불이야!"하며 외치는 소리가 들렸다.

"별궁엔 방화를 하지 못한 모양이오."

김옥균이 다가오며 박영효에게 속삭였다.

"그럼, 일이……."

"아니올시다. 그대로 신호인 줄 알겠지요."

아닌게아니라 밖에서는 비명이 일어나고 창문이 부서지는 등 무슨 일이 시작된 것이다. 잠시 후에,

"자객이, 자객이, 날 좀 붙들어 주시오."

하는 소리가 들려왔다.

민영익이 공기가 심상치 않음을 깨닫고 밖으로 나갔다가 그만 자객에게 칼을 맞고 쓰러진 것이다.

그러나 치명적인 중상은 아니었다.

"저…… 피, 칼을 맞으셨군."

"아니, 어떻게 된 일이오?"

장내는 삽시간에 소란의 도가니로 화하였고, 각처에서는 아우성과 비명이 터져 나왔다.

이럴 즈음 박영효와 김옥균은 우정국을 빠져 나와 이미 일본 공사관으로 달려가고 있었다.

거리에서는 사람들이 여기저기 모여서 웅성거리며 수군거렸다.

"무슨 일이 일어났나요, 인수 엄마?"

"안동별궁에 불이 났대요."

"뭐요? 그런데 왜 불길이 저렇게 작나요?"

"아 참, 우정국에 불이 났다나요."

"오늘 낙성식한다던?"

그러자 옆에 있던 어떤 사람이,

"그 옆에 있는 초가가 탄답디다."

라고 뇌까렸다.

"그래요?"

그러나 사람들은 그 불이 심상치 않음을 느꼈다.

"그만한 일에 왜 이렇게 거리가 소란해요?"

이렇게 떠들썩하며 사람들이 서성거릴 때, 한 떼의 군마(軍馬)가 거리를 누비고 급히 달려갔다. 시민들은 더욱 불안해졌다.

"무슨 군마가 이 밤중에 저렇게 달릴까요?"

"아무래도 무슨 변이 일어난 모양이죠?"

바로 그때다. 멀리서,

"사대당이 불을 질렀다."

하는 고함소리가 들려왔다.

"뭐요?"

"사대당 사람이 불을 질렀다니까요."

"기어이 난리가 난 모양이군, 서로 싸움만 하더니."

이들은 어쩌면 이런 사태를 짐작했는지도, 또 바랐는지도 몰랐다.

박영효, 김옥균이 급히 일본 공사관에 달려가 시마무라 서기관을 찾았다.

"아니, 영감들. 무슨 일이오?"

그는 깜짝 놀라서 김옥균을 쳐다봤다.

"어떻게 된 일이오, 시마무라 서기관?"

"뭐가요?"

"일은 벌어졌는데."

"아직 출동을 안 했으니."

이들은 서로 돕기로 약속이 되어 있었다. 그러자 시마무라는 대기시켜 놓은 군대를 가리키며,

"저걸 보시오, 출동 준비는 다 되었소."

하며, 오연(傲然)하게 말했다.

"약속을 어기진 않겠지요?"

박영효가 다짐을 하자,

"우린 무사도에 걸어서 배신하지는 않소."

시마무라 서기관은 그럴 수가 있느냐는 표정으로 부인했다.

"그럼 안심이오."

"혹시 약속과는 달리 안동별궁에 불이 나지 않아, 일이 실패로 돌아가지 않았나 하고 잘못 생각하실까 봐 달려온 길이오."

하고, 김옥균이 찾아온 이유를 말했다.

"그럴 리가 있소."

시마무라는 아까 우정국에서 갑자기 김옥균의 모습이 보이지 않기에 그 기미를 눈치채고 먼저 자리를 떴던 것이다.

"슬쩍 빠져 나와 출동 준비를 시킨 참이오."

"고맙소."

"그럼, 빨리 가보시오. 우린 절대로 당신네를 배반하지 않을 테니……."

"그럼, 김 공. 가 봅시다."

"일은 예정대로."

미심쩍어하면서도 그들은 그래도 굳은 약속을 확인하고 나왔다. 시마무라는 곧 일본군에게 출동 준비를 명령하여 군대를 집합시켰다.

일본 영사관에서 나온 김옥균은 홍영식에게 달려갔다.

“오, 김 공.”

“홍 공, 지금 오시오?”

“일본 군대는?”

“예정대로 출동하오.”

홍영식은 만면에 기쁨을 감추지 못하고,

“인제 됐군요.”

“수배한 대로 별 차질이 없을 것 같소.”

“그럼 빨리 상감을 뵙고…….”

“저 금호문 밖은…….”

“신 동지가 잘 지키고 있을 겝니다.”

그들은 고종에게 달려갔다. 이때 금호문 밖에서 잠복하고 있던 신복모가 멀찍이서 다가오며 물었다.

“누구야?”

“하늘.”

김옥균이 미리 약속된 암호를 대자 신복모가 반갑게 달려왔다.

“오! 동지요?”

“신 동지, 수고하오. 준비는 잘 되었소?”

“물샐틈없습니다.”

신복모는 자신만만했다. 이때 멀리서 군대의 함성이 들려왔다.

“저 소리는?”

“일본군이 출동하였소.”

“나는 빨리 입궐해야겠소.”

“수고하시오.”

“조심하십시오.”

김옥균이 급히 입궐하고자 궁궐 문 앞으로 달려가서,

“문 열어라.”

하고 호령했다.

“누구요?”

“급한 일이 생겨서 상감을 뵈오려는 거다.”

“누구요?”

"우정국장 홍영식이다. 김옥균, 금릉위 박영효도 같이 왔다."

"하지만 이 밤중에······."

"빨리 열지 못해."

그러나 문지기들은 문을 열어 주려고 하지 않았다.

"빨리."

"네!"

박영효가 날카롭게 호통을 치자 마지못해 그들은 문을 열어 준다. 그러나 또 다른 문에서 대기하고 있던 군졸들에게 제지를 당했다.

"무슨 일들이십니까?"

"급한 일이 생겨서 그러는 거다."

"네."

"자아, 빨리 침전으로 갑시다."

"그럽시다."

그들은 황급히 안으로 들어갔다. 그러나 침전 앞에는 또 하나의 장벽이 가로놓여 있었다. 거기엔 유재현(柳在賢)이 강경히 버티고 서 있었던 것이다.

"누구요?"

"누가 함부로 야밤에 침전 앞에 오는 거냐?"

"무엇이?"

"빨리 물러나지 못할까?"

"너는 누구냐?"

"내관 유재현이다."

"내시 따위가."

박영효가 한 마디 내뱉듯 쏘아붙였다.

"뭐요?"

유재현은 그래도 버티고 서서,

"무엄하게······ 빨리 물러들 가시오."

하며, 좀처럼 비켜서질 않았다.

"비키지 못할까?"

김옥균이 다시 큰 소리로 외쳤다.

"누군지 이름을 대시오?"

고종황제 조선왕조 제25대 황제. 1863년에 즉위하여 1907년, 일제의 강압으로 아들 순종에게 양위하고 1919년에 붕어했다

"박영효."

"홍영식."

"김옥균."

"네! 그럼 개화당?"

"무엇이?"

일동은 유재현이 자기들의 본색(本色)을 이미 알아채고 있음에 놀랐다.

내시며 수구파의 앞잡이인 이 유재현이 그대로 비켜 주지 않을 것 같아 그들은 유재현을 때려눕힐 수밖에 없었다.

고종이 기거하는 방에 이르자 우선 김옥균이,

"상감께 아룁니다. 신 홍영식, 신 박영효, 신 김옥균이 급히 아뢸 말씀이 있어서 입궐했나이다."

하자, 궁녀 하나가 나서며,

"상감마마는 곤히 잠드셨습니다."

"촌각을 다투는 일이니 잠깐만……."

"잠깐 기다리십시오."

궁녀는 문을 열고 안으로 들어갔다. 궁녀가 들어간 동안 그들은 일본군이 아직 도착지 않는 것이 여간 초조하지 않았다.

"일본군의 도착이 늦는 것 같군."

"약속을 어기진 않을 테지."

박영효의 말에 김옥균은 일본군이 설마 약속을 어기겠느냐는 것이다.

"이 변을 알면 민영익 등이 도망치지는 않을까?"

홍영식이 말했다.

"그러진 않을 거요. 중전이 계시는데."

이렇게 걱정을 하면서도 일이 뜻밖으로 쉽게 진행된 것 같아 한편 안심이 되기도 했다.

"모든 일이 예정대로 진행될 것 같군."

이때 고종이 그들 앞에 나타났다.

"밤중에 갑자기 무슨 일들이오?"

"황공하옵니다."

일동은 황망히 머리를 조아렸다.

"그렇게 급한 일이 생겼소?"

"아뢰옵기 황공하오나……."

박영효가 입을 열자, 고종은 잠깐 의아한 빛을 보이며 물었다.

"그런데 문 밖에 아무도 없었소?"

"네, 저……."

"유재현인 어딜 갔나?"

"국가 긴급사인데도 들어오지 못하도록 막길래 길을 비키도록 하고……."

"그럼, 상당히 급한 일 같으니 빨리 말을 하시오."

"청병이 난을 일으킨 줄로 아뢥니다."

"뭣이?"

고종은 뜻밖의 말에 잠깐 어리둥절했다.

"청병이 수를 믿고 변을 꾀하는 줄로 아뢥니다. 지금 거리는 소란하기 그지 없사옵니다."

"청병이 갑자기 무엇 때문에?"

"아마 사대당의 조종을 받고……."

"허!"

고종은 의외로 놀랐다. 이 틈을 타서 박영효는,

"사태가 이러하오니 곧 선후책을 강구하셔야 될 것 같사옵니다."

"아니 그럼, 중전은?"

임금의 이 말에는 대답도 하지 않고, 그들은 임금을 안심시키는 데 바빴다.

"그러나 우리도 만단의 준비를 해놓았사오니 너무 걱정 마옵시기를……."

"하여튼 어찌하면 좋을지 말들을 해보시오."

"그래서……."

이때 갑자기 어디선가 폭탄 터지는 소리가 들렸다. 모두 깜짝 놀랐다.

"이게 어디서 나는 소리요?"

"인정전 행랑인가 봅니다."

사정전(思政殿) 경복궁 안의 임금의 집무 처소인 편전

"뭐! 인정전?"

인정전이라는 말을 듣자, 고종은 가슴이 덜컥 내려앉았다. 그 곳은 대비(大妃)의 처소였던 것이다.

"빨리 빨리 대비마마, 대비마마를……."

여자의 울음소리가 뒤섞인 가운데 함성이 이어서 들려왔다. 그러자 얼마 후에 민비가 달려왔다.

그는 이 난리가 개화당파가 일으킨 것으로 직감했으나, 영리하여 자기가 취할 바를 알고 있었다.

"오 중전, 어떻게 된 일이오?"

"상감, 무슨 일이 일어났나 봅니다."

"글쎄, 청병이 변을 일으켰다는구려."

"청병이?"

"그러하옵니다."

김옥균이 옆에서 대답한다.

"정말, 이 난리를 일으킨 짓이 청병이오? 혹시나 나으리들이 일본의 세력을 믿고 한 것이 아니오?"

민비는 이런 난리 속에서도 본시 못마땅히 여기던 개화당 사람들에게 톡 쏘는

것을 잊지 않았다.

그러나 고종은 그런 시비에 개의할 겨를이 없이 그저 대비의 거취가 걱정스러워서,

"대비마마는 어떻게 되었소?"

하고 물으시었다.

바로 이때, 홍영식이 대비를 부축하고 오는 것이 보였다. 그러자 고종은 일단 안심은 되었으나 또 걱정스러운 듯이,

"지금 폭발하는 소리가 들렸는데 어떻게 되었소."

"인정전 행랑이 날아갔습니다."

"인명에 피해는 없었소?"

"아직 모르겠나이다."

그때 함성이 가까이서 일어났다. 그제야 고종은 일이 정말 심상치 않음을 깨달았다.

"왜 저렇게 소란하오? 금릉위."

"폭발 소리에 놀라서 그러는가 보옵니다."

밖에서는 "와" 하는 함성과 함께 칼 부딪치는 소리가 들렸다.

"저게 무슨 소리오?"

고종은 공포에 떨며 무서워져서,

"싸움을 하는 게 아니오? 빨리 무슨 일인지 알아보오?"

하며, 어쩔 줄을 몰라했다.

김옥균 역시 사태가 어떻게 진전되는지 궁금하여 급히 밖으로 나갔다가 되돌아왔다.

"전하께 아룁니다. 지금 역도의 무리를 도륙하고 있으니 전하께서는 조금도 염려하시지 마시기를……."

"뭐요?"

"청병과 내통한 역적의 무리를 처단하고 있습니다."

"그건 어명이오?"

"사태가 급박하므로 신이 혼자 생각으로……."

"경들도……."

"지당한 처사라고 생각합니다."

옆에서 박영효가 홍영식·김옥균 등을 대표하고 나섰다.

"음⋯⋯."

민비는 긴 한숨을 쉬었다.

"그럼 장차 어떡하면 좋겠소."

"사태가 이러하오니 일시 경우궁(景祐宮)으로 몸을 옮기심이⋯⋯."

김옥균이 경우궁으로 옮기실 것을 말한다.

"그럴 수밖에 없군."

"그럼 영숙문 쪽으로."

"황공하오나 전하는 신이 업어 드리겠습니다."

박영효의 등에 고종이 업혔다.

"중전마마께서는⋯⋯."

일의 내막을 재빨리 파악한 민비는 속에서 화가 치밀어 올라왔으나 그렇다고 혁명을 일으킨 사람들 속에서 어찌할 도리가 없었다. 그저 퉁명스럽게,

"난 걸어가겠소."

하고는 성큼성큼 걸어갔다.

"전하, 빨리."

"수고를 끼치는군."

아닌 밤중에 벼락을 맞은 궁중은 아비규환이었다.

국왕 고종을 비롯해서 민비와 대왕대비, 세자빈(世子嬪) 등은 일시 난리를 피해 경우궁으로 가려고 했다.

"자아, 영숙문이옵니다."

앞에 가던 김옥균이 우뚝 서 있는 영숙문 앞에서 뒤를 돌아보았다.

포성이 요란하게 들려왔다.

고종은 이제 제정신이 아니었다.

"청병이 여기까지 밀어닥치는 게 아니오?"

"그런가 보옵니다. 하지만 여기만 빠져 나가면 안심입니다. 자아, 빨리 신의 등에 업히십시오."

다시 박영효가 고종을 업으려고 했다.

그때 김옥균이 정세를 다시 살펴볼 필요를 느껴, 일행을 잠시 그 곳에 머물러 있도록 하고는 어디론지 가버렸다.

위기를 모면하자, 민비는 곧 자기의 생각을 국왕에게 알리려고 했다.

"상감, 아까 저녁에 민영익이 어떤 자객에게 칼을 맞았다는 소문입니다."

"뭣이?"

"우정국 낙성식에 참석했다가……."

"그래, 어떻게 되었소?"

"홍 국장이 계시니 물어 보십시오."

"홍 국장, 그게 사실이오?"

"네—"

"누가 그런 짓을 했소?"

"모르겠습니다. 축연이 한창 벌어졌을 즈음 갑자기 우정국 옆 초가에 불이 나서 영익이 문 밖에 나가 본다고 나갔다가 그만……."

"그래서?"

민비가 말을 가로챘다.

"반대당의 자객이 틀림없을 거요. 그렇지 않소, 홍영식 대감?"

"네."

이때 김옥균이 돌아왔다.

"옥균 공, 사태가 어떻소?"

"아직 그렇게 급박하진 않습니다. 그러나 지체없이 경우궁으로 듭시기 바랍니다."

"자아, 갑시다."

그러면서도 박영효는 역시 일이 제대로 진행되지 않는 것 같아서 의구를 금치 못했다.

"김 공, 일본 공사관으로 가보십시오."

"곧 가렵니다."

경우궁에 들자 고종도 가슴이 퍽 가라앉았다. 그리하여 김옥균을 돌아다보며 말을 건넸다.

"인젠 한결 안심이 되는구려."

"하지만 청병이 언제 내습할지 모르니 다케조에 공사에게 일병의 원병을 요청하는 게 좋을까 합니다."

"그렇게 하구려."

"그럼 다녀오겠습니다."

"잠깐."

"네?"

"그것도 좋지만, 그러다가 청병이 정말 궁궐 안까지 들어오면 큰일 아니겠소?"

"그러나 지금 사태로 보아."

"얼른 다녀오시오……."

"네."

박영효가 떠나려고 할 때, 급한 전갈이 들어왔다.

"상감마마, 지금 일본 다케조에 공사가 군대의 호위를 받고 도착했습니다."

"그렇소?"

"인제 안심이올시다."

"그렇군."

그 말을 듣자 박영효, 홍영식, 김옥균 등도 비로소 안도의 한숨을 내쉬었다. 그리고 박영효는 기쁨을 참지 못하는 듯 서둘렀다.

"일본 다케조에 공사가 배알을 원합니다."

"수고했소, 들어오시라고 하오."

"예— 고제니 도오 조— (자 , 어전에 올라오십시오)."

"가시코마리마시다(황공하옵니다)."

"들어오시오."

다케조에는 어전에 걸어 나와 절을 하고 우선 위로의 말씀을 드렸다.

"토쓰센노 고노네 오오노도기니 낫다노 오모이마스(갑작스러운 일이라 놀라셨을 줄 압니다)."

이때 어떤 시종이 황급히 달려와서 고종에게 무슨 말을 아뢰려고 했다.

"아뢰옵니다."

"무슨 일이냐?"

"여러 대감들이 문 밖에서……."

"뭣이?"

배신당하는 혁명

초겨울 기나긴 밤이 소란 속에 지새고 동녘 하늘
이 훤히 밝아 올 무렵이었다.

경우궁 밖에서는 처참한 광경이 벌어졌다.

밤 사이에 변이 일어났다는 소식을 듣고 권신들
은 청나라 진영에 청병을 해야 되리라고 생각을
하면서도 미처 손을 못 쓰고 있던 중 자기들을 부
른다는 바람에 입궐하려다가 개화당이 배치한 자
객들의 칼을 맞아 죽어 갔다.

민영목(閔泳穆 1826~1884)　병조 판서로 재임 중 갑신정변 때 개화당에 의해 민태호 등과 함께 사대당의 거물로 살해 당했다. 영의정에 추증, 시호는 문충

민태호(閔台鎬), 이조연(李祖淵)을 비롯해서 윤
태호(尹泰鎬), 윤태준(尹泰駿), 민영목(閔泳穆) 등
사대당의 거물들이 도륙당한 것이다.

이때 경우궁 안에서는 김옥균이 고종 황제에게 개혁을 선포하라고 강권하고
있었다.

"전하, 빨리 어명을 내리십시오."

"아직 날도 새지 않았는데 무엇이 그렇게 급하오."
하고, 고종은 아직도 김옥균의 저의를 알 수 없어 선뜻 응낙을 못 한다.

"아니옵니다. 이 난을 수습할 수 있는 개혁 정부를 빨리 구성해야 합니다. 빨리
개혁의 선포를 내리십시오."

"아니오, 지금 우리는 일본 군대의 보호를 받고 있지 않소? 남의 군대의 보호를
받으면서 새 정부를 만든다면 우리를 무어라 하겠소?"

"그러니까 빨리 개혁 정부를 조직하여 모든 일을 처리하도록 해야 할 줄 압니
다."

"어떻든 일본 군대가 왕궁을 에워싼 줄 알면 청나라 군대가 또 달려올 테니 빨
리 일본 군대를 철수하도록 어명을 내리시옵소서."

"아니될 말씀입니다. 청나라 군대는 횡포하여……."

"그게 무슨 말이오? 청나라 군대가 언제 난폭한 행동을 했단 말이오?"

"하여튼 개혁을 선포하시고서 차후에 처리하도록 하시옵소서."

이때 옆에 있던 민비가 말을 받았다.

"그러기 전에 빨리 창덕궁으로 환궁합시다. 우리가 여기 쫓겨 온 줄을 백성들이 알면 민심이 동요되어서……."

민비는 창덕궁에의 환궁만을 졸라댔다.

"경들은 왜 말이 없소?"

고종은 옆에 서 있는 박영효와 홍영식을 쳐다봤다.

"옥균의 말대로 빨리 개혁을 선포하심이 민심을 수습하는 길인 줄 압니다."

"개혁을 선포하시기 바랍니다."

두 사람은 김옥균과 똑같은 주장을 하는 것이었다.

소용돌이치는 밤이 지샐 무렵 고종은 드디어 단안을 내렸다.

"그럼 개혁을 선포하지."

"네?"

반가움에 젖은 일동은 환성을 올렸다.

"준비된 게 있으면 가져오시오."

"네, 여기 있습니다."

김옥균이 미리 마련한 개혁안을 올리려고 하자, 민비는 이를 만류하려 했다.

그러나 기회를 놓치지 않으려고 김옥균이 재촉한다. 드디어 다음과 같은 개혁 정부의 조직과 개혁안이 선포되게 된 것이었다.

즉 조정의 대신은 영의정(領議政)에 이재원(李載元), 좌의정(左議政)에 홍영식, 전후영사(前後營使) 겸 좌포장(左捕將)에 박영효, 좌우영사 겸 대리·외무독판 우포장(外務督辦右捕將)에 서광범, 좌찬성(左贊成) 겸 좌우참찬(參贊)에는 대원군의 사자(嗣子)인 이재면(李載冕), 이조판서(吏曹判書) 겸 홍문관 대제학(弘文館大提學)에 신기선(申箕善), 예조판서(禮曹判書) 김윤식(金允植), 병조판서(兵曹判書) 이재완(李載完), 형조판서(刑曹判書) 윤웅렬(尹雄烈), 공조판서(工曹判書) 홍순형(洪淳馨), 한성판윤(漢城判尹) 김홍집(金弘集), 그리고 김옥균은 호조참판(戶曹參判), 서재필은 병조참판(兵曹參判) 겸 정령관(正領官), 박영효의 형 박영교(朴泳敎)는 도승지(都承旨) 등을 맡게 되어 세도 가문 민씨 일족을 배제하였다.

군사와 경찰의 실권을 쥐는 사영사와 좌우포장을 박영효·서광범이 장악하고, 국방차관인 병조참판에 서재필, 왕명을 직접 전하는 도승지에 박영교, 내무와 재무의 실권을 김옥균이 장악한 것은 국정 쇄신의 이상을 구현하자는 것이요,

대원군계를 많이 등용한 것은 민씨의 전횡(專橫)을 막으려는 의도에서였다.

이렇게 개혁 정부의 조직이 완료되고 14개조의 시정 요강을 발표했다.

이 14개조의 시정 요강이 거리에 나붙자 시민들은 웅성대기 시작했다.

"뭐라고 적혀 있소?"

"저놈의 머리들 때문에 보여야지."

"진서로 쓴 모양인데 통 알 수가 있어야지."

"아마 간밤에 일어난 변에 관계되는 모양인데……."

"개화당이 몽땅 득셀 한 모양이니까 그러겠지."

온통 모여든 사람으로 혼잡을 이룬 속에서 저마다 한마디씩 하는 것이었다.

이날 발표된 시정 요강의 골자는 이러하였다.

'대원군은 즉시 환국하신다.'
'문벌을 없애고 인민 평등의 원칙으로 유능자를 관리로 채용한다.'
'지세법(地稅法)을 개혁하고 탐관오리를 없애며 백성을 편안하게 하고 국가
의 수입을 늘인다.'

이 지세법 개혁에 대한 시민의 반응은 냉담했다.

"이보다 더 잘 살면 하늘로 올라가게?"

"싸움질이나 하지 말라지. 백성 걱정은 그만하고."

그러나 '내시부(內侍府)를 혁파한다.'는 조항에 와서는 모두들 시원해 했다.

"상관은 없지만 그건 시원하다. 그것들이 정승 이상으루 세도를 피는 꼴이
란……."

'그 동안 나라를 좀먹은 자를 골라 엄벌에 처한다.'

"그걸 다 골라내면 하나도 남지 않을 걸."

탐관오리들이 넘치고 있는 판에 모두 잡아 엄벌에 처하겠다니, 모두들 조소를
금치 못하는 것이다.

'순사를 모집하여 절도를 방지한다.'

"그 놈들이나 행패를 하지 않으면 다행이지."

껄껄대며 한 시민이 말한다.

그밖에 혜상공국(惠商公局)을 폐지할 것, 귀양 간 사람을 감형할 것, 규장각(奎章閣)을 없앨 것, 사영(四營)을 합하여 일영(一營)으로 하고 영 중에서 장정을 뽑아 근위대를 급설할 것, 일반 내정은 호조(戶曹)에서 통일 관할하고 그밖에 재정 사무처는 없앨 것, 대신과 참찬은 매일 의정소(議政所)에 모여서 정령(政令)을 의정(議政) 공포할 것, 정부 6조 이외의 모든 공직을 일체 폐지하고 대신 참찬으로 하여금 이를 의정하여 품계(稟啓)하도록 할 것 등이었다.

이것은 그들 개화당의 이상인 계급 타파와 근대 시민정치의 정책을 구현하려는 것이며, 독립국으로서의 위신을 지키려는 일대 개혁을 시도하는 것이기도 했다. 그러나 이 처사에 대하여 백성들의 생각은 구구했던 것이다.

행상 차림의 두 사람은 이 일을 이렇게 자기들 멋대로 뇌까렸다.

"글쎄, 두고 봐야지 어디 알겠소. 하두 이랬다저랬다하니."

"하지만 아까 얼핏 들으니 문벌을 없애고 누구나 벼슬을 할 수 있다고 하던데 그게 정말이오?"

"그렇게 써붙였으니까 정말이겠죠?"

"그럼 우리두 양반이 될 수 있게?"

"양반이구 상놈이구를 없앤다는 이야기겠죠?"

"허, 그럼 세상이 아주 뒤집혀지는 게로군."

"양반이 없어지면야 오죽이나 좋겠소."

"변을 일으킨 무리 가운데 문벌이 낮은 친구가 끼인 모양이지?"

"이번 거사를 한 주동 인물인 김옥균인가 하는 사람이 문벌이 낮답디다."

"그러면 그렇지."

"그러나 그런 게 상관 있어요? 그놈의 양반, 상놈 하는 게 정말 없어지는 세상이 되면 좋기야 하지."

"글쎄, 또 며칠이나 갈지. 빼앗았다 빼앗겼다 밤낮 그러니……"

이렇듯 소란해진 거리에서 제멋대로들 떠들고 있을 때 말을 탄 한 떼의 청병들이 바람을 일으키며 그들 앞을 지나서 어디론지 사라졌다.

"청병이 아니오?"

"그런 모양인데요."

"왜병이 궁궐을 지킨다는데, 청병이 웬일일까?"

“그럼, 청나라가 또 가만 있지 않겠군.”

“글쎄 말이오.”

말굽 소리에 또다시 긴장된 공기가 휩쓸었다. 청병의 움직임이 수상했던 것이다.

그럴 즈음 궁중에서는 민비가 자꾸만 고종의 창덕궁 환가를 독촉하고 있었다.

“상감, 개혁 정부와 개혁 정책을 발표하셨으니 창덕궁으로 환궁하시지요. 대감들도 인제 정권을 잡으셨으니 그럭하는 게 좋지 않겠소, 김옥균 대감?”

그러나 김옥균은 이를 극구 반대했다.

“전하, 지금이 가장 신변이 위험하오니, 지금이야말로 일본군의 보호를 받아야 할 때라고 생각합니다.”

“그럴 리가 있소? 인제 개혁된 정부가 모든 정사를 맡아서 할 텐데, 누가 해를 끼친단 말이오?”

“청나라가 가만히 있지 않을 것입니다. 고래로 우리나라 일에 간섭해 온 터이니…….”

“허, 청나라가 그럴 리가 있소? 일본 군대만 철수시키면 청나라가 청병(請兵)도 안 하는데 동병(動兵)을 할 리가 없지 않소?”

이렇게 민비와 김옥균이 한참 승강이를 하는 판국에 미국 공사 후트와 영국 총영사 애스턴이 고종께 알현을 청해 왔다.

그들은 별다른 말이 없었다. 그저 지난밤의 일을 문안하면서,

“굿모닝, 마이 하이네스(안녕하십니까, 폐하)?”

하고 인사를 하고 나서는,

“어젯밤 일이 걱정이 되어서 왔습니다. 하지만 걱정할 것 없습니다.”

라고 문안을 드렸다. 그러고 나서,

“듣자니 일은 잘 된 것 같습니다. 개혁을 해야 합니다. 우리 민주주의 나라를 본따십시오.”

라는 것이었다.

이 말에 고종도 적이 안심이 되어,

“아침부터 오셔서 격려해 주시니 감사합니다.”

하고 말하였다.

김옥균도 자기들의 뜻을 알아 주는 외국인에게 감사의 뜻을 표했다.

청군의 원세개(遠世凱 1859~1916) 조선에 머물면서 내외치에 간섭하던 그는 수구파의 청병을 기다렸다는 듯 일본군과 맞서 개화파를 몰아낸다

후트와 애스턴이 나가 버리자 기다리고 있던 것처럼 한 나인이 김옥균에게 일본 공사 다케조에가 잠깐 뵙자고 한다는 전갈을 했다.

그러나 옆에 있던 민비가,

"무슨 일로 그 다케조에란 사람은 들락날락하오?"

하며 쏘아붙였다.

김옥균은 심상치 않은 예감이 들어 곧 다케조에를 만나러 나갔다.

다케조에의 말은 뜻밖이었다. 일본군을 철수하겠다는 것이었다. 이 말에 김옥균은 펄펄 뛰었다.

"다케조에 공사, 그렇게 되면 우리가 어떻게 왕궁을 지킵니까?"

"글쎄, 당신도 아시다시피 사대당의 잔당이 청나라의 진영으로 들어갔다니 사태가 어떻게 변할지 알겠소? 우리도 방어책을 강구해야지."

벌써 뒤로 물러서려는 눈치가 완연했다.

"어떻든 우리가 요청할 때까지 경호를 부탁합니다."

이때 안에 있던 박영효가 급히 쫓아나왔다.

"박 대감, 무슨 일이오?"

"다케조에 공사! 상감께서 곧 환궁하두록 하라는 분부시오."

고종이 환궁하도록 명한 것이다.

"곧?"

"상감께서는 대비마마의 병환을 염려하셔서서 용안이 말씀이 아니오."

김옥균도 역시 창덕궁으로 옮길 것을 이미 결심했기 때문에,

"그럼 곧 옮기도록 합시다."

하고, 선뜻 동의하고는,

"부탁하오. 그럼, 창덕궁으로 곧 떠나겠소."

하고, 다케조에에게 재차 다짐했다.

그런데 고종이 창덕궁에 환궁하기 전에 경기감사 심상훈(沈相薫)이 은밀히 상감을 뵈러 들어왔다.

"이리 가까이 오우."

"네, 상감마마……."

심상훈의 목소리는 울음에 젖어 떨려 나왔다. 그는 품 안에서 종이를 끄집어냈다.

"그것은?"

"청국 원세개(遠世凱)가 보내는 밀서이옵니다."

"뭐?"

"개화당 사람들의 눈에 띄면 안 될 것이니 곧 보시옵고……."

고종은 무엇을 느낀 듯 긴 한숨을 쉬며 원세개의 편지를 받았다.

고종이 편지를 다 읽자 심상훈은,

"그래서 실은 벌써 원세개를 찾아가서 역적의 무리를 몰아내도록 청병을 하였사옵니다."

하였다.

고종은 심상훈이 청병에게 지원을 요청했다는 말에 놀라지 않을 수 없었다. 뜻밖의 일이었다.

"원세개도 기다리던 참인 듯 곧 동병을 하겠다고 했나이다."

"아니, 그럼 청병이 이곳으로?"

"네, 약 2천 명의 청국 군사가 달려올 것입니다. 그렇게 되면 몇 명 안 되는 왜병을 곧 몰아낼 수 있을까 합니다."

"허, 그럼 이곳이 또 난리터가 될 게 아니오?"

역정 섞인 고종의 말에 심상훈은 고개를 조아렸다.

"황공하옵니다."

심상훈이 고종과 만나고 가는 것을 본 김옥균은 그의 태도가 아무래도 의아스러웠다.

"아무래도 저 심상훈의 거동이 수상한 것 같소."

"표리(表裏)가 부동한 자라."

박영효도 근심스러운 얼굴빛이었다.

"어젯밤에 그자도 처치해 버렸던 게 좋았을걸."

"그러나저러나 저자가 원세개에게 청병을 했으면 야단이오."

홍영식은 한숨 섞인 말을 한다.

"하여튼 빨리 대책을 강구해서 상감으로 하여금 어명을 내리도록 합시다."

"상감이 만일 중전의 말씀만 듣고 거절하신다면 어떻게 하오?"

"대감, 이제부터 모든 정사는 의정소의 결의로 집행하는 거요. 상감께서도 마음대로 하실 수 없소. 이것이 우리들의 주장이 아니오? 선진 제국의 정치 방법을 따르려고 우리도 이렇게 개혁을 단행한 것이 아니겠소."

김옥균은 그 어떤 불만을 토하는 듯 자신도 모르게 흥분한 어조로 뇌까렸다.

"그야 그렇지."

"그러니까 아무리 청나라라고 해도 우리가 의결하고 그것을 어명으로 집행한다고 하면 강제로는 무엇이든지 할 수가 없을 거요."

"그럼 청나라의 간섭을 거절하도록 하자는 거지?"

"그렇소. 상감께서 청병을 이 궁중에 들어오지 못하도록 어명만 내리시면……."

"그게 좋겠소. 우리가 사대당의 무리를 물리친 것도 남의 나라의 간섭을 받지 않기 위해서인즉, 그럼 빨리 그렇게 조처합시다."

"내가 상감께 직접 품(稟)하고 오겠소."

홍영식은 고종에게 급히 달려갔다.

그러는 동안에 벌써 날이 새었고, 청병 2천여 명은 창덕궁으로 물밀 듯이 몰려오고 있었다. 거리는 어젯밤의 일로 물 끓듯이 소란한 참이므로 청병이 궁궐을 향해 몰려가는 것을 본 백성들은 장차 이 나라가 어떻게 될 것인지 한심스럽기만 했다.

그것은 사대당이 정권을 쥐건 누가 정권을 잡건 백성들 자기네의 생활은 좀처럼 나아지지 않으리라는 일종의 체념에서인 것이다.

이런 사태를 모르고 있던 김옥균에게 한 군졸이 달려와 사태가 매우 급박함을 전한다.

"무슨 일이냐?"

"큰일났습니다."

"응?"

"방금 청나라 군사가 이리로 밀려온다는 전갈이 왔습니다."

"뭐라고?"

김옥균은 당황하지 않을 수 없었다. 일은 의외로 크게 번지었다. 그는 즉시 고종에게로 달려갔다.

"전하!"

"무슨 소식이오?"

"청병이 밀려온다는 전갈입니다."

"알고 있었소."

"네?"

고종이 이미 알고 있었다니, 김옥균으로서는 또 한 번 놀라지 않을 수 없었다.

"그래, 어떻게 하면 좋겠소? 경들은 그런 줄도 모르고 있었소? 내가 뭐라고 한다고 그들이 들을 줄 알았소?"

"그러나 그것은 내정간섭입니다."

"그것이 다 누가 저질러 놓은 일이오? 우리 자신이 그렇게 만들어 놓은 게 아니오."

"그러나, 지금 그것을 따질 경황은……."

"그럼, 어떻게 하면 좋겠다는 거요?"

김옥균은 사실 막연하였다. 하지만 우선 피하고 볼 일이었다.

"우선 강화로 잠깐 몸을 피하심이……."

"강화로?"

"네."

"거기까지는 어떻게 가오."

"일본 군대의 호위를 받으면 무사히 행차하실 것으로 믿습니다."

"일본 군대가? 여기를 경호해 준다고 약속하고서도 벌써 많은 병력을 철수했다면서 그자들에게 그런 성의가 있겠소?"

"그건 굳게 약속한 바 있습니다."

"모두 글렀소."

"그러하오나 신변의 위기를 우선 모면하시기 위해서라도……."

"이제 와서 그게 무슨 말이오?"

"임시 강화도로 피하시면……."

모두들 그렇게 권했다. 그러나 고종은,

"그만두오."

하고 화를 버럭 냈다.

이러한 가운데도 밖에선 총성과 아우성이 연해 들려오고 있었다.

"이게 무슨 꼴이람."

한 나라의 임금인 자기가 허수아비처럼 좌우되는 것이 역정나게 싫으면서도 고종은 그렇다고 자기 스스로 이래라저래라 단안을 내리진 못하였다.

"전하."

"경들의 말을 듣다가 이제 이 창덕궁마저 불태워 버리고 말겠소."

"전하, 지금 그것을 탓하실 게 아니라 빨리 어디로 몸을 피하심이……."

"경들은 경들대로 갈 대로 가시오."

고종은 퉁명스럽게 한 마디 내뱉었다.

그러고는,

"나는 북묘(北廟)로 가겠소. 연경당(演慶堂) 쪽으로 가겠소."

총성과 함성은 훨씬 가까운 곳에서 들린다. 일이 급하게 되자, 더 옥신각신할 수도 없게 되었으므로 홍영식이 고종을 모시고 가기로 하고 김옥균은 연경당으로 가기로 했다.

고종은 또한 대비가 걱정스러워,

"대비마마는 무사히 빠져 나가셨느냐?"

하고 시종에게 물었다.

"네, 중전마마를 비롯해서 모두 진령군 북묘로 거동하신 줄로 압니다."

"그래, 그러면 좌의정, 나도 그리로 가겠소."

"황공하옵니다. 소신들도……."

좌의정 홍영식, 도승지 박영교 등이 고종을 따라 나섰다. 바로 옆방이 마구 무너지는 듯 가까이서 아우성과 더불어 폭음이 들려왔다.

한편 일본 공사관에서는 다케조에와 시마무라가 자기네의 취할 태도를 논의하고 있었다.

"각하, 그럴 수밖에 없습니다."

"그러나 약속이……."

일본 공사 다케조에는 자기가 김옥균 등과 맺은 약속 때문에 주저하고 있었다.

"그렇다고 2백 명을 가지고 2천 명을 어떻게 당한단 말입니까?"

시마무라 서기관은 약속을 어기더라도 자기네 군대의 인명을 보호하자고 주

일본 공사관 건물 갑신정변 당시 남산 아래쪽에 있었던 일본 공사관 원경(1906년까지)

장하였다.

"그렇긴 하오. 신의도 중요하지만, 우리가 이 땅에 건너와 있는 것은 첫째 우리 대일본 제국의 이익과 우리나라 사람의 생명과 재산을 보호하기 위한 것이니까……."

"그렇습니다. 무모한 짓은 하지 않는 것이 좋을 것 같습니다."

그들은 이미 청병이 궁궐을 점령한 사실과, 일본군의 작은 수로는 청병을 어찌할 수 없음을 알고 있었다.

"그럼, 빨리 왕궁으로부터 군대를 철수시키도록 명령을 내리시오."

그리하여 한때 궁궐을 수비하고 개혁파를 돕던 일본군은 철수해 버리고 말았다.

그러나 이것을 모르는 김옥균, 박영효, 홍영식 등은 일본 공사의 연락을 초조한 마음으로 기다리고 있었다.

그들은 한갓 다케조에 일본 공사와의 약속에 희망을 걸고 있었던 것이다.

"어떻든 조금 전에 사람을 일본 공사관으로 보냈소. 다케조에 공사가 곧 올 겝니다."

"그 약삭빠른 친구가 정말 올까요?"

김옥균은 올 것을 믿고 있었으나, 홍영식은 어쩐지 미심쩍은 눈치였다.

"우리와의 약속이 있으니까……."

박영효는 애써 믿으려 했다.

"틀림없이 올 거요."

"온다고 해도 우리 말을 들어 줄는지."

사실은 그렇다. 그만큼 사태는 이미 기울어져 있었던 것이다.

"온다면야……."

하지만 김옥균처럼 온다면야 들어 줄 것이라는 데 희망을 걸 수밖에 더 있는 가.

"그렇소. 무슨 일이 있어도 전하를 모시고 강화로 가도록 합시다. 일본 군대가 호위하면 설마 청나라 군대도……."

이때 일본 공사가 나타난 것이다. 홍영식이 먼저 그를 보고,

"오, 저기 다케조에 공사가 옵니다."

"여기 계신다는 소식을 듣고 이렇게 달려오는 길입니다."

다케조에 공사는 김옥균을 보고 말을 건넸다.

김옥균은 그가 다른 말을 할 겨를도 주지 않고 재촉하듯이 말했다.

"다케조에 공사, 우리 지금 전하를 모시고 강화로 잠깐 옮겼다가 돌아올까 합니다."

"강화로요?"

"우리를 좀 경호해 주십시오."

"어떻세요?"

"당신네 군대가 호위를 하면 청병도 감히 손을 대지 못할 게 아닙니까?"

그렇지만 다케조에는 이미 기울어진 판국에 그들에게 더 이상 협조 같은 걸 할 필요가 없다고 생각했던 것이다.

"그건……."

"그것도 못 하겠다는 말인가요?"

"글쎄…… 병력도 없고…… 또……."

"또 무엇 말인가요?"

"우리 국민이 여기 많이 와 있으니까 그들의 생명과 재산도 보호해야겠고……."

"뭐요?"

"사실 그렇지 않소? 우리 군대가 여기 주둔해 있는 목적이 바로 그것이니까요."

"어떻든 가부를 말씀해 주십시오. 강화까지 호위를 해주시겠소?"

"글쎄, 그렇게 해드리고 싶긴 하지만, 그렇게 한다고 사태가 바뀔 것 같지도 않고……."

어떻게든지 이유를 붙여 그만두려는 눈치였다. 김옥균은 울분이 치밀었다.

"배신자!"

"뭐요?"

"그래, 당신은 그러려고 우리더러 거사(擧事)하라고 했었소?"

"우리가 시킨다고 거사를 했소?"

어디까지나 책임 회피였다. 김옥균은 초조했다. 이대로는 아무래도 개죽음을 할 수밖에 없는 노릇이다. 그는 최후 수단으로 다케조에를 협박하듯 말했다.

"정말 못 하겠다는 거요?"

"당신네 정부의 개혁을 하는 데 우리는 도왔을 뿐이오. 우리에게 무슨 책임을 묻는 거요."

"우리 개화당의 집권이 일본에게 이익이 있기 때문에 도운 게 아니오."

이 말에 다케조에는 한참 동안 말을 못 했다.

"어떻든 우리는 손을 떼겠소."

"뭣이?"

끝내 다케조에는 버티었다. 밖에서는 총성이 요란히 울리고 있었다.

시시각각으로 급박해 오는 사태 앞에서 그들 개화파들은 장차 어떻게 할 것인가?

하루살이 정권

자기네 이익에 위배될 때에는 약속 같은 건 언제든지 헌신짝처럼 내버리는 일본 정부의 배신에 분노하면서, 그리고 사대당의 상전인 청국의 음흉한 태도를 미워하면서도, 진퇴유곡에 빠진 개화파의 혁명 투사들은 기울어져 가는 자기네의 운수를 어찌할 수 없었다. 이제는 막다른 골목에 다다른 것이다.

"김 참판, 청병이 다시 내습하는 모양이오."

홍영식의 말은 침통했다.

"대감, 이제 우리는 최후의 결론을 내려야겠소. 어떻게 하면 이 난국을 수습할지."

"김 참판 말대로 상감을 모시고 강화로 피합시다."

"야음을 이용하면 어떻게 해서든지 뚫고 나갈 수 있을 거요."

박영효가 찬의를 표시했다.

"그럼, 우선 전하의 뜻을 물어 보도록 하겠소."

다시 홍영식이 전하한테 가겠다고 나섰다.

"잠깐, 전하의 뜻은 물으나마나요."

김옥균이 만류한다.

"어떻게 해서든지 우선 이곳을 피하고 볼 일이오. 지금으로선 그러는 수밖에 없소. 그것도 이 나라와 상감을 위해서이니……."

"알겠소."

사태는 그들에게 시시각각으로 절박해 왔다. 총성은 점점 가까워진다.

"대감, 청국군이 가까이 온 모양이오."

그러자 김옥균은 결단을 내렸다.

"어떻든 가부를 알고 곧 일본 공사관으로 피신하도록 합시다."

"그러는 수밖에 없겠소."

자기들을 배신한 일본 공사였으나 지금에 와서 그들에게 유일한 피신처는 그곳밖에 없었던 것이다.

드디어 2천여 명의 청나라 군사는 창덕궁을 점령하게 되었고, 개화당의 각료들은 산산이 흩어지고 말았다. 하루살이의 정권이었다. 이것은 약한 민족, 주권 없는 백성들의 슬픈 운명이기도 했다.

궁궐을 점령한 원세개 군은 득의만면했다.

"일본군은 다 소탕했느냐?"

"네, 지금 마지막 놈을 사살했다는 보곱니다."

그러나 고종을 비롯한 귀인들은 모두 피신해 버리고, 궁에 남아 있는 것은 부상당한 사람들뿐이었다.

"그런데 국왕과 왕족들은 다 어디에 계시는지 찾아보아라."

"벌써부터 찾고 있습니다만 아직 한 분도 보이지 않습니다."

"무엇이? 군대를 빨리 집합시키고 내게 보고해라."

"네."

원세개는 우선 왕족의 행방을 찾으려고 군대를 집합시키도록 명령했다.

조금 뒤에 한 병사가 달려와서,

"보고합니다. 방금 들은 말에 의하면 국왕과 왕족이 모두 북쪽 산기슭으로 피하셨다고 합니다."

라고, 보고를 하였다.

"좋아. 다들 듣거라. 우리 청국 군대의 용감한 전투로 왜병은 모두 소탕되었다."

함성이 터져 나왔다.

"그러나 우리의 목적인 조선 국왕의 보호는 국왕의 행방이 불명하여 아직 그 목적을 이루지 못했다. 듣건대 국왕과 왕족이 북쪽 산기슭으로 난을 피하신 모양이니 지금부터 조선 국왕을 찾되 조금이라도 무엄한 짓을 해서는 안 된다. 그럼 지금부터 국왕을 찾아라."

다시 함성이 일고, 이들은 각 대로 나뉘어 고종을 찾으러 흩어졌다.

자기 나라이면서, 또 자신이 이 나라의 국왕이면서도 외국병들의 싸움의 틈바구니에 끼어 난을 피하는 고종! 피로와 절망 속에서 왕궁 뒤의 산기슭을 찾아가는 고종! 그것은 곧 이 나라의 모습이기도 했다.

"경들은 마음대로 하오. 나는 저 북묘로 가겠소."

뒤쫓던 홍영식 등은 무어라고 대답할 말이 없었다.

"경들을 믿었던 게 잘못이오."

"황공하옵니다."

"자, 빨리 가보오."

"전하, 소신도 전하를 따라……."

홍영식이 따라나섰다.

"박영교와 같이 전하를 모시고……."

이리하여 홍영식은 박영교와 함께 고종을 모시고 북묘로 향했다.

청병의 함성은 이곳 북묘 기슭까지 들렸다.

그리고 개화당의 하루살이 정권은 처참하게 패배하고 말았다.

사대당들은 청국 병정을 동원하는 데 성공하였고, 마침내 국왕 고종을 북묘에서 발견했던 것이다.

신구(新舊)의 사상, 그리고 새로운 제도와 낡은 제도가 서로 얽히며 부딪치는 가운데 이 나라의 해는 밝아 오고 또 저물어 서로 미워하고 죽이는 하루하루가 거듭되었다.

청국 군대가 일본 군대와 개화당의 군대를 섬멸한 바로 그날이다.

민영익은 민비를 찾아갔다.

"조카!"

민비의 음성은 감격에 젖었다. 일을 무사히 해낸 안도의 소리였다.

"중전마마, 태호 대감이 그만……."

민태호가 자객들에게 맞아 죽은 것을 민비와 민영익은 원통해했다.

"그러나 영익이가 살아 남았으니 불행 중 다행이지."

"중전마마, 이 원수는 꼭 갚고야 말겠습니다."

"때는 곧 올 테니 너무 상심하지 말게."

의미 있는 민비의 말이었다.

"그저 중전마마만 의지하겠습니다."

"이 나라 사직은 자네의 두 어깨에 걸려 있으니 더욱더 분발하게."

이럴 즈음, 개화당의 주동 인물 김옥균·박영효 등은 간신히 일본 공사관으로 도피할 수 있었으나, 유독 고종을 따라나섰던 홍영식만은 삼각산으로 가는 산길을 더듬고 있었다.

겨울 산새 우는 소리가 처량하게 골짜기에 울려 퍼지고 하늬바람 소리아 멀리서 소총 소리가 들려왔다.

"여기가 도대체 어디인가? 오! 삼각산으로 가는 길인가 본데……."

홍영식은 청병을 피해 여기 북악산 깊은 기슭으로 접어든 것이다.

"여기까지 누가 쫓아오는 모양인가? 아……."

약간 떨어진 곳에서 청병의 말소리가 들린다.

"분명 이쪽으로 도망가는 것을 봤다고 하던데."

"이 겨울에 풀숲도 없는데."

"저 바위 뒤로 가보세."

“그러세.”

자기를 찾고 있는 것이 분명했다. 홍영식은 간이 콩알만 해졌다. 그러나 더 궁금한 것은 자기의 목숨보다 국왕 고종의 신변이었다.

“그러나저러나 상감은 어떻게 되셨는지······.”

긴 한숨이 그의 입에서 흘러 나왔다.

이때 바로 옆에서 총소리가 몇 방 났다.

그럴 즈음 김옥균, 박영효 등은 간신히 일본 공사관에 피해 들어갈 수 있었다.

“금릉위, 미안합니다. 이자들을 너무 믿다가 이꼴이 되었구려.”

“우리는 장차 어떻게 하면 좋겠소?”

“하여튼 이왕 여기까지 온 바에는 일본 공사와 의논을 하고 잠시 망명의 길을 떠나도록 하는 수밖에 없지 않겠소?”

“망명의 길을? 이 조국을 버리고?”

“조국을 버리는 게 아니오. 우리의 조국은 우리의 목숨보다 소중한 게 아니오? 더 나은 조국을 만들기 위해 고난의 길을 택할 뿐이지.”

“그러나 우리가 떠나면 누가 이 나라를 개화시키겠소?”

“염려 마시오. 깊은 잠은 이미 깨지 않았소. 때를 보아 다시 오면 되지 않소.”

일본 공사 다케조에는 이들의 망명을 돕겠다고 약속했다.

“여러분, 곧 떠날 준비를 하십시오. 우리 군대가 여러분을 호위하고 인천까지 가기로 하였소. 거기 가면 우리 상선(商船)이 있으니 그걸 타고 우리나라로 가시도록 하시오.”

마음이 내키지 않는 망명이었지만 어찌할 수 없는 김옥균, 박영효 등이었다.

“자아, 동지들. 우리는 우리의 이상, 우리 조국의 개명을 위해 어떠한 고난이라도 달게 받읍시다. 잠시 일본으로 가서······.”

개화를 굳게 다짐했던 동지들에게 김옥균은 마지막 말을 잊지 않았다.

설혹 패망의 길, 망명의 길을 떠나는 순간이지만, 목숨이 있는 한 조국의 개화를 열원하는 불붙는 정열은 조금도 식지 않았던 것이다.

한편 삼각산 골짜기에 숨은 홍영식은 동지들의 안부를 생각하다가 그만 실수하여 돌멩이를 굴려 뜨렸다. 그래서 마침내 청병에게 발각되는 몸이 되고 말았다.

“야, 저기 누가 있다.”

"개화당이다."

청병들은 홍영식을 포위하고 좁혀 들어갔다.

"오! 이제는 마지막이로구나. 꿈은 깨지고 말았어. 이 나라도 마지막이다. 암흑 속에 다시 깊은 잠을 자야 할 게다. 오! 천지신명이여, 이 나라를 굽어 살피소서."

이렇게 애절히 뇌이던 홍영식은 이곳 산기슭에서 그만 청병의 총에 맞아 숨을 거두고 말았다.

그리하여 홍영식을 제외한 개화당 일파인 김옥균, 박영효, 서광범, 서재필, 이규완, 정난교(鄭蘭敎) 등은 언약대로 일본 군대의 호위를 받으며 서대문을 돌파해서 양화진으로 향했다. 인천에서 일본행 선박을 이용하기 위해서다.

거리에는 군중이 여기저기 운집하여 아우성을 치고 있었다.

"여러분, 어떻게 해서든지 인천까지 무사히 탈출해야 하오."

"그러나 저 군중이 내버려 둘는지 모르겠소."

"역적들아, 어디로 도망치느냐!"

아니나다를까, 군중들은 김옥균 등의 피신을 알아차리고 돌을 던지며 달려들었다. 일본군은 그들을 향하여 위협 사격을 했다.

"가능한 한 총은 쏘지 마십시오."

박영효가 일본군 호위대장에게 부탁했다.

"내버려 두시오, 한두 사람 희생시키지 않고선 빠져 나갈 수가 없을 거요."

"허허, 김옥균 공, 하루 사이에 역적이 되었구려."

쓰디쓴 웃음이 저절로 흘러 나오는 그들이었다.

"박영효 공, 이 나라의 어두운 잠을 깨울 수만 있다면 천만 번 역적이 되어도 좋겠소. 그리고 동지들, 이 김옥균이 잘못 생각한 것을 용서하오. 나는 일본 공사가 끝내 약속을 지켜 우리의 거사를 도울 줄만 믿었었소."

"그러나 지금도 그들의 군대의 호위를 받고 망명하는 게 아니오?"

"아니오, 이렇게 마지못해 도와 주는 건 도와 주는 게 아니오."

"일본인들이 무조건 우릴 도울 리 없지 않소? 다 자기네 이익에 입각해서……."

"그야 그렇지."

자기들이 너무도 무조건 일본인을 믿은 것을 뉘우치는 것이었으나 때는 이미 늦었던 것이고, 그것이 이렇게 자기들을 구렁텅이에 몰아넣은 것이다.

위협 사격에 일단 물리섰던 군중은 다시 합세하여 "역적을 잡아라!" 하고 외치며 달려들었다. 일본군은 연발 총을 쏘았다. 군중 몇 사람이 쓰러지기도 했다.

"여러분, 이 틈을 타서 달립시다."

"김 공, 우리는 꼭 다시 돌아와서……."

"그렇소, 기어이 일을 성사시키고야 맙시다."

쫓겨 가는 김옥균은 박영효의 손을 잡고 언제고 다시 한 번 성사할 것을 약속했다.

그들이 서울 장안을 겨우 빠져 나오자 군중의 함성은 들리지 않았다.

"박 공, 홍영식 대감은?"

김옥균은 홍영식이 어떻게 되었는지 걱정스러웠다. 서울을 빠져 나와 숨을 돌리고 나니 동지들을 걱정할 겨를이 생겼던 것이다.

"전하를 모시고 갔으니까."

"틀림없이 붙잡혀 처참한 꼴을 당했을 거요."

"아까운 동지를……."

"이 동지들만이라도 무사히 빠져 나가면 다시 일을 일으킬 수 있을 거요."

"앞일을 누가 알겠소."

박영효의 말이 떨어지기가 무섭게 멀리 연도에서 또 다른 한 패가 "역적을 죽여라!" 하고 외치며 물결처럼 다가오는 것이었다.

해결 없는 뒷수습

일본 군대가 개화당 일파를 호위하고 인천으로 갔다는 소식을 들은 서울 장안은 물 끓듯 들끓었다. 그리고 어디론지 밀려가는 사람의 떼가 있었다.

"여보시오."

"왜 그러우."

"어디를 저렇게 달려가오. 무슨 좋은 구경이라도 있소?"

"모르겠는걸요."

"응, 저기 달려오는 사람에게 물어 보면 알겠군. 여보시오—"

"왜 그러시우?"

"어디들 가시는 거요? 역적들이 잡혔나요?"

"그자들은 도망했대요."

"네? 어디로?"

"일본 군대의 호위를 받고 인천 방면으로요."

"뭐? 왜병이?"

"하지만 무사히 빠져 나가지 못할걸……."

"아니 왜병이 손을 뗐다면서요?"

"청나라가 무서워 그랬겠죠. 하지만 악착 같으니까."

"그럼 댁은 지금 어딜 가는 거요?"

"일본 공사관을 습격하려구요."

"그렇소? 나도 같이 갑시다."

"나두 가겠소."

역적들을 피신시킨 일본 공사관이 원한의 대상이 되었다. 처음 한두 사람이 나섰던 것이 어느 새 많은 군중이 합세하여 일본 공사관에 방화를 기도했다.

군중들은 일본 공사관 앞에 몰려들자 제각기 욕설을 퍼부었다.

"불을 질러라."

"왜놈들을 모조리 죽여라."

마침 공사관에 남아 있던 일본군이 막으려 했으나, 성난 군중은 그대로 불을 지르고 말았다. 일본 공사관은 삽시간에 불더미가 되었다.

수많은 군중이 일본 공사관으로 몰려가 공사관에 불을 지르고 수십 명의 일본인을 죽였다. 불탄 것은 그것만이 아니라 왕궁도 잿더미가 되었다.

폐허가 된 궁선을 바라보며 어린 궁녀 하나가 울고 있었다.

이곳을 지나가던 민비가 그녀의 어깨를 쳤다.

"왜 우느냐?"

궁녀는 울음을 폭발한다.

"이 난리에 누가 죽었느냐?"

"아니옵니다."

"그럼?"

"조금 전에 침전 근처까지 다녀왔나이다."

궁녀는 속속들이 깨닫지는 못했으나 영화의 허무함을 느껴 그저 슬펐던 것이다.

"그래서?"

"모두 불타 무너지고……."

"난을 치르고 나면 다 그런 거야."

"하지만 하루 사이에 그렇게 될 줄은……."

"무어든 하루 사이에 변하는 거야. 사람의 팔자도."

잿더미를 바라보는 민비에게 민영익이 다가왔다.

"중전마마!"

"조칸가?"

"상감은 청나라 진영으로 모셨습니다."

"알고 있네."

"곧 창덕궁으로 환궁하셔야……."

"이 애가 하는 말이 창덕궁은 황량해졌다던데?"

하며, 아까 궁녀를 쳐다보았다.

"네—"

"역적들은 어떻게 됐나?"

"일본군의 호위를 받고 인천으로 도망쳤습니다."

"붙잡지 못했다더냐?"

"아직 소식을 못 들었습니다."

"상감께서 내리신 성토교서는 그래도 집행되겠지?"

"네, 우정국은 즉시 폐지하고 통리군국아문도 혁파했습니다. 역적 김옥균, 홍
영식, 박영효, 서광범, 서재필 등을 붙잡는 일만 남았습니다."

"붙잡아야지."

"물론이죠."

"한 놈도 놓치지 말고 모두 다 붙잡아야 한다."

되풀이하는 민비는 이를 악물었다.

일본군의 호위를 받고 김옥균·박영효 등은 간신히 인천 앞바다에 정박하고
있던 일본 상선에 오를 수 있었다. 그러나 곧이어서 원세개가 이끄는 청국군이
달려와서 역적들의 인수를 요구했다.

난처한 입장에 놓이게 된 일본 공사 다케조에는 김옥균·박영효에게 달려와

스스로 나가 줄 것을 요청했다. 하지만 일이 이렇게 된 지금, 그들이 나간다는 것은 곧 개죽음을 의미했다.

새삼 일본 공사에 대한 울분이 치솟았다. 그러나 사정을 할 수밖에 없었다. 다케조에는 청국군의 위협에 떨며 자기의 입장만을 살리려는 것이었다.

이때 이것을 묵묵히 듣고 있던 이 배의 선장이,

"내 보아하니 당신들이 다케조에 공사와 약속을 했던 모양인데 그걸 배신한대서야 말이 되겠소. 어떻든 날 따라오시오."

하고, 그들을 선장만이 아는 배의 한구석에 숨기고는 직접 나가 청국군에게 들어와 찾아보라고 했다.

실로 아슬아슬한 순간에 뱃사람다운 선장의 호의로 김옥균 일행은 망명의 길에 오를 수 있었다.

며칠 후 국왕 고종은 청국군의 진영으로부터, 그리고 중궁 민비·대왕대비·세자 등은 진령군(眞靈君)의 북묘로부터 창덕궁에 환궁하였다. 고종은 환궁 즉시로 개화당의 변에 살육된 민태호·조영하(趙寧夏)·민영목에겐 충문, 한규직에겐 충장, 윤태호·이조연에겐 각각 충정의 시호(諡號)를 내렸다.

그리하여 오랜 어둠 속의 악몽을 깨뜨리고 새로운 아침을 마련하려던 김옥균, 박영효, 홍영식, 서광범, 서재필 등의 개화파 혁명은 완전히 실패로 돌아가고 만 것이다.

그러나 그것으로 모든 것이 끝나지는 않았다. 짓궂은 인과의 응보가 되풀이되었다.

김옥균의 집에서는 김옥균의 부친과 동생 김각균(金珏均)이 걱정을 하고 있었나.

"각균아, 아직 아무 소식 없지?"

"네, 들리는 말에 의하면 옥균 형님들은 인천에서 일본 배를 탔다고 합니다."

"그래?"

"아버지, 장차 우리들은 어떻게 될까요?"

"뻔하지."

"뻔하다니요?"

"역적을 낸 집안은 고래로부터 삼족(三族)을 멸하는 것이 국법으로 돼 있지 않느냐?"

그것은 너무도 자명한 사실이었다.

"그럼 우리는……."

각균은 설움이 북바쳤다.

"관가에서 잡으러 오는 날을 기다릴 수밖에……."

"형님 때문에 죽긴 싫어요."

"그게 무슨 소리냐? 너의 형은 나라를 옳게 만들려다 여의치 않아 그렇게 됐지만……."

"싫어요. 난 어디로든지 도망치고 말 테예요."

"도망을 치다니, 이 좁은 땅에서 어디로 간다는 거냐."

"산속이라도, 아무 데라도……."

"역적의 동생이란 소리를 들으면서 그렇게 피해 다니다가 죽으면 뭘 하겠니?"

늙은 아버지는 인제 잡혀 죽을 날만 기다리고 허탈한 마음으로 있었으나, 동생 각균은 이미 다른 각오를 하고 있었다.

"난 싫어요."

나이가 어렸던 각균은 자기가 형 때문에 죽는다는 것이 참으로 억울한 일이라고 생각했다. 그러나 그의 아버지 생각이 꼭 들어맞았다.

그들이 이런 말을 주고받고 있을 때, 벌써 군대가 들이닥친 것이다.

"여보시오."

밖에서 대문을 두드리는 소리에,

"음 인제 왔나 보다."

하고 김옥균의 부친은 체념하였고, 각균은 도망하려다가 곧 붙잡히고 말았다.

한편 홍영식의 집에선 영의정까지 지낸 부친과 어린 손자가 이런 말을 주고받았다.

"할아버지, 아버지는 정말 죽었어?"

"응?"

"역적이 뭐야?"

"누가 그런 소릴 하던?"

"우리 아버진 역적으로 잡혀 죽었다는데……."

"뭐?"

"그게 정말이야?"

"애들은 그런 소릴 해선 못써."

"그럼, 왜 아버진 집에 안 돌아와?"

그는 어이가 없어서 말문이 막혔다. 그러나 가슴속 깊이 솟구쳐 오르는 슬픔이 눈시울에 뜨겁게 맺혔다. 그는 억지로 소리를 가다듬으며 어린 손자를 달랠 수밖에 없었다.

"전에처럼 멀리 다른 나라에 갔단다."

하고 말했으나 목소리는 떨렸다.

"그럼, 돌아오실 때 뭘 많이 사가지고 오시겠네."

"그럼, 그러니까……."

천진스런 손자의 말에 할아버지 홍순목(洪淳穆)의 목은 꽉 메었다.

"대감, 계시오."

이때 잿골 김 대감이 찾아왔다.

"누구요?"

"나요, 잿골……."

"아니, 어떻게 이 밤중에……."

좌우를 살피면서 김 대감이 들어왔다.

"낮에는 남의 눈이 무서워서……."

"애, 넌 잠깐 건넌방에 가 있거라."

홍순목은 손자를 건넌방으로 내보내고 김 대감과 마주 앉았다.

멀리서 다다미 소리가 정적을 누벼 갔다.

"고맙소."

"할 말이 없소."

정말 홍순목은 김 대감이 고마웠다.

"대감이야 영의정까지 지내셨는데 상감께서도 무슨 생각이 있으시겠지."

"글쎄, 이 홍순목이 아들을 잘못 두어서……."

"그게 무슨 말씀이오. 아니 저건……."

그가 바라보고 놀라는 것도 무리가 아니었다. 홍순목은 비상(砒霜)을 준비해 놓고 있었던 것이다.

"이미 각오는 되었소만 저 어린 손자놈이 너무 불쌍해서……."

"그림?"

"그 길밖에 더 있겠소?"

"하지만…… 그렇게 서두를 필요야……."

"불충한 몸 더 살면 뭐하겠소."

"제발 그런 생각은 마시오."

물론 그렇다고 선뜻 다른 도리가 나서는 것은 아니었다.

"인제 밤도 깊었으니 돌아가 보시오, 대감."

"그렇잖아도 잠깐 들러 보기나 하려고 했었는데."

"감사하오. 대감의 우의 잊지 않겠소."

"행여 성급한 짓일랑 마오."

"알겠소, 염려 마오."

"안녕히 계십시오."

"살펴 가시오."

홍순목은 김 대감이 돌아가고 나자 한참 동안 멍하니 천장을 쳐다보았다. 어디선가 귀뚜라미 우는 소리가 들려왔다. 그 처량한 울음에 오랫동안 귀를 귀울이고 있다가 주먹을 쥐고 한 번 부르르 떨었다. 그리고 결연한 얼굴을 하고 손자를 불렀다.

"애야, 이리 온."

옆방에 있던 손자가 들어왔다.

"거기 앉거라."

"난 졸려."

홍순목은 어린 손자를 남의 손에 죽이느니 차라리 자기와 함께 죽는 것이 더 나을 것 같았다.

"오늘 밤부터 할아버지하고 안 자련?"

"정말?"

"그래."

"아이 좋아."

"우리 약을 먹고 잘까?"

"무슨 약인데?"

"잠 잘 오는 약이지."

"그래 먹고 자요."

"자아, 이렇게 들고."

"응."

"단번에 마셔야 한다."

어린 손자는 영문도 모르고 꿀꺽꿀꺽 비상을 들이마신다. 홍순목은 가슴이 터질 것 같았다. 인제 솟구치는 설움을 참을 필요가 없었다. 그는 목놓아 울었다.

"할아버지 왜 울어."

"으흐— 음."

이렇게 하여 홍영식의 아버지와 아들은 자결을 했다.

또한 이번 난리에 죽은 사대당의 조영하(趙寧夏)의 아들 조동윤(趙東潤)에게 출가한 홍만식(홍영식의 형)의 딸에게도 비극의 물방울은 튀었다. 조동윤은 아내를 돌려보냄으로써 자기 집의 난을 면하려 했다.

"여보, 당신이 정 그러시다면 가긴 하겠습니다만……."

부인은 말끝을 흐리었다.

"하는 수 없소, 당신 숙부는 더욱이 개화당 정부의 좌의정이란 감투까지 썼으니……."

"그야 전들…… 시아버님이 그렇게 되시고."

"아버님이 그렇게 되신 건 그야 정변이 일어났으니까 어쩌는 수 없지만, 이 조동윤이 아들 된 몸으로 원수인 홍영식의 질녀를 아내로 할 수는……."

"알겠어요."

"한 시라도 더 지체할 것 없을 것 같소."

"어머님께 말씀이라도 여쭙고……."

"그럴 필요 없소."

"그럼 그것마저도……."

조동윤은 울먹이는 아내를 바라보며 가슴이 찢어지는 것 같았지만 어쩔 수 없는 일이었다. 그들의 사이는 금실 같았건만, 잔인한 현실은 그런 사정쯤 아랑곳하지 않았다. 그것은 봉건사회의 현실이었다.

그뿐만이 아니었다. 박영효의 아버지 박원양(朴元楊) 참판도 자살하였으며, 그의 아들 영호는 어디론지 도망쳐 버리고 말았다. 서재필의 아버지인 진사 서광언도 부인 이씨와 함께 자결하였고, 서광범의 아버지 서광익도 옥사하였다. 심지어 김옥균의 본관인 안동 김씨는 '균'자 항렬(行列)을 '규'자로 고쳤으며, 박영효의 반남 박씨는 '영'자를 '승'자로, 서광범의 달성 서씨의 '광'자는 '병'자로, '재'자는 '정'자로 고쳤고, 밀양 홍씨의 '식'자는 '표'자로 각각 고치는 호적 대변혁까지 일어났다.

봉건제도를 개혁한다는 거사가 봉건적인 처벌로 끝났다는 것은 하나의 역설일 수밖에 없다. 민중의 뒷받침이 없고 민중이 따르지 못했기 때문이다.

그 뒤 국왕 고종은 일본의 후환이 두려워 어느 날 미국 공사를 만났다.

"잘 오셨소. 여러 가지 의논하고 싶던 차이오."

"그렇지 않아도 전하의 생각이 궁금하여……."

"그래, 국제적으로 어떻게 처리하면 좋을 것 같소?"

"거기에 관해서 저는 이번 일은 제3국이 나서면 잘 해결될 것 같습니다. 일본과 청은 당사국이고……."

"그러면……."

"제가 먼저 일본으로 가서 교섭을 해보겠습니다."

"정말 그렇게 해주시겠소?"

"네. 그리고 전하의 사신을 보내면 더욱 좋겠소."

"그럽시다. 서상우(徐相雨)와 목인덕(穆麟德) 아시지요, 묄렌도르프? 지금 우리 정부에서 일하고 있는 그 사람들을 보내도록 하겠소……."

"좋습니다. 그리고 청국에도 사신을 보내는 것이 좋을 듯합니다."

"그렇게 하도록 하겠소."

"그럼 저는 이만 물러가겠습니다."

이 나라의 개혁을 위해 일으킨 정변을 이 나라 자신이 처리하지 못하고 제3국의 알선과 일본·청국의 회담으로 결말을 짓게 되었다. 이것이 그 당시의 이 나라의 국제적 위치였던 것이다.

그리하여 이듬해인 1885년 을유년 4월 18일(음력 3월 4일)에 이른바 천진조약(天津條約)이 체결되었다. 그 조약문의 내용은 다음과 같다.

一, 의정(議政)하되 중국은 조선에 주둔하는 병을 철회하며, 일본국은 사관 호위(使館護衛)를 위하여 조선에 주재하는 병판(兵辦)을 철회하기로 한다.
　　조인일로부터 기산(起算)하여 4개월을 기한하고 그 안에 각기 전수(全數)를 철회함으로써 양국 자단(兩國滋端)의 우려가 있음을 면(免)한다. 중국병은 마산포(馬山浦)로부터 철거하고 일본국병은 인천항으로부터 철회한다.

一, 양국은 함께 승낙한다.

조선 국왕에게 권하여 병사를 교련(敎鍊)함으로써 치안을 자호(自護)하기에 족하도록 하고, 또 조선 국왕에 의하여 타외국무판(他外國武辦) 1인 혹은 수인을 선용(選傭)하여 교련지사(敎鍊之事)를 위임케 하되 사후(嗣後)로 중·일 양국은 파원(派員)하여 조선에 주재하며, 교련하는 일이 없도록 한다.

一, 장래 조선에 만약 변란이나 중대 사건이 있어 청·일 양국 혹은 일국이 파병을 요할 시에는 응당 그에 앞서 상호행문지조(相互行文知照)할 것이요, 그 사건이 진정(鎭定)되면 내즉(仍卽) 철회하며 다시 유방(留防)하지 않는다.

대청국 광서(光緖) 11년 3월 초4일

이 홍 장

대일본국 명치(明治) 18년 4월 18일

이토 히로부미

2. 개화의 물결

　비록 한국의 근대화를 내걸고 거사한 개화당의 갑신정변은 완고한 보수 세력 앞에 좌절되고 말았으나, 이를 계기로 하여 새로운 서구문명의 물결은 끊임없이 밀려오고, 한편 민중도 차차 각성하게 된다. 천주교의 전래, 기계문명의 유입, 통신시설의 가설, 신문의 창간, 의료시설의 설립, 교육기관의 창설 등 근대화로의 싹이 움트는 가운데, 그 그늘에 숨어 열국의 음흉한 식민욕에 찬 마수는 차차 뻗쳐 오려 하고 있다.

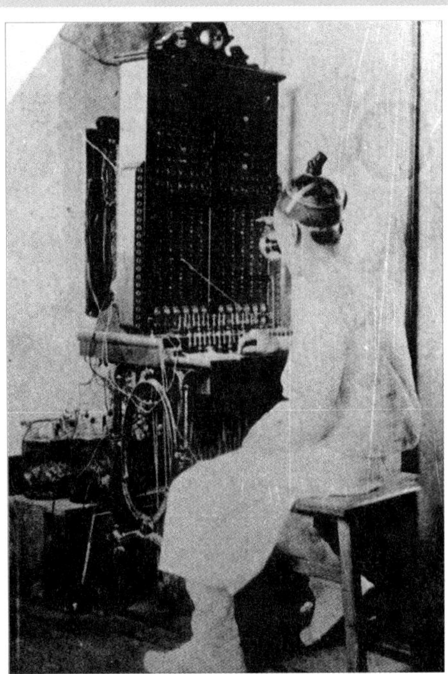

전화가 설치 되다 전화가 처음 가설된 개화 초기의 전화교환대와 남자 교환수

진령군(眞靈君)의 조화

오랜 기간 동안의 아시아적 침체(沈滯)와 봉건적인 완고(頑固) 및 유교사상이 골수에 들어박힌 수구파, 그리고 사대파의 강력한 반동에 의해 일대 개혁을 일으키려던 개화당의 꿈은 깨어졌으나, 근대화를 지향하는 세계 사조의 흐름은 잠자는 동방의 조그마한 반도에 물결치듯 밀려왔다.

갑신정변보다 두 해 앞선 1882년, 우리나라에도 처음으로 화륜선(火輪船)이라고 불리는 기선이 수입되었고, 한편 부산과 나가사키(長崎) 간에는 해저 전선이 가설되었다.

그리고 그 해 10월 1일에는 일본인 이노우에(井上)를 초빙하여 우리나라 최초의 신문 한성순보(漢城旬報)를 창간했다.

이렇게 끊임없이 밀려오는 개화의 물결은 그 누구도 막을 길이 없었다.

갑신년 바로 그 해에 궁중에서도 이 문명의 이기를 맛보게 되었다.

전짓불을 손에 든 민비는 자랑스럽게 한 궁녀를 놀려댔다.

"중전마마, 제발 그 무서운 불을 제발 딴 데로 비쳐 주셔요."

"호호…… 이 불이 무서운 게로구나. 이건 진령군의 조화로 신이 내린 도깨비불이다. 너의 혼을 빼앗아 갈지도 모른다."

민비가 이런 농을 하면서 손에 든 전지를 켜자, 궁녀는 자지러지게 놀랐다.

전짓불을 생전 처음으로 보는 궁녀는 정말 혼이 홀리는 줄 알았던 것이다.

"제발 저를 용서해 주시어요."

궁녀는 마치 죄를 지은 사람처럼 겁을 먹고 민비에게 안타까이 애원한다.

"왜? 무슨 잘못을 했느냐?"

"아니어요, 하지만 무서워서요."

"자아."

그제야 민비는 전짓불을 끈다.

"불이 어디로, 어디로 달아났어요!"

"진령군한테로 불려 갔어."

"네?"

하며, 궁녀는 도시 어떻게 되는 판국인지 영문을 몰라 눈이 휘둥그레진다.

지금 살았으면야 아무리 철이 들지 않은 어린애이기로서니 어찌 서울 장안에서 전깃불을 켰다 해서 이처럼 놀랄 것인가.

하기야 어떤 시골 노인은 자기 아들이 군대에서 가져온 전깃불을 물에 담가도 꺼지지 않는다 하여 그것을 도깨비불이라고 말했다는 예가 바로 얼마 전만 해도 있기는 했다.

그러나 민비는 농담 겸 진령군의 위신을 위하여 이렇게 말했던 것이다.

한성순보(漢城旬報) 1883년 10월 31일 창간한 우리나라 최초의 신문

그러면서 한편으로 민비는 진령군을 찾아가 딴전을 피우는 것이었다.

"진령군 계시오?"

"중전마마, 오시나이까?"

"지금 신기한 게 손에 들어와서 보이러 왔소."

"무엇이온데?"

전깃불을 찰칵 켜서 진령군에게 들이댄다.

"어이쿠……."

"진령군의 조화인데 그렇게 놀라시오?"

"네?"

"바로 얼마 전에 궐내에서 이 불이 진령군의 조화로 내린 거라고 했소."

"네— 그게 뭔데요?"

"실은 서양 사람들의 불이오. 전지라고 하는데, 전기를 가지고 불을 켜는 거요."

"네— 그럼 그게 바로 일본에서 켜고 있다는 그런 건가요?"

"그렇지, 그건 줄을 가지고 켜는 모양인데 이건 줄 없이 이렇게 가지고 다니면

서……."

"그거 참 신기하와요."

"어디 그뿐이오? 진령군도 들어서 알겠지만 저번에 우리 부산과 일본 나가사키와의 사이에 전선줄을 놓지 않았소?"

"네, 바다 속으로 말이지요?"

"그럼, 그래서 내가 진령군과 수시로 애기할 수 있도록 이 북묘와 내 처소 사이에 전선을 매어 놓도록 하라고 했소."

"네?"

"그렇게 되면 우린 그것을 이용하여 비밀한 애기를 빨리 연락할 수 있고……."

그렇다. 이미 미국에서는 1876년에 그래햄 벨이 전화를 완성했던 것이다.

1879년에는 발명왕 에디슨이 탄소선 전구를 발명했다.

이런 문명의 세찬 흐름이 이 나라의 굳게 닫힌 문틈으로 새어 들어와 신기한 모습과 함께 생활의 편리를 도모하고 있었으나, 오랫동안 닫혀 있는 백성들의 완고한 마음의 문은 좀처럼 열리지 않았다.

이는 지나간 몇십 년 동안에 벌어진 몇 차례의 양요 사건이며, 대원군의 천주교 배척 및 쇄국정치가 더욱 그처럼 마음의 문을 닫게 했을지도 모른다.

그 즈음, 선교차 건너온 미국인 몇 명이 있었는데, 이들은 아이들의 화젯거리가 되었다.

"양도깨비가 온다……."

"와……."

큰 구경이나 생긴 것처럼 몰려들어 신기한 듯 그들을 에워싸고 떠들어 댔던 것이다.

그런데 이 양도깨비라는 새로운 인종의 칭호는 다만 신기한 기계를 발명했다거나, 또한 얼굴 모습이며 행동에 있어서 우리와 같지 않아서 붙인 칭호만은 아니었다. 이들은 천주교라는 교리로써 고유한 우리의 사상을 흐리게 했을 뿐만 아니라, 심지어는 아이들을 잡아다 죽여서 약을 만든다는 소문까지 떠돌았기 때문이었다. 그리고 어떤 이는 천주학을 하라는 것을 성을 갈라는 정도의 욕으로까지 생각했던 것이다.

그날도 거리에서는,

"김 참봉 나리, 어디를 그렇게 빨리 가우?"

"양도깨비가 간다" 처음 보는 서양인의 모습에 길을 가던 모든 사람이 구경을 한다. 물지게를 지고 가는 사람도 길을 멈춰 서서…

"아, 어디 좀 잠깐."

"왜 사돈집에라도 가우? 차려입고 나선 걸 보니."

"아니 저 서소문 쪽에."

"옳지, 참봉 나리도 양놈을 보러 가는구먼."

"허허, 실은……."

이 노인은 서소문(西小門)에 있는 미국인을 구경하러 가는 것이었다. 지금으로 말하면 아마 화성인(火星人) 정도로 화제가 된 것이다.

그러나 한사코 말리는 노인도 있었다.

"그놈들이 또 무슨 요술을 부릴는지 모르는데, 가셨다가 그만 봉변을 당하면 어쩔려구?"

"멀찌감치 서서 보는데야 제가 어쩌겠소?"

"그래도 가까이 안 가시는 게 좋습네다. 천주학을 하려면 몰라도."

"뭐요?"

"아니, 저……."

"이 주사, 농을 해도 할 게 따로 있지, 천주학을 하다니? 그럼 이 주사는 성을 갈 구려."

천주교 초기의 방문 선교 마을마다 다니며 선교 활동을 벌이고 있다

"허— 김 참봉 미안하우. 그러려고 그런 게 아니라, 실언을 했소그려."

"그런다고 천주학을 하라니, 차라리 조상 무덤에 침을 뱉으라고 그러지……."

"글쎄, 잘못했소이다."

천주학을 하라는 것은 욕 중에서도 상욕이었다.

"실은…… 그 양놈의 눈이 새파랗다고 그러길래 보는지 못 보는지 알아보려고."

"그러지 않아도 얼마 전에 한 노인이 곰방대로 눈앞을 어른거려 보다가 큰 봉변을 당했답디다."

"뭐? 그럼 보긴 하는 모양이군."

이때 김 참봉 노인의 손자가 헐레벌떡 뛰어온다.

"할아버지, 빨리 가봐요."

"김 참봉, 손주녀석도 데리고 갈 참이었소? 그러다가 큰일나우."

"큰일이라니?"

"어린애들을 잡아다가 약으로 쓴답디다."

조랑말 타고 선교 활동 제주도에서 서귀포 지방으로 전교 여행을 떠나는 수녀들

"설마하니 양놈도 사람인데 그러기야 하겠소."

"글쎄, 공맹지도(孔孟之道)를 모르는 놈들이니 무슨 짓인들 못 하겠소?"

"하긴 오죽해야 대원군께서……."

대원군이 외국인을 박해한 것을 잘했다는 것이다.

"아 참, 그러니 말이지, 대원군께서 근간 돌아오신다는 소문도 들립디다."

"그래도 그저 못 본 척 못 들은 척하는 게 상수지."

"그야 그렇지만…… 하여튼 개화당들이 도망쳤어도 세상은 자꾸 개화되어 가
니 이것이 다 시운이지."

"하긴 병인년에 그렇게 천주학패들을 죽였어도 용케 도망쳐서 대국으로 빠져
나간 양놈도 있답디다."

두 노인의 말은 천주학과 선교에 대한 이야기로 돌아갔다.

1866년 대원군은 천주교도의 대학살을 감행했다.

3년간에 8천여 명을 학살한 그 참상이란 이루 말할 수 없었다.

그러나 몇 사람의 신부는 산간 벽촌의 신자의 집에서 숨을 수 있었다.

리델도 그 중의 한 사람이었다. 그는 서울에서 얼마 떨어진 황해도 어느 깊은 산중에 은신해 있었다. 하루는 너무나 갑갑해서 문 밖으로 나오자,

"앗, 리델 신부님, 어쩌자고 여길 나오십니까?"

뒤를 보살피고 있던 신자가 리델 신부의 외출에 깜짝 놀랐다.

"아직 아무 소식 없습니까?"

"네, 아직 기별은 없습니다만, 김베드로는 관가의 눈을 피해서 꼭 페론 신부님과 연락을 했을 겝니다. 인제 돌아올 날짜도 됐습니다."

"여기 황해도에서 충청도까지 가려면 시일이 많이 걸릴 텐데……."

"하지만 어려우신 대로 숨어 계셔야지……."

하고 신자는 먼 곳을 쳐다보았다.

"오늘도 무슨……."

"말이 아닙니다. 읍내에서 또 다섯 분이 천주님 품으로……."

"오, 천주여!"

순교는 거룩한 일이지만 죽음은 역시 슬픈 일이었다.

"자아, 빨리 숨어 계십시오. 언제 포리들이 또 들이닥칠지……."

"오! 천주여, 불쌍한 아들딸들을……."

"쉿."

이때 좀 떨어진 곳에서 말소리가 들려왔다.

두 사람은 돌처럼 굳어졌다. 그러나 은밀히 부르는 소리에 약간 안심이 되어 리델 신부가,

"누구요?"

하고 물었다.

"나요, 김베드로."

"오, 김베드로!"

리델이 반가워하며 달려갔다.

"신부님!"

"오! 성모 마리아 감사합니다. 페론 신부님은?"

"뒤쪽 숲속에 숨어 계십니다."

세 사람은 페론 신부가 있는 쪽으로 달려갔다.

"용케들 오셨군."

이렇게 반가움에 겨워 리
델이 말을 꺼내자,

"아니오, 관가 포리들이 필
시 우릴 본 것 같소. 빨리 피
하지 않으면……."

하고, 김베드로는 주위를 살
피며 몹시 불안해했다.

이들이 오는 것을 안 페론
이 숲속에서 튀어나왔다.

"리델 신부님."

"오, 페론 신부님."

"시간이 급합니다."

광혜원(廣惠院) 1885년 알렌의 주관으로 설립된 왕립 병원, 한국 최초의 서양의료
기관으로 경성제대 의학부의 전신이기도 하다

"자, 그럼 빨리 떠납시다. 준비가 됐습니다. 충청도 신창 용당리포에서 떠나기
로 됐습니다."

"언제요?"

"우리가 닿는 대로……."

"오! 그것 참."

"청나라로 가서, 우리 군대에 이 참상을 알려서 빨리 구해 내도록 해야겠소."

"그럼."

"내가 떠나겠소."

"리델 신부님!"

그리하여 리델 신부는 감시의 눈을 뚫고 청나라로 떠나는 몸이 되었다.

이렇듯 천주교도들에 대한 학살은 더욱 심해졌고, 완강한 쇄국정책을 감행한
주인공 대원군이 1885년 청나라로부터 환국함에 따라 외국 사상에 대한 탄압이
더 한층 활발해졌다. 그러나 그와는 반대로 개화의 거센 물결은 더욱 세차게 들
이닥쳤다.

바로 그 해만 해도 광혜원(廣惠院)이라는 서양 병원이 처음으로 생겼다.

"또 아픈 모양인데."

"여보, 인제 별수없어요. 그러지 말고 큰 맘먹고 한번 가봅시다."

애들이 병에 걸린 집에선 으레 서양 병원 얘기가 부부 사이에 오고갔다.

"안 돼, 서양 도깨비들은 칼로 쨴다는데."

"아이 참, 그게 신식 의술 아네요."

"귀한 집 자식을 그렇겐 못 해. 그게 될 말이오."

"하지만 이 애 병은 고치고 봐야지 않아요?"

"글쎄 안 된다니까."

양놈을 도깨비로 알았기 때문에 남편은 좀처럼 양의(洋醫)한테 가려고 하지 않았다. 하지만 백방으로 약을 써도 듣지 않게 되면 어느 새 남편도 마음이 달라져서 양의 생각이 간절해지는 것이다.

"올해 잿골에 처음 생겼다는 거기 말이지?"

"그럼요, 광혜원이란 서양 병원 말이에요."

"혹시 서양놈들이 조화를 잘 부린다니까 어떻게 임시로 고쳐 놓은 체하는 거 아냐?"

"그래도 나라에서 만들라고 한 건데 다 알아보고 했을 게 아네요. 빨리 손을 써 봅시다."

"정말 그렇다면……."

아이의 병을 고칠 수만 있다면 자기 간을 내주기까지라도 하려는 모성애가 결국은 아이를 데리고 서양 병원에 가도록 만드는 것이었다.

그러나 그들은 사람의 생명에 대한 그러한 바람, 그러한 사랑이 제도를 위한 제도가 되어 버리고만 낡은 시대의 울타리를 깨뜨리는 원동력이 된다는 것을 물론 모르고 있었다.

부모가 준 머리카락 하나, 살 한 점이라도 이를 손상치 않는 것이 효도라고 가르친 유교사상에 깊이 젖어 있었기 때문이다. 그렇기 때문에 수술을 주로 하는 서양의학을 배척한다는 것은 그 당시에 있어서는 당연했을는지 모른다.

그러나 그 서양 병원에 다니면 병이 곧 낫는다는 것은 어찌할 수 없는 엄연한 사실이었다.

다만 고루한 관념이 그 사실 앞에 애써 눈을 감으려고 했을 뿐이었음을 그들은 이해하지 못했다. 그랬기 때문에 서양 의사 앨런(Allen)과 여의사 엘러스(Ellas)에게 통정대부(通政大夫)의 관직명을 내리신 것에 대해서도,

"내 참 어이가 없어서, 글쎄 서양 계집년에게까지 나랏님이 벼슬을 내리셨다

는군요."

하며 혀를 찼던 것이다.

그러나 서양에서 들어온 새 의학의 씨는 각처에 보급되어 싹터 자라기 시작했다.

우두를 맞으면 소가 된다

살짝곰보의 여인이 오히려 매력이 있다는 사람도 있다. 그렇다고 해도 역시 비단결 같은 살갗이 더 아름다운 것임에 틀림없다.

그러나 종두(種痘)가 아직 실시되지 못하던 이 시대에는 천연두에 걸리기만 하면 죽지 않으면 거의 곰보가 되게 마련이었다.

그야 곰보가 흔한 세상에서는 오히려 곰보 아닌 것이 흉이 되는지 모르지만, 그것은 비극의 논거이며 그때에도 누구나 곰보 아니기를 바란 것은 사실이다.

"얘 복녀야."

"왜 그러니?"

"너 용칠 도령님의 새댁 봤니?"

"어때? 예쁘데?"

"예쁘데가 뭐냐? 살결이 정말 비단결 같고……."

"정말?"

"그렇게 매끈한 얼굴은 첨 봤어."

"살짝곰보인 모양이지?"

"아냐, 조금도 안 얽었어."

"아이 참, 어쩌면 그런지 몰라."

이웃집에 시집 온 새색시의 얼굴이 조금도 얽지 않은 것을 동네 처녀들은 얼마나 부러워했는지 모른다.

"너나 나도 그만했음 괜찮은데 얽은 게 탈이야."

"그래도 넌 그만했으면 괜찮다, 애……."

그러나 그들은 그렇게 실망할 필요는 없었다.

"아이 앤, 곰보가 어디 한두 사람이니 뭐……."

지석영(池錫永1855~1935) 초기 서양의학 발전의 공로자로 '우두신설'을 내어 보급하는 등 우두법 보급에 힘을 쏟았다

"그야 그렇지만."

곰보 처녀들의 탄식이다. 이런 화제 끝에 으레 나오게 되는 것이 우두 이야기였다.

"참, 요새 들리는 말에 우둔가 뭔가를 어렸을 때 맞으면 곰보가 되지 않는다지 뭐야 글쎄."

"그런 말은 나도 들었어. 하지만 우두를 맞으면 소가 된대, 애."

"아이 앤 못 하는 소리가 없나배."

"아니 그런 게 아니고, 그 약인가 뭔가를 글쎄 송아질 말려 죽여서 만든대. 그래서 그 송아지 귀신이 붙는다는구나 글쎄."

"에그머니나, 이를 어째."

"그래서 말이야, 언니들이 야단이잖니."

"아니, 그럼 우두란 걸 안 맞으면 되잖어?"

"그런데 나라님이 시켜서 그걸 만들고 있대지 않어."

"그럴 리가 없어."

"아냐, 지석영(池錫永)이란 사람이 그걸 맡아서 한다는데, 어떤 대감님은 여간 못마땅해하지 않는대."

"근데 지금 우리가 맞아도 곰보가 낫나?"

"앤 소가 되면 어쩔려구?"

"나랏님이 하신다는데 설마 백성들을 소로 만들려고 그러시겠니?"

"난 당장 양귀비가 된대도 우두는 안 맞겠다."

그러나 역시 곰보가 되지 않고 또 죽을 염려도 없다는 데는 미련이 없었던 것도 아니었다.

"하긴 미리 맞아 두어야 마마를 치러도 괜찮대."

"그러다가 별상마마님이 노하시면 어떡허지."

"누가 아니래."

"그러나 그런 약이 나왔다는 건 참 개명한 탓이지 뭐냐."

"그럼 넌 시집 가서 애를 낳으면 우두란 걸 맞힐 것 같구나 애."

"애는……."

한편으론 이해를 하는 축도 많았지만, 극구 반대하는 축이 지배적이었다. 이때에 천연두(天然痘)를 앓는 아들을 아예 체념한 부부는.

"여보, 남들도 다 그렇게 되는데 뭘 그렇게 서러워하오."

"하지만 그애가 누구라구요. 칠성님께 백일기도를 드려서 낳은 애인데……."

하며, 아내는 갖다 버리라는 남편의 말에 흐느낀다.

"별수있소. 별상님이 노여우셔서 애를 이렇게 만든 모양이니 단념을 하오. 자아, 그러다간 숨지겠소."

"그럼 기어이 수구문 밖에 갖다 버리겠단 말이오?"

"갖다가 마른 나뭇가지 위에 올려놓는 것이 관습으로 되어 있는 걸 어떻게 하겠소."

"정말 그렇겐 못 하겠어요."

그래도 아직 숨이 남아 있는 어린애를 어떻게 갖다 버릴 수 있느냐는 아내의 앙칼진 넋두리였다.

"참, 당신도 떼를 쓸 게 따로 있지. 그러다가 별상님이 노하시면 어쩔려구 그러오. 자아, 그럼 내 얼른 갔다 오겠소."

하며, 남편은 아이를 걸머지고 대문을 나서 수구문 밖으로 향했다.

그런데 누가 뒤에서 부르는 소리가 들린다. 돌아다보니 박 선달이었다.

"짊어진 그 애는 칠성이가 아니오?"

"응, 그만 마마에 걸려서 죽기 전에 수구문 밖에……."

하고 대답했다.

"허, 최 주사도 아직도 그런 짓을 하오?"

"그런 짓이라니?"

"아니, 지금이 어떤 세상이라고."

"어떤 세상이라니?"

"글쎄, 나라님의 분부로 지석영이란 분이 우두를 놓기 시작했는데……."

"그게 무슨 상관인가요?"

"마마는 천연두라는 돌림병의 일종인데 그 우두란 걸 맞으면 곰보도 안 되고 감쪽같이 낫는다오."

"뭐요?"

"그러니까, 인제 늦긴 했지만 그분을 데려다가 그 우두를 맞도록 하시오."

"그게 정말이오?"

"하여튼 수구문 밖에 버리는 건 그만두어요."

"정말 괜찮을까? 별상마님이 노하지 않을까?"

"글쎄, 내 말을 한번 들어 보라니까."

애를 버리러 가던 최 주사는 한 친구의 권유에 마음이 솔깃해졌다.

천연두라는 병을 별상마마라는 귀신의 조작으로만 생각했던 그 당시라, 우매한 백성들은 일단 천연두에 걸리기만 하면 죽기도 전에 지금의 을지로 6가인 수구문 밖에 내다가 마른 나뭇가지 위에 올려놓고 환자가 죽기를 기다렸던 것이다.

마치 어느 미개인들의 종교의식과 같이 생각되는 사실이 불과 80년 전만 해도 우리나라에서 행해졌던 것이다.

그런데도 예방이 되는 우두를 맞으려 하지 않았다.

이날도 오랫동안 일본에 건너가 우두법을 배워 와서 전라도 우두교수관(牛痘教授官)으로 있던 지석영(池錫永) 부부는 깨어나지 못하는 이 나라 백성들의 미개함을 걱정하고 있었다.

"여보, 오늘도 우두 맞으러 오는 사람이 없어요?"

"몇 사람이 와서 기웃거리긴 했지만, 좀처럼 들어오려구 하지 않는구려."

지석영은 아내와 마주 앉아서 찾아오는 사람이 없는 것을 걱정하고 있었다.

"다른 데 사정은 어떻답디까?"

"역시 마찬가지인가 보오."

"허허, 전라도 우두교수관인 이 지석영이 무엇하러 일본까지 가서 여러 해 동안 연구하고 왔는지 모르겠구려."

지석영은 쓴웃음을 지을 수밖에 없었다. 그렇게 타이르고 가르치고 설득시켰건만, 도무지 우두를 맞으러 오는 사람들이 없었던 것이다.

"무슨 말씀을 그렇게 하시어요? 무슨 일이 그렇게 당장 성취될 줄 아셨던가요?"

"하지만 너무 딱하지 않소? 자기네 생명과 얼굴을 위해선데……."

"깨지 못한 백성이라 그런 게 아녜요. 이제 차차 개화하면……."

"하지만 너무나 한심하니까 말이오. 글쎄, 우두라는 건 뻔한 일인데."

"그 뻔한 사실을 믿지 않으려고 하기 때문에 누구나 깨지 못하는 거죠."

“어떻든 양성한 제자들이나 빨리 활동을 할 수 있도록 만들어야겠소. 그러면 단 한 사람이라도 더 우두를 놓아 줄 수 있을 게고, 그렇게 되면 차차 우리의 참뜻을 알게 되겠지.”

“어서 그렇게 돼야겠어요.”

“기어이 그렇게 만들어야지.”

지석영은 굳은 신념을 가지고 일을 하였다. 선각자란 어느 시대고 수난을 받아야 하는 것인지도 모른다. 그러나 새로운 의술의 발전을 가로막는 것은 백성들의 미개한 미신만은 아니었다.

임금의 명령에 의한 개명에의 길을, 바로 임금의 정사를 돕는 조정의 벼슬아치들이 가로막으려 드는 것이었다

지석영을 모함하는 무리의 대표자인 서행보는 국왕 고종 앞에 나아가,

“그러하오니 그대로 방치해 둘 수는…….”

“그래도 일단 칙령을 내린 것을 어떻게 그렇게…….”

“아니올시다. 상감께서 이 서행보의 참뜻을 아시오면 지금 당장이라도…….”

“글쎄, 경의 충성된 마음을 모르는 바는 아니오. 그러나 지석영이 일본에서 배운 재주는 우리나라를 개화시키는 데 크게 도움이 되지 않겠소?”

“상감마마, 아뢰옵기 무엄하오나 지석영은 제자를 양성한답시고 실은 도당을 만들어 국가 변란을…….”

“무엇이?”

“뿐만 아니라 그의 형 지운영(池運永)은 김옥균을 잡으러 갔는데도 불구하고 오히려 그들과 내통하여 우리나라를 팔아먹으려고…….”

이렇게 서행보는 지석영 형제를 도저히 믿을 수가 없는 자라고 아뢰었다.

“그것이 사실이오?”

서행보의 말에 고종도 적이 놀랐다.

“그러하오니…….”

“그럼 어떻게 하면 좋소?”

“지석영 일파의 우두 도당을 엄벌에 처하심이…….”

고종도 마침내 동요하지 않을 수 없었다.

“경이 알아서 처리하도록 하오.”

고종은 그만 완미한 벼슬아치의 강경한 말에 좌우되어 지석영의 처벌을 허락

했던 것이다. 고종은 개화에 퍽 흥미를 느끼면서도 자기 주장을 내세울 줄 모르는 약한 성격의 임금이었다.

예나 지금이나 국가의 변란이란 집권자의 노여움을 사는 것이 보통이다.

"상감마마, 거기에 관해서 이미 생각한 바가 있사옵니다."

서행보는 이미 생각해 놓은 처벌 방법으로,

"우선 그 형제를 원악도(遠惡島)에 정배 보내고……."

하고 말했다.

고종은 처음 지석영의 정배를 반대했으나 끈덕진 반대파의 모함으로 마침내 결정이 내려졌다.

그리하여 지석영 형제는 원악도에 정배를 가거나 형벌을 받았고, 그 제자들도 각각 벌을 받았다.

그러나 이러한 미신과 고루한 관리들의 완강한 반동에 부닥치면서도 신식 의술은 그 효력이 비할 데가 없어 날로 번창해 가기만 했다.

또한 찬송가 소리도 이 땅의 한 모서리에서 널리 흘러 퍼지기 시작했다.

그리고 이런 신문명의 근본이 되고 뒷받침이 되는 신교육이 이 땅에서 처음으로 실시되려 하고 있었다.

기독교의 선교를 목적으로 멀리 미국으로부터 내한한 아펜젤러(H. G. Appenzeller) 목사가 1885년 8월 8일 그야말로 신학문의 전당인 배재학당을 창설한 것이다.

그러자 아이들은 저마다 그저 신기하여 어른들을 졸라댔다.

신학문의 전당 배재학당의 초기 교사: 1885년 미국인 선교사 아펜젤러가 세운 우리나라 최초의 학교

"할아버지, 나두 배재학당에 보내 줘."

하면서,

"서당에 가는 거 싫어. 접장님이 자꾸 종아리만 때리는걸."

"아니, 너 그거 누구에게 대꾸하는 소리냐? 허, 이거 큰일났군. 정말 집안 망하겠는걸."

그러나 할아버지나 부모의 허락도 없이 학당으로 마구 달려가는 아이도 있었다.

"이놈아! 이놈아! 게 섰지 못해."

"거긴 불한당의 자식놈들이 나가는 데야. 아비 어미도 모르는 거지새끼들이나 가는 데란 말이야."

하고, 고래고래 소리를 지르다 말고,

"옳지, 당장 가서 그 양놈을 혼내야지! 그냥 내버려 두었다간 큰일나겠는걸."

하며 뒤쫓아가는 것이었다.

한편 시골에서도 논이나 밭을 판 돈을 부모 몰래 훔쳐 가지고 배재학당을 찾아 서울로 올라오다가 붙잡힌 아이도 있었다.

도대체 의젓한 집안에서는 그런 서양 도깨비의 학교에 자제를 글공부하려 보낸다는 건 생각할 수도 없었던 것이다.

서당에 보내서 동몽선습이니 명심보감이니 하는 것을 배워야만 참말 공부로 여겼던 것이다.

그러나 아펜젤러의 학당에서는 거지 아이건 누구건 간에 배우러 오는 아이들을 열심히 가르치고 있었다.

"아펜젤러?"

"내 이름 아펜젤러, 알았소?"

"네."

"그럼 당신 두 사람은 하나님 품에 들어왔소. 오늘부터는 성경 말씀 공부하겠소."

"성경이 천주학 아네요?"

"천주학?"

"그런 거 안 배울래요."

"천주학? 무슨 말인지 모르겠소. 하나님 말씀 성경이오. 성경 배우면 착한 사람 되오. 하나님 품에 있으면 마음이 기쁘오. 그렇지?"

"우린 하나님 아버지 못 봤어요."

"하나님 아버지 눈에 보이지 않소. 그러나 안 계신 데 없소."

"네?"

아이들은 무슨 말인지 몰랐지만 하여튼 신기했다.

"당신네들 부모 없고 거리를 돌아다녔지만, 인제 하나님 아들이오. 인제 형제도 많이 생기오."

정성스런 아펜젤러의 가르침이었다.

이렇게 거리의 고아를 데려다 가르치고 있을 때, 아까 그 노인이 찾아왔다.

"여보시오."

"할아버지, 무슨 일입니까?"

"그래, 남의 나라에 와서 그놈의 천주학을 누가 가르치랬어, 응?"

노인은 노기등등하여 이 이국인 선교사에게 대드는 것이었다.

"거지새끼 둘을 데리고 뭐? 학당?"

"무슨 말씀입니까?"

"썩 집어치우지 못해. 당장 집어치우지 않으면 불을 지르겠다."

이렇게 노인은 마구 욕을 퍼부으며 나가 버렸다.

"나, 아펜젤러, 그 할아버지 어째 성을 내는지 모르겠소."

사실 아펜젤러로서는 그 노인이 왜 화를 내는지 통 알 수 없는 노릇이었다.

"그럼, 자— 우리 찬송가 부릅시다."

그러나 아이들은 이내 따라 부르려고 하지 않았다.

그러다가 아펜젤러의 그 인자한 눈에 고개 숙여 마침내는 조그맣게라도 부르기 시작하는 것이었다.

최초의 여학생들

1886년 5월 31일 정동 언덕바지에 있는 메리 피치 스크랜턴(Mery F. Scranton) 노부인의 집에서 몇 사람의 미국 사람들이 모여서 예배를 보았다.

"닥터 아펜젤러, 학생들이 한두 사람씩 늘어가서 일하시는 보람이 있겠습니다."

"모두 하나님의 은혭니다. 그리스도의 정신을 전도하는 데 힘을 얻었습니다. 스크랜턴 부인."

"벌써 1년이 가까워 오는군요."

"그렇습니다. 작년 8월 8일에 시작했으니까."

"그 집 없는 두 아이들은?"

"네, 인제 훌륭한 주님의 아들입니다."

"감사합니다."

"부인께서도 빨리 시작을 해야 할 텐데요, 스크랜턴 부인."

"네, 오늘이라도 학생만 생기면 시작하겠습니다. 그래서 이렇게 집도 뜯어 고치고 만반의 준비를 하고 기다리고 있는 게 아닙니까?"

"하긴 그렇죠."

"나는 이 나라 여자들의 교육에 목숨을 바칠 각오입니다. 그래서 내 아들에게 보구여관(保救女館)이란 부인병원을 차리도록 했습니다."

스크랜턴(Mery F.Scranton) **부인** 이화학당의 설립자.

"그건 잘 알고 있습니다. 미스터 스크랜턴은 나와 함께 지난해 4월 5일 제물포에 내렸으니까……."

"아 참, 그랬지요. 호호호……."

그들은 과거를 회상해 보고 있었다.

"이 나라에 온 지도 불과 1년밖에 안 됐는데, 그나마 이만큼 해왔다는 게 모두 하나님의 은혜가 아니고 무엇이겠습니까?"

"그런데 저……."

"무슨 말입니까, 스크랜턴 부인?"

"아니 저, 서양 도깨비, 서양 도깨비 하는데, 거 무슨 말이죠?"

아펜젤러는 웃음을 터뜨리더니 한참 웃고 나서, 어리둥절해 있는 스크랜턴 부인에게,

"그건 우리가 사람이 아니고 고스트(ghost), 즉 유령 같다는 겁니다."

라고 대답했다.

"그럼, 우리들이 사람이 아니란 말이죠."

하며, 스크랜턴 부인도 따라 웃었다.

"한데 참, 보구여관에 환자들이 많이 옵니까?"

초기 여성 교육의 현장 개항 무렵의 초기 여성 교육은 선교사나 외교관 등의 부인들에 의해 시작되었다

"많이 안 옵니다. 서양 도깨비가 무서워서 안 오는 모양이죠."

이런 농담을 하며 그들은 또 한바탕 웃었다.

"우린 정말 코리아 사람들 위해 일하고자 왔는데……."

"우리의 진심을 알면 차차 깨닫게 되겠죠."

"그건 그렇습니다만, 이 나라에 와서 보니 할 일이 태산 같아서…… 아니 여자들은 외출도 마음대로 못하고, 또 남자와 같은 자리에 앉지도 못한다고들 하지 않겠소. 한데, 그걸 뭐라고 말하더라……."

"뭘 말예요?"

"오! 그렇지, 남녀 칠세 부동석이란 말 말이오."

하자, 스크랜턴 부인도 '남녀 칠세 부동석'이란 말을 몇 번이나 발음해 보았다.

"그리고 또 교통이 불편해서……."

"양반집 숙녀들은 사인교(四人轎)를 타고 다니죠."

"네 사람이 어깨에 메고 다니는 가마 말이죠?"

하였다.

이렇게 그들이 깨지 못한 이 나라의 낡은 풍습에 대해서 이야기하고 있을 때, 밖에서 사람을 찾는 소리가 들려왔다.

"여봐라—"

"허, 여기 나라 말로 호랑이 제 말 하면 온다더니 사인교가 왔나 봅니다."

"네? 사인교가?"

하면서 나가 보려고 일어서는데,

"여기가 스크랜턴이란 여자네 학굡니까?"

하는 소리가 다시 들려왔다.

"입학하러 온 모양입니다."

"뭐? 학생이?"

찾아온 여자는 어느 벼슬아치의 소실로서, 영어를 배워 민비의 통역 노릇을 하면서 세도를 피워 볼까 하는 생각에서 입학하려는 것이었다.

그 여자가 바로 스크랜턴 부인의 학교에 들어온 처음 학생이었다.

그리고 또한 이날이야말로 역사에 길이 남는 이화학당 창립의 날이며, 우리 역사상에 있어서 여자가 신식 교육을 받게 된 첫날이라고 할 수 있을 것이다.

스크랜턴 부인은 이 학생과 서로 말이 통하지 않으니까 한동안은 손짓으로 '북'이니 '윈도우'니 하는 따위의 단어를 가르쳤다.

그러나 이 학생은 석 달이 못 돼서 그만두었다. 그 뒤 스크랜턴 부인은 서울의 거리를 헤매며 몸소 학생을 모으기 시작했다.

초창기 이화학당 유년부 학생들(1895년) 1886년, 미국 여선교사 스크랜턴 여사에 의해 세워졌으며, 우리나라 여성교육기관의 효시였다

"여러분, 우리 학당에서 공부하시오."

온 서울 장안을 돌아다녔으나 학생은커녕 아이들의 놀림을 받기가 일쑤였다.

"신식 공부하시오."

이렇게 외치다시피 말하며 거리를 걸어다니는 것을 보고 아이들은,

"서양 할미 도깨비 또 나왔다."

마구 소리를 지르며 놀려대는 것이다.

이것을 보는 행인들은 무슨 구경거리나 되는 것처럼 웃어댔다.

아무리 스크랜턴 부인이 그렇게 거리를 쏘다녀도 배우겠다는 학생은 좀처럼 나서지 않았다.

그러던 중 1886년 7월에 서울 장안에는 무서운 호열자(虎列刺)가 돌았다. 나라에서는 영천에다 움막을 치고 환자를 수용하거나, 또는 성 밖에다 환자를 이동시키는 등 법석이었다. 하루에도 수백 명씩 죽어 가서 사람의 시체를 내다 버리는 행렬이 수구문 밖으로 줄지어 갔다.

그러므로 시민들은 이 무서운 병을 피하기 위하여 깊은 산 속으로 줄지어 피난을 갔다.

"댁은 어디로 피난을 가는 거요?"

"광주군 청담골이 안전하다고들 말하길래."

"우린 양주로 갑니다."

"어떻든 빨리 가야지. 그놈의 몹쓸 병이 자꾸 뒤따라오니……."

"걸리기만 하면 그만이라고 하지 않소. 엠병 뜸떠먹겠다니까."

의술이 발달되지 못한 당시에 있어 호열자는 그대로 사람을 죽음의 길로 인도했다.

"구토 설사를 하기 시작하면 마지막이라지 않소."

"전엔 그런 병이 없었는데."

"그놈 양놈의 화물선에 묻어 왔다지 않았어."

전에 없던 병이 외국인이 드나들면서부터 생기자 모두 이렇게들 추측해서 말했다.

"어떻든 귀신이 곡할 노릇이야."

"자아, 그럼 빨리 가보우."

"잘 가오. 절에 가서 얼마간 있으면 그놈의 병도 지나가겠지."

"원 세상이 뒤숭숭하더니 병도 별 병이 다 돌지."

"나라가 망할 징조야."

백성들의 아우성, 여기저기서 쓰러지는 사람들의 신음소리, 그야말로 아비규환(阿鼻叫喚)이었고, 눈 뜨고는 차마 바라볼 수 없는 처참한 광경이었다.

그 속을 헤치며 오늘도 몇 명의 서양 사람들이 서울 장안을 쏘다녔다.

이들은 다름 아닌 스크랜턴 부인의 아들 스크랜턴 일행이었던 것이다.

"아— 저기 아직 살아 있는 여자가 있소."

"오! 아직 죽지도 않은 사람을……."

"빨리, 여보시오, 빨리 저 부인을 업으시오."

"다 죽어 가는걸요."

"저 어린아이와 그 어머니 죽는 거 나 슬퍼하오"

이렇게 하여 아직도 목숨이 붙어 있는 채 수구문 밖에 내다 버려진 한 여자와 그 옆에서 울고 있는 소녀를 데리고 온 스크랜턴 의사는,

"환자 머리에 얼음을 올려놓고……."

하고, 조수로 있는 한국인 소년에게 손짓하였다.

그러나 그 소년은 어쩐 일인지 한구석에 꼿꼿이 서 있기만 했다.

"왜 가만히 있지?"

그러자 소년은 떨리는 목소리로 이렇게 대답했다.

"네, 저…… 전 가봐야겠습니다. 모두 절간으로 피난 가는데……."

"절간?"

"네, 안녕히 계십시오."

스크랜턴 의사가 데리고 왔던 조수는 전번에 휩쓴 염병에 겁이 났던지 꽁무니를 빼고 말았다.

"이것 참 큰일났군. 수구문 밖에 또 나가 보아야 하겠는데……."

이렇게 조수가 없어진 것을 걱정하고 있을 때 그의 어머니 스크랜턴 부인이 찾아왔다.

"어머니, 마침 잘 오셨습니다. 저 환자를 좀 돌보아 주십시오."

"심부름하는 아인 어디 갔니?"

"가버렸습니다."

"아니 갑자기 가버리다니!"

"호열자를 피해 절간으로 갔답니다."

"그러면 바빠서 어떡하지?"

"하여튼 지금 목숨이 붙은 환자들을 마구 수구문 밖에 내다 버리는데……. 전한 사람이라도 데려다 구해 주고 싶습니다."

"그럼 그래라, 내가 그 동안 도와 주마."

"고맙습니다, 어머니."

"참, 그 동안 학생은 좀 모았습니까?"

그제야 어머니가 하는 일이 궁금하다는 듯 물었다.

"아직."

스크랜턴 부인은 그때까지도 학생을 모으지 못하고 있었다. 모자는 쓴웃음을 지었다.

"그래요?"

그런 이야기를 하다가 스크랜턴 의사는 갑자기 생각나는 것이 있었다.

"참, 어머니, 이 환자의 어린 딸이 저 방에 있습니다. 좀 돌봐 주십시오."

바빠서 그 동안 옆방에 있는 아이 생각을 깜박 잊고 있었던 것이다.

"암, 그래야지."

그 애는 너무 무서운 일을 당해서 거의 정신없이 울고만 있었다.

스크랜턴 부인은 잘 울지도 못하는 그 아이를 부둥켜 안았다.

그러나 잠시 후, 그 소녀의 어머니는 그만 죽어 버린 것이다.

"그럼, 이 애는 내가 돌봐 주지."

"그러셔야겠습니다."

"애 이름은?"

"별단이라나요."

"별단이?"

이리하여 스크랜턴 부인은 울고 늘어지는 아이를 간신히 달래어 집으로 데리고 왔다.

그런데 이 별단이라는 어린 소녀야말로 스크랜턴 부인의 최초의 제자였으며, 이화학당을 나온 최초의 졸업생인 것이다.

이렇게 해서 그 해 2월에는 학생이 4명으로 늘었고, 다음 해인 1887년에는 학생이 7명으로 불어났다.

“개화하기만 하면 어느 집에나 다 그런 뒷간을 만들어 놓을까?”

지금 이렇게 두 소녀가 서로 이야기하는 것도 신식 변소를 두고 말하는 것이다.

“그야 모르지만 난 처음엔 깜짝 놀랐다, 애.”

“방 안보다도 깨끗해서 난 뒷간인 줄 몰랐어.”

“나도 뭘 하는 방인가 했었어.”

“그래서 너 처음에 스크랜턴 부인이 거기 들어가라고 했을 때 들어갔다가 그냥 나왔구나?”

“너두 그랬잖니, 앤.”

소녀들은 변소가 너무나 깨끗하므로 한 번씩은 속은 경험을 가지고 있었다.

“목욕할까?”

“그러자.”

목욕탕도 있었다.

“그럼, 너 먼저 들어가.”

“네가 먼저 들어가.”

“우리 같이 들어갈까?”

“뭐? 목욕실엘?”

“그래.”

“에그머니!”

같이 목욕을 한다는 말에 한 소녀가 깜짝 놀랐다. 집에서 알면 어떡하나 하는 걱정이었다.

불과 7,8세밖에 안 되었으나, 그때로서는 다 큰 계집애로 생각하던 때라, 벌거벗은 몸을 남에게 보인다는 건 정말 큰일날 노릇이었던 것이다.

“여자끼린데 뭐⋯⋯.”

“그런 것을 집에서 알면 큰일나게.”

“그야 뭐 누가 알겠어.”

“자, 같이 들어가.”

이런 일들은 비일비재(非一非再)했다.

아침에 세수를 하는 데도 학당에서는 신기로운 일이 일어난 것이다.

처음으로 비누를 사용해 보기 시작한 것이다.

“아이, 이 거품 봐.”

“때도 잘 지지?”

“그래, 이런 비누만 쓰면 정말 살결이 예뻐지겠네.”

“아냐, 살결이 약해질지 몰라.”

“왜?”

“너무 벗겨지지 않아?”

“그럴지도 몰라. 그렇지만 콩비누보다도 더 잘 씻어져서 좋아.”

“그래, 우리집에선 팥비누를 썼어. 그런데 기름 같은 건 잘 안 지지 않아.”

“우리집에서도 녹두비누를 쓰는데 옷을 빨아도 때가 잘 안 빠지고.”

“이 비누를 쓰니까 옷도 여간 깨끗해지지 않구.”

“요다음에 우리 오빠 면회 올 때 이거 한 장 주어야겠어.”

“그래그래, 우리 스크랜턴 부인에게 말해서 그렇게 하자.”

이렇게 학생들이 신기한 설비와 도구 등에 관해 이야기꽃을 피울 때, 학생들이 흔히 노부인이라고 부르는, 말하자면 이들의 선생인 스크랜턴 부인이 아침이 다 된 것을 알린다.

“세수 다했으면 우리 조반 먹읍시다.”

“네.”

먼저 찬송가를 부른 다음에 기도를 올리고 식사를 하는 것이었다.

1887년, 명성황후(明成皇后) 민비로부터 이화학당이란 이름을 하사받은 스크랜턴 부인의 학당 학생들은 이러한 기숙사 생활을 통하여 깨끗한 변소와 목욕탕을 사용하기 시작했고, 비누를 처음으로 써보았던 것이다.

그러면서 그들은 보통 10년 이상 기숙사에서 생활을 했고, 가족이 면회할 때에도 쌍방의 입회인을 세우고 했던 것이다.

그러는 가운데 여기 한국의 새 세상을 낳을 어머니들은 자라고 있었다.

거문도의 신기(新奇)

병원이나 학교 등이 생기면서 이 나라의 개화는 본격적인 걸음을 내딛기 시작했으며, 한편으론 아직까지 보지 못하던 신기한 물건들을 보게 됨으로써 백성들의 눈은 점점 떠지기 시작했다.

서울 거리에서는 어린아이들이 모이면 으레 이런 얘기가 오고갔다.

"저기 재미있는 구경이 있대."

"어디?"

"저기 애들이 빙 둘러 서 있지 않어?"

"응, 정말."

"가보자."

거기에는 청국인이 요술을 하고 있었다.

"자아, 이것 들여다봐. 우리 쌀람이 요술 잘이 해, 돈 조금 받아."

지금도 가끔 볼 수 있는 요지경을 가지고 아이들의 인기를 모으고 있었다.

"아이쿠!"

"왜 그러니?"

"도깨비가……."

"응?"

"저 속을 들여다봐. 이상한 게 빙빙 돌고 시뻘건 불이, 너 좀 들여다봐."

보는 아이마다 놀랐고, 또한 감탄을 연발했다.

"하하하…… 그거 도깨비 아냐, 그거 요지경 참 재미 있어. 돈 한 푼 내, 볼 수 있어."

이렇게 요지경을 가지고 아이들의 눈을 휘둥그렇게 만드는가 하면, 진고개의 일본 사람들이 사는 거리에서도 새로운 소식이 흘러나왔다.

"하이, 하이, 도조(네 네, 제발)."

"나도, 나도 주세요."

"하이, 하이."

설탕이 나지 않는 이곳에 처음으로 달콤한 설탕이 들어오게 된 것이다.

요지경을 보던 소년은 이번에는 그리로 뛰어간다.

"복남아, 진고개 가니?"

"그래 일본 거리로 간다."

"거긴 뭐 하러?"

"왜떡 사먹으러."

"왜떡?"

“응, 왜떡 참 달대.”

“나도 같이 가.”

“그래, 따라와.”

단 것은 꿀밖에 모르던 사람들, 몇 푼 안 되는 돈으로써 달콤한 것을 사먹을 수 있다는 게 여간 신기한 일이 아니었다.

한편 거문도(巨文島)에서는 이런 일이 있었다.

그것은 1885년 3월 어느 날의 일이었다. 영국 함대가 거문도를 점령하고 진지를 구축하려 했다.

“데어(There)?”

“예스(Yes).”

군함 여섯 척과 운송선 두 척, 이렇게 여덟 척의 배가 들어왔다.

이것을 본 섬사람들은 이 검고 육중한 괴물들이 마치 청천벽력인 양 신기하기만 했다. 어부들은 바닷가로 몰려 나와,

“저— 용바위 쪽을 내다보게나.”

“아, 저게 뭔가?”

고동 소리도 요란히 그 배는 점점 다가왔다.

“점점 이 섬 가까이 오는데.”

“저 저…… 연기를 내뿜는다.”

“저게 필시 화륜선이라는 걸 거야.”

늙은 어부의 말이다.

“뭐요?”

“서울서 왔던 장사꾼한테 들었는데 그게 틀림없어!”

“그런데 그 화륜선이 뭣하려구 이 거문도까지 오는 거야?”

“모르지. 응, 양놈들이 타고 오는지 모르지.”

“이것 참 큰일났군. 양놈들이 애들을 잡아간다고 하던데…….”

“괜히 말뿐이지 정작 그러진 않는 모양이야. 그러지 말고 우리 바닷가로 나가 보세.”

“정말 괜찮을까?”

“자아, 빨리 가보세.”

먼저 두 사람의 어부가 배 가까이로 다가갔다.

두려움에 사로잡혔던 섬사람들이었으나, 차차 호기심이 나서 바닷가로 몰려나갔던 것이다.

"저게 몇 척이야. 하나, 둘…… 모두 여덟 척이군."

"그런데 도대체 이런 섬에 뭘 하러 오는지 정말 모르겠는걸."

"오, 저기 배 위에 양놈들이 보이는데."

대포 소리가 은은히 들려온다.

"아이쿠!"

영국 함대가 공중을 향해 포를 몇 발 쏘았다.

그러나 그것은 한낱 위협 사격이었다. 위해를 가하려는 것이 아님을 깨달은 섬사람들은 그대로 지켜보고 있었다. 그러나 역시 무섭긴 했다.

"여보게, 이쪽으로 쏘는 건 아닌 모양일세."

"정말 괜찮을까?"

어부 하나는 벌벌 떨었다.

"가만히 바위 뒤에 숨어서 보세."

이때 영국인 수 명이 보트 하나로 내려타고 육지 가까이 접근해 오고 있었다.

"양놈이 몇 놈 조그만 배로 이리 오는군."

한 영국인이 일어서서 서투른 한국말로 외친다.

"여보시오, 우리 당신네 해치러 온 거 아니오."

"뭐라고 그러지?"

하며, 한 사람이 동료를 죽 쳐다보았다.

"우리더러 오라는 것 같은데."

"컴 히어, 컴 히어(Come here, come here)."

이렇게 말하며 해치지 않는다고 극구 설명했으나, 섬사람들은 가까이는 가지 않았다.

그러나 잠시 후에,

"이크, 모두 내리는 모양인데."

"저것 봐, 무슨 공사를 할 모양이야."

어부들은 다시 고개를 넌지시 내밀었다. 이것을 발견한 영국인이 반가운 소리로,

"오— 거기 바위 뒤에 있는 사람 이리 오시오. 우리 일 와서 해주면 돈 주겠

소.”

“돈을?”

우선 돈이라는 데 어부들은 귀가 버쩍 뜨였다.

“그렇소. 자아, 마을 사람 모두 같이 오시오. 오 통역관, 빨리 오시오.”

“미안합니다. 사령관님께 설명해 드리느라고 늦었습니다.”

통역관은 이렇게 말하고 다시 낯선 도민을 향해,

“저— 섬사람들, 놀라지 마십시오. 저분들은 당신네들을 해치러 온 게 아니고 여기 항구를 만들러 온 것이오.”

하고 말했다.

“항구라니요?”

아직까지 항구라는 말을 들어 보지도 못했던 어부들은 항구가 무엇이냐고 서로들 쑥덕거리기만 했다.

“차차 알게 될 거요. 그보다도 오늘부터 뒷산에 와서 일을 하시오. 일 공을 많이 드릴 터이니, 고기잡는 것보다 나을 게요.”

하는 것이었다.

이 말이 떨어지자, 두 어부는 마을로 뛰어갔다. 마을 동료에게 이 사실을 한시바삐 전하기 위해서였다.

사실 거문도 어민들로서는 하루 종일 바다와 싸우며 고기잡는 것보다는 영국 진지에 가서 일하는 것이 더 벌이가 잘 되었고, 또 외국의 여러 가지 신기한 도구를 써볼 수도 있었다. 듣지 못하던 이야기도 들을 수 있었다.

그러나 그보다 더 신기한 것은 뱃고동 소리, 통조림, 양주(洋酒) 등 보지 못하던 물건들이었다.

“그만 쉬시오, 점심시간이오.”

“자— 이것을 타가시오.”

하며, 나누어 주는 통조림을 받아 든 어부들은 모두들 눈이 휘둥그레졌다.

“이게 뭐야?”

“대포알 같은데.”

“대포알?”

“무쇠로 만든 게 대포알 아니고 뭐겠나?”

“대포알을 우리에게 왜 주겠나?”

"하긴 그렇군. 그럼 뭔가?"

"점심시간이니까 뭐 먹을 거겠지."

"먹을 거?"

"저기 보게. 통역관이 저 사람들과 같이 뭘 먹고 있는데."

"칼로 도려 내는군. 자아, 우리도 도려 내보세. 출렁거리는 게 뭐가 들은 게 틀림없어."

"응, 과일인가 본데."

"이거 고기 아니야?"

"어디?"

"허, 그거 참 신기하군. 고기를 삶아서 이런 깡통에 넣어 가지고 다니다니……."

빵을 처음 먹어보는 아이들 1894년 영국 신문이 소개한 조선 기행문의 삽화

"이렇게 넣으면 썩지 않는 모양이지."

"이런 걸 다 먹어 보고, 우리도 인제 개화됐는데."

"글쎄, 귀양이나 오는 이런 섬에서 이런 걸 먹어 보다니."

"자아, 이것도 좀 마셔 보게."

"이거 금년엔 고기잡이 안 나가도 될 것 같은데."

"지난해처럼 현감이 탄 배가 오다가 파선만 되면 올 한 해는 잘 살 수 있겠는걸."

"암, 그렇고말고."

그들은 통조림에 양주를 먹으면서 못내 통쾌해했다.

이리하여 한국 사람들은 자기도 모르는 사이에 개화의 물결 속에 휩쓸려 들어가고 있었다.

그 해 10월엔 전환국 조폐창과 기기국 기기창도 완성되었다.

"저게 무슨 소리요?"

"그게 서양 기계 돌아가는 소리요."

"허, 뭘 하려는 건데?"

"듣건데 신식 화폐를 만드는가 봅디다."

"뭐요? 그럼 지금까지 쓰던 엽전은 앞으로 못 쓰게 된단 말이오?"

"그렇지야 않겠지만…… 어떻든 새로 돈을 만든다나 봅디다."

"허참."

이야기는 다시 이화학당으로 돌아간다.

스크랜턴 부인의 헌신적인 노력으로 학생들은 하나 둘씩 늘어가고, 또 주위에서도 점점 새롭게 인식하기 시작했다. 스크랜턴 부인은 유쾌한 듯 웃었다. 그리고 쉬는 시간을 즐기고 있는 소녀들을 향하여 큰 소리로 외친다. 수업이 계속되는 것이었다.

처음에는 주기도문이나 찬송가를 영어로 배우는 것이 공부의 전부였다. 다홍치마에 다홍저고리를 입은 열 살 남짓한 학생들이 모여서 공부했는데, 처음으로 인형도 만져 보았다.

상학 시간은 솜방망이로 징을 쳐서 알렸다. 오늘도 하루 일과가 시작되는 것이다.

"모두 제자리에 앉아요!"

하는 소리와 함께 어느 새 미국인 선생 스크랜턴 부인은 교단에 서 있었다.

그러고 나서,

"이제부턴 여러분들의 이름을 부르는 게 어색하지 않죠?"

하였다. 당시 한국 여자들에게는 고유한 이름이 없고, 다만 언년이니 예쁜이니 하는 따위의 이름으로 불렸으므로 혼동이 심했다.

그런데 이 학교에서는 먼저 이름을 지어서 부르게 한 것이다.

"이 나라엔 아직 민적에 관한 법률이 없어서 당신네들 이름이 없어요. 그저 이씨 댁 큰아씨니, 정씨니 합니다. 그러나 김씨니 이씨니 하는 것 따위가 너무 많아서 혼동하기 쉽습니다. 그래서 나는 별단이는 조라이나라고 하고, 그리고 황메리, 김루씨, 이렇게 이름지었어요."

"처음엔 이상했지만, 인제 우리끼리도 그렇게 부른답니다, 노부인."

별단이 조라이나의 말이었다. 노부인이란 스크랜턴 부인인 자기들 선생님을 부르는 말이었다.

"좋소. 그럼 지금부터 성경 공부를 하겠습니다. 조라이나, 주기도문 외어 보시오."

불어 강의 개항을 하고 외국과 수교를 맺자 서구의 새로운 문물이 도입되면서 근대화의 교육이 시작되었다. 사진은 1895년 불어학교에서 강의를 하고 있는 불어 교사 마르텔의 강의 장면

"네, 아워 파더 휘치 아트 인 헤븐 헬로 비 다이 네임(하늘에 계신 우리 아버지 이름을 거룩하게 하옵시고)."

"잠깐, 아워 파더가 누구죠?"

"하나님입니다."

"옳습니다. 맞았습니다. 그렇지만 글자 그대로의 뜻을 말하면?"

"우리 아버지."

"그렇습니다. 아워는 우리, 파더는 아버지, 그럼 어머니는?"

"머더."

"모두 잘 압니다. 이름은?"

"네임."

"왓 이스 유어 네임(이름이 무엇입니까)?"

"헬렌 최."

"참 썩 잘들 하오."

스크랜턴 부인은 아무것도 모르던 이 소녀들이 하나하나 알아 나가자, 더할 나위 없이 기뻤다. 그리고 학생들 역시 이 새 학문의 공부가 신기하고 자랑스러웠던 것이다.

　"조라이나, 그럼 지금까지 읽은 것을 이 판에 한 번 써보시오."

　"네."

　이 학생들 중에서 조라이나가 제일 영리했다.

　"다른 학생들은 그대로 앉아서 외고 있으시오."

　이때 언젠가 편지를 보낸 한 청년이 학생 하나를 면회하려고 찾아왔다. 그의 누이동생이 이곳에서 공부하고 있었기 때문이다.

　"저 학생이 당신의 누이동생이지만 단둘이선 못 만납니다."

　면회 규율이 엄격하여서 만나기도 힘들었고, 또한 단둘이선 만나지도 못하게 했다.

　"하지만 비밀히 의논할 것이 있어서……."

　"그건 편지에 쓰지 않았습니까?"

　"자세한 내용은 적지 못했소."

　"그래도 우리 학교의 규칙이니까 곤란합니다."

　도무지 단둘의 시간을 얻을 수가 없었다.

　"알겠습니다. 간단히 말만 전하고 가죠."

　오빠가 면회 왔다는 소식을 들은 그 청년의 누이동생은 몹시 반가웠다.

　혼자 나갈 수 없음을 잘 아는 이 소녀는 가장 가까이 지내는 조라이나에게 같이 가줄 것을 청했다.

　"조라이나, 같이 가줄래?"

　"그렇게 할까."

　"그런데 오라버니가 무슨 일 때문에 오셨는지 도무지 모르겠어?"

　"만나보면 곧 알 게 아니니."

　"그야 그렇지만, 어머니가 편찮으신가?"

　"기다리실 텐데 빨리 가보자, 애."

　이 청년의 면회 내용은 별것이 아니었다. 집 사정을 상의하는 것이었다.

　면회가 끝나자 스크랜턴 부인은 가보겠다고 일어서는 그 청년에게,

　"아니올시다. 서양차 한 잔 마시고 가십시오."

하며 커피를 권했다.

　서양차란 말에 호기심을 가지고 한 모금 들이킨 이 청년은 얼굴을 찡그리며 적

이 실망하는 눈치였다. 설탕을 안 탄 것이다.

"왜 그러십니까? 아, 씁니까? 슈거를 더 타십시오. 깜박 잊었군요. 내가 마시는 버릇대로 슈거를 조금 타서……."

하며, 설탕을 더 타주었다.

"어떻습니까, 맛이?"

"네…… 저…… 답니다."

"호호호호…… 처음이신가 보군요."

"네, 지난번에 청나라에서 많이 가져왔다는 애기는 들었지만, 아직 우리는 못 마셔 봤습니다."

"맛이 어떻습니까?"

"향기롭고……."

"그렇습니다. 이 나라에서도 차차 마시게 되겠죠."

"그럼 이만 가보겠습니다."

"안녕히 가십시오."

이 커피가 우리나라에 본격적으로 들어온 것은, 갑신년에 원세개가 전권위원으로 들어올 때 가지고 와서 마신 것에서 비롯된 것이라고 전해진다.

풀려나는 노예

아펜젤러의 배재학당에서와 마찬가지로 스크랜턴 부인의 이화학당에서도 처음에는 선교 사업의 일부로 학당을 창설하였으나, 학생들 수가 조금씩 불어나게 되자 영어읽기·산술·한글·창가·역사·영어 문법·글씨쓰기 등의 학과도 가르치게 되었다.

그리고 1886년에는 정부에서도 새로운 교육을 위하여 육영공원(育英公院)을 설치하고 미국인을 교사로 초빙하여, 수학·외국어·지리·정치·경제 등을 정식으로 가르쳤다.

그런데 1882년엔 이미 누가복음·요한복음이 우리말로 번역 발간되었고, 서양인들이 세운 학교는 완전히 종교적인 분위기에서 경영되었다.

그리하여 1887년 10월 11일에는 우리나라 개국 이래 처음으로 아펜젤러 목사가 한국 여성에게 세례를 주었다.

"그럼, 이제 주님의 딸에게 예수의 이름으로 세례를 주겠습니다."

남녀 칠세 부동석의 도덕 속에서는 목사가 세례를 주는데도 남녀 간 사이에 친 포장을 찢고 세례를 주는 것이었다.

그것은 낡은 도덕이 도사리고 있는 사회에 있어서도 어찌 할 수 없는 방법이었 으며, 또한 새 시대에로의 한 걸음 전진이기도 했다.

그렇다고 해도 당시의 사회에서 고루한 일이 아주 없었던 것은 아니다.

어느 젊은 여자가 남편이 바람 피우는 것에 투기를 낸다고 시어머니에게 호된 호령을 들었다.

"그래, 우리 집안이 어떤 집안이라고 함부로 그런 짓을 해?"

"죽을 죄로 잘못했습니다. 한 번만 용서해 주십시오, 어머님."

며느리는 울면서 호소하는 것이었다. 쫓겨난다는 것은 곧 그녀의 친정의 명예 훼손을 의미하는 것이며, 그 여자 자신의 일생을 망치는 것이었다.

"흥, 용서? 아니 글쎄, 사내가 밖에 나가 딴 계집을 좀 봤기로서니 감히 어디다 대고 투기야, 응. 너는 칠거지악(七去之惡)도 모르느냐?"

부모 말에 순종하지 않거나, 질투를 하거나, 음란하거나, 절도를 하거나, 대대 로 내려온 나쁜 병을 가지고 있거나, 아들을 못 낳거나, 말이 많거나 하면 칠거지 악이라고 해서 시집을 쫓겨나는 게 당연한 일로 돼 있는 사회였던 것이다.

그러나 어두운 장막을 헤치고 밀려오는 서양 문물은 경향 각처에서 여러 가지 에피소드를 남기며 이 나라 방방곡곡으로 퍼져 갔다.

그러한 시대의 흐름을 따라 정부 자체에서도 어찌할 수 없이 개혁은 느리게나 마 조금씩 조금씩 이루어지고 있었다.

1886년 정월에는 노비(奴婢)의 세역(世役)제도가 폐지되었다.

어떤 대감집에서는 이런 일도 있었다.

"그리 앉게."

"여기서도 좋습니다."

"사양 말고 앉게. 내 긴히 얘기할 게 있네."

"황송합니다."

"그런데 저— 자네네가 우리 집에 와 있은 지가 몇 대째지?"

"저의 아들놈까지 4대째올시다."

"응."

"주인마님께선 오늘은 왜 갑자기 그런 말씀을 하십니까?"

"음, 다름이 아니고 이제부터는 자네 아들을 데리고 다른 데 나가서 살도록 하게."

"네?"

"아니, 지금 당장 그러라는 게 아니네만……."

"아니, 저— 그 애가 무슨 잘못이라도?"

"아닐세."

늙은 종은 어리둥절했다.

"그렇게 하는 게 좋을 걸세."

"도무지 알 수가 없는데요……. 무슨 말씀인지 자세히 알려 주실 수 없을는지요?"

"차차 알게 될 걸세."

"아니올시다. 그놈이 무슨 잘못을 저질렀다면 이 늙은 놈도 어찌 대감마님 앞에……."

"하하하……그런 게 아니라니까. 자네 부자가 우리 집을 위해 충직(忠直)한 건 잘 아네."

"그렇게 생각해 주신다면 우리 대대로 이 집에서 늙어 죽을 수 있도록 해주십시오."

"아닐세, 그렇게 하면 자네 아들도 한평생 종살이 노릇밖에 더하겠나?"

"대대로 이 댁에서 그렇게 살아온 걸입쇼."

"하여튼 자네 아들은 내가 알아서 처리할 테니 그리 알게."

영문 모르는 늙은 종은 아들을 내보내겠다는 바람에 울음보를 터뜨렸다.

"허, 늙은이가 왜 그렇게 말을 알아듣지 못하나. 오늘 나라에서 그렇게 하라고 명이 내렸네."

"네?"

"대대로 세역은 못 시키도록 되었다네."

"그럼, 아들놈을 쫓아내야 한다는 겁니까?"

"그게 아니구 풀려나는 거지. 그렇게 알게."

노인은 급히 자기 방으로 돌아왔다. 거기에는 이 사실을 다 알고 있던 아들이

즐거운 마음으로 아버지를 기다리고 있었다.

"실은 저도 아버지에게 그런 말씀을 드리려구 마음먹고 있었습니다."
하며, 아들도 주인의 말대로 그렇게 하겠다고 하였다. 이 청년은 이미 소문을 듣고 사회제도가 개혁된 것을 알고 있었다.

"나가서 장사라도 해서 돈을 모아 가지고 우리도 남처럼 버젓하게 살아 가야죠."

그러나 늙은 종은 아들의 말을 도저히 수긍할 수가 없었다.

"아니, 너 정신이 있느냐? 지금까지 우리가 뉘 덕으로 살아왔는데 그러느냐?"

"그야 주인어르신네도 좋은 분이지만 대대로 종살이만 할 수는 없지 않아요?"

이 젊은이에게도 꿈은 있었다. 그것은 봉건제도에 대한 일종의 반항이기도 했다.

"안 될 소리!"

그러나 이런 애긴 노인에게 천부당만부당한 소리로밖에 들리지 않았던 것이다.

"아녜요, 아버지. 지금 우리 대감마님도 그러시지 않았어요. 나라에서도 앞으로는 그런 좋지 못한 법을 없앤다구요."

"그렇지만 안 돼."

"주인마님도 그걸 아시고 그러시는데 아버진 왜 그러세요? 제가 그럼 남의 집 종살이로 늙어 죽는 게 좋겠어요? 우리나라도 인제 개화되어서 곧 양반, 상놈의 구별이 없어진대요."

"그래, 너 그런 소리를 어디서 들었니? 응? 큰일날 소리를!"

"다른 나라에서는 벌써 다 그렇게 됐대요. 일본 나라만 해도 인제 그런 게 다 없어졌대요."

"그건 오랑캐나 왜놈 같은 상놈의 나라에서나 그러겠지."

"아이 참 아버지도. 그 나라들이 우리보다 더 깬 걸 모르세요?"

"어떻든 안 돼."

입으로는 반대하는 말이 나왔지만, 사실 이 늙은 아버지의 가슴속에서도 답답했던 무엇이 풀려지는 것 같은, 그리고 자기들도 인제는 사람 구실을 할 수 있다는 희열 같은 것이 어렴풋이나마 솟아올랐던 것이다. 그저 오랜 풍습에 젖은 늙은이는 그것을 확실히 깨닫지 못하고 있을 따름이었다.

사실 이 노인도 마음속으로는 노상 그런 생각을 가졌을는지도 모르는 일이었다.

"주인마님께 제가 직접 말씀드리겠어요."

"마음대로 해라."

"그럼, 잠깐 다녀오겠습니다."

이러한 새로운 물결은 사치와 호화로운 생활로 나날을 보내는 궁중의 민비에게도 밀려 들어가지 않을 수 없었다. 그러나 민비는 그 문명의 그릇들 뒤에 숨은 새 시대의 입김보다도 그 자체의 신기함만에 눈이 흐려졌다. 그렇다고 그 물건들 속에 새 시대의 촉감이 서리지 않은 것은 아니었다.

화장품을 한아름 가지고 러시아 공사 베베르(Vaeber, Carl)의 부인이 민비를 찾아왔다.

"그럼 베베르 부인, 부인네 나라에서는 누구나 이런 것으로 화장을 하오?"

"그렇습니다. 우리 아라사에서는 귀족 부인들이 곱게 화장한 얼굴에 화려한 옷을 입고 왕국의 연회에 참석하지요."

"냄새가 향기롭기도 하고."

"이미 북경의 청나라 궁중에선 이러한 화장품이 널리 사용되고 있죠."

"우리만 까막눈이었구먼."

"실례되면 용서하십시오. 왕비 전하께서 아직도 이런 화장품을 안 쓰셨다는 게……."

"우리나라엔 없으니까."

"그렇게 예쁘신 얼굴에……."

베베르 부인은 민비의 비위를 맞추었다.

"그게 무슨 말이오?"

민비는 더없이 흡족했다.

"이제부터는 우리 본국에서 얼마든지 이런 화장품을 가지고 올 테니 마음대로 쓰십시오."

그 전만 해도 우리나라 여자들은 얼굴의 화장으로 꿀을 바르고 횟박을 입힌 후 연지 곤지를 찍는 것이 일쑤였던 것이다.

그러니까 지금 베베르 부인이 가져온 서양의 새로운 화장품은 여인의 아름다

움을 일신시키는 대혁명이기도 했던 것이다.

또한 베베르 부인의 손을 거쳐 고급 과자 상자가 궁중에 들어오기 시작했다.

"그리고 얼마 전에 보내 드린 과자는 맛이 어떠셨는지요?"

"아 참, 향기롭고 어쩌면 그렇게 입에서 슬슬 녹는지 맛이 여간 아니더군요. 잘 먹었습니다."

"왕비마마의 입에 맞으셨다면 다행입니다."

"정말 베베르 부인은 여러 나라 사람들을 상대하시니까 여러 가지 화려한 것과 신기한 것들을 많이 보았겠지요?"

"네, 약간은…… 그래서…… 왕비마마께도 제가 힘닿는 대로……."

"여러 가지로 알려 주오."

"그렇잖아도 우리 베베르 공사도 많이 도와 드리라구 늘 말하고 있답니다."

"고맙소."

"그럼, 우선 이 화장품을 쓰는 방법을 간단히 말씀 드리겠습니다."

베베르 부인은 가져온 화장품으로 민비에게 손수 화장을 해주고 있었다.

이때 궁녀 하나가 와서,

"민영익 대감께서 곤전마마를 잠깐 뵈이고 싶다고 합니다."

라고 아뢰었다.

그러자 베베르 부인은,

"그럼 전 이만 실례하겠습니다."

하고 일어섰다. 민비도 따라 일어서면서,

"자주 들려서 좋은 이야기 많이 해주오."

하고, 서양식으로 손을 잡았다.

"황공합니다. 왕비마마께서 다른 나라 여인들 못지않게 좀더 호화롭게 지내셔야지."

"고맙소."

"그리구, 저— 화장품은 얼마든지 있으니까 사양 마시고 분부만 하시면 곧 보내 드리겠습니다. 만일 나눠 주실 분이 있다면……."

"그렇게 귀중한 걸 함부로……."

"아닙니다. 모두 우리 아라사 화장품으로 예뻐진다면야……."

"자아, 그럼 미안하오. 민 대감이 만나잔다니."

"저는 괜찮습니다. 이곳을 마치 우리 왕궁처럼 출입하니까요."

"정말 언제나 그렇게 생각하고 들어오시오. 오늘은 여러 가지로 고마워요."

"감사합니다."

베베르 부인은 나가려다, 문득 무슨 생각이 들었는지 돌아서서 다시 민비를 불렀다.

"그런데 저……."

맑았던 민비의 얼굴엔 갑자기 의아스러운 표정이 떠올랐다.

"뭡니까?"

"귀하신 시간을 안됐습니다만……."

"괜찮소, 말씀하시오."

"왕비마마께서도 잘 알구 계시지만, 지금 우리 아라사는 서양에서도 가장 큰 나랍니다."

"그건 잘 알고 있소."

"그러나 청나라는 이미 늙은 나라입니다."

청나라의 지배를 받고 있던 당시였음에 베베르 부인은 러시아의 선전과 더불어 뒷구멍으로 은연중에 정치 공작을 할 심사로,

"또 우리 아라사는 언제나 남의 나라를 도와 줍니다. 그만한 힘이 있습니다."

민비는 베베르 부인이 말하려는 의도를 미리 눈치채고 먼저 선수를 썼다.

"그러니까 앞으로 아라사는 우리나라도 좀 도와 주셔야지."

"우리는 왕비마마네 나라 전력을 다해서 도와 드리겠습니다."

"감사하오, 꼭 그렇게 해주셔야겠소."

그런데 갑신년을 전후로 5,6년 간에 수입된 문화 중에 기계문명과 함께 중요한 비중을 가지는 것은 역시 기독교와 새로운 교육 및 의학이었다고 할 수 있을 것이다. 그러면서 서구의 새로운 문물이 쏟아져 들어오는 가운데 음흉한 정치적인 그림자가 뒤따라 들어왔고, 그 시커먼 그림자의 정체는 마침내 이 나라에서 무서운 풍운을 일으키려 하고 있었다.

3. 세도 민비와 대원군

끊임없이 대립, 반목하는 대원군과 민비! 시부(媤父)와 자부(子婦) 사이면서도 고종을 가운데 두고 전개되어 온 세력 다툼은 마침내 갑오군란을 야기하게 되어, 민씨파의 척족들이 거세되는 한편, 난군(亂軍)의 총검 앞에서 위기일발로 죽음을 면하게 된 민비는 변장하여 장호원(長湖院)으로 피신한다. 그러나 집권한 대원군은 곧 민씨파의 책략으로 청병에게 납치되어 청국(淸國)으로 가고, 다시 민씨파가 집권한 후 처참한 정치 보복이 감행된다.

왕실 3인의 초상 1898년 프랑스에서 발간된 한국 소개 출판물의 표지에 나온 왕실 3인 – 고종(오른쪽), 명성황후, 대원군

세도 잡는 민비

개화의 소란스러운 물결과 그 물결을 타고 숨어 들어오는 식민의 눈초리가 이 조그마한 반도에서 회오리바람치는 가운데도 구중궁궐의 비원에서 나날을 지내는 민비의 세도는 약해질 줄을 몰랐다.

하기야 일본이니, 청국이니, 러시아니 하고 외국과의 외교에도 적극적으로 손을 대어 개화의 공기를 같이 호흡하는 듯하였다.

그러나 그것은 다만 그 나라의 힘을 등에 업고 계속 권력의 자리를 고수하려는 한낱 사대주의의 몽상이었을 뿐, 나라 안에서는 여전히 불안한 봉건의 발악적 억압과 그에 반항하는 민중의 자각이 사사건건 충돌하며 새 시대의 경종을 울리는 것이었다.

그러나 그런 것을 아랑곳하지 않는 민씨의 세도가들은 거의 매일 밤 주연(酒宴)으로 밤을 지새며 매관매직에만 골몰했다.

"민 대감, 술은 인제 그만하고……."

"그럼, 홍 대감이 먼저 말씀하구려. 그래, 어느 정도로 마음먹는지?"

"글쎄, 2만 냥으로 어떻게……."

주지육림(酒池肉林) 속에서 한바탕 놀다가 꺼내는 말이란 으레 벼슬을 팔고 사고 하는 일이었다. 그리고 그 매매도 공공연하게 값을 흥정하면서 결정되는 것이었다. 또한 웬만한 값으로는 도저히 흥정이 되지 않았다.

"2만 냥? 그건 농이시겠지."

"다 긁어 모아야 돈이 될 만한 것은 그저 그 정도 되는가 봅니다."

"허허, 그래 감사를 하겠다는 사람이."

1886년경의 관직의 매매가격은 팔도감사가 2만 냥에서 5만 냥, 부사급이 2~3천 냥, 군수·현령이 1~2천 냥이었다고 모 외국 외교관은 말하고 있다.

그런가 하면 정부관리들은 관리대로 자기네의 사리사욕을 채우기에 혈안(血

경복궁의 교태전(交泰殿) 임금의 침소인 강녕전 뒤에 있으며 궁궐의 안주인 왕비의 처소이다

眼)이 되어 있었다. 그뿐 아니라 민씨 세도가의 나머지 부스러기들의 행패가 또한 자심(滋甚)했다.

음식점에 들어가 술이니 고기니 마음껏 먹어 놓고는 주인을 구타하기가 일쑤였다.

"이봐, 내가 누군지 몰라? 민영준(閔泳駿)의 집안 민 아무개야!"

다 먹어 놓고는 이렇게 떠벌렸다.

"하지만 음식을 잡수시고 그냥 가시면 우린 어떻게 삽니까?"

"잔소린 무슨 잔소리야. 자, 가세."

"양반이란 분이 이게 무슨 행동입니까? 음식값을 주고 가세요."

"아니, 이놈이 어느 세상이라구 이래. 어서 욕보기 전에 길이나 비켜!"

이와 같이 어디서나 행패를 하는 등 민씨네의 세도는 이루 말할 수 없었다.

그러나 그들도 억눌려 살 수만은 없었다. 그런 일이 자주 있게 되자, 음식점 주인도 하루는 민 아무개란 자보다도 힘이 센 장사를 숨겨 놓고 나가려는 민 아무개를 불렀다.

"여보, 오늘은 그냥 갈 수 없소."

“뭣이? 또 혼 좀 나야 알겠어?”

“오늘은 어림도 없을 걸.”

“야— 요놈 봐라.”

민 아무개는 큰 소리는 쳤지만 뒤가 켕겼다. 아니나다를까, 이때 문을 열고 들어오는, 한 기골이 장대한 장사가 있었다. 그는 들어오자마자 버티고 선 민 아무개에게 일격을 가했다. 민 아무개는 한 대에 나가떨어졌다.

또한 이런 행패에 시달리다 못한 백성들은 떼를 지어 일종의 항거를 제기한 곳이 있다.

“불법 가렴(不法苛斂)을 없애라!”

“관아로 쳐들어 가자!”

등등, 참다 못한 백성들은 큰소리를 외치며 관아 쪽으로 몰려갔다.

1885년 정월에 황해도 토산현 이민(吏民)들은 앞서부터의 불법 가렴에 분개하여 대거 관아로 난입했으며, 집기를 마구 파괴하였다. 그리고,

“벼슬아치를 잡았다!”

“태워 죽여라!”

하며, 외치는 백성들의 살기는 등등하였다.

2월에는 경기도 여주현의 한덕용 등이 도결(都結)의 혁파(革罷)를 위해 관아로 떼지어 몰려가서 우두머리 벼슬아치 윤보길을 불태워 죽였다.

3월에는 강원도 원주에서 환곡(還穀)의 폐해를 일신하라고 민요(民擾)가 일어나는 등 관가에 대한 항거가 격심했으나, 세도 민씨들은 아랑곳도 하지 않았다. 그리하여 부패는 더해 갔고, 국비의 낭비로 말미암아 세금도 늘어 백성은 더욱 못 살게 되었다.

여기서 잠깐, 우리는 명성황후 민씨가 왕비로 책봉(冊封)되고 그로부터 20여 년 동안 세도를 부린 발자취를 살펴보자.

1866년 3월 민치록(閔致祿)의 딸을 왕비로 책립하는 데 앞서서 대원군과 그 부인 민씨 사이에 이런 말이 오고갔다.

“부인, 당신하고 의논할 게 있소. 좀 앉으시오.”

대원군은 새삼스럽게 부인을 자기 방으로 불러다 앉히었다.

“아니, 무슨 일이길래 갑자기 정색을 하시고…….”

“나라의 대사가 될지도 모르니…….”

"네?"

"다름이 아니라, 상감도 인제 나이가 열다섯이나 되지 않았소."

그제야 부인도 남편이 지금 무슨 말을 하려고 하는지 알아챘다.

"네— 그 일 말씀이십니까?"

"아무래도 금년에는 혼인을 해야 될 게 아니오?"

"그야 저도 늘 생각하고 있던 일입니다만, 대감께서 아무 말씀이 없으시길래………."

"그래, 부인은 누가 좋을 것 같소?"

"누가 좋은가 하고 그렇게 막연하게 물으시면 제가 어찌 대답을 합니까?"

"말을 해보구려. 그 동안 생각하고 있는 것이 있을 테니."

"하지만 대감께서도 생각하신 규수가 있으면 먼저 말씀을 하시지요."

"허, 부인이 먼저 말을 해보래도."

"그럼, 저……."

부인은 잠깐 주저하다가,

"민치록의 딸이 어떨는지요?"

하고 입을 열었다.

"민치록의 딸이라……."

"그 집 규수가 지체 높은 가문에서는 뛰어나니까요."

"하필이면 왜 또 민씨요?"

"네?"

대원군은 민씨라는 말을 듣고 깜짝 놀랐다. 그렇지 않아도 부인이 민씨 가문에서 들어왔기 때문에 외척들이 차차 머리를 드는 것이 아니꼬웠던 차였고, 더욱이 이씨왕조의 4, 5백 년은 외척의 세도 때문에 흐려졌고, 왕궁의 비극은 외척으로부터 기인된 것을 잘 아는 터였기 때문이다.

"그건 안 돼."

대원군은 잘라 말했다.

"안 되다니요? 뭐가 못마땅해서요?"

부인은 대원군의 태도가 의외로 강경한 데 놀랐다.

"글쎄, 그건 안 된다니까."

"안 된다는 이유는 뭔가요?"

“…….”

“우리 친정집이래서 그런가요?”

“민씨가 왕실에 들어와서 좋았던 일이 별로 없으니까 말이오.”

이 말에 민씨는 샐쭉해졌다.

“그럼, 저두 그랬던가요?”

부인의 말에 대원군도 잠깐 멋쩍은 듯이,

“아 아니, 그런 말이 아니고…….”

하고 얼버무렸다. 부인의 감정은 더 날카로워졌다.

“지금까지 그렇게 생각하고 계셨군요?”

“당신도 좀 생각해 보우. 태종 때만 해도…….”

“알겠어요.”

“글쎄, 말을 들어 보라니까. 그때에 민비가 들어와서 아들은 두었지만, 외척이 세도를 잡으려고 하다 역적으로 모두 죽었고…….”

“그건 옛날 일이구요.”

“숙종 때만 해도 그랬지. 민비가 아들을 낳았소?”

“글쎄, 왜 옛날 일을 자꾸 끄집어 내시면서 그러세요. 그때 그랬다고 이번에도 그렇겠어요?”

“어떻든 민씨가 셋이 궁중에 들어오면 나라가 망한다고 하는 말도 있지 않소?”

“그야 장희빈이 말한 얘기 아네요? 그걸 가지고.”

“어떻든 민 규수를 왕비로 들어놓으면 자연히 세도를 쓰게 되고, 외척이 세도를 쓰게 되면 국정도 자연히 문란해지는 법이오.”

“그렇다고 문벌도 없고 벼슬한 집안도 아닌 규수를 왕비로 책립하시겠어요?”

“그러니까 말이오.”

“이것저것 생각해 봐서 우리 친정 쪽에서 들어오는 게 그래도 해롭지 않을 거예요.”

“그건 당신이 민씨니까 하는 말이지.”

“그럼, 누가 있어요, 민치록의 딸밖에.”

“그 사람은 덕천군수밖에 못 지냈지?”

“그러나 이미 죽었지 않아요.”

민비는 남편의 반대 의사가 민씨 문중이라는 데 지극히 못마땅해서 새침하게 그냥 앉아 있기만 했다. 그러나 대원군은 부인의 이야기에 어느 정도 마음이 쏠렸음인지,

"음, 이미 죽었으니 세도를 부릴 수는 없겠군."

하자, 민씨는 때를 놓치지 않으려고 별안간 만면에 웃음을 머금고,

"그러니까 대감께서 염려하시는 문제도 없게 되고."

하고 말했다.

"하긴 그렇군."

"그 규수를 몇 번 보았는데 인물도 출중하고 또 여간 영특하지 않던데요. 흠잡을 데가 없어요. 자아, 그곳으로 정합시다, 네?"

"그럼, 생각해 보지."

"더 생각할 게 뭐 있어요. 꼭 그렇게 합시다, 네?"

외국의 문제에서는 그렇게 강경한 태도를 취하고 완고했던 대원군도 안사람의 말에는 그만 넘어가고야 말았다. 대원군으로서는 그 사실이 장차 얼마나 큰 화가 되고 또 나라의 장래에 얼마나 큰 영향을 끼칠 것인가 하는 것을 그 당시에는 알 리가 없었다.

그리하여 민치록의 딸이 왕비로 책립되었고, 그 영리한 규수는 1873년 드디어 대원군을 은퇴시키고 집권하기에 이르렀다.

집권한 민비는 그 해 12월 민승호(閔升鎬)와 민규호(閔奎鎬)를 비밀리에 불러,

"그럼 궁중 이외의 모든 정사는 승호 오라버니가 맡아 주시고."

"알겠습니다."

"그리고, 규호 오라버니는 내 손발이 되어……."

"황공하옵니다."

민비의 세력 확보의 첫 단계는 자기네 민씨 친정 떼거리를 국가의 요직에 앉히는 일이었다.

그리고 2년 후인 1875년에는 그 전해에 낳은 왕자 척을 왕세자로 책봉했다. 그가 바로 후의 순종인 것이다.

어린 왕자를 왕세자로 책봉하는 데는 이유원(李裕元)을 시켜 청나라 이홍장(李鴻章)에게 많은 뇌물을 보냈으며, 이유원은 그 공로로 영의정이 되었다.

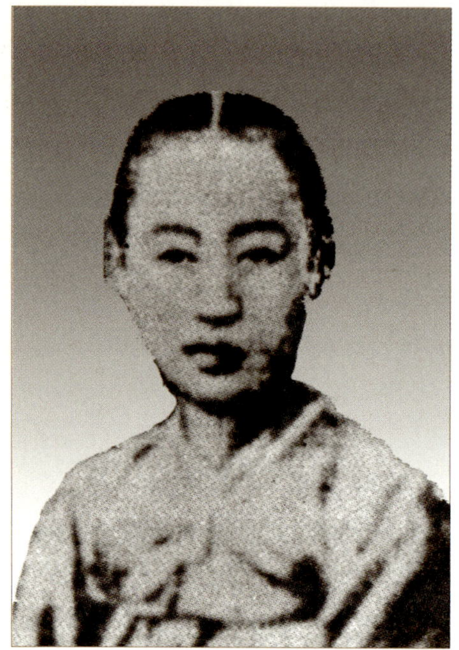

명성황후 오랫동안 진영으로 알려져온 명성황후의 사진

한편 좌의정에는 대원군의 친형이면서 불안 속에 살던 흥인군(興寅君) 이최응(李最應)을, 우의정에는 박지원(朴趾源)의 손자이며 평양에서 셔먼(Sherman)호를 불사르는 데 공이 컸던 박규수(朴珪壽)를 임명했다. 그리하여 민비의 집권 태세는 정비되었던 것이다.

우선 민비는 두 살도 못 된 왕자의 만수무강을 빌기 위해 돈과 쌀을 물쓰듯 했다.

그러나 권토중래(捲土重來)의 뜻을 마음 속 깊이 간직한 대원군파에서는 측근자들이 모여 민비 일파가 주름잡는 정계를 심히 못마땅해하고 있었다.

"대원위 대감, 요새 중전마마께선 너무 눈에 나는……."

"허, 실은 나도 그것을 걱정하고 있었소."

그러나 실상 대원군은 입을 열려 하지 않았다.

"하필이면 흥인군 나리를 좌의정으로……."

흥인군을 좌의정으로 앉힌 것이 새삼 눈에 거슬렸던 것이다.

"그 형님이 늘 나를 못마땅하게 생각하던 터이니."

"하여튼 나라 꼴이 이래서야……."

권력을 빼앗긴 대원군파의 이러한 불만을 아는지 모르는지, 민비는 그저 충천(衝天)하는 기세로 매일같이 무당을 불러 세자의 만강을 기원한다는 제를 뻔질나게 올렸다. 이 때문에 나라의 국고는 자꾸 좀먹어 들어가기 시작했다.

"수고했소. 그래, 그 일은?"

"네, 분부대로 금강산 1만 2천봉 봉우리마다 돈 천 냥, 쌀 한 섬, 삼베 한 필(疋)씩 올려 치성을 드리고 있습니다."

"은혜는 잊지 않겠소. 그리고 전국 방방곡곡의 명산 대찰에는 부탁한 대로?"

이 정도 되면 국고금이 얼마 만큼이나 낭비될 수 있었는가 가히 짐작할 수 있는 일이다.

뿐만 아니라 서울의 인근 각처에서도 끊임없이 굿소리는 진동했다.

이렇게 민비가 궁중을 위시한 각처에서 굿을 한다, 치성을 드린다 하고 돈을 물쓰듯이 쓰며, 소란한 굿소리를 몇 달씩이나 떠들썩하게 계속시키자, 백성들은 화가 치밀어 올랐다.

"벌써 이게 몇 달째인가?"

"누가 아니래. 이러다간 나라 꼴이 뭐가 되는지 모르겠는걸."

"어쨌든 큰일이야."

뜻있는 사람이면 누구나 한 마디씩 했다.

"대원위 대감이 그래도 계셨으면 이런 일은 없었을 텐데."

"쉿, 큰일날 소릴."

전 명성황후의 사진 위기를 맞을 때마다 변장을 했던 터라 한때 명성황후로 알려졌던 사진

백성들은 이렇게 속으로 불평이 컸지만 봉건제도하의 일이라 절대 권력자의 하는 노릇을 정면으로 비방할 수는 없었다. 그럴수록 더 대원군의 정치가 다시 그리워지기 시작했다.

그러한 민비의 탕진으로 국고는 마르고 국가의 재정은 더 이상 지탱할 수 없어, 호조판서는 드디어 민비에게 통사정을 하기에 이르렀다.

"통촉(洞燭)하시길 바랍니다."

"대감은 내가 하는 일이 그렇게도 못마땅하오?"

"그런 의미에서 말씀드리는 게 아니옵고……."

"그럼 무슨 말이오?"

"대원군이 10년 쓰던 비용이 1년이 못 되어 부족하게 되어서……."

"대원군 얘기를 들으려는 게 아니오. 하여튼 기도만은 중지할 수 없소."

대원군이 잘했다는 이야기가 되자 민비는 더욱더 토라졌다.

"하지만 국고금이 남아 있는 거라곤……."

"걱정 말고 지방에서 바치도록 하시오."

국고가 줄면 백성에게서 쓴 만큼 더 빼앗으면 되지 않느냐는 말이었다. 임금이 있음으로써 백성이 있으니, 어린 왕자의 만수무강을 빌기 위해 쓰는 비용은 으레 백성들이 부담해야 할 게고, 또 임금은 백성들에게서 마음대로 세금을 받을 수 있다고 생각했다.

더 할 말이 없는 호조판서였다. 민비의 비위를 이 이상 거스릴 수는 없었다. 그런 말을 들으면 민비도 대원군의 존재가 꺼림칙해지는 것은 사실이었다.

그래서 민비는 은밀히 장안에서 이름난 복술가를 불러다가 자기의 운을 점쳐 보기도 했다.

"지금 한 말이 정말이지?"

"소인이 어느 앞이라고 감히 거짓말을 하겠습니까? 제 점괘가 지금껏 한 번 틀린 적이 없잖습니까?"

점괘야 민비에게 나쁘게 나올 리 없었다.

"응, 알겠소. 그럼 한 가지 더 묻겠는데, 운현 대감이 무슨 음모를 꾸미고 있지 않을까?"

"네, 잠깐만 기다리십시오."

산통을 흔들며 괴상한 주문을 한참 동안 외던 이 장안 최고의 복술가인 이유인은 무릎을 탁 치며,

"그러면 그렇지."

"그래, 뭐라고 나왔소?"

"좌우를 잠깐……."

아주 긴한 이야기인 듯 좌우를 물리게 했다.

"잠깐 물러들 가 있거라."

민비는 궁금한 터라 좌우에 급히 명했다.

모두 나가고 단둘이 되자, 점쟁이는 민비의 귀에다 대고 무엇인가 한참 동안 소곤거리는 것이었다.

"틀림없습니다. 영험하신 칠성님께서 잘 처리해 주실 것입니다."

"고맙소. 은혜는 잊지 않겠소."

이 점쟁이 이유인은 민비 점을 쳐주고 상으로 비단 백 필과 1만 냥의 상금을 받았던 것이다. 1만 냥이라면 평생을 쓰고도 남을 돈이었다. 백성들에게 이것은 큰 화젯거리가 되었고, 이런 기적은 잇달아 일어났다.

"광대 김몽룡이 창(唱) 한 번 잘 불렀다고 3천 금을 받았대."

"제기랄, 우리 같은 놈들은 허구 많은 점쟁이나 무당은 고사하고 하다못해 광대라도 될 재비두 못 되니……."

"난, 그런 것 부럽지 않아. 하도 잘 뒤집히는 세상이니 어느 때 어떻게 될지 알겠나?"

사실 그런 세상이 오래 가지는 못했다. 지칠 대로 지치고 시달릴 대로 시달린 백성들의 원한이 드디어 터지려고 하고 있었다.

민비를 잡았다

"자아, 이번엔 네가 소리를 한 번 해봐라."

"민 대감이 부르시라면야 무어든 하지요."

"하하하…… 고거 참."

백성들의 불길이 일어나려는 공기 속에서도 이렇듯 민씨네 고관집에서는 주지육림 속에 밤새는 줄을 몰랐고, 호들갑스러운 웃음소리와 더불어 거문고 소리, 기생의 노랫소리 등이 끊일 줄을 몰랐다.

그리고 이 민 대감의 곳간에는 값진 물건이 자꾸 쌓이기만 했다.

물론 민씨네뿐이 아니라 고관의 집은 다 그러했다.

"뭐가 이렇게 많아?"

"이 10여 곳간에 물건들이 가득 차 있어."

"그게 다 우리 좌의정 대감께 봉물 올린 거지?"

"오늘 낮에도 뒷문으로 한 마차나 들어왔어."

"아이구려."

"응?"

"뭐가 썩는 모양인데."

"이것저것 막 받아 싸놓았으니까 썩는 것도 많겠지. 우리 집에선 먹을 게 없어서 그러는데."

"쉿, 그런 소릴 함부로……."

이최응네 집 하인들은 곡식이 썩는 냄새를 맡으며, 자꾸 하늘이 무심하게만 생각되었다. 인물이 본시 똑똑하지 못한 이최응은 좌의정이 되자 뇌물만 먹었다.

그런가 하면 항간에서는 이런 말이 떠돌 지경이었다.

"용네엄마, 오래간만이구려. 어디 아팠나요?"

"아파서 드러누울 수 있다면 누구네 댁 당나귀보다 상팔자게."

"정말 우리넨 언제가 되면 그 댁 당나귀처럼 신세가 늘어질고."

"그뿐인가요? 호조판서 민 대감 댁 큰 말은 인제 약과도 싫어한다던데."

"아니, 그럼 말까지도 약과를……."

이렇게 민비의 그늘 밑에서 세도를 부리는 고관대작의 흥청거림이란 이루 말 할 수 없었다.

그런 세월이 7, 8년 계속되는 동안 경향 각지에서는 굶어죽게 된 백성이 헤아 릴 수 없었고, 참다 못해 구걸차 방랑하는 사람이 늘어만 갔다.

1882년 정월에 아홉 살 된 세자의 관례식이 끝나자, 세자빈의 간택 문제가 논 의되었다.

이미 튼튼해진 권세였으나 척족들을 중심으로 한 장기 집권을 위해 민비는 민 승호의 딸을 세자빈으로 정했다. 그는 바로 민영익의 누이동생이었다.

"이같이 기쁜 날에 경들은 마음껏 즐기시오."

"성은이 망극하옵니다."

아악 속에 깃든 즐거운 궁중에서 누구보다도 고종 자신의 얼굴에 희색이 돌았 다.

"세자도 좋겠소."

민비도 한 마디 했다.

이때 한 나인이 달려와서 고종께 아뢰었다.

"일본서 사신이 왔습니다. 축하 예물로 화륜선 한 척과 대포 2문을 가지고 왔 다고 합니다."

"어서 들어오시라고 하오."

나인이 사라지자 민비는 기쁜 얼굴로,

"뭐니뭐니해도 일본이 제일이군요."

"중전이 제일이라면 제일인 거지, 하하하하……."

궁중에서는 이렇게 잔치를 진탕 베풀고 국비를 낭비해 가면서도, 나라를 지키 는 군대의 월급은 1년이나 미루어 오며 주지 않고 있었다.

그리하여 그들의 가족은 끼니를 굶다시피 했고, 자연히 원성(怨聲)도 차차 높아 갔다.

그래서 나라에서도 그냥 방치해 둘 수는 없었던지 배급을 주기로 했다.

"여보, 여보, 이제 우리도 살았어. 배급이 나와, 쌀배급이 나온대."

하며, 군졸들은 집으로 돌아가자 떠들어 댔다.

"아이 그럼 쌀밥을 구경하게 되겠구려."

"아빠, 쌀밥이 뭔데?"

"그건, 그건……."

군졸은 말을 못 했다.

"여보, 나 다녀오리다."

그러나 이 배급제도란 한낱 미봉책에 불과했다.

열 달 이상 밀린 것을 겨우 한 달치만 배급을 주었다. 배급을 타려고 모여든 군인들의 불평은 컸다.

"아니, 열석달 밀린 걸 겨우 한 달치를 줘?"

"그것라도 안 주는 것보다는 낫지."

"하긴 그래, 하지만……."

"백관들의 봉급은 6년이나 밀렸다고 하던데."

그런데 배급을 준다는 창고지기의 언행은 거만하기 짝이 없었다.

"자, 한 줄로 서서 차례로 자루를 내밀어."

굶은 사람들은 밥을 대하듯 달려들었다.

그러나 받고 보니 쌀은 모래투성이였다.

"아니, 이건 쌀보다 모래가 더 많지 않소?"

"받았으면 비켜. 무슨 잔소리야!"

창고지기는 꽥 소리를 지른다.

"아니, 이것도 사람 먹으라고 주는 거요?"

"사람이 못 먹으면 돼지에게 먹이면 되잖나?"

"아니 그것도 말이라구 해. 도대체 이게 어느 놈의 농간이냐, 따져 보자."

"아아니, 이건 하룻강아지 범 무서운 줄도 모르고 달라붙어."

"내가 무얼 잘못했다는 거냐. 이놈."

"이 자아식— 아직도 정신을 못 차려."

창고지기는 대드는 군졸의 뺨을 쳤다.

이것이 발단이 되어 그곳에 모였던 군졸들은 창고의 일부를 부수고 말았다. 그리고 이 틈바구니에 몇 명의 하인도 부상당했다.

이런 사실이 민겸호(閔謙鎬)에게 알려졌다.

"대감, 큰일났습니다."

"큰일이라니."

"선혜청 도봉소에서 난리가 났습니다."

"뭐?"

깜짝 놀라는 민겸호의 귀에 사실을 알리자, 그는 화가 머리끝까지 치밀어 올랐다.

"포교에게 일러서 주모자를 잡아 하옥시키도록 해라."

그리하여 포수 김춘영(金春永)·유복만(柳卜萬)·정의길(鄭義吉), 그리고 강명준(姜明俊) 등이 주모자로 몰려 사형당하게 되었는데, 포도청에서의 고문이 이루 말할 수 없어서 동료들은 드디어 군졸에게 통문을 돌려 직속 상관인 무위대장(武衛大將)에게 억울함을 호소하려고 했다. 그러나 무위대장 이경하(李景夏)는 자기로서는 속수무책이었다.

"나로서는 그 이상 어쩔 도리가 없소. 이 편지를 가지고 직접 민 대감에게 호소하는 게 좋을 것 같소."

"잘 알겠습니다."

그들은 곧 민 대감께로 달려갔다.

문을 마구 두드리며 큰소리를 지르자, 어제의 그 창고지기가 나오며,

"대감은 입궐하고 안 계시오. 무슨 일이오?"

"아니 저놈이 어제 그놈 아니오?"

"그렇군. 그 창고지기 벼슬아치."

창고지기는 가까이 나오며 군졸들에게,

"하하하, 일을 저질러 놓고 겁이 나니까 민 대감을 뵈려구? 어림없는 소리."

"대감은 언제쯤 돌아오시우?"

"잔소리 말고 썩 물러가라. 괘씸한 놈들 같으니!"

"저놈 때문에 우리 동료가 죽게 됐다. 저놈부터 죽여라."

한 군졸이 소리치자, 여나문 명이 창고지기에게 달려들었다. 그는 황급히 안으로 뛰어 들어갔다.

"저놈이 대문 안으로 도망간다. 잡아라, 놓치면 안 된다."

군졸들이 안으로 뛰어 들어가자 그들의 눈앞에는 이성을 빼앗는 광경이 벌어졌다.

"아니, 이게 다 뭐야?"

고기나 과일이 방 안에 가득히 널려 있었던 것이다.

"저쪽을 들여다봐. 저 비단……."

"아니, 저 돈궤짝."

"저건 다 우리의 피를 빨아서 모아 놓은 거다."

"때려 부셔라, 하나도 남김 없이."

그들은 성난 짐승처럼 달려들었다. 기둥이 얼마간 파괴되고 험악한 분위기가 되자, 그래도 사리를 판단할 수 있었던 한 사람이 외쳤다.

"여러분, 잠시 진정하시오. 우리가 너무 분통해서 이렇게 일을 저질렀소만, 이대로 있다가는 틀림없이 모두 잡혀 죽게 될 것이오. 그러니 앉아서 죽기를 기다리느니보다 우리의 실정을 이해하여 줄 수 있는 대원위 대감을 만나 진정합시다."

"옳소—"

대원군을 만나자는 데는 반대할 사람이 없었다. 그를 만나면 무언가 해결될 것만 같았던 것이다

군졸들은 대원군이 있는 운현궁으로 몰려갔다.

우선 대표 몇 명이 안으로 들어가 호소를 하자 대원군도 한편으로는 여간 흥분하지 않았다. 오랫동안 쌓였던 울분이 한꺼번에 터지는 듯 분노에 떨면서 두 주먹을 불끈 쥐었다. 7, 8년간 운현궁 안에서 참아 온 울분이 당장 튀어 나올 것만 같았다.

"나도 이런 날이 머지않아 있으리란 것을 믿었던 것이오. 허지만……."

그러나 대원군으로선 경솔히 움직일 문제가 아니었던 것이다.

"아닙니다. 대원위 대감이 아니면 우리들 모두가 죽게 됩니다."

대표들의 간절한 호소에 대원군도 마침내 결단을 내리지 않을 수 없었다.

"알겠소, 내 돕지."

긴 말을 안 들어도 넉넉히 짐작할 수 있는 일이었다. 대원군은 다시 두 주먹을 불끈 쥐었다.

"네, 감사합니다. 감사합니다."

이 대표들은 감격하여 만세까지 불렀다.

"대원위 대감, 만세!"

외치는 만세 소리가 운현궁 안에 널리 퍼졌다.

대원군은 즉시,

"이봐, 허욱(許煜), 자네는 군복을 입고 총지휘를 하도록 하게."

"네, 알겠습니다."

"어서."

허욱은 말을 타고 나갔다.

"대원위 대감이 우리를 도와 주신다."

이 소식을 듣자, 모두 "와!" 하고 함성을 질렀다.

"자, 그러면 우선 무기고로 가자."

그들은 이미 각오한 바 있었다.

이래서 죽으나 저래서 죽으나 매한가지이니 떳떳한 보람을 남기고 죽자는 비장한 결의였다.

무기고로 달려가서 제각기 총과 칼을 잡았다. 누구 하나의 명령에 움직이는 것이 아니었다.

"자, 모두 총칼을 가졌으니 두려울 게 없소. 먼저 포도청에 있는 동지를 구하도록 합시다."

이때 이경하가 말을 타고 달려왔다.

"아니, 저기 무위대감 이경하가 달려오는데."

무위대감 이경하는 이 소식을 전해 듣고 만류하러 달려온 것이다.

"여러분, 진정하고 무기를 거두도록 하오."

이경하는 무기를 들고 울분에 날뛰는 사람들을 제지하려고 했다.

"안 되오, 못 하겠소."

이미 각오가 된 이들에게 물러선다는 것은 있을 수 없는 일이었다.

"이렇게 되면 어떻게 되는 줄 아오?"

"하룰 살다 죽더라도 우리 멋대로 하겠소. 자, 가자."

이경하의 간곡한 만류도 뿌리치고 달려갔다.

그들은 포도청으로 달려가서 동지들을 구했고, 그 다음엔 민씨 일파를 몰아내

임오군란 1882년 6월 9일(음력) 구식 군대의 봉급 미지급이 문제되어 군졸들이 일본 공사관과 신식 군대인 별기군을 습격하는 난이 일어나 민비는 피신하고 대원군이 다시 집권하게 된다. 이때 일본 공사관원들은 일본으로 탈출하는데 사진은 일장기를 들고 영문으로 탈출하는 일본 공사관원들과 발사 위협에 쫓기는 우리나라 군인들

려 했다.

"이젠 민씨 척족들의 집을 습격하고, 우리의 피와 땀으로 부자가 된 절이며, 치성터며, 놀이터에 불을 지릅시다."

벌집을 쑤셔 놓은 것처럼 일단 울분을 터뜨려 놓은 군졸들의 흥분은 걷잡을 수가 없었다.

이리하여 이들은 민씨의 집들을 습격하는가 하면,

"이번엔 왜별기(倭別技)와 일본 공사관으로!"

이 행렬은 일반의 많은 호응을 얻어 몇 곳의 민씨네 집에 방화하고 또한 일본인까지 닥치는 대로 죽였다.

"지금 일본 교관 호리모도 레이조(堀本禮造) 이하 왜놈들이 우리 총에 사살당했소. 자, 이번엔 궁중으로 갑시다!"

힘에 힘이 돋구어지고 흥분에 흥분이 겹쳐져서 파괴의 쾌감에 취한 군중들은 드디어 왕궁을 향해 밀려갔다. 이때 궁중에서 급기야 이 보고에 접한 고종이,

"아아니, 아무도 그걸 막을 수 없단 말이오?"

"황송합니다."

"어떻게 하면 좋겠소?"

"황공합니다. 제 생각으로는……."

이들을 도저히 제지시키지 못함을 알게 된 한 측근자는 고종에게 도봉소당상(都捧所堂上) 심순택(沈舜澤)과 선혜당상(宣惠堂上) 민겸호, 무위대장 이경하 등을 파직시킴으로써 적당히 무마시키자는 것이었다. 그러나 이것에 만족할 군중은 아니었다.

"안 된다. 그들만 파직시켰다고 해서 해결될 것이 아니다. 중전을 내놔라. 민비를 내놔라."

군중들은 "와!" 하고 외치며 궁궐로 밀려 들어갔다.

궁중의 경비는 아무것도 아니었다. 궁중 호위대만으로는 어림도 없는 노릇이었다.

그럴 때, 궁중에서는 무서움에 떠는 궁녀들이 아우성치고 있었다. 이렇듯 사태가 급박함을 안 민비는 궁녀복으로 변장을 하고 궁녀 속에 섞여 있었다.

"중전마마, 어서 몸을 피하세요."

"어디로 피한단 말이냐?"

발각되면 죽음을 당할 게 빤하지만 피할 도리도 없었다. 그저 기적만을 바라며 궁녀들 틈에 숨어 있었다.

"그렇게 궁녀 본색을 하고 계시니까 그들이 잘 몰라볼 것입니다."

밖에서는 군중의 함성이 더욱 가까워진다.

"어서 이 사인교 안으로……."

민비는 대기하고 있던 사인교 안에 피신을 했다. 이보다 한 발 늦게 당도한 성난 군중은 우선 민비를 급히 찾았으나 그는 이미 그 자리에 없었다.

"뭐냐, 민비는 어디 있느냐?"

"모르겠습니다."

방에 있던 궁녀 하나가 모기소리만 하게 대답한다.

"분명히 이 근처에 있다고 들었는데, 저 사인교가 수상하군."

마침 그곳에 있는 사인교를 발견한 한 젊은이가 다가가서 무조건 부수어 버렸다. 안에서 여자의 찢어질 듯한 비명이 들렸다. 그것은 민비였다.

"야, 여기 있다. 민비를 잡았다!"

이 소리에 근처에 있던 장정 10여 명이 달려왔다.

흥분한 군중은 제각기 욕설을 퍼부었다. 너무도 원한에 복받친 소리들이었다.

"묶어서 불을 질러라."

죽어 갈 민비를 노려보고 있던 군중의 한 사람은, 그래도 국모를 죽인다는 것에 대한 측은한 생각과 죽음 앞에 선 가련한 여자를 애처롭게 생각했음인지,

"우리를 원망하지 마시오. 당신이 뿌린 씨니까요."

하기도 했다.

그러나 성난 군중은 더 참을 수가 없었다.

"불을 질러라."

바로 이때다. 급히 달려오는 사람이 있었다.

"잠깐, 잠깐만……."

죽음의 도피행

성난 군중들이 사인교를 탄 민비를 끌어내어 방금 불태워 죽이려는 순간에 나타난 사람은 무예별감(武藝別監) 홍재희(洪在羲)였다.

"무예별감 오십니까?"

아무리 혼란스럽고 흥분하여 있다고 해도 자기네 상관인 무예별감은 알아봤다.

"아니, 이게 누군데…… 이게 무슨 짓이냐?"

홍재희는 숨이 차서 말도 제대로 못 했다. 그도 그럴 것이 민비를 불에 태워 죽일 아슬아슬한 찰나에 있었기 때문이다.

그들은 무예별감의 묻는 말이 무슨 뜻인지 몰라 잠깐 어리둥절했다.

"누구긴 누굽니까? 나라를 망치는 여자를 처형하려는 거지요."

"뭐라고? 이 여자가 누구라고?"

물론 홍재희는 이 사태를 어떤 궁녀의 전갈로 알고 달려왔던 것이다. 그러나 여기서 당황하면 그 사실이 탄로날까 봐 일부러 모르는 체했다.

"이 여자가 누군지도 모르나?"

홍재희는 일부러 시치미를 뚝 떼었다. 밖에서는 여전히 아우성이 들려온다.

"대감은 저 소리가 안 들립니까? 저 소리가 다 누구 때문입니까?"

"하지만 내 누이동생 홍 상궁이 무슨 죄가 있다고 이렇게 무엄하게 구는 거냐?"

홍재희는 갑자기 꾀를 짜낸 것이다. 이 민중의 노한 물결이 민비를 죽인다는 것은 더 말할 나위가 없다.

그러나 이때 민비는 궁녀 복색을 하고 있었고, 또 민비를 직접 대해 본 사람이 그 중에는 없었으므로, 홍재희는 슬쩍 자기 누이동생이라고 속인 것이다. 홍재희의 이 뜻밖의 말에 민비를 죽이려고 둘러쌌던 민중들은 깜짝 놀랐다.

"그럼 민비가 아니고?"

"보면 알 게 아니냐?"

"그게 정말이오?"

"이 판국에 누가 거짓말을 해."

그러나 한쪽에선 그것을 믿으려고 하지 않았다.

"알게 뭐야. 빨리 불을 질러."

이 사람 말대로 그냥 불을 붙였으면 아마도 한국의 근대사는 아주 달라졌을 것이다.

"뭣이?"

홍재희는 성을 내는 체했다.

"그럼 그것이 사실이오?"

"물론 그렇고말고."

홍재희는 아주 자신만만하게 말을 했다.

아무래도 이들은 너무 사람들이 착했다. 그리고 홍재희의 말이 너무 확신 있는 말투였으므로 그들도 차차 믿을 마음이 생겼던 것이다.

"죄송합니다. 민비가 궁녀 복색을 하고 있다기에."

이렇게 사과까지 하는 축도 있었다.

이 소리를 듣고 홍재희는 안도의 숨을 내쉬었다.

참으로 위기일발이었다.

그는 앞으로 나서며,

"자아, 비켜라."

하고, 장작더미 위에 실신한 듯 앉아 있는 민비를 성큼 안아 내렸다.

"어쩐지 민비가 아닌 것 같더라니……."

둘러섰던 사람들은 자기들이 잘 못 본 것이 무안했던지 저마다 한마디씩 했다.

"누가 아니래."

홍재희는 민비를 급히 들쳐업었다.

민비는 꼭 정신 나간 사람 같았다.

"상궁, 어서 내 등에 업혀라."

"네."

무예별감 홍재희가 민비에게 천연스럽게 반말을 했고, 민비 역시 깍듯이 오빠처럼 대했다.

"비켜 주게."

민비를 들쳐업은 그는 황급히 어디론지 사라졌다.

"암만 봐도 수상한데."

"응?"

한쪽에선 그래도 의심스러운 눈초리로 그들의 모습을 바라보는 축도 있었지만, 그러나 그것을 밝혀서 막으려고 하지는 못했다.

이렇게 하여 무예별감의 임기응변(臨機應變)의 기지로 죽음을 구사일생으로 피할 수는 있었으나, 민비의 도피행은 처처에서 아슬아슬한 난관에 부딪치곤 했던 것이다.

씻듯이 내리 쏟아지는 빗속에서 민비는 이 처참한 난리를 마음에 되새기면서 여러 사람들 틈에 끼여 도피의 길을 재촉하고 있었다.

"어디로 가는 거요?"

"우선 윤태준(尹泰駿) 대감 댁으로……."

"안전하겠소?"

"그 댁 골방에라도 숨어 계시다가 또 다른 데로……."

민비는 연방 긴 한숨만 몰아쉬었다.

그러나 그들 민비 일행은 비가 축축히 내리는 골목 골목을 요리조리 접어들어 사람을 피해 가면서 마침내 대감 윤태준의 집 대문을 두드릴 수 있었다.

"누구요?"

"민응식(閔應植)이올시다."

"민긍식(閔肯植)이올시다."

민응식과 민긍식 두 사람의 이름을 대자, 안에서는 금방 알아차렸다.

"오—"

문이 열리며 윤 대감의 측근자 한 사람이 민비 일행을 맞아들인다.

"어서 들어오시오."

민비는 머뭇거리며 선뜻 들어서려 하지 않았다. 너무도 서글펐던 것이다.

민응식은 죄송스러운 듯이 머리를 조아리며,

"신들이 불민하와……."

민비는 흐느끼면서 안으로 들어갔다.

그리하여 민비는 그 집 깊숙한 골방에 숨게 되었다. 이때 거리에서는 행방불명이 된 민비를 찾으려고 장안 집집마다 가택수색을 한다는 소문이 떠돌았고, 또한 백성들은 누구를 막론하고 만나기만 하면 민비에 대한 소리뿐이었다.

"여보게, 자네네 집에 민비를 감추지 않았나?"

"뭐? 내 집에?"

"집집을 샅샅이 뒤진다네."

"에크!"

"자네 정말 감춘 모양일세그려."

"내가?"

"하하하하…… 이 사람아, 자네 따위네 집안엔 오래도 안 올 걸세."

"휴— 여보게 놀리지 말게."

민비는 윤태준의 집에서도 오래 머무를 수가 없었다. 다시 그 집을 떠나야 했다.

이리하여 민비는 또다시 가마를 타고 피난의 길을 떠났던 것이다. 서울의 검문소는 무사히 빠져 나와 광나루에 닿았으나, 거기는 한층 더 경비가 삼엄했다.

"제가 빠져 나가려면 틀림없이 여길 지날 텐데……."

"대원위 대감께서 그걸 짐작하셨기에 우리들로 하여금 이 광나루터를 지키게 하셨겠지."

"어떻든 각처에 이렇게 물샐틈없이 그물을 쳐놓았으니까 빠져 나갈 수 없을 거야."

"암, 어림도 없지."

철통같이 경계망을 치고 서 있는 그들은 대원군의 명을 받아 지원해 나선 농부들이었다.

“아니, 저건 무슨 가만가? 이 난리통에도 시집을 가는 모양인데.”

“하하하하…… 팔자도 좋구먼.”

실은 그 가마 속에는 신부로 가장한 민비가 타고 있었다. 광주로 가는 이 나루터에 다다르자, 경계가 삼엄한 것을 본 민비 일행은 다시 절망에 빠졌다.

“저렇게 파수꾼들이…….”

“인제 꼼짝없이 잡혔군.”

“아—”

“하지만 최후 수단이라도 써봅시다.”

“무슨?”

“중전마마, 손에 낀 금가락지를…….”

“그렇군! 이걸 가지고 저자들을…….”

민긍식이 금가락지를 가지고 그들에게 다가서자, 파수꾼들은 먼저 말을 거넸다.

“여보시오, 저 뉘 댁 신부요?”

민긍식은 이들이 민비의 가마를 신부 가마로 생각하는 줄을 알자, 속으로 무척 기뻐했다.

“네, 저어 이 건너 광주골에 시집을 가는데, 파수 보는 사람들이 많아 무시무시해서 올 수가 없구려.”

“무슨 죄를 진 모양이지?”

“네?”

“그렇지 않으면 건너지 못하게 할 리가 있소?”

“사실은…….”

귀에다 대고 무어라고 속삭였다.

민긍식은 햇빛에 번득이는 황금을 미끼로 해서 파수꾼들의 마음을 사로잡을 수 있다고 생각했다.

“그러니 이 금가락지도…….”

파수꾼은 잠깐 난처한 얼굴이었으나,

“건너 보내지, 뭐, 시집가는 색신데.”

하며, 그 파수꾼은 황금에 대한 욕심을 막을 수 없었다.

“제발 부탁합니다.”

"하긴 시집까지 못 가게 한다면 천벌을 받을 노릇이지. 하하……."

"고맙습니다."

참으로 다행한 일이었다.

이렇게 하여 간신히 광나루터를 건넜으나, 지나가는 사람마다 민비에 대한 말이 오고가므로 그들 일행의 마음은 비할 데 없이 조마조마했다.

"자네, 서울에서 일어난 난리 소문 들었나?"

"그래, 민빈가 뭐는 어떻게 됐대?"

"아직 안 잡힌 모양이지만, 그 계집이 사람 많이 울렸지."

이렇게들 한 마디씩 떠드는 소리는 민비의 가슴속을 쿡쿡 찔렀다.

"오— 뉘 댁 아가씨가 시집 가는 모양인데……."

민비가 탄 가마를 보고 하는 소리다.

"그 민비란 계집 때문에 농사지어서도 몽땅 다 빼앗겼으니 원……."

이런 말을 수없이 들으면서 민비를 태운 가마는 여주 민영위(閔泳緯) 집에서 우선 숨을 돌릴 수가 있었다. 그러나 대원군이 그 집마저 습격한다는 소문을 들은 민비는 또다시 길을 떠나지 않을 수 없었다.

한편 민영익은 전 참판 민창식이 집에서 폭도들에게 맞아죽었다는 소식을 듣자, 허겁지겁 머리를 깎고 중의 복색을 하고 비가 오는데도 양근(陽根)으로 향했다. 비는 세차게 내리 쏟아졌다. 그는 급히 가까운 주막집으로 들어섰다. 안에서는 떠들썩한 주객들의 말소리가 흘러나온다.

"소승, 잠깐 처마끝에서 쉬어 갔으면 합니다."

"어서 이리 들어오우."

"네, 감사합니다. 아이구 다리야, 목이 무척 타는군. 저 미안하지만 술 좀……."

"네? 술이요?"

스님이 술을 달라 하니 주인 여자가 놀랄 만도 하다.

"아아니, 물, 물을 좀 주셨으면…… 관세음보살."

민영익은 당황하여 변명을 한다.

"애야, 물 한 그릇 떠온!"

목이 되게 탔다. 그만큼 조급했던 것이다. 기실 술이 먹고 싶은 그였지만 중 복색을 한 지금, 술은 먹을 수가 없었다. 하는 수 없이 가져온 물 한 대접을 단숨에 들이켰다.

일본 공사관원 일행 임오군란 때 인천으로 도주, 영국선을 타고 일본 나가사키에 도착한 하나부사 공사와 공사관원들

"감사합니다."

"스님은 무슨 급한 일이 계시길래 이렇게 비가 쏟아지는데도……."

"네 그저…… 그냥 가는 길입니다."

"서울서는 난리가 났다면서요?"

"그런 것 같습니다."

"잘 됐지, 잘 됐어. 그 민가 떼거지들이 득세를 하고 날뛰더니 참 마뜩하지. 스님 생각은 어떠슈?"

"네? 네, 그, 그렇고말구요. 소승 그만 물러가겠습니다."

"아니 이렇게 비가 억수로 쏟아지는데요."

"아니 원래 길이 급해서……."

민영익은 놀란 가슴에 80리 길을 뛰어 양근 김 오위장(金五衛將) 집에 닿았다.

한때 오위장을 지낸 김은 전날 민영익의 집에 혹시 벼슬이라도 할까 하여 자주 드나들던 식객이었다.

오위장은 머리를 깎고 들어오는 민영익을 그래도 반가이 맞아 우선 요기를 시켰다.

"대감께선 언제 입산을?"

"쉿, 사실은 피난을 왔다네."

"피난이라뇨? 그럼 난리라도……."

"말도 말게. 밥을 아주 맛있게 먹었네."

"꽁보리밥을 그렇게 맛있게 잡수시니 감사합니다."

"아니 여름엔 보리밥이 좋은 것 같군."

민영익이 하루 두 끼의 보리밥만을 먹으며 때를 기다리고 있을 때, 궁중에서는 민비의 죽음을 주장하는 대원군이 민비의 국상 발표를 서두르고 있었다.

"상감, 빨리 칙허를 내리시오."

"글쎄, 그러나저러나 모두 짐이 부덕한 탓으로……."

"황공하옵니다."

"운현 대감께서 모든 것을 살펴서 처리해 주십시오."

"그럼 도승지, 이제 중전은 승하(昇遐)하셨으니 국상을 반포하도록 하오."

하고, 옆에 있던 도승지 조병호(趙秉鎬)에게 명을 했지만 그는 들으려 하지 않았다.

"승하하신 것을 분명히 확인도 하지 않고 어떻게 반포한단 말이오?"

"잔말 말고 어서 쓰기나 하오."

"글쎄, 대원위 대감께선 그러시지만, 지극히 중대한 일을 어찌 소홀히 거행하겠소?"

조병호의 이야기가 옳았다. 그러나 대원군의 고집은 여간 아니었다.

"쓰시오."

"못 쓰겠소."

"좋소."

조병호가 완강히 거부하므로 대원군은 부득이 다른 승지에게 이를 명하여 반포하게 했다. 민비가 숨었던 사인교가 부서진 채 발견되어 그의 죽음이 사실일지도 모른다는 추측과, 만일 살아 있다손 치더라도 정식으로 국상을 치르고 나면 지엄(至嚴)한 체면상 다시 나타나지 못하리라는 이중의 효과를 노린 것이었다.

국상이 반포되자 국민들은 반신반의하면서도 모두들 백립(白笠)을 쓰고 망곡(望哭)도 하게 되었으니 죽어서 살아 있는, 아니 살아서 죽어 있는 민비는 과연 어떻게 될 것인가?

어떻든 대원군은 이 임오군란(壬午軍亂)을 수습하고 8년 만에 다시 정권을 잡았다.

그러나 도탄에 헤매는 민생과 혼란한 정국 및 엉클어진 대외 문제를 처리할 어려움에 당면했던 것이다.

뿐만 아니라 민비의 정권 이후 차차 내정간섭이 노골화된 청나라와 또 이번 일로 피해를 입은 일본 정부의 강경한 태도는 재집권한 대원군에게 강력한 압력으로 다가왔다.

일본 공사 하나부사는 군함 4척과 수송선 3척에다가 1개 대대의 병력을 싣고 6월 29일 인천항에 도착했다.

일본 공사 하나부사(花房義質) 임오군란 때의 일본 공사(재임 1877~1882)

그러자 대원군의 정권에 불만을 품은 병조판서(兵曹判書) 조영하(趙寧夏)와 공조판서(工曹判書) 김홍집(金弘集)은 한밤중에 하나부사를 찾아갔다.

"군란의 진상은 이러하오."

조영하가 하나부사에게 보고조로 말했다.

일본 공사 하나부사는 조영하의 말을 듣고,

"병조판서 대감의 말씀을 듣고 군란의 경위를 잘 알았소. 그리고 우리 일본 정부도 이번에는 가만히 있을 수가 없소."

하고, 조영하 등을 돕겠다고 나섰다. 실은 일본으로서는 굴러 들어온 떡이었던 것이다.

"우리로서도 충분히 짐작할 수 있습니다. 그래서 김홍집 대감과도 의논하였지만, 대원군의 정권이 그렇게 전횡하여 국왕의 의사는 하나도 통하지 않으니, 공사가 만일 입경(入京)한다면 1개 대대의 병력쯤 인솔해야 위엄이 설 것 같소."

하고, 조영하는 무력의 협조까지 간청했다.

"그러면 우리들도 즉시 상경해서 비밀리에 국왕께 알현(謁見)하고 공사의 입경 등을 주장해 둘 터이니 수일 간만……."

김홍집도 말을 덧붙였다.

이렇게 해서 일본 세력은 직접 크게 작용하기 시작했고, 청나라 역시 7월 12일 오장경(吳長慶)·정여창(丁汝昌) 등이 오조유(吳兆有)·황사림(黃仕林)·원세개 등과 많은 군대를 거느리고 입성했다.

흥선대원군의 장남인 훈련대장 이재면(李載冕)은 병졸 6백 명을 인솔하여 과천까지 나가서 일본군을 영접했다.

그 다음날에는 제독(提督) 오장경이 위풍도 당당하게 운현궁으로 달려들어 대원군을 찾았다.

"태공께 경위를 표하러 왔소."

"원로에 수고하셨소, 오 제독."

"……따라서 군무에 관해서 상의할 바가 있으니 우리 청나라 진중까지 왕림해 주실 수 없겠습니까?"

"오, 제독의 진중까지?"

대원군은 내심으로 의아하게 생각했으나, 어쨌든 승낙할 수밖에 없었다.

측근에서 청나라의 진중 방문이 불길하다고 만류하는 것을 무릅쓰고 대원군은 그날 저녁에 청나라의 진중을 방문했다.

여러 번 필담(筆談)이 교환된 뒤에 갑자기,

"태공은 외교가 서투른 것 같소."

"예?"

"오늘 밤 남양만으로 가서 선편으로 바다를 건너 우리 황제의 유시를 받는 게 좋을 것 같소."

"내가 청나라로?"

"자아, 가마를 타시오."

오장경은 준비한 가마에 대원군을 태웠다.

그리하여 16일 한낱 죄인의 몸으로 고국을 떠나 청나라로 가지 않을 수 없게 되었다.

조국을 등지는 대원군의 가슴은 찢어질 듯 아팠고, 남양만에서 배를 타고 고국을 바라보는 그의 감회는 컸다. 이때 그의 머리에는 이런 시가 떠올랐다.

유의산천 의고국(有意山川依故國)이요
무변강해 시오가(無邊江海是吾家)라.

뱃고동 소리 따라 배는 멀어져 갔다.

이렇게 하여 두 강자인 민비와 대원군이 없어지고 약한 고종만이 남게 되자, 일본과 청국은 노골적으로 간섭하러 들었다. 그리고 7월 17일에는 일본과의 사이에 제물포조약(濟物浦條約)이 체결되었고, 일본군의 주둔이 승인되었다.

일본에 대한 사죄 사절 비슷한 수호사절단이 바로 갑신정변의 주모자들이었던 것이다.

진령군(眞靈君)이란 무당(巫堂)

한편 행방을 감추었던 민비는 충청도 장호원(長湖院)에 있는 친척 민응식(閔應植)의 집에 숨어 있었다.

그런데 어느 날, 이 마을에 썩 잘생긴 낯선 부인이 한 명 찾아들었다.

"거 뉘 댁인지 참 잘생겼다."

고갯마루에서 쉬고 있던 농부들이 고개를 올라오는 아낙네를 쳐다보고 농을 지껄였다.

"기름독에서 쏙 빼놓은 것 같은데……."

"예삿집 마나님은 아닌 것 같은데……."

"그렇다고 이런 시골에 기생이 있을 린 만무하고."

"옳지, 저 여자가 바로 충주(忠州) 근처에 산다는 무당인가 보군 그래."

"응, 그런 것 같군."

이 농부들의 짐작대로 그는 충주에서 이름을 떨치던 무당이었다.

그녀는 고갯마루에 이르자 생긋 웃으며,

"아이고, 그리 큰 고개도 아닌데 힘들어 죽겠네."

하고, 허리를 폈다.

농부들도 예쁜 여자와 잠시라도 같이 앉아 있고 싶어서인지 말을 건넸다.

"뉘 댁인지 모르지만 좀 쉬었다 가시구려."

"자리 좀 내주시겠어요?"

"나라땅인데 누가 돈 받을라구요."

"그래도 요즘 세상엔 걸핏하면 돈이니 돈이 뭘지."

"말은 그렇지만 댁도 돈을 벌러 다니지 않소?"

“네?”

“댁이 유명한 충주 지방의······.”

“그건 어떻게 아세요?”

“다 아는 수가 있죠.”

“정말 어떻게 알아요?”

“이 근처에서 댁만큼 잘생긴 부인네가 있어야지.”

“아무럼요. 호호······.”

무당은 호들갑스럽게 웃었다. 누구나 잘생겼다는 데 싫다 할 사람은 없을 것이다.

그녀는 갑자기 생각난 듯,

“그러니 참, 어디 돈벌이될 만한 집이 없을까요?”

하고 본색을 드러내며,

“요즘 같아서야 하루 세 끼 목구멍에 풀칠하기도 어려운 판에 누가 굿인들 해야죠.”

하고, 털썩 주저앉았다.

그러자 한 농부가 만면에 웃음을 띠며,

“아 참, 좋은 일이 하나 있소. 이 아래 민씨 댁에 가보오. 서울서 손님도 온 것 같고 하니.”

“서울서요?”

그녀의 귀가 번쩍 뜨였다.

“분명 서울 부인네 같아. 얼핏 보아 잘은 모르겠지만, 예삿댁 부인네가 아니야.”

“누굴까?”

“아마, 저번에 피신하신······.”

“쉿.”

이들은 대강 그 댁의 여자가 민비라는 것을 짐작하고 있는 터였으나, 섣불리 입 밖에 말을 내지는 않으려고 했다. 그것은 본능인지도 모른다.

“그럼, 그분이······.”

무당은 일면 놀라면서 속으로는 무엇인가를 생각하고 있었다.

“공연히 뜬소문인 줄도 모르고 그런 말을 함부로 하지 말게.”

하고, 한 농부가 말을 막자 충주 무당은,

"그게 틀림없을 거예요. 나도 실은 그런 소문을 듣고 일부러 여기까지 찾아왔는데."

슬쩍 소문을 듣고 왔다는 말로 넘겨 보았다. 실은 거짓말이었다. 이런 사람일수록 직감이 빠른 것이다.

"그럼 직접 찾아가 보시지 그래."

그녀는 벌떡 일어섰다.

"먼저 내려가 보겠어요."

하고 쫓기기나 하는 듯 고갯길을 바삐 내려갔다.

무슨 생각을 하였는지 무당은 그 길로 바로 민씨 댁을 찾아갔다.

이때 민응식의 부인은 밖에서 닭모이를 주고 있었다. 방 안에서 민비가 그를 불렀다.

"여보게?"

"부르셨습니까?"

"허구한 날 방 안에만 있으려니 갑갑하군. 오늘쯤 바람 쐬러 밖에 좀 나가면 안 될까?"

"큰일날 말씀을 하십니다. 인제 얼마 안 있으면 서울로 환궁하실 텐데요."

"글쎄, 말동무도 없고 숨이 막힐 지경이구려."

"아이고머니!"

"왜 그러나?"

이때에 마침 그 충주 무당이 갑자기 안마당으로 들어선 것이다.

"아니, 뉘 댁인데 함부로 남의 안뜰에?"

민 부인은 놀라지 않을 수 없었다. 더구나 민비가 바깥 방에 나와 있었으니 꼼짝없이 그 여자는 민비를 보게 될 것이기 때문이다.

"호호호호…… 그렇게 놀라실 건 없지 않아요?"

충주 무당은 일부러 능청을 떤다.

"안 돼요. 여기 들어오면 안 돼요."

"호호호…… 사람 사는 집에 사람이 좀 들어온다고 그렇게 안 될 게 뭐 있나요. 여기 이 마루에 걸터앉아서 좀 쉬었다나 갑시다."

"거긴 안 돼요."

무당이 앉으려고 하는 곳은 바로 민비가 있는 방문 앞 마루였다.

이때 안에서 기침 소리가 난다. 인기척을 느낀 무당은 시치미를 뚝 떼고 천연스럽게 묻는다.

"안에 누가 계시는군요?"

"아니 저……."

그녀는 무슨 말을 하려다가 말문을 슬쩍 돌린다.

"그래, 사는 재미가 어떠세요?"

그러나 민 부인은 조마조마해서 그저 이 낯선 여자의 정체만이 궁금했다.

"당신은 뉘 댁이오?"

"호호호…… 보시면 알지 않아요. 떠돌아다니는 천한 무당계집입죠."

"그럼, 당신이 충주 근처의……."

민 부인도 충주 무당의 명성은 알고 있었다.

"그러니까 점칠 거라도 있으면 쳐보세요."

"아니, 우린 그런 거 필요없어요. 어서 가요."

민 부인은 그녀가 무당이란 걸 알자 더욱 초조했다. 여기저기 떠돌아다니면서 입 빠르게 본 것 못 본 것을 죄다 떠버릴 그런 여자의 입이 무서워졌던 것이다.

"호호호…… 사람을 왜 그렇게 자꾸 내쫓으려고만 들어요? 그러잖아도 인심이 박해서 살고 싶지 않은데, 원, 쯧쯧쯧…… 대원군인가 뭔가란 그 양반 때문에 우리네도 온통 못살게 되고……."

그녀는 벌써 선수를 쳤다.

그러나 민 부인은 마음을 놓지 않고,

"글쎄, 우린 그런 건 모르니 어서 가기나 해요."

하고, 시치미를 뗐다.

"글쎄 우리 같은 천한 백성이야 뭘 알겠소마는…… 듣자니 민 중전마마 같은 영특한 분을 몰아내고."

충주 무당의 말은 과녁을 계속적으로 쏘았다.

"아니, 이이가 쓸데없는 말을……."

"그러잖아요? 요샌 일본놈들이 또 서울거리를 설치고 다니는 모양이고. 그저 민 중전마마 같은 분이 대궐에 들어앉아 계셔야 나라가 잘 되는 법입니다. 신장대라도 조금쯤 잡을 줄 아니까 하는 말이지."

하더니 충주 무당은 다시,

"편치 않은 분이 계신 모양이군요. 너무 떠들어서 죄송합니다. 그럼 안녕히 계
셔요."

하며, 선뜻 일어서 나가 버렸다.

무당이 나가자마자 안에서 이 말을 듣고 있던 민비는 문을 홱 열었다.

"여보게, 지금 그 여자는 무얼 하는 여잔가?"

"충주 근처에 사는 무당입니다."

"무당?"

"네, 영험하다는 소문은 듣고 있습니다만……."

그러자 민비는 뜻밖에,

"다음에 또 오거든 좀 알려 주게."

했다.

민비는 영험한 무당이란 말에 구미가 당겼다. 궁중에 있을 땐 하루가 멀다 하
고 무당을 끌어들인 그녀였으니, 이 답답한 처지에 놓이고 보면 민비의 심정도
짐작할 만한 일이다.

그들의 이야기를 뒤꼍에 숨어서 몰래 엿들은 그 무당은 그 이튿날 당장 찾아왔
다.

민비는 반가운 마음으로,

"게 앉으시오."

"황공하옵니다. 절 받으십시오."

무당이 천연스럽게 일어나 큰절을 하려 하자, 민비는 자지러지게 놀랐다. 그리
고 말리려 했다.

"아, 이게 무슨 짓이오?"

그러나 큰절을 하고 난 무당은,

"뵙자니 이런 시골에 묻혀 계실 분이 아니온데……."

하고, 능청을 떨었다.

"아니, 시골에 묻혀 있을 사람이 아니라니……."

"신관이 보통 사람과는 나르온지라 저도 모르게 저절로 머리가 숙여져서 그
만……."

"아니, 그 무슨 쓸데없는 말을 하오. 잠시 여기 친척집에 다니러 왔을 뿐인

데……."

"글쎄, 그런지는 모르겠습니다만, 미구(未久)에 높으신 자리에……."

"쉿, 그게 무슨 말이오?"

"천한 계집일망정 여러 곳을 다니며 여러 사람의 관상을 보아 왔기 때문에 귀하신 분은 얼른 알아맞힐 수가 있습니다."

이 무당의 말을 액면 그대로 믿은 민비는 자못 반가운 표정으로 오랜만에 밝은 웃음을 지었다.

"호호호…… 그럼, 나도 그런 상이 있단 말이오?"

"있다뿐이겠습니까. 벌써 길한 징조가 나타나 있을 뿐 아니라……."

"그래?"

"이번 8월에는 원하시는 대로 될 것입니다."

"8월에?"

"맞으면 상이나 두둑이 주시옵소서."

민비는 마음이 다급했다.

"그게 정말이오?"

과연 이 무당의 말은 맞았다.

대원군이 7월 13일에 청나라로 납치된 후 그 해 8월 민비는 환궁했고, 그 무당은 곧 서울로 불려 올라와 있게 되었다. 그 거처는 대궐 뒤에 제단을 쌓게 하고 북묘(北廟)라고 이름지어 주었다.

그러나 그뿐만이 아니었다. 한쪽에서는 서양의 새로운 문물이 들어와 세상을 깜짝깜짝 놀라게 하고 있을 때, 이곳 궁궐 안에서는 나날이 무당의 굿소리가 밤을 지새는 것이었다.

"대감, 큰일이오. 오늘 저녁두 저렇게 온 궁중이 떠나가라고 굿을 하고 있으니……."

"글쎄, 저 요사스런 계집을……."

"쉿!"

"지금이 어느 때라고 그러오?"

"중전마마의 마음에 드신 모양이니 어쩔 도리는 없습니다만……."

"아니오. 상감께 품해서라도 중지시키지 않으면 안 되오."

"글쎄, 상감인들 중전 앞에서야……."

또다시 옛날의 재판(再版)은 시작되었다.

충주 무당은 민비의 총애를 한 몸에 지니고 득의양양했다. 이것을 못마땅하게 여기고 걱정하는 중신들도 있기는 했지만, 민비의 성질을 잘 알고 있었으므로 그들도 감히 상감께 아뢰지는 못했다.

그러던 어느 날, 민비는 충주 무당에게 벼슬을 내릴 것을 상감과 의논하고 있었다.

"중전의 말대로 인물도 퍽 출중하고 춤도 제법이기는 한데……."

"그뿐입니까? 얼마나 영험한지 제가 환궁할 날짜까지 알아맞힌걸요."

"글쎄, 그런 말을 한번 들은 적은 있소만, 그게 그렇게 신통하오?"

"그러니까 너무 선비의 비위만 생각하시지 마시고 제 말대로 진령군(眞靈君)으로 봉군(封君)하심이 좋을 듯하옵니다."

"중전의 마음에 정 그래야 할 것 같으면 그렇게 하도록 하구려."

무당이 봉군까지 되자, 그와 민비와의 사이를 아는 고관대작은 진령군 처소를 드나들며 환심을 사려고 갖은 수작을 다했다.

"진령군 계시오?"

"대감, 어서 오십시오."

"진령군은 어느 때 보나 젊고 예뻐 보이니."

"호호…… 대감도. 그래 제가 부탁한 것은……."

"중전마마께서 친히 말씀하신 것이라 누가 감히."

"그 사람의 벼슬을 올려 주기로 결정이 됐나요?"

"여부가 있나? 나두 진령군의 뜻인 줄 알고 상감께 극구 품했고……."

"감사합니다, 대감."

"오히려 내가 진령군께 감사를 해야지, 여러 가지로 도와 주고."

"원 별말씀을."

"그럼 난 가보겠소. 잠깐 문안차 왔으니."

"왜 좀 노시다 가시잖구."

"남의 눈도 두렵고 해서……."

"어떠세요? 남이야 뭐라든지…… 누굴 어쩔 텐가요?"

"그야 그렇지만…… 요새는 개화파의 젊은 친구들이 수선을 부려서."

"그까짓 것 아랑곳할 게 없지 않아요?"

"그야 그렇지만."

이때 또 한 명의 대감이 찾아오고 있었다. 바야흐로 궁중의 세력 분포에 변화를 초래한 것이다.

"대감, 먼저 오셨군요?"

"대감도……."

"허허……."

그들은 겸연쩍은 듯이 웃어댔다.

"그럼 난 가보겠소이다."

"나도 그저 문안만 여쭙고 갈 텐데 같이 가시지요."

"급한 일이 있어서……."

두 대감은 이런 장소에서 만나게 되자 꺼려했다. 이것을 본 진령군은 깔깔대며 웃었다.

진령군의 세도와 요사스러운 소행이 이처럼 눈에 넘치기 시작할 때 갑신정변(甲申政變)은 일어났다. 그러나 개화파의 처참한 종말로 끝이 났다.

민비와 진령군에게는 이제 무서운 것이 없었다. 벼슬길도 진령군을 통해 민비의 손으로 좌우되었다.

"곤전마마, 일부러 오시지 않아도……."

"소풍도 할 겸…… 그래 무슨 청이길래?"

"글쎄, 자주 말씀드려서……."

"그런 건 걱정할 것 없고, 빨리 말이나 해보구려. 인제 누가 말릴 사람도 없으니."

"실은 소시적에 같이 살던 사람이 있사옵기에……."

"호호호, 그럼 전 서방의……."

"아이 참, 마마께서도. 말하자면 아들뻘 되는 사람에 김창렬이란 사람이 있어서……."

"그래, 무슨 벼슬을?"

"아무거나 좋습죠."

"그럼, 내일 전갈을 보내지."

"감사합니다."

"그건 그렇고, 내일 밤에 또 한 거리 해볼까?"

 이렇듯 민비는 갑신정변 때 청나라의 병력으로 개화파를 몰아내고 재집권한 후에는 러시아의 힘을 은근히 배경으로 하면서 다시 안하무인의 세도를 부렸다.

 1866년에 왕비로 책립되고, 1873년에 집권한 뒤, 1875년의 세자 책봉, 1882년의 임오군란, 1884년의 갑신정변을 겪으면서, 1885년까지 20년의 세월이 흐른 지금에 와서도 민비의 세도는 하늘 높은 줄을 몰랐는데, 갑자기 검은 구름이 다시 감돌기 시작했다. 민영익이 민비에게 급히 찾아왔다.

청나라에서 돌아온 대원군(大院君)

 "영익이 웬일이냐?"

 "중전마마, 이상한 소문이 들리옵니다."

 "무슨……?"

 "청나라에서 드디어 대원군의 환국을 주청(奏請)하는 진주사(陳奏使)를 보내라는 말이 있사옵니다."

 "뭣이? 그 늙은이를?"

 "네."

 "그래? 무슨 계책이 숨어 있지?"

 "그건 아직……."

 "음—"

다시 나타나는 노영웅 (老英雄)

 국내외에서의 개화의 흐름이 막을 길 없이 세차게 흐르는 시기를 전후하여, 쇄국의 상징이며 수구파의 강자인 대원군은 청나라에서 돌아오게 되었다.

 시대의 거센 물결과 맞서는 노영웅 대원군과 사대사상의 여걸(女傑) 민비, 이 두 세력의 대결은 장차 정국의 혼란을 빚어내면서 이 나라를 어디로 몰고 갈 것인가?

1885년 봄 청나라의 원세개는 우리 조정에 대원군의 환국을 주청하라고 했다.

그러나 궁중에서는 당황했다. 더욱이 민비로서는 대원군이 눈엣가시였기 때문에, 그 늙은이가 돌아오는 것을 심히 못마땅히 여겼다. 하기야 궁중의 세력을 단단히 잡은 지금, 제까짓 것이 돌아온들 어쩔 테냐는 심산이었으나, 역시 꺼림칙한 것은 사실이었다. 그러나 상국의 명이라 어쩌는 수 없었다.

"영익이, 진주사는 이미 북경을 떠났지?"

"네."

"그래, 어떡하면 좋겠느냐?"

"글쎄, 중전마마께서도 아시다시피 상감께서는 할 수 없이 문후사(問候使) 조병식(趙秉式)을 보내려고 하였는데, 그가 부사로서 갔으니 일이 좀……."

"흥선인가 하는 그 영감쟁이는 돌아오면 안 돼."

"글쎄 말입니다. 대원군께서 기어이 우리 민씨 일족을 멸하려고 하니."

"그런데 왜 청나라가 그 영감을 꼭 돌려보내려고 한다더냐?"

"그 진의를 대강 짐작은 하겠습니다만……."

"지난해 그 개화파들이 망명을 했을 때만 해도 우리를 돕지 않았느냐?"

"아마 우리가 아라사와 가까워지는 것을 시기하는가 봅니다."

"그럴는지도 모르고."

"그리고 일본으로 쫓겨 간 개화파들이 무슨 책봉을 하는 것 같고……."

"뭐? 금릉위들이?"

"네."

"그러니 어떻게든지 빨리 손을 써서 그 영감을 못 돌아오게 해야지."

"이미 진주사도 떠났으니……."

민비는 영익의 이야기를 듣고 보니 일이 더 복잡해지는 듯했다. 어떻게든지 그가 이 땅 위에 발을 디디게 해서는 안 되겠다는 생각이 굳어졌다.

"아니다. 네가 북경으로 가라."

"네? 제가요?"

"목인덕(穆麟德)을 데리고 가라."

"묄렌도르프(Möllendorf)를요?"

"그 사람은 독일 사람이니 서양 사람들과 말이 잘 통하겠지. 그리고 외교 솜씨도 능란하고."

독일 사람 묄렌도르프를 데리고 가라는 분부였다.

"알겠습니다. 무슨 수를 써서라도 대원군의 환국을 막아 보겠습니다."

"내탕금(內帑金)을 많이 줄 테니 돈을 아끼지 말고."

"그럼, 곧 떠나겠습니다."

"꼭 성공해라. 지난날의 원한을 어찌 잊겠느냐!"

민영익은 잠깐 머뭇거리다가,

"그런데⋯⋯."

하고 무슨 말을 하려고 했다.

"뭐 말이냐?"

"상감께서는 어떻게 생각하실는지⋯⋯."

"그건 염려 마라, 상감이야 내가 하자는 대로 하는 분이니."

"그야 그렇지만, 일단 아뢰어 보고⋯⋯."

"그럴 필요 없어. 내가 모두 처리할 테니⋯⋯."

"알겠습니다."

그리하여 민영익은 문의사(問議使) 김명규(金明圭)를 대동하고 곧 북경으로 건너갔다. 이때 청국의 이홍장은 이들이 왔다는 보고를 받고 그들이 무슨 목적으로 왔는지를 곧 눈치채었다. 그러나 외교상의 복잡한 문제를 경솔히 처리할 수는 없었다. 이런 생각을 하고 있는데 막료(幕僚) 주복(周馥)이 들어왔다.

"지금 조선국의 문의사 김명규가 대신 각하를 만나뵙고 싶다는 전갈이 왔습니다."

민영익과 같이 청국으로 간 김명규가 이홍장을 찾아간 것이다.

"알겠소. 들어오라 하시오."

그러자 이홍장은 무슨 생각이 났던지 나가는 주복을 다시 불러 세웠다.

"잠깐 앉으시오. 그런데 지금 조선에서는 민씨 일파가 아라사와 가까이 한다는 소식이 들리는데⋯⋯."

"그것이 사실인가 봅니다. 그래서 실은 이번에 대원군의 환국을 문의하는 문의사로 민영익, 김명규를 보낸 것이 아닌가 합니다."

"그런데 일본과 영국도 대원국 환국을 지지하던데."

"그것은 친로파(親露派)가 득세하면 자기네들의 세력도 꺾일 테니까 그럴 것이 아니겠습니까?"

　이홍장은 잠깐 묵묵히 있다가,

　"좋소. 문의사를 곧 들어오라고 하시오."

라고 했다.

　이윽고 김명규가 들어와서 이홍장에게 깊이 머리를 숙였다.

　"북양(北洋)대신 각하, 무양하심을 축하합니다."

　"원로에 수고하시었소."

　"조선국의 문의사로서 대원군의 일에 대하여……."

　"거기에 대해선 원세개로부터도 연락이 있고……."

　"네?"

　"아니, 그런……."

　이홍장은 말을 하다말고 입을 다물었다. 그만 자기 생각에 잠겨 실언을 했던

것이다.

　"그래, 거기에 대하여 말씀을 해보십시오."

　"대신께서는 아시고 계시겠지만, 지금 조선국에서는 친일파인 개화당의 변란

기도를 진압하온 터인데 다시 대원군을 조선으로 보내면……."

　김명규는 대원군의 귀국이 혼란만을 초래한다는 이유로 그의 귀국을 완곡히

반대했다.

　"인제 다 늙은 분인걸."

　이홍장은 슬쩍 조선 조정의 의사를 떠본다.

　"아니올시다. 그분이 돌아오시면 다시 변란이 생길 것이 틀림없습니다."

　"그건 민비 전하의 생각이오?"

　이홍장은 조선 조정의 형편을 이미 알고 있는 터였고, 김명규의 속셈도 알고

있었다.

　"네? 아, 아니올시다. 그건 조정과 국민 전부의 생각이옵니다. 그러니까 2, 3년

더 대국에 머물러 있게 하다가……."

　"허─ 2, 3년 더?"

　"네, 그렇게 해주시면……."

　"음……."

　"어떻게 하실 작정이온지?"

이홍장은 김명규가 돌아간 뒤 곧 막료 주복을 대원군께 보내어 의중을 타진하게 하였다.

"그 동안 자주 찾아뵙지 못해서……."

"별말씀을. 북양대신께서는 무양하시오?"

"네, 여전히 기력은 좋으십니다."

서로 인사를 나누자 대원군은 용건을 물었다.

"고마운 일이오. 그런데 무슨 전할 말씀이래도?"

"네, 그저 오래 문안 여쭙지 못했고, 또 본국의 소식이나 들으셨는지 하구."

"왜 무슨 소식이 있나요?"

"네, 저 북양대신이 근간 직접 만나뵙고 말씀드릴 겁니다."

"뭐, 나 같은 늙은이를 직접 만나시면 무얼하겠소?"

주복은 예삿일처럼 말을 꺼냈다.

"대원군께선 만일 귀국하시게 되면……."

"귀국? 조선으로?"

대원군은 뜻밖의 말에 오히려 의아해했다. 그리하여 조급한 마음으로 되물었다.

"그게 사실이오?"

주복은 대원군의 태도가 의외로 심각하자,

"아니, 그저 귀국하게 되시면 무얼 하시겠는지?"

하고, 과녁을 슬쩍 피하며 가볍게 반문했다.

대원군은 한참 동안 묵묵히 앉아 있었다. 그의 심중에서는 여러 가지 생각이 번개처럼 스쳐갔다.

그리고 모든 것을 짐작할 수 있었다. 그는 말을 골라서 천천히 입을 열었다.

"이미 칠순이 가까워 온 늙은이가 무얼 하겠소. 그저 쉬다가……."

그 일에는 별로 흥미가 없다는 듯이 대답했다.

"그렇지만 왕비께서 정치를 전단하신단 소식인데."

"실은 그게 걱정이오."

"그러시겠죠. 그렇다고 버려 두실 수도 없을 게고."

"그러니까 멀리 떨어져 있는 몸이라 어떻게 해야 좋을지 나도 모르겠소."

"북양대신도 그것만 걱정하십니다."

"그야 그…… 민비 일파가 정치를 해도 잘만 한다면 좋겠지만, 듣자니 말이 아닌 모양이고……."

"심려가 이만저만이 아니겠습니다."

"무어니 해도 백성들이 불쌍하오. 그러니 내 생각으로는 귀국에서 감독관이라도 보내서……."

"알겠습니다. 그럼 이만……."

"그럼 북양대신께 안부나 잘 전해 주시오."

대원군은 이홍장의 심중을 짐작하고도 남음이 있었다. 그러면서도 이홍장의 희망에 접근하는 체했다. 대원군은 진심으로 나라를 걱정하고 있었다.

'하지만…… 이제 또 우리나라 정치를 다른 나라가 참견을 하다니 통탄할 일이로군.'

하고 생각했다.

한편 이홍장의 태도가 아무리 보아도 자기네 말을 잘 들어 줄 것 같지 않아 민영익과 김명규는 초조하기가 이를 데 없었다.

생각다 못하여 민영익이 다시 이홍장을 찾아갔다.

"조선의 민영익이 대신을 뵙자고 합니다."

주복이 이렇게 전하자 이홍장은,

"도대체 그자들은 어쩌자는 거지?"

하고, 역정 섞인 말투로 내뱉었다.

"뻔하지 않습니까? 대원군을 조선에 못 돌아가게 하자는 거죠."

"그 동안 그자들이 무슨 불온한 태도는 없겠지?"

"네— 잘 감시했습니다. 그런 것 같지는 않습니다."

"좋소, 들어오라고 하시오."

이홍장은 민영익이 온 이유를 너무 잘 알고 있었다.

"흥, 그럼 아라사를 등에 짊어지려는 수작이지. 안 되지, 대원군을 내보내서……."

이런 생각을 하고 있을 때 민영익이 들어왔다.

"북양대신께서 무양하시어 기쁘기 한량없습니다."

민영익은 정중히 인사를 했다.

"원로에 수고하셨소."

"감사합니다. 우선 우리 조선 국왕과 특히 왕비께서 문안하심을 전해 드리옵니다."

하고 나서, 민영익이 곧 용건을 말하려고 했다.

그러자 이홍장이 가로막으며,

"아, 저 내가 먼저 물어 보겠소. 조선 정부에서는 왜 그렇게 쓸데없이 싸움들을 하오, 민 대감?"

하였다.

"네?"

"근 20년간 소동이 그칠 사이가 없으니……."

"죄송합니다. 그러나 그것이 모두 대원군께서 너무 민씨를 미워하기 때문입니다."

"대원군께서?"

"네."

"대원군께서 어찌 민씨를 미워하게 된 거요?"

"글쎄, 그건…… 그러나 대원군께선 우리 양부(養父)인 민승호를 몰래 폭발시켜 죽였을 뿐 아니라 임오년에 왕비를 죽이려고 하였습니다."

"그러나 그건 그때 일이고. 인제 서로 원한을 풀고 힘을 합해 나라일을 해야 하지 않소?"

"그렇습니다. 사사로운 원한이야 얼마든지 풀 수 있겠지만……."

"또 뭐가 있소?"

"지금 대원군이 본국으로 가면 또 정치에 간섭하게 될 터이니, 그렇게 되면 국정(國政)이 또 문란해질까 두렵습니다."

"그럼, 대원군만 없으면 조선국의 정국은 안정될 것 같소?"

"네, 그렇게 될 줄 아옵니다."

"허허허허……."

"아무쪼록 대원군은 정치에 관여치 못하도록……."

"알겠소, 그럼 돌아가 보시오."

민영익이 나가자 이홍장은 가소로운 생각이 들었다.

그럴 즈음 대원군은 아닌 밤중에 홍두깨 격으로 갑자기 환국 후의 일에 관해 질문을 받은 데 대해서 혼자서 곰곰이 생각하는 것이었다.

"지금 주복이 남기고 간 말의 뜻이 무엇인가? 그렇지, 국정을 바로잡아야지. 그렇구말고. 국왕이 강해야 나라가 바로 될 것은 더 말할 여지가 없다. 임금을 바꾼다? 애당초 그 여자를 왕비로 책립한 게 잘못이었어. 하지만 내가 뿌린 씨 내가 거두게 된 셈이지."

대원군은 이렇게도 생각해 보았다.

그러나 조선 정부의 반대에도 아랑곳없이 1885년 가을 대원군은 마침내 그리운 고국으로 돌아오게 되었다. 한편 바닷가에는 대원군의 환국을 기다리는 백성들이 운집했다.

"오, 저기, 저 배 같군."

"응, 틀림없어."

"역시 그분이 오셔야 정치를 시원스럽게 하지."

"하지만 조정에서는 또 한바탕 소동이 일어날걸."

"하긴 그렇지."

"볼 만할 거야. 민비하고 한 씨름할 테니."

"고래 싸우는 통에 새우등만 터지고."

"에이 참!"

"그러나저러나 암탉이 우는 것보다는 낫지."

"이 사람 누가 듣겠네. 무슨 소릴 그렇게 함부로 지껄이나?"

"그까짓 굶어 죽으면 어떻고, 잡혀 가 죽으면 어때? 죽는 건 매한가진데."

"그야 그렇지만……."

"대원위 대감이 돌아오는 것도 실은 국정을 바로잡자는 게 아니야?"

"그럼?"

"그야 대원위 대감은 그럴 생각이겠지만……."

"그럼 돌아오는 이유는 뭔가?"

"뻔하지 뭐. 민비가 아라사하고 가까이 지내니까 청국놈들이 견제하려는 거지."

사리를 판단할 줄 아는 사람들 중에는 청국의 속셈도 알아보는 이가 있었다.

"응, 그런 일도 있군."

"서울 올라가 보게. 다들 알 수 있는 말이니."

"그럼 남의 나라끼리 세력 다툼하는데 우리만 죽는 게 아니야?"

"그러니까 우린 새끼새우등이지"

"하하하……."

"이 사람 뭐가 좋아서 웃나?"

"어이가 없어서 웃네."

대원군을 환영 나온 백성들의 가슴에는 그래도 어떤 환희가 물결치듯 복받쳐
서 이렇게들 한마디씩 뇌까렸다.

"인제 배가 무척 가까워졌는데."

"탄 사람이 보이는군요. 오— 저기 서 계시는 게 대원위 대감이신가 본데."

대원군을 태운 배는 점점 가까워지고 있다.

학살당하는 대원군파

고국 땅이 눈앞에 어렴풋이 나타나자 대원군은 가슴이 울렁거림을 억제하지
못했다. 그러나 그 동안의 이역생활을 생각해 보니 한숨이 저절로 나오는 것이었
다. 멀리 바닷가에 아른거리는 사람들의 모습이 보이자, 대원군은 문득 3년 전
청나라로 납치되어 갔던 때의 일이 생각났다. 임오년 7월 29일의 일이었다.

"그것은 그렇다 하거니와, 국태공은 당일 변란에 있어 합하(閤下)가 군졸을
사주(使嗾)한 것을 목도한 자가 있는데 어찌할 터이오?"
하고, 이홍장이 대원군에게 따지고 들었다. 지난번의 임오군란 사건을 추궁하는
것이었다.

"북양대신, 그 사람이 지금 어디 있소? 원컨대 대질하게 해주시오."

"지금 천진에 있지 않소?"

"그래도 그 사람의 성명과 주소는 알 게 아니오?"

"하여튼 합하가 그 난을 일으킨 괴수를 모른다 함은 부당하오. 두 차례나 합하
의 문 안에 들어가 호소한 바가 있었다는데 모를 리가 없소."

대원군이 아무리 변명을 해도 이홍장은 그를 형부(刑部)에 넘겨 처벌할 듯이
위협을 하는 것이었으며, 동석해 있던 원세개노 역시,

"이번 사변의 주모 설계가 합하의 호소로서 나온 것이라고 누구나 말하는데,
이쯤 되었으면 왜 명백하게 직언을 하지 않소?"

하였고, 마건충(馬建忠)도 들어와서,

"일이 이에 이르렀으니 감추지 말고 사실대로 말하시오."

하고, 다그치지 않았던가?

그것은 명백히 모든 책임을 자기에게 뒤집어씌우려는 청나라의 정책처럼 대원군은 생각했던 것이다.

대원군이 선상(船上)에서 이런 회상에 잠겨 있을 때, 원세개가 옆으로 걸어오며,

"국태공, 몇 해 만에 고국산천을 보시니 감개무량하신 모양이군요?"

하고, 말을 건넸다.

"어찌 감개가 없겠소."

"그런데 보아하니, 국태공이 환국하시는데 별로 영접하는 기색이 안 보이는군요."

"나라일이 바쁜데 뭐 그렇게 떠들썩하겠소?"

"그래도 불손하지 않소."

"배가 너무 빨리 닿았는지도 모르지요."

대원군 역시 아무도 나오지 않은 것처럼 보이자, 내심으로는 불쾌했다. 하지만 내색하고 싶지는 않았다. 다른 일로 인하여 나오지 못하는 걸로 해석하고 싶었던 것이다.

"귀국의 고문으로 있는 묄렌도르프란 독일인이 아라사의 베베르 공사와 퍽 가깝게 지내는 모양인데요."

묄렌도르프란 민비의 명을 받고 청국으로 가는 민영익과 동행했던 사람이다.

"그 사람도 북경에 와 있었다죠?"

"네, 그 사람이 북경에 와서도 여러 가지로 암약을 한 모양입니다. 그래서 추방을 한다고……."

"추방을?"

배가 육지 가까이 오자 대기하고 있던 사람들이 환성을 올린다. 그들은 진심으로 대원군을 환영하는 민중들이었다.

"백성들은 저렇게 국태공이 돌아오시는 것을 환영하고 있군요."

"늙은 몸이라 불쌍해서 그러겠죠."

조정에서는 별로 환영하는 빛이 보이지 않았으나, 오랜 귀양살이에서 서울에

입경하는 아버지를 맞이하기 위해 고종은 친히 숭례문 밖까지 행차했다.

"아, 상감께서 오시는군."

"상감께서는 그래도 여기 숭례문까지 영접을 나오셨는데."

"그야 뭐니뭐니해도 친 부자지간인데……."

"아, 저기 대원위 대감이 오시는군."

고종의 어가(御駕)가 숭례문 밖에 다다르자 대원군 일행이 당도했다. 대원군과 고종 부자는 참으로 오랜만에 만나는 것이었다.

"대원위 대감께서는 원로에 수고하시었습니다."

"전하도 무사하니 다행이오."

이것이 부자 간의 첫 인사였다.

"인천까지 영접을 못해서……."

고종은 진심으로 미안해하고 있었다.

"국사에 바쁜 몸이 그러시면 되겠소?"

"황송합니다. 인자(人子)의 도리를……."

"그 무슨 말씀이오. 상감은 나라의 어버이신데……."

"대감께서는 좀 여위신 듯한데……."

어쩐지 고종은 슬픈 생각이 들었다.

"허허허…… 나이를 먹었으니까……."

"무어라 드릴 말씀이……."

고종은 말끝을 흐렸다. 비록 자기의 의사는 아니었지만, 아버지를 멀리 청국으로 보낸 뒤 가슴이 아팠던 것이었다.

"걱정 마오. 그저 전하만 무강하시면……."

"아버님!"

다른 사람들의 눈이 띄지 않게 되자 비로소 고종은 대원군을 아버지라 불렀다. 그 소리는 어딘지 울음에 젖은 듯했다.

대원군은 '아버님'이란 소리에 목이 메었으나, 옆에 서 있는 사람들이 자꾸 눈에 걸렸다. 그래서 국왕의 체면을 위한 마음으로,

"백성들이 보고 있소."

"이 아들을 용서하십시오."

"그게 무슨……."

"차라리 소자가 왕위에 안 올랐더라면 효도를 할 수 있을 텐데……."

"상감, 그게 무슨 말씀이오? 지금은 그런 생각을 해서는 못 쓰오. 상감께서는 수천만의 아들딸이 있지 않습니까?"

"그러나 저도 사람의 아들이라, 사람의 아들로서의 구실을 다해야 함이 첫째 도리온데……."

"상감은 그런 것을 생각하지 않아도 되오. 그저 정치만 올바로 해서 백성들을 잘 살게만 하면 그것이 즉 효도요."

"용서하옵소서."

고종의 눈에는 막을 길 없이 눈물이 흘렀다.

"상감, 눈물을 거두시오. 행여 백성들이 보면……."

"네."

"자아, 인제 궁중으로 들어갑시다."

그러나 고종의 뺨에는 소리 없이 눈물이 줄줄 흘러내렸다.

숭례문에서 만난 이들 부자는 곧 궁궐로 향했다.

"상감마마 행차시다! 물러섰거라!"

고종과 대원군의 행차가 거리를 지나가자, 좌우에서는 "대원군 만세!"를 외치는 사람도 있었다.

선진 러시아의 세력을 배경으로 하는 민비 일파와, 노회(老獪)한 청나라가 미는 대원군, 아직 호시탐탐 침략의 기회를 노리는 일본, 그리고 미국·영국·불란서 등의 관심들이 엉키는 가운데 갈피를 잡지 못하는 국왕 고종은 3년 만에 만나는 아버지의 여윈 모습을 보고 한없이 눈물을 흘렸다.

대원군 역시 오랜만에 보는 고국, 그리고 사랑하는 아들, 더욱이 며느리 때문에 고국에 있을 때에는 마음대로 만나볼 수 없었던 아들을 대하고 보니 가슴이 터질 것 같았다. 그토록 감격이 벅찼다. 오랫동안 이국 땅에서 정든 사람을 만나보지 못하고 향수에 젖어 멀리 고국의 하늘만 쳐다본 적이 그 몇천 번이나 되었던가? 차차 늙어 가는 고독한 가슴을 안고 소리 없이 눈물을 흘린 적이 그 얼마였던가?

그러나 고국은 따뜻하게 맞아 주지 않았다. 대원군이 귀국하자, 그의 활동을 봉쇄하려는 민씨 일파의 행동은 개시되었다. 예측하지 못한 일은 아니었다. 관졸들은 야음을 이용하여 대원군이 있는 운현궁을 둘러싸고 찾아오는 그의 측근자를 죽이기도 했다.

"또 한 놈은 어디로 달아났소?"

"운현궁 쪽인가 봅니다."

"운현궁 앞에서는 많이 잠복하고 있겠지?"

"네."

"단단히 단속해서 한 놈도 들어가지 못하도록 해야 하오. 대원군이 돌아왔다는 말을 듣고 그 문객 노릇 하던 자들이 들먹거린다는 말이 있으니."

"그네들이 인제 무슨 일을 할 수 있겠습니까?"

"그래도 만사는 사전에 처리해야지."

"알겠습니다."

"도망친 그놈을 어떻게 해서든지 꼭 잡아 내시오. 그럼 가보시오."

대원군이 돌아온 날 밤 그의 측근자 한 명이 운현궁을 향하다가 쥐도 새도 모르게 맞아 죽었다.

이렇게 시아버지를 봉쇄해 놓은 며느리 민비는 그래도 마음이 놓이지 않아 경비를 맡고 있는 심복 대장을 비밀리에 불러들였다.

"기어이 그 영감이 돌아왔구려."

"그래서 우리도 행동을 개시했습니다."

"내가 이미 정해 놓은 대로 해요. 조금도 실수하지 말고."

"네, 중전마마. 그래서 아까도 수상한 놈을 거리에서 처치했습니다."

"잘했소."

"그리고 운현궁도 출입을 못하도록 해놓았습니다."

"그 영감도 출입을 못하도록 해야지."

"그것까지야 소신들이 감히 어떻게……."

"알겠소. 그럼 그건 내가 알아서 하겠소."

"알겠습니다."

"참, 임오군란에 관련된 도망자 중에 체포된 자들을 어떻게 했나?"

"네, 곤전마마께서 분부하신 대로 내일 처형할 예정이옵니다."

"뿌리를 뽑아야 하오."

이렇게 빈틈없이 계략을 짜는 한편, 민비는 상감에게도 대원군의 연금(軟禁)을 강요하는 것이었다.

"상감, 시아버님께서 돌아오셨는데 그냥 내버려 둘 수 없지 않습니까?"

"중전, 그건 무슨 말이오?"

"예조(禮曹)에 분부하셔서 존봉(尊奉)토록 하심이 어떠하옵니까?"

민비는 뜻밖에도 대원군의 대접을 높이자고 말했다. 그러나 고종도 그 참뜻을 모르는 바 아니었다. 고종은 약간 역정 섞인 말투로 민비를 나무랐다.

"그래, 어떻게 하자는 거요?"

그러나 민비는 다시 말머리를 돌려 냉정히 말했다.

"의례절목(儀禮節目)을 만들어 잡배들이 통 접근하지 못하도록 함이 좋을까 하옵니다."

"아주 사람을 만나지 못하게 하자는 거구려?"

"그런 게 아니라…… 들건대 요즘 종친이니 외교사절이니 하는 사람들이 노상 드나들고."

"그야 좋지 않소? 만나고 싶은 사람은 만나봐야 하지 않겠소."

"또 외국 사람들과 만나서 무슨 말씀을 하실는지 알겠어요?"

"아니야, 아버님께선 나라 정치에 다시 관심을 두지 않으실 텐데."

"그걸 어찌 알겠습니까?"

"들리는 말에 의하면 일본 공사와 만나셨을 때도 인제부터는 정치에 전혀 관계하지 않겠다고 하셨다는데……."

고종은 대원군이 다시는 정치에 손을 대지 않겠다고 한 것을 들은 적이 있었던 것이다. 그리고 그것은 대원군의 진심이기도 했다.

"그래도 외교만은 잘해야 하느니 뭐니 하셨다잖아요?"

"그건 나라일을 걱정하셔서 그러셨겠지."

"상감은 그저 좋게만 생각하시니까 그러시지, 이제 두고 보세요."

"그럼 어떻게 하면 좋겠단 말이오?"

"아까 말씀대로 의례절목을 만들어 엄격히 출입을 금하게 합시다."

"마음대로 하구려."

고종은 운현궁의 출입을 금한다 해도 과히 불편하지 않을 것 같은 생각이 들어 그만 승낙하고 말았다.

오히려 여러 사람들이 드나들며 마음을 흔들어 놓으면 더 괴로운 일이라고 생각했기 때문이다. 형식상으로라도 고종의 승낙을 얻자, 민비 일파는 대원군을

대원군의 별장 당시 공덕동에 있던 대원군의 별장

더욱 굳게 감금하고 대원군파의 학살은 노상에서 공공연히 감행되었다.

"아, 저기 끌려 오는군."

"그런데 하필이면 이 군기고(軍器庫) 노상에서 처형할 게 뭐람."

"여기서, 여러 사람이 보는 데서 해야 본보기가 될 테니까 그렇지."

"오늘 처형당하는 건 누구라고 그랬지?"

"김춘영(金春永), 이영식(李永植) 등이라든가……."

"그 사람들이 무슨 나쁜 짓을 했어?"

"아니, 이 사람이 그것도 모르는가? 그 사람들이 다 대원군파라네."

"뭐?"

임오군란 당시 주동자로 몰렸던 김춘영, 이영식 등의 처형이 사람들의 왕래가 잦은 군기고 앞길에서 집행하게 된 것이다. 여러 사람이 보는 앞에서 본때를 보일 민비 일파의 계략이 작용한 것임에 틀림없었다.

"대원군파는 다 죽이나?"

그러자 옆에 있던 사람이 이 말을 한 사람의 입을 급히 막고 자기 목덜미를 치며,

"그런 소리 함부로 하면 이거 달아나."

하고, 목 달아나는 시늉을 한다.

"에크!"

"지난 6월 이래 체포된 사람들이 다 그거래."

“허—”

오다가다 형의 집행을 구경하게 된 행인들은 대원군파의 억울함을 잘 알고 있었다.

“앗, 인제 처형할 모양이군.”

“능지처참하는 모양이지…….”

“으레 그렇지.”

김춘영, 이영식 등 대원군 측근자는 임오군란의 난동 책임자라는 죄목으로 능지처참을 당하게 되었다.

이 사실을 보고 참다 못해 흥분한 대원군파의 사람들은 몰래 수비망을 뚫고 들어가 대원군에게 호소하는 것이었다.

“대원위 대감, 어떻게 하면 좋겠습니까?”

“뭐요?”

“대감께서도 들으셨는지 모르겠지만, 이렇게 못살게 해서야…….”

“또 무슨 일이 있었소?”

“오늘 낮에는 김춘영, 이영식 등을 대로상에서 능지처참하고…….”

“허허…….”

“벌써 주살(誅殺) 당한 자만도 수십 명입니다.”

“모두 무슨 죄목이오?”

“이렇다 할 죄가 있겠습니까? 모두 대원위 대감의 문하로서…….”

“허— 그거 안됐군.”

진실로 가슴아픈 대원군이었지만 그는 다시 세력 다툼의 피비린내 나는 광장에 뛰어들기가 싫었다.

“대감께서…….”

측근자들은 자꾸 그에게 대책을 세우기를 간청했다.

“나야 이미 칠순이 가까운 늙은이…… 국사에 대해선 한 마디도 안 하려고 하는데…….”

“그런데도 민씨 일파는…….”

“허— 그런 소리를 하는 게 아니오.”

“대감, 그게 진정이옵니까? 원통하옵니다.”

“어떻든 난 나라 사정엔 관계하지 않겠소.”

"나라가 저 꼴이고 백성들이 다 죽어도 눈 감고 귀 막고 가만히 계시려는 겁니까?"

"허— 그 무슨 망령된 말을……."

"대원위 대감께서 돌아오시던 날 길가에 늘어선 백성들이 무엇을 원했는지 모르신다는 말씀입니까? 그 환호성, 그 만세 소리가 무슨 뜻입니까?"

"그만하오."

"대감! 그뿐입니까? 민비는 상감께 품하여 의례절목이란 걸 만들어 대감의 발목을 묶고 사람도 못 만나게 하는데."

하기는 맞는 말이었다. 구구절절이 옳은 소리였다. 그러나 그는 맞는 말, 옳은 말이었기 때문에 더욱 듣기가 싫었다.

"듣기 싫소!"

마침내 소리를 버럭 지르고 말았다.

"대감, 원통합니다."

이 측근자는 흐느껴 울었다. 물론 대원군의 심경을 모르는 바는 아니다. 그러나 대원군은 다시 고국으로 돌아올 때 굳게 결심한 바가 있었다. 다시는 피를 뿌리는 정쟁에는 참여하지 않기로.

그는 답답한 가슴을 스스로 위로하듯 조용히 충무공 이순신의 시조 한 수를 읊조렸다.

한산섬 달 밝은 밤에 수루에 홀로 앉아,
긴 칼 옆에 차고 깊은 시름 하는 적에
어데서 일성호가는 남의 애를 끊나니.

당시 청나라 상무총판 진수당(陳壽棠)이 이홍장에게 보고한 글에는 이렇게 적혀 있다.

'대원군은 수십만 백성들의 환호 속에 입경하였으나 28, 29 양일 간에 대원군의 문하로 학살당한 자가 30여 명이라고 알려졌으며, 그 모두의 죄목은 임오군란의 연루자라고 하지만, 그 사실 여부는 알 수 없다.

이들은 모두 6월부터 체포된 것이 사실인데, 대원군의 도착을 기다려 살육하였는 바 그 사실이 대원군을 실색하게 하였을 뿐만 아니라, 드디어는 대원군을 9월 1일부터 폐문 거객(閉門拒客)하여 사람을 만나지 못하게 하였다.'

한로밀약(韓露密約)의 파문

　그렇게 대원군파로 지목되는 사람들을 무자비하게 처단하고, 대원군 자신을 감금해 놓은 민비 자신은 러시아 공사 베베르 부인을 자주 궁중에 불러들였다.

　그러던 어느 날 밤,

　"상감!"

　민비는 잠자리에서 고종을 유별나게 애교 어린 목소리로 불렀다.

　"왜 또 그러우?"

　"인제 난 늙어서 흥미가 없어졌어요?"

　요즈음 내외 간의 정의가 가깝지 못한 데 대한 일개 부인으로서의 질투 비슷한 말을 끄집어 냈다. 물론 속마음은 딴 데 있었다.

　"그건 또 갑자기 무슨 말이오?"

　"혹시 그러지나 않나 하고……."

　"중전과 내가 한두 해를 살았소? 20여 년이 지났는데 무슨 말을 그렇게 하오?"

　"그럼 왜 요즘은 시아버님 걱정만 하시고 내 말은 잘 들으려고도 안 하세요."

　"점점 갈수록 이상한 소리만 하는구려. 내가 중전 말을 거절한 것이 뭐 있소?"

　"그렇게 말씀하시면 그렇기는 합니다만, 여러 가지 걱정스러운 것이 많은데."

　"걱정되는 일이 한두 가지요?"

　"어떻든 시아버님이 돌아오시더니 뒤숭숭하고."

　민비는 이야기를 대원군에 대한 방향으로 유도해 갔다. 민비가 대원군의 말을 꺼내자, 고종은 약간 의아스러운 눈치였다. 또 중전이 무슨 말을 꺼내려는가 하고 불안해졌다. 그러나 자기가 알기에는 대원군이 오히려 불쌍한 처지에 있는 것으로 생각했기 때문에 오히려 불쾌했다.

　"그분이야 아무 말씀도 없이 조용히 계신데……."

　"그럴 리가 있겠어요? 기회를 노리고 계시는 거지."

　가시가 돋친 말이었다.

　"아니, 또 그게 무슨 말이오."

　"청나라 이홍장이라는 자가 어떤 잔데요."

　"그러나 대원군께서 돌아오시도록 우리가 주청한 게 아니오?"

"그거야 마지못해서 그랬지, 누가 그러고 싶어서 그랬나요?"

"하지만 부자의 도리로 봐서도 멀리 이국 땅에 적적히 계시는데 그냥 둘 수야 있소?"

"그야 누군들 모르나요? 모두 나라를 생각해서 그랬지."

"나도 나라를 생각해서 중전 말을 들어오지 않았소."

"그렇고말고요. 영익을 청나라로 보낸 것도 다 그래서지. 그럼 시아버님이 미워서 그랬겠어요?"

"글쎄……."

"그분은 나를 미워해서 죽이려고까지 했지만…… 나는 그분이 나라의 정사를 휘어잡으려고 하는 게 미울 뿐이에요."

"인제 그런 말은 그만둡시다."

고종은 귀찮기도 했지만 아무래도 말을 길게 하다 보면 재미가 없을 것을 알고 이야기를 그만두고 민비를 끌어안으려 했다.

"아녜요. 중요한 얘기가 있어요."

그러나 민비로서는 아직 이야기할 알짜가 남아 있었던 것이다.

"또 뭐요?"

"저— 제 생각에는……."

"말을 해보구려."

"상감, 우리나라는 청국의 손에서 벗어나야 해요."

"그건 또 무슨 말이오?"

"차라리 아라사의 보호를 받는 게……."

청나라와 가깝던 민비가 이렇게 러시아 편을 들게 된 것은 그리 놀랄 일은 아니었다. 청국이 대원군을 두둔하려 했고, 요즈음 러시아 공사 베베르 부인이 빈번히 드나들었기 때문이다. 그러나 고종은,

"아라사의?"

하며 자못 의외라는 표정으로 말을 던졌다.

"청나라의 속국으로서 대소사에까지 일일이 간섭을 받을 필요가 어디 있어요?"

"아니, 언제는 또 청나라만이 우릴 도울 수 있다고 하면서 그러더니, 이제 와선……."

고종 자신이 짐작 못 한 건 아니었지만, 민비의 변덕스런 태도에 불안은 점점 커갔고, 이러다간 장차 나라가 어떻게 될지 몰라 짜증이 났다.

"그야 그땐 그때고."

"여하튼 청이니 일본이니 하고 너무 남의 등만 믿다간 정신을 차릴 수 있어야지."

"그러니까 이번엔 청이고 일본이고 모두 집어치우고."

"그렇다고 아라사의 보호국이 되면 아라사의 간섭을 받을 게 아니오."

"보호국이 되면 우리가 보호를 요청할 때만 와서 보호해 주는 거지요."

"다들 그렇게 생각하오?"

"그러믄요. 그러니까 망설이지 마시고 빨리 조처합시다."

"민영익은 어떻게 생각하오?"

"아직 그 사람의 의견은 들어 보지 못했습니다만…… 저— 그 베베르 부인의 말을 들어 봐도 절대로 염려 없습니다."

"중전이 정말 그렇게 해야 되겠다면 그렇게 하구려."

"그럼 당장 영의정 심순택(沈舜澤)에게 글을 쓰도록 하겠습니다."

"마음대로 하구려"

그 동안에도 나라 정사는 민비가 마음대로 하는 터이므로 불쾌하긴 했지만 민비가 하자는 대로 해버리는 게 골치가 덜 아플 것 같았다. 그리고 그런 복잡한 문제를 생각하고 싶지도 않았다. 그저 나라가 그대로 서 있고 자기의 자리가 안전만 한다면 청나라의 보호를 받건 러시아의 보호를 받건 마찬가지가 아니냐 하는 일종의 자포자기의 심정도 있었고, 또 거기에 대하여 말하기조차 귀찮아졌다.

"상감!"

"또 뭐요?"

"내가 늙어서 밉죠?"

"무슨 말을……."

"호호호호……."

민비는 참으로 영리한 여자였다. 정략에도 능숙했지만 남자의 마음을 구스르는 데는 여간이 아니었다. 그녀는 러시아의 보호를 받는 일의 승낙을 얻자 정숙한 여자의 몸을 고종의 품 안에 묻었다.

회심의 미소를 머금은 민비는 고종을 이렇게 구슬렀고, 이튿날에는 곧 민영익

을 불러들여 의논하였다.

"영익이한테 할 말이 있네."

"무엇입니까, 곤전마마?"

"저, 상감께서도 칙허(勅許)가 내리셨는데."

"네?"

"인제 청나라의 속국을 면해야 되지 않겠나?"

"그야 어느 나라의 속국이든 면해야……."

"그래서 심순택을 시켜 아라사에게 보호를 해달라고 청원하도록 했네."

"네?"

"청나라의 속국 된 자리를 벗어나기 위해서는 그 길밖에 없다고 생각하는데…… 그래, 자네 생각은 어떤가 말 좀 해보게."

"베베르 부인이 자주 드나들더니 그럼……."

"자네도 같은 생각이겠지."

"그렇게 되면 청의 간섭은 안 받겠지만 대신에……."

"아닐세, 그저 우리가 위급할 때에만 보호를 청하면 되니까."

"글쎄, 그럴 수만 있다면야 좋겠습니다만…… 그렇게만 되겠는지요?"

"자넨 그럼 반댄가?"

의외로 민영익은 찬성하고 나서지 않았다.

"좀 생각해 봐야 되겠습니다."

민영익의 생각은 달랐다. 아무래도 오랫동안 청국의 힘을 입어 왔는데 갑자기 러시아의 힘을 입는다면 두 강대국 틈에 끼어 더 나쁜 결과만 초래할 것 같았다.

"그게 우리 민씨네 일족을 위하여서도 좋을 것이 아니겠나?"

"그야 그럴는지 모르지만…… 이건 국가 안위(安危)에 관한 대사라."

"허— 내가 이미 그렇게 정하고 또 칙허까지 내렸는데도."

"하지만 이 문제만은……."

"뭐?"

민영익은 그 이상의 말을 차마 못 했다.

러시아에 보호 청원을 하게 된 사실을 안 그는 당장 그 길로 원세개에게 달려가 보고했다. 그 사실이 공식적으로 성취되기만 하면 국가의 안위에 중대한 문제가 생기리라고 생각되었던 때문이다.

"그게 정말이오?"

원세개도 의외로 깜짝 놀랐다. 조선 조정이 러시아에 보호 청원을 냈다는 말을 들은 원세개는 놀라지 않을 수 없었다.

"글쎄, 일이 그렇게 됐으니 빨리 손을 쓰시기 바랍니다."

"그래, 참을 수 없는 일이오. 대감, 잘 오셨소. 잘 알려 주셨소, 민 대감."

"그러나 우리는 될 수 있는 대로 우리나라의 힘으로 모든 걸 해결하고 싶소."

"그런 힘이 있소?"

"글쎄, 그 힘이 없어서 그럴 뿐이오. 그러나 빨리 그런 날이 오기를 기다리겠소."

"그것은 그렇고. 우리는 우선 북양대신께 편지를 보내야 하겠소."

"어떻든 이 일을 잘 처리해 주십시오. 그래서 알려 드린 것이니……."

"군대를 보내 현 왕을 폐하도록 하겠소. 국태공의 장손 이준용(李埈鎔)을 등극시킵시다. 대원군이 뒤에서 보살피게 될 게고……."

원세개로부터 뜻밖의 말을 듣자 민영익은 또 한 번 소스라치게 놀랐다.

"뭐요?"

"하하하하…… 그리고 보니 민 대감은 대원군과 원수였죠?"

"그건……."

"귀국의 조정에도 엄중히 항의하겠소."

"그저 모두 원만하게…… 단 이 일의 사실이 누설되면 내 목숨이 위험하니……."

"알겠소. 비밀을 지킬 테니 염려 마오."

"잘 부탁합니다. 그럼, 이 복사한 문서를……."

"네, 곧 북양대신께 보내겠소."

"부디 비밀을……."

"염려 마시오. 우리가 있는데 누가 대감에게 감히 손을 대겠소."

"부탁합니다."

그러나 이 비밀이 새지 않을 수는 없었다. 그런 사실이 탄로되고, 백성들이 그것을 알게 되자 장안은 들끓었다.

더욱이 고종을 폐한다는 말까지 돌게 되자 민비에 대한 원성은 높아 갔고, 일은 드디어 터지고야 말았다. 사태의 심각성을 알자 고종은 이 일을 수습하기 위해 원세개에게 사신을 보냈다.

"원 대감, 그건 그런 게 아니옵니다."

"그럼 뭐요? 우리 청나라를 업신여기지 않고서야 도저히 그런 일을……."

원세개는 노기가 등등해서 궁중에서 보낸 사신의 말에 발칵 성을 냈다.

"아닙니다. 상감께서는 절대로 상국에 대해서 그런 생각을 가진 일이 없습니다."

"그럼 왕비가 그랬다는 거요?"

"그건 저…… 상감의 주변에 있는 철없는 소인배들이……."

"그런 소인배들이 어떻게 일국의 옥새를 마음대로 한단 말이오?"

"아니오, 아마 위조해서……."

그 사신은 이야기가 궁했던 모양이다.

"뭐? 하하하하…… 위조해서?"

"네, 그러하오니 상감께서 보내신 이 선물을 물리치지 마시고……."

"좋소. 내가 알아서 처리할 테니 두고 가오."

"감사합니다."

"하하하하…… 옥새를 위조해서?"

원세개는 어이없다는 듯이 한바탕 웃었다. 궁중에서 온 사신은 황망히 돌아갔다.

그 문제에 대하여 원세개로부터 엄중한 항의를 받자 국왕 고종은 많은 뇌물을 보내고, 책임자라 하여 애매한 몇 사람을 처단했다.

민비는 이런 사실을 모르고 있었다.

"그래, 무슨 말씀이시더냐?"

"상감께서 후사를 두려워하셔서 조존두(趙存斗), 김가진(金嘉鎭), 김학우(金鶴羽), 김양묵(金良默) 등을 귀양 보내시고……."

"뭐?"

"원세개에게도 많은 물건을……."

"무엇이? 아―"

민비의 놀람은 컸다. 그는 이 말을 듣고 그 자리에서 쓰러졌다.

"곤전마마, 곤전마마. 아이구 큰일났네. 거기 누구 없소? 곤전마마께서……."

궁녀는 혼자서 발만 동동 구르고 있다. 이때 문이 열리며 진령군이 들어왔다.

"왜 그러우?"

"오, 진령군이오. 곤전마마께서……."

"뭐요? 곤전마마께서 왜 갑자기……."

"여러 가지 머리 아프신 일이 많으신데다가 또 이번에……."

"무슨 일이 있었소?"

"청나라가 이번 일을 알고."

"아라사와의 일을?"

"네."

"하여튼 난 기도를 드려야겠소."

민비는 드디어 앓아서 눕게 되었다. 명의와 양약이 동원되었으나 백약이 무효였다.

마침 이때 진령군은 왕궁 안에서 죽은 원혼들이 덤벼들었다고 하여 전국의 명산 대찰에 대관과 궁녀를 보내 기도를 드리게 했다. 그리고 조정에서는 정사를 폐지하였으며, 궁중에서는 진령군이 밤낮을 가리지 않고 굿을 하였다.

알아듣지도 못하는 주문과 진령군의 기도가 주효했음인지 민비의 병세는 곧 차도가 있었다. 사실 민비는 병이 난 것이 아니고 충격을 받아 홧병이 나서 누워 있었던 것뿐이다.

"곤전마님의 병이 차도가 크게 있어요."

"뭐?"

진령군은 반가웠다.

"지금 한결 나으셔서 일어나 앉으셨다오."

"그러면 그렇지, 오호니야……."

진령군은 어깨가 으쓱 올라갔다.

"그래서 이게 모두 진령군의 신통한 보람으로 아시고, 곤전마마께서는 진령군게 많은 상금을 내리신다는군요."

"관운장, 감사합니다."

"그리고 서울 근처의 무당들에게도요."

"자아, 장구를 치고 징을 울려라."

그런데 민비가 러시아에게 보호국 청원을 한 사건이 탄로된 이후부터 원세개는 안하무인격으로 궁궐을 드나들게 되었으며, 그것은 도저히 묵과할 수 없는 일이었다.

참으로 눈뜨고는 볼 수 없는 원세개의 무엄한 행패를 보다 못해 고문관으로 있는 미국인 데니(Denny)는 비장한 결심으로 그것을 막으려고 했다.

"민 대감, 나도 이 이상 더 참을 수 없습니다. 대감은 더하시겠지만……."

서투른 한국말로 데니는 민영익에게 말한다.

"그렇습니다. 이 나라에서 태어나서 이 나라의 벼슬아치로 있는 이 민영익이야말로 그런 꼴을 보는 건 정말 창자가 뒤집히는 것 같습니다. 그런 줄 알았더라면 내가 그 일을 그자에게 알리지는 않았을 텐데……."

"그야 민 대감은 나라를 생각해서 한 일이니 잘못이 없습니다. 하지만 원세개는……."

"그렇다고 어쩔 수도 없고, 고문관……."

"아니오, 나도 이홍장의 추천으로 이 나라에 온 사람이고, 또 원세개는 이홍장의 부하입니다만, 그러나 그따위 상인이며 음모자이며 또 외교 규칙을 위반하고 있는 자를 어떻게 사신으로 두겠다고 주장하겠소……."

"무엇보다 상감께 면목이 없습니다. 상감이 나오셔도 일어서지도 않고……."

"그뿐이오? 내정 인사 문제에까지 간섭을 하고 들다니!"

"그러나 우리 힘으로는……."

"아니오. 나는 직접 이홍장에게 그자의 소행을 고발하겠소."

"아니, 그랬다간 고문관 자신의 신변이 위태로워질 텐데요."

"염려 없습니다. 이홍장이 그것을 묵과한다면 이홍장 자신이 더 나쁘오. 아마도 내 생각으로는 청국은 내심으로 한국을 탈취할 욕심은 있으나, 실은 여러 우방의 문명국에 대하여 그에 대한 적절한 구실이 없으므로 원세개의 폭행을 빌려 이를 조작하려는 심산인지도 모르는 일이오."

"설마 그럴 수야……."

"이홍장이 그럼 김옥균의 음모한 죄를 처벌하고자 백방으로 힘을 다하여 그의 인도를 일본 정부에까지 요구하면서, 왜 청국 사신의 역모는 그 성질이 김옥균보다 더한데 그대로 내버려 둬야 하오?"

"그야 자기네 사람이니까."

"아니오, 김옥균의 죄는 몇몇 고관에 관계되지만…… 미안하오. 섭섭히 생각 마시오."

"말씀하십시오."

"원세개의 죄는 지존(至尊) 국왕께 관한 일이오."

"황공하온 일입니다."

"나는 이 사실을 이홍장에게 낱낱이 고발하고 처벌을 요구하겠소."

"고문관, 정말 그러시려우?"

"물론이죠."

미국인 데니의 결심은 단호했다.

"고문관, 무슨 말을 해야 할지."

"나는 미국 사람이지만 한국을 위해 온 사람이오. 한국이 잘 되기만 빕니다."

"감사하오."

이렇듯 진심으로 우리나라의 장래를 아껴 주는 외국인도 있기는 했다.

그러나 원세개에게서 받은 치욕과 국정의 혼란은 민비가 세도를 잡을 때부터 그 싹은 커왔다.

그리고 이 나라의 장래는 불안하기 짝이 없었다.

4. 불안한 왕조

　대원군이 청국으로 납치된 후 집권한 민씨파의 친로정책이 눈에
거슬리자, 청은 대원군을 환국시키고 한로밀약설을 트집잡아 정부
를 전복할 흉계를 꾸민다. 한편 정부는 반대 당에 대한 보복과 궁중
의 지나친 허례·허식 때문에 국고의 고갈과 외국에 대한 막대한 부
채로 곤경에 빠지고, 변방의 해적·비적들의 횡행, 각지 수령들의
불법 토색 때문에 민요·민란 들이 일어나 마침내 봉건왕조의 뿌리
가 흔들리게 된다.

고종과 그 아들 순종 12세의 나이에 왕위에 올랐던 고종(1890
년경의 사진)

행패하는 원세개 (袁世凱)

1885년 가을, 대원군의 환국을 백성들은 열렬히 환영했다.

그것은 민비와 대결하여 민비 세도의 횡포를 막고 도탄에 빠진 민생을 구출해 줄 것이라는 한 가닥의 희망에서였던 것이다.

그러나 백성들의 모든 꿈은 짓궂은 광풍을 만난 물거품처럼 사라져 가고 있었다.

영리한 며느리인 민비는 완고한 시아버지가 다시는 일어나지 못하도록 그의 수족을 끊어 버리는 데 여념이 없었고, 나아가서는 그 대원군을 운현궁의 깊숙한 방에 유폐하는 데 성공했던 것이다.

그리고 여전히 민비의 줄을 탄 세력가들의 행패는 계속되었다.

그런가 하면 민비의 친 러시아정책을 경계하여 그 견제책으로 대원군을 환국시킨 청나라는, 사태의 추이가 이상하자 한국과 러시아 간의 밀약설을 트집잡아 조정에 대한 압력을 가중했으며, 심지어는 이홍장의 앞잡이 원세개라는 자가 무엄하게도 궁중을 마차에서 내리지도 않고 드나들었다.

"마차에서 내리시오. 궁중에는 마차를 타고는 못 들어가오."

"비켜! 무슨 소리. 원 대인 들어가."

"안 돼요."

막아서는 근위병을 청국군은 채찍으로 내리갈기고 들어가는 등 갖은 행패를 부렸다. 그리하여 이러한 사태는 갖은 풍설을 항간에 퍼뜨렸다.

더욱이 이와 같은 외국과의 관계에 있어서 시끄러움은 마침내 이 나라의 왕국인 이씨조선의 사직(社稷)을 마치 총구 앞에 선 작은 새처럼 어찌할 수 없는 구렁텅이로 몰아넣었다.

우선 김옥균이 일본군을 이끌고 본국으로 침범한다는 소문이 떠돌았다.

민비는 이 뜬소문의 진상을 알고자 민응식을 일본 공사관으로 보냈다.

궁성을 지키는 시위대 시위대 군인들이 광화문 앞에 나와 훈련을 받고 있다

"호, 좌영대장 민응식 대감께서 이곳까지 웬일이십니까?"

"다카하라 공사, 갑신의 역적 김옥균 등이 귀국 정부에 청병(請兵)하여 본국에 침입해 온다는 풍문이 떠도는데요."

"그럴 리가 있습니까."

"일전에 귀국의 불한당들을 모집하여 침입한다는 설도 있었습니다."

"설마 그런 일이? 곧 본국 정부에 연락하여 알아보겠습니다."

"잘 단속해 주시오."

민응식의 밀지(密旨)를 받고 일본으로 건너간 장은규(張殷奎)라는 자의 정보가 조정을 이렇듯 당혹하게 했던 것이다.

그런가 하면, 그런 풍설에 놀란 원세개도 국왕에게 소위 적간론(摘奸論)을 건의했다.

"국왕 전하, 아라사의 힘을 끌어들인다, 김옥균이 침입한다 하니 어찌된 일입니까?"

"원 대인, 그건 나도 모르오."

"일본 정부에서도 김옥균을 미워하니 차제에 장사 한 명을 보내 척살(擲殺)해

버리십시오."

"글쎄, 그건……."

역시 일본 정부에서도 주한공사로부터의 이러한 보고를 받고 음모자 수십 명을 검거하기는 했으나, 나머지는 범선 수 척에 폭탄을 싣고 이미 한국으로 잠입했다는 설도 떠돌고 있었다. 그리하여 일본 경관대 수십 명이 서울까지 와서 조사를 하고 돌아갔다.

그러나 김옥균의 침입설은 의구와 잡음을 남겨 놓은 채 암암했다.

그러나 일본 국내에서는 그것을 하나의 의혹 사건으로 취급하고, 망명 중인 김옥균을 오가사하라(小笠原) 섬으로 추방해 버리고 말았다.

그러나 뒤숭숭한 세상은 더욱 불안해만 갔다. 이번엔 원세개가 음모를 꾸미고 있었다.

"폭도로 하여금 대원군이 거처하고 있는 궁전인 운현궁(雲峴宮) 정문을 폭파하게 하고 다시 불을 질러 버려!"

"네? 그럼 오히려 반대 결과가 될 것이 아닙니까, 원 총리?"

"아니, 그렇지 않지. 그건 왕비당의 정치에 불만을 품은 무리들의 폭동으로 간주하면 돼."

"참, 그렇군요."

"단, 운현궁 방화의 책임만은 왕비당에게 전가시키고, 폭도들은 곧 대궐을 침범하도록 하게."

"알겠습니다, 원 총리. 그러나 그러고 난 뒤엔 또 어떻게 합니까?"

"국왕을 잡아 궐외로 축출한 다음 왕 형의 아들인 이준용을 세자로 옹립하지."

그랬다가 일반 민심이 세자에게로 돌아가면 때를 보아서 대원군으로 하여금 섭정(攝政)하게 하려는 음모를 꾸몄다고, 데니는 그의 저서 ≪청한론(淸韓論)≫에서 폭로한 바 있다.

이렇듯 왕조의 사직(社稷)이 마치 갈대와 같이 흔들리는 가운데 또 한국과 러시아 간의 제3차 밀약설이 떠돌았다.

고종 25년, 즉 1888년 8월 8일(무자 7월 13일)에 한·노 육로통상장정(韓露陸路通商長程)이 정식으로 조인되었다.

"미스터 묄렌도르프, 양측 대표는 모두 다 참석하셨지요?"

"네, 미스터 데니, 진행시키십시오."

"그럼 조선측 대표 조병식 대감, 그리고 러시아 대표 베베르 공사, 각각 서명하십시오."

이 조약에 의하면 첫째는 인천 · 원산 · 부산 · 경성 · 양화진(楊花津) 5개 처 이외에 경흥부(慶興府) 1개 처를 더 개방하여 양 국민의 통상 무역을 허가하는 동시에, 영사관의 설치 등 러시아의 편의를 도모해 주는 것과, 둘째는 러시아 국민의 거주 · 매매 · 통상의 자유 등을 규정한 것이었다.

그것은 한 · 청 간의 수륙무역장정(水陸貿易長程)이나, 중강통상장정(中江通商長程)과 대등한 것이어서 청나라를 놀라게 한 것임에 틀림없었다.

이홍장(李鴻章 1823~1901) 청나라 이홍장은 앞잡이 원세개를 우리나라에 보내 나라 안팎의 모든 일을 간섭케 했다

한편 깡통과 신식 도구를 많이 보여 준 바 있는 영국은 그 야심만만한 식민주의 정책이 러시아 등에 선수를 빼앗기게 된 것을 분개하여 마침내 그들의 서울인 런던에서는,

"백작, 한 · 노 간에 제3차 밀약설이 있는데요."

"나도 서울 주재 우리 총영사가 원세개를 찾아가 한 · 노 두 나라의 접근을 비밀히 통고하고 경계하라고 권고했다는 보고는 받았소."

"그건 어떤 근거에서?"

"그야 뭐…… 하지만 작년에 조선국의 권신(權臣) 민영익이 다시 출국하는데 러시아 선박에 편승(便乘)했답니다."

"허, 그럼 우리 대영제국이 러시아에게 선수를 뺏기는 게 아니오?"

"아닌게아니라 주러시아 대사로부터도 한 · 노 간에 밀약이 성립되고……."

"그래서요?"

"러시아는 한국을 보호하기로 승낙하고, 한국은 그 대가로 권익을 제공하기로 약속했다는 것입니다."

"음, 그럼 이번 양국 간의 육로통상장정 조인도 일련의……."

"그럴지 모르겠습니다."

"그렇다면 이 사실을 신문에 보도하도록 하시오. 우리의 실권을 빼앗겨서야 되겠소?"

일본군의 대포 훈련 거리에는 일본군과 청나라 군대가 번갈아 행진하고 서울 남산에서는 일본군이 훈련이라는 명목으로 대포를 설치, 위협 시위를 하고 있다

"네."

"그리고 청국에도 이 사실을……."

"네."

북경의 이홍장도 영국 주재 청국 공사로부터 위와 같은 보고를 받자,

"빨리 주로 공사와 주한 총리 원세개에게 전보를 쳐서 진상을 조사 보고하게 하오."

"네."

일본에서도 곤도(近藤) 주한 대리공사와 이노우에(井上) 외무경이 한·노 밀약설을 확대시켰다.

이런 사실은 영국의 조작에 불과했으나, 그러한 소지(素地)가 마련되어 있었음이 사실이었고, 그런 소용돌이 속에 조정은 갈팡질팡했던 것이다.

그럴 즈음 일본은 한국을 실질적으로 시장화하는 데 몰두하였고, 한때는 통상 무역에 있어서 거의 독점할 때도 있었다. 그러나 1888년에 이르러서는 각국의 통상 경쟁이 한층 치열하게 벌어졌다.

청·일 양국의 한국에 대한 세력 대조표를 볼 때 청국의 진출이 현저함을 나타냈다.

일본은 당황하기 시작했다.

한편 일본 어민들은 노골적으로 침범하기 시작했다.

1887년 8월에는,

"여보, 빨리 산으로 갑시다."

"집은 어떡하고?"

"왜놈들이 저렇게 행패하는데."

"그것들이 어디서 왔어요? 갑자기."

"가파도에 전복을 잡으러 온 왜선 여섯 척에 탔던 놈들이오."

"아니, 뭐 돼지나 닭 같은 것도 모두 다 잡아간다면서요."

남쪽 바다에 있는 섬에서는 어로를 빙자한 일본 어부들의 해적 행위가 점점 심해 가고, 그곳의 어민들은 나날을 불안한 가운데 지내게 되었다.

마침내 제주도 모슬포(摹瑟浦)에서 일본 어민이 행패를 하고 도민 이만송(李晩松)을 살해하게 되자, 한국 정부는 일본 공사에게 엄중 항의하고 배상을 청구했다. 그리고 2년 후인 1889년 10월에는 외무독판 민종목과 일본 대리공사 곤도 사이에 전문 72조의 한·일 통어장정(韓日通漁章程)의 의정을 보았다.

그러나 제주도민은 일본 어민의 어로의 영구 금지를 주장했으나, 조정에서는 이를 처리해 주지 않았다.

그리하여 정부의 미지근하고 줏대 없는 정책에 분개한 어민들은 관아로 밀려가서,

"순심관(巡審官) 이전(李典)을 내쫓아라!"

"왜놈을 무마하지 마라!"

하고, 일대 시위를 전개하고 일본 어부의 해적 행위에 대해 엄중 항의를 제기했다.

이에 마지못해 정부는 부득이 통어 기간(通漁期間)을 6개월 간 더 연기했다.

그런데 그런 사실은 아랑곳하지 않고 일본 어민들은 다시 제주도 연해에서 행패를 계속했다.

"여보게, 저게 뭔가?"

"응, 저게 왜놈의 배 아니야?"

"뭐?"

"수십 척이나 되는가 본데?"

"여기 이 건입포(健入浦)로 들어오는 게 아니야?"

"응, 그런 모양이야."

"이거 야단났군."

이것은 1891년 신묘 5월 15일의 일이었다. 그때 일본 선원들이 어민을 16명이나 살상했다.

이어 6월 13일에는,

"아이쿠, 왜놈들이 또 이 조천리(朝天里)에도."

"할머니, 나도 데리고 가요."

조천리 · 북포리(北浦里) 등에도 일본 선원의 습격을 받았고, 살인 · 약탈이 감행되었다.

정부도 이런 사태를 중시하여 외무독판 민종묵이 급히 일본 공사를 만났다.

"가지야마(梶山) 공사, 지금 말한 바와 같이 귀국의 어민이 작하여 우리 제주도를 습격한 것은 해적 행위라고 생각하오. 그러니⋯⋯."

"잠깐, 민 외무독판, 곤도 대리공사의 말대로 오히려 청나라 해적이 귀국의 서해안을 침입하고 있다는 사실을 아십시오."

"뭐요? 그럼 귀국 어민이 제주도에서 어로하는 것을 엄금시키지 못하겠다는 말이오?"

"아니, 그런 게 아니고, 그건⋯⋯ 부산 영사에게 조사 보고케 하였으니. 그리고⋯⋯."

"말씀하시지."

"우리 군함 초가이마루(島海丸)로 양국의 관원을 제주도에 파견키로 합시다."

"좋소."

"그런데⋯⋯."

"또 뭡니까?"

"요컨대, 문제는 귀국의 철도 부설과 개항을 요청하고 싶습니다."

"그럼 당신네는?"

일본의 참뜻이 어디 있는지는 뻔한 노릇이었다.

사실 그런 일이 있은 후인 1892년 임진년 2월부터는 행패가 더욱 심했다.

일본 어민 144명이 성산포(城山浦)를 침범하여 부녀자를 겁탈하는가 하면,

동민을 포살(砲殺)하기까지 했던 것이다.

그리고 그런 행패는 화북포(禾北浦), 명월진두(明月鎭頭), 모리포(毛里浦) 등에서도 감행되었다.

천인공노할 이런 해적 행위의 소식은 불안한 정국을 먹구름처럼 뒤덮었다.

빼앗긴 밀서

조그마한 고깃덩어리를 앞에 놓고 서로 으르렁거리는 사나운 개들처럼 일본·청국·러시아·영국 등이 이렇듯 그 침략의 이빨을 두드득거리고, 연안에서는 일본·청국의 어민이 해적 행위를 감행하고 있었다. 그런데도 민비의 세도가들이 전횡하는 조정에서는 백성들의 생활에는 관심이 없고 다만 민비의 강한 시기심이 일으키는 개인 보복이나 정치 보복에만 혈안이 되어 있었다.

어느 날 한 궁녀는 장 상궁이 고종과 내통하여 아기를 낳은 사실을 민비에게 일렀다. 그것을 들은 민비의 노함은 컸다.

"뭐? 그것이 사실이냐?"

"그러한가 봅니다."

"그래? 아니 고년이…… 당장 칼을 내와라."

민비는 부르르 떨었다.

민비는 즉시 장 상궁을 불러다 앉히고 죽이려 했다.

"에그머니."

"이년, 장 상궁 이년! 네가 그래 누구 아이를 낳았단 말이냐?"

"네?"

"자아, 이 칼로 요절을 낼 테니……."

"아이쿠!"

하지만 이런 비명에 죽을 수는 없어 장 상궁은 찌르는 칼을 얼른 손으로 막았다.

"아니, 요년이 칼을 손으로 받어?"

"어찌됐든 상감마마께 여쭈어 보시고 죽이도록 하옵소서."

"아니 이년의 주둥아리를 그냥……."

하며 다시 찌르려고 달려들자, 장 상궁은 후닥닥 밖으로 뛰어나왔다.

다행히 장 상궁은 힘이 센 여자였기 때문에 그 자리를 피할 수가 있었다. 그러나 다시 어린 아기를 데리고 나와 민비 앞에 꿇어 엎드렸다.

"고개를 들어라."

아직도 민비는 노기가 등등했다.

"죽을 죄로……."

"얼굴은 매끈하게 생겼구나. 죽이기는 아깝다. 하지만 네가 낳은 아이가 상감의 씨가 틀림없다면 내가 기르겠다."

"황공하옵니다."

의화군(義和君) 강(堈)이 바로 이 아이였다.

그런데 그 뒤 장 상궁은 국부를 수술당하고 나서 그만 신음 끝에 죽었다. 이와는 달리 대원군이 거처하는 운현궁에도 화약을 연폭시키려던 사실이 드러났다.

그러나 이러한 궁정 내에서의 개인 보복보다도 김옥균, 박영효 등 갑신정변 요인들에 대한 정치 보복은 근 10년간이나 막대한 국비를 낭비해 가며 집요하게 진행되었다.

"아룁니다."

"뭐야?"

"군무아문주사(軍務衙門主事) 지운영(池運永)이 명을 받고 들어왔습니다."

"들어오라고 해라."

"네."

궁녀가 밖에 대고 들어오라고 하자 아문주사 지운영이 들어왔다.

"신 지운영이 대령하였습니다."

"다름이 아니라, 지난번에 장 상궁의 오라버니인 장은규(張殷奎)를 재차 일본으로 보내서 박영효, 김옥균 등을 처치하도록 했는데 아직 아무 소식이 없소?"

"네."

"그래서 이번엔 국새까지 찍은 위임장을 주니 공이 가서 기필 성사하오."

"명심하겠습니다."

"공의 직함은 특차도 해포적사(特差渡海捕賊使)요. 즉 자객전권이란 말이오."

"황공하옵니다."

"성공하고 돌아오면 5천 원을 지급할 테요. 이건 그 대사 증표(大事證票)요."

"신명을 다하겠습니다."

지운영은 갑신정변 이듬해인 을유년 5월 부의 위임장을 가지고 특차도 해포적사로 도일하여 도쿄, 요코하마(橫濱) 일대로 김옥균의 뒤를 좇아 암살의 기회를 엿보았다. 한편 이 정보를 들은 김옥균은 어느 날 그가 유숙하고 있는 그랜드 호텔에 유혁로(柳赫魯), 신응희(申應熙), 정난교(鄭蘭敎) 등 세 사람의 동지를 불러 놓고 밑에서 배회하고 있는 지운영이 자객임을 알렸다.

"동지들, 저 아래를 좀 내려다보시오."

"아, 저기 저 모퉁이에 있는 자가……."

"그렇소. 그자가 바로 국새까지 찍힌 위임장을 가지고 온 자객 지운영이 틀림없소."

"네?"

김옥균은 벌써 알고 있었다.

"그러니 동지들, 잠깐 가까이 오시오."

김옥균은 그들 동지에게 무엇인가를 한참 동안 속삭였다.

"알겠습니다."

"그럼 눈치채이지 말고……."

"네."

김옥균은 유혁로로 하여금 지운영을 유인하여 어떻게든지 국새가 찍힌 위임장을 탈취하라고 일렀다.

그리하여 유혁로는 지운영을 청할 기회를 얻어 어느 주점에 들어가 한판 벌이게 되었다.

"형 공, 자아 한 잔 더하시오."

"인제 더 마시면 취할 텐데……."

"취하면 어떻소? 여기서 주무시구려. 예쁜 기생도 있으니……."

"그런데 아무리 본국인이라고 해도 아직 서로 성함두 모르구…… 또 초면이나 다름없는데, 이렇게 폐를 끼쳐서……."

"그게 무슨 문제요. 이런 이국 땅에서 본국인을 만나며 그저 다정하게…… 또 객고를 푸는 뜻에서…… 자아, 한 잔 더……."

"드십시오."

미리 유혁로의 귀띔을 들은 일본 기생은 갖은 애교를 다하여 지운영에게 술을

일본 망명 당시의 김옥균(왼쪽)

권했다.

"정말 취하는데, 어— 취해."

지운영은 연신 받아 마신 술에 그만 아찔해지고 모주가 되어 정신없이 나가떨어졌다.

그리하여 김옥균이 무슨 짓을 해서라도 지운영으로부터 밀서를 빼앗으라는 지령을 받은 유혁로, 신응희 등은 드디어 그 계략을 성공시켜 밀서를 깜쪽같이 빼앗아 버렸다.

그런데도 지운영은 아무것도 모르고 매일 그랜드 호텔 주변을 배회하며 김옥균의 동정을 살피고 있었다.

그러던 어느 날, 유혁로의 신고로 지운영은 드디어 일본 경찰에 체포되었고, 밀령을 받고 건너온 사실도 자백하게 되었다.

그런데 이 사실은 의외로 국제적인 문제로 화하게 되어, 김옥균 일신상의 안위보다 모국인 한국에 대한 일대 수치를 자아내게 하였을 뿐만 아니라, 한국의 장래를 암담하게 흐려 버릴 염려까지 있게 되었다.

그래서 김옥균은,

"동지들, 일이 이렇게 되고 보니 이건 우리나라의 수치요."

"그럼 어떡하면 좋겠습니까?"

"지운영이 소지한 위임장이 위조일는지는 알 수 없지만, 어보(御寶)가 찍힌 기밀문서라는 것이 외국인의 손에 드러나 국가의 위신이 말이 아니라는 걸 국왕께 상소해야겠소."

그는 한참 말을 쉬었다가 다시,

"공들이 아다시피 갑신의 개혁운동이 민씨 일족의 악정과 청나라의 횡포를 막고 국정을 쇄신하자는 게 우리 본래의 목적이 아니오. 그런데도 사후 처리에 있어서 간신배의 진언만 듣고 이렇게 자객을 보내는 데만 정력을 기울이니."

김옥균으로서는 자기를 죽이려는 자객을 보냈다는 사실보다는 국정은 조금도 바로잡으려고 하지 않고 보복에만 혈안이 된 민비 일파의 더러운 정권욕이 그저 미웠던 것이다.

윤혁로도 통탄해마지 않았다.

"그뿐이오? 최근에 와서는 국제 정세가 우리나라에 위급하고, 또 듣자니 원세개라는 자가 국가를 우롱한다고 하니 통탄할 일이오."

"그러면서 공연한 파쟁과 매관매직으로 사욕만 채우고."

"어떻든 그러한 내용을 적어서 국왕께 알리고, 또 박영효 · 서광범 · 서재필 등을 소환 기용하도록 상소하겠소."

"좋습니다."

사실 김옥균으로서는 민비 일파에 대한 미움도 컸지만 그보다 외국인들에게 농락당하고 있는 국권이 더 걱정스러웠다. 지금은 멀리 일본에 망명하고 있지만 조정 안의 그런 꼴이 빤히 들여다보였던 것이다.

김옥균의 유안소설(遺案小說) '매화는 지다'의 표지 김옥균이 일본 망명 생활 중에 지은 작품으로 피살 2개월 뒤인 1984년 4월에 일본에서 일어로 출판되었다

김옥균의 유안소설 '매화는 지다'의 한글판 표지 이 책은 1977년에 발견돼 우리나라 신소설의 효시인 '혈의 누'보다 12년을 앞 선 것으로 도하 신문과 잡지에 화제를 모았다.(도서출판 서문당 발행 3 · 6판 212면)

그리하여 김옥균은 그런 내용을 국왕께 상소하는 동시에 청나라의 북양 대신 이홍장에게도 원세개를 통한 청나라의 음모를 규탄하는 서한을 보냈다.

그런데 이토 히로부미(伊藤博文)나 이노우에 가오루 등 일본 정부의 현정권 고관들은 한국에 대한 다른 야심이 있어서 김옥균을 천대했고, 드디어는 오가사하라 섬에 유배시키고 말았다.

그것은 김옥균이 미국으로 건너가려다가 지정 기일까지 여비가 마련되지 않아 당한 비극이었다.

김옥균은 3년을 유배된 오가사하라 섬에 감금되어 있다가 1888년에는 북해도로 이송되어 1890년까지 계속 유배생활을 보냈다. 눈보라가 치는 북해도의 추운 겨울날 밤은 모든 결심을 포기해 버릴 수 있는 무서운 추위였으나, 그래도 그의 구국의 뜻은 나날이 굳어만 갔다.

"아무래도 이홍장을 직접 만나서…… 괘씸한 건 일본 정부의 고관놈들이야. 언제고 자유로운 몸이 되기만 하면……."

1890년이 지나 그는 드디어 자유로운 몸이 되었고, 그리하여 1894년 갑오년에는 반드시 청나라로 가서 이홍장과 흉금을 털어놓고 소신을 피력하기로 결심했다. 그러나 서재필·서광범 등과 같이 미국으로 건너갔다 다시 일본으로 돌아온 박영효는, 김옥균이 이홍장과 만나 직접 담판을 짓겠다는 말을 듣고 은근히 만류했다.

"김 공, 정말 청나라로 가겠소?"

"일단 결심한 일이니……."

"이홍장이 본시 공을 눈엣 가시로 생각하고 있으니 아무래도 단념하는 게 좋을 것 같소."

"염려해 주시는 마음은 고마우나, 남은 길은 이 길 하나밖에 없다고 생각하오. 그리고 이일직(李逸稙)의 말도 있고 하니."

"그게 오히려 염려되오. 이일직이 본국에서 무슨 밀령을 받고 온 지 알 수 있소?"

"아니야, 이일직의 말이 다 옳을 것 같소."

"정말 공의 결심이 그렇다면 무가내지만……."

사실 이일직은 민비 정권의 지령을 받고 김옥균을 죽이러 온 자객의 앞잡이였다. 그러나 김옥균은 그의 말을 믿고 있었던 것이다.

한편, 어느 날 이일직은 조정에서 파견된 자객 홍종우(洪鍾宇)와 마주 앉아서 김옥균을 살해할 의논을 하고 있었다.

"홍 동지, 무엇보다도 일이 탄로나지 않도록 조심해야 하오."

"안심하시오. 이일직 동지의 기대에 어긋나지 않도록 성사시키겠소."

"홍종우 동지, 고맙소. 그러면 상해에 도착하는 즉시로 그렇게……."

"그럼……."

홍종우는 비밀리에 김옥균이 탄 배에 같이 타고 상해까지 오는 데 성공했다.

그리고 김옥균이 유숙한 여관에서 같이 묵으면서 기회를 엿보다가 갑오년 2월 22일 총을 가지고 김옥균의 방을 노크했다.

"누구요?"

홍종우는 문을 열자마자 김옥균을 쏘고 말았다.

"아이쿠!"

한국 근세의 열혈 정객이요, 동양의 풍운아 김옥균은 드디어 자객 홍종우의 흉탄에 쓰러지고 말았다.

민씨 세도의 거물인 병조판서(兵曹判書) 민영소(閔泳韶)의 밀령을 받고 도일한 이일직의 계략에 김옥균은 비극적인 종말을 고하고 말았다.

민씨 일족은 소위 갑신정변의 역적들에 대한 정치 보복을 위해서 10여 년 간이란 세월에 걸쳐 막대한 국비를 소모했던 것이다.

일세의 열혈아로 이 나라의 두터운 봉건의 울타리를 단숨에 깨뜨려 버리려고 갖은 신고(辛苦)를 다하다가, 마지막 수단으로 당시 동양 정계의 거물인 이홍장과 정면 대담을 하려는 웅지(雄志)를 품고 중국으로 건너갔던 혁명아 김옥균은 크나큰 포부를 이루지 못하고 그대로 가슴 깊이 품은 채 그만 이국 땅에서 숨지고 말았던 것이다.

김옥균의 암살을 지시하고 고베 부두에서 홍종우를 전송까지 한 이일직은 다시 도쿄로 돌아왔다.

그리고 다시 새로운 음모를 꾸미기 시작했다.

"권동수(權東壽), 권재수(權在壽) 동지! 이제 곧 가와쿠보(川久保常吉)가 올 거요."

이들 이일직·권동수·권재수 등은 어느 요정에서 비밀히 만나고, 일본인 가와쿠보를 초청하여 박영효를 거세할 방법을 또 의논했다.

박영효를 유인해서 암살할 계획을 세운 것이다.

이 기미를 미리 안 박영효는 정난교, 이규완(李圭完) 등과 모여 대책을 세웠다.

"정난교는 그자를 데리고 오시오."

정난교가 이일직을 유인하도록 하는 것이었다.

"교묘하게 속여야 하오. 이일직이라는 그자가 교활하기는 하지만, 그자들 셋 이외에 더 많은 사람을 데리고 오지는 못할 것이오. 남의 이목도 있고 하니까 말이오."

"그러나 우리 둘밖에 없는데 호랑이를 일부러 끌어들이는 격이 되지 않을까요?"

"이규완이가 있으니 걱정하실 것 없소. 금릉위 대감은 내가 목숨을 걸고 지키겠소."

"그렇소. 이규완이는 문 뒤에 숨었다가 내가 신호만 하면 그자들의 뒤통수를 후려치시오."

"알겠습니다."

"그럼, 무슨 수단으로든지 꾀어 보시오."

그리하여 이일직은 그들의 거사 직전에 오히려 장사 이규완, 정난교에게 묶이어 일본 경찰에 인도되었다.

한편 갑오년 3월 9일에 상해에서 비명의 죽음을 당한 김옥균의 시체가 인천에 닿았다.

당시 한국 조정에서 청나라에 대해 김옥균의 시체 인도를 요구하였을 때, 상해에 주재한 외국 사신들은 이를 극구 반대했다. 왜냐하면 시체에까지 혹독한 형벌을 가할 것이 자명한 사실이었기 때문이다.

그러나 민비가 조정하는 한국 정부의 끈덕진 요청이 있자, 그들은 시체에 대해서는 손 하나 대지 않겠다는 한국 조정의 약속을 받고서야 내주었던 것이다.

하지만 약속 같은 건 아랑곳할 바가 아니었다. 도착하자마자 목을 베어서 온 장안을 처참히 끌고 다녔다.

"기어이 시체까지 능지처참하는 모양이군."

"이렇게 되고 보니 김옥균이 불쌍하군."

"글쎄, 아무리 역적이래도 시체까지야……."

"나라에서 하는 짓이란 역적을 골라 잡아 죽이는 일밖에 더 있소."

"하긴 그렇지. 외인들이 들락날락하고 도둑떼가 성행해서 나라 안이 온통 뒤숭숭한데도……."

범도 죽이고 보면 불쌍하다는 고운 마음씨를 지니고 살아 온

김옥균의 최후 망명생활 10년 동안 일본정부의 처사에 실망하고 청국으로 건너 갔으나 본국에서 보낸 자객 홍종우에게 피살, 시체는 본국으로 옮겨져 양화진에서 능지처참 되었다

민족이건만, 시체까지 갈기갈기 토막을 내어 놓고서도 궁중에서는 민씨네 대감들이 너털웃음을 웃고 있었다.

"하하하하……."

"이제야 제깟 놈들이 어쩔 수 있나. 대감, 그렇지 않소?"

"원혼(寃魂)이 나온대도 진령군이 그 악귀를 쫓아내 줄 테고."

"하하하하……."

열국의 식민주의의 마수가 뻗쳐 들어오고 국민이 굶주림에 시달려도 민씨 척족 세도와 사대 정부의 권력층은 담당한 국정은 아랑곳하지 않고 정적의 학살과 보복만을 집요하고 또 잔인하게 감행했던 것이다.

이처럼 열국의 마수와 정권자들의 횡포는 풍선처럼 나날이 부풀어 올랐고, 그리하여 그 불안의 요소는 곧 왕조 자체를 부식 확대시켜 가는 것이었다.

일본의 배상금 청구

척족 세도의 권신들은 위세와 결탁하여 사욕의 충족에 세월을 보내며, 정치적 보복에 정력을 기울이면서도 어찌할 수 없는 시대의 흐름을 좇아 국내 정치의 혁신에도 약간의 관심을 기울인 바 있었다

1886년에는 미국 정부의 추천으로 신학문의 교사 3명을 초청했다.

"원로에 수고하셨습니다."

먼저 내린 길모어(Gilmore)가 나중 나온 한국 관리와 인사를 나눈 뒤, 같이 온 두 사람을 소개했다.

"이분은 미스터 번커(Bunker)."

"하우드 유 두?"

"그리고 이분은 미스터 헐버트(Hulbert)."

그리하여 이 3명의 미국 교사를 중심으로 한 육영공원(育英公院)을 설치하게 되었다.

이 공원의 교수 내용은 독서(讀書)·습자(習字)·학해자법(學解字法)·산학(算學)·사소습산법(寫所習算法)·지리(地理)·학문법(學文法) 등이었는데, 이런 초학(初學)을 졸업한 후의 소학제조(所學諸條)는 1, 대산법(大算法) 2, 각국 언어(各國言語) 3, 제반 학법(諸般學法)·첩경역각자(捷勁易覺者) 4, 격치만물(格致萬物) 5, 각국 역사(歷史) 6, 정치(政治) 및 금수 초목(禽獸草木)이라 하였다.

그런데 여기서 격치만물이라 하는 것은 의학, 농리(農理), 지리, 천문, 기기(機器) 등을 말하는 것이었다.

신학문을 접하게 된 청년들은 흥미진진해했다.

이러한 신학제를 펴는 반면에 신식 조폐창과 기계창을 설치하고, 군제(軍制)도 미국인 훈련교사 다이(Dye) 이하 3명을 초청하여 개편했다. 행정면에 있어서도 외국인 고문관의 도움을 받았다.

미국인 리젠드어(Legendre)와 그레이하우스(Greathouse)가 건너와 조정의 내외 행정을 맡았다.

이렇게 행정면에 있어서도 미국인 고문을 맞이했다.

그러나 그러한 신문명의 수입과 제도의 개혁 등은 극히 미미하였을 뿐 아니라, 완고한 양반 계급들은 근대 과학이나 기술을 습득하기는커녕 오히려 고루한 계급의식에만 사로잡혀 정치 보복과 관료 만능주의에만 나날을 보냈다.

이에 반하여 이웃 나라 일본에서는 이른바 메이지유신(明治維新)을 치르고, 지방 군주의 아들이 장사꾼 차림으로 새로운 시대에 적응하려 했다.

"이젠 사무라이(武士)란 계급이 없어졌으니 난 무슨 다른 기술을 배우려고 하네.”

“그런가? 거 좋은 생각일세. 난 그런 재주도 없으니 신식 군대에 들어갈 생각이
네.”

“그것도 좋지.”

“하여튼 새 시대니까…….”

이렇게 곧 직업 전환을 하였던 것이다.

또한 일본 정부 자체는 제도의 개혁을 위해 1885년에는 이미 영국, 미국, 독
일, 청국을 비롯한 9개국 사람 약 2백30명을 전문가로 고용했던 것이다.

물론 일본에서도 얼마 전까지는,

“거기 가는 사람 잠깐…….”

“뭐야? 길 가는 사람을.”

“에이, 아버지의 원수놈아!”

“무엇이?”

그러고는 목숨을 걸고 싸우는 것이었다.

이렇게 아버지의 원수를 찾아서 몇 해고 방랑하다가 원수를 만나게 되면 서로
목숨을 걸고 싸웠고, 이런 경우에 사람을 죽이는 것은 정당시되었다.

또 한편 어떤 곳에서는,

“저 집은 그리스단이야.”

“뭐?”

“그리스단이기에 요술을 하지?”

“그건 에레키데르라는 전기 기계라던데.”

“그래도 서양의 마술임엔 틀림없어.”

서양 문명은 모두 기독교의 악마적인 마술이라고 무조건 배척했던 것이다.

두 나라의 그러한 비슷한 사회가 1880년대에 이르러서는 현격한 차이를 나타
내기 시작했다.

즉 갑신정변 후에도.

“여보게, 자넨 요 건넌마을을 털었지?”

“자네도 왜 강 건넌마을을 뒤지지 않았나?”

“하긴 그렇게 해서라도 돈을 모아 벼슬을 사면 우리도 당장 양반이 될 수 있거
든.”

“양반 아니고선 벌어먹고 살 수두 없어.”

백성들은 무슨 짓을 해서라도 양반만 되기를 원했다.

또 양반인 벼슬아치들은,

“다들 잘 알겠지만, 이번 상감의 만수절에는 이 평안감사 민영준(閔泳駿)이 금송아지를 바치기로 작정하였소.”

이 말에 좌우에 있던 대감들은 감탄하여 마지않는다.

“그러시면 상감마마께서도 놀래시고 여간 기뻐하시지 않을 겁니다.”

이렇게 진상을 올려 상감의 환심을 사서 더 높은 자리에 오르는 데만 골몰했다.

그런가 하면,

“신 민영환(閔泳煥)의 악부(岳父) 경상감사 김명진의 진상 품목을 아룁니다.”

“어서 아뢰어 보오.”

“일본 비단인 왜증(倭繪) 50필, 황저포(黃紵布) 50필이옵니다.”

“그러고…….”

“그것뿐이옵니다.”

“뭐, 그것뿐이라고?”

지방 관리들의 진상을 받은 임금은 우선 그 품목을 일일이 아뢰도록 하고, 만일 그 품목이 마음에 들지 않으면 그 자리에서 화를 버럭 내는 것이었다.

“냉큼 도로 가져가라고 해라!”

“네?”

진상이 작다 하여 국왕은 그것을 내동댕이쳤다.

사실 유흥으로 매일 밤을 지새면서 국비를 탕진하였으니 진상이란 명목으로 양반을 통하여 백성의 돈을 강제로 긁어모으지 않을 수 없었다.

고래로 정치가 부패하고 권신들이 서로 세력 다툼이나 하면 국가의 재정이 피폐하여 동서를 막론하고 나라가 으레 망하는 법이다.

이러한 가운데 1889년 함경도 관찰사 조병식(趙秉式)이 내건 방곡령(防穀令)은 외국의 부채(負債)를 더하는 동시에 곁들여 외교 문제까지 야기시켰다.

그 방곡령이란 일본 상인들이 갖은 수단으로 양곡을 사갔으므로 이를 막기 위해서 콩 같은 농산물의 수출을 금한다는 명이었던 것이다.

그런데 그 즈음 농산물 수출 사정은 이러했다.

원산항이 개항되자, 일본 상인들은 재빨리 무역에 손을 댔다.

함경도 일대에서는 무역에 응하기 위하여 콩을 재배하기 시작했고, 간신히 입에 풀칠하기에 바빴던 이들도 이제 생활에 여유가 생기기 시작했다.

"자네넨 콩농사 어떤가?"

"대풍작이야. 금년같이 큰 수확을 얻긴 이번이 처음인걸."

"우리도 그래. 인젠 허리띠를 좀 늦추고도 살 수 있게 됐네."

"다 때를 잘 만나서 그렇지. 몇 해 전만 해도 우리네야 어디 돈을 만져 볼 수나 있었나?"

"그게 다 일본 장사꾼 덕이지."

"아무렴. 하지만 콩값을 더 올려도 될 것 같다고 그러던데."

"그래도, 그 사람들이 오기 전보다 배나 올랐는데 더 받을 수야 있나?"

"그 사람들은 일본 가서 세 갑절이나 받고 판다는데 뭘 그러나?"

"그렇지만 그 사람들한테서 선대 자금까지 받아 농사를 짓고, 어떻게 돈을 더 받을 수가 있겠나? 사람이란 의리가 있어야지."

"의리? 그 사람들이 우리를 위해 장사해 주는 줄 아나? 알고 보면 다 도둑놈일세."

이럴 즈음, 함경도 관찰사 조병식은 곡물의 수출을 막는 방곡령을 내렸던 것이다.

"금년엔 흉작이므로 방곡령을 선포하노니, 곡식 일체의 수출은 법령으로써 금한다."

이 방곡령은 백성들에게 큰 타격을 주었다.

"아니, 이런 법이 어디 있나?"

"법? 법은 만들면 법이지."

백성들은 어이가 없어 웃기만 했다.

이 소식을 들은 일본 정부도 펄쩍 뛰었다. 그래서 곤도 공사를 통하여,

"외무독판 민 대감, 어서 바삐 방곡령을 해제하고 조병식을 문책하기를 바라오."

"감사의 인사 문제에 대하여 곤도 공사께서 왈가왈부한다는 건 내정 간섭이니 경고하오."

"네?"

"하지만 방곡령은 곧 해제하도록 노력해 보겠소."

곤도 일본 공사가 강경히 나서는 바람에 정부에서는 할 수 없이 방곡령의 해제를 명하고 조병식을 문책(問責)하여 강원감찰사로 전임(轉任)시켰다.

일설에 의하면, 조병식은 일본에 대하여 감정이 좋지 않은데다가, 원세개의 조종을 받고 방곡령을 선포했다고도 한다. 그런데 방곡령이 있은 지 3년이 경과한 1891년 11월에 새로 부임한 가지야마(梶山鼎介) 일본 공사는,

"일본은 방곡령 때문에 입은 손해액 14만 7천1백68원 32전2리를 청구하오."

하고, 말하는 것이었다.

이것은 참으로 어처구니없는 일이 아닐 수 없었다.

이에 대해 민종묵은,

"그 당시에도 본관이 외무독판이었소. 귀국이 손해를 입었으리라는 것은 알겠소. 그러나 곤도 공사의 요청으로 함경감사를 문책하여 전임시켰고, 일본 정부에 사과까지 했는데 이제 와서 무슨 소리요?"

"함경감사 전임은 당연한 일이오. 그러나 전임과 손해배상은 엄연히 다른 문제요."

하고 일본 공사는 청구서를 내미는 것이었다.

그 청구서의 내용은 다음과 같다.

"억류 및 압수당한 손실, 매입한 곡물의 운반 및 선적을 금지당했기 때문에 체류와 지착으로 인하여 입은 손해, 방곡령 때문에 생긴 상인의 모든 잡비, 지금 열거한 원금과 원금에 대한 이자는 월 2부 1리로 계산하고 장래에 예기됐던 이익, 그리고 뇌물과 증여했던 일체의 손해를 포함한다."

이것은 당시 가지야마 공사가 에노모도 외무대신에게 보낸 비밀 보고서에 의거한 것이다.

이것을 본 민종묵은 화가 나지 않을 수 없었다.

"안 되오. 줄 수 없소."

그러자 일본 공사도,

"좋소!"

하고, 자리를 박차고 나가 버렸다.

  방곡령 문제의 해결이 양국 간의 의견 차이가 커서 쉽사리 해결되지 않자, 이 번에는 이토 히로부미가 오이시(大石) 공사를 보내 왔다.

  "외무독판 조병직 각하, 양국 간의 우호를 생각해서라도 조속한 해결을 바라 겠소. 황해도에서 지난해의 방곡령 때문에 입은 손해액까지 17만 5천7백59원 37전3리요."

  이때의 외무독판은 조병직이었다.

  "본관이 조사해 본즉, 4만 7천5백75원(元) 5각(角) 4분(分) 9리(厘) 3호 (毫) 3사(絲) 1홀(忽) 2홉(合)이오. 여기에서 한 푼이라도 더 줄 수는 없소. 그 근거 없는 서류는 철회하시오."

  그러나 일본 공사는 영의정인 심순택(沈舜澤)을 찾아갔다. 하지만 심순택은 자기의 소관이 아니라고 잡아떼고 말았다.

  "자기 관직의 소관이 따로 있는 법이오. 외무아문에 알아보시오."

  "뭐라구요?"

  이 같이 모든 교섭이 정돈 상태에 빠지게 되자, 오이시는 앞서부터 이토 히로 부미에게 자기가 이 문제를 단시일 내에 성공시키지 못하는 경우에는 자기를 본 국에 소환하고 군함을 파견하여 부산과 인천 세관을 점령해 달라고 요청했던 만 큼, 자기의 위신을 생각해서 더욱 조급하게 굴었다.

  이토 히로부미는 일본의 위신상 세관을 점령하는 것은 말도 안 되고, 또 청국 과의 충돌까지 초래할 위험이 농후하므로 차라리 이홍장에게 조정을 의뢰했다.

  '한국이 손해배상을 하지 않으니 이자를 면제하고 본전이라도 받아야겠소. 아니면 한국과 절교하고 공사관을 철수하겠소. ― 이토 히로부미'

  이런 내용의 칙서가 이홍장에게 전달되었다.

  '한국은 성의를 다하여 이 문제를 해결하기 바라오. ― 이홍장'

  이토 히로부미의 칙서를 받은 이홍장은 한국 정부의 성의를 촉구하는 이러한 서한을 보냈다.

  1893년 4월 3일 5년간이나 끌어오던 외교 문제를 외국의 손으로 해결하게 되

니, 11만 원으로 낙착을 본 것이다.

궁중의 유흥비 때문에 짊어진 막대한 부채 등 설상가상의 국비 소모는 보충할 길이 없었다.

여기서 갑오년 동학혁명 직전까지 청나라의 초상국(招商局)이 19만 9천7백14냥, 전신차관(電信借款)이 8만 3천5백71냥, 전신순태(電信順泰)로부터 9만 6천4백29냥과 10만 4천2백86냥, 홍콩의 상해은행에서 2만 2천 냥, 일본의 정금은행(正金銀行)에 2만 6천9백22원, 제일국립은행(第一國立銀行)에서 13만 원, 부산차관(釜山借款)이 2만 5천 원, 그리고 미국인 고문 급료 미불조로 그레이하우스 분이 1만 6천9백33원, 다이 분이 6천 원으로서 일부 상환하고도 원금 이자를 갚지 못한 것이 도합 71만 8백55원이나 되었다.

특히, 그 중에서도 미국인 고문 그레이하우스와 다이 두 사람의 급료 미불액이 2만 2천여 원이나 되었으니, 국가의 위신은 땅에 떨어지고 말았으며, 국가의 유지조차 불안한 것은 말할 나위도 없었다.

그런데도 왕실의 낭비는 더해만 갔다.

민요(民擾)의 난립

공공연한 협박으로써 진상을 받아들여 국비 소모의 일부를 메우려 하긴 했으나, 늘어만 가는 외국 부채는 어찌할 수 없었으며, 물 쓰듯이 탕진한 국고를 메우려는 것은 마치 밑빠진 독에 물붓기나 다름없었다.

그럼에도 불구하고 1893년 4월 8일에는 거액의 돈을 들여 연등놀이를 했다.

"굉장하구먼!"

놀이를 구경하러 나온 사람마다 감탄을 연발했다. 백성들은 자기네 생활과는 아주 동떨어진 먼 이역의 생활을 보는 듯했다.

"눈이 부셔서 볼 수가 없을 정도예요."

수줍은 처녀는 노파의 등 뒤에서 얼굴을 손으로 가리며 세상에 나와 이렇게 휘황찬란(輝煌燦爛)한 불을 처음 대한다고 했다.

"오늘이 초파일이라 나라에서 하는 일이 그만은 해야지."

오래 살아왔다는 연륜으로 옛날에도 그만한 것은 많이 봐왔다는 노파의 말투

북한산성 밖 풍경 황후와 대원군이 극한 대립을 하고 전국 각지에서는 민요가 일어날 즈음 나라 안 성 밖 백성들의 불안도 깊어만 갔다

였다.

"돈도 한량없이 많이 들었겠어요?"

"그걸 말이라구 하나? 희자등, 불탑등, 화구(火具)만 해도 몇 가진데……."

"그래, 얼마나 들었대요?"

"오늘 저렇게 하는 데 든 것만도 근 80만 냥이나 되는 모양인데."

"네?"

"80만 냥이란 얼마나 되는데요?"

"글쎄, 나도 짐작할 수가 없어."

"뭐, 그것뿐인가요? 오늘부터 연일 저렇게 계속될 텐데."

구경꾼들 중에 이런 말이 오갔다.

또 한편에서는 이런 말을 수군거렸다.

"아니, 지금이 어느 땐데 저런 놀이를 하고 있는 거야?"

"양반님네들이야 백성들이 지금 어떤 곤궁한 처지에 놓여 있는지 그런 걸 아랑곳이나 해야 말이지."

"그래도 동학당패가 물밀 듯이 서울까지 올라와서 서울 장안이 온통 들끓은 게 엊그젠데."

"그야 자기네 교조(敎祖)가 억울하게 죽었다고 신원(伸寃) 운동으로 올라온

게 아니었어?"

"그뿐만이 아니래. 그 뒤에는 무슨 곡절이 숨어 있었다는 거야."

지난번 광화문 앞에서 동학교도들의 교조 신원상소운동을 가지고 이렇게 수군거렸다.

"하긴 그렇기도 해. 들려오는 말에는 동학당들이 충청도 보은에 구름같이 모였다던데."

"글쎄, 그게 다 무얼 하려고 그러는지 모르지. 하여간 심상치 않어."

"딴은 그래. 기치(旗幟)에도 척양척왜(斥洋斥倭)라고 쓴 모양인데, 양놈과 왜놈을 물리치라는 뜻이 아니야?"

"이렇게 뒤숭숭한 세상에 잘들 놀지."

이날의 모든 비용도 외국의 부채를 얻어서 막는다는 것이다.

조정의 이런 무궤도한 국비 남용이 백성들에게 부담되어 영향이 안 미친다는 것은 거짓말이 아닐 수 없었으니, 각처에서 접종(接踵)해 일어나는 민요·민란이 바로 그것을 대변하는 것이다. 드디어 이조 5백년 사직의 대들보를 흔들기 시작했던 것이다.

이미 지난 여러 해 동안에도 여러 곳에서 관아를 습격하는 등, 민란이 일어났다.

1888년 6월에 고산(高山)에서는,

"찰방(察訪) 집으로 돌입하라!"

"그 여편네도 끌어내라."

찰방과 부인을 구타하는 한편 집을 65채나 파괴했으며, 치상도 9명에 달했다.

그 달 30일에는 북청(北靑)군민들이 대거하여 함경남도 병마절도사(兵馬節度使) 이용익(李容翊)의 불법 토색을 규탄하는 민요(民擾)가 일어났다. 다름 아니라 북청 출신인 이용익은 임오군란 때 민비를 도운 공으로 출세한 충신이었다.

7월에는 영흥(永興)에서 민요가 일어났다.

이른바 화폐 개혁인 환전(換錢)의 폐해를 부르짖는 소요(騷擾)이었던 것이다.

이런 사실을 안 조정은 당황하여 대사성(大司成) 황기연(黃耆淵)을 안핵사로 보내어 철저히 사명(査明)케 하고, 그 결과에 의해 함경감사 이돈하(李敦夏)는 전라도 여산(礪山)으로, 병마절도사 이용익은 동 영광군(靈光郡) 신지도(新智

문밖 백성들의 표정 넘보는 외세따라 갈라선 조정은 정쟁이 끊칠 날 없고 민생은 토탄에 빠져들고 있었다

島)로, 영흥부사 정광연(鄭光淵)은 상주로 모두 유배를 보내 버렸다.

1889년 기축년에 들어서서는 전년도 삼남(三南)이 대흉작이고, 관서(關西)에 수재가 컸던 만큼 남북 각지에 민란은 더 확대됐다.

7월에 함경북도 길주에서는 군민이 관아를 습격 파괴하는 등의 민란이 일어나기 시작해서 1월 17일에는 전주 이민(全州吏民)이 서로 충돌하여 인가가 불타고 인명이 상했으며, 1월 30일에 강원도 정선(旌善)에서 난민들이 관아를 침입하여 군수를 축출하는 등의 난동을 부렸다.

"군수의 인부(印符)를 빼앗았다."

"사령(使令) 김응추(金應秋)를 잡았다."

"와— 그놈을 태워 죽여라."

이런 일이 일어났는가 하면, 9월에는 전라도 광양(光陽)에서도 공당(公堂)을 파괴하고, 관장을 내쫓은 다음 공전(公錢)을 약탈한 사건이 일어났다. 그러자 조정에서도 나주목사 김규식(金奎軾)을 안핵사로 보내 주창자는 우선 효수(梟首)하고 다음에 등문(登聞)하도록 했다.

또한 10월 17일에는 수원에서 난민 수백 명이 들고 일어나 민가를 파괴하는 민란이 있었으며, 이듬해 8월 17일에는 함창(咸昌)에서도 일어났다.

그리고 1891년 신묘 3월에는 제주도에서 어민의 대거 시위가 있었고, 5월에는 평안도에서 관졸들이 부역을 시키기 위해서 백성들을 오라고 했으나, 여기에

손님을 기다리는 지게꾼들 일을 하고 싶어도 일꺼리가 없었다

응하는 사람이 하나도 없었다. 그러자 그들은 관권을 발동하여 묶어서 끌고 가기에 이르렀다.

"빨리 가지 못해!"

말을 고분고분 듣지 않자 관졸들은 회초리로 내리치는 것이었다.

"아이쿠!"

"뭣들 보구 있어? 빨리 일들이나 해!"

이들 백성은 피로해서 그 이상 더 걸어갈 수가 없었다. 드디어 쓰러지고 말았다.

"아니, 왜들 이러는 거야?"

"인제 더……."

"뭣이?"

"정말 한 걸음도……."

"그럼 일을 못 하겠다는 거야?"

관졸들에게는 사정이 있을 리 없었다. 그들은 오직 명령에 의해 움직이는 기계일 따름이었다. 이렇게 기진맥진한 백성들을 끌고 가자, 끌려 가던 사람들은 이윽고 필사적으로 반항하기 시작했다.

"우리도 사람이오. 한도가 있소."

"그렇소. 소나 돼지와는 다르오."

"옳소!"

눈을 부라리며 관졸들을 노려보았다.

"아니, 이놈들이 감히 무서운 줄 모르고……."

"그놈들을 쳐라."

그들에게는 시간적 제한이 있었다. 모두들 땅에 주저앉자, 주인이 소를 고삐로 내리치듯이 관졸들은 그렇게 마구 쳤던 것이다.

"아이쿠!"

몇 명이 매에 못 이겨 쓰러졌다. 그러나 이들 백성은 쓰러지는 사람들을 보고 생각을 다시 했다.

법이 무엇이냐? 도대체 자기들에게 무슨 법의 혜택이 있었는가? 여기까지 생각이 미치자, 한 사람이 드디어 감시망을 뚫고 도망갈 것을 제의했다.

"강 건너로 도망가자."

"와!"

이렇게 군중 심리에 의하여 연강 구읍(沿江九邑)의 주민으로 월강 도피한 자가 10만 명이나 넘는 사건이 발생했다.

같은 해 6월에 갑산(甲山), 단천(端川) 등지에서는,

"청인 비적이 들어왔다. 빨리들 숨으시오."

이 청인 비적들은 젊은 사람을 붙잡아 가고 물건을 약탈해 가며, 처녀나 젊은 여자가 있으면 데려다가 욕을 보이는 것이 일쑤였다.

그래서 동네의 젊은 아녀자(兒女子)들은 이들의 발굽 소리가 들리기만 하면 숨기에 바빴다.

"애 아가야, 어서 숨어라."

"어머님도 어서 숨으세요."

"나야 늙은 것이 어떡하겠니? 자, 어서 너나 빨리……."

이때 밖에선 청인 비적들이 요란히 문을 흔든다.

"문 열어. 문 열지 아니해!"

안에서는 시어머니를 놓고 혼자만 숨을 수가 없는 며느리가 가슴을 졸이며 애태우고 있다.

"애, 얼른 다락에 숨으렴."

"어머님도 같이."

"아무도 없으면 놈들이 오히려 의심한다. 어서…… 제발 복철이가 돌아오지 말아야 할 텐데. 이걸 어쩌나."

복철은 그의 아들이었다. 그 아들이 이런 판에 왔다가는 비명간에 죽을 것이 확실하기 때문이다.

"문 열엇!"

밖에서 독촉의 소리가 요란했다. 노파는 몸서리를 치면서 며느리를 억지로 끌다시피 해서 다락으로 올려보냈다.

그러자 대문이 부서지는 요란한 소리와 동시에 청인 비적들이 우르르 들이닥친다.

"있으므서 대답 아니해."

"돈이 내놔. 존 거 모두 내놔."

하고, 비적들은 노파에게 을러댄다. 노파는 공포에 벌벌 떤다.

"우리 집엔 아무것도 없소."

"정말 없어?"

"이 집 색시 있어 내놔."

마을에서 풍문을 들었던지, 아니면 넘겨짚고 그러는지 한 놈이 다가서며 알고 있는 것처럼 말한다.

이 말에 노파는 가슴이 뜨끔한다.

"우리 집에 여자라고는 나 하나밖에 없소."

"어서 뒤져 봐."

이들은 노파를 쓰러뜨리고 마구 집 안을 뒤지면서 값진 물건을 찾았다.

"호, 존 거 많아."

이들은 장롱이며 세간을 모조리 뒤지고 나서 다락문을 열어젖힌다.

"아이구, 이 일을 어쩌나."

다락문을 열자 노파는 가슴이 철렁 내려앉으며 이내 사시나무 떨 듯 벌벌 떨지 않을 수 없었다. 거기엔 며느리가 숨어 있으니 말이다.

"아니, 저 웅크리고 있는 게 뭐야. 사람이다. 내려와, 어서 내려와."

드디어 며느리는 청인 비적에게 발견되어 새파랗게 질려서 끌려 내려오고 말았다.

"호, 여자다. 띵호, 내가 발견했으니 이건 내 거야."

"뭐? 넌 비켜. 저리 가지 아니해?"

"짱꾀, 이번 것은 내 겁니더."

"넌 이 할멈이나 끌고 잠깐 나가 있어."

"못 나가겠다. 내 방에 내가 있는데…… 죽어도 못 나가겠다."

"이놈의 늙은이가, 에잇!"

청인은 노파에게 칼질을 했다.

그리고 8월에는 고성(高城)에서,

"제발 목숨만…… 내가 무슨 죄가 있다고 이렇게 산 채로 흙 속에. ……으으으……."

"이놈, 중(僧) 기월(機越)이 듣거라. 중놈이면 불공이나 드릴 것이지 관가에 아부하여 백성들을 괴롭히고 토색(討索)질을 한 것이 잘한 짓이냐? 여러분, 어서 빨리 머리까지 묻으시오."

"어이쿠, 나…… 나무 아미타…… 윽."

관가에 아부하여 농민을 괴롭힌 중을 생매장한 사건이 일어났다.

한번 불붙기 시작한 민란은 그칠 사이가 없이 번져 1892년 3월에는 함흥과 덕원(德源)에서, 낭천(狼川) · 예천 · 회령에서, 성천(成川) · 강계(江界) 등지에서 계속하여 일어났고, 4월에는 혜산진(惠山鎭)에 또다시 장덕성(張德成)을 비롯한 청인 비적 떼 수백 명이 몰려와 중군(中軍) 김승준(金承俊)을 결박해 놓고 마음대로 약탈해 갔다.

이러한 혼란 중에 한 해가 지나고, 1893년 2월 초파일, 세자 탄신 경축 과거가 있어 전국의 선비들이 서울로 몰려들었다.

이때 박광호(朴光浩)를 비롯한 동학 대표 40명이 '경천정심 보국안민(敬天正心 輔國安民)'이라고 쓴 깃발을 앞세우고 대궐 문 앞에 엎드려 사흘 낮 사흘 밤을 교주 최제우(崔濟愚)의 억울한 죽음을 상소했다.

그런데 소문이란 맹랑한 것이어서,

"동학도들이 서울에도 수백 명은 될 거야."

"아니 그뿐인가? 동학도 수천 명이 벌써 서울에 침입해 있대."

"수만 명의 동학패가 왜인이나 양인들은 그대로 두지 않을걸."

하는 소문이 돌고, 일본 공사관에서까지,

"큰일났습니다. 동학패들이 공사관으로 쳐들어온답니다."

"큰일났군. 빨리 거류민들에게 연락하여 철수해야겠군. 인천으로 빨리 연락을……."

이렇게 웅성대는 속에 계속 민란은 일어나고 있었으니, 함흥·인천에서 민요가 일어났고, 7월에는 청인 비적들이 또다시 함경도 갑산(甲山)·단천(端川) 등지에 침입하여 변민(邊民)들을 살해하였으며, 수십 명의 부상자를 내게 하였다.

11월에는 충청도 황간(黃澗)·청풍(淸風)과 개성에서 민요가 일어났으며, 12월에는 황해도 철도(鐵島)에서,

"황해도 철도첨사 이상협(李商協)은 지나치게 탐학 축재했으므로 도민들이 도탄에 빠져 그만……."

"민요가 일어난 원인은 그만하면 알겠소. 그럼 좀더 소상히 말해 보시오."

"네, 조사한 바에 의하면, 이 섬은 3백 호 내외의 작은 섬으로서 이 첨사가 부임한 지 5개월 동안에 뇌물, 기타 허울 좋은 수법으로 수탈한 액수가 무려 7천3백 30냥이요, 아전들이 농간을 부려 중간에서 슬쩍 착복한 것이 자그마치 2천5백 50냥이나 됩니다."

"뭣이?"

이렇게 민중의 분노는 막을 길 없이 각처에서 폭발하고 드디어는 봉건 왕조의 뿌리를 뒤흔들어 놓았다.

5. 민중의 항쟁 동학혁명

정치의 부패와 왕조의 쇠약(衰弱)을 틈타, 보국 안민·제세 창생의 기치를 걸고 나온 동학사상은 더욱 널리 보급해 간다. 불안해진 집권당은 교조 최제우(崔濟愚)를 대구에서 사형에 처하고, 교도를 탄압하게 된다. 때마침 갑오년, 전라도 고부군수(古阜郡守)의 행패가 극심하자 분개한 민중을 이끌고 전봉준(全琫準)이 민중 혁명을 일으킨다. 당황한 조정은 토벌에 나섰으나 실패, 급기야 청에 청병해서 겨우 진압하게 되나, 이를 구실로 일본도 출병한다.

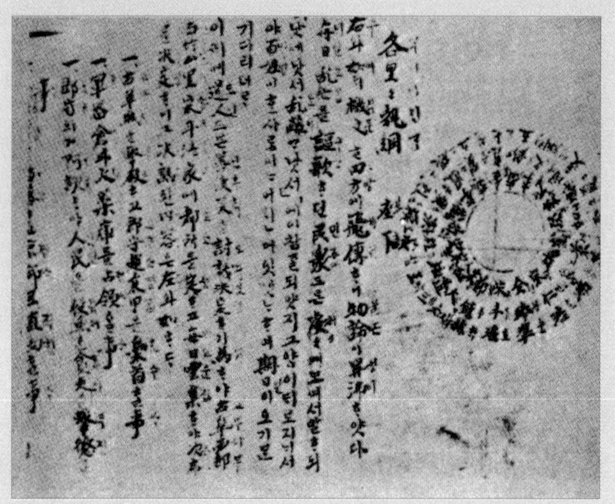

전봉준이 돌린 사발통문 각 마을 동학 집강소에 돌려 궐기를 촉구한 사발통문

전봉준(全琫準), 마침내 일어서다

새야 새야 파랑새야
녹두 밭에 앉지 마라.
녹두꽃이 떨어지면
청포 장사 울고 간다.

이 민요는 동학의 영웅 전봉준을 두고 부른 노래라고 전한다.

갑오년—

땅 속 깊이 잠겨 있던 물줄기가 치솟은 그 해. 봉건과 사대와 그리고 부패와 억압에 짓눌리던 민중이 분노를 터뜨린 1894년.

불안했던 왕조의 악몽을 깨뜨리고, 낡은 시대의 사상과 풍습을 붕괴시키려는 민중의 근대 의식은 드디어 봉화를 올렸고, 새로운 시대를 잉태한 혁명의 분화구는 터졌던 것이다.

사람이 즉 하늘임과 보국 안민을 주장하는 천도교의 교도인 전봉준이 그 횃불을 들었다.

이는 갑신정변 이후 10여 년 간 쉴새없이 일어났던 각 지방의 민란(民亂)이 총집약되어 대대적으로 일어난 일대 민중 봉기였던 것이다. 그리고 이 대봉기를 일으킨 직접적인 도화선은, 전라북도 고부(古阜)에서 불붙기 시작했다.

고부군수 조병갑(趙秉甲)의 행패에 이상 더 참지 못하게 되었던 농민들이 드디어 일어난 것이다.

"여러분, 우리 고부 읍민은 이 이상 만석보(萬石洑)의 수세(水稅)를 물 수는 없소."

"군수 조병갑을 잡으러 가자!"

모여 섰던 농민들은 분개할 대로 분개했다. 이때 좀 나이가 든 농부 하나가 앞

을 나서며,

“여러분, 조용히 하십시오. 이럴 게 아니고 온당한 길을 좇아서⋯⋯.”

말이 채 끝나기도 전에,

“집어치워라!”

“습격하자!”

“와!”

터진 울분을 억제하지 못하고 그대로 쳐들어가려고만 했다. 그러나 이 나이 든 농부의 생각에는 그럴 수가 없었다.

“여러분! 진정하시오. 군수 조병갑을 찾아갈 게 아니라, 우선 감사를 찾아가서 호소를 해보는 것이 어떻소?”

될 수 있으면 피를 보지 않고 평화적으로 자기들의 뜻만 관철시키자는 것이었다.

굶주리고 시달린 농민들은 성난 이리 떼처럼 관아로 밀려가서 당장 요절을 내려고 했지만, 역시 그들은 유순한 양의 습성을 지닌 백성이었다.

더욱이 나이 든 사람이 타이르자, 이 말에는 모두들 동의를 표했다.

“그것도 한번 해볼 만한 일이오.”

“그럼 우리 고부 읍민 일동이 감사를 만나러 모두 전주로 갑시다.”

“가자!”

그러나 이러한 사실을 먼저 안 것은 고부군수 조병갑이었다.

그는 당장 상소자의 체포를 명하였다.

“무엇이? 이 조병갑이가 누구라고! 잡아 온 그놈들을 당장 엄벌에 처하라!”

이리하여 잡아 온 일부 대표 몇 명을 중형에 처해 버리고 말았다.

이 사실을 안 고부 읍민들의 분노는 컸다. 가뜩이나 노려 오던 판에 이 원통한 소식은 드디어 그들 가슴에 불을 지르고 말았다.

“이젠 더 참을 수 없소.”

“먼젓번에 그대로 쳐들어가 그놈을 요절을 냈어야 하는 건데.”

“떡으로 치는 놈은 떡으로 쳐야 해.”

“자, 군수 아문으로 습격합시다!”

“쳐부수자!”

농민들은 이젠 더 참을 수가 없었다. 그러나 농민들의 그 인내가 약한 무리의 어쩔 수 없는 습성으로만 알고 있던 조병갑이 농민의 호소를 오히려 탄압으로 대하자, 순한 양들은 마침내 사나운 이리 떼로 변하고 만 것이다.

삽과 괭이와 도끼를 든 이 분노한 민중은 조병갑의 아문으로 쳐들어갔다.

이때 이 소식을 들은 조병갑은 사태의 급박함을 깨닫자 도망을 쳐버리고, 전주 감영(全州監營)에서는 급기야 이 소식을 듣고 대포 1문과 이용태(李容泰)가 거느리는 2천 명의 병졸이 진압차 급거 고부군으로 출동하였다.

그래서 이들 관군은 괭이와 도끼를 든 민중들과 격전이 벌어졌다.

"폭도들을 모조리 붙잡아라."

그러자 전세는 민중 편에 불리하게 되었다. 그들은 무기가 없었던 탓으로 총에 맞아 여기저기 쓰러지는 자가 많았다. 이용태는 관군의 본영을 군청 아문에 치고 승리의 나팔 소리를 울렸다.

이때 고부 근처의 한 마을에 머물러 있던 전봉준이 이 소식을 듣자 그의 가슴은 끓어올랐다. 그래서 곧 동지들을 규합하여 가지고,

"동지, 인제 더 참을 수가 없소. 우리가 일어설 때가 왔는가 보오."

"하지만 해월(海月) 선생께서 아직 아무 연락도 없는 차제에……."

해월은 다른 사람이 아니라 바로 동학의 교주 최시형(崔時亨)의 호(號)였다.

"그렇다고 백성이 저런 참경을 당하고 있는데 어찌 좌시할 수 있단 말이오."

"그럼 해월 선생께 밀사를 보내서 의논해 보도록 합시다."

"그럽시다. 그럼 곧 해월 선생님께로 사람을 보내시오. 난 지체 없이 태인(泰仁)에 우리 교인의 중견들을 소집하겠소."

이리하여 동학의 교주 해월 최시영에게 연락을 하고, 한편으로는 정탐꾼을 고부읍에 보내어 사태를 파악해 오도록 했다.

"그래, 고부 소식이 어떻소?"

"네, 고부의 민중들은 관군의 총칼에 짓밟혀 산산이 흩어지고 말았습니다. 그리고 두승산(斗升山) 기슭에 사람들이 모여 있다는 소문을 듣고 관군들이 그리로 밀려갔다 합니다"

"역시 그렇군!"

전봉준은 이미 고부군의 사태를 예기한 바 있었다. 이 소식을 듣자, 그는 곧 중견 동지들을 모아 놓고 작전을 숙의했다.

"그러면 더 말할 필요 없이 모두 죽창 등 연모가 마련돼 있으니 곧 떠나도록 합

시다."

"하지만 전 선생, 해월 선생에게 사람을 보냈다니 기다려 보시고 거사하는 게……."

하고, 신중론을 들고 나오는 동지도 있었다.

"아니오. 우리가 일어서면 해월 선생도 뒤따를 게 아니겠소."

"그렇소, 지체할 수 없소."

이렇게 하여 출동 결정은 내려졌다. 그러자 사방에서 지원군이 모여들었다. 그 중에는 노인도 있었다.

"나는 장흥(長興)에 사는 사람인데, 전봉준 선생을 만나 뵈러 왔소."

"무슨 일이십니까, 노인장?"

"당신이 전 선생이오?"

"네, 제가 전봉준입니다."

"듣던 바와 같이 키가 작군."

"그런데 무슨 일로?"

"다름이 아니라 나도 이번 싸움에 끼워 주시오."

"노인장께서?"

"그렇소. 내 나이 지금 여든이지만 내 뒤를 따르는 자가 부지기수요."

그 노인의 의기는 대단했다.

"벌써 우리 고장에선 벼슬아치들이 다 도망쳤소."

그러자 이번엔 또 나이 어린 소년이 찾아왔다.

"장군님 계십니까?"

"너는 또 누구냐?"

"네, 저는 순천(順天)에 사는 이복동이온데 금년에 나이가 열네 살입니다. 저의 뒤에도 수많은 의병이 따라옵니다. 전 장군이 일어서신다는 말을 듣고 달려왔습니다."

이 작은 소년들의 합세는 그들의 사기를 한층 더 충천하게 했다.

"자, 빨리 행동을 취합시다."

전봉준이 일어섰다는 말을 듣고 곳곳에서 몰려드는 의병은 수를 헤아릴 수 없었다. 그리하여 전봉준은 즉시 관군을 습격하려 했으나, 교주인 해월 최시형으로부터의 전갈을 기다리기로 했다.

이럴 즈음에 서울, 부산 등지에 와 있던 일본인 로시(浪士)들도 동학당의 궐기를 도우려고 움직이기 시작했다.

"다나카(田中) 씨, 지금 우리는 이러고 있을 때가 아니라고 생각합니다."

"나도 다케다(竹田) 씨와 동감이오. 우리 천우협사(天佑俠士)들이 궐기할 때는 바로 지금이오."

"다이너마이트나 소총도 다 준비되어 있습니다."

"요시쿠라(吉倉) 군! 그럼 모두 모이라고 하시오. 그리고 군은 우선 사람을 보내서 전라도의 전봉준에게 연락을 취해 보시오."

"네."

"다나카 씨, 그럴 게 없습니다. 지금 싸움이 어떻게 벌어졌는지 모릅니다. 그곳으로 우리 동지들을 끌고 달려가는 게 어떨까요?"

특히 일본에는 천우협사라고 하여 도쿠가와 바쿠후(德川幕府) 말기의 소위 협객(俠客)들의 정신을 따른다는 로시들의 조직이었던 일본인 단체가 있었는데, 그들은 한국에서 판을 칠 때만 노리고 있던 터라 이때야말로 여간 좋은 기회가 아니었다.

이들은 이렇게 거사를 돕기로 합의를 보자 곧 전봉준에게로 달려갔다.

한편 이곳 태인에서는 전봉준에게 빨리 일어서기를 독촉하는 소리가 빗발치듯 날아 들어왔다. 그리하여 전봉준도 더 기다릴 수 없어, 분노와 흥분의 도가니 속에서 들끓는 민중 앞으로 나아갔다.

"만세!"

"녹두(綠豆)장군 만세!"

드디어 전봉준은 입을 열었다.

"여러분!"

떠들썩하던 소리가 금세 물을 끼얹은 듯 조용해졌다.

"여러분은 단 한 마음, 불쌍한 동포를 위해서 목숨을 바치려고 모였습니다."

이 말을 확인이나 하듯 모여선 동학도들은 일제히,

"그렇소!"

하고 외치고, 거기에 모인 군중들은 하늘이 터져라 하고 환성을 지른다.

"좋습니다. 나는 아무 말도 하지 않겠습니다. 여러분의 앞장에 서서 싸우러 나갈 뿐입니다. 그러나 우리가 출동하기 전에 단 한 가지 말씀드릴 것이 있습니다.

여러분들도 아시다시피 지금 우리 조정은 병폐하고, 백성들은 주구(走狗)에 시달려 도탄에 빠지고, 이조 왕업 이래 오늘과 같이 극심한 때는 없습니다. 그런데 우리 도조(道祖) 수운(水雲) 선생은 늘 가르치심에 동학 천도의 취지는 나라를 구하고 백성을 편히 하는 대의를 펴는 데 있다고 말씀하셨습니다.”

전봉준의 열변이 터져 나오자, 동학도들을 중심으로 한 의병들은 흥분이 절정에 달했다. 전봉준의 열변은 계속된다.

“앞서 해월 선생께서도 의를 부르짖고 기를 양호(兩湖)에 올린 바, 천시(天時)가 도래하지 않아 피살되셨지만, 여러분! 때는 다시 왔소!”

의병들의 함성은 그칠 줄을 몰랐다.

“천재일우(千載一遇) 우리가 정의의 깃발을 전라에 올려 팔도(八道)에 호호(呼號)하면 동지들은 총궐기할 것입니다.”

“옳소!”

“나아가 이조(吏曹)를 정복하고 인덕 있는 인걸을 왕패(王覇)에 등용하면 팔도의 생민은 그 덕을 찬송하여 제세안민의 취지는 기필코 관철될 것입니다.”

“만세!”

“이것이 우리 동학도조의 유지이므로 우리는 필히 각오해야 하겠습니다. 이제 여러분의 기탄 없는 의견을 배청할 것을 희망하오?”

그러자 무리 중에서 김성기라는 이가 일어나서,

“나는 김성기란 사람이오. 지금 전 장군의 말씀은 우리 다 뼈에 아로새길 말씀입니다. 사실 그렇습니다. 바야흐로 인향 고부의 군수는 권력으로 가렴(苛斂)을 멋대로 하여 민원이 극도에 달했으니 고부를 쳐서 군수를 죽이고 군아를 태우고, 그 전 곡식을 굶주린 백성에게 나눠 주면 원근의 군민은 탄성에 호응하여 합세를 할 것입니다.”

이렇게 외쳤다.

그리하여 전봉준은 의기충천한 군중을 이끌고 민중 항쟁의 봉화를 올리려고 했다.

이들이 막 고부로 쳐들어가려던 찰나 해월 최시형 교주에게 갔던 전갈꾼이 돌아왔다.

“오, 지금 오시오. 그래 해월 선생께서는 무어라고 하셨소?”

전봉준은 최시형도 사태의 진상을 안다면 자기의 거사를 용인할 것으로 알고 있었다. 그러므로 전갈꾼이 왔다고 하자 가슴이 설레였던 것이다. 그러나 뜻밖이었다.

"전 장군님, 해월 교주께선 거사를 잠시 동안 보류하도록……."

"뭐요?"

그러나 최시형으로부터의 말은 불붙는 가슴에 물을 끼얹었다.

"아직 때가 안 됐다 하옵니다."

"그럼 우리더러 언제까지 참고 있으란 말이오?"

"곧 각도의 대접주가 참집하여……."

이 말을 곁에서 듣고 있던 한 동학도의 간부는 전갈꾼의 말이 채 떨어지기도 전에 앞으로 나서며,

"전 장군! 기다릴 것 없습니다. 우리끼리라도 일어섭시다."

그러나 전봉준은 전갈꾼의 이야기를 독촉한다.

"그래서?"

"전국 일시에 거사한다 하옵니다."

전봉준은 묵묵히 서 있다.

하지만 일단 환성을 올린 동학도들, 그리고 거기엔 각지에서 모인 피끓는 애국의 의병들이 잔뜩 있었다. 그들이 가만히 있을 리가 없었다.

"자, 백산(白山)으로 가자!"

이때 전봉준이 한 걸음 앞으로 나서며,

"잠깐, 잠깐들만 계시오."

하고 제지하고, 전갈꾼에게 다음 이야기를 독촉한다.

"그저 그뿐입니다. 곧 다시 전갈을 보내겠답니다."

"여기 사정을 샅샅이 보고했소?"

"네, 고부의 소동과 관군의 행패도 잘 전했습니다."

"그런데도 참으라고 하셨단 말인가요?"

"네."

전봉준은 답답하기만 했다.

그대로 참아야 옳단 말인가?

"자아, 빨리 갑시다!"

동학도들은 지금 출격의 명령만 애타게 기다리고 있지 않은가?

"해월 선생이 정말 그러셨다면……."

그러나 이제 누가 이 민중의 분노를 막을 수 있단 말인가!

전봉준의 주저하는 눈빛에 반발의 빛이 역연하다.

"동지, 우리에겐 동학 천도의 대의가 있소. 우리에겐 우리의 지도자가 있소."

"하지만……."

"다시 한 번 의논합시다."

전봉준은 아무래도 다시 한 번 동지들과 상의하여 결정하는 것이 좋을 듯했다. 만약 그 자리에서 모두들 출정하는 것을 원한다면 할 수 없는 일이라고 생각했다.

이때 동학도 한 사람이 가까이 다가와서 전봉준에게 아뢴다.

"지금 대원군이 보낸 사람이라고 하면서 전 장군을 뵙자고……."

"뭐? 대원위 대감이?"

"네."

"그럼 곧 저 방으로 불러오시오."

전봉준은 밀사를 데리고 조용한 방으로 들어갔다. 그는 급히 대원군의 뜻을 물었다.

"대원위 대감께서도 전 장군의 의거를 이미 잘 알고 계시며 돕기를 원하고 계십니다. 여기에서 의병이 쳐 올라오기만 하면 대감께서는 궁중에서 변을 일으키시어……."

이 뜻하지 않은 대원군의 호응에 전봉준은 다시 한 번 감격했다.

"알겠소. 틀림없이 경기(京畿)로 밀고 올라가겠다고 전하시오."

"전 장군의 건승을 빕니다."

여기에서 전봉준은 이 이상 더 주저할 수 없음을 깨달았다. 해월 교주도 나중에 이러한 사정을 알면 다 이해할 것 같았다.

전봉준은 동학도들이 모여선 광장으로 다가가서 출동을 선언했다.

"동지들, 들으시오. 곧 백산으로 출동하겠소!"

그 말이 떨어지자 군중의 함성은 진동했다.

"그리고 이 뜻을 해월 선생께 빨리 연락토록 합시다."

"백산으로 쳐들어가자."

이들은 성난 이리 떼와 같이 고부읍을 향해 물밀 듯이 쳐들어갔다.

이리하여 동학혁명의 첫 봉화는 울려졌다.

보은의 대집회

전라도 고부 땅에서 수천 군중을 이끌고 왕조 전복의 일대 민중 혁명을 일으키기 훨씬 전에 녹두장군(綠豆將軍) 전봉준은 얼마 동안 운현궁(雲峴宮)에서 대원군의 심부름을 한 적이 있었다.

어느 날, 대원군은 비록 키는 작으나 용의 눈에다 토끼귀를 하고 두 눈이 반짝반짝 빛나는, 그러면서 위풍이 당당한 한 범상치 않은 시골 사람을 앞에 불렀다.

"대원위 대감, 부르셨습니까?"

"오, 녹둔가?"

"네? 무슨 말씀이신지……."

"허허, 자네가 너무 작아서 모두들 녹두라고 그런다면서?"

"대감께서도 농담을……."

"하하하하…… 그건 그렇고, 자넨 무엇을 원하나?"

"네?"

"봉준이, 자네가 서울에 올라온 것은 문과에 급제해서 벼슬을 얻는 게 목적이었겠지?"

그러나 이 말에 전봉준은 선뜻 대답을 안 했다. 갑자기 표정이 무거워졌다.

"전 별로……."

"사양할 것 없네. 내 밑에 모여드는 건 다 그런 욕심이 있어서 그러는 게 틀림없거든. 누구 하나 예외가 없으니 말이야."

"그러하오나……."

"아닐세, 벼슬이 얻고 싶으면 내가 편의를 도모해 줌세."

"아니올시다."

"보아 하니 자네가 키는 작지만 의지가 굳고, 또 말이 없어서 믿음직하니 내가 말하는 것이야. 사양 말고 어서 말해 보게."

"그러하오면……."

전봉준은 대원군이 진심에서 묻는 것임을 알자, 그의 속마음을 털어놓았다.

"사실 소인은 대감께서 비범하심을 경모하여 스스로 심부름꾼이 되었습니다. 벼슬아치가 될 생각은 털끝만큼도 없습니다."

"허, 또 그런 소릴."

진실을 토로하는 전봉준이었으나, 대원군은 도무지 믿으려 하지 않았다.

"사실이옵니다. 대감께서도 잘 아시다시피 지금 지방의 생민은 탐관오리의 가혹한 가렴으로 피폐하여 얼굴에 살빛이 들지 못하며, 좀처럼 편안한 날이 없습니다. 그것을 알면서 어찌 한낱 벼슬아치가 되려고 원하겠습니까?"

평소에 별로 말이 없던 전봉준이 이렇게 자기의 마음을 토로하기 시작하자, 대원군은 한편 놀라면서 한편으로는 기쁜 마음을 감추지 못했다.

"자네 그게 진정인가?"

"감히 누구 앞이라고 거짓말을 하겠습니까?"

"말을 계속하게."

"현상을 타파하여 정치의 혁신을 보지 못하면 우리나라는 멸망하는 길밖에 없습니다. 그런데……."

"그런데?"

대원군은 전봉준의 열렬한 말에 차차 끌려 들어가 말을 재촉했다.

"왕년 철종 대왕의 말년에 동학 천도의 교조……."

"그럼 자네도 동학의 무린가?"

전봉준은 대답을 하지 않고 대원군을 물끄러미 쳐다보다가 고개를 끄덕이었다.

"허— 하여튼 말해 보게."

"황송합니다. 교조 최제우 선생이 생민의 구제를 교도하기 위해 가재를 투입하여 정진한 바 있는데, 그것을 시기한 유생의 무리가 참소하여 그만 혹세무민의 죄로 용담일편의 연기로 사라졌습니다."

"그 신원 호소가 광화문 앞에서 여러 날 계속된 사실을 잘 아네."

"그렇습니다. 소인도 그 속에 끼어 있었습니다."

"뭐? 자네도?"

"네."

"음, 그래서 어떻게 됐지?"

"아무도 심의해 주지 않을 뿐더러 난민의 무리로 몰아 드디어는 쫓겨났습니

다.”

“그때 나한테도 왔었지.”

“그 속에 제가 있었습니다.”

“허 그래, 지금은 어떻게 됐나?”

“지금은 해월 최시형 선생이 양호(兩湖) 지방에서 중망(衆望)을 얻어 제세구민의 도를 펴고 있사온데, 소인의 생각에는 외척 민씨의 학정에 반항하는 일대 봉기가…….”

“쉿.”

대원군은 말로 가로막았다. 그러자 전봉준은 낮은 소리로 이야기를 계속한다. 어조는 조금도 약해지지 않았다.

“대감께서는 한 번 최시형을 인견하셔서 제세구민의 계책을 들어 보심이 어떠하옵신지요?”

대원군은 만족한 듯이 껄껄 웃으며,

“흠, 최시형은 그와 같이 세력을 백성들 사이에 부식하고 있는가?”

“중망이 양호 간에 첫 손가락으로 아옵니다.”

“음, 그래? 그럼 자네가 그 사람을 나와 만나게 할 수 있단 말인가?”

“인견하신다면 맹세코 그렇게 하겠습니다.”

“그럼 하루라도 속히…….”

“감사합니다.”

이리하여 전봉준은 서울에 잠복해 있는 교도 한 사람을 급히 최시형에게 보냈다. 최시형은 곧 서울로 올라와 대원군을 만났다.

인사를 나눈 두 사람은 오랜 지기가 서로 만난 듯이 심금을 털어놓고 이야기를 나누었다. 약 일 주일 간을 서울에 머무르며 최시형은 대원군과 구국 경륜의 토론을 계속하였다고 한다.

그후 최시형은 남쪽으로 떠났으며, 전봉준도 역시 전북 금구군 원평리로 떠나갔던 것이다.

1893년 계사년 3월 11일, 신사 최시형이 보은에 도착했다.

이때 보은에서는 서인주·서병학 양인을 비롯한 동학군이 광화문전의 진소가 무시되었으므로 이 일을 참을 수 없어 재차 대시위를 감행하려고 수만 교도가 운집하고 있었다.

최시형은 이 눈치를 채고 이것을 막으려 하여 우선 운집한 수많은 동학 천도의 무리 앞에 나타나 포명과 대접주의 임명을 밝혔다.

"수고들 하시었소. 그럼 이제 곧 포명과 대접주를 차정하겠소. 그 전에 여러분게 다시 한 번 일러둘 말이 있소."

최시형은 한참 동안 말을 끊었다가 자기 마음속에 넣어 두었던 이야기를 꺼냈다.

"우리가 모인 것은 풍문과 같이 무슨 난을 일으키려는 게 아니고, 우리 동학 천도의 교조 수운 대신사의 가르치심과 같이 우리 도로써 민중을 교화하는 데 참뜻이 있는 것이오. 그리고 민중을 선동하여 정치 개혁을 하는 데 근본이 있지 아니하니 쓸데없는 난동은 몰아넣지 않기를 바라오."

어디까지나 동학의 교주로서 교리를 지킨다는 이론이었다. 하지만 여기엔 불평이 따랐다. 물론 교리를 저버림을 모르는 바 아니지만, 지금 형편으로서는 오직 일대 봉기가 반드시 필요한 것이고, 또한 그들은 어느 누구보다도 정의감이 용솟음치는 젊은이들이었던 것이다.

"그러하오나 대신사의 원죄가 성취될 때까지는 우리들이 시위를 해서……."
하고, 기골이 장대한 한 동학군은 정식으로 이의를 제기하였다.

즉 교조인 수운 최제우 신사가 억울하게 죄를 뒤집어쓰고 죽은 후 이제까지 그 탈을 못 벗었으니 우선 그것을 밝혀야 한다는 말이었다.

"그러니까 우리는 대신사의 신원을 위한 운동만 전개하기로 해야겠소."
하고, 최시형은 어디까지나 평화적인 수단을 쓰자는 뜻을 굳게 하자, 이번에는 다른 동학군 한 명이 이의를 제기했다.

"신사의 말씀은 잘 알겠습니다만, 지금 생민이 도탄에 빠져 허덕이고 민씨 외척의 학정이 이루 말할 수 없어 실로 나라의 흥망이 지척에 놓여 있습니다."

최시형도 대다수의 교도가 무엇을 원하고 있는지를 잘 알고 있었다. 그러므로 이 이상 더 의논을 계속하다가는 사태가 의외로 발전할 것 같았다.

"하여튼 각 포와 대접주를 차정할 터이니 대접주는 도인의 정황을 잘 파악해 주시기 바랍니다."
하고 결론을 내리고, 이어 미리 내정된 대섭주 명단을 발표하였다.

이날 임명된 사람들의 명단은 다음과 같다.

충경(忠慶) 포대접주　임규호(任奎鎬)
청의(淸義) 포대접주　손천민(孫天民)
충의(忠義) 포대접주　손병희(孫秉熙)
문청(文淸) 대접주　임정재(任貞宰)
옥의(沃義) 대접주　박석규(朴錫奎)
관동(關東) 대접주　이원팔(李元八)
호남(湖南) 대접주　남계천(南啓天)
상공(尙公) 대접주　이관영(李觀永)

그런데 이날 최시형이 난동을 경계함에는 도의 교리가 그러함에도 있지만은, 지난번 광화문 신원시에 이러한 일이 있었기 때문이다.

연 사흘 밤낮을 곡성으로 진소하다가 무자비하게 축출당하기 바로 직전의 일이었다.

서인주, 서병학 두 동학의 간부는 이렇게 진소만으로는 도저히 뜻이 관철될 수 없음을 깨닫고 엉뚱한 계획을 꾸미게 된 것이다.

"병학, 우리가 아무리 신원을 진소해도 하등 소용이 없으니 의논한 대로 교도로 하여금 병복을 갈아입게 하고 직접 군대와 협동하여 조정의 간당을 소탕하는 것이 좋을 것 같소."

이렇게 서인주가 말을 꺼냈을 때 서병학은 이내 찬동했다.

"그렇소. 그렇게 해야만 조정을 개혁할 수 있을 것 같소."

"더욱이 대원위 대감께서도 그런 뜻을 말씀하신 바도 있다고 하니."

"그런데 신사께서 동의하실는지 의문이오."

"신사께서도 우리의 뜻이 민생을 위하고 국가의 장래를 위한 일이라는 걸 아신다면 굳이 반대할 리도 없을 게 아니오?"

서인주는 신사께서 들어 주리라고 생각했으나 서병학은 아무래도 들어 주지 않을 것만 같았다.

"하지만 신사께서는 일체 난동은 못 하도록 금하고 계시니……."

서병학은 아무래도 마음이 놓이지 않았다.

"우리가 선봉에 나서서 그렇게 합시다."

그래서 최 신사에게는 알리지 않고 비밀리에 진행시키기로 합의를 보았다.

"그럼 곧 병복으로 갈아입히고 서두릅시다."

하고, 신사의 난동 반대 때문에 꺼리던 서병학이 마침내 결심을 하고 나섰던 것이다.

그런데 이때 옆에서 인기척이 났다.

"누가 엿들은 게 아니오?"

"좌우간 이 일이 누설되기 전에 빨리 실천에 옮기도록 합시다."

과연 이들의 이야기를 모두 엿들은 사람이 있었다. 그리하여 이 사실은 곧 포도대장 신정희(申正熙)의 귀에 들어가게 되었고, 이 사실을 거사 전에 알게 된 포도청은 경리(警吏)들을 도인여숙에 보내어 엄밀히 조사하기 시작했다.

이 사실을 들은 신사 최시형은 곧 서병학, 서인주 두 사람을 불러 그 부당함을 책하고 도인에게 명하여 광화문 앞에서 진복 상소하게 했던 것이다.

보은의 회합에서 최시형은 이 사실을 상기했다.

그러나 한편으로는 조정의 처사가 부당한 데 대한 불만이 교인들 간에 미만(彌滿)한 것도 사실이다.

연 사흘을 통곡으로 진소하던 끝 날인 13일 낮에 궁중에서 한 칙사가 나와 조정의 뜻을 전했다.

"듣거라. 그대들의 상소의 내용은 알지만, 상소의 격식은 상감님의 표가 있은 뒤에 진정하는 법이다. 그러나 그대들의 애호성을 들으시고 상감께서 직접 도교를 내리신다."

이 말을 들은 동학도들은 연 사흘 간의 피로가 확 가시는 듯 희열이 솟았다. 그리고 칙사의 다음 말에 모두들 귀를 기울였다.

하지만 칙사의 입에서 흘러나오는 소리는 참으로 어처구니없는 말이었다.

"그대들이 각자 집에 돌아가 각기 생업에 취하면 소원에 의하여 선처하리라."

하고는 총총히 사라졌다.

그러자 동학도들은 분함을 어찌하지 못해 불평을 털어놓았다.

"그럼 도대체 우리 진소는 언제 들어 주시겠다는 거야?"

"글쎄, 기다려 봐야지."

이렇게 연 사흘 간의 진소는 어이없게 허사가 되어 버렸고, 대신사 최제우의 신원이 좀처럼 이루어지지 않자 교도의 불만은 점점 커가기만 했던 것이다.

그리하여 폭력으로 정부를 정복하자던 서인주·서병학은 물론이거니와, 전라도에 돌아가 있던 전봉준 역시 자기 부하를 거느리고 일대 봉기를 획책하고 있었던 것이다.

보은에 수만 천도교도가 운집하여 난을 일으키려 한다는 풍문이 관아에 떠돌자, 조정에서는 적잖이 걱정을 하게 되었다. 민비는 이 소리를 듣자마자 어윤중(魚允中)을 어전으로 불러 물었다.

"소위 천도 동학의 무리가 양호에서 난을 일으킨다는데…… 경은 아오?"

"네, 동학교도 수만 명이 운집하였다는 소식을 들었습니다."

어윤중은 지금까지 전해 들은 동학교도들의 이야기를 하지 않을 수가 없었다.

"그럼 지체없이 청주병사 홍계훈(洪啓薰)을 시켜 토벌하도록 하시오."

"그러하오나……."

"이의가 있소?"

"아니 저……."

말하기를 꺼려 하자 옆에 있던 고종이 나서며,

"대감, 생각이 있거든 서슴지 말고 말을 하오."

"황공하옵니다. 신의 생각으로는 사실을 탐지하지 아니하고서는 병을 동하여 인민을 토벌하는 것은 국가로서 못할 일로 아옵니다."

옳은 말이었다. 설혹 그들이 난을 도모한다는 소문이 있다 해도 무조건 군사를 동원시킬 수는 없는 일이었다. 어윤중은 실로 사리를 판단할 줄 아는 정치가였다.

"뭐요?"

민비가 정색을 하자, 다시 고종이,

"중전, 잠깐만 계시구려. 그러면 어떻게 했으면 좋겠소."

하고 민비를 달랜 후, 다시 말을 재촉했다.

"신이 들은 바에 의하여 동학당이 모인 것은 오직 신사 최제우의 신원을 구함이요, 조금도 다른 뜻은 없는 줄로 압니다."

"그렇다면……."

고종이 솔깃해 다음 말을 재촉했다.

"황공하오나 칙교를 내리시면 각자 자가에 돌아가 생업에 종사할 것으로 생각합니다."

하지만 민비는 도시 못마땅한 눈치였다.

"그것은 전자의 광화문전의 소동에서도 그러하지 않았소?"

"그러하오나 만일 탐관의 노략과 오리의 토색을 엄징하신다면 그들도 안무될 줄 아옵니다."

고종은 어윤중을 내심 흡족히 생각하고 있던 터이므로 이내 찬동을 하고 나섰다.

"그럼, 경이 선무사가 되어 잘 처리하시오."

어윤중은 선무사(宣撫使)가 되어 그 이튿날 청주병사 홍계훈으로 하여금 5백 명의 군대를 인솔하여 보은에 주둔하게 하였고, 보은군수 이규백과 더불어 직접 칙교를 전하자, 보은의 동학군은 해산했던 것이다.

이 말을 전해 들은 전봉준은 교주 최시형과 대접주들의 처사가 민중의 분노를 샅샅이 파악하지 못한 데 있음을 몹시 한탄했다.

"그래, 보은에서는 거사를 하지 않기로 결정했단 말이오?"

보은에서 연락차 온 도인에게 전봉준은 푸념 비슷이 이렇게 말했다.

"본시 신사의 뜻이 그런 것이 아니고……."

"에잇 참! 그야 우리 동학의 뜻은 그렇지만 지금 학정에 시달린 민중의 본마음이 어디에 있는지는 아시고들 계실 게 아니오?"

"그야 짐작하시겠지요. 뿐만 아니라 전자에 서인주, 서병학 양인이 거사를 획책한 바도 아시고 계시니까……."

"동지, 민중은 지금 이러한 학정 밑에서는 더 견디며 살 수 없다는 것을 깨닫기 시작하였소. 썩어 문들어져 가는 양반들에게 이 이상 더 짓밟혀 살 수가 없다는 말이오. 그 양반들이라는 것도 거의 돈으로 사서 얻은 게 아니오? 민중은 지금 새 시대가 온다는 사실을 너무도 잘 알고 있소. 눈을 뜨기 시작했단 말이오."

"그렇다고 모두 해산한 지금에 와서……."

"아니오. 민중의 소원이 그럴진대 나는 일어나지 않을 수 없소."

"어떻든 신사께 한번 건의해 보시지요."

녹두장군 전봉준이 고부에서 궐기하기 전까지 이런 피치 못할 사정이 있었다. 그러다가 갑오년을 맞이했던 것이다.

황토현(黃土峴)의 승첩(勝捷)

백산을 점령한 전봉준은 관가의 창고를 점령하고 양곡 4천 석을 풀어 백성에게 나누어 주었다.

이 소식을 들은 인근의 농민들은 자루 하나씩을 들고 산더미처럼 모여들었다.

"밀지 말아요."

"누가 밀우, 뒤에서 마구 떼미니까 그렇지."

전리품인 쌀, 벼 등을 타려고 밀려온 남녀노유의 농민들은 저마다 즐거운 아귀다툼을 벌이고 있었다.

"여보시오, 왜들 다투고 있소?"

"글쎄, 자기만 쌀을 받겠다고 뚫고 들어가니 말이오."

"아니, 누가 할 말이야?"

"허— 이 양반들이 그게 무슨 말이오? 아니 녹두장군님께 미안하지도 않소? 다 뉘 덕인데 이러우?"

"그래요. 아저씨네들은 쌀배급보다 녹두장군을 따라서 싸움터에나 나가시지 않고."

이렇듯 비비대는 대열에서 큰 소리도 일어나기는 했으나, 곧 그들은 이 기쁨을 가져다 준 동학군의 정성을 생각하게 되었다. 그리하여 젊은 장정들은 누구나 할 것 없이 자진해서 의병으로 의병으로 나갔다.

온 백산을 진동시킨 동학군은 인근의 주민의 환호성을 받으며 고부로 진군했다.

동학군이 고부에 도착하자 관군은 이미 두승산의 동쪽으로 진군한 후였다.

이 소식을 안 동학군은 뒤쫓아 달려갔다.

관군의 수령 이용태(李容泰)는 두승산 기슭에 당도했으나 어쩐 일인지 동학군은 한 명도 보이지 않았다.

"여기 두승산 기슭에 또 한 패가 모여 있다는 말이 있어서 뒤쫓아왔는데, 웬일이오?"

"글쎄올시다. 한 놈도 안 보입니다."

"하하하하…… 그럼 이 이용태가 무서워서 다들 도망친 모양이군."

"아마 그런가 봅니다."

동학혁명의 불길 전라도 고부군 백산(현 전북 정읍)을 점령한 수천명의 동학교도들과 4대강령(1. 사람을 죽이지 말고 재물을 손상시키지 말것. 2. 충효를 다하여 제세안민할 것. 3 왜이를 축멸하여 성도를 밝힐 것. 4 병을 몰아 서울로 들어가 권귀를 진멸할 것.)을 선포하는 전봉준

"그럼, 이 계곡을 통과해서 가정리 서남고지 황토현(黃土峴)으로 진군시키시오."

그들이 막 진군하려는데 멀리서 구름 같은 먼지가 일며 말발굽 소리가 들려왔다.

"무슨 일이오?"

"저— 지금 한 떼의 인마가……."

"오— 그런데 좀 이상한데."

"글쎄올시다. 보부상(褓負商) 같은데."

그러자 병졸 하나가 달려와 아뢴다.

"무슨 일이오?"

"저— 지금 전주에서 보부상의 일대가 옵니다. 우리 관군에 가담하려고 오는 모양입니다."

"음, 그러면 그렇지."

이렇게 하여 그날 밤 황토현에 야영을 친 관군은 전라의 보부상을 합쳐 그 수

가 무려 3천을 헤아리게 되었다. 그들은 병기가 우수하고 수가 많았으므로 동학군 따위는 아무것도 아니라고 멸시했다.

이용태는 관군을 집합시켜 놓고 그 앞에 나섰다.

"수고들 하였소. 그런데 제군도 알다시피 동학군은 병기도 변변치 못한데다가 본시 오합지졸들이라 우리 관군이 출동한 것을 보면 혼비백산하여 줄행랑을 칠 것이오."

이들은 동학군이 모두들 후퇴한 것으로 알았다. 하지만 동학군은 후퇴한 것은 아니었다.

"따라서 여러분의 노고를 생각해서 오늘 저녁은 주효(酒肴)를 내릴 테니 마음껏 피로를 풀도록……."

관군은 승리의 영광을 차지한 군대처럼 술을 마음껏 마시며 피로를 풀었다. 밤새 가무음주(歌舞飮酒)하며 진탕 노는 것이었다.

"하하하하…… 글쎄 어디라고 감히 민요를 일으킨담. 고이한 놈들!"

"영감께서 출동하셨으니 말이지, 그렇지도 않습니다. 그자들이……."

"영감, 또 한 잔 드사이다."

고을의 기생들도 총동원되었다.

"음!"

이용태는 기생이 주는 잔을 연방 받아서 들이키며 만족해했다.

"고년 참 귀엽기도 하다. 어디 소리나 한 번 하렴."

"그렇지, 판소리는 제곳이라, 어디 이별가라도 한 곡조 해라."

"언니, 제가 장고를 칠께요."

"좋아, 좋아."

이때 관군의 뒤를 쫓아서 동학군은 밤을 새며 따라왔다.

"장군, 저— 기 불빛이 훤한 곳이 바로 관군의 진영인가 봅니다."

"그런 것 같소. 그럼 진군을 잠깐 멈춥시다."

"네, 진군을 멈추시오."

모두들 숨을 죽이고 좌우 풀숲에 엎드렸다.

"그리고 화기를 일체 금하고 양식과 무기는 손에서 놓지 말도록 전하시오."

"네, 각 영의 대장들은 집합하시오."

"그럼 동지는 각 영의 대장에게 그렇게 하도록 하고 여기 대기하시오."

“네? 장군께서는……."

“난 이 사람들을 데리고 잠깐 관군의 진중을 정탐하고 오겠소.”

“네? 장군께서?”

“자아, 떠납시다.”

그리하여 전봉준은 막원(幕員) 2,3명을 데리고 황토현의 관군 진영을 정탐하러 떠났다.

이들은 숨소리를 죽여 가며 살금살금 관군 진영으로 가까이 다가갔다.

“가까이 왔는가 봅니다.”

앞서 가던 막원 하나가 전봉준에게 낮게 아뢴다.

관군 진영에서는 무슨 판을 벌이고 있는지 장구 소리와 기생의 노랫소리가 크게 들리고 이따금 웃음소리가 이 조용한 밤 산골짜기에 울려퍼진다.

“동지, 수고스럽지만 비밀히 접근해서 동태를 좀더 자세히 살펴 오겠소?”

“네!”

“그리고 동지는 이 옆을 돌아가서 길이 있나 찾아보시오.”

“네.”

“그럼 속히……."

이렇게 하여 관군이 밤새 가무음주에 놀아나는 것을 정탐하고 돌아온 전봉준은 관군이 지쳐 쓰러진 야삼경(夜三更)을 기다려,

“자— 지금 관군은 밤새 노는 데 지쳐 녹아 떨어져 있소. 지금 우리가 급습하면 승리는 우리에게 있을 것이오. 자, 쳐들어갑시다.”

동학군은 좌우 사방으로 흩어져 관군을 포위하여 좁혀 들어갔다.

이 습격은 갑작스러운 것이었다.

“동학군이다!”

“뭐?”

밤새 진창하게 놀고 마시다가 정신없이 쓰러져 자던 관군들은 어리둥절하여 얼빠진 사람들같이 멍하니 있었다.

소리를 지를 사이도 없었다.

이 뜻하지 않은 기습을 당하게 된 관군은 혼비백산하여 도망쳤다. 이들 대장 이용태도 제법 칼 한 번 빼지도 못한 채 달아나려고 했다.

“저기 이용태가 있다!”

"잡아라!"

아닌 밤중에 홍두깨 격으로 야반에 동학군의 급습을 당한 관군의 진영은 아비규환 그대로였다.

황토현의 싸움은 어이없게도 동학군의 일방적인 승리로 끝났고 관군은 전멸해 버리고 말았다.

날이 훤히 밝자 동학군은 전리품을 가다듬어 보았다.

"대포 1문."

"이건 관군이 가지고 있던 유일한 대포요."

"다음 소총 6백 정."

"그리고 도검은 부지기수요."

말이 떨어질 때마다 연방 기쁨의 함성이 일었다.

"양곡이 역시 4백 석. 장군, 이 양곡은 어떻게 처리할까요?"

"그건 백산에서와 마찬가지로 군량미를 내놓고는 전부 백성들에게 골고루 배급하도록 하시오."

"네."

"저— 그리고 사상자가 도합 7백80명이오"

"부상자들은 빨리 한 곳에 수용해서 치료하도록 하시오."

이 전리품과 관군의 사상자로 미루어 보아 이용태가 거느린 관군의 참패상이란 이루 말할 수 없는 지경이었다.

이 사실을 전해 들은 각 지방에서는 동학도들이,

"형 공, 황토현전투 이야기를 들었소?"

"녹두장군이 대승했다면서?"

"대승이고말고 여부가 있소. 자아, 우리 무주(茂朱)에서도 가만 있을 수 없오."

"그렇고말고, 곧 떠나야지."

이렇게 하여 각 곳에 모인 동학군을 인솔하고 태인(泰仁)을 지나 금구(金溝)에 이를 때에는 그 수가 무려 10만을 헤아리는 일대 장사진을 이루었다.

그러자 전봉준은 전군을 육영(六營)으로 나누고 각 영마다 무장한 사람을 배치했다.

"듣거라— 지금 전봉준 대장군이 영을 내리신다."

그렇게도 질서 없고 떠들어 대던 군중들도 전봉준의 이름만 나오면 물을 끼얹은 듯이 조용해진다.

"이제 진법(陣法)을 정하겠소. 모든 영은 삼삼오오(三三五五)의 진법을 취하고……."

기치는 청흑백황홍(靑黑白黃紅)의 오색기를 사용하기로 했다.

무기로는 대를 깎아 창을 만들고 배낭을 지어 어깨에 메었다. 그러나 전봉준 자신은 다만 백색 옷차림이었다.

이것을 본 민중들은 수군거렸다.

"아니 녹두장군께서는 왜 흰 삿갓에 흰 옷을 입으셨나요?"

"그것도 모르시오. 그 부친께서 고부의 민란을 지도하시다 돌아가셨다오. 그래서……."

"오! 상중에 계시는군."

그리하여 전봉준은 손에 백오염주(百五念珠)를 들고 입으로 삼칠성주(三七聖呪)를 외고 있었다. 전봉준은 다시 영을 내렸다.

"각 포사는 모두 어깨에 활궁(弓) 자와 몸에 동지의맹(同志義盟)의 넉 자를 품으라! 그리고 기(旗) 폭에는 오만 년 수운대의(五萬年受運大義)의 일곱 자를 날리게 할 것이다."

동학도들은 이 말을 모두 가슴 깊이 아로새겼다.

이런 소식을 전해 듣자, 궁전에서는 큰 소동이 일어났다. 급히 어전회의가 열렸다.

"경들도 다 알고 있을 줄 아오만, 전라에 전봉준이란 자가 민란을 일으켰다 하니 어찌된 일이오?"

"아뢰옵기 황송하오나 그것이 사실인가 하옵니다."

"그런데 아무런 대책도 없소?"

"그래서 홍계훈(洪啓薰)을 양호초토사(兩湖招討使)로 삼아 강화병 흑백을 거느리고 진압하도록 하였나이다."

"그건 언제요?"

"지금쯤은 장성에 노달했을 것으로 아옵니다."

"그러면 적이 안심이 되오."

"황공합니다."

그리하여 홍계훈으로 하여금 초토사를 삼고 관군을 인솔하여 장성(長城) 방면으로 출동하게 하였다.

그러나 동학군에게 참패하고 진주성으로 쫓겨간 안핵사 이용태와 전라감사 김문현(金文鉉)은 일이 언제 있었던가 하는 듯이 오늘도 전주 한벽루(寒碧樓)에 올라 기녀를 옆에 끼고 술상이 한창 벌어졌다.

기녀 하나가 남도 민요를 장구 소리에 맞춰 멋지게 불러젖히자 좌중에선 환성이 터져나온다.

"고년 참 잘도 부른다. 이번엔 감사께서 한 곡조."

동학군에게 부하를 모조리 잃었던 백산싸움의 패장 이용태가 감사 김문현에게 노래를 청한다.

"내가 소리를? 허허, 이 안핵사께서나 한 곡조!"

"하하하…… 나도 그 목청이 좋질 못해."

"그럼, 이번엔 네가 한번 불러라."

이런 식으로 밤이 깊어 가는 줄을 모른다.

한편, 전봉준이 고부에서 병을 일으켜 각처에서 승첩하고, 바야흐로 전주성을 향하여 진군 중이란 소식이 전해지자 전국 각처에서 봉기가 일어났다.

그리고 이 소식을 전해 들은 운현궁에서는,

"대감, 대원위 대감!"

"무슨 일이오?"

대원군에게 그의 측근자 한 명이 찾아와 동학도의 봉기를 알렸다.

"드디어 일어났답니다."

"응?"

"그 녹두가 전라도에서 수천 군중을 끌고 고부 황토현에서 승첩하여 지금 전주감영으로 쳐들어간다는 소식입니다."

"기어코!"

이미 말한 바 있거니와 대원군은 동학군을 지원하겠다고 약속하였던 것이다.

"쉿, 낮말은 새가 듣고 밤말은 쥐가 듣는다는데."

"그러하오나 때를 놓쳐서는 안 됩니다."

그들의 말소리는 점점 낮아졌다.

"아직 자세한 것은 모르니 좀더 기다려 봐야지."

"기다릴 것 없습니다. 우리가 일어서기만 하면…… 조정은 모래기둥처럼 와르르……."

"글쎄, 전봉준이 강 건너까지 오려면 아직 시간이 걸릴 테고."

"아니올시다. 지금 파죽지세로 밀려온다고 하며, 또 전국 각처에서 일어나는 모양이니. 기호(畿湖)에서도 또 동학의 한 패가……."

"하여튼 저녁에 몇몇을 은밀히 불러 오우."

그런가 하면 전봉준이 궐기했다는 소식을 들은 교주 최시형도 일이 중대해짐을 깨닫고 측근의 간부와 더불어 사태에 대한 대책을 강구하는 것이었다.

이러는 가운데 전봉준의 동학군은 봉화의 불길을 멈추지 않고 조수와 같이 전주를 향해 밀려갔다.

전주성의 함락

갑오년 4월 하순 녹두장군 전봉준은 드디어 전주성 총공격을 감행하려고 했다. 그 전날 밤, 전봉준은 막료 한 사람을 데리고 공격로의 정탐을 나섰다.

멀리서 대포 소리가 은은히 들려왔다.

그것은 관군의 대포를 포획하여 동학군측이 발사하는 것이었다.

"저게 무슨 소리요?"

"글쎄요, 대완구(大碗口) 소리 같은데."

"어디서 들려오는 소리요?"

그러나 이것을 전연 몰랐던 전봉준은 문득 의심스러운 생각이 났다. 아무래도 방향이 아군 쪽이니 말이다. 고개 쪽을 올라가 보고 온 막료가,

"우리 진중 같습니다."

하자, 그제야 전봉준도 어렴풋이 그 윤곽을 알 수가 있었다.

"오—라, 관군에서 포획한 대완구를 쏘아 보는군."

"하하하……."

그들은 유쾌한 듯 웃으며 발걸음을 재촉했다. 어디선가 소쩍새 우는 소리가 은은히 들려왔다. 이때 저만큼서 어린아이들의 노랫소리가 들려온다.

새야 새야 파랑새야

녹두밭에 앉지……

전봉준은 이 노래가 자기 자신을 두고 부르는 민요임을 알고 있었다.

그는 이 노래를 들을 때마다 가슴에 민중의 말없는 그 외침이 들리는 듯했다. 이 노래는 그때 방방곡곡에서 불리고 있었다.

"녹두는 분명 내 별명인가 본데, 하하하……."

어느 시대, 어느 민족에도 공통적인 현상이지만, 큰 변란이 일어날 때엔 출처 모를 동요가 유행하는 법이다. 임진왜란이 일어날 때에는 <동동>이니 <강강수월래>니 하는 노래가, 또 병자호란 때는 <사발가타령>이 유행했듯이, 이 동학혁명 때에도 "아랫녘새야 전주 고부 녹두새야 청포밭에 앉지 마라 녹두덩굴 다 썩는다."라는 노래가 유행했는데, 즉 아랫녘이란 하도인 남도에 녹두장군 전봉준이 청병에게 패한다는 우의를 담았던 것으로, 어느 사이에 그 가사가 변하고 말았던 것이다.

"갑오세— 갑오세— 을미적 을미적, 병신되면 못 간다."

이것은 갑오년에 성공하지 못하고 을미년까지 끌다가는 병신년에 가서는 꼼짝 못 한다는 뜻의 노래였다. 청년들 사이엔 이런 말들이 곧잘 오갔다.

"정말 자네 그런 얘기 들었나?"

"무슨 얘길?"

"녹두장군 전봉준 선생은 아주 신출귀몰이래."

"응?"

"대완구 알을 맞아도 죽지 않는다는데."

"허, 무슨 요술이라도 쓰나?"

"동학도가 그런 요술을 쓴단 말은 못 들었는데……."

"건넌마을 김 주사가 그러더라니까 틀림없어."

"글쎄, 그건 모르겠지만. 하여튼 신통한 사람인 것만은 사실이야. 무기도 변변치 않은데 싸우면 번번이 이기고, 또 사람도 점점 불어나고."

"자아, 그러니……."

"응?"

"우리도 그 진중에 들어가세. 이렇게 천대만 받다가 죽으면 뭘 해. 새 세상이 올지 아나?"

"그래, 우리도 가보세."

"그래, 가보세."

"갑오세 갑오세, 을미적 을미적, 병신되면 못 가네."

전봉준은 각처에서 신비한 사람으로 만들어졌고, 따라서 그를 받들어 무의식 중에 배태(胚胎)된 근대적인 사회 혁명의 정신은 온 청년들의 피를 들끓게 했던 것이다.

그리고 산발적으로 일어났던 민중의 봉기가 드디어 전주성 총공격이란 혁명 전쟁으로 발전하게 되었다.

적정을 살피러 가던 전봉준은 자기를 두고 지은 노랫소리가 들려오자 새삼스 레 자기의 사명이 큼을 느꼈다. 그들은 소리를 죽여 가며 관군의 진중을 깊숙이 들어가서 사정을 알아 가지고 돌아오는 데 성공했다.

이때, 전주성에는 국왕이 보낸 초토사 홍계훈이 도착했다.

그는 도착하는 즉시,

"삼남토포사 김시풍을 끌어내라."

하고 호령을 치고는 다시,

"대소 관원은 모두 듣거라. 그래, 그까짓 오합지졸을 진압하지 못하고……."

하며, 추상같은 호령을 막 퍼부었다. 그는 동학군의 실력을 전혀 모르고 있었다. 이윽고 토포사 김시풍이 끌려왔다.

"김시풍을 대령했습니다."

"너 김시풍 듣거라! 그래 삼남토포사로 그까짓 좀도둑을 못 잡고. 에잇, 당장 내다 목을 베어라!"

일동은 목을 벤다는 말에 눈이 휘둥그레졌다.

홍계훈이 위엄을 한번 보일 심산이었던 것이다.

"대감! 제발 이번만……."

"어서 냉큼."

이리하여 김시풍은 처형되었다.

홍계훈은 잔병과 민간인 궁수를 남겨 놓고 정병만을 데리고 전군 장성으로 출 동했던 것이다.

"여보게, 이거 어디 안심하고 홍 장군을 따라갈 수가 있겠나?"

"글쎄 말일세. 장교 장석희가 무엇을 잘못했게 죽이나?"

"누가 아니래. 그러니……."

"여보게—"

콧날이 오똑 선 한 친구는 무언가 비밀을 속삭이듯 동료 관군을 나직이 부른다.

"응?"

"아예……."

아예 동학군 쪽으로 가서 붙자는 것이다.

"자네도 그렇게 생각했나?"

"암, 그렇고말고. 오늘 밤 야음을 이용해서……."

"그러세, 우리뿐만 아니라 앞으론 동학군에 들어갈 사람이 많을걸세."

"그럼, 밤에……."

"틀림없이."

이렇듯 홍계훈의 잔악 흉포한 성격 때문에 관군에서 도주하여 동학군에 투항하는 자가 속출했다. 그것은 시대의 흐름에 의한 공명한 행위였는지 모른다.

뿐만 아니라 정보전에 있어서도 그런 사실이 빈번히 일어났다.

홍계훈은 막료 몇 사람을 모아 놓고 작전계획을 지휘하고 있었다.

이때 슬그머니 방문 앞에 숨어 이 밀담 내용을 엿듣는 자가 있었다.

이것을 모르는 홍계훈은 작전 지휘에 한창이었다.

"그럼 장성에서의 작전을 지시하겠소. 그 전에 알아 둘 것은, 만일 이 홍계훈의 영을 어기는 자는 즉석에 참수할 것이니 그리 아시오. 알겠소?"

"네—"

"그럼 장성의 황룡 장거리를 점령할 때, 병사들은 모두 대바구니에 무기를 감추고 상인의 행색을 하고는 동학군의 뒤를 습격하도록 하겠소. 그리고 우리는 안에서 호응하고."

"네."

이때 밖에서 부스럭거리는 소리가 났다.

엿듣던 사람이 그만 실수하여 소리를 낸 것이다.

"누구야?"

안에 있던 관군 하나가 문을 덜컥 열며 뛰어나왔다. 밖에는 어둠 속에 한 괴한

이 도사리고 있었다.

"아니 웬 놈이……."

"뭐?"

안에 있던 사람들이 모두 놀랐다.

"소인입니다. 장군."

"오— 자넨가?"

숨어서 엿듣던 괴한은 바로 홍계훈의 밀정꾼으로서 동학군에 보내려던 사나이었다.

그의 태도가 수상했지만 홍계훈은 그를 믿고 있었다.

"누구이온데?"

"응, 내 정탐꾼이오."

막료들로서는 의아함을 풀지 못했으나, 대장 홍계훈의 밀정이라는 말에 더 말할 나위가 없었다.

이 관군의 정탐꾼은 다시 홍계훈의 밀령을 받고 곧 동학군의 본영으로 숨어 들어갔다.

그는 숨어서 간 것이 아니고 정정당당히 동학군 진영으로 들어가서 전봉준 면회를 요청했다. 그는 이미 동학군에 참여할 결심을 하고 온 것이다.

"이놈, 너 관군의 밀정꾼임에 틀림없지?"

그의 내심을 모르는 동학군은 그를 밀정으로 단정해 버렸다.

"어떻든 전 장군을 뵙게 해주시오."

이 관군의 정탐꾼은 다른 사람들과는 이야기가 되지 않을 것 같았다. 그래서 직접 전 장군과의 면회를 청한 것이다.

"아직도 실토를 못 해?"

이때 안에서 전봉준이 나오고 있었다.

"응, 마침 장군이 오신다."

전봉준은 이들이 서로 옥신각신하는 것을 보고 가까이 오며 묻는다.

"무슨 일들이냐?"

"관군의 밀정올시다."

"무엇이?"

전봉준이 놀라는 표정을 하자 그는 곧 다가서며,

"장군! 긴히 말씀드릴 일이 있습니다. 주위를 물리치시고……."

"무엇이라고?"

전봉준은 곧 그 뜻을 알 수는 없었지만 적의가 없음을 알고,

"알겠소. 모두 좀 비켜 주시오."

하며, 심상치 않은 관군 정탐꾼의 눈을 쏘아보았다.

주위의 사람들이 물러가고 단둘만이 마주 앉게 되자 관군의 정탐꾼은 드디어 입을 열었다.

"실은 동학군에 가담하고 싶사옵니다. 그리고 이번 작전에 있어 관군은 상인의 행색을 하고 포위하는 작전을 쓴다 하옵니다."

이렇게 동학군의 동정을 살피기 위해 보낸 정탐꾼은 오히려 관군의 실정과 작전을 샅샅이 전봉준에게 일러바쳤던 것이다.

"알았소. 수고했소. 그러면 동지는 다시 관군의 진영으로 돌아가서……."

"네, 또다른 소식을 가지고 오겠습니다."

이 관군의 정탐꾼은 동학의 정탐꾼이 되었다.

원래 밀정이란 이쪽에 붙었다 저쪽에 붙었다 하며 자기 욕심을 더 채울 수 있는 곳으로 언제나 발길을 돌릴 수 있는 생리를 가지고 있음에는 틀림없다.

그러나 관료 만능 시대인 봉건사회에 있어서 관을 배반하고 민중의 편에 든다는 것은 여간한 일이 아니었다. 그만큼 동학군은 민중의 신망을 얻고 있었으며, 또 그 세력은 관군을 무찌를 만큼 컸고 사기가 충천했던 것이다.

그리하여 관군이 장사꾼 차림으로 황룡 장거리에 잠입하고 있었으나, 이 작전을 미리 알고 있었던 동학군은 수상한 장사꾼을 무조건 체포했다.

"여보, 거기 가는 장사꾼."

"네, 저 말이오?"

수상한 장사꾼을 보자 이렇게 불러 세워 놓고서는,

"이놈을 쳐라."

"에잇."

다짜고짜로 갈겨 버렸다.

"아이쿠."

"흥, 누굴 속이려고. 자— 변장한 놈은 다 잡았으니 장거리로 쳐들어가자."

이렇게 하여 장성의 황룡 장거리는 동학군에 점령당했고, 홍계훈은 영광(靈

光) 방면으로 도주했다.

그 달 4월 27일 전주 장날, 전봉준은 드디어 완산 칠봉(完山七峰)을 점령했다.

전주를 한눈에 내려다보는 산봉우리를 점령한 전봉준은 휘하의 대장들에게 모이라는 영을 내렸다.

"장군! 육영의 무장이 모였습니다."

"여러분, 지금부터 우리는 전주성을 함락시키려고 하오. 여러분도 다 아시는 바와 같이 홍계훈의 관군은 장성에서 우리 군에게 패배하여 영광 방면으로 도주했고, 지금 전주성은 텅텅 비어 있소. 따라서 전주성의 함락은 쉬울 것인 바 지금까지와 같이 일체 백성들의 집엔 손을 대지 못하도록 예하에 엄명을 내리시오."

"네."

"그리고 특히 투항하는 관군에 대해서는 살상을 금하도록 하오."

"네."

"그러면 본영의 신호에 따라 각 봉우리에서 일제히 포문을 열도록 하시오."

각 대는 질서정연히 자기 위치로 향했다.

이윽고 본영에서의 신호가 있자, 봉우리마다 포문은 일제히 열렸다. 일종의 시위 공격이었다.

이럴 즈음에 전라감사 김문현은 갈팡질팡 어쩔 줄을 몰랐다.

대포알이 동헌 마당에 떨어진 것이다.

"아이쿠."

"감사영감, 이 경기전 위패(經紀殿位牌)는 어떻게 하오리까?"

민영승 총판이 당황한 어조로 아뢴다.

"아이구, 난 모르겠소. 그건 민 총판이 가지고 어디론지 가시오."

"그런 줄 알고 위패는 이 민영승이 위봉산성으로 모시겠습니다."

"빨리빨리 가시오."

김문현은 겁이 많은 위인이었다. 그는 벌벌 떨리는 바람에 말이 제대로 되지도 않았다.

"네."

민영승이 혼자 가려고 하자,

"여보, 민 총판…… 난 어쩌고……."

대포 소리는 더욱 요란하고 함성이 가까워진다.

동학군이 벌써 전라감사 아문을 포위하고 들어오는 것이다.

물밀 듯이 들어오는 동학군 중 어느 한 군인이 도망치는 김문현을 발견했다.

"저기 전라감사 김문현이 달아난다."

"와—"

김문현을 발견한 동학군 몇 명이 쫓아가서 그의 뒷덜미를 움켜쥔다.

"이놈, 어딜 달아난다고."

"아이쿠, 제발 목숨만 살려 주시오."

감사를 생포한 동학군은 사기충천하였다. 전주성을 함락시키고 감사까지 잡게 되었으니 더 말할 나위가 없었다.

전봉준은 감사를 잡았다는 전갈을 듣자 급히 관아로 달려갔다.

"당신이 전라감사 김문현이오?"

"네."

"관아와 관기 일체를 내놓으시오."

"네, 여기 모든 것이……."

"장군, 어떻게 처치할까요?"

"성 밖으로 내쫓으시오."

"네?"

"목을 자를 필요도 없을 것 같소."

전주성의 함락은 어이없을 만큼 쉬웠다.

이 사실을 전해 들은 홍계훈은 그래도 초토사의 책임을 느꼈는지 영광으로부터 회군하여 전주성 가까이 완산에다 진을 쳤다.

장성의 싸움에서 참패를 했지만, 그것은 작전이 미리 탄로났기 때문인 것으로 알았으며, 정면으로 싸운다면 지리라곤 도저히 생각하지 않았다.

사실 동학군의 무리는 설혹 노획한 무기가 많고 수가 엄청난다 해도 민중의 질서 없는 집단이었다. 그러나 관군은 우수한 무기와 훈련을 받은 정병들이었다.

전주로 회군한 홍계훈은 전군에 영을 내렸다.

"지금부터 우리 관군은 진주성을 공격한다. 각 대는 철저한 전투 태세로 공격을 시작하라!"

그리하여 진군 나팔 소리가 울리고 관군은 진격을 개시했다.

홍계훈이 지휘하는 관군이 일제히 공격한다는 정보를 들은 동학군은 모두 방위 태세를 갖추고 때를 기다리고 있었다.

전주가 전봉준에게 함락된 지 불과 며칠 후 일대 격전이 벌어졌다.

이때의 격전은 가장 처절하여 피차의 살상자의 수는 이루 헤아릴 수 없었다.

한편 동학군의 세력이 전주성을 점령했다는 소식을 들은 조정에서는 급기야 어전회의를 열어 청병의 구원을 요청하기로 했다.

"과인이 듣건대 초토사 홍계훈이 장성싸움에 대패하고, 전주성 또한 함락되어 감사 김문현이 쫓겨났다 하니 장차 이 일을 어쩌면 좋겠소?"

"황공하옵니다."

"동학의 무리가 그렇게 장대하오?"

"신이 추측건대 동학의 무리는 본시 교조 최제우의 신원을 위해 모인 자들로서 병기가 빈약하고 훈련이 없는 것으로 아오나, 원체 수가 많사오니……."

"그래서 관군이 패전한단 말이오?"

"신도 그런 줄로 아뢰옵니다."

"그럼 어떡하면 좋겠소?"

"일변 안무의 칙소를 내리시고……."

"그리고?"

"청나라에 구원병 파견을 요청함이 좋겠습니다."

"뭐?"

갈피를 잡지 못하고 허둥지둥하고 있던 조정에서는 드디어 청국에 원병을 요청하기로 했다.

홍의소년장군의 기적

전봉준이 전주성을 함락시키기 전후하여 기호(畿湖), 호서(湖西), 전라를 비롯한 전국 각처에서는 동학군의 드높은 기색에 눌려서 관군은 패주에 패주를 거듭하고 있었다. 그런데 관군이 점령한 충남 예산(忠南禮山)의 무한성(無限城)에서는 이런 일이 일어났다.

"어딜 도망치려는 거야? 너 동학패의 계집이지?"

관원은 아무 여자나 젊은 여인이면 무조건 동학당의 계집이라 뒤집어씌웠다.

“제발, 그런 사람의 계집은 아닙니다.”

하며 사실을 밝히려 해도 소용이 없었다.

“하여튼 끌고 가세. 이 계집을…….”

“예쁘게 생겼는걸. 술맛이 나겠는데.”

“자, 빨리 가—”

이렇듯 민가를 노략질하며 예쁘고 젊은 여자란 여자는 모조리 끌어다 놓고 주연으로 날을 보내는가 하면 또한 욕을 보이는 것이다.

그러자 보국안민(輔國安民)의 기치를 높이 들고 광제창생(廣濟蒼生)을 성언(聲言)하는 동학군을 은근히 환영하던 부녀자들이 이 구석 저 구석에 모여서 관군의 동태를 주시했다.

“돌이 아줌마, 어떡하면 좋아요.”

“저놈들이 저렇게 밤낮 술만 처먹으니 나라가 며칠이나 가겠나? 조금만 더 숨어 살면 살길이 생기겠지.”

“그래도 이런 세상판에서야 어떻게 단 하루인들 살 수 있단 말예요.”

“아니, 글쎄 얼마만 참고 있으면 괜찮게 된다니까.”

“네? 어떻게요?”

“여봐, 동학군이…… 쉬! 쳐들어온대.”

“뭐요? 그게 정말이요?”

“자세힌 몰라두 하늘에서 내려보낸 홍의(紅衣)소년장군이…….”

“하늘에서요?”

“그렇대. 빨간 옷을 입은 소년장군이 동학군을 이끌고 말이야.”

“저 그럼…….”

“뭔데?”

“우리 몰래 관군 대포 구멍에 물을 부어 놓읍시다.”

“응?”

그들은 인근의 부녀자들에게 비밀히 연락해서 관군의 대포 구멍에 물을 부어 넣기로 했다.

이런 줄도 모르고 관군들은 주연의 흥에 밤이 지새는 것도 몰랐다. 파수를 보느라고 남아 있던 축들도 가까운 주막에서 주연을 벌이고 있었다.

“빨리 이 틈에…….”

이렇게 부인들이 대포 구멍에다 물을 부어 넣어서 못 쓰게 만들어 놓았던 것이다.

얼마 안 있어 홍의소년장군은 동학군을 이끌고 신례원(新禮院)으로 쳐들어갔다.

"여러분, 보국안민의 우리 동학의 깃발을 높이 쳐들고 무한성을 무너뜨립시다."

민중은 그들의 뒤를 따랐다.

이 홍안의 늠름하고 씩씩한 소년장군을 본 여자들은 모두 감탄을 연발했다.

"얼마나 믿음직해요."

"과연 하늘이 보낸 총각이로군."

"어마! 저 예쁜 얼굴!"

"너무 반하지 말어."

관군들은 갑자기 홍의소년이 지휘하는 동학군이 내습한다는 정보를 듣고 허둥지둥하면서도 어떻게 방어를 해보려고 하였다.

"자아, 빨리 대포를 쏴라."

"그까짓 놈들 대포 몇 방이면 당장 알아볼 걸 가지고. 하하하……."

"하룻강아지 범 무서운 줄 모르는 놈들이지."

"아니, 저 빨간 옷을 입은 소년은 뭐야?"

"제법 떠드는데. 빨리 대포를 쏘라니까."

그러나 구멍에다 물을 부어 넣은 대포가 격발이 될 리 만무했다. 하도 이상해 거꾸로 쳐들어 보았더니, 이게 도대체 어찌된 일인가! 구멍에서 물이 주르륵 쏟아지지 않는가!

"아니, 이게 어떻게 된 노릇이야?"

"대포 구멍에 물이……."

"뭣이?"

대포 구멍에는 개구리가 벌써 알을 슬고 있었다. 이럴 즈음 동학군의 함성이 가까이 울리고 소총 소리가 요란했다.

관군은 그제야 대경실색(大驚失色)해서 다리야 내 목숨 살려라 하고 도망을 쳤다.

이러는 가운데 조정의 요청으로 청나라 군사들은 드디어 아산만(牙山灣)에

일본군의 부산 상륙 일본군은 동학군의 진압과 청국과의 대전을 위해 1894년 6월 부산에 상륙, 부산 별원 솔밭에 기마병을 주둔 시키고 육로 북상을 꾀하고 있다

상륙했다.

갑신정변 후 천진(天津)에서 맺어진 청일 양국 간의 조약으로 말미암아 사전 동의 없이 무조건 청국과 일본은 조선에 출병하지 못하도록 되어 있었다. 그러나 청국은 한국 조정의 이러한 청병을 호기물실이라 하여 곧 군대를 상륙시켰던 것이다.

이렇듯 청일 양국의 조약을 청국측에서 일방적으로 위반하자, 일본도 때를 놓치지 않고 부랴부랴 인천에 군대를 상륙시켰던 것이다.

구실이 없어서 호시탐탐 기회만 노리던 일본군이긴 하였으나, 뜻밖에도 일본 군이 서울을 향해 진군해 온다는 소식이 전해지자 궁중에서는 몹시 당황했다.

이때 서울에 올라와 묵고 있던 전라관찰사 이도재(李道宰)가 창황히 궁궐로 달려 들어가 상감께 아뢰었다.

"상감마마, 청국군이 아산에 주둔하고, 일본군이 서울에 입성함은 우리 조정 의 실책이온 바 긴급히 대책을 강구해야 할 줄 아옵니다."

"어떻게 하면 좋겠소."

일본군의 인천 상륙 일본군은 부산 상륙과 동시에 인천과 원산에도 군을 상륙시켰다. 사진은 인천 상륙 광경(1894년 6월 12일)

"무슨 일이 있어도 두 나라 군사를 철퇴시키도록 해야 합니다."

"전라관찰사의 말도 지당하나 청병의 상륙은 우리가 요청한 바……."

"그렇게 되니까 천진조약에 의해 일본군이 상륙하게 된 게 아닙니까?"

"그렇지 않으면 전라의 동학군을 무엇으로 진압하겠소?"

"그야 어떻게 해서든지 전봉준을 토멸하는 것이 상책이긴 하오마는, 만일 그

것이 당장 어려울 것 같으면……."

"대책이 있거든 말을 해보오."

이도재는 잠시 말을 멈췄다가,

"강화를 하는 게 좋을 듯하옵니다."

"무엇이?"

"동학당하고?"

옆에 있던 대감도 그 소리엔 아연실색한다.

"그렇게 해야 청군도 철병하고 일본군도 철수할 줄로 압니다."

"음."

"무슨 방책이라도 있소?"

"거기에 대해서는 신이 묘책을 하나 가지고 있기는 합니다마는……."

"우리밖에는 아무도 없으니 안심하고 좀 말해 보오. 무슨 계책이오?"

"거짓 칙사를 전봉준에게 보내어 상감께서 관대한 조건으로 강화를 맺자고 하면 일이 성취될 줄로 압니다."

고종은 묵묵히 듣고만 있었다.

"이제 조정에서 칙사를 보낼 수는 없는 바……."

"그렇소. 아무리 곤란한 처지에 있다고 해도 동학 반역패들에게 칙사를 보낼 수는 없소."

다른 중신이 말을 받았다.

그러자 이도재는 눈을 한번 꿈벅하더니 계책을 털어놓았다.

"그러니까 어떤 자에게 뜻을 품겨, 칙사로 위장시켜 보내서 강화하도록 하고, 그자들이 속아 넘어간 다음에 일거에……."

"음, 거 참 묘책이오. 전하, 이 관찰사의 묘책을 택하시기 바랍니다."

"경들이 좋다면……."

고종도 찬성하였다. 사실 그럴 듯했다.

"그런데 어디 칙사로 보낼 만한 적당한 후보자라도 있소?"

"그래서 신이 미리 택해 놓았습니다."

"어떤 자인데?"

"군사마(軍司馬)의 벼슬에 있는 송가(宋哥)라는 자이옵는데……."

"그런 미관에 있는 자를?"

"낮은 벼슬에 있는 자라야 후일에 무슨 일이 있어도……."

"음, 그것도 그럴 듯하오."

"전하, 그럼 속히 진행하시기를 바라옵니다."

"경들이 알아서 하오."

이렇게 하여 군사마 송가가 위칙사(僞勅使)로 전봉준의 본영에 내려갔다.

한편, 전주성을 점령한 동학군은 홍계훈의 관군과 몇 차례의 격전을 거듭했으나 승패가 나지 않았다. 이러던 중 홍계훈이 갑자기 군수를 강화사(講和使)로 임명하여 삼례역(參禮驛)의 동학군 본영에 휴전을 제의해 왔다.

"장군께 아룁니다."

"무슨 일이오?"

"관군 홍계훈이 강화하고자 군수를 사자로 보내 왔습니다."

"무엇이? 강화사를?"

"네."

"이리 데리고 오시오."

전봉준도 전주성의 전황이 그리 신통하지 못하고 전진이 지지부진하던 때라, 곧 강화사를 접견하고 은근히 강화할 뜻이 있음을 밝혔다.

"당신네가 제안하는 조건만 합당하다면 의논해 볼 여지가 없지도 않소."

"홍 초토사께서도 충분히 고려한 끝에 제안하는 것이니 서로 의견이 접근할 줄로 압니다."

"그럼, 먼저 조건을 말해 보시오."

"그건 전 장군께서 먼저……."

의논이 한참 벌어지려는데 순변사(巡邊使) 이모가 평양병을 거느리고 왔다.

"아룁니다."

"또 뭐요?"

"순변사 이모가 평양병을 거느리고 왔습니다."

"평양병을?"

"칙소를 가지고 왔다고 합니다."

"국왕의 칙소를?"

"네, 그러하옵니다."

"장군, 합석시킴이 어떨는지요?"

"들어오라고 하시오."

순변사 이모가 안무(按撫)의 칙소까지 가지고 오매, 전봉준도 양보하지 않을 수 없어 서로 교전 침략하지 않는다는 조건으로 전주성을 관군에게 양도하였으니, 때는 갑오년 5월 6일이었다.

전주성에 주둔했던 동학군은 서천(舒川)으로 퇴각하여 경기를 향해 진군했으나, 이 일은 후에 동학군에게 큰 실책이 되었다.

그러나 전봉준은 담양(潭陽)에 이르러 청장 유영경의 강화 제의를 거부하고 다시 창의격문(彰義檄文)을 발하였다.

그리하여 김개남(金開男)은 남원에서 일어섰다.

"김개남 선생 만세!"

"여러분, 지금 녹두장군 전봉준 선생으로부터 격문이 도달했습니다. 우리는 더 참을 수가 없습니다."

"다시 싸움을 시작하자!"

불길 같은 군중의 함성이 일어났다.

"관군과 청군을 무찌르자!"

그리하여 이유형(李裕馨)은 호서에서, 손화중(孫和中)은 무장(茂長)에서, 김덕명(金德明)은 금구(金溝)에서, 차치구(車致九)는 정읍에서, 정진구(鄭進九)는 고창에서 각각 일어났다.

이러는 가운데 6월에 아산에 상륙한 청군과 서울에 들어온 일본군은 언제 충돌할지 모를 위기일발의 직전에 놓여 있었다.

사실 일본 공사 오토리(大鳥)는 스기무라(杉村) 서기관과 마주 앉아 앞으로의 그들의 대책을 논의했다.

"스기무라 서기관, 인제는 더 지체할 수 없소. 우리 일본군 2개 대대를 경복궁에 진입시키시오."

"네, 잘 알겠습니다, 오토리 각하."

"그리고 대원군을 한국 정부의 총리로 복귀시켜 사대당 민씨 일파를 제거토록……."

그리하여 외교적으로 고립된 원세개가 7월 19일 청나라로 귀국하였고, 대원군이 드디어 제3차 집권을 하게 되었다.

이른바 갑오경장(甲午更張)이라는 일대 정치개혁 사건이 일어났던 것이다.

그러자 일본 정부는 청국군이 강제로 철수하도록 압력을 가했으며, 그 달 6월 29일(양력 7월 27일)에는 드디어 청일전쟁(淸日戰爭)이 발발했다.

청일전쟁은 거의 일본군의 일방적인 승리로 진행되었으며, 8월에는 청국군이 평양에서 퇴각하고 9월에는 일본군이 요동성(遼東城)의 안동현(安東縣)을 점령하기에 이르렀다.

그리고 일본군이 관군을 도와 동학군을 치러 온다는 소문이 떠돌았다.

"여보게, 일본군이 관군과 함께 우리를 치러 온다는 소문이 도는데."

"뭐? 그게 정말인가?"

"서울은 지금 발칵 뒤집히고, 뭐 개혁인가 뭔가를 하는 모양인데, 민씨네가 쫓겨나고 일본놈이 세력을 잡았다는 거야."

"그럴 리가 있나?"

"하여튼 그게 사실이라니까."

그런 소문은 전봉준의 귀에도 들려왔다.

"여러분, 지금 여러 가지 소문이 들리고 있습니다. 우리는 생명을 바쳐 우리의 싸움을 이겨야 합니다. 지금 남원·무장·호서·금구·정읍·고창 등 각처에서 우리의 동지가 다시 일어났습니다."

전봉준은 다시금 부하를 모아 놓고 사기를 북돋우고자 열변을 토하는 것이었다.

위칙사(僞勅使)와 밀사(密使)

이때 조정에서는 대원군이 재집권하고, 친일파 내각이 들어서서 이른바 갑오년 개혁인 갑오경장이 시작되고, 이에 따라서 각처의 민란을 수습하기 위해 일본군의 원병을 동원하기로 했다.

일본군은 대기하고 있었다는 듯이 곧 인천에 닿았다.

"대원위 대감, 일본군이 출동했다고 합니다."

"그렇소?"

대원군은 자기가 재집권했다고는 하나 그 전처럼 패기는 없는 듯했다. 전 같으면 일본군의 출동을 응당 저지했을 그였다.

그러나 일본군의 청에 의해 재집권한 지금 그는 냉담한 표정을 지었다.

"그런데 저……."

"무슨 일이오?"

"듣건데 상감께서 이도재를 시켜서 동학당 전봉준에게 강화의 칙사를 내려 보냈다고 하는데……."

"아니, 그게 정말이오?"

"그러나 그건 거짓 칙사인 듯하옵니다."

"알겠소. 그럼 일본군이 관군을 도와 동학군을 친다는 거요?"

"네, 아마 그렇게……."

"하긴, 나라가 빨리 안정이 되어야지."

대원군은 재집권 전의 태도와는 달리 모든 일에 싫증이 난 듯한 눈치였다.

"네?"

이 측근자는 놀라지 않을 수 없었다.

"그리고 일본군이 나서서 하는 일이라면 어쩔 수 없지 않소."

"대감께서 집권하신 이상에는 빨리 민요를 평정하시고 다시 한 번 옛날처럼 옳은 정치를 하시도록 해야 하지 않겠습니까?"

"어떻든 난리가 없어야 백성들이 안심하고 생업에 종사할 수 있지."

"그러니까 일본군의 원조를 받아서 동학군을 빨리 진압해야 한다는 말씀이지요?"

"그럴는지 모르지."

대원군은 다시 집권했다는 것을 별로 탐탁하게 여기지는 않았으나 정권을 잡은 이상에는 정국을 안정시킬 필요를 느꼈던 것은 사실이다. 그리하여 동학군 반란을 진압시키는 일본군의 출동은 옳다고 생각했다.

대원군은 지난해 전봉준이 운현궁에서 일하고 있을 때, 동학군이 서울 근교까지 오면 안에서 호응하겠다던 약속을 했었건만, 일단 다시 정권을 잡은 지금에 와서는 나라의 평화를 위해 그런 약속은 폐리같이 내던져 버렸다는 말인가?

한편 전봉준은 대원군이 다시 집권했다는 소식을 듣자 기쁨을 참지 못했다.

지난해, 즉 계사(癸巳)년 2월 고향에 돌아가기 전에 대원군과 약속한 바가 있었기 때문이다.

그리고 그 약속은 자기와의 사이에서뿐만이 아니라 동학의 우두머리인 신사 최시형과의 사이에도 맺어진 것이었기 때문에 전봉준으로서는 대원군의 마음을 굳게 믿을 수 있었던 것이다.

그렇기 때문에 전봉준은 대원군이 재집권했다는 소식을 듣자 흥분하지 않을 수 없었다.

"그것이 정말이오?"

"사실입니다. 지금 서울로 정탐하러 갔던 사람이 알려 왔습니다."

"오— 대신주여. 이제 우리 백성은 살아났습니다."

전봉준은 이 소식을 전해 온 이름 없는 동학도의 손을 잡고 뛸 듯이 기뻐했다.

"장군, 민씨 척족이 물러났다고 해서 정말 세상이 바로잡힐까요?"

"그렇소. 우리는 지체없이 한양으로 밀고 올라가야 하오."

“네?”

“대원군께서는 우리가 올라올 것을 고대하시고 계실 거요.”

“하지만 청나라 군대와 일본군이 들어와 서로 으르렁거리고 있다는데요?”

“그러니까 우리가 밀고 올라가서 내쫓아야 하오.”

“네? 청나라 군대와 일본 군대들을?”

“그렇게 해서 우리 백성만의 나라로 만드는 거요. 그리고 양반도 상민도 없는 새 나라를!”

이제야말로 자기의 뜻을 꼭 실천할 때가 왔다고 그는 굳게 믿었다.

청국군이나 일본군쯤은 대원군만 한편이 되어 준다면 문제는 간단했다.

“대원군께서 우리 편에 가담하실까요?”

“물론이오. 인제 최제우 선생의 신원도 이루어질 것이고……..”

“글쎄, 그렇게 된다면야 오죽이나 좋겠습니까만, 들리는 말엔, 대원군께서는 일본군이 강제로 떠밀다시피 앉히는 바람에 정권을 잡으셨다는데요.”

“그러나 그분 마음속에도 생각이 다 있어서 그랬을 게요.”

“하지만 사람의 마음은 뒷간에 갈 때와 나올 때가 같지 않다는 말도 있지 않아요?”

“그분을 그렇게 의심하면 안 되오. 자아, 곧 전군에 영을 내려 일로 서울로 진격합시다.”

그러나 역사는 혼탁한 흐름 속에서 소용돌이칠 뿐 사회 정의란 한 잎의 부평초(浮萍草)처럼 이리 밀리고 저리 밀리고 하는 것이었다. 그리고 정치란 항상 인간의 양심과 의리에 선행하는 것이 아닌 성싶었다. 정권을 잡은 대원군이 전번에 맺은 전봉준과의 굳은 약속을 저버렸기 때문이다. 그리하여 동학군의 본영에는 잇달아 불길한 정보가 들어오고 있었다.

다름이 아니라 청나라 군대와 일본 군대가 관군과 합세하여 동학군을 치러 온다는 소식이었다.

“그것이 정말이오?”

“네.”

“아니, 다시 잘 알아보시오. 그럴 리가 없소.”

“한 사람의 말이라면 모르겠습니다만 파견한 정탐꾼이 모두 그런 소식을 보내 왔기에……..”

"그럴 수가 있소? 대원군께서 그렇게도 굳은 약조를 했는데……."

"네?"

대원군과의 약속을 알 리 없었던 막료는 놀라는 표정이었다.

전봉준은 그것에 대한 새삼스런 설명을 늘어놓을 필요가 없음을 깨닫자 말문을 돌려 버렸다.

"아, 아니……."

"어떻든 무슨 대책을……."

"알았소. 조금만 더 두고봅시다."

"사태가 급박합니다."

"그렇지만……."

전봉준은 동학군의 본영에 와서 작전을 돕고 있던 일본인 단체인 천우협(天佑俠)의 로시들을 불러들였다.

이들은 일본 정부가 김옥균을 대하는 처사에 불만을 품고 조선에 건너온 협객들이다.

물론 그 중에는 무사제가 없어짐에 따라 직을 잃고 조선에서 한몫 보려고 건너온 자들도 많았다. 그러나 그들은 싸움을 좋아하는 패들이었으므로 전봉준의 이번 거사에 마구 날뛰고 있었던 것이다.

"스즈키(鈴木) 씨, 드디어 일본군도 관군과 합세하여 출동을 했다는데……."

"장군, 그건 청병이 상륙했기 때문일 것이오. 하지만 정말 그렇다면 큰일이오."

"어떻든 우리는 끝까지 싸우겠소."

"우리 천우협의 로시들도 끝까지 장군을 도울 각오는 이미 서 있소. 그러나 다만……."

"다만 뭐요?"

"서울에 가서 일·청 양군의 동정을 살피고 오는 것이 좋을 줄 압니다."

"그건 참 좋은 생각이오."

"그럼 당장이라도 떠나겠습니다."

일본군이 동학군 진압에 개입한다는 말을 들은 천우협단인 일본 협객들이 동학군을 돕겠다는 속셈이 무엇인지는 모르지만, 그들은 서울로 올라가서 정세를 살피려 함에는 틀림이 없었다. 이때 국왕의 칙사가 왔다는 전갈이 들어왔다.

“뭐요? 국왕 전하의 칙사가?”

전봉준과 같이 있던 스즈키가 더 놀랐다.

“그런 모양이오. 인제 만나 보면 알겠지.”

“갑자기 칙사가 무슨 일로 왔을까요? 청 · 일 두 나라 군대를 출동시켜 놓고서.”

“글쎄, 이상하기도 하오.”

“장군, 저도 그 칙사를 한 번 만나 보도록 해주실 수 없습니까?”

“그렇게 하시지요.”

이때 한 동학군이 국왕의 칙서를 가지고 왔다.

“국왕의 칙서이옵니다.”

“알았소.”

전봉준은 너무 조급해서 빼앗듯이 받아 읽는다. 그의 표정은 긴장되어 있었다.

“뭐라구 적혀 있소?”

“관대히 처리할 테니 강화하자는 거요.”

“무어라구요?”

“국왕께서 이러시니 강화하는 것도 좋을 듯하오.”

전봉준은 너무도 단순하게 생각했다. 기실 이도재가 고종과 상의하여 보낸 가짜 칙사였지만 그것을 몰랐던 그는 칙서를 그대로 믿었던 것이다.

“여봐, 그 칙사는 누구라고 하였소?”

밖에 있는 한 동학군이 대답한다.

“군사마의 벼슬에 있는 송가라고 합니다.”

“군사마?”

“스즈키 씨, 아무리 생각해 봐도 강화하는 것이 좋을 것 같소.”

“잠깐만, 잠깐만 기다려 주십시오. 좀 이상합니다. 국왕 전하의 칙사가 그런 미관일 수 없다고 생각되는데요.”

스즈키는 아무래도 이상한 생각이 들었던 것이다. 과연 그의 추측은 옳았다.

“그 칙사를 이리 들여보내시오.”

“네.”

“장군, 칙사의 정체를 알아볼 테니 제게 맡겨 주실 수 없을까요?”

“알아서 하시오.”

"감사합니다."

이윽고 칙사를 자칭한 군사마 송가가 들어온다.

"이리 앉으십시오. 원로에 수고하셨습니다."

"칙사 송……."

막 송가의 인사가 끝나기도 전에 일본 협객 스즈키는 다짜고짜로 들어온 칙사의 따귀를 후려갈겼다.

그 자리에 있던 모든 사람들은 이 일본 협객의 행동에 깜짝 놀랐다.

아무리 조정에 대한 반란의 싸움을 일으켰다고 해도, 오랫동안 봉건주의의 도덕관에 젖을 대로 젖은 백성들로서는 차마 임금의 사신을 개나 돼지처럼 대할 수는 없는 노릇이었다.

그리고 나라를 망치고 백성들을 도탄에 몰아넣는 자들은 민씨 일족과 대소 관원이지 임금은 아니라고 생각하고 있었던 것이다. 임금에 대해서는 충성심까지 가지고 있었던 것이다.

그러므로 전봉준도 놀라지 않을 수 없었다.

"스즈키 씨, 칙사를 친다는 그런……."

전봉준은 일본인 스즈키의 손을 가로막았다.

그러나 스즈키의 태도에는 필사적인 엄숙함이 서려 있었다.

"대장군, 잠깐만 계십시오…… 너 이놈, 실토하지 않으면 한칼에 목을 벨 테다……. 가짜지?"

하고, 칼을 빼어 목을 겨누니 송가는 사시나무 떨 듯 벌벌 떨면서,

"아니, 저……."

말을 제대로 잇지 못했다.

그러자 이번에는 발길로 호되게 한 번 차니 송가는 그제야 실토를 하고 말았다.

"아이쿠…… 실토하겠습니다. 실은……."

"바른대로 말해 봐."

"실은 전라관찰사 이도재 대감의 영을 받들고 칙사를 가장해서……."

"뭣이?"

그 자리에 있던 동학군의 막료들은 너무 어이가 없어 열렸던 입이 다물어지지가 않았다. 그리고 그제야 스즈키의 판단에 경탄하고 증오의 눈초리를 가짜 칙사

에게 돌렸다.

칙사의 정체가 탄로되자 전봉준도 모든 것을 알아챘다. 그는 이를 부드득 갈았다. 잠시라도 조정의 성의를 믿었던 자신이 오히려 민망했고 또 분했던 것이다. 백성의 진심을 알아 주지 못하는 조정의 중신들에 대한 증오감이 치솟았다. 더욱이 굳은 언약을 한 대원군이 집권을 한 지금에 와서도 말이다.

"이제야 알았소. 김 공이 말한 것이 사실이었군."

"그렇습니다. 저런 가짜 칙사를 보낸 것도 다 대원군께서 아시고 하신 일일 겝니다."

그래도 전봉준은 대원군만은 굳게 믿고 싶었다. 사람과 사람과의 약속을 못 믿는다면 무엇을 믿겠는가? 그리고 지금은 민씨 척족이 물러났다 해도, 언제 권토중래(捲土重來)할지 모르는 이 나라의 변전무쌍한 정치 정세를 살펴볼 때, 대원군도 민씨 세도를 뿌리째 뽑기 위해서는 강력한 민중의 뒷받침이 있어야 한다고 생각할 것이고, 그러기 위해서는 동학의 힘을 빌려야 할 것이 아닌가?

그리고 우리 역시 민씨 세도 때문에 도탄에 빠진 백성을 구하기 위하여 일어난 것이 아닌가?

이념이 서로 같은 데 있거늘 어찌 배반할 수 있다는 말인가?

"이도재란 자는 전에 정배(定配)가 있던 사람이 아니오?"

"이번에 대원군께서 집권하시면서 풀려 나왔을 것입니다."

"오!"

"장군, 결단을 내리십시오"

"잠깐, 나를 혼자 있게 해주시오."

전봉준은 그렇게도 굳게 믿었던 대원군에게서 약속을 저버림받게 되자 앞이 캄캄해졌다.

대원군의 인품을 꼭 믿었던 자기 자신이 너무도 어이 없었으며, 이렇게 된 현실이 더욱 야속했다. 그리하여 그는 좌우를 모두 물리치고 혼자서 조용히 생각해 볼 시간을 갖고 싶었던 것이다.

아무리 생각해 보아도 신통한 생각은 떠오르지 않았다. 다만 검은 구름만이 그의 앞을 막는 듯했다.

그럴 즈음에 집권한 대원군이 동학군을 토벌하기 위하여 일본군의 원조를 요청했으며, 영관(領官) 이두황(李斗璜), 서산군수 성하영(成夏榮)으로 하여금 충청·전라의 동학군을 치게 하였다는 소식이 들어왔다.

그러나 전봉준으로서는 대원군이 그렇게 했으리라고는 도무지 믿고 싶지 않았다. 사실 그렇다. 대원군이야말로 사대사상을 배격하는 단 하나의 정치가였기 때문이다. 아니나 다를까…….

"장군, 지금 막 대원군의 밀사라고 하며 두 사람이 진중에 들어왔습니다."

"뭐요? 대원군으로부터?"

"네."

"어디 있소?"

"바로 문 앞에 데려왔습니다."

"곧 들어오라 하시오."

대원군으로부터 밀사가 왔다는 소식을 듣자, 전봉준은 눈 앞에 가렸던 안개가 깨끗이 걷히는 것같이 답답한 가슴이 후련해지는 것 같아 흥분된 어조로 밀사를 곧 들어오라고 했다.

"장군이 녹두장군 전봉준 선생이시온지……."

"그렇소, 댁의 성함은?"

"네, 저는 박인식이라 하고 이 사람은 송인옥이라고 합니다."

"그런데…… 대원군께서……."

"네, 대원위 대감께서 급히 장군께 전해 드릴 말씀이 계시다고 하여……."

"수고하셨소. 대원군께서도 별고 없으신지?"

"네…… 저……."

"아 참, 심려가 많으실 줄 아오."

"저— 이 편지를……."

하고, 허리춤에 깊이 간직한 한 통의 편지를 꺼내서 전봉준에게 준다.

"편지에 일일이 자세한 사연을 적을 수 없다고 하시면서…… 실은 소인들로 하여금 대신 말씀을 자세히 여쭈라고……."

"대감께서 보내신 분들이 틀림없군요. 그럼, 어서 말씀을……."

두 밀사가 전하는 바를 들으면, 서울에는 정변이 일어나 왕궁이 일본 군대에 무참하게 유린되고, 정부는 일본군이 마음대로 꾸며 놓고 대원군에게 강압적으로 정권을 맡게 했다는 것이다.

뿐만 아니라, 서울 장안은 일본 상인에게 독점되다시피 되고, 장차 나라의 앞날이 암담할 것 같아 몹시 걱정이라고 하였다.

또한 일본군은 승승장구 청군을 패주시키고 있으니, 장차 우리나라가 일본의 손아귀에 들어갈까 두려워한다는 것이었다.

"그러므로 대원군께서는 차제에 장군이 동학군의 대병을 이끌고 서울에 침입하여⋯⋯."

"일본군을 구축하고 민씨 척족 정권을 무너뜨려야 한다고 합니다."

"알겠소."

"장군, 사태가 급박하니 속히 손을 쓰셔야 하겠소."

"잘 알았소. 나도 이때를 고대하고 있었소."

"장군께서 그렇게 말씀하시니 우리도 여기 온 보람이 있습니다."

"어서 나가서 객고를 푸시오. 그리고 동지인 문경의 최시형 신사, 고창의 정진구 선생, 남원의 김개남, 그리고 손병희(孫秉熙)·이용구(李容九)·손화중 선생께 빨리 연락하시오."

"네."

"곧 삼례역에서 뵙자고."

본시 삼례역에서의 대집회는 동학교조의 신원운동과 동학교도에 대한 수탈을 중지해 달라는 청원대회를 서인주(徐仁周)가 주동이 되어 임진년에 개최한 사실만 드러나 있으나, 갑오년 9월에 위와 같은 사실로 다시 대집회를 했다는 사실이 일본인의 저술에 나타나 있다.

전봉준의 통첩에 의해 동학의 모든 지도자는 속속 삼례역으로 모이기 시작했다.

"다들 모이셨나요?"

"네, 지금 막 전주에서 송일두, 최대봉 선생이 오셨습니다."

"신사께서는?"

이때 갑자기 밖에서 환성이 일어났다.

해월 최시형이 도착하는 모양이다.

"신사 최시형 만세!"

하고 외치는 소리가 들려왔다.

"신사께서 도착하신 모양이군! 자아, 나갑시다."

전봉준이 나오자 만세 소리는 더욱 우렁찼다.

　삼례역이란 전주와 이리 사이에 있는 조그마한 거리인데, 여기에 동학의 거두들이 모여든 것이다.

　바로 이 무렵 유럽에서는 저 유명한 드레퓌스사건이 발생했다.

　프랑스의 유대계 드레퓌스 대위가 독일의 스파이 혐의를 받아 법정에서 종신형을 언도받았는데, 판결을 지지하는 왕당파와 군부, 그리고 무죄를 주장하는 공화파와의 사이에 격렬한 대립이 일어났고, 드디어는 문호 에밀 졸라의 활약으로 다시 무죄로 밝혀진 사건인데, 이것 역시 그 양상은 달리하고 있으나 근대 민주주의에로 전진하려는 하나의 사회적 몸부림에는 틀림없었다.

　그리고 다음 달에는 필리핀인들이 스페인에 반항하여 혁명운동을 일으켰다.

　다른 나라에 일어난 그러한 사건, 그러한 몸부림이 이 나라에서는 일대 민중봉기로 나타났던 것이다.

　권력에 짓밟히고 기아에 허덕이는 백성들의 순수한 반항은 이제 동학의 지도자를 앞장세우고 최후의 진격을 감행하려 하고 있었다.

무고(誣告)받는 수운(水雲)

　갑오년 중추 9월(양력 10월 9일) 삼례역(參禮驛)에서는 드디어 동학군의 운명을 결정하는 중대한 대회의가 진행되었다.

　그리고 그 회의는 이 나라 백성들의 앞날을 점치는 모임이기도 했다.

　"그럼, 신사께서는 회의를 진행시키시지요."

　"아니오, 전 장군이 제안자이시니 말씀을 하시오."

　"신사께서 허락하신다면……."

하며, 전봉준은 최시형에게 머리를 한 번 숙이고 나서 동학의 여러 간부들을 쭉 쳐다보았다.

　"그럼, 오늘 여기 모여 주십사고 한 취지를 말씀드리겠습니다."

　전봉준이 다시 입을 열었다.

　"여러분께서 이미 잘 아시고 계실 테니 간단히 요점만 말씀드리겠습니다."

　이렇게 서두를 꺼낸 전봉준은 신원운동이 실패로 돌아가고, 참다 못하여 드디어 고부에서 궐기한 사실과 전주성의 함락, 그리고 다시 성을 내준 경위, 그 후

청·일 두 나라 군대의 상륙, 조정의 정변, 일본군의 행패 등에 이르는 일련의 국내 정세를 요약하여 말한 다음, 이 시기를 놓치지 말고 무력으로써 서울까지 밀고 올라갈 것을 제의했던 것이다.

"그러기 위해서는 신사께서 직접 선두에 서시어서 우리 동학의 동지들을 주력으로 하는 일대의 병단을 조직해야 할 것으로 압니다."

전봉준의 이 제의는 즉각적으로 김개남·이용구 등에 의해 찬동되었다. 김개남은,

"전 장군의 말씀대로 이 이상 더 머뭇거리다가는 우리 동학은 물론 우리 백성의 앞날은 헤어날 길이 없을 줄 압니다. 불초 김개남도 일대 격전이 있어야 하리라고 믿습니다."

김개남의 격렬한 어조에 따라 장내는 차차 흥분의 도가니 속으로 들어가고, 이용구 또한 신사 최시형의 결단을 촉구했다.

"신사께서 빨리 결단을 내리시옵소서. 전봉준·김개남 두 분의 주장하시는 바는 추호도 사리에 어긋남이 없는 줄로 압니다. 지금 조정은 일본군에게 유린되어 칙유(勅諭)니 칙서(勅書)니 하는 것도 모두 그놈들의 수작임에 틀림없습니다. 이 이용구 자신도 차제에 일본군을 내몰지 않으면 이 나라를 그놈들에게 빼앗길 염려조차 없지 않을 줄로 생각합니다."

"뿐만 아니라 지금 일본군은 청군을 이겨 승승장구 그 기세가 도도하니, 장차 우리나라의 장래가 어떻게 될지 알 수가 없습니다."

전봉준도 최시형의 결심을 촉구했다.

장내는 긴장과 흥분으로 절정에 달했다. 잠깐 동안 무거운 침묵이 흘렀다.

인제는 교주 최시형의 결단만이 남은 것이다. 모든 사람은 최시형의 입만을 응시하고 있었다.

최시형은 드디어 무거운 입을 열었다.

"잘 알겠소. 그러나 본시 대신사께서 우리 도를 창건하신 근본적인 정신은 폭력으로 사태를 처리함에 있는 것이 아니고……."

최시형은 한 도인이었다. 그에게 있어 싸움이란 비단 목적이야 어디 있든 간에 하나의 이단이 아닐 수 없었다.

"그러나 때에 따라서는……."

"전 장군, 신사의 말씀을……."

동학교주 최제우(崔濟寓 1824~1864) 사도난정(邪道亂政)의 죄로 대구에서 처형되고 1907년에 신원되었다

"죄송합니다."

옆에 둘러선 전봉준·손병희 등 막료들이 초조한 눈빛으로 한결같이 졸라 댄다.

"어디까지나 교화로써 민심을 수습하고 인내천(人乃天)의 대의로써 나라를 구함이 그 근본임에…… 대저 우리 동학은……."

최시형은 끝까지 교리를 들고 나와 폭력적인 일체의 행위를 부인하는 것이었다.

여기서 잠깐 동학, 즉 지금의 천도교의 창건과 교조 최제우 신사의 억울한 죽음에 이르기까지의 사실을 요약해 보자.

때는 여러 해 전으로 거슬러 올라간다.

어느 시골길을 두 사람의 도인이 걷고 있었다. 한 사람은 이조 순조(純祖) 24년, 갑신 10월 28일에 경주 가정리(柯亭里)에서 태어난 수운 최제우(崔濟愚)였으며, 따르는 사람은 그의 제자였다.

"저 느티나무 밑에서 좀 쉬었다 가도록 하자."

"네."

"그런데 지금 하늘이 선생께 강림(降臨)하셨다 하니 어찌된 연고입니까?"

"무왕불복(無往不復)의 이치를 받은 것이다. 대개 운수는 가고 회복지 않는 법이 없나니, 작년에 간 봄이 다시 오는 것과 마찬가지로, 큰 도의 운수도 시대를 따라 잘 아는 데 성쇠(盛衰)가 있으며, 쇠할 것이 쇠할 만큼 쇠하고 보면 다시 성(盛)한 운수가 오는 법이다. 지금은 쇠운(衰運)이 지극한 세상이라 성운(盛運)이 장차 돌아올지니 내 이제 필연적으로 돌아올 큰 운수를 받았다고 하는 것이다."

"네— 그럼 그 도의 이름은 무엇입니까?"

"하늘천 자에 길도, 그래서 천도(天道)라고 하느니라. 무위이화(無爲而化), 즉 정치 교육을 하지 않아도 나라가 저절로 잘되는 그대로를 일러 천도라 하는 것이니, 천도는 곧 전적(全的)이며 무극대원(無極大源)이므로 어떤 부분적 이치를 가진 것이 아니다. 천도는 진리의 중추이므로 모든 우상과 허위를 부리지 아니한 우주 자연의 본체를 일컫는 것이다."

"어찌하여 그러합니까?"

제자의 물음에 대하여 수운 최제우의 가르침은 이렇게 이어갔다.

"본래 우리의 사람성 그 자체는 자연을 근본한 것인고로 무위이화로 되는 것이니, 내게 있는 하늘 마음을 지키고, 하늘 기운을 받고, 하늘 성품을 거느리고, 하늘 가르침을 받으면 화기(化氣)가 자연의 가운데서 나와 서로 합일(合一)하여 심화(心和)되며, 사람과 하늘이 둘이 아니요, 하늘 기운이 내 기운이 되니, 서로 떠나지 못하는 그 이치를 가지게 하는 것이다. 그러나 서학(西學)으로 말하면 말에 모순이 많고, 하늘과 사람을 서로 멀리하게 한 고로 몸에 기(氣)로 변하는 신령이 생기지 않게 되고, 마음 하늘의 감화를 받지 못하게 되므로, 생각은 있으되 마음에 얻는 바 없고, 형식은 있으되 도가 허무에 가까운지라."

이것이 크게 다른 점이라는 것이다.

때는 바야흐로 유교의 정치사상과 사회사상을 봉건 귀족이 그릇되게 남용하여 일반 백성은 암흑과 도탄 속에 신음하고 있었으며, 이에 따라 서양의 근대 사조와 새로운 종교 천주교가 들어와 갈피를 잡지 못하고 있던 우리 백성의 마음을 사로잡기 시작한 때였다.

즉 유교의 봉건적인 도덕률로 백성을 압제하는 양반 계급과 서양의 새로운 평등사상에 귀를 귀울이며 점차 깨어나는 서민 가운데서 이것도 저것도 아닌 새로운 진리를 찾으려는 사상이야말로 수운 최제우의 천도(天道)의 이념이었던 것이다.

제자는 다시 캐물었다.

"주문(呪文)은 어찌하여 된 것입니까?"

"주문은 마음으로 맹세하는 글이니 한울님을 지극히 위하는 뜻으로서, 사람으로 하여금 하늘 마음을 가지게 하고 지상에 천국을 건설하려는 의도에서 마음속으로 비는 글이니라."

"주문인 지기금지 원위대강(至氣今至願爲大降) 시천주 조화정(侍天主造化定) 영세불망 만사지(永世不忘萬事知)의 뜻은 무엇입니까?"

"지는 극(極)이라는 뜻이니 크다면 무한히 큰 것이요, 작다면 무한히 작은 것을 일러 지(至)라고 한 것이며, 지기(至氣)라는 것은 영부(靈府), 즉 대우주의 대생명을 이르는 말이라고 했다. 말하자면 지기는 천지의 뿌리며 만물의 어머니이며 생명인데, 만물이 그리로 나오고 그리로 돌아간다는 것이다. 그리고 시천주(侍天主)라 함은, 즉 사람은 원래 하늘이라고 하는 것이니 사람의 마음이 곧 하늘의 뜻이니라.”

또 어떤 곳에서 수운은 교도들에게 교리를 깨우치기도 했다.

“여러분, 곧 수운 선생이 나오십니다. 조용히 해주십시오.”

이윽고 수운 최제우는 웃음을 머금은 얼굴로 군중 앞에 나타났다.

“여러분, 나는 경신년 4월에 신의 계시를 받아 인내천의 천도를 깨닫게 되었는데…….”

하고 그의 득도(得道) 내력을 피력한 다음, 다음과 같은 내용의 말을 했다.

여러 해 전 일찍이 인생의 무상을 느낀 최제우는 선조 때부터 내려오던 유교 서적을 모조리 불사르고 집을 떠나 구도의 길을 찾았다.

“낡은 도덕이 무너지고 지나간 윤리가 끊어졌다. 이 세상은 요순(堯舜)의 정치로도 건지지 못할 것이요, 공맹(孔孟)의 도덕으로도 또한 다스리지 못할 것이오.”

그렇게 단언하고 유교의 껍질을 벗은 그는 불교와 천주교를 연구했으나 불만을 느끼지 않을 수 없었다.

그리하여,

“나는 도를 구하려고 팔도강산을 편력했으나 성공을 못 한 채 단념하고 울산(蔚山)의 고암동(孤岩洞)으로 와서 대각 득도에 정진했던 것이오.”

그러다가 그는 을묘년에 이르러 금강산 유점사(楡岾寺)에서 왔다는 이승(異僧)에게서 천서(天書)를 얻어 다년간의 구도 수행에 일대 비약이 있었던 것이다.

“그리하여 아까 말한 바와 같이 천성산(千聖山) 적멸굴(寂滅窟)에서 49일간의 기도를 하고, 고향에 돌아와 다시 고심 수련을 쌓고 드디어 신의 계시를 받은 것이오.”

그는 처음으로 교도들에게 자기의 지나 온 길을 이야기해 주었다. 그의 말을 잠자코 듣고 있던 한 청강자가 질문을 했다.

“수운 선생님께 여쭈어 볼 말씀이 있습니다.”

“네, 말씀해 보시오.”

"인내천을 더 상세히 말씀해 주실 수 없습니까?"

"네— 인내천은 사람이, 즉 하늘이라는 뜻으로서 유(儒)·불(佛)·선(仙) 3교의 합일(合一)로 이루어진 것이오."

"그 주지는 무엇입니까?"

다른 사람 하나가 그래도 이해가 안 간다는 듯이 다시 물었다.

"오륜오상(五倫五常), 자비평등(慈悲平等), 무욕청정(無慾淸淨)이 주된 정신이오."

수운 최제우의 말에는 거리낌이 없었다.

"그럼 수도를 원하시는 분은 의관을 정제(整齊)하고 행동을 단정히 하고 도장으로 오십시오."

각처에서 민요가 일어나 나라가 어지럽고 외국인이 드나들어 사회가 어수선한데다가 도탄에 빠진 백성들은 구원의 손길이 뻗쳐 주기를 고대하던 중, 민중의 마음을 깨우쳐 주는 수운의 가르침은 순식간에 백성들의 마음을 끌 수 있었다.

수운 최제우의 새로운 가르침이 백성들의 마음을 사고, 동학의 교리가 욱일승천의 기세로 각처에 퍼지기 시작하자, 이를 이단시하는 유림(儒林)들은 이 사도가 장차 나라를 어지럽힐 것이라고 생각하여 조정에다 빗발같이 상소문을 올렸다.

그리하여 궁중에서도 고종이 중신들로부터 상소문을 전해 듣자 짜증을 냈다.

"허— 또 상소문이오?"

"아무래도 최제우라는 자를 그대로 내버려 둘 수는 없습니다."

"그렇다고 무슨 역적 모의를 하는 것도 아닌데 무슨 죄목으로 다스리겠소?"

고종은 원래 벌하기를 좋아하지 않는 성미였다.

그러나 유교의 사상이 골수에 박힌 중신들은 가만히 있지를 않았다.

"들건대, 그는 태조 대왕 때부터 국서로 삼아 온 공맹의 가르침을 은근히 비방하는 모양이옵니다."

"그야 백성을 좋게만 가르친다면 무어 탓할 것도 없지 않소?"

"아닙니다. 그것이 결국 백성을 홀려 나라를 어지럽게 하는 근본입니다. 강경히 다스려야 합니다."

세상을 위하려고 새로운 사상을 펴는 초기에 있어서는 거의 예외 없이 모든 선각자는 박해를 당하는 것이 역사의 상례인 것이다.

수운 최제우의 동학도 역시 오랜 세월을 지배해 온 유교의 핍박을 받으려 하고 있었다.

그러나 제세창생(濟世蒼生)의 새로운 진리를 터득한 수운 최제우의 정열은 가시면류관을 조금도 두려워하지 않으며 온 생명을 포교에 바치고 있었다.

오늘도 수많은 군중이 신사 앞에 모여들었다.

"사람을 하늘같이 공경하라."

최제우의 선창으로 모든 사람들이 따라 불렀다.

"사람을 하늘같이 공경하라."

"자아, 안심가를 부릅시다."

이때 동학에는 안심가(安心歌)라는 노래가 있었는데 그 가사는 이러했다.

> 현숙한 내 집부터 이 글 보고 안심하소.
> 대저 생령 초목군생 사생재천 아니런가……
> 우리나라 무슨 팔자 고진감래 없을쏘냐.
> 흥진비래 무섭더라 한탄 말고 지내 보세……
> 어화 세상 사람들아 선풍도골 내 아닌가.
> 좋을시고 좋을시고 이내 신명 좋을시고……
> 만승천자 진시황도 여산에 누워 있고
> 한무제 승노반도 웃음 바탕 되었더라……
> 소위 서학하는 사람 암만 봐도 명인 없네
> 서학이라 이름 하고 내 몸 발천 하였던가……
> 기험하다 기험하다 아국 운수 기험하다
> 개 같은 왜적놈아 너의 신명 돌아보라
> 너희 역시 하륙해서 무슨 은덕 있었던고……

태평세월이 올 것을 기다리는 노래였다.

그리고 제세창생 보국안민(輔國安民)을 강조했으니, 수운이 주창한 천도(天道)는 종교요, 철학이요, 또한 사회사상이었다.

수운 최제우를 북접주인으로 정하고 포교를 하였는데, 그러던 어느 날 최제우의 표정이 심상치 않으매 주인이 다가와서 묻는다.

"신사님, 무슨 일이 있으십니까?"

"참 수상한 꿈이군."

"무슨 꿈이었삽는데요?"

"내가 어젯밤에 꿈을 꾸었는데, 태양 살기가 왼쪽 다리를 쏘아 사람 인(人)자의 꼴을 만들지 않겠소."

"네?"

"꿈을 깬 뒤에도 오히려 푸른 멍이 있으되 사흘 간 없어지지 않는구려."

"그게 무슨 뜻일까요?"

"내게 장차 화가 있을 것이 틀림없소."

"신사님, 무슨 말씀을 그렇게……."

"아니오, 나는 내 앞일은 알고 있소."

과연 그의 꿈은 맞았다. 얼마 지나지 않아 밖에서 문도(門徒)의 숨찬 소리가 들려왔다.

"신사께선 어디 계십니까?"

이 소리를 들은 수운은 주인을 내보냈다.

문을 열자 문도 하나가 헐레벌떡 뛰어온 듯 숨을 몰아쉬며 수운을 찾았다.

"신사께선……."

"안에 계시오. 무슨 중요한 일이 있어서……."

주인은 방금 들은 꿈 이야기도 있고 해서 의심스럽다는 듯이 물었다.

"전 경기도에서 급히 오는 길이온데……."

"뭐?"

"들리는 바에 의하면, 지금 조정에서는 선생을 지목하여 이단으로 몰아 체포코자 한다는 소문이 있으니 급히 몸을 피하시어 이 화를 면하심이……."

그때 수운이 몸을 열고 나오며 어이없다는 듯이 허허 웃었다.

"대신사께서……."

"다 들었소. 도가 나로부터 나왔으니 내가 스스로 화를 당할 것이라. 어찌 몸을 피하여 제군에게 누를 미치게 하겠느냐."

수운은 기다리기라도 한 듯하였다.

말에 의하면, 수운의 포교를 시기한 유생들의 무고와 참소로 천도를 혹세무민(惑世誣民)의 이단으로 몰았던 것이다.

그리하여 수운은 드디어 관헌들에 체포되었다.

옥중의 밀회

1862년 임술년(壬戌年) 9월 어느 날 밤이었다.

동학을 혹세무민의 사학(邪學)으로 몰고 수운을 이단으로 참소한 유림들의 상소가 주효하여, 마침내 포리들이 최제우를 체포하러 달려왔다.

나라를 구하기 위해, 도탄에 빠진 백성들을 건지기 위한 새로운 사상, 새로운 종교를 펴고자 식을 줄 모르는 정열로 수많은 교도를 가르치고 곤히 잠든 신사 최제우의 숙소 용담정(龍潭亭)은 바야흐로 포리들에게 포위되려고 했다. 조용하던 마을에 개들의 요란한 우짖음을 퍼뜨리며, 포리들은 최제우가 유숙하고 있다는 집을 향하여 좁혀 들어갔다. 포리들도 최제우가 백성들에게 명망이 있고, 또한 그를 따르는 자가 많았으므로, 그래도 그의 체포에는 무례한 횡포를 삼가려고 유달리 신중을 기했던 것이다. 이윽고 이들은 문 열라는 소리와 함께 최제우가 머무르고 있는 집 대문을 요란히 흔들어 댔다.

"누구십니까? 이 밤중에—"

주인은 마루에 나와 섰다가 가만히 나와 문을 연다.

"여기 최제우라는 자가 숨어 있지?"

주인은 포리들이 최제우를 잡으러 들이닥쳤음을 알면서도 새삼 놀라는 듯이 한 걸음 물러서서,

"무슨 말씀인지……."

하였다. 그러나 문간에서 떠드는 소리가 나자 수운 최제우는 선뜻 밖으로 나왔다.

조정에서 자기를 잡으러 올 것이라는 소문을 들은 바 있는 최제우는 그 피해가 집주인에게까지 미칠 것을 염려하여 몸소 포리 앞에 나섰던 것이다. 이미 각오가 되어 있는 그는 조금도 당황한 빛이 없이 오히려 그들의 무례한 짓을 가볍게 꾸짖었다.

"내가 최제운데 이 밤중에 무슨 일들이냐?"

포리들은 그가 순순히 나오므로 적이 놀랐으나,

"뭣이 어째? 자아, 저놈을……."

하는 수령의 명령이 떨어지자 2,3명이 달려들어 반항 없는 그를 꽁꽁 묶었다.

수운의 신변을 걱정하여 이곳에 와 있던 문도들은 일이 이렇게 맹랑하게 되자

목이 메었다.

"선생님! 이게 무슨 일이옵니까?"

"아니, 저자들이 이 무슨 짓을……."

하며, 한 문도는 난폭한 포리들에게 대들기까지 했지만 최제우는 순순히 묶여 갔던 것이다.

천지간(天地間)에 부끄러움이 없을 뿐더러 도를 펴는 데 오히려 떳떳했던 최제우는 이렇듯 경주부영(慶州府營)의 포리들에게 묶여 가서 문초를 받게 되었다.

"너 최제우 듣거라. 너는 공맹지도(孔孟之道)를 부인하고 해괴한 도로 혹세무민한다 하니 그것이 사실인가?"

경주부윤의 말에 최제우는 놀라는 기색도 없이 자기의 길을 밝혔다.

"천도는 보국안민의 도요……."

표정 하나 변하지 않고 조용히 대답하는 최제우의 말에 주위 사람들은 섬뜩 놀라기까지 했다.

경주부윤이 이렇게 심문을 하고 있을 즈음 동헌 밖에는 수백을 헤아리는 교도들이 모여들어 붐비었다.

"밖에서는 무슨 일들이냐?"

"지금 수백의 동학 무리가 운집하여 공기가 심히 험악한 줄로 아룁니다."

"무엇이? 음— 너 최제우, 이럴 줄 알고 미리 우민(愚民)으로 하여금 민요를 일으킬 작정이었구나!"

그러나 최제우는 냉정한 표정으로 대답했다.

"그들은 절대로 무모한 짓을 하지 않을 것이오."

"그럴 어떻게 단정하느냐?"

"그 중에 어느 한 사람이라도 데려다가 직접 물어 보시오."

"만일 그자들이 조금이라도 무모한 행동을 한다면 네 목숨은 없는 것으로 알라."

"우리는 사람을 하늘같이 공경하오. 사람을 해치지는 않소."

수운은 문도들의 사람됨을 굳게 믿었기 때문에 부윤의 호통에도 주저함이 없었다.

이때 이방이 부윤의 옆에 와서,

“저자의 문도 수백 명이 자기네 스승의 석방을 요구하며 바로 문전에 다달았습니다.”

하고, 사태의 심상치 않음을 아뢴다.

충천하는 기세로 나날이 교도의 수가 늘어가던 때라, 교조를 포박해 갔다는 소문을 듣고 몰려온 천도의 문도는 흥분할 대로 흥분했다.

“수운 선생을 내놓아라!”

“내놓아라.”

“우리 선생이 무슨 죄가 있길래 잡아 넣느냐?”

이렇듯 수백의 문도가 최제우의 석방을 요구하여 저마다 소리를 지르며 아우성을 치자, 경주 부윤도 섣불리 손을 댔다가는 큰일이 일어날 것을 짐작했다.

그리하여 관가에서는 사태를 온전히 수습해야 되리라는 생각에서 교도들을 일단 설득시키기로 했다.

부윤은 진중에서 언변이 좋기로 유명한 한 관리를 택하여 교도들이 최제우의 석방을 요구하고 있는 곳으로 보냈다.

“여러분, 일단 집으로 돌아가 계십시오. 관에서 곧 선처할 테니……”

이렇게 무마를 시키려고 했지만 교도들이 순순히 들을 리는 없었다.

“못 돌아가오. 수운 선생을 즉시 석방하시오!”

“그렇소!”

“동학은 결코 백성을 해치거나 고유한 풍속을 패속(敗俗)시키는 게 아니오.”

“동학은 제세창생의 도요!”

“수운 선생을 내놓으시오!”

그들은 관헌을 둘러싸고 윽박지르며 그들의 노래 안심가를 우렁차게 부르기 시작했다.

그러자 무마차 나왔던 관리들은 도리어 문도들의 기세에 눌려서 관문 안으로 뛰어 들어갔으며, 그후 얼마 있다가 최제우는 석방되었다.

석방된 최제우는 조정의 고루하고 완고한 지배 계급인 양반의 폭압 정치가 동학의 운동을 오래 묵인하지는 않으리라고 짐작하여, 철종(哲宗) 14년 계해(癸亥) 8월에 제자 최시형에게 교리를 전수하였다.

아니나 다르랴! 그 해 의정부에서는 긴급히 동학교도들을 처단할 것을 의논하는 어전회의가 열리었다.

"그럼, 대감부터 말씀해 보시오."

"말씀드릴 여지가 없다고 생각합니다. 대저 동학이란 서학의 순법을 전습한 데다 천주학을 본따서 우매한 백성을 현혹하는 것이요, 또 둘째 이유는 조속히 토벌하지 않으면 황건적(黃巾賊) 같은 대환이 될는지도 모르니까 괴수인 최제우는 참형(斬刑)하고, 강원보(姜元甫) 이하 열두 명은 적당히 형배한다거나 해서 적절히 처형해야 한다고 나는 생각합니다."

"그렇소. 대감들의 말씀대로 곧 명을 내려 체포하도록 함이 가할 것이오."

"그러면 이는 칙명으로 함이 좋을 것 같소."

이렇듯 의정부에서 최제우와 동학교도에 대한 체포 및 처형이 의결됨에 따라 선전관(宣傳官) 정구룡(鄭龜龍)은 관헌 30명을 인술하고 우선 최제우가 있다는 곳으로 향하였다.

그 해 12월 9일 밤의 일이다.

동서고금을 막론하고 어느 나라 어느 민족에서나 새로운 세상을 예언하고 학정에 신음하는 백성을 구원하고자 하는 자는 반드시 박해를 받았다는 것은 역사가 증명하는 바이다. 이에 어긋남이 없이 수운 최제우도 인도를 부르짖고 만민평등의 새 시대를 말한 선각자였기 때문에 당시의 집권자에 의해 부당한 박해를 받아야 했던 것이다.

"선전관 정구룡이오. 최제우는 곧 행장을 차리시오."

정구룡은 점잖은 말투로 이렇게 최제우의 체포를 알리었다.

"네? 신사께서요? 이 밤중에……."

"빨리 하시오."

주인은 또다시 수운 선생의 체포령에 놀라지 않을 수 없었다.

"떠들지들 마오. 곧 떠나겠소."

수운은 이유를 물으려고도 하지 않고 그냥 따라나섰다. 정구룡도 그의 인품을 이미 잘 알고 있었던 탓으로 무례한 행동을 하려고는 하지 않았다.

그 시각으로 떠나 과천(果川)에 도착하여 사흘 동안 쉬고 있는데, 조정에서 갑자기 선전관 한 사람이 정구룡에게 달려왔다.

"나으리, 금상(今上)께서 승하(昇遐)하셨으니 동학 괴수를 대구로 철수시켜 심사하라 하오."

"금상께서?"

"네—"

"알았소."

갑작스런 철종의 승하로 말미암아 수운 최제우는 서울로 압송 중 갑자(甲子) 정월 6일 대구영(大邱營)에 수감되게 되었다.

그리고 얼마 안 있어 대구감사 서헌순(徐憲淳)이 수석이 되고, 상주목사 조영화, 지례현감, 합천현감 등의 배석하에 심문이 시작됐다.

"네 이단으로 도당을 모아 민심을 혼란케 하고 있는 바, 장차 무엇을 하고자 하느뇨?"

서헌순의 묻는 말에 최제우는 이렇게 대꾸했다.

"내 천도로써 우매한 사람을 깨우치고 어지러운 세상을 다스려 기울어진 나라를 돕고자 한다."

"뭣이라고?"

"이 도는 천명에 의해서 나온 것이지 결코 사사로운 뜻에서 나온 것이 아니다."

"그래서?"

"나의 교화는 천성에서 나온 것이요, 인위로 조작한 것이 아니다. 또한 내 일신은 도를 위해 순교(殉敎)하여 덕을 후세 만대에 전하고자 함도 역시 천명인즉 공은 마음대로 하시오."

감사 서헌순이 여러 차례에 걸쳐 이모저모로 심문하였으나 도를 위해 순교할 것을 각오한 수운 최제우의 대답은 항상 담담한 심정으로 교리의 옳음을 주장할 뿐이었다. 감사는 차차 자기 자신이 이론에 밀리게 되자, 이튿날부터 발악적인 심문을 하기 시작했다.

"듣거라. 이것이 스물한 번째의 심문이다. 네 이놈! 아직도 바른대로 말하지 못할까?"

하고 위엄도 세워 보았지만, 묵묵히 대답도 하지 않으므로 모두 허탕만 칠 뿐이었다.

최제우는 이런 썩어빠진 관리들에게 더 말할 필요를 느끼지 않았다.

인제는 도를 위해 조용히 죽는 길밖에 없다고 생각이 들자 무겁게 입을 열었다.

"또 무엇이 알고 싶소?"

"허— 저놈을…… 여봐라!"

"네이—"

"저놈을 쳐라."

말로 해서는 도저히 당해 내지 못했을 뿐더러 또한 조정에서 지시한 바 어쨌든 죄를 실토시켜 처형하라고 했으므로 서헌순은 형리로 하여금 곤장(棍杖)을 치게 할 수밖에 없었던 것이다.

그러나 어찌 된 일이랴! 형리 하나가 최제우를 한 번 내리치려는 순간 갑자기 천지가 진동하고 벼락이 내리쳤다.

"아이쿠, 이게 무슨 변이야."

"감사, 무슨 조화가 든 모양이오. 빨리 무슨 변통을……."

서헌순은 눈이 휘둥그레지고 벌벌 떨면서 다시 하옥을 지시했다.

해괴한 일이었다.

그러나 이것은 그가 보통 인물이 아니고, 하늘이 내린 인물임을 보여 준 것이라 하여 삽시간에 소문이 퍼졌고, 직접 일을 담당한 서헌순도 또다시 무슨 변이라도 일어날까 두려워서 더 심문을 하지 못했다.

대구감사는 이 사실을 조정에 보고했다.

그도 차차 무서워졌던 것이다.

그럴 즈음에 해월 최시형 신사가 변장을 하고 대구에 도착했다. 그는 옥리를 찾아 뇌물을 주고 잠시 동안이라도 비밀히 대신사를 만나 볼 수 있었다.

"빨리 만나 보고 가시오. 들키면 큰일이오"

"고맙소."

옥 안에 들어선 최시형은 눈을 감고 초라하게 앉아 있는 수운 선생을 보자 가슴이 터지는 것 같은 울분이 치솟았다.

"선생님!"

수염이 텁수룩이 난 수운은 해월을 보자 몹시 반기며 웃음을 잃지 않았다.

"해월, 어찌된 일이오?"

"변장을 하고 대구에 왔습니다."

"위험할 텐데."

"그보다도 선생님께서……."

"나는 하늘이 명하시는 대로 행할 따름이니 걱정 마오. 그런데 도인들은 모두 무고하오?"

"아직은 큰 봉변을 겪지 않았습니다."

그러자 최제우는 이미 준비하고 있었다는 듯이 품속에서 담뱃대를 꺼내어서 최시형에게 내밀었다.

"자아, 이 담뱃대를 가지고 빨리 나가시오."

"이것은?"

그것은 얼른 보기에 조그만 담뱃대에 지나지 않았다. 최시형은 잠시 의아스러운 눈초리로 최제우의 얼굴을 쳐다보았다.

"인제 그만 가보오."

이때 시간이 너무 길다는 옥리의 독촉하는 소리가 연방 들려왔다.

"빨리 나가시오."

수운은 구태여 설명하려 들지 않고 어서 나가기를 재촉했다. 잠시나마 수운 선생을 만날 수 있었던 그의 기쁨은 컸다. 나오자마자 최시형은 그 담뱃대를 쪼개 보았다. 그 안에는 다음과 같은 글이 쓰여 있는 심지가 들어 있었다.

1, 등명수상무혐극(灯明水上無嫌隙)
2, 계사고형력유여(桂似枯形力有餘)
3, 오(吾)는 순수천명(順受天命)하니 여(汝)는 고비원주(高飛遠走)하라.

최시형은 이 글을 보자 곧 강원도 태백산(太白山)으로 들어갔다.

그 해 2월 29일, 조령(朝令)이 내려 수운 최제우는 드디어 다음 달에 대구 장대(將臺)로 끌려갔다.

"허— 수운이 드디어 처형당하는군."

"그럼, 저 사람이 동학 괴수요?"

"아— 아까운 사람이 그만······."

수운이 장대 형장으로 끌려가는 것을 보려고 수만 군중이 모여들었다.

1864년 갑자 3월 10일, 여기 아명(兒名)을 복술(福述)이라 하고, 처음 관명(冠名)은 제선(濟宣), 호를 수운(水雲)이라 일컬은 도교의 교조 최제우 대신사는 탄생한 지 40년 만에 대구 장대 형장의 이슬로 사라지고 말았다.

때는 러시아에서 농노가 해방되고, 미국에서는 노예 해방 전쟁인 남북전쟁이 링컨 대통령의 지휘하에 진행되고 있던 무렵이었다.

이 나라 근대 사회 혁명의 선각자이며, 그 사상을 종교에까지 승화시켰던 수운 최제우는 덧없는 형장의 이슬로 사라지고 만 것이다. 그러나 사람이 즉 하늘이요, 한 그루의 풀, 한 알의 돌에도 하늘의 뜻이 깃들어 있다고 간파한 수운 신사의 가르침은 이 민족에 면면히 흘러서 갑오년의 민중혁명과 3·1운동의 봉화를 일으키게 했던 것이다.

그로부터 7년이 지난 1871년 신미 2월에 동학 교조 최제우의 신원운동이 처음으로 본격화되었다. 억울하게 죽은 수운의 죄를 씻게 하자는 것이다.

"지금 우리 도인이 도합 5백여 명이 모였소. 어디어디서 오셨는지 말해 보시오."

이필(李弼)의 말이 떨어지자 여기저기서 자기의 본거지를 밝힌다.

"영해요."

"영덕이오."

"상주요."

"문경이오."

"알겠소. 그런데 여러분도 아시겠지만, 이제 대신사가 조난당하신 원을 펼 때가 돌아왔소."

각처의 대표들이 모두 모였음을 확인한 이필은 떨리는 음성으로 이렇게 외친다.

"따라서 대신사를 위하는 자이거든 나 이필의 통솔하에 문경 부중으로 쳐들어 갑시다."

교조 최제우가 억울한 죄명으로 참형되자 교도들은 그 억울함을 풀려 했다. 그러나 그 뜻이 좀처럼 이루어지지를 않았다.

그러던 중 과격한 사람들이 들고 일어나 힘으로 해결하려 했다. 그들 중 대표자가 바로 이필이었다.

5백여 명의 교도는 이필의 지휘하에 문경 부중으로 돌격해 들어갔다.

그것은 총칼 대신에 믿음을 지닌 병사들이었다.

"부사가 저기 있다!"

"와—"

군중은 부사를 잡으려고 몰려갔다.

문경부사를 살해한 동학교도들은 군세를 크게 떨치며 이어 상주를 습격하려고 하였다. 그런데 이에 대항하여 경상순사 김공현 등은 각각 관군을 거느리고 이필의 동학군과 맞서 싸웠다. 처음에는 싸움이 백중하였으나, 한 달이 지나자 이필의 동학군은 차차 힘이 빠졌다. 게다가 관군에게는 대포·소총 등 새로운 무기가 많이 있었으므로 전세는 더욱 불리해 갔다.

"자아, 저들 동학의 무리는 인제는 지쳐서 군세가 꺾이었다. 지금 이때를 놓치지 말고 관군은 총돌격을 감행한다. 만일 영을 어기는 자가 있으면 이 김공현이 누구를 막론하고 목을 벨 것이니 그리 알라."

관군 지휘자인 김공현은 의기양양해서 이렇게 큰 소리를 지른다.

"그럼, 몇 방의 대포 소리를 신호로 돌격해라."

이렇게 하여 관군의 맹공격이 시작되자 동학군은 그만 패주하지 않을 수 없었다.

그리하여 이필의 동학군은 영양(英陽) 일월산(日月山)에 피신했다가 드디어 대패하고 여러 장사를 잃은 채 도주하고 말았다.

그 뒤에 이필이 다시 문경을 습격하다가 잡히어 참살되었는데, 그런 일이 있은 다음부터 관에서는 동학의 잔당을 잡기에 더욱 힘을 기울였다.

"잡아라— 동학군이다."

거리 도처에서 동학 천도들은 수없이 잡혀가 무참하게 욕을 보며 쓰러져 갔다.

한편 수운의 전수로 2대 교조가 된 해월 최시형은 수운 선생이 가르친 참뜻을 알고, 단양(丹陽)·보은(報恩) 등지로 피신하기도 하고, 또 공주 마곡리에서 큰 화를 면하기도 했다.

그러다가 마침내 임진년 1월 삼례역에서 서인주·서병학 등 1천여 명의 동학군이 모여서 교조 신원운동과 동학교도에 대한 학정을 금지하는 청원대회가 열렸다. 그러나 조정은 일로 탄압 정책만 감행했으므로, 그로부터 2년 후에 갑오의 동학혁명이 발발했던 것이다.

최시형(崔時亨) 드디어 일어나다

수운 최제우의 수제자로서 크고 무거운 짐을 이어받은 해월 최시형은 앞에 놓여진 큰 사명과 닥쳐올 환란(患難)을 생각하며 산길을 걷고 있었다.

백성에게 옳은 길을 밝혀 주고, 새 시대가 지녀야 할 마땅한 사회상을 역설한 죄로 비명의 종말을 맺은 대신사 수운, 그리고 지난날에 벌어졌던 여러 사실로 미루어 보아 또다시 빗발치듯 닥쳐올 교도들에 대한 박해를 생각하니 앞이 캄캄해지고 발길이 무겁기만 했다.

대구옥에서 담뱃대 속에 비밀히 적어 넣어 준 글발, 선생이 자기에게 맡긴 사명을 달성하기 위하여 다시 한 번 이렇듯 마음속에 되씹어 보는 것이었다.

"첫째는 네 마음이라는 뜻이요, 둘째는 영(靈)의 힘으로써 대도를 지지하겠다는 뜻이요, 셋째는 나더러 멀리 달아나라는 뜻이라……."

동학 2대 교주 최시형(崔時亨 1827~1898) 동학혁명 때 10만 병력을 이끌고 공주에서 싸웠으나 참패, 1898년 원주에서 피체, 처형되었다

비록 짧고 간단한 글발이었지만 그 속에는 바다보다도 넓고 하늘보다도 높은 교리가 깃들어 있었다.

최시형이 이런 생각을 하며 태백산길을 더듬을 때는, 참형당한 교조 최제우의 시체를 김경필·김경국·정용서 등의 문도가 구미산 밑 용담정 앞 기슭에 묻은 지 사흘째 되던 날이었던 것이다.

그때부터 동학의 수난은 시작되었다. 그리하여 관의 탄압과 이에 대한 항쟁이 계속되다가 드디어 전봉준의 궐기에 이른 것이다.

그러나 2대 교주 최시형은 죽 비폭력주의를 주장하여 동학의 종교적 입장을 다짐하며 민중항쟁을 일으켰던 터라, 전봉준의 급한 연락으로 모인 오늘의 이 회의에서도 동학의 본 교리에 어긋남이 없이 행동하기를 주장하는 것이었다.

"대신사께서 남기신 가르치심이 이와 같으니 여러분도 다시 한 번 생각해 봄이 어떻소?"

"신사께서 하시는 말씀 잘 알겠습니다. 하지만 지금 이 싸움은 다만 우리 동학 교도들만이 그 압박을 참지 못하여 일어난 것이 아니고, 실로 백성 전체가 썩어

빠진 양반들의 압정에서 벗어나려는 의거인 것입니다.”

전봉준은 신사의 말을 이해할 수 없었던 것은 아니었다. 그러나 자기는 백성 편을 대변하는 것이라고 생각했다.

“그렇습니다. 전 장군의 말씀대로 다만 동학군이 선봉을 섰을 뿐, 모든 민중이 스스로 우러나오는 마음으로 이 싸움에 가담하고 있습니다.”

김개남도 열을 올렸다.

“전봉준, 김개남 두 분의 말씀이 옳습니다. 그러니까 더 논의할 것 없이 빨리 신사께서 용단을 내리시기 바랍니다.”

여기 모인 접주들도 모두 백성 편이었다. 최시형은 잠시 괴로운 듯 눈을 감았다. 그리고 천천히 입을 열었다.

“여러분의 주장은 잘 알겠소. 그리고 도탄에 빠진 백성들의 아우성 소리도 눈물 없이는 볼 수 없는 지경이고, 썩은 양반들과 관속(官屬)의 행패에도 분함을 참지 못하겠소만…….”

그도 백성의 울부짖음을 모르는 바는 아니었다.

“그렇다면 우리 동학이 백성들을 구해 낼 의무도 있지 않습니까?”

“다만 그 방법을 더 생각해 보자는 거요. 아니, 우리 동학은 경천수심(敬天隨心) 포교로써 백성의 마음을 구함에 있는 것이요, 흉기로써 생령을 병화(兵禍) 속에 몰아넣는 일이 있어서는 안 된다는 것이오.”

이 말은 곧 수운 최제우의 가르침이기도 했다.

그러나 전봉준의 굳은 결의는 굽힐 줄 몰랐다.

“백성이 그 위험한 불 속에 뛰어들지 않을 수 없는 처지를 생각해 주십시오, 신사님!”

최시형은 대원군과의 약속을 생각해 냈다. 그래서,

“듣건대 지금 장안에서는 대원군께서 집정하신 모양이오매…….”

하는 것이었다.

그러나 전봉준은 이미 대원군이 약속을 저버리고 있음을 알고 있었으므로,

“아니옵니다. 대원군은 우리를 배신하고…….”

하고 말했다.

“그 말은 이미 들었소만…… 나와의 약속도 있고 하니…….”

“그렇습니다. 그 약속을 위해서도 빨리 우리가 경기로 진입해야 할 줄로 압니

다.”

“아니, 무슨 약속이 있는데요?”

김개남은 의아한 눈치로 물었다.

여기서 전봉준은 지난날에 대원군과 자기와의 사이에 있었던 약속과 그후의 여러 정보를 간단히 말했다.

그러자 모두들 놀랐다.

“뭐요?”

그들은 전혀 모르고 있던 사실이다.

“그렇다면 오히려 우리가 신의를 지키는 일이 아닙니까?”

“그렇습니다. 대원군이 현금에 와서 오히려 우리를 토벌하느니 어쩌느니 한다는 것은 그가 우리를 배반한다는 것이고…….”

“그러나…… 인간과 인간 사이의 약속은 신성한 것이고 보매, 저가 약속을 안 지킨다고 해서…….”

“신사님, 그들 정치와 권력을 농하는 사람들은 우리의 처지와는 다른 줄 압니다. 그들은 권력을 잡은 다음에는 약속 같은 건 언제나 폐리처럼 버리는 족속들입니다. 그것이 정치의 상도인 것처럼 생각하는 그들이 아닙니까?”

“그렇다고 우리도 약속을 안 지키면 말이 되겠소?”

일찍이 예수 그리스도도 한 뺨을 치는 자에게 다른 뺨을 또 치게 함으로써 원수를 사랑하라고 가르치는 반면에 신앙의 적을 미워하라고 하였고, 모세의 하나님은 노여움으로써 애굽인의 맏아들을 모조리 죽인 바 있다. 이처럼 천도의 교리에 있어서도 하나의 가르침, 하나의 목적을 가지면서도 천도의 숭고한 이념을 깨끗이 지키려는 종교적인 입장과 그 도의 이념을 현실적으로 사회에 적용시키려는 혁명 사상의 입장이 그 목적의 달성을 위한 수단의 미묘한 차이 때문에 고민하고 있었다. 여기서 최시형은 전자의 입장이요, 전봉준은 후자의 입장이었던 것이다. 나라와 백성을 구하고 죄 많은 인간을 구원하려는 마음에는 조금도 다름이 없으나, 다만 그 방법이 문제였던 것이다.

“신사님, 저가 배신하는데 우리만 약속을 지키면 결국 우리만 우매하게 되는 것이 아니옵니까?”

“남은 어떻든 간에 자기의 지킬 바 길을 지켜야 하는 것이 하늘의 마음이오. 따라서 사람의 마음이 아니겠소?”

"그러나 지금에 와서는 경우가 다른 줄로 아옵니다."

"그렇소. 나 스스로만의 도를 지키기 위해 백성을 내버려 둘 수는 없다고 나도 생각하고 있소."

최시형의 태도가 조금 누그러지는 듯도 했다. 그러자 김개남은 다시 전봉준을 두둔하고 나섰다.

"그렇다면 전 장군의 말씀대로 백성을 구해 놓고……."

"그렇다고 우리 도의 근본 교리의 주지까지 어길 수는 없는 게 아니겠소?"

최시형은 정녕 괴로운 듯 몸을 돌이키고 말았다. 그에게는 지금 어떤 결론을 위한 시련이 닥친 것이다.

"그러나 상대는 백성의 평화와 .안녕보다도 권력에 집착하는 정치인이옵니다."

이 열띤 음성은 최시형의 등에 못을 박았다. 사실 그러했다. 정치는 백성을 위해 있어야 함에도 불구하고 정치인은 다만 자기네의 권세욕에만 눈이 빨갰던 것이다.

민중혁명에 불타는 전봉준의 주장엔 조금도 그릇됨이 없었다. 그가 상대로 하는 것은 권력의 자리에 앉아 백성을 압제하는 조정의 권신들이었고, 더욱이 정권을 잡아 자기네와의 약속을 헌신짝처럼 내버린 정치인의 욕된 생리에 분격하는 것이었다.

"신사님, 인제 우리가 멈출래야 이 이상 더 멈출 수 없습니다. 시위를 떠난 화살같이 성난 민중은 썩은 양반을 쫓아내고 만민 평등의 새로운 나라를 이룩하고자 돌진할 것입니다. 더욱이……."

최시형은 그래도 전란을 일으키는 것은 동학 교리에 어긋난다는 신념을 버릴 수는 없었다.

"불쌍한 백성을 병화의 참상 속으로 몰아넣는 그런 행동을?"

그러나 전봉준은 조금도 굽히지 않았다.

"더욱이 일본군이 행패를 하고 있으니 언제 우리나라가 저들의 발밑에 짓밟힐지도 모르고……."

그들의 주장은 몇 시간이 지나도 결론이 날 줄 몰랐다. 최시형은 천천히 몸을 일으키며 결심한 듯 이렇게 말하는 것이었다.

"손병희 공, 우리는 일단 떠납시다."

"네?"

"나도 우리 동학 동지들의 뼈에 사무치는 원한을 모르는 바 아니오. 하지만 우리는 대신사 수운 선생의 가르침을 어길 수는 없소."

최시형이 끝내 교리의 평화성만을 강조하여, 수제자 손병희를 독촉하며 자리에서 일어서자 좌중은 극도로 당황했다.

"사세를 더 살펴 모든 것을 결정하겠소."

"신사님!"

떠나려는 신사 최시형의 옷자락을 붙들다시피 하며 전봉준과 김개남 등 주전론자들은 애타게 부르짖었다. 그러나 동학의 최고 지도자인 해월 최시형은 문도 손병희를 대동하고 그 자리를 떴다. 그러면서 속으로는 수만의 교도가 누구를 막론하고 고난을 무릅쓰고 목숨을 버리게 될 날이 다가옴을 슬퍼하지 않을 수 없었다.

뒤에서는 교주인 최시형 신사가 떠나자 통곡 소리가 들려왔다.

최시형은 잠시 발을 멈췄다. 그리고 동학도들의 모습을 하나하나 훑어보았다. 그러다가 땅이 꺼질 듯한 한숨을 쉬더니 결연히 발길을 돌렸다.

군중의 통곡 소리를 들으며 발길을 돌려야 하는 해월 신사의 발걸음은 무겁기 한이 없었다. 자기의 말 한 마디면 물 속이든 불 속이든 뛰어 들어가려는 수많은 선량한 교도들! 그러나 더 높고 거룩한 교리!

"나도 가슴이 애는 듯하오."

"신사님! 신사님이 떠나시면 저희들은 어버이를 잃은 자녀와 같이……."

"그렇다고 대신사의 가르침이나 우리 교의 주지를 위배하고 민중의 가슴에 불을 지를 순 없지 않소?"

"그러하오나……."

"만약에……."

"네?"

"만약 민중의 살 길이 싸움밖에 없다는 것이 실증될 때에는 그 때대로 결심을 해야겠지."

교주인 최시형 신사가 떠나자 집회장은 와글와글 끓기 시작했다. 마치 목자를 잃은 양 떼와 같이 깊은 슬픔에 잠겼다.

"여러분!"

전봉준은 이제 자기 혼자만이라도 전열(戰列)을 정비할 수밖에 없다고 생각했다. 그는 끓는 가슴을 억제하며 동학의 무리 앞에 섰다.

"물론 우리들은 해월 신사님의 가르치심을 어길 수는 없소."

어수선하던 장내가 고요해졌다.

"그러나 우리 동학의 교도들은 짓밟힌 민중의 억울함과 우리나라의 장래를 방관할 수는 없소!"

모두들 머리를 끄덕였다. 그들은 이제야 자기들의 설움을 씻어 버릴 수 있다고 생각했는지 모른다.

"그리고 신사님께서도 우리의 충성을 아시니까, 우리가 사심 없이 다만 정의의 싸움을 진행한다면 우리를 내버려 두시지는 않을 것입니다."

전봉준의 가슴을 찢고 터져나오는 듯한 울부짖는 호소에는 그저 적성(敵性)만이 서리어 있었다. 다만 백성의 억울함을 풀고 그들을 건지려는 사명감만이 불길처럼 타오르고 있었다.

이때에 기호(畿湖), 호서(湖西) 각지에서는 전봉준의 신념을 북돋워 주는 듯이 의병이 일어나 관아를 습격하여 상당한 전과를 올리고 있었다.

김정현·인승관 등은 수원을 점령했고, 고정주(高定柱)는 홍천을 습격했으며, 김복용은 옥천에 자리를 잡았다. 그리하여 서울 이남은 거의 동학군이 석권(席卷)한 바 되었다. 그리하여 전봉준도 다시 싸울 것을 결심하였다.

신사 최시형이 전란을 반대하고 수제자인 손병희를 대동하고 떠나기는 했으나, 일단 혁명 전쟁을 수행하기고 결심한 전봉준은 1초라도 주저하지 않았다.

"지금 이 삼례의 우리 군은 약 3만에 달하고 있소. 전군을 3종대로 편제하겠소. 그리고 공주로 진격하겠소."

그리하여 전봉준은 각 편대를 다시 조직하였다. 그러자 전봉준과 의견을 달리하여 일단 물러선 신사 최시형도 교도들이 각처에서 전투를 전개할 뿐만 아니라 또한 교도들이 참살을 당하고 있다는 보고를 듣고 드디어 청산(靑山)의 각 포 두령을 소집했다.

"신사께서 나오십니다."

최시형도 약간 흥분한 듯 얼굴에 홍조가 돌았다.

"오늘 여러분을 이 자리에 모이라고 한 것은…… 인제는 우리도 방관할 수 없도록 사태가 벌어졌기 때문이오."

그는 마지막 결심을 한 것이었다.

"실은 저도 신사께서 속히 용단을 내리시길 고대했습니다."

"그렇습니다."

각 포 접주들도 신사의 결단을 환영했고, 그들의 의기는 충천했다.

"그리고 우리 교조의 가르치심대로 인심은 곧 천심이라, 만민이 일어남은 곧 천운의 소치인 바, 여러분들은 도중(徒衆)을 동원해서 전봉준과 합세하시오. 대신사 수운 선생의 원을 펴고 우리 도의 대원(大願)을 실현하시오."

신사 최시형도 드디어 대결단을 내렸다. 설혹 그것은 지선(至善)의 방법은 아닐지 모르나, 억울하게 죽어가는 선량한 백성들을 구하기 위한 민중혁명이라면 하늘도 용납할 것이며, 더욱이 이 나라와 이 백성을 구하는 마지막 길이라고 생각하기 때문이었다. 최시형은 곧 영을 내렸다.

"손병희 접주가 통령(統領)이 되고 모두 그의 지휘를 따르라."

"네."

"그럼, 이 통령기를……."

"네."

손병희는 최시형이 주는 통령기를 받아들었다.

이렇게 하여 천도의 교도 동학군은 드디어 총궐기를 하게 되었다.

"그럼 정경수 포가 선봉이 되시오. 그리고 김규석 포는 후군, 이종훈 포는 좌익, 이용구 포는 우익이 되어 통령 손병희의 지휘를 받으시오."

하는 진군의 명이 내린 것이다.

이 최시형의 결단을 전해 들은 모든 동학군의 의기는 충천했다. 그리하여 이들은 괴산(槐山)을 함락시키고, 보은(報恩) 장내에 이르러 대첩(大捷)을 거두는 한편 곧 전군을 둘로 나누어 갑대(甲隊)는 영동·옥천으로부터 논산에 이르게 하였다. 이와 때를 같이하여 전봉준도 논산을 향하여 진군하고 있었다.

그런데 관군이 일본군과 합세하여 이 일대 민중의 봉기를 분쇄하려고 공주성에 주둔하여 전기(戰機)가 익어 감을 노리고 있다는 사실이 알려지자, 동학군은 공주를 일거에 무찌르고 승승장구(乘勝長驅)하여 서울로 진격하려는 것이었다. 워털루(Waterloo) 대전이나 적벽(赤壁) 대전과도 같이 일대 결전의 날은 시시각각으로 다가왔다.

그런데 손병희를 통령으로 하는 동학 본영의 대부대가 논산으로 가까이 다가

가고 있을 때, 다른 방면으로부터 대부대가 접근해 온다는 소식이 들어왔다. 그것은 전봉준의 부대였다.

그런가 하면 역시 전봉준의 진중에서도 영동, 옥천 방면으로 오는 대부대를 발견하고 사기가 더욱 고취되었다.

"장군, 저기 대부대가 옵니다."

"그 깃발이 우리와 같지 않소?"

"그렇습니다. 틀림없습니다."

"신사께서 마침내 우리의 충정(衷情)을 아시고 도중을 총동원하셨다는 기별이 있고 각처에서 대첩했다더니 그게 틀림없군."

전봉준은 더 바랄 것 없이 기뻤다. 휘하의 여러 교도들도 마찬가지였다.

"장군! 이제 하늘도 우리를 알아 주셨습니다."

"인심이 천심이오. 대신사의 가르치심을 다시금 깨달은 것 같소."

"그럼 빨리 연락을……."

"빨리 동학군 만세를 부르게 하시오."

"자아, 여러분, 동학군 만세를 부릅시다. 동학군 만세……."

"동학군 만세!" 소리가 하늘과 땅을 뒤덮었다.

얼마 안 있어 통령기가 바람에 나부끼며 손병희를 선두로 한 대부대가 전봉준 군 진영으로 들어왔다. 전봉준은 뛰어가서 손병희의 손을 잡았고, 합세한 동학군의 함성은 하늘을 찌를 듯했다.

"그럼, 논산으로 속히."

그들은 더 지체할 수가 없었다. 논산으로 급거 출동하게 되었다.

그 동안 을대(乙隊)는 회덕(懷德) 지명시에 이르러 청주 관군과 싸워 그를 전멸시키고 역시 논산에 이르러 합세하였다. 손병희가 거느리는 군이 6만, 전봉준 군이 3만, 사상초유의 대군단이었다.

"그럼, 지금부터 각대 별로 진군하시오."

"공주를 향하여 진격!"

역사 있은 후 내란 사상에 있어서 최대의 대접전인 공주전이 바야흐로 시작되려는 것이다.

최후의 결전

"천생만민(天生萬民)하였으니 필수기직(必守其職)할 것이요, 명내재천(命乃在天)하였으니 죽을 염려 왜 있으며 한울님이 사람 낼 때 녹(祿) 없이는 아니 내네. 우리라— 무슨 팔자 그다지— 기험(崎險)할고. 부(富)하고 귀(貴)한 사람 이런 시절 빈천(貧賤)이요, 빈하고 천한 사람 오는 시절 부귀로세."

수만의 동학군은 빈부귀천(貧富貴賤)의 계급이 있을 수 없고 억조창생(億兆蒼生)이 반드시 동귀일체(同歸一體)라는 교훈가(敎訓歌)를 하늘 높이 부르며 일로 공주의 관군을 무찌르려고 진격하는 것이었다. 그것은 노도와 같았다. 그것은 성난 이리 떼와 같았다. 그러나 그것은 억눌리고 짓밟힌 착한 백성이 참다 못해 부르짖는 외마디 소리이기도 했다. 어쩔 수 없이 부르짖는 구원의 기도 소리였다.

이보다 앞서 조정에서는 동학군의 정의를 의논한 바 있었다.

"그럼 대원위께서는 어떻게 하신다는 말씀이오?"

고종은 먼저 대원군의 뜻을 물었다.

"전하, 일본군은 이미 동학 토벌의 싸움에 동원되었습니다. 그저 이번에는 더 본격적으로 동원하여 완전 진압 토벌하도록 해야겠습니다."

이와 같이 모두들 쳐부술 것을 제의하자 옆에 있던 전라관찰사 이도재도 맞장구를 쳤다.

"신 이도재도 그렇게 생각합니다. 일면 진무(鎭撫)하고, 일면 토벌하여 백성이 안심하고 생업에 종사할 수 있도록 평정해야 할 것입니다."

"본시 동학이 교조의 신원을 구하기 위해 대집회를 가진 모양이었으나 폭민화한 지금에 와서는……."

대원군은 옛날과 달랐다. 그는 전봉준, 최시형 등과 비밀히 결탁한 바도 있었지만 지금에 와서는 때와 생각이 전혀 달라진 것이다.

"그럼 어떡하면 좋겠소?"

"우선 영관 이두황(李斗璜)으로 하여금 군 1천을 인솔하도록 하여 선봉을 삼고, 또한 서산군수 성하영(成夏榮)은 관병 2천 명으로 논산에 집결하는 동학군을 섬멸케 하도록 하심이……."

"알겠소. 그러나 진무도 해야 하지 않겠소."

"네. 전라관찰사 이도재를 호남 선무사(宣撫使)로, 또 중추원사(中樞院使) 박제관(朴齊寬)을 호서 선무사로, 이중하를 영남 선무사로 각각 임명하여 작전을 꾸미도록 하는 게 좋겠습니다."

그리하여 조정은 중추원사 박제관을 호서 선무사(湖西宣撫使)로, 전라관찰사 이도재를 호남 선무사, 이중하를 영남 선무사로 임명하여 선무와 토벌의 양면 작전으로 동학군의 완전 평정을 획책했던 것이다.

이때 일본군은 평양에서 청국군을 패주시킨 지 오래이고, 구련성과 안동을 점령하였을 뿐 아니라, 이미 봉황성도 점령하여 만주벌을 석권했던 것이다.

그들에게는 정예 부대인 기마대가 있었고 모두가 훈련을 받은 강한 군대였다.

그러므로 일본군만 출동하면 질서 없는 오합(烏合)의 무리인 동학군 따위는 하루 아침에 패주시킬 수 있으리라는 것이 조정의 일치된 의견이었다.

이렇게 조정에서 동학군을 무찌르려는 철통 같은 계획을 짜고 있을 때, 본영을 논산(論山)에 두고 공주(公州)로 진격하는 동학군은, 훈련이 안 되고 무기는 빈약하여도 나라를 바로잡고 사회를 건지려는 적성(赤誠)에 뭉쳐 있었다. 그리하여 그 사기는 하늘 드높이 치솟았던 것이다.

그들은 다시 편대를 정비하여 전봉준을 총사령관으로 삼고 작전을 치밀하게 세웠다.

"전 장군, 그럼 포진(布陣) 계획을 말씀해 주십시오."

김개남의 말에 따라 전봉준이 작전계획을 말했다.

"여러분! 우리 동학과 백성의 운명은 여러분의 두 어깨에 달려 있습니다. 이번 공주싸움이야말로 우리의 운명을 결정해 줄 가장 큰 판가름이 될 것입니다. 따라서 이 일대 결전을 앞에 두고 우리는 완벽한 포진을 해야 될 것입니다."

전봉준은 그 동안 여러 차례 싸움을 치르고, 그때마다 비상한 전략적 재능을 발휘한 바 있었으므로 이번 공주싸움에 있어서도 세밀한 작전을 미리 세워 두었던 것이다.

"우리는 전 장군의 작전을 무조건 따르겠소."

총령인 손병희의 말이었다.

"손병희 선생, 아니올시다. 통령의 의견은 물론이어니와 손화중 선생, 이용구 선생, 그리고 김개남 동지도 좋은 의견을……"

하고, 전봉준은 동지들의 의사를 존중하려 했으나 일동은 그의 명령대로 좇겠다는 것이다.

"전 장군 생각을 말씀하시오. 전 장군이 작성하시오."

"그렇소. 전 장군이 싸움에 많은 경험을 쌓았으니."

"그게 좋겠소."

모두들 전봉준의 작전계획을 원했던 것이다.

"손화중 선생은 어떻게 생각하시오?"

"손병희 선생 말씀대로 일체 전봉준 장군 생각대로."

"네, 좋습니다."

교내에서의 서열을 따져 본다면 접주들이 위인 것이 사실이고, 또한 총통령의 기도 손병희에게 내린 것이지만 지금은 그것을 따질 시기가 아니었다. 앞에 닥친 싸움을 어떻게 하면 이길 수 있느냐 하는 것이 문제였으며, 그것을 위해 동학의 지도자들은 한마음 한뜻이었다. 이때에 사양만이 미덕이 아님을 깨달은 전봉준은 드디어 입을 열었다.

"그럼 말씀드리겠소. 본영은 이 논산에 두고 김개남 동지는 전주를 지켜 배후를 경비해 주어야겠소."

"네."

김개남이 대답한다.

"그리고 손화중 선생이 선봉이 되셔서 노성(魯城)과 이인(利仁) 방면으로 출동하시고, 군대는 매장군·중군(中軍)·육임의 3단계로 나누겠습니다."

"좋습니다."

이렇게 하여 일대 풍운이 감도는 공주 대접전의 시간은 다가온 것이다. 선두에는 보국안민의 기치가 휘날리고 보무 당당한 진군 소리가 우렁찬 이 민중 대혁명군의 전진을 누가 감히 막는단 말인가?

때는 늦가을. 누렇고 빨갛게 물든 나뭇잎들이 스쳐 가는 바람결에 우수수 떨어지고 가랑잎이 길가에 뒹굴었다. 이 갑작스런 대군중의 발걸음 소리에 놀랐는지 이 산 저 산 기슭에서 꿩들이 잇달아 날아갔다.

그러나 관군도 그대로 있지는 않았다.

10만이나 되는 동학군이 논산에 집결하여 공주로 진군 중이라는 정보를 접하자, 공주성 내에는 감사 박제순(朴齊純)이 관군의 지휘관들을 소집하여 방어 작전을 지시하였다.

"영랑 이기동이 종군이 되고, 통영대는 모창성이 인솔해서 금학 등에 진을 치시오."

박제순의 작전도 치밀하였다.

"그리고 경리영관 구상조는 능시에 둔영(屯營)하고, 통영영관 장용진은 통영대의 일대를 인솔하여 봉화대에 진을 치고……."

이렇게 박제순이 작전 지휘를 하는 동안에 동학군이 벌써 진격해 온다는 통보가 들어왔다. 그러자 공주성 내의 관군은 갑자기 긴장하기 시작했다.

"아룁니다. 지금 동학군은 이인 방면으로 몰려오고 있습니다."

"뭐?"

통보원의 말을 듣고 박제순은 곧 좌우에 명하여 진을 치도록 했다.

"감사, 나는 곧 이인으로 출동하겠소."

성하영(成夏榮)이 이인을 맡기로 했다.

"성 군수, 그럼 기필 승전키를."

"감사하오. 그런데 일본군은?"

"염려 마시오. 그들은 그들대로 작전이 서 있소."

"알겠소."

"자아, 그럼 성 군수 속히."

성하영은 군사를 거느리고 이인으로 접근해 갔다.

그리하여 관군과 동학군의 주력은 이인에서 드디어 접전하게 되었다.

그 수에 있어서나 정신에 있어서 압도적인 동학군과 설혹 수는 적으나 좋은 무기와 잘 훈련된 병정에다 더욱이 일본군의 지원을 받는 관군과의 접전은 마침내 벌어지게 되었다.

그러나 전세가 차차 동학군에게 유리하게 전개되자 전봉준은 더욱더 군의 사기를 북돋우며 진격을 명령했다.

"동학군 동지 여러분! 지금 전황은 우리에게 유리하오. 때를 놓치지 말고 진격하시오."

서전(序戰)에서 승리의 기세가 보인 동학군은 목숨을 아끼지 않고 물밀 듯이 쳐들어갔다.

민중이 이기고 있었다. 인심이 이기고 있었다. 이겨야만 했던 것이다.

한낱 권력을 잡기 위한 선동의 싸움이 아니었다. 살기 위해 어쩔 수 없이 봉기

청국군의 출진도 동학혁명군을 진압하려고 출진하는 청국군의 출진도

한 정의의 싸움이었다.

"장군, 이 기세로 우금치(牛金峙)를 돌파하면 공주의 함락은 목전에 있습니다."

"이 이인의 싸움은 이길 자신이 있소."

동학군은 서전의 승리에 흥분했다. 이대로만 나간다면 공주의 함락은 멀지 않았으며, 또 이길 것이 빤했던 것이다. 사기는 충천해서, 명령이 떨어지기가 무섭게 휘몰아 쳐들어갈 것이 빤했다.

그런데 이상한 일이었다. 관군의 저항은 그리 신통치 않았고, 헤아릴 수 없는 음산한 공기가 감돌았다.

그러자 그 이상한 사태에 의구(疑懼)를 느낀 한 두령이 말을 꺼냈다.

"전 장군! 아무래도 적군의 작전이 이상합니다."

전봉준도 역시 그런 감이 있었던 터라 그 말에 잠깐 이맛살을 찌푸렸으나, 곧 그 의구를 떨어 버리려는 듯 고개를 한두 번 흔들고, 결연히 명령을 내렸다.

"알겠소. 그럼 예정한 대로 작전을 바꾸어, 주력 부대는 봉황산 후면으로 해서 곰나루를 비밀히 건너 공주성에 직접 육박하도록."

관군의 움직임이 수상하다고 눈치챈 전봉준은 작전 계획을 변경했다.

갑오 10월 25일 동학군은 드디어 공주성으로 육박하여 관군과 대접전을 벌였다. 그리하여 이인에서 대첩하고 효포를 점령한 동학군은 마침내 우금치, 대교(大橋), 웅진(熊津), 금기(錦崎) 등지에서 대회전을 하게 되었다. 필사적인 동학의 대전투가 아닐 수 없었다.

이리하여 양군의 대회전은 사상 초유의 일대 격전을 연출했으며, 역사의 발전을 판가름하는 이 기이한 전쟁의 비참한 참상은 벌어졌던 것이다.

시체의 수는 헤아릴 수 없이 곰나루터를 메웠으며, 강물은 피비린내를 풍기며 구비쳐 흘렀다.

싸움은 일진일퇴 장기전으로 돌입했다. 여기저기에서 무거운 신음소리가 폐부를 찌를 듯이 밤공기를 깨고 들려왔다.

싸움이 이렇게 장기전을 벌이고 들어가게 되자 동학군에게는 불안한 공기가 감돌기 시작하였다.

"이렇게 싸우다간 싸움이 얼마나 계속될는지 모르겠는걸."

"정말 이러다가는 쌍방이 다 죽고 살아남는 사람이 없을 거야."

"여기 우금치에서만 벌써 엿새."

"단번에 자웅(雌雄)을 겨루지 않고."

사실 연 5, 6일간의 혈전으로 쌍방의 병사들은 지칠 대로 지치고 마침내 판가름의 날은 오고야 말았던 것이다.

"장군, 이러다간 사세가 불리해지겠습니다. 최후의 진격전을 하십시다."

참다 못하여 두령들은 전봉준에게 공격 명령을 재촉하였다.

"그러잖아도 그것을 생각 중이오. 그런데……."

"네?"

"일본군의 주력이 아직 어디에 있는지를……."

"듣건대 2개 대대 정도의 병력인 모양이니 전군을 휘몰아 들어가면……."

전봉준은 잠시 입을 다물고 둘러앉은 두령들의 얼굴을 한 사람 한 사람 다짐하듯 둘러보고 나서 마치 못박듯이 말했다.

"하여튼 결전을 합시다."

그 동안 전봉준은 일본군의 주력 부대가 있는 곳을 몰라 주저했으나 그대로 공격 명령을 내리기로 했다.

이대로 더 날을 보내면 싸우지도 못하고 패주하게 될 것이 빤하므로 전봉준은 마침내 결전하기로 작정했던 것이다.

한편 모리오(森尾)와 스즈키(鈴木) 양 대위의 지휘를 받는 일본군은 요소요소에 배치되어 최후의 백병전에 대비하고 있었다.

박제순은 일본군의 모리오와 스즈키 대위를 불러 작전 계획을 하였다.

"모리오와 스즈키 대위, 인제는 최후의 결전을 할 날이 됐습니다."

"우리 일본 군대의 배치는 이미 완료했으나 박제순 감사께서 언제든지 명령만 내리시면."

"고맙소. 그 동안은 주로 이 공주성의 방어에만 주력했으나 내일이야말로 진격해야겠소."

"네, 알았습니다."

자기네 진중에 돌아간 일본군 지휘관들은 곧 전투 태세를 재정비했다.

우금치에서 접전하기 시작한 지 이레째가 되었다. 동학군 진중에서도 전봉준이 부하들의 사기를 돋우고 있었다.

"여러분! 지금 우리 동학군은 지칠 대로 지쳤습니다. 본시 훈련이 없는 민중의 집단이요, 다만 나라와 백성을 위한 우국지심에서 모인 우리들이라 이 이상 더 싸움이 계속되면 언제 어떻게 될지 알 수 없습니다. 그래서 지금 이 시각에 모든 험란을 무릅쓰고 공주성으로 쳐들어가려는 것입니다."

좌우에 늘어선 두령들이 즉각 찬동을 하고 나섰다.

"그럼 여러분은 각자 지휘하여 일제히 공격을 시작합시다."

"그럽시다."

"자아, 총진격!"

전봉준은 성큼 일어서서 날카로운 비수처럼 소리를 질렀다.

이렇게 하여 피비린내 나는 격전은 다시 시작되었다. 쌍방은 막상막하의 치열한 전투를 벌이더니 이윽고 동학군에게 전세는 차차 불리해지기 시작하였다. 그것은 이쪽이 오랜 싸움에 시달린 민중들이었고, 저쪽은 일본의 정예 부대가 가담하여 활약하였기 때문이었다.

그리하여 논산으로 패주하는 동학군의 참경이란 차마 눈뜨고 볼 수 없을 지경이었던 것이다.

동학군은 마침내 논산으로 퇴각하기 시작했다.

그런데 동학군이 논산에 거의 도착할까 말까 할 즈음에 급보가 도달했다.

"장군, 벌써 관군이 이 논산까지 추격해 온 모양입니다. 어찌하면 좋겠습니까?"

"이미 전세는 기울어진 것 같소. 하지만 이대로 패망하여 쫓겨갈 수는 없소. 맞대어서 싸웁시다."

"그렇습니다."

전봉준은 전투를 벌인 이래 최초로 패전의 고배를 마시게 되자 당황한 빛이 짙었으나 이렇게 끝까지 싸우기를 명령하였다.

그리고 곧 관군과 일본군을 맞아 싸웠으나 한번 밀리기 시작한 전세, 한번 떨어진 사기는 다시 일으키기 어려웠다.

그러나 억울했다. 가슴 아팠다. 그리고 분했다. 이대로 패주하고 말 수는 없었다. 쓰러져 간 수많은 동지들의 죽음과 이 나라의 장래를 위해서라도…….

"자아, 인제 전주로 갑시다. 가는 데까지 가서 다시 병력을 정비해서 다시 싸워 봅시다."

마침내 전봉준은 이렇게 명령을 내리고 말았다. 그러나 하늘만은 무심하지 않았다. 전봉준이 지휘하는 동학군이 공주에서 대패했다는 소식을 들은 여산접주 최난선이 3천의 큰 무리를 거느리고 강경으로부터 공주로 진격해 왔던 것이다.

동학군은 불사조의 군이었던 것이다.

"최 장군! 일본군이 얼마나 강하기에 그까짓 2개 대대쯤에게……."

"그야 우리 군보다도 오랫동안 훈련을 받아 왔고 병기도 월등하니 강할 것임엔 틀림없을 거요."

"그러나 여기는 우리 땅, 지세는 우리가 더 잘 알고…… 병력도 월등히 많은데."

"하여튼 우리는 백성이 편든 군대니 기필코 이길 것이오. 전 장군과 합세해야겠소. 빨리 갑시다."

그렇다. 오합의 무리일는지는 모르나 순정이 있고 불멸의 의기가 있기에 동학군은 쓰러져도 다시 일어났던 것이다.

전봉준의 최후

그러나 한 번 무너지기 시작한 동학군의 전열은 마치 모래둑처럼 걷잡을 수 없

었고, 한편 조정이 파견한 정병 2천 명의 선봉군은 옥천(沃川)에서 동학군 별동대(別動隊)의 본부를 패주시키고, 또한 예산에서 오랫동안 맹위를 휘두르던 최경선의 지대(支隊)도 격멸시켰던 것이다. 그리하여 전봉준의 주력 부대는 눈물을 머금고 후퇴의 길을 재촉하지 않을 수 없었다.

터벅터벅 먼지 이는 길을 패잔병들은 걷고 있었다. 피로하여 장비를 떨어뜨리는 사람도 있었다. 보다 못한 전봉준이 비틀거리는 병사한테로 다가갔다.

"인젠 바꿔 멥시다. 내가 좀 메지."

"장군, 아니올시다. 곧 금구(金溝), 원평(院坪)에 닿을 텐데요."

하고, 다른 어깨로 바꿔 멘다.

"정말 원평에 도착하면 다시 전열을 정비해서……."

"네, 대결전을 해봐야지요."

후퇴를 하면서도 그들은 또다시 적과의 대결을 목마르게 원하고 있었다.

전봉준은 후퇴하면서 문득 지난날의 이야기가 떠올랐다. 그것은 경천을 피하라는 점괘였던 것이다.

"이제 생각나는군."

"네? 무슨 일인데요?"

"우리가 공주로 진군하려던 때였소. 우리 점술사가 한 말이 기억나오."

"뭐라고 했는데요?"

"그날 점괘에 최기경천(最忌敬天)이란 점사(占辭)가 있었소."

"그럴 리가 있겠습니까?"

"아니야, 경천을 기(忌)하라고 분명히 나와 있었소."

새 시대를 향해 드세게 내짚었던 민중의 발걸음은 이제 어지럽게 지쳐서 밀려만 가는데, 전봉준은 문득 지난날의 점괘를 생각했던 것이다.

풀 수 없는 수수께끼의 점사! 그러나 불길한 예감이 감도는 점사! 그 점사는 좀처럼 머리에서 떠나지 않았다.

그러는 가운데 전봉준군은 금구·원평에서도 관군에 패하고, 장성·노령(蘆嶺)에서 격전을 벌였다.

그러나 이 전투에서도 동학군은 맥을 잃고 있었다. 그리고 진중에는 불리한 보고만 들어올 뿐이었다.

"장군! 또 전세가 불리합니다."

이렇게 되자 그는 생각을 달리할 수밖에 없었다. 동지들의 죽음을 이 이상 좌시할 수 없었다.

"알았소. 북상하여 순창(淳昌)으로 갑시다."

보다못해 전봉준은 드디어 다시 순창으로 후퇴할 것을 결심했다.

"순창으로 퇴각!"

이리하여 또다시 주력을 끌고 후퇴하던 전봉준은 패전에 패전을 거듭하여 마침내 임실(任實) 오창리에 이르러 신사 최시형과 상봉하게 되었다.

"신사님!"

"오, 전 장군."

오랜만에 만나는 이 동학의 두 지도자는 서로 얼싸안았다. 더구나 지금에 와선 동학군에게 전세도 불리한 편이 아닌가!

"이 일을 장차 어찌하면 좋겠습니까?"

전봉준의 음성은 떨리었다.

"장군, 너무 낙심 마오. 비록 싸움엔 패했으나 우리의 넋과 도는 살아 있을 거요."

"제가 미흡하여 신사의 뜻과 백성의 원을 이루지 못하고……."

"하늘과 더불어 우리는 언제나 살아 있소. 우리의 뜻이 이루어질 것은 틀림없소. 다시 힘을 모아 나아갑시다. 대신사의 뜻인 나라를 구하고 백성을 건지려는 대업은 우리의 진리며 하늘의 바람이니."

신사 최시형의 격려의 말을 듣자 전봉준은 그나마도 한결 용기가 솟아오름을 느꼈다.

"쓰러지면 일어나고, 넘어져도 굽히지 않고 힘써 싸우겠습니다."

이렇게 재기의 결의를 굳게 하였다.

얼어붙은 놀을 바라보며 천도의 지도자 최시형과 민중혁명의 지도자 전봉준은 상념에 잠겨 있었다.

"저 서산에 해가 지듯이 동학의 기운도 아주 꺼져 버리고 말 것인가?"

그후 전봉준은 상복을 입고 진중을 떠나 순창으로 향했다. 잠시 쉬어서 때를 기다리라는 신사의 말을 좇아 피신하기로 했던 것이다. 그리고 최시형은 동학군을 이끌고 영동 방면으로 향하였다. 그런데 실의의 행군을 계속하는 최시형의 진중에 때아닌 소식이 들어왔다.

"신사께 아룁니다. 무주(茂朱)에서 이응백(李應百)이 의병을 일으켰다고 하는데 그 기세가 여간 크지 않나 봅니다."

이 소식을 듣자 좌중에는 별안간 화기가 감돌았다.

"하늘이 돕는 거요. 자아, 어서 우리도 그리 가서 합세합시다."

무주로 향한 동학군은 장백리(長白里)에서 의병 지휘자 이응백을 만나 서로 합세해서 관군에게 일대 반격을 가했다. 이응백은 동학군 두령들과 세밀한 작전 계획을 짰다.

"장군, 이 야음을 이용해서 저 관군을 일제히 공격해서 무찌릅시다."

밤을 도와 습격할 것을 이응백이 제의했다.

"좋소. 우리는 정면으로 공격할 테니 동지는 지세를 이용해서 측면과 배후로."

"네."

"그리고 준비가 완료되면 봉화를 올리고 함성을 지르도록."

"네, 곧 행진하겠습니다."

산간 벽지의 길이 험하고 골이 깊기로 유명한 무주 구천동의 골짜기로 이어가는 이 산기슭엔 무수한 관군이 진을 치고 있었다. 그런데 갑자기 이 봉우리 저 봉우리에서 봉화가 올랐다.

"아니, 저게 무슨 불이야?"

"저 등성이에도."

관군들이 좌우를 둘러보니 그 봉화는 심상치 않게 여러 군데서 올랐다.

관군 중에 어느 한 사람이 갑자기 이런 말을 했다.

"동학군이."

"뭣?"

사실 그들은 동학군이었다. 첫 번에 봉화를 올려 신호를 한 다음 점차 관군 진지를 향해 육박해 오고 있었다. 밤이라서 수효는 자세히 알 수 없었지만, 그 횃불과 함성으로 미루어 보더라도 엄청나게 많은 병력이라고 관군은 생각했다.

"동학군이다!"

관군은 마음놓고 쉬던 참이라 동학군의 때아닌 습격에 혼비백산하여 우왕좌왕하였는데 설상가상으로 동학군은 요행히 주력 부대로 돌격을 감행했다.

"쳐라—"

동학 두령의 명령에 따라 함성은 진동했다.

동학군의 이러한 갑작스러운 야습에 당황해서 허둥지둥하다가 그만 관군은 무참히 패주하고 말았다. 최후의 반격은 드디어 성공하였다.

그리하여 충청을 다시 석권하려고 최시형은 동학군의 주력 부대를 이끌고 계속해서 영동(永同)의 용산(龍山)에 이르렀다.

공주전에서 대참패를 당하고 전봉준이 진중을 떠난 지금이지만 직접으로 신사 최시형의 지휘를 받는 동학군은 점차 사기를 되찾기 시작했다.

그러나 운이 쇠진했는지 그렇지 않으면 아직 시운이 돌아오지 않았는지 동학군은 일대 위협에 감싸였다. 승리의 기쁨도 며칠 가지 못한 채 일본군의 추격 소식이 전해졌던 것이다.

"신사께 아룁니다. 지금 뒤에서 일본군이 추격해 오고 있다고 하옵니다."

"일본군이?"

최시형도 이러한 일본군의 추격에 적이 놀라지 않을 수 없었다.

지세가 험함을 참호삼아 마음놓고 있다가 패전의 고배를 마셨지만 일단 대경전에서 승리한 관군과 일본군은 전세가 이미 자기네에 유리하게 기울어진 것을 알고 패잔의 동학군을 소탕하는 기세로 임했기 때문에 그 사기는 당당하였던 것이다.

싸움하기를 즐기는 일본군은 동학군을 발견하자 먼저 싸움을 걸었다.

"적은 바로 눈앞에 있다. 쏘아라—"

"도쓰케키(돌격하라)—"

"야—"

일본군은 질풍처럼 밀어닥쳤다.

한편 동학군의 앞에도 관군의 대부대가 진격해 왔다. 뒤에는 일본군, 앞에는 관군! 앞뒤에 적을 만난 동학군에게 무주의 승전은 한낱 짧은 꿈에 지나지 않았으며, 이럴 수도 없고 저럴 수도 없는 진퇴유곡에 빠지고 말았다.

"이제는 정말 마지막이다."

이렇듯 동학군은 절망에 빠졌으나, 관군과 일본군은 촌각의 여유도 안 주고,

"자아, 동학군은 완전히 포위당했다. 이젠 총진격이다!"

하며 앞뒤로 달려들었다.

이렇게 갑자기 앞뒤에 관군과 일본군의 맹렬한 습격을 받은 동학군 병사들은

그저 신사 최시형의 얼굴만 쳐다볼 뿐이었다.

"신사님! 인제 마지막입니다."

모두들 어떻게 손도 써볼 방책이 없어 차라리 체념 상태에 있었다.

"앞뒤에?"

"네."

"그렇소? 하늘 운이 아직도 우리에게 돌아오지 않은 모양이오."

해월 최시형도 패배를 자인하게 됐다.

"신사께선 빨리 몸을 피하심이……."

두령들은 신사의 피신을 권고하였다. 그러나 최시형이 이에 응할 리 없었다.

"목숨이 아깝다고 나 혼자 피할 수야 있소?"

"아니올시다. 신사께선 아직도 큰 사명이 남아 있지 않습니까?"

도인들은 신사 최시형만이라도 이 궁지에서 빠져 나가게 하고 싶었으나, 최시형은 도인들의 죽음을 목전에 두고 혼자 살고자 할 수는 없었다. 그러나 그에겐 더 큰 사명이 있었다. 두령들의 권고를 마침내 수락하고 피신의 길을 떠나기로 했다.

"한울님, 불쌍한 백성을 굽어 살피소서. 지기금지 원위대강 시천주 조화정 영세불망 만시지."

하고, 짧게 기도를 읊조리고 몰래 빠져 나왔다.

최시형은 강원도로 숨어 들어가고 말았다.

그리하여 동학군은 영동 용산의 전투를 마지막으로 산산조각이 나고 말았으며, 한때는 10만을 헤아리던 대군의 당당한 기염(氣焰)도 이젠 하루 아침의 이슬처럼 사라졌다.

그러나 어두운 밤에 암흑을 깨뜨리고 동녘 산마루에 치솟는 아침해처럼 우렁차게 포효(咆哮)한 민중의 외침이 그렇다고 아주 사라진 것은 아니었다. 봉건적인 모든 폐습을 타파하고 만민 평등의 새로운 시대를 울리는 종소리는 백성들의 가슴속에 깊이깊이 스며 들어갔던 것이다.

한편 백성의 영웅이며, 근대의 선각자이며, 자유와 정의의 혁명아인 녹두장군 전봉준은 쓰라린 가슴을 안고 무거운 발걸음을 옮기며 순창(淳昌) 구로리(九老里)로 향하고 있었다.

도중에서 문도 김경천을 만났다.

전봉준(全琫準 1854~1895)**의 피체** 1894년 12월 28일 전라도 순창에서 피체, 서울로 압송되었다

한겨울 바람이 매섭게 불어치는 저녁이었다.

"김경천(金敬天) 군 어찌된 일인가?"

"아니 전 장군이 아니십니까? 어디로 가시는 길입니까?"

뜻밖에 전봉준을 만난 김경천은 반색을 한다.

"난 잠깐 동안 구로리에 가서 숨어 있겠네."

"네?"

"인제는 우리 동학군도 산산조각이 나고……."

생각지 않은 곳에서 문도를 만난 전봉준은 반가운 마음에서 거짓 없는 푸념을
나누었다. 그리고 앞으로 자기의 숨어 있을 곳도 밝혔다.

"틀림없이 구로리에 계시겠습니까?"

"갈 데도 없고."

"거기 가면 꼭 뵈올 수 있겠군요."

"당분간은."

"그럼 전……."

"아니, 자네는 어디로 가는 길인가?"

"네 저……."

김경천은 다짐하듯 전봉준의 은신처를 물어 보고 어디론가 급히 사라졌다.

"아 아, 추워. 무슨 날씨가 이렇게 추울까, 하늘과 땅이 모두 얼어붙는 것 같군."

땅거미가 져서 어둑어둑해지는 겨울 저녁 공기는 살을 에는 듯하였다. 낡고 썩은 잔학무도한 양반 계급의 관리, 사욕에 혈안이 되어 마음대로 정권을 농단(壟斷)하는 권신들에 반항하여, 일대 민중혁명의 깃발을 드높이 쳐들고 새 시대를 구가하며 노

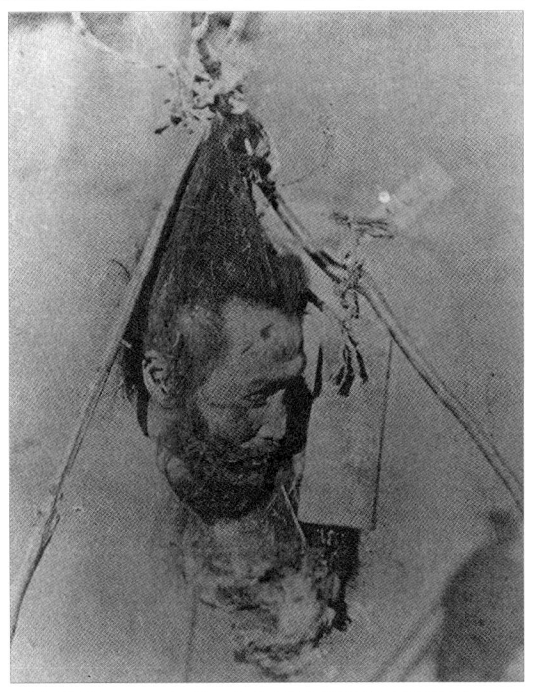

전봉준의 최후 1895년 4월 23일 효수형에 처해졌던 동학혁명의 지도자 전봉준의 최후

도처럼 밀려가던 얼마 전의 의기를 쓸쓸히 되씹으면서 할 수 없이 녹두장군 전봉준은 무거운 발걸음을 한걸음 한걸음 옮겨 놓았다.

이대로는 도저히 물러설 수 없는 일, 하루 빨리 어떻게 해서든지 동지를 규합하여 다시 한 번 칼을 갈아야 할 일이다. 하지만 그것이 어느 세월에 어떻게 이룩될 수 있단 말인가? 자기는 지금 관군에게 쫓기고 있는 몸, 그리고 많은 상금이 걸려 있는 목숨을 생각할 때 가슴이 메이고 답답하기만 했다.

"그러나, 그러나 불쌍한 건 오직 백성이다. 백성은 어떻게 살 것인가? 그렇다! 이 나라의 주인은 백성이다. 백성은 하늘과 더불어 있다. 하늘은 결코 백성을 버리지 않을 것이다. 백성이 잘 살 수 있을 때까지 천번이고 만번이고 일어나야 한다."

이렇게 속으로 다짐을 하고 나자 가슴이 약간 후련해지는 듯했다.

한편 전봉준이 순창 구로리에 숨어 있는 사실을 안 김경천은 그 길로 관군의 진영으로 달려갔다. 배신자는 어느 시대, 어느 사회에나 있는 법이긴 하지만 지금껏 전봉준의 민중혁명 대열에서 같이 일하던 김경천이 상금과 출세의 욕심에

사로잡혀 스승을 판 것이다. 언젠가 전봉준이 접사에 가장 기피해야 할 것이 경천이라는 것이 바로 이 김경천이었던 것이다.

김경천은 하늘의 별이나 따는 것처럼 의기양양하여 관군 진영으로 들어갔다.

"누구냐?"

"네, 전 본시 전봉준의 부하로 있던 사람이온데 다름 아니라……."

"뭐?"

"전봉준이 숨어 있는 곳을 알려 드리겠습니다."

그 말을 들은 관군은 그자가 누군지를 따질 여가도 없었다.

"그래, 어디에 숨어 있지?"

"전봉준은 지금 구로리에……."

배신자 김경천은 드디어 전봉준이 숨어 있는 곳을 가르쳐 주고 말았다.

"그게 정말이냐?"

"네, 방금 그리로 가는 것을 직접 만나고 오는 길입니다."

"그것이 사실이면 상을 후히 주겠지만 만일 거짓말이면 목이 달아날 줄 알고 있겠지?"

"제가 무엇 때문에 거짓말을……."

"자아, 곧 잡으러 가자."

관군의 포리들은 그 길로 구로리에 들이닥쳤다. 대역적의 괴수를 사로잡으면 조정에서 아주 큰 상이 내릴 것이 틀림없으므로 포리들은 이만저만 흥분하지 않았다. 그 상은 제발로 굴러 들어온 것이다.

구로리에 도착한 관군은 비밀리에 전봉준이 묵고 있는 집을 포위하였다.

"그 집을 에워싸라—"

구로리 어느 친지의 집에서 지난날의 여러 가지 일들을 시름없이 상기하고 있던 전봉준은 방 안에 있다가 갑자기 들이닥치는 포리들에 의해 어이없이 붙들리고 말았다.

"흥, 네놈이 전봉준이라. 이 대역 죄인아. 여봐라, 상관없으니 사정없이 쳐라."

전봉준을 손 하나 다치지 않고 잡게 된 그들은 의기양양했다. 그리하여 압송 도중 그를 마구 치려 들었다. 그러나 전봉준은 그것이 인제 자기에게 주어진 형벌이라 생각하고 신음소리도 내지 않으려 했다.

"살가죽이 터지고 뼈가 부러지도록 쳐라. 저놈 때문에 우리도 이런 고생을 하니, 에잇."

하기야 이들의 편에서 보면 전봉준이 이가 갈리도록 미운 것도 사실이다. 그러나 이러한 뭇매질에 참다 못한 전봉준은 강한 소리로,

"여봐라."

"뭐야?"

"선비는 맞아 죽을지언정 욕됨을 당하는 법이 아니다. 내가 국법을 범했다 하면 당당하게 국법으로 다스리지 사사로운 형은 하지 못할 것이다."

하고, 위엄 있게 한마디 꾸짖었다.

"뭣이?"

"나를 어서 빨리 묶어 관아에 끌고 가라. 이 장배놈들아!"

"아, 아니 저놈이—"

전봉준의 기백은 아직도 살아 있었다.

그 작은 키에 유달리 빛나는 두 눈, 그리고 그 서릿발 같은 우렁찬 목소리는 때리던 관군도 움찔하게 만들었다.

"빨리 못 할까!"

전봉준이 다시 한 번 호통을 치자 관군들은 사형(私刑)을 중지했다.

전봉준의 무서운 기백에 눌리어 사사로운 형을 더 가하지 못하고 서울로 압송하였다. 그리하여 그 이듬해 2월에 심문을 받게 되었다.

"들거라. 너 전봉준은 매관매직자를 미워한다고 했는데, 누구를 가리킴이냐?"

"조정의 권신은 전부가 그렇다. 특히 민영준, 민영환 등 척족의 무리들은 용서할 수 없다."

심판관 앞에서라도 말 못 할 그가 아니었다. 심판관은 가슴이 철렁하였으나 다음 순간 노기가 머리끝까지 치솟았다.

"어디에서 그런 무엄한 소리를."

"나는 비록 참을 당한다고 해도 백성이 너희들을 심판할 것이다."

전봉준은 시종여일하게 추호도 자기의 주장을 굽히지 않았다.

재판은 그 이상 더 길게 가지 않았다.

을미년 늦봄. 만물은 소생하고 푸른 나뭇가지에 생명이 약동하기 시작하는데, 아깝게도 한국 근대의 시민의 영웅이요, 백성의 등불인 녹두장군은 드디어 가고

말았다. 교수대에 앉은 녹두장군 전봉준은 얼굴에 웃음을 머금은 채 아침 햇살에 반짝이는 이슬처럼 사라졌다. 그러나 그는 갑오경장을 촉발시켰고 새 시대를 구가한 백성의 선각자였다.

이로부터 동학군은 점차 그 자취를 감추고 말았고, 일본의 노골적인 식민 침략 간섭은 더욱 격심해졌던 것이다.

'새야 새야, 파랑새야'라고 하는 우리들이 즐겨 부르는 민요에서도 암시되었듯이 아직 때를 못 만난 녹두장군이었는지도 모른다.

그때는 녹두철이 아니었던 것이다.

6. 갑오경장(甲午更張)

　　동학혁명의 진압 요청으로 청국이 출병하자, 이를 구실로 한국에 강압적으로 진주한 일본은, 대원군과 개화당을 조종하여 정치·경제·사회면에 큰 개혁을 강요한다. 사태를 좌시할 수 없었던 청은 일본과 정면으로 충돌, 마침내 청일전쟁으로 발전하고, 전쟁은 일본의 승리로 끝난다. 한편 민비의 책략으로 개화 정부에서는 박영효·김홍집이 대립하게 되고, 마침내 김홍집이 실각하는 등 끊임없는 정치 보복이 감행된다.

단발령 1896년 1월 1일. 상투를 자르라는 단발령이 내렸다. 고종이 솔선해서 머리를 자르고 전국민에게 명령했다

일본의 공용한부(共用限付) 제안

봉건사회제도의 질곡(桎梏)을 벗어나려는 서민의 몸부림은 드디어 동학혁명이라는 민중혁명으로 화하고, 그리하여 이는 일대 내란으로 번져 가는 가운데, 이지러지고 격렬한 모습으로 근대는 찾아왔다.

강요된 근대적 개혁이 부자연스럽게나마 마침내 이 나라에도 시작된 것이다.

민중의 의거가 각처에서 일어나고 관군이 패주를 거듭하자, 내란을 진압할 힘이 없는 조정은 우선 청나라에 구원을 요청했는데, 기회만 노리고 있던 일본군은 청군이 아산만에 상륙하자 천진조약을 빙자하여 인천에 대부대를 상륙시켰던 것이다.

이렇듯 두 나라의 군대가 다시 이 나라의 강토에서 서로 자기들의 발판을 닦으려고 날뛰는 것을 보자 조정의 권신들도 불안해졌다.

"아무래도 청·일 양국 병의 공기가 이상한데 어찌하면 좋겠소?"

고종은 마침내 어전회의(御前會議)를 열고 그 대책을 강구하고자 했다.

"전하, 역시 청·일 양군을 철퇴시키는 길밖에 도리가 없는 줄로 압니다."

"그러나 인제 와서 그자들이 순순히 우리말을 들어 줄 것 같소?"

"글쎄 그거야……."

"그럼 어떻게 한단 말이오? 저렇게 서로 으르렁대니 기어이 무슨 일을 저지를 것만 같구려."

"그렇습니다. 요사이에 와서 더욱 험악해지는 것 같습니다."

"그러다가 싸움이라도 일어나면 희생을 당하는 건 이 나라 백성일 테니……."

"황공하옵니다."

"하여튼 사태가 심상치 않으니 무슨 도리를 생각해 보오. 참 답답하오."

정말 답답한 노릇이었다. 그러나 나라가 약하고 임금이 약하기 때문에 생긴 일이니 이제 와서 누구에게 탓할 수도 없었다.

아무런 대책도 마련하지 못하고 조신들이 묵묵히 앉아 있자 고종은 버럭 소리

일본군의 북상 1894년 6월 부산에 상륙한 일본군이 서울을 향해 육로로 행군하고있다

를 지른다.

"왜들 가만히 있소?"

그러나 조신들인들 어떻게 한단 말인가?

애당초 국내 문제를 국내에서 해결하지 못하는 약한 정부이고 보매 인제 와서 당황해하는 것도 새삼스러운 일은 아니지만, 하여튼 갑신정변의 뒷수습도 스스로 못 하고, 타국인 청·일 양국이 처리한 터라, 이는 어찌할 수 없는 일이었다.

그리하여 조정은 밖으로는 청·일에 대한 외교의 어려움과, 안으로는 민중의 봉기라는 일종의 사면초가(四面楚歌)에 싸이게 되었다.

그러나 조신들 중에는 그나마의 해결 방안을 내놓는 사람도 있었다.

"전하, 이 문제를 해결하는 데 있어서는 우선 청·일 양국에게 철병을 요청하고, 동학을 싸움 대신 선무(宣撫), 진압함이 좋을 듯합니다."

"그건 벌써부터 실시해 본 게 아니오?"

그렇다. 이미 사용한 방법이었다. 하지만 다른 방법이 있을 수 없었다.

그리하여 마침내 고종도,

"할 수 없군. 다른 좋은 의견이 없으면 그렇게 하는 수밖에……."

하며, 맥없이 자리를 뜨려고 했다.

　바로 그때다. 궁궐을 향하여 한 대의 마차가 달려오고 있었다. 거기에는 청국의 오만한 관리 원세개가 타고 있었다.

　"청나라 원세개가 입궐하나 봅니다."

　"원세개가?"

　모여 있던 대신들은 원세개가 온다는 소리에 눈살을 찌푸렸다. 트집을 잡으려고 나타난 것이 빤하기 때문이었다.

　"국왕 전하! 어떻게 하실 작정입니까?"

　원세개는 들어서자마자 늘어선 조신들에겐 인사말 한 마디도 없이 다짜고짜로 이렇게 말한다. 오만하기 이를 데 없다.

　"일본군이 한양에 진주하는 것을 그대로 방치하실 작정이신가요?"

　그는 일본군이 입국한 사실에 대해서 항의하러 온 것이다. 고종은 묵묵히 앉아 있을 뿐이었다. 그래서 바로 옆에 앉았던 조신이,

　"그건……."

하며, 청국군이 먼저 진주했기 때문이라고 맞장구를 치려고 하자,

　원세개는 말을 가로막고,

　"곧 철병을 요구하십시오."

하고 협박조로 대들었다.

　"일본군만의 철병을?"

　"아니오. 일본군 저희들만 철퇴하라고 하면 말을 듣지 않을 것이오."

　"그럼!"

　"우리 청나라 군사도 물러갈 테니 일본군도 물러가도록 하십시오."

　"네?"

　원세개의 말은 뜻밖이었다. 그렇게 한다면야 오죽이나 좋을 것인가?

　그러나 그자의 속셈이 그리 단순하지 않았다. 그는,

　"만일 우리 군대가 아산에서 한성으로 진주하면 어떤 일이 일어날지 아십니까?"

하며, 딴전을 피웠던 것이다.

　"허— 그러면 큰일이오. 그러나 일본군이 한성에 주둔하고 있으면 귀국 정부는 그들의 위협하에 놓일 것이오."

　고종도 그제야 입을 열었던 것이다.

"원 대신, 청나라 군사는 틀림없이 철병시키겠소?"

아무래도 믿어지지가 않았던지 한 조신이 원세개에게 다그쳐 물었다.

"호남의 동학혁명을 진압하는 즉시로 철병하겠소."

원세개가 철병한다고 한 것은 즉시 한다는 뜻이 아니었던 것이다.

"네?"

"그러니까 일본군을 즉시 철병시키십시오."

청나라로서는 아산만에 군대를 상륙시키는 데 당당한 명분이 있었다. 그것은 조선 정부가 동학혁명을 진압시키기 위해 청나라에 청병을 했기 때문이다. 그러나 일본군이 인천에 상륙하자 원세개는 당황했다.

"우리 대청국의 입장으로서 생각할 때 일본군은 그저 문서로써 항의하고 명목상으로 소수 부대를 자기네 공사관 경호로 파견할 줄 알았소."

"그러나 천진조약에서……."

천진조약에서 양국 군대가 조선에 진주하지 못하도록 되어 있었던 것이다.

"그러나 이번 일은 귀국 정부의 요청이 아니었소?"

그것은 사실이었다. 동학군을 섬멸하기 위해 청군에게 원병을 요청한 것이 이렇게 큰 문제를 도발시키게 했던 것이다.

"그야……."

"하여튼 일본군의 철병을 요구하오. 우리도 일본에게 엄중 항의하겠소. 전하, 그럼 물러가오."

원세개는 일본군만을 우선 철수하게 하고, 청나라의 군대는 동학도를 진압한다는 명목으로 그냥 주둔시키겠다는 뱃심이었다. 명분도 서 있었을 뿐만 아니라, 조선국은 아직도 대청의 속국이나 다름없다고 생각하고 있기 때문이다.

그러나 이런 속셈을 뻔하게 알고 있는 일본은 속아넘어가기는커녕 문제도 삼지 않았던 것이다.

그리하여 원세개의 공한을 받은 일본군 진영에서는 스기무라 서기관이 즉시 오토리 공사에게로 달려갔다.

"공사 각하, 원세개의 공한에는 음흉한 저의가 있습니다."

"그렇지. 민란을 진압한 연후에 가기네도 철퇴할 테니 우리도 철퇴하라고. 하하하하……."

청국의 뱃심을 뻔히 들여다보는 그였다.

"각하, 이번 기회에……."

그들에게는 이미 계획이 수립되어 있었다. 다만 때가 오기를 기다리고 있었던 것이다.

"쉿……."

오토리는 좌우를 살피고 스기무라의 입을 막았다.

"원세개의 공한을 묵살하고……."

스기무라의 말을 받아 이번에는 나가오카 참모가 이렇게 말한다.

"우리 혼성 여단은 각하의 명령일하 신명을 바칠 각오가 되어 있습니다. 오시마 장군도 그런 각오로 계실 겝니다."

"나가오카 참모, 우리는 사명을 받고 왔소. 우리는 절대로 물러나지 않을 것이오."

"그렇습니다. 각하, 차제에 조선 정부의 개혁을 단행하고……."

"우리 일본 국민도 청나라와의 전쟁을 염원하고 있습니다."

"쇼꿍(제군)! 조선 정부나 청나라의 의견을 무시하고 우리는 우리의 계획대로 강행할 것이오."

키가 작은 오토리 공사는 단호한 어조로 마침내 비밀리에 추진해 온 그들의 계획을 발표하기에 이르렀다. 애당초 그들 일본은 군대를 진주시킴으로써 조정에 압력을 가하여 개혁을 단행하려는 데 그 목적을 두었던 만큼, 원세개 따위의 공한 하나로 순순히 물러설 그들은 아니었던 것이다.

이렇듯 우리 정부의 당황과 청나라의 음흉과 일본의 강압은 서로 엇갈려서 시시각각 태풍 전야의 밤으로 달려갔다. 그리하여 마침내 일본 공사 오토리의 조선 정부에 대한 개혁의 요구로 말미암아 격돌(激突)의 때는 오고야 말았다. 그 요구 조건은 이러하였다.

1, 관사의 직수(職守)를 명확히 하여 지방 관리의 정폐(情弊)를 정교할 것.
2, 외교 교제의 사의(謝儀)를 중히 하고 직수에는 사람을 택할 것.
3, 재판을 공정히 할 것.
4, 회계 출납을 엄중히 할 것.
5, 병제를 개량하고 경찰의 제를 설치할 것.
6, 폐제(幣制)를 개혁할 것.
7, 교통의 편을 일으킬 것

일본군의 서울 주둔 서울 만리창에 혼성여단의 본부를 설치. 뒷줄 왼쪽부터 두 번째가 오시마 여단장

이렇게 행정 질서 수립과 관리의 규율 확립을 내세우는 한편 외교 사무의 질서화, 사법 행정의 공정, 재정 행정의 철저, 군과 경찰제도의 쇄신, 화폐 개혁, 교통의 확장 등의 개혁안을 조정에 보내 왔던 것이다.

1894년 갑오년 6월 2일 궁중에서는 오토리의 이런 개혁안을 둘러싸고 심각한 회의가 열렸다.

먼저 조병직(趙秉稷)이 개혁안을 정식으로 낭독하자 이것을 듣는 고종 이하전 조신들은 기침 하나 없이 침통히 듣고만 있었다.

이 자리에 참석했던 원세개는 한편 놀라고 한편 아연해져서 조소가 섞인 말투로 일본의 제안을 비웃었다.

"흥, 마치 우리 대국처럼 행세하려고 하는군."

하고, 콧방귀를 뀌었다.

"그 개혁안이 제출된 경위를 좀 말해 보시오."

고종은 조병직에게 제출 경위를 물었다.

"네, 신 조병직이 들은 바에 의하면 일본 무쓰(陸奧) 외무대신이 5월 28일 부로 오토리 공사에게 훈령을 보낸 줄로 압니다."

"그럼, 일본 정부의 정책임에 틀림없군."

원세개가 조병직의 말을 가로챘다.

"그렇소. 이 개혁안은 오토리 공사와 스키무라 서기관, 일본 외무성의 관방문서장 가토마쓰오 등이 서로 협의하에 작성한 5개조의 내정 개혁 방안 강령으로 제출되었소."

"그러면, 경들은 어찌하면 좋겠소?"

"황공하온 말씀입니다만, 일본 공사가 제안한 개혁안에 대한 회답은 기한부입니다."

사실이었다. 일본 공사 오토리는 개혁안 끝에 주를 붙여 그 개혁안의 회답 기한을 제한했다.

"이 달 8일 정오를 기하여 확답해 줄 것을 요구해 왔습니다."

이 말을 들은 고종 이하 각 대신들은 다시 한 번 놀랐다. 원세개도 몹시 비위가 거슬렸던지,

"뭐라고? 아니 그게 무슨 말이오. 저희가 우리 대국을 무시하고 일방적으로……."

"허, 그것 참, 기한부로 대답하라고?"

고종도 기가 막힌 모양이었다.

그것은 당돌하고 불손하기 짝이 없는 행동이기도 했으나, 자기네 제안의 회답을 기한부로 보내 달라는 일방적이고 강압적인 일본 정부의 태도에 임금은 물론이거니와 조신들까지도 불길한 전조같이 느껴졌다.

원세개는 분을 못 이기는 듯 흥분한 어조로 말했다.

"주제넘는 일인가 합니다. 국왕 전하! 우리 대국이 있는데 제 놈들이 감히……."

이 개혁 요구안을 가지고 장시간 논의를 계속해 봤으나 좋은 수가 나올 리 만무했다.

이렇듯 중신들이 별로 신통한 방안을 찾아내지 못하는 것을 보자 고종은,

"허, 그러면 판중추부사(判中樞府事) 김홍집(金弘集)이 총리교섭통상사무가 되어 대책을 강구하오."

하고, 김홍집에게 이 일을 일임해 버리고 말았다.

"황공하옵니다."

이때 김홍집은 외교에 능란한 수완을 보였기 때문에 고종의 신임을 받고 있는

터였다.

"그럼 조선국 국왕 전하께서는 일본인을 직접 상대할 참입니까?"

원세개는 고종이 일본과 타협하려고 나서는 것이 비위에 거슬렸던지 짜증을 냈다. 그러나 그에게 대답해 줄 필요는 없었다.

일본의 개혁 요구에 대한 정부의 대책을 김홍집에게 일임했으나, 김홍집은 무슨 좋은 안을 제출하지 못했으며, 그저 청나라의 원조를 청했을 뿐이었다. 원세개도 일이 급박해짐을 깨닫고 이홍장에게 자기의 귀국을 요청했다.

6월 7일 고종 황제는 중신들을 다시 불러들였다.

오토리(大鳥圭介) **일본공사** 1893~1894년 재임

"신 김홍집이 아무리 생각해 봐도 좋은 안이 없는가 봅니다."

그것은 개혁안을 받아들이지 않는 조건으로 하자니까 별 도리가 없는 것이었다.

"그럼 어떡하면 좋겠소? 기한이 내일 정오로 박두했는데……."

"황공하옵니다."

"모두 과인이 불민한 탓…… 그럼 독판내무부사 신정희(申正熙)와 협판내무부사 김가진, 조인승이 내정개혁심사위원이 되어 일본 공사와 회동하고 심의를 하도록 하오."

고종도 현재 일본에 대한 입장을 생각할 때 섣불리 거절할 수도 없는 노릇이었다. 그래서 고종은 직접 나서서 그 어느 때보다 신중을 기하려 했다.

그날 밤 신경희는 일본 공사 오토리한테로 달려갔다. 우선 일본의 태도를 알아보자는 것이었다.

"오토리 공사, 우리 정부도 성의는 다하고 있다는 것을 알아 주시오."

"알겠소. 그럼 오는 10일에 노인정(老人亭)에서 양측이 회합하여 최종 결론을 내리도록 합시다."

오토리는 양국의 대표가 노인정에 모여서 토의할 것을 제안하고, 신정희가 돌아가려고 할 때 다시 한 번 기한부임을 못박았다.

"이번만은 연기할 수 없다는 사실을 알아 두시오."

그러면서 일본 공사 오토리는 자기네들의 강압적인 개혁 요구에 대하여 조선 정부에서도 강경한 반대가 있을 것을 예상하여 따로 대책을 세워 두었다.

"스기무라 서기관, 노인정 회담에 참석해서 우리의 주장을 강경히 통과시켜야겠소."

"네."

"그러기 위해서는 므쓰 외무대신 각하께 먼저 상신해 두는 것이 좋겠지?"

"네."

그 상신문은 다음과 같았다.

> 첫째, 조선 정부는 내정 개혁에 성의가 없으므로 일본에 손해를 끼친다는 이유로 개혁하게 하거나,
> 둘째, 청 · 한의 종속 관계를 폐기하도록 강압 수단을 써야 하겠음.

이렇게 우리 정부에게 위협과 강제로 개혁을 단행하도록 압력을 가하는 데는 지금까지 조선 정부의 후견국인 입장에서 국정을 좌우하던 청국을 내몰고 그 자리를 일본이 대신 차지하겠다는 식민주의적 흉계가 숨어 있었던 것이다.

그런가 하면 일본의 정책에 호의를 가지는 세력도 점차로 대두하기 시작했다. 그들은 일본에서 공부를 한 사람들과 일본에 사절단원으로 가 있던 사람들이었다. 일본이 조정에 개혁안을 내게 되자 이들은 자기들의 세상이 온 것처럼 날뛰었다.

"영감, 이번이야말로 물실호기(勿失好機)의 좋은 때라고 생각합니다."

"그렇습니다. 협판께서 심사위원이 되셨으니 이젠 우리 본래의 뜻을 펴야 합니다."

소위 일본통이라고 불리던 친일파들은 한때 주일본 공사로 있던 김가진을 찾아와 자기들의 처세에 관해 논의했다.

"그야 내가 일본 주재 전권공사로 있을 때 그 나라 사정에 탄복한 점이 많았고……."

"그러니까 이제 더 주저할 것이 없습니다."

"그리고 일본식 군대 교련을 주장하는 조의연(趙義淵)의 문하들도 우리와 뜻을 같이할 테니."

사실 조의연의 문하에도 일본식 군대 교련의 사관생들이 모여서 또한 상의를 했다.

"선생님! 때를 놓쳐서는 안 됩니다."

"그렇습니다. 일본과 청은 곧 충돌할지 모릅니다."

"이 기회에 강력한 수단을 써서라도……."

"일본군은 기습과 돌격에 많은 훈련이 되어 있으므로 모든 일이 신속히 진행될 것입니다."

"그야 난들 본래부터의 주장이 그것이고 보매."

"주저할 때가 아니라고 생각합니다. 일·청은 반드시 충돌합니다. 우리가 선수를 써야……."

"하긴 너무 지체하면……."

"그렇습니다. 지금 시민들도 동요하여 피난 준비를 하고 있는 지경입니다."

"어떻든 정부의 개혁을 단행하긴 해야 할 것 같소. 그리고 일본의 후쿠자와 유키치(福澤諭吉)의 가르침을 받은 유길준(兪吉濬), 김익승 등도."

"김 공, 이 시기를 놓칠 수 없소."

"나도 그렇게 생각하오. 유 공, 차제에 사대 정부를 전복하고……."

"그렇소. 민씨 일족을 구축해야만 우리나라도 발전할 거요."

"유 공, 우리 김가진·조의연 등과 오늘 밤 회합을 가지고……."

"그럽시다."

이렇듯 외부로부터의 일본의 강압과 내부에서의 친일파의 밀회를 지닌 채 정부 개혁의 시간은 다가왔고, 마침내 10일에는 결론이 내려지려는 것이다.

노인정의 회담

남산 기슭 이 골짜기 저 골짜기에서 흐르는 맑은 샘물이 감돌고 푸른 숲에 싸인 유수한 곳에 조용한 별장이 있었다. 여기가 바로 노인정(老人亭)인 것이다.

이 노인정에서 오늘 조선을 중심으로 하여 일어나려는 청국과 일본의 어두운 구름을 막아 보려고 조선 정부의 대표는 일본 정부의 대표와 만나는 것이다.

우리 정부에서는 수석대표로 신정희(申正熙), 부대표로 김종한·조인승 등이

참석하고, 일본 정부측에서는 오토리 공사와 스기무라 서기관이 각기 통역을 대동하여 자리잡고 앉았다.

"그럼, 오토리 공사, 말씀을 하시지요."

조선 대표 신정희가 오토리에게 발언을 요청했다. 오토리는 천천히 몸을 일으키며,

"네, 그렇게 합시다. 먼저 저번 제의한 개혁안에 대해 그 실행 방침을 말씀해 주십시오."

하고, 어디까지나 위엄을 보이려는 듯이 강압적으로 나왔다. 이에 부대표 김종한은,

"그보다도 우리는 먼저 일본군의 철수에 대한 확답을 듣고 싶습니다."

하며, 거만한 그의 태도에 못을 박았다. 오토리와 스기무라는 깜짝 놀라는 체했다.

"뭐요?"

"귀국 군대가 주둔하고 있으면서 그러한 제안을 한다는 것은 강압적인 내정간섭으로 해석될 수 있기 때문입니다."

사실 그랬다. 군대를 진주시켜서 위세를 보이게 해놓고 나서 협의식으로 개혁안을 제의한다는 것은 어불성설이다.

"그건 귀국 정부가 내정 개혁에 성의가 없다는 걸 증명하는 것이며, 결국 우리 일본 정부에 지대한 손해를 끼치게 되는 것입니다. 따라서……."

그러자 듣고만 있던 신정희가 더 참을 수 없다는 듯이 입을 열었다.

"잠깐, 우리 정부가 개혁에 대해 성의가 없는 것이 아니오. 김종한 부대표의 말과 같이 그것은 우리 정부의 일이고……."

그러자 이번에는 오토리가 말을 가로챘다.

"우리 일본 정부는 이 서 있는 방침대로 수행할 뿐이오."

"뭐라구요?"

"아, 저……."

오토리는 그만 실언을 할 뻔했다. 그러나 말문을 돌려서.

"우리 군대의 진주만 해도 천진조약에서 규정된 대로 청나라 군대가 진주했기 때문에 취한 행동이고……."

하고 딴전을 피었다. 이야기는 자꾸 중복만 되었고, 쌍방은 서로 자기들 입장의

변호에만 급급했다.

"하지만 우리 정부가 철병을 요청하니 먼저 그렇게 해주시기 바랍니다."

"그건 안 되오."

오토리는 잘라 말했다. 그러자 스기무라 서기관도 말을 거든다.

"그렇습니다. 우리 공사 각하의 말씀대로 이 상태에서는 우리 일본 군대의 철수란 있을 수 없습니다."

"먼저 개혁을 단행하시오."

오토리와 스기무라는 그저 자기네의 주장만 되풀이했다.

"오토리 공사, 우리 정부가 개혁을 실행한다는 사실을 알면 귀국 군대를 철수시키겠소?"

신정희는 차선책으로 이렇게 조건부 철수라면 들어 주겠느냐는 말을 비쳤다.

여기에 대한 일본 공사의 말은 가관이었다.

"그야 그때 가봐야 알지요."

믿을 수가 없다는 평계인지도 모른다. 그러나 이 말 한마디로 그들의 저의가 무엇인지는 뻔히 짐작할 수 있는 일이었다. 그리고 오토리는 일방적인 결론을 내렸다.

"하여튼 3일 이내에 결의하고, 10일 이내에 개혁을 단행하시오."

"그건…… 거기에 관해서는 청나라와도 상의가 있어야 하겠고……."

"신 독판, 우리 일본 정부는 귀국이 청나라와의 종속 관계를 폐기할 것을 요구합니다."

오토리는 더욱 강경한 태도로 나왔다.

"동양의 평화는 청국이 귀국에서 손을 뗄 때 비로소 이루어질 것이오. 청국과의 관계를 끊으시오!"

오토리는 책상을 탕 쳤다.

"그 말씀은 청나라와 귀국 사이가 일촉즉발의 위기에 처해 있는 것을 전제로 하고 하시는 말씀이오?"

"그렇소, 모든 준비와 각오가 되어 있소!"

이 말을 들은 조선 대표들은 서로의 얼굴을 바라보며 말을 못 했다.

그렇다. 일본 정부 내에서는 차제에 청나라와의 전쟁을 감행하고 조선을 보호국으로 해야 한다는 신흥 군벌의 강경론이 지배하기 시작했던 것이다.

그러기 때문에 실제에 있어서 이날의 노인정 회담은 두 나라가 조선 정부의 개혁에 관해서 어떤 합의점에 도달하려는 노력이라기보다는 일본 정부의 일방적인 압력을 강요하는 데 불과했으며, 더 나아가서는 일본 정부 자신이 청나라와의 전쟁을 개시하는 구실을 만들려는 데 불과했다. 내세우는 명분은 좋았다. 조선을 청국의 기반으로부터 풀어 준다는 것이었으니까. 그리고 조선 국내의 친일 정객들과 긴밀한 연락도 하고 있는 터이므로, 일본 공사 오토리로서는 안하무인의 태도를 취할 수 있었다.

녹음이 짙어 가고 만물이 생기에 넘치는데 여기 노인정에서는 날카로운 대립이 계속된다.

"사실 우리 일본 군대의 출병은 어떠한 일이 있어도 귀국을 속국화하려는 청국의 기도를 분쇄하기 위해서이며, 무슨 사태가 벌어지더라도 우리가 품은 바를 달성할 셈이오."

"그렇게 우리나라를 도와 주시려는 것은 고맙소. 하여튼 우리도 개혁을 실행할 터이니 어떻든 귀국 군대를 철수시켜 주십시오."

"그보다도 먼저 청나라의 군대를 철수시키십시오."

"청병을 철수시키면 귀국 군대도 철수시키겠소?"

신정희의 다그쳐 묻는 말에 오토리는 잠시 머뭇거리다가 그냥 얼버무려 버리고 만다.

"그야 아까 말한 바와 같이 그때 돼봐야 알겠소."

어처구니없는 노릇이었다. 청국군의 철수를 침이 마르도록 주장하는 그들이 막상 자기네 군대의 철수는 그후에야 할일이라고 하니 어찌 말문이 막히지 않을 것인가? 오토리는 자기들 주장은 다 이야기한 셈이라는 생각에서인지 회의를 중단시키려 했다.

"더 길게 애기할 필요가 없는 것 같군!"

"그렇습니다, 공사 각하."

"회담을 끝냅시다. 다시 한 번 말씀드립니다. 귀국은 열흘 안으로 개혁을 실시하십시오. 우리 일본군은 그대로 주둔하고 있겠소."

"참으로 유감입니다. 우리 정부는 귀국과 청국 간의 일을 평화리에 조정하려고 했던 것입니다."

"참으로 유감입니다."

　노인정의 회담은 드디어 결렬되고 말았다. 일본측의 일방적이고 강압적인 요구를 듣는 결과밖에는 안 되고 만 것이다. 이 소식이 퍼지자 청 · 일 양국이 언제 전투를 개시할지 몰라서 서울거리의 이 구석 저 구석에서는 시민들의 근심스러운 얼굴들이 스산했다. 그들은 모여 앉으면 노인정 회담에서 빚어진 일본의 전쟁 각오와 그에 대비해야 할 이야기뿐이었다.

　"여보게, 도대체 어떻게 되는 셈인가?"

　"글쎄, 난들 알겠나? 오늘 노인정에서 만난 일도 틀린 모양이니."

　"일본하고 청나라가 싸운다면서?"

　"글쎄, 그렇게 되겠지."

　"그렇게 되면 우리나란 어떻게 되는 건가?"

　"뻔하지. 이긴 놈의 나라에 매어 살게 되겠지."

　"어째서?"

　"우리나라야 뭐 힘이 있어?"

　"쳇."

　그들은 침을 뱉으며 일어섰다. 그리고 하늘을 쳐다본다. 갑자기 먹구름이 일어날 듯하다.

　이렇게 시민들은 불안함을 억제하지 못했으나 그 결과에 대해선 자기네들과 직접 상관이 없는 이야기처럼 오히려 양반들의 세력 다툼이라고 생각했다. 하지만 역시 걱정스럽지 않을 수 없었다.

　"아니, 그럼 우린 나라를 빼앗긴다는 말인가?"

　"알게 뭐야. 그까짓 거 생각하믄 뭘해. 나라가 있건 없건 우리네야 목구멍에 풀칠이나 하면 되지."

　"하긴 이렇게 못 살 바에야 한바탕 변이래도 났음 좋겠어."

　백성들은 누가 정권을 잡고 누가 나라를 지배하든 배불리 먹고 마음놓고 살 수 있는 세상이면 좋겠다는 지극히 체념적인 태도뿐이었다.

　"여기 붙었다 저기 붙었다, 이랬다저랬다. 잘 놀라지. 우리넨 그저 살아가면 그뿐이야."

　"고래 싸움에 새우등 터지는 격이지."

　이렇게 시민들이 웅성거리고 있을 즈음, 그들이 앉아 있는 앞길에는 요란한 행진 나팔 소리와 함께 한 떼의 일본 군대가 지나가고 있었다.

이들에게 그들의 행진의 발걸음 소리는 더없는 불안을 이끌어다 주었다.

사실 백성들은 나라가 어떻게 되는지 알 수도 없었고 알 필요도 없었다. 그들은 오랜 세월을 생활에 시달려 왔으므로 국가의 운명이나 정권의 추이에 대해 흥미조차 잃었으며 오직 체념만이 남았을 뿐이다.

그러나 시국이 너무도 급박하므로 그들 사이엔 두려움이 감돌고 있었다. 시국은 그렇게 절박했던 것이다.

이때 일본 본국 정부에서도 무쓰 외무대신이 마지막 훈령을 내렸다.

"각하, 조선 주재 오토리 공사에게 보낼 훈령을 기안해 왔습니다."

"읽어보게."

그 훈령은 이러했다.

> 일 · 청 간의 충돌을 촉진함은 오늘날의 급무이니 이를 단행하기 위해서는 어떤 수단이라도 취하라. 일체의 책임은 여(余) 자신이 담당할 일이라, 공사는 조금도 본국에 대해서는 고려할 바 없다.
>
> 외무대신 무쓰

특급 비밀에 속하는 외교 훈령이었다.

"그럼, 곧 전보를 치겠습니다."

"그러게, 한시바삐."

2일, 이 훈전(訓電)을 받자 오토리 공사는 스기무라와 참모장을 불렀다.

"이제 본국 정부에서 훈령도 왔으니 주저할 것 없이 실행하오."

"예정된 계획대로……."

이들은 본국 정부의 훈령이 오기 전에 이미 그들대로의 계획을 세워 놓았던 터였다.

"어떤 강압 수단을 써도 좋으니 우선 전신 · 철도 등의 이권을 요구하고, 참모장은 언제든지 출동할 만반의 준비를 갖추시오."

일본이 이처럼 횡포한 행동을 취하리라고 미리 짐작한 사람이 조정 안에 없었던 것은 아니다.

지난 해에 민란을 진압하기 위해 외국군의 힘을 빌리려 했던 일이 있었다. 그때 조정에서는 이런 논의를 한 적이 있었다.

"오늘 경들을 이렇게 부른 것은 다름이 아니라, 각처에서 일어나는 소요를 진

압하기 위해 최후의 작정을 하자는 거요."

먼저 고종은 이렇게 회의 소집 이유를 말하고 나서 잠시 말을 멈췄다가,

"누구든지 묘책이 있으면 말해 보시오."

하며, 늘어선 중신들을 죽 둘러보았다.

그러나 아무런 대답도 없자 고종은 다시,

"아무도 의견이 없으면 과인이 지난번에 누구와 한번 의논한 바 있소만……
외국의 군병을 빌리는 것이 어떨까 하오."

아무도 대답하는 사람이 없었다.

사실 임금 앞에 모인 이른바 중신들은 임금의 그런 의견을 속으로는 은근히 찬
성하고 있었으나, 누구나 먼저 말을 꺼내고 싶지 않을 따름이었기 때문이다.

그런데 다만 한 사람인 조병세(趙秉世)만은 고종의 말을 못마땅하게 생각했
다.

조병세가 드디어 침묵을 깨뜨렸다.

"전하!"

"말해 보오."

"신 조병세가 삼가 말씀드립니다."

"어떤 의견이라도 좋으니 괘념치 말고."

고종은 이 시끄러운 문제를 빨리 처리해 버리고 싶었다. 그래서 누구라도 빨리
말하기를 기다리던 차라 숨을 후유하고 내쉬었다. 그러나,

"그건 안 될 말씀이옵니다."

하고, 조병세는 다부지게 쏘아붙였다.

"뭐라고?"

조병세의 말은 뜻밖이었다.

고종은 뚫어질 듯이 조병세를 바라보았다.

"외국병의 차래(借來)는 사직의 위난을 초래할까 두렵습니다."

"무슨 이유로?"

"일찍이 청국이 장발적(長髮賊)의 난을 만났을 때, 외국의 군병을 빌려 씀으
로써 마침내 천진(天津)의 치욕을 받았고……."

"그렇다고……."

"아닙니다. 신은 절대로 반대입니다."

좌우에 둘러선 대신들은 웅성거렸다. 조 대감의 말에는 너무 독선적인 점이 있었다.

"하지만 청나라 군대를 빌린다면 국토를 팔지 않아도⋯⋯."

"아니옵니다. 청국군을 청하면 일본이 가만히 있지 않을 것입니다."

이 말에는 고종도 아무 말을 못 했다. 천진조약이 살아 있으니만큼 청국군을 끌어들이면 일본이 가만히 있을 리가 없다.

사실 그렇기도 했다.

"그러나 상감께서 그러하시고, 사실 각처의 불한당들을 진압해야만 될 것이 아니겠소?"

민 대감이 조병세에게 반대를 표명했다.

"민 공, 자국의 백성을 치기 위해 남의 나라의 군대를 끌어들인다는 게 될 말이오?"

"그럼 어떻게 한다는 거요?"

"어떻든 그것만은 안 되오."

조병세로서는 민씨네 당신들이 정신을 차려서 백성들을 잘 살게 정치를 잘하면 될 것이 아니냐고 면박하고 싶었을 것이다.

그런데 세도 민씨는 자기네 정권을 유지하기 위하여 드디어 청나라에게 원병을 청하였고, 그로 인하여 또 일본군의 진주를 초래하게 했던 것이다.

그러나 일본군이 용산에 진주한 이후만 해도 대원군은 일본군의 요청을 강경히 거절했었다.

6월 5일의 일이었다.

"대원위 대감께 아룁니다. 일본 로시(浪士) 오카모도 류노스케(岡本龍之助)라는 사람이 대감을 뵙겠다고 왔습니다."

"무슨 일로 왔다더냐?"

"만나 뵙고 말씀드리겠다고 합니다."

대원군은 일본인이 자기를 보자는 데 그리 탐탁하지가 않았다. 비위에 거슬리는 요청일 것이 분명했기 때문이다.

"만날 필요도 없다고 하여라."

"그렇게 거절하였습니다만 꼭 뵈어야겠다고 버티고 섰습니다."

"그래?"

"심상치 않을 것 같습니다."

잠시 망설이던 대원군은 들어오라고 했다.

이 오카모도 류노스케라는 일본인은 로시(浪士)로서 조선에서 한몫 보려고 건너온 사람인데, 마지막까지 대원군 측근에서 암약한 자다.

오카모도는 곧 들어왔다.

"대감, 우리 일본 정부의 뜻을 전하러 왔습니다."

"말씀해 보시오."

"우리 일본 정부는 귀국이 하루바삐 사대 정책을 버리고……."

"허, 그건 국왕 폐하께 말씀드리시오."

"아니올시다. 그래서 민씨 척족을 몰아내고……."

"뭐요?"

"대원군께서 다시 정권을 잡아 새로운 내각을 조직하시기 바랍니다."

대원군은 이 오카모도란 자가 마치 일본 정부를 대표해 온 사람처럼 행동하는데 처음부터 비위가 거슬렸던 터이므로 진심을 말할 리가 없었다.

"난, 그런 말을 들을 귀가 없소."

"제 말이 너무 당돌해서 귀에 거슬리시는 모양입니다만……."

"아니오. 나는 그런 걸 생각해 본 적이 없소."

"아닙니다. 대감이야말로 귀국을 바로잡고……."

사실상 오카모도는 그런 생각을 하였을는지 모르나, 대원군을 움직여서 일본 정부의 조선 정부 개혁정책을 실천하는 데 앞잡이 노릇을 시켜야 한다는 결의는 굳었다.

이에 반해서 대원군의 태도는 냉담했다.

"그런 말씀을 하려거든 돌아가시오."

"그러나 지금의 귀국 정부를 개혁해야 할 것은 틀림없지 않습니까?"

오카모도가 대원군을 찾아온 데도 그만한 이유가 있었던 것이다. 그들의 안목으로 볼 때 대원군이야말로 집정의 적임자로 보였다.

"그건 나도 그렇게 생각하고 있소."

"그러니까…… 대감께서 지금 나서서……."

"하여튼 나는 못 하겠소."

청나라건 일본이건 남의 나라일에 간섭하려 드는 내심을 뻔히 알고 있는 대원군의 태도는 결연한 바 있었던 것이다.

그러나 그 뒤 열흘이 못 되어서 일본은 노인정 회담을 일방적으로 결렬시키고 강압적이고 치욕적인 요구만 내세웠다. 그러나 청국의 원세개도 일본의 그런 태도를 가만히 보고만 있지는 않았다.

일이 급해짐을 알자 원세개는 영국 영사를 부리나케 찾아갔다.

"맥도날도 영사!"

"웬일이시오, 원 총리. 이렇게 급하게."

"일이 급하게 되었소."

"네?"

원세개는 앞으로의 전개될 일이 자기 혼자의 힘으로는 어찌할 수 없는 경지에까지 이르렀음을 이때 이미 알아차렸던 것이다.

외교단 회의의 결렬

일본측이 의외로 강경하게 나오자 원세개는 여러 가지 수단으로 일본군의 철퇴를 꾀하였다. 그러나 해결이 날 리 만무했고, 마침내 충돌의 위기에 봉착하게 되자 최종적인 타결책을 모색하려고 맥도날도 영국 대사를 찾아갔던 것이다.

"일본군이 무엇을 믿고 그렇게 강압적으로 나올까요, 원 총리?"

사태를 대강 짐작하고 있던 맥도날도는 아무것도 모르는 사람처럼 원세개에게 반문했다.

"글쎄 말입니다. 도저히 모를 일입니다. 저들이 감히 우리와 싸우려고 덤벼들진 못할 테고."

어디까지나 아전인수(我田引水)격인 해석이었다.

"하여튼 일본이 이 이상 행패를 하지 못하도록 해야 할 게 아니오. 원 총리."

"그러니까 한성주재 외교단 회의를 열어 일본에 대해 국제적 압력을 가해야 될 것 같습니다. 맥도날도 씨."

청국 단독으로만 일본을 배격하는 것이 어렵게 되자 원세개는 한성 주재 외교사절단 회의를 제안했고, 이 회의 진행에 맥도날도를 이용하려고 한 것이다.

"옳습니다. 곧 외교단 회의를 엽시다. 외교단의 결의로 압력을 가하면 일본이 아무리 식민의 야심이 크다 해도 물러설 것입니다.”

“맥도날도 총영사, 귀하만 믿습니다.”

“걱정 마십시오. 대영 제국의 힘은 무한합니다.”

“감사합니다. 하지만 다른 나라들이 뜻을 같이할는지요?”

“그야 설득해야 하겠지요.”

“그럼 내일이라도.”

“알겠소.”

원세개가 영국 영사 맥도날도와 밀의한 이튿날 서울 주재 외교단 회의가 열렸다. 영국 총영사가 서둘렀던 것이다. 유사 이래 처음 있는 외교관 회의였다.

이날 모인 각국의 대표자는 영국 총영사 맥도날도를 비롯하여 미국 대리공사 앨런(H. N. Allen, 安連), 불란서 대리공사 블랑제, 독일 영사 크린, 러시아 대리공사 추이치, 그밖에 일본의 오토리 게이스케 공사, 청국의 원세개를 대리한 강소의 등이었다.

사회는 제안자인 맥도날도가 맡았다.

“여러분, 오늘 이 자리에 한성 주재 각국 대사를 모이시라고 한 것은 다름이 아니고, 현하 급박해진 이곳의 정세를 검토하고…… 이에 대한 평화적 대책을 강구하자는 것입니다.”

맥도날도는 우선 회의 소집에 대한 목적을 밝히고 각국 대사들의 동의를 구했다. 모두들 고개를 끄덕였다. 다들 미리 짐작하고 온 터이었기 때문이다.

“맥도날도 총영사, 오늘 회합은 귀하의 주관하에 소집되었으니 먼저 복안을 말씀하시지요.”

독일 영사 크린이 맥도날도에게 복안 설명을 요구하자,

“그것이 좋겠소.”

하고, 각국 대표들은 찬동했다. 그들은 서로 이 복잡한 국제적 문제에 대해 서두를 꺼내기 싫어했다.

“그럼, 여러분께서도 아시다시피 청·일 양국 대표에겐 미안합니다만…… 지금 청·일 간에 대단한 긴장 상태가 조성되고 있습니다.”

맥도날도는 숨김없이 단도직입적으로 현재의 정세를 간파했다.

“잠깐, 그 원인이 어디 있는지 아시고 하는 말씀이겠지요?”

오토리 공사는 차제에 자기들의 태도를 밝히는 것이 상책이라 생각하고 언권을 요구했다.

"오토리 공사, 잠깐만 계십시오."

그러나 오토리는 사회를 무시하고 말을 꺼냈다.

"아닙니다. 우리 일본은 천진조약에 의해 행동했을 뿐이오."

"그건 사실이 아니오. 우리 청국은 조선 정부의 요청으로 출병을 했을 뿐이오."

청국 대표 강소의도 즉각적으로 응수했다.

"그렇다면 사전에 우리 일본과 합의를 해야 될 것이 아니오."

"민란으로 어지러운 사회를 진무하는 것은 조선국의 상국인 우리 청나라의 의무이기도 하오."

"갑신정변 이후 우리 일본도 조선국에 괸해서는 발언할 권리가 있소."

"그러나 귀국 군대의 인천 상륙과 한성 진주는 불법이오."

"우리는 눈뜬 채 일본의 손해를 감수할 수는 없소."

이 외교단 회의를 꾸민 나라가 청국이란 것과, 회의 소집의 의도가 어디에 있는지를 미리 짐작한 일본은 청과 회의 벽두부터 날카롭게 대립하기 시작했고, 회의 진행은 기다릴 것도 없이 본제(本題)로 들어가서 정면으로 대결했다.

그것은 문제의 해결을 위하는 것보다 악의에 찬 감정과 이해(利害)의 결투였던 것이다.

회의장이 이처럼 살벌해지자 방안에 잠시 무거운 침묵이 감돌았고, 각자는 자기 나라의 이해 관계를 생각하여 신중한 발언을 찾고 있었다. 그러나 그 각박한 분위기를 그대로 둘 수는 없었다.

회의 소집자인 맥도날도는 입을 열었다.

"여러분, 우리는 두 나라가 다투는 것을 보려고 모인 것이 아닙니다."

"그렇소."

이렇게 되자 쑥스럽게 된 것은 두 당사국이었다. 그들은 다투어 사과를 했다.

미국 대리공사 앨런이 입을 열었다.

"맥도날도 씨, 회의를 질서 있게 진행시키기 위해 먼저 귀하게서 의견을 제출하십시오."

"그렇게 하십시오. 앨런 미국 공사의 의견에 찬성합니다."

미국 대리공사 앨런과 불란서 대리공사 블랑제가 회의 분위기를 전환시키려고 했다.

　"어쨌든 이 긴장 사태를 완화하기 위해서는 첫째 인천항과 한성을 국외 중립지로 선언하고, 둘째 한성과 인천 간의 도로도 국외 중립지로 선언할 것을 제안합니다."

　이 얼마나 어처구니 없는 일인가? 마치 전승국들이 패전국의 영토를 마음대로 분할하는 식의 태도였던 것이다. 우리나라 스스로가 해결할 문제인데도 그들은 우리 정부의 주권이나 의견은 전혀 무시하고 하는 수작들이었다. 이것은 8·15 해방 직후 미국·소련 양국이 이른바 공동위원회를 개최하여 이 나라의 신탁통치를 논의하던 일을 상기시킨다.

　회의는 그냥 계속된다. 이 제안에 따라 찬반 양론이 뚜렷해졌다. 먼저 청국 대표 강소의가,

　"좋습니다. 우리 청국은 이를 절대로 지지합니다."

하며, 찬의를 표했다.

　그러나 오토리 공사는 즉시 반대의 뜻을 명백히 표시했다.

　"맥도날도 씨, 그것은 우리 일본 군대가 인천에 상륙하여 한성에 주둔하고 있고, 또한 경인가도의 오류동에도 우리 군대의 일부가 남아 있는 있는 것을 탓하는 말입니까?"

　"그건 어떻든 사태의 수습을 위해서입니다."

　"우리 독일 정부로서는 인천을 국외 중립지로 하는 것은 찬성합니다만 한성은 제외하기를 바랍니다."

　"미국 대표는 어떤 의견이십니까?"

　"그 점에 관해서…… 저로서는 일이 중대하니만큼 본국 정부에 조회를 해봐야 알겠습니다. 더욱이 조선 정부의 의견도 모르고……."

　"우리 불란서로서도 검토해 봐야 되겠습니다."

하고, 미국과 불란서는 신중을 기해서 직접적인 개입을 회피하려 했다.

　"러시아 대표는 찬성하십니까?"

　"글쎄, 그건 베베르 공사가 귀임해야 가부를 말씀드릴 수 있을 것입니다."

　각국의 이해와 입장에 따라 의견은 구구했다.

　"그럼 당사자인 일본 대표는?"

　모두 일본 공사 오토리에게 시선을 집중시켰다. 아무래도 오늘 회의의 열쇠는

일본이 쥐고 있었다.

"우리는 반대입니다."

그는 한 마디로 잘라 말하고 나서 반대 이유를 이렇게 말했다.

"우리 일본 정부는 우리의 이익에 위배되는 그런 의견에 찬성할 수는 없습니다."

하고, 우선 반대하고 나서 다시 말을 이어,

"우리 일본은 이 회의의 저의를 의심합니다."

하며, 회의 자체부터 무시하고 나왔다.

그리하여 결론을 내리지 못하고 회의는 그 이튿날로 연기하기로 되었으나, 사실상 영국의 제안은 부결되고 만 셈이며 정세는 조금도 변하지 않았다. 그리하여 청국 총리 관저에서는 강소의가 원세개에게 회의 결렬을 보고하고 나서 그들의 태도를 논의했다.

"그처럼 일본군의 태도가 강경한 줄은 몰랐습니다, 원 총리님."

"일본과의 일전을 각오해야 할 것 같소."

아무래도 일본이 도전적으로 나오는 게 확실해지자 원세개는 직접 본국과 상의한 뒤 결정하려고 귀국을 서둘렀다.

6월 11일 원세개는 남의 눈을 피해 인천항으로 가서 정박 중인 평원호에 올랐다(일설에는 원세개가 서울에서 인천까지 가는데 여자의 행색을 하고 갔다는 말이 있다).

원세개가 귀국하게 되자, 국내에서의 긴장감은 더욱 고조되었다.

이에 박차를 가하여 오토리 일본 공사는 중대 성명을 발표했다.

"나는 지금으로부터 한성과 부산 간의 전신을 가설할 것을 명하니, 오오시마 혼성여단장(混成旅團長)에게 야전 전신대로 하여금 군용 전신 가설을 요구하오."

이 말 한마디로써 일본의 청국과의 결전 의사가 확실해졌다.

이 사실이 알려지자 백성들의 동요는 이루 말할 수 없었다.

"여보게 큰일났네. 빨리 피난을 가야지."

"글쎄, 장안이 불바다가 될 것 같네."

"자하문 밖에라도 나가야지."

"도대체 이런 나라 꼴이 어디 있담. 쯧쯧쯧."

"에이, 경칠 놈의 세상!"

"그러나저러나 빨리 어디로 가야지."

그들은 일본 공사 오토리의 성명을 듣고 이렇게 불안해했다.

백성만 우왕좌왕하는 것이 아니었다. 권세를 잡고 있는 척족 민씨네들도 국가의 장래는 어떻게 되든지 일족의 안전만을 지키려고 초조했다.

그들은 우선 친일파의 거두인 김가진(金嘉鎭)을 은밀히 불렀다.

"오, 잘 오셨소. 이거 야단났소. 다름이 아니라 일이 급박해진 것 같은데, 공께서 이 민영준이를 위해 애 좀 써줘야겠소."

"무슨 일인데요?"

김가진은 시치미를 떼고 반문했다.

"공은 일본과 친분이 두터운 사이니 어떻게 일이 벌어지기 전에 일본과 평화리에 일을 하도록 최대의 힘을 기울여 주시오."

"그야 저로서는 최선을 다하겠습니다만……."

"꼭 부탁하오. 이러다간 큰일나겠소. 우리 민씨 일가는 물론이거니와 나라의 장래가……."

"네, 저도 이 나라에 태어났고 이 나라의 녹을 먹는 사람…… 너무 걱정 마십시오."

"이번 일만 평화리에 해결되면 공을……."

높은 벼슬자리를 준다는 것이다.

"알겠습니다."

김가진은 만족한 듯이 돌아갔다.

이러는 가운데 시커먼 구름은 하늘을 뒤덮고 금세라도 무서운 우렛소리가 터질 듯하였다.

금세라도 태풍이 일고 비가 쏟아질 것 같았다. 그 비는 총탄의 비요, 피의 비일 것임에 틀림없다.

백성들은 극도의 불안에 사로잡혔다. 그리하여 약삭빠른 친구들은 피난을 서두르는 것이었다. 아무래도 장안에 있다가는 그대로 불바다에 휩쓸려 죽을 것만 같았기 때문이다.

그것은 우리 조정의 군대에 의지할 수 없음이 너무도 명백한 사실이었기에 더했다. 백성을 보호할 힘이 없는 조정이었던 것이다.

날이 새자 동대문 밖으로, 서대문 밖으로 피난가는 사람들의 아우성은 아비규환의 지옥을 연상시켰다.

6월 16일 저녁 일본 공사는 다음과 같은 최후 통첩을 우리 정부에 보냈다.

　　1, 조선 조정은 조약에 의해 모름지기 일본 병영을 수축할 것.
　　2, 조선 조정은 독립국이므로 청국병을 조선 국토 밖으로 철수시킴으로써 그 실증을 보여 줄 것.
　　3, 현행 한·청 조약은 독립국의 의해 반하므로 급속히 이를 해소할 것.

이런 통첩을 받자 어전회의가 곧 열렸다.

"다시 한 번 읽어보시오."

고종의 얼굴에는 초조한 빛이 역력했다.

"청·한 종속 관계를 기초로 체결된 중선상민 수륙무역장정(中鮮商民水陸貿易章程)·중강통상장정(中江通商章程)·길림무역장정(吉林貿易章程)의 3조약의 폐기를 요구함."

아무리 다시 읽어보아도 어마어마한 사실임에는 틀림이 없었다.

"기한이 2일 자정이라 하니 어찌하면 좋겠소?"

고종은 대신들의 입에서 혹시 좋은 방안이라도 나올까 해서 늘어선 조신들을 두루 훑어본다.

그러나 뾰족한 수가 있을 리 없었다. 그저,

"이 문제는 우리가 일방적으로 정할 수도 없는 문제이므로 원세개의 대리인 강소의와 상의한 연후에 정하심이 좋을 듯합니다."
하는 것이 고작이었다.

청국의 지배를 오랫동안 받아 왔던 이들에게 청국에 대한 조약 폐기가 주목적인 일본의 통첩을 결정하는 데 있어서 청국의 의견을 듣는다는 것은 이들로서 마땅히 취할 바였는지도 모른다.

"그렇게 해야 된다면 그렇게 해야지."

황제 고종은 대원군과 민비의 오랜 세력 다툼 속에서, 그리고 강대국의 세력 다툼 사이에서 우유부단(優柔不斷)한 사람이 되어 버리고 말았다.

궁중에서는 이렇듯 아무런 주견이 없이 전전긍긍한 가운데 남의 눈치만 살피고 있었는데, 새로이 대두한 친일당들은 민씨 척족 정권의 타도를 위해 맹렬한 암약을 전개하고 있었다. 그들은 죽동의 조의연 집에 모였다.

"여러분, 좀 조용하시오. 말을 질서 있게 진행시킵시다."

"그렇소. 인제 민씨 일파의 규탄은 말하지 않아도 다 알고 있는 터이고."

"하여튼 갑신정변 이래 일본 세력을 구축한 자, 개화당을 섬멸한 장본인, 접종(接踵)하는 민란의 원천인 민비 등을 처리해야 하오."

"조의연 선생, 의견을 말씀하시지요."

"내가 생각하기에는 우선 왕비를 폐하고……."

조의연은 궁중에서 민비가 도사리고 있는 한 자기들의 세력이 침투할 수 없음을 알고 있었기 때문에 우선 민비를 폐하는 것이 선결 문제라고 생각했다.

조의연이 이렇게 말을 꺼내자 각자 구체적인 행동 목표를 토로하기 시작했다.

"그보다 먼저 일본병으로 하여금 궁궐을 경호하게 해야 될 줄 압니다."

"대원군을 모셔다 섭정을 삼는 게 좋을 듯합니다."

"그러면 뭐, 대개 중요한 골자는 정해진 셈이군."

본시 그들의 뜻은 같았다.

그렇게 하여 친일당들은 첫째 일본병을 궁궐에 진입시켜 왕궁을 경호하게 하고, 둘째, 민비를 폐하고, 셋째 대원군을 섭정에 앉히기로 하고 곧 행동에 들어갈 것을 다짐했다.

이렇게 풍운이 급한데, 정부는 일본 공사의 최후 통첩을 의논하기 위해 청국의 강소의와 의논하고 있었다.

"글쎄, 지금 곧 우리나라와 귀국 간의 모든 관계를 백지로 돌리라는 것은……."

"그러면 어떻허면 좋겠소?"

"하여튼 우리 본국 정부에 조회를 해봐야지, 저 혼자의 의견으론 도저히 결정할 수 없소. 더욱이 원 총리가 귀국한 차제에."

"그러나 오는 20일 자정(子正)까지 기한부이기 때문에."

"적당히 회답을 꾸며 보냅시다."

말하자면 시일을 끌어 가지고 원 총리가 돌아온 뒤 결정하자는 말이었다.

"그렇게 해서 일본측이 납득할는지요?"

그것도 그렇다. 약고 치밀하기로 이름난 오토리가 그 내심을 모를 리 없기 때문에 지연책도 결국은 수포로 돌아갈 것이 뻔했다.

이 시간에 일본 공사 오토리도 조선 정부의 회답을 초조히 기다리고 있었다.

물론 그의 검은 뱃속에는 조선측이 백 퍼센트 수락한다는 회답이 오리라고는 생각하지 않았다.

그는 오히려 거부해 오기를 기다렸는지도 모른다. 그의 뱃심은 이미 작정되어 있었기 때문이다.

"스기무라 서기관."

"하잇(넷)."

"더 이상 기다릴 수 없소."

하며, 조선 정부에 최후 통첩을 보내도록 했다.

"우리 일본 정부는 이 이상 참을 수 없어서 군대를 출동시킬 것이다."

최후 통첩의 내용은 이러했다.

점령당한 왕실

바람이 일고 우레가 진동하고 소낙비가 쏟아져, 무슨 변이 돌발할 듯 심상치 않은 20일 저녁이었다.

이날 자정을 기하여 일본의 최후 통첩의 회답을 해야 한다. 그러나 자기네의 안전에만 혈안이 된 민영준 등 정부 인물이 갈팡질팡하는 가운데 시간은 점점 다가왔다.

이때 민영준은 입궐은 하지 않고 집에 들어박혀 사태를 관망하고 있었다.

천둥과 빗소리가 요란한 가운데 한 대의 마차가 달려와 민영준의 대문을 요란스럽게 흔들었다. 방에 앉았던 민영준은 가슴이 철렁하였다. 하인으로 하여금 문을 열어 주게 하고, 사정에 따라서는 자기가 집에 없다고 말하라고 일렀다.

그러나 있느냐 없느냐 묻지도 않고 들어오는 사람은 민영준 일파의 정부 고관이었다.

"오— 박 대감, 웬일이시오, 밤늦게?"

"대감, 큰일났소이다. 이 일을 어찌하면 좋겠소."

"도대체 어떻게 되는 거요?"

"네? 그럼 민 대감은 오늘 입궐하시지 않았구려. 무슨 일이 일어났는지도 모르시니."

"무슨 결론도 나오지 않을 것 같고…… 또 식구가 많은데 만일 내가……."

"정말 야단났습니다. 지금 일본 공사관과 외성대에서는 수상한 분위기가 감돌고 있습니다."

사실 일본 공사관 정문에는 말을 탄 무관들이 빈번히 드나들 뿐만 아니라 장교들이 긴장한 표정으로 들락날락하였다. 그리고 공사관 안에서는 오토리가 득의만면해 있었다.

"하하하하…… 그러면 빨리 문안(文案)을 작성하게, 스기무라."

하며 문서를 작성하는가 하면, 한편으로는 산포(山砲) 몇 문을 외성대 위에 끌어 올리고, 야포(野砲)를 종로 거리의 중앙에다 끌어 놓는 둥 야단법석이었다.

이런 부산한 광경을 문틈으로 내다본 시민들은 그저 고양이 앞에 마주친 쥐처럼 숨을 죽이고 벌벌 떨고만 있었다.

그리고 그것은 마치 어느 먼 나라에서 일어나는 일처럼 생각되었다.

두렵기야 했지만 그 동안 정부와는 너무도 떨어져 있던 백성들이었고, 또 정부도 돌봐 주지 않은 백성들이기에 시민들은 그것이 자기네와 깊은 관계가 있는 일이라고 믿어지지 않은 것도 사실이다.

밤비는 줄기차게 내리고 있다. 대포를 내다 거는 일본군의 모습을 본 한 부부는 나직이 속삭였다.

"여보, 세상이 어떻게 되는 거요?"

"한바탕 할 모양이지."

"난이 일어나는 거예요?"

"왜놈들이 저렇게 대포를 걸어 놓는 걸 보니 오늘 밤 안으로 무슨 변이 날지 모르지."

"네? 그럼 여보, 우리도 피난을 갈 걸 그랬어요."

"어디로?"

"어디든지."

"피난도 먹을 게 있어야 갈 수 있어. 그저 팔자에 맡길 수밖에."

"참, 기가 막혀서. 그래, 상감께선 저런 꼴을 보시고도 가만 계시나요?"

"상감인들 어떻게 해?"

피난을 하지 못한 부부가 그것을 보고 한탄하고 있을 때 갑자기 밖에서 요란히 말발굽 소리가 나더니 어디론가 사라진다.

"에크."

부인은 깜짝 놀랐다.

장안의 시민들이 이렇듯 불안에 떨고 있는 가운데 일본군은 순시대(巡視隊)로 하여금 수시로 시가를 돌게 하였고, 보초도 여기저기 세워 놓았다.

"수상한 자가 지나가면 무조건 사살하라."

"하잇(네)."

밤은 아주 깊을 대로 깊었다. 여기는 무정부 상태의 어느 식민지 같다. 불과 몇 명이 안 되는 일본군이 장안 거리를 점령하고 보초를 서고 있는 것이다.

이윽고 자정이 되었다. 역사의 시간은 마침내 오고야 만 것이다.

정부에서는 아무런 회답도 없었다. 그러나 일본측으로서는 회답 같은 것은 아랑곳하지도 않고 다만 자기네대로의 계획을 진행시키고 있었다. 밤은 깊어 갔다.

그리고 태풍이 예고된 새벽은 다가왔다. 새벽 닭 우는 소리가 장안에 울려 퍼지고, 저 멀리 왕십리 쪽 산마루에 동이 훤히 트기 시작했다.

한 방의 총성을 신호로 21일 새벽 3시, 일본군은 마침내 용산으로부터 서대문을 거쳐 경복궁으로 들이닥쳤다.

"1대는 영추문(迎秋門)으로, 다른 1대는 광화문으로부터 건춘문(建春文)으로 전진—"

거칠 것이 없었다. 밤새에 다 점령된 거나 다름이 없었다.

그러나 건춘문으로부터 경복궁으로 돌입하려던 일본 군대는 한국 위병과 충돌하였다.

"왜놈을 한 놈도 궁 안에 들어오지 못하도록 해라."

"일제 사격."

아무런 거리낌도 없이 달려오던 일본군들이 이 뜻하지 않은 위병의 공격에 부닥치자 일시 주춤하여 뒤로 물러서는 듯했다. 사실 일본의 병력이 그리 많았던 것도 아니다.

쌍방의 교전이 약 30분에 걸쳐 치열하게 벌어졌을 때였다.

친일파의 한 사람이 말을 타고 달려왔다.

"위병장은 어디 있는가?"

그는 위병장을 찾아서 전투 중지를 명령했다.

강녕전(康寧殿) 임금의 정침(正寢) 건물인 강녕전까지 일본군 1개 대대가 쳐들어와 점령했다.(일제가 총독부 건물을 짓기 위해 헐어내기 이전의 사진, 지금은 다시 복원 되었다)

"어?"

"어명이오. 곧 전투를 중지하라."

"네?"

왕명이란 말에 위병장은 어안이 벙벙했다. 일본군이 물러가려는 찰나였기 때문이다.

"그리고 빨리 후퇴하라."

그래도 위병장은 선뜻 명령을 내리지 않으려 했다.

"빨리 정지 명령을 내려!"

왕의 칙사로 가장한 친일파가 급히 서두르는 바람에 그만 위병장은 사격을 중지시키고 말았다.

"사격 중지!"

그러나 이것은 왕명이 아니었다. 일본군과 짜고 한 친일파의 짓이었던 것이다. 드디어 일본군의 돌격 명령이 내렸다. 위병은 후퇴를 하고 말았다.

왕명을 위칭(僞稱)한 친일파의 기만에 넘어가서 그만 왕궁을 수비하던 평양 병들은 삼각산 기슭으로 도주하고 말았다. 그러나 그 싸움에서 일본병이 50명이나 죽었다. 광화문으로부터 경복궁에 진입한 일본군 1개 대대는 인정전(仁政殿)으로부터 강녕전(康寧殿) 일대를 점령하였다.

"허— 여기 보물이 많이 있군."

"끄집어 내세."

"그래, 가져가야지."

"석기나 서적들이지만, 하여튼 가져가고 볼일이야."

왕궁을 점령한 일본군들은 신기한 보물들을 보자 모두들 제멋대로 약탈해 갔다. 심지어는 후원에 있는 새와 짐승까지도 잡아 갔던 것이다.

한편 일본군이 경복궁을 점령하자 국왕 고종은 건청전에 드셨다. 민비는 이번 일에 직접 관여하지 않은 까닭에 궁금하기 짝이 없었다. 민비가 나서지 않은 것은 이즈음 그가 몸이 불편했기 때문이었다.

"상감, 도대체 어찌 되는 일입니까?"

"난들 알겠소. 그자들이 차마 이런 짓을 할 줄은 몰랐는데……."

"아— 왜병이 궁궐을 점령하다니."

"중전, 너무 상심 마오. 내 곧 일본 공사를 불러 따지겠소."

국왕의 소환을 받은 일본 공사 오토리는 자기네 군대가 궁궐을 강점한 데 대해서는 아무런 설명도 하려 들지 않고, 오히려 미리 작정한 계획대로 국왕 고종에게 강압적으로 요구 조건을 내놓을 뿐이었다.

"국왕 전하, 이 난국을 수습하는 길은 대원군으로 하여금 집정토록 하는 길밖에 없습니다."

"대원군께서 말씀을 들으실는지."

"들으시고 안 들으시고의 여부가 없습니다. 우리 일본 정부는 그렇게 정했습니다."

"아니, 일본 정부가 우리 일을 마음대로……."

"빨리 대원군을 모셔 옵시다."

"그렇다면 별수없소만, 귀국 군대를 경복궁으로부터 물러나게 하시오."

"그건 차후에 처리할 문제입니다. 대원군께 곧 어사를 보내시기 바랍니다. 그럼 물러가겠습니다."

오토리는 고종이 반문할 사이도 주지 않았다.

조선이 일본의 식민지도 아닌데, 국왕 고종은 일본국 공사 오토리의 한낱 괴뢰, 아니 한낱 앞잡이에 불과하였다. 그것은 불과 얼마 안 되는 군대에 의해 궁궐이 강점되었다는 엄연한 사실 때문이었다. 오토리의 강요를 받은 고종의 어사는 운현궁으로 갔다.

"어사요—"

새벽에 일본군이 궁궐을 점령했다는 사실을 알고 있던 대원군은 어사가 온다는 소리에 심상치 않음을 예측했다.

"수고하십니다."

"대원군께서도 날로 정정하시어 다행이옵니다."

"그래, 무슨 분부시오?"

"대원군께서도 오늘 아침 일을 아시옵는지?"

"알고 있소."

"그럼, 긴 말씀 드리지 않겠습니다. 곧 입궐하시라 하십니다."

"입궐을? 무슨 일로?"

"대원군께서 정사를 맡아 주셔야 하는 줄 압니다."

예기치 못했던 일은 아니었다. 그러나 대원군은 미리 결심한 바가 있었던 것이다. 만일 자기에게 집권하라고 간곡히 권하더라도 응하지 않을 결심이었다.

"그건 안 될 말이오."

"주상께서의 특명이옵니다."

"황공하온 말씀이오. 그런데…… 그건 일본 공사의 강요가 아니오?"

그는 일본 공사의 그 아니꼬운 간섭을 받고서 정사를 맡고 싶지 않았다.

"네?"

"아, 저— 하여튼 나로서는 못 받아들이겠어."

"그건 곤란합니다."

그러자 대원군은 말문을 돌렸다.

"그보다 중전께선 별고 없으신지?"

숙원의 정적인 며느리 민비의 안부를 물었다.

"네, 별고 없는 줄로 압니다. 그저 일이 갑작스러워서……."

"갑작스러울 것도 없지요."

이미 짐작하고 있었다는 듯이 말하는 대원군에게 어사는 아무 말도 못했다.

"모두 무고하시다니 다행이오. 그럼 주상께 이 늙은이는 그저 여생이나 편안히 지내게 해주십사고 말씀드려 주시오."

"대원위 대감, 다시 고려해 보시기를."

"알겠소."

그러고는 더 이상 말하기가 싫은지,

"어사 돌아가신다."

하고, 큰 소리로 외쳤다.

일이 그렇게 될 줄은 미리 짐작은 하고 있었으나 일본인들의 행패를 괘씸하게 생각하였던 대원군은 분노를 참지 못했다. 그러면서도 자기로서는 정작 어떻게 할 도리도 없었다. 그리고 일본의 강요에 움직이지 않는 것이 자기로서는 최대의 반항이라고 생각했다. 한편 어사가 왔을 때 민비의 안부를 물어 본 것은 숙연(宿緣)의 정적의 일이 궁금해서였던 것이다.

그러다가 대원군도 마음은 내키지 않았으나 왕명에 못 이겨 입궐하기를 승낙하고, 이날 참내(參內)하기로 했다. 일본 로시(浪士) 오카모도가 안내를 맡았다.

"그럼 떠납시다."

"네―"

"그런데 오카모도 씨, 당신도 같이 가는 거요?"

"네, 제가 모시고 가기로 되었습니다."

"그렇소?"

대원군은 담담한 표정이었으나, 오카모도가 따라나서는 것이 비위에 상했던 모양이었다. 행차가 떠나려 할 때 오카모도는 광화문으로 가자고 했다.

그러나 대원군은 한마디로 반대했다.

"아니오, 영추문으로 들어가겠소."

"네? 어찌하여 광화문으로 들어가시지 않고."

"영추문으로 갑시다. 자아, 갑시다."

"네―"

부득이 입궐하지 않을 수 없었으나 일본군의 호위를 받으며 입궐하게 된 것이 심히 불쾌한 대원군은 광화문으로 들어가는 것을 완강히 거부하고 영추문으로 들어가, 경회루 동쪽으로부터 강녕전의 뜰을 지나 근정전(勤政殿)에 들었다.

"상감, 오랜만에 뵈옵니다."

"대원위께서 그 동안 별고 없으셔서……."

"상감도……."

"이번에 또 어려운 국사를 맡아 주셔야 하시겠고."

영추문(迎秋門) 경복궁의 서쪽 출입문으로 일반 관원원들이 출입하는 문이었다

"상감을 위한 일이라면……."

10년 동안 아버지요 아들이면서도 정치의 요술과 제도의 모순 때문에 서로 만날 수 없었던 두 사람의 가슴은 메어지고, 눈물은 소리 없이 뺨에 흘러내렸다. 더욱이 스스로의 뜻으로 만난 자리가 아니고 외국군의 압력으로 만났음에랴!

"대원위께선 곧 정부를 개조하시고 정사에 착수하기를."

"상감, 할 수 있는 데까지 해봅시다."

이렇게 말하는 대원군의 주름진 얼굴엔 그 어떤 결의가 스쳐 갔다.

대원군은 주로 친일당이 주동이 되고 있는 신정권의 주요 인물들과 정부의 조직을 의정하고 군국기무처(軍國機務處)의 설치를 작정했다. 그리고 22일에는 백성을 학대하고 나라의 재정을 부패케 한 민씨 일족의 처단을 발표했다.

"전 의정부 좌찬성(左贊成) 민영준(閔泳駿)은 전라 영광군(靈光郡) 임자도(荏子島)로 유배하고."

민영준의 유배를 발표하자 친일파들은 즉각 불만을 표시하고 나왔다.

"참형하오. 참형해야만 하오."

그러나 심판은 계속되었다.

"전 통제사 민형식은 동 홍양군 녹도(鹿島)로, 전 통제사 민응식(閔應植)은 동 강진군 고금도(古今島)로 각각 유배키로 하오"

이렇듯 민씨 일당의 참형을 요구하며 울부짖는 친일당의 소음 가운데 심판은 진행되고, 임오(壬午)·갑신(甲申) 양 변란시에 유배되었던 신기선(申箕善)·윤웅렬(尹雄烈)·경광국 등은 각각 소환되어 서용(敍用)되었다.

그리고 진령군 김창렬에게도 형벌을 가하였다. 이 말을 듣자 민비는 적이 놀랐다.

"뭐? 진령군에게도 형벌을?"

"네—"

"음, 어디 두고 보자."

민비는 이를 바드득 갈았다. 그러는 가운데 갑오의 개혁은 시작되었다. 그러나 되풀이되는 정치 보복과 대원군과 민비와 친일당의 갈등은 과연 정치 개혁을 순조롭게 수행시킬 수 있을 것인가?

군국기무처

대원군은 다음 단계로 정부 대신들을 임명 발표했다.

"그럼 새 정부의 명단을 발표하겠소. 의정부 영의정에 김홍집, 좌의정 조병세, 우의정 정범조(鄭範朝), 외무독판 김윤식(金允植), 선혜당상(宣惠堂上) 어윤중(魚允中)."

이것은 물론 일본 공사의 압력으로 이루어진 개혁 정부의 수뇌진인데, 집권자인 대원군을 비롯해서 조병세 등은 청·일 어느 나라의 힘도 빌리지 않고 자주 정부를 세우고 싶었던 것이다.

그리고 군국기무처의 개청식이 있기 전날인 27일 밤, 국왕 고종도 영의정 김홍집을 불러 각별히 지시했다.

"경은 오늘의 이 치욕을 씻도록 각별히 유의하오."

"황공하옵니다. 성상(聖上)께서 뜻을 굳게 가지시면 국가가 편안하고 백성을 잘살 수 있게 만들 줄 아옵니다."

"남의 나라에게 휘둘리는 조정을 바로잡아야 개혁도 되는 것이오."

"지당한 분부이옵니다."

"그리고 영의정인 경이 주동이 되어 군국기무처의 세목을 만들도록 하오."

"어명대로 벌써 군국기무처의 장정(章程)과 조(條)를 만들었습니다."

"그러면 국가의 중대 사건을 의논할 때 임금도 한몫 끼는가?"

"응당 전하께서도."

국왕 자신도 국사가 남의 나라의 의사에 좌우되는 것이 못마땅하였지만 중대사에 발언할 수 있다는 데 적이 안심이 되었다.

한편, 이번 사건의 주동이 된 친일당인 김가진, 안경수, 유길준, 조의연 등은,

김홍집(金弘集 1842~1896) 제3차 김홍집내각을 세웠으나 단발령을 시행하는 등 과격한 개혁 정치를 실현하다가 광화문에서 군중들에 의해 살해되었다

"우리가 대원군을 업고 들어온 것은 민씨 일족을 내몰기 위한 수단이었소. 일이 성취된 이 마당에 있어서는 대원군의 의견을 물어 볼 필요가 없소."

"그렇소. 김 협판의 말씀이 옳소."

"대원군 역시 이번 일엔 조금도 성의가 없을뿐더러 오히려……."

"장위사 조의연 공의 말대로 대원군은 오히려 못마땅히 생각하니 군국기무처의 실권을 우리 친일당이 장악해야 하오."

하면서, 대원군을 한낱 괴뢰화시켜 버리고 자기네대로 일본의 메이지유신 같은 근대 개혁을 꿈꾸고 있었다.

한편, 지금까지 정권을 농간하던 민비는 일본이 강제로 한일공수동맹(韓日攻守同盟)을 강요하자,

"상감, 일이 이렇게 된 바에야 동맹을 수락하지 않을 수 없으나……."

"하지만 아직 상국은 상국대로 있으니."

"그러니까 이 사실을 청나라에 비밀히 알리기로 하십시오."

"청나라에 밀사를?"

"네, 아마 이번 일에 관해서는 시아버님께서도 동의하시리다."

"그럴까?"

격침된 청군 군함 1894년 7월 25일 아산만에서 일본 해군에게 격침된 청군 군함 고승호

"대원군께선 내가 밉겠지만 일본놈도 미울 테니."

"하긴 그렇지."

민비는 민비대로 또다시 암약하기 시작했다.

정치의 이면에서 이런 암투와 갈등이 벌어지는 가운데 군국기무처는 개청식을 맞이했다.

6월 28일 대원군이 이의 개청식을 선언했다.

"지금 왕명을 받들어 군국기무처를 개청하오."

이날 임명된 군국기무처의 명단을 보면, 총재 김홍집, 회의원 박정양(朴定陽)·김윤식(金允植)·김종한(金宗漢)·조의연(趙義淵)·이윤용·김가진(金嘉鎭)·안경수·정경원·박준양·이원주·김학우(金鶴羽)·유길준(兪吉濬)·김하영(金夏榮)·이응익(李應翼)·서상집 등이었으며, 그리고 서기관 2인 또는 3인을 두되, 이 회의에 의하여 정강 일체를 심의 결정하기로 했다. 한편 정부 조직의 제도도 근대적으로 바꾸었다. 중앙에는 의정부·궁내부의 2부와 내무·외무·탁지·군무·법무·학무·공무·농상무의 8아문을 두고, 또한 의정부는 중앙의 최고 기관으로서 이의 장관을 총리대신이라 칭하기로 했다. 그리고 궁내부와 8아문의 장을 대신이라 하고, 포도청을 폐하고 경무청을 둔다는 등의 골

청일전쟁 성환전투 일본군의 전투대비 모습. 이 전투에서 일본군 80여, 청군 1,000여 명이 전사했다

자였다.

이것을 발표하고 이어 군국기무처 총재 김홍집은,

"이로써 우리 정부는 조선국이 개국된 5백3년 만에 신정부로 개혁되었습니다."

하고, 정식으로 선포하였다.

이렇듯 낡은 제도를 새로운 제도로 고치면서 한국 정치에 일대 변혁이 일어나는 동안, 한국 문제를 둘러싸고 서로 강력한 지배력을 가지려는 청·일 양국은 드디어 전쟁을 개시하였다.

풍도(豊島) 앞바다에서 먼저 충돌한 양국 군은 곧 육지에서 일대 회전을 기도했다.

그 첫 대전은 경기도 성환(成歡)벌에서 벌어졌다.

양국의 치열한 전투는 시작되었다. 두말 할 것도 없이 전쟁의 원인은 조선에 있어서의 지배권 쟁탈에 있었으며, 이 전쟁이야말로 우리나라 근대사의 향방을 바꾸는 중대한 전환점이 된 것이다.

이 싸움에서 청국군은 처음으로 기관총을 사용했다. 당시엔 양국이 모두 단발 소총이었기 때문에 연발 기관총은 청국군을 유리하게 했다.

"하하하…… 우리 신식 연발총에 왜병들이 두려워진 모양이군."

청국군 사령관은 기관총의 위력이 보이는 듯하자 자못 너털거리며 웃었다.

"그렇습니다, 장군. 이제 맛을 좀 봐야지만 저놈들이……."

그러나 고래로 악과 명예를 자랑하면서 육박전에 능한 일본군은 쓰러져도 적진으로 돌입해 들어갔다.

"도쓰게키—"

기관총을 겁낼 일본군이 아니었다. 그들 특유한 육박전으로 공격을 감행하자, 설사 기관총은 몇 정 가진 청군이었지만, 기세가 꺾이기 시작하니 얼마 안 되어 뒤로 물러나기 시작했다. 마침내 청국군이 참패를 겪고 일본군은 경성으로 개선했다.

성환의 싸움에서 지기 시작한 청국군은 그 뒤 패주에 패주를 거듭하고 계속 밀리게 되었다. 서전에 있어서 기습과 파죽지세(破竹之勢)의 승전을 자랑하는 일본군의 육박전에 대한 이상한 신념은 이때부터 만들어졌는지 모른다. 일본이 그렇게 상상 외로 승첩하는 것을 보자 이 나라의 조정에서도 눈이 휘둥그레졌고 친청파는 숨도 못 쉬게 되었다. 반면에 친일파는 의기양양했고, 일본의 압력으로 진행되는 개혁 정부의 정책은 착착 진행되었다.

그런데 본시 남의 힘으로 단행된 개혁이라 정책의 근본 개혁을 무엇부터 착수해야 할지 뚜렷한 주견이 서지 못했으나 우선 새 정책의 원칙을 작정해야 했다.

6월 30일 개혁 정부의 군국기무처는 그 정강의 정책을 토의했다.

"여러분, 지금부터 장정의 토론을 시작하겠소. 먼저 준비된 기초 안을 낭독하고 토의에 들어가겠소."

이날 회의장에는 벽두부터 오토리 일본 공사가 앉아 있었다. 김홍집 총재가 회의를 주재하여 우선 다음과 같은 기초 안을 준비해 오게 했다.

> 1, 지금부터 공사문서(公私文書)의 연호(年號)는 청력을 사용치 않고 개국 기원을 사용한다. 즉, 태조 개국의 해를 원년으로 계산한다.
> 2, 양반, 상민은 법률상 동등하며 귀천문벌(貴賤門閥)을 불문하고 인재를 등용한다.

그 중 중요한 조항을 간추리면 인신매매의 금지, 조혼의 금지, 즉 남자 20세 이상 여자 16세 이상으로 결혼이 가하며, 과부에 재가를 허용한다. 그리고 범죄자 가족의 연좌(緣坐)를 폐지하며, 대신이 지나갈 때 평민은 서거나 하마(下馬)하

일본군의 개선 잔치　1894년 7월 29일, 성환전투 승리를 기념하여 서울 용산에 개선문을 세우고 성대한 행사를 가졌다

는 습관을 없앤다.

과거제도를 없애고 새로 관리등급법을 제정하며, 세금의 납부는 금납제로 고친다. 또한 관리로서의 사법 경찰이 아닌 자는 어떠한 부(部) · 아문(衙門)이라 할지라도 백성을 함부로 국문(鞠問)하거나 포박하거나 형벌과 고문(拷問)을 할 수 없다. 또 광대 등이 천민 됨을 면한다고 하였다.

그리고 소년의 해외 유학과 외국 고문(顧問)의 초빙도 규정했다.

이것은 확실히 근대 인도주의에 입각한 인권 옹호 · 만민 평등 · 주권 재민의 근대 민주주의 정치 이념에 기초를 둔 정책임에 틀림없었고, 그것은 일본의 메이지유신을 본딴 것이라 할 것이다.

사실 이 정책이 우리나라 정치인의 의식으로 수립되고, 우리나라 정부 자체의 힘으로 수행되었다면 우리나라는 선진 민주국가에 뒤떨어지지 않고 발전되었을 것이며, 일본 제국주의의 압정도 피할 수 있었을 것이다. 그러나 남의 나라의 압력으로 어쩔 수 없이 개혁을 발표하게 된 것이니 그것이 잘 실천될 리가 없었다. 조신(朝臣)들 중에는 아주 비위가 틀려 반대하려는 축도 더러 있었다.

다음 날 회의에서는 친일파의 거두들이 당당히 분위기를 압도하였다. 차차 그들은 발언권을 확보해 가고 있었다.

남의 나라 땅에서 전쟁 전투가 있는 곳마다 우리의 폐혜는 막심했다. 평양전투에서 파괴된 선교리 민가

“오늘 회의에서는 우선 일본 정부에 대해 감사의 결의를 하기 바랍니다.”

조의연이 일본 정부에게 일단 감사의 뜻을 표하자는 의견을 내놓자, 김가진 · 김학우 등은 즉시 찬성했다.

“그렇소. 일본 정부는 병력을 동원하여 아국의 자주를 보호했을 뿐 아니라 아국 정부의 개혁에 지대한 후원이 있었소.”

그리하여 감사 사절단의 파견을 다수결로 결의했다. 회의는 연일 계속되었다.

그러나 관리의 여행 규정, 서민의 경례, 품계의 개정, 관아의 인장(印章), 심지어는 외국 문자에 관한 것, 집집마다 문패를 달고 동명(洞名)과 번지를 써 넣도록 하는 것 등의 지엽적인 문제를 논의하였을 뿐 개혁의 핵심은 추구하지 못했다. 10여 일이 지나 처음으로 신식 화폐의 발행 장정을 논의했다.

선혜당상 어윤중이 은 · 백 · 적 · 황 등의 4종을 제의했다.

“이제부터 통화를 은화, 백통화, 적동화, 황동화의 4종으로 하는 것을 제안합니다.”

그리고 며칠 뒤엔 정치 문제가 논의되었는데, 그것은 이 나라의 병폐인 붕당의식(朋黨意識)이 자아내는 정치 보복의 문제였다. 친일당의 거두들이 들고일어났던 것이다.

강제 점거된 관가 평양에 진출한 일본군은 우리의 행정청인 선화당을 강제 점거하고 자기들의 사단본부로 사용했다

"오늘은 악정의 음흉한 장본인인 민영준의 징벌 문제를 논의해 봅시다."

"요녀(妖女) 김창렬, 소위 진령군의 형벌에 관해서도 결정을 내립시다."

"민형식 등 민씨 척족의 처벌도 아울러 의정하는 게 좋겠소."

"좋소."

이미 대원군이 벌을 내렸음에도 불구하고 이들은 다시 논의하기에 이르렀다. 형량(刑量)에 대해 불만이 컸던 것이다.

설혹 갑오의 개혁 정책이 피상적이고 지엽적으로만 맴돌고 있었지만, 섭정의 자리에 앉은 대원군은 친일당들의 일방적인 강행을 못마땅히 여겼고, 또 친일당들 역시 대원군을 무시했으므로 대원군파와 친일당파는 서로 비협조적이었다. 그래서 그들은 대원군을 물러 앉힐 기회만을 엿보고 있었다. 7월 24일, 군국기무처의 위원을 정식으로 임명하는 날, 마침내 대원군파는 그 그림자를 감추었으며, 다시 당쟁의 싹은 트기 시작했다. 대원군 측근자들은 대원군이 강력한 정치를 하지 않는 게 불만이었다.

"대원위 대감, 그렇다 하더라도 일단 정권을 장악한 이상……"

"그 정권이란 우리 스스로의 힘으로 얻은 것이 아니고 일본의 강요에 의한 것이었소."

조선군의 차출 일본군은 청군 포로를 감시하기 위해 우리나라 군졸들을 동원했다

측근자들이 일단 정권을 장악한 이상 친일파의 난동을 제지하고자 하여도 대원군은 듣지 않았다.

"하여튼 무슨 방법을 강구해서든지 이 나라를 옳은 길로 끌고 가야 되지 않겠습니까?"

"지금 청국과 일본은 평양에서 결전을 하려는 직전이오. 결과가 어느 쪽의 승리로 돌아갈지 모르오."

"그러면……."

"이럴 때 일본이 지도하는 회의에 나가는 것은 우매한 짓이오."

대원군은 그래도 청국의 힘을 믿고 있었다. 그러니까 아직 전쟁이 진행 중인 지금 일본 편에 붙는 것은 무모한 일이라고 생각했다.

"그러나 지금은 민씨 척족 중 민영달(閔泳達)을 제외하고는 모두 배제되었다고 하나, 중전께서는 또 어떤 수단으로 재집권을 획책할는지 모르니……."

"그야 교묘한 수단으로 세력의 끈을 잡고 다시 들어앉으려고 하겠지만……."

사실 민비는 대원군의 후퇴를 노려 다시 자기 파의 재기를 획책하고 있었다. 그러는 가운데 거리에는 이상한 소문이 돌기 시작했다.

"여보게, 이런 말 들었나?"

"무슨 말?"

"저번 일본병이 경복궁으로 쳐들어간 것은 박영효의 조작이라네."

"뭐? 저 갑신년의 난을 일으킨 부마(駙馬) 박영효 말인가?"

"그래, 개화당의 금릉위 말일세."

"허—"

사실이야 어떻든 간에 8월 1일에는 박영효로부터 상소문이 임금에게 들어왔다.

'죽을 죄를 진 박영효의 원정사류단은 신이 세록(世祿)의 후예(後裔)로서 신의 부자 형제 가득히 총애와 영작(榮爵)을 누리어 신의 부자는 감격해 마지않습니다. 신은 다만 성은의 만일을 보답키 위하여 사리의 순역(順逆)을 모르고 갑신년 겨울에 국사가 위급한 것만 짐작하고 울분을 이기지 못하여 제정을 개혁고자 단행한 것입니다. 일편의 충성을 다하지 못하고 악명만 남게 되었습니다.'

그러면서 이번에 서정을 일신하고 모든 잘못을 용서한다니 자기의 죄를 다시 다스려 달라는 것이었다. 여기 박영효가 다시 등장하여 풍운은 또 일어난다.

박영효의 재등장

10년 동안의 망명 생활에서 고국에 돌아온 박영효가 갑신년 정변 때의 자기의 죄과를 다시 밝혀 달라는 상소문을 올리자 조정 안에서는 의견이 분분했고, 국왕 또한 갈피를 잡지 못하고 있었다.

"영의정, 이 일을 어떻게 처리하면 좋겠소?"

영의정 김홍집을 붙잡고 박영효의 문제를 상의하려는 고종이었다.

"글쎄요."

"그야 과인도 박영효의 사람됨을 사랑하고 있소. 그리고 금릉위가 깨인 사람이라는 것도."

고종은 사실 박영효를 아끼던 터였다. 갑신년의 역적으로 몰려 어쩔 수 없이 망명을 떠난 사람이긴 하나 지금에 와서 보면 박영효의 재등용도 가능할 수 있을 것 같았다.

"신의 생각으로도 금릉위는 일본 정부에서 신임하는 분이옵고……."

김홍집도 박영효와는 가까웠던 터이고, 지금 정부가 일본의 손아귀에 있는 이상 그와 손을 잡고 일하고 싶은 생각도 있었다. 하지만 다른 중신들은 달랐다.

"아뢰옵기 황송하오나, 신은 금릉위 박영효의 반역죄가 용서되어선 아니 될 줄 압니다."

"허— 경은 또 어째서?"

"만일 박영효의 상소가 청허되어 다시 국정에 참여시킨다면, 첫째 국법의 질서가 문란해지고."

역적으로 망명해 있던 사람을 다시 등용한다는 것은 천부당만부당한 일이었다.

"둘째는 대원위 대감께서 어떻게 생각하실지 모르고."

"과인도 그런 걸 생각하지 않는 건 아니오."

"더욱이 비 전하께서……."

"대감, 전하께 그런 말씀은……."

김홍집이 중신의 말을 제지했다.

고종은 무슨 마음에서인지 박영효를 반대하는 중신들의 말에 귀를 기울였다.

"영의정, 모두 솔직히 말하도록 내버려 두시오."

"황공하옵니다."

"실은 과인도 부친 대원군과 중전이 금릉위를 좋지 않게 생각하는 것이 마음에 걸리오."

"그러나 신 김홍집 생각으로는 금릉위의 귀국이 일본 정부의 뒷받침이고 보매……."

반대파의 의견도 꺾이지 않았다.

"영상, 그렇다고 우리가 다스릴 것은 우리가 다스려야지."

"그야……."

"그렇다고 가부간 결정을 내리지 않을 수도 없는 일이고……."

"신은 박영효의 사면이 절대로 불가하다고 생각합니다. 어찌 역적과 더불어 같은 하늘을 이고 살겠습니까?"

갑신년의 정변도 친일당의 거사로 이루어졌고 이번 쿠데타도 일본군에 의해 이루어진 일이니만큼, 박영효의 재등장은 누구나 짐작할 수 있는 일이다. 그러나 조신들 간에는 아직 수구파도 남아 있고 더욱이 박영효는 일단 역적으로 몰렸던 사람이니만큼, 그 등장을 극구 반대하는 사람도 있었다. 대원군 역시 민비의 세력을 구축하는 데 힘이 될 것을 생각했으나 박영효의 귀국이 일본 정부의 어떤 계략에 의한 것으로 의구(疑懼)하여 오카모도를 불러들였다.

"오카모도 군, 박영효의 귀국에 대해서 사전에 무슨 의논이 있었소?"

"그야……."

"어떻게 할 작정이오. 일본 정부는."

"아, 저 그분은 개혁 사상이 철저한 분이고."

"그건 나도 알고 있소. 그저 그 사람이 갑신년에 반란을 일으킨 역적이라……."

"대감, 그러나 지금은 사정이 다르지 않습니까?"

오카모도는 박영효를 두둔하고 나섰다.

"사정은 그렇지. 그러나 사정이 다르다면 다르지."

그렇게 생각하면서도 보수주의에 철저할 뿐 아니라 일본 정부의 강압적 처사에 대해 심히 불쾌하게 생각하고 있던 대원군으로서는 박영효의 귀국에도 일본의 음흉한 계책이 숨어 있는 것같이만 생각되었다.

한편 갑신정변 때 청국군을 끌어들여 개화당을 몰아낸 민비로서는 박영효의 귀국에 어떤 두려움을 느꼈다. 민비는 민영달을 은밀히 불렀다.

"대감, 박영효의 상소가 어찌 될 것 같소?"

"곤전마마께서도 들으셨겠지만, 오늘의 어전회의에서는 결론을 못 내렸습니다."

"그럼?"

"그러나 상감께서는 사면할 의사가 많은 것같이 보입니다."

"상감이?"

고종이 박영효의 역적의 죄를 씻어 줄 것 같다는 말에 민비는 소스라치게 놀랐다.

"네—"

"허— 만일 그렇게 되면?"

"그야 상감께서도 깊은 생각이 계셔서……."

"아니오. 금릉위는 우리 민씨에 대해서 앙심을 품고 있을 게고, 그렇게 되면 일본이 그자의 편이라 무슨 짓을 할는지 모를 일이오."

"상소문에는 금릉위도 자기 죄를 뉘우치고 있는 듯하옵니다."

"말로야 뭐라곤들 못 하겠소."

역시 민비는 갑신 이후 김옥균·박영효 등에게 가한 잔인한 보복의 복수를 받을까 두려워했다. 더욱이 일본이 전적으로 밀고 있기 때문에 돌아올 수 있었던 박영효이므로 그와 맞싸우려면 일본과 싸우는 것과 마찬가지이니 지금의 민비의 힘으로써는 도저히 불가능한 사실이었다. 문득 민비의 두 눈이 번뜩이었다. 필시 어떤 묘안이 떠오름에 틀림없었다.

"영달, 좋은 생각이 있소."

"네?"

"가까이 오시오."

민비는 잠깐 민영달의 눈을 쏘아 보다가,

"상감께 박영효의 특사를 내가 간청하겠소."

하고, 뜻밖의 말을 끄집어 냈다.

"네?"

민영달은 긴장해서 다음 말을 기다렸다.

"박영효를 기용하도록 우리가 주장하면 박영효도 우리와 가까워질 것이고, 따라서 그를 통하여 일본과의 연결도 가능하고……."

역시 민비는 계략이 있는 여자였다. 박영효의 사면이 무르익어 가고 있는 지금, 그가 박영효를 두둔하고 나온다면 박영효도 민비 일파를 미워할 리 없을 것이다. 옛날 일이야 그도 불문에 부친다고 했으니…….

"또 시아버님의 세력을 견제하는 데도……."

"그렇지만 국적은 처형해야 한다는 대의명분론이 강하므로……."

그러나 민영달은 결국 민비의 정략을 수긍했다. 마침내 박영효의 사면 운동에 나서기로 했다.

이제 이들은 몇 분 사이에 박영효 배척파에서 박영효 지지파가 되어 버린 것이다. 자기들의 이익을 위해서는 박영효가 역적이든 아니든 상관할 바가 아니었다.

"내가 지금 곧 상감께 여쭙겠소."

중전의 말을 한 번도 거절해 본 적이 없는 국왕 고종은 민비가 그렇듯 적극적으로 박영효의 사면을 주장하고 기용을 간청하는 데야 주저할 이유가 없었다.

고종은 본시 박영효를 아끼고 있었던 것이다. 그리하여 8월 4일 박영효는 사면을 받았을 뿐 아니라 일약 부총리 격인 내무대신으로 임명되었다.

갑신정변에 관여했던 개화파들은 축연을 베풀었다.

"이제부터 이 박영효는 분골쇄신 조국의 개혁에 전심하겠소. 많은 지도 편달을 바라오."

"자아, 축배를 듭시다."

갑신의 역적 박영효가 망명 10년의 세월을 보내고, 이렇게 고국 정계에 환영을 받으며 다시 돌아올 수 있었다는 것은, 첫째 일본 정부의 강력한 영향력에 의

한 것이고, 둘째로는 민비의 권모술수(權謀術數)의 여덕이라고 할 수 있으나, 한 편 생각해 보면 어쩔 수 없는 시대의 흐름이 가져다 준 선물인지도 모른다.

그러나 박영효의 등장으로 말미암아 개혁 정부 안에서는 또다시 세력의 대립이 생기게 되었다. 그것은 김홍집 대 박영효의 대립이었다. 그리고 박영효가 등장하면서 군국기무처 안에는 민비의 세력이 점점 대두하기 시작했고, 이제 대원군파는 거의 자취를 감추었다.

그런가 하면 8월 8일 군국기무처 회의에는 과반수가 결석하는 등 벌써부터 개혁의 열이 식어 가고 있었다. 그리하여 국왕 고종도 김홍집을 불러 책했다.

"듣건대 오늘 회의에는 과반수가 결석하였다니, 그것이 사실이오?"

"황공하옵니다."

"총재는 결석 위원들의 조처를 강구하오."

"네—"

그러한 결과가 될 것은 당연한 일이기도 하였다.

여기 보리 한 알이 땅에 떨어졌다고 하자. 그것은 흙 속에 고이 파묻혀서 스스로 싹이 트고 자랄 때에 비로소 한 포기의 풀이 되어 열매를 맺을 것이다. 물론 물을 주고 김을 매어 주어야 함이 더욱 좋을 것이지만, 성급한 농부가 있어 빨리 키워 열매를 따먹기 위해 억지로 순을 잡아당기면 그 보리싹은 시들어 버리고 말 것이다.

그렇다. 한 나라 한 사회가 발전하려면 그 나라 그 사회 내부에서 새로운 사상과 새로운 의식이 무르익어서 이것이 스스로 성장하고 껍질을 벗어야 하거늘, 갑오의 개혁은 외부의 힘에 강요되고 부자연하게 재촉된 것이었으므로, 거창하게 시작된 지 몇 달이 못 되어 종말을 고하려 했다. 그것은 일본의 강압에 대한 의식적, 무의식적인 반발이 커가는 증좌이기도 하였다. 그리고 김홍집·박영효를 앞장세운 대원군과 민비파의 대립은 날로 첨예화(尖銳化)되었고, 10월에는 드디어 김홍집의 친일 개화파의 요인 한 사람이 암살당하는 일이 생겼다.

김학우(金鶴羽)는 어느 날 저녁, 친일당이 집권하게 되고 더욱이 자기가 정부의 요직에 참여하게 된 것을 축하하는 연회를 베풀었다.

"우리 개화당의 자랑은 아니지만, 문벌이 낮은 사람이 출세하게 된 것도 다 일본의 덕택이 아니오?"

그는 술에 취하자 일본의 덕을 이렇게 토로했다.

"암, 그렇고말고. 옳은 말이오."

이렇게 연회는 점점 가경(佳境)에 이르렀을 때, 돌연 하인 하나가 들어와 김학우에게 손님이 찾으신다고 전갈하였다.

"들어오시라고 해라."

친일당의 한 사람이거니 하고 무턱대고 들어오라고 했다. 하인이 밖을 향하여,

"들어오시랍니다."

하자, 키가 잘달막하고 눈이 부리부리한 20대의 낯선 청년이 들어왔다.

"누구시오?"

"네, 저도 대감과 같은 고향인 함경도 북청(北靑) 사람이올시다."

"아, 그렇소! 그런데 무슨……."

같은 고향 사람이라는 말에 김학우는 또 무슨 벼슬 청탁이거니 하는 눈치로 청년을 내려다보았다.

"네, 다름이 아니오라, 저……."

청년은 말을 할 듯하며 여유를 주더니, 김학우가 마음을 턱 놓고 있음을 알고 미리 준비해 왔던 단도로 그의 가슴을 내리 찔렀다.

"앗!"

김학우는 비명도 크게 지르지 못하고 쓰러졌다.

1894년 10월 법무협판(法務協辦) 김학우는 자객에게 칼을 맞아 절명하고 말았다. 범인 전동석(田東錫)은 곧 붙잡혔다.

이 일이 일어나자 갑오경장 바람에 감투를 쓴 새로운 권력층들은 전전긍긍하여 경무청에 보호를 의뢰하는 등 소란을 일으켰다. 그리고 이 소문을 들은 시민들도 동요하기 시작했다.

"원, 세상이 바로잡혀야지, 이게 무슨 꼴인가?"

"동학군이 쳐들어오면 민비는 결단날걸."

"그렇게 되면 대원군의 종손 이준용(李埈鎔)이 임금이 된다면서?"

"쉿—"

때마침 대원군이 물러가고 민비 세력이 다시 정권을 잡을 때라 범인 전동석을 체포하고, 사건을 확대시켜 그의 연루자를 국사범(國事犯), 또는 모살죄(謀殺罪)의 범인으로 체포하니 그들은 모두 대원군의 수하였다. 그런데 김학우의 살해사건은 이상한 정치 문제로 번져 갔다. 즉 대원군 계통에서는 피해자의 동지인

데도 불구하고 범인의 무죄를 주장하였고, 민비 계통에서는 희생자가 반대편인 데도 불구하고 범인의 극형을 주장했다. 조정에서도 격렬히 의견이 대립되었다.

"서광범, 말씀하시오."

"내무대신 박영효 각하는 저와 같은 주장이십니다만, 저는 사건의 범인을 극형에 처하기를 제한합니다."

"뭐요?"

박영효, 서광범 등이 극형론을 주장하고 나올 때 다른 사람들은 불만의 빛이 짙었다.

"이 어윤중은 반대요."

"뭐요? 탁지대신은 무슨 이유로 반대시오?"

박영효가 들이댔다.

"그야 정부의 요인을 살해했으니 의당 극형에 처하는 것이 마땅하지만, 그들도 애국 충정에서 한 것이라 생각하여 무죄를 주장하오."

"무죄요?"

"그렇소."

"총리대신 각하도 그렇게 생각하오?"

박영효는 묵묵히 듣고 있던 김홍집에게 말을 건넸다.

"나도 이 김윤식 공과 함께 탁지대신 어윤중의 말이 옳다고 생각하오."

김홍집으로서는 박영효와 대립적인 입장에 있었다기보다는 차라리 그는 일을 공정히 처리하고 싶었다.

"아니 각하께서도."

"그렇소. 이것은 정치적인 문제이니만큼, 정치적으로 다루어야 할 줄 아오. 따라서……."

"하지만 피살자 김학우는 총리대신 각하의 측근으로 아는데."

"그건 무슨 말씀이오. 나는 단지 공정한 입장에서 정치 보복 같은 처형은 반대한다는 거요."

"총리대신 각하의 고상한 뜻은 알겠지만, 이 박영효는 법의 존엄을 지키기 위해서 살인자와 그 연루자의 극형을 주장하오."

이렇게 피차에 역설적인 고집을 주장하는 데는 뻔히 들여다보이는 정치적인 의도가 다분히 있었다.

이렇듯 두 세력의 갈등이 노골화되자 당황한 것은 국내 정객보다도 일본 정부의 외무성이었으니, 이 또한 우스꽝스러운 일이었다. 일본 외무성에는 이노우에 외무대신을 비롯한 고위층들이 모여 조선의 사태에 대한 논의를 한 것이다.

"오늘 회의는 다름이 아니라 조선의 최근 정세를 검토하기 위해서요."

그리고 이노우에는 한 관리를 지목하여 최근의 정세 보고를 명했다.

"알겠습니다. 각하에게 또 그 동안의 조선의 정세를 말씀드리자면, 우선 9월, 조선에선 8월입니다만, 9월에 들어서면서부터 군국기무처는 다시 세력 다툼의 무대로 화하여 그 기능이 완전히 마비되고 있습니다."

"시요오가 나이 모노도모다나(할 수 없는 작자들이로군)."

"그리고 위원들의 대다수도 성의가 여간 결여되지 않은 것 같습니다."

"제군, 지금 들어서 알겠지만, 이에 대해 좋은 방안이 있으면 의견을 말해 보시오."

"각하, 한 가지 첨부할 것은 법무협판 김학우가 암살당한 일인데, 이것은 확실히 당쟁이 표면화하기 시작한 것으로 생각할 수 있습니다. 그리고 또 귀국한 박영효가 오히려 조선 총리대신 김홍집과 대립하여 개혁 정부의 친일당도 분열되었습니다."

최근의 정세 보고를 하던 관원의 의견이었다. 이 말을 들은 이노우에는,

"제군, 오토리 공사를 소환하기로 하겠소."

"네?"

"그리고 내가 공사로 가겠소."

그리고 얼마 후 새 일본 공사가 경성에 착임했다.

군대를 동원하여 경복궁을 강점하고 정부 개혁을 강행시킨 오토리 공사의 직선적인 조선 정책이 실패되는 듯 여겨지자, 외무대신 이노우에 가오루(井上馨)가 스스로 주조선국 공사로 부임하였는바, 그는 장차 이 나라에서 무엇을 어떻게 하려는 것인가?

강요된 개혁

외무대신의 현직에서 주조선국 공사(駐朝鮮國公使)로 스스로 내려앉은 이노

우에 가오루(井上馨)는 경성에 착임하자 곧 궁중으로 달려 들어갔다. 그의 모습은 진심으로 조선 정부의 개혁에 열성이 넘쳐 흐르는 것처럼 보였다. 그러나 그의 머릿속엔 조선국의 지배권을 놓치지 않기 위한 야욕이 가득 차 있지 않았다고 누가 감히 단언할 수 있을 것인가?

대궐문 앞에 다다르자 그는 잠깐 옷매무새를 고쳤다. 그의 얼굴은 벌겋게 상기되어 있었고 두 눈에는 야심의 불꽃이 타고 있었다. 그리고 양 어깨에는 강압적인 거만한 모습이 서리어 있었다.

이노우에(井上馨) 일본공사 외무대신에서 공사로 내려 앉아 조선에 온 공사(1894~1895년 재임)

이때 궁중에서는 고종을 비롯한 중신들이 일본 외무대신 이노우에가 직접 주조선국 공사로 온다는 소식을 듣고 긴장해 있던 참이었다.

"원로에 수고하셨소."

고종은 정중히 그를 영접했다.

"전하의 만수무강을 빕니다."

"고맙소. 그런데 귀하는 외무대신의 자리까지 내놓으시고 우리나라에 공사로 오셨다고?"

"네, 귀국 정부의 개혁을 외신이 직접 감독하기 위해섭니다."

"감독을?"

고종은 감독을 하러 왔다는 너무나도 뻔뻔스러운 말에 하마터면 소리를 지를 뻔했다.

"아니, 저 감독이라는 것보다도 전하의 지도를……."

이노우에는 자기의 말이 너무 지나쳤다고 생각했음인지 돌연 부드러운 말씨로 고쳐 말했다. 그러나 고종을 비롯한 조신들은 이맛살을 찌푸렸다.

이런 말을 전해 듣자 대원군은 곧 일본 공사관을 찾았다. 이노우에는 대원군의 강직성과 그의 현 정치적 위치를 파악하고 있었던만큼 반갑게 맞아들였다.

"잘 오셨습니다. 그러잖아도 곧 찾아가 뵈려고 했습니다만."

대우가 극진했다.

대원군은 일본인 비서라고도 할 수 있는 오카모도(岡本)를 통역으로 하여 이노우에에게 넌지시 핀잔을 주었다.

"귀하는 우리나라를 감독하시러 왔다고 들었는데 그것이 사실이오?"

대원군은 가뜩이나 일본인의 행패를 괘씸하게 생각했던 터에 고종에게 감독하러 왔다고 한 그의 말을 전해 듣고는 자못 분개했던 것이다.

"아, 그건 감독보다 서로 협조하자는 것이지요."

"하지만 그건 지난번 정부 개혁으로 족하다고 생각하는데."

"글쎄, 듣자니 군국기무처라는 데서 국가의 중요 정책보다 지엽적인 문제만 논의하고, 게다가 그것마저 성의가 없는 것 같아서 말입니다."

"그야 모든 일이 작은 것부터 시작해서 큰 일에 미쳐야 할 게 아니겠소?"

"그러다간 귀국의 개혁이 언제 이루어질 수 있을지 모르오."

"하여튼 우리나라 일은 우리가 잘 알아서 할 테니 이제 더 간섭을 마시오."

대원군의 말은 야무졌다. 이노우에는 이 노인을 섣불리 다룰 수 없음을 느꼈다.

그러나 이노우에는 자기 나라의 강력한 군사력을 믿었음인지, 여전히 그런 강압적인 태도를 버리지 않았다. 이번에 또 민비를 만나러 궁중으로 들어갔다. 그 자리에는 국왕 고종도 동석해 있었다.

민비는 처음부터 가시가 돋친 말로 따지고 들었다.

"이노우에 공사, 지난 6월 정변 때 대원군을 내세운 뜻은 어디에 있소?"

"그건 저, 궁중에 청나라를 의지하는 완고한 사대당이 많으매 그런 자를 제거하기 위해서였습니다."

"호— 그럼 어찌하여 왕비의 폐위와 폐왕까지 획책했소?"

민비는 조금도 여유를 주지 않고 따지고 들었다.

이노우에는 또 하나의 벽에 부닥치는 듯했다.

"대원군이 그런 줄 압니다."

그는 그만 말문이 막혀 어물어물 대원군한테 그 책임을 전가시키려 했다.

"뭣이? 대원군이?"

듣고 있던 고종이 깜짝 놀랐다.

"일본 정부는 대원군을 지지하지 않소?"

"천만에 말씀입니다. 그건 일시적으로 궁중을 감독시키기 위해였습니다. 그분도 곧 물러나야 합니다."

이 말에 민비가 퍽 누그러지는 것을 눈치챈 이노우에는 궁지로부터의 탈출구를 발견한 듯 의외의 효과에 안도의 숨을 돌릴 수 있었다.

사실 이노우에도 대원군을 정권에서 제거하려고 결심했던 것이다. 대원군이야말로 자기네가 마음대로 하려는 일에 완강한 장벽이 되었던 터이므로 이의 제거에는 민비와의 집요한 암투를 교묘히 이용하면 무난히 성취될 것으로 생각했던 것이다.

그리하여 이노우에는 이른바 새로운 개혁안을 제출하게 되었다.

"국왕 전하, 외신은 우선 19개조의 개혁안의 실행을 요구합니다."

"읽어보시오."

"정권은 모두 한 곳에서 나오지 않으면 안 됩니다. 또 대군주는 정무를 직접 재결할 권리가 있는 동시에 법률을 지킬 의무가 있습니다. 그리고 왕실의 사무는 국정과 분리해야 합니다."

그것은 우선 임금의 구미를 돋우게 하는 미끼였고, 임금의 환심을 사자는 수작이기도 했다. 그러나 명분에 있어서는 정권을 국왕에게 귀일시켜 정계를 정리하자는 것이었다.

이 제안은 외교에 능란한 이노우에의 놀랄 만한 투석(投石)이었다.

그리고 이노우에는 계속하여 예산의 수립, 군정의 확립, 형틀의 제정, 관리의 등용, 파면 규정의 수립 등을 열거하는 것이었다.

또한 집권의 쟁탈이나 시기 같은 이간의 악폐는 단연 저지하여 이른바 정치상의 보복을 금하도록 해야 한다고 했다.

이노우에의 이러한 제안은 실제에 있어서 조금도 그릇됨이 없는 좋은 정책이며, 그 제도가 확립 실천되었더라면 역사는 달라졌을지도 모른다. 그러면서 그는 유학생을 일본에 파견할 것도 잊지 않았다.

"전하, 그 동안 대원군이 너무 전하를 감독한 줄 압니다."

끝으로 대원군을 제거하려는 그의 본래의 의도를 이렇게 못박았다. 이 소리를 듣고 있던 민비가 가만히 있을 리 없다.

"그럴 줄 뻔히 알고 있으면서 일본 공사는 대원군을 내세우지 않았소."

"그건 일전에 말씀드린 바와 같습이다. 그러나 이제부터는 양 전하께서 전념하시기 바랍니다."

"일본 공사가 그렇게 생각한다면 다행한 일이오. 하지만 귀하도 우리 내정에 너무 간섭 마오."

"다만 협조하는 것뿐입니다."

그러나 이노우에는 대원군의 장손 이준용을 당분간 주일본 공사로 파견하라는 조건을 내세우는 것도 있지 않았다. 민비는 더욱 화가 치밀었다.

이준용은 민비와 사이가 좋지 못한 터였기 때문이다.

"뭐요? 그 사람이 동학도와 결탁해서 폐왕하려던 사실을 알고서도 하는 말이오?"

이노우에는 말이 궁했음인지, 또는 자기의 이야기는 다 끝났다는 생각에서인지 훌쩍 나가 버렸다.

궁궐을 물러나온 이노우에는 곧 김홍집, 어윤중, 김윤식 등과 만나 새로운 개혁안을 검토했다.

"이노우에 공사, 잘 알았소. 탁지대신과 외무대신은 어떻게 생각하오?"

김홍집도 그 개혁안을 찬성하면서 대신들의 의견을 물었다.

"좋을 줄 아오."

그들은 이 개혁안에 반대할 의사는 없었다.

"총리대신, 그러나 박 내무대신 등과도 사전에 의논해서……."

김윤식은 일의 방법에 있어 신중론을 들고 나왔다.

"그야 물론이죠."

이노우에는 자기의 개혁안을 순순히 받아들이었으므로 대단히 만족했다. 그리하여 내친 걸음으로 또 하나의 정략을 강행하려고 했다.

"총리대신 각하, 그리고 두 분 대신 각하, 또 한 가지 밝혀 둘 것은, 차제에 대원군을 제거해야겠소."

이노우에는 정식으로 대원군의 제거를 주장했다.

"대원군은 저번 평양 싸움 때 청국병과 내통하여 우리를 배반하려고 하였소."

이들은 한편 놀라면서도 한편으로는 그의 진의가 궁금했다.

"그게 사실이오?"

"증거가 있소. 세 분은 그런 줄 아십시오. 대원군은 개혁의 암(癌)이오."

불과 얼마 사이에 일본의 태도는 이렇게 변했다.

"일본 공사 각하는 남의 나라 국태공에 대해 너무 지나친 말씀이 아니오?"

참다 못해 김홍집은 언성을 높여 그를 나무랐다.

"각하는 조선의 개혁을 돕는다고 하면서 너무 인물평만 하는 것 같소. 관용의 덕을 베풀어야지 않소?"

그러나 이노우에는 대원군 제거에 대해 일보도 양보하지 않는다.

"하여튼 대원군만은 용서할 수 없소."

이노우에가 대원군의 제거를 완강히 고집함에는 이유가 있었다. 대원군은 지난날 평양성의 싸움이 시작될 때 청국군 장령에게 밀서를 보내서 대군을 파견하여 달라는 청을 한 바 있었던 것이다. 이는 그 당시의 사정으로 보아 일본군이 이기리라고는 생각지도 못했으며 또한 대원군 자신이 일본을 탐탁히 여기지 않은 데서 취한 행동이었으리라. 하여튼 그 밀서가 일본군이 점령한 평양 감영에서 발견된 것이다.

"그뿐만이 아니오. 이렇게 네 통이나 있소. 대원군이 평안도 감찰사 민병석(閔丙奭)에게 보낸 이 밀서의 내용을 아오? 일본군의 압력이 심하다는 이유로 청의 대군으로 하여금 일본군의 소탕을 간청하였소."

"그러나 그건 국태공 역시 사태의 추이에 회의를 가진 데서 온 실수였다고 생각하오."

대원군을 제거하자는 그들의 저의를 짐작할 수 있었던 김홍집은 대원군을 어디까지나 두둔하려고 했다.

"실수? 하하하…… 실수치곤 대단한 실수요. 하여튼 이제부터 대원군을 정무에 관여시킬 수는 없소."

김홍집 등은 민족적 입장으로 보나 자기네의 정치적 입장으로 보나 어디까지나 대원군을 앞세우고 싶었다.

그러나 칼자루는 이노우에가 쥐고 있었다.

그리하여 10월 25일, 드디어 중요 정무를 대원군에게 품신하던 규정을 폐지시키고 말았다.

이노우에의 강력한 내정 간섭이 약화될 줄 모르는 가운데 대원군과 민비, 김홍집파와 박영효파, 그리고 이노우에와 조정 간의 각축은 이 나라의 정치를 다시 세력 암투의 도가니 속으로 몰아넣고 있었다.

그러는 동안에도 개혁은 하나둘 이루어지고 있기는 했다. 박영효를 비롯한 급진파들은 한문만 숭상하는 학문에 대해서도 비판하기 시작했던 것이다.

"박영효 내무대신, 그 문제에 대해선 나도 동감이오."

박정양이 대뜸 지지를 표명했다.

"그러니까 우리도 곧 실행합시다. 이웃 나라 일본만 해도 한자에 자기네의 글인 가나를 섞어서 쓰고 있는데, 하물며 우리는 세종 대왕께서 만드신 좋은 한글이 있지 않소?"

"그러니 말이지, 한자를 진서라고 하고 우리글을 언문이라고 하는 따위도 고쳐야겠소."

"그렇소. 우리 자신의 글을 상된 말이라 하는 것은 도무지 안 될 말이오."

"모두 사대 사상에서 우러나온 탓이 아니오."

연산군이 한글을 탄압한 이래 우리나라는 고유의 문자가 있음에도 불구하고 한자 숭상의 사대 사상으로 인해 나라글인 한글은 언문이란 명칭으로 서민층의 밑바닥에서 간신히 연명해 나오고 있던 터였다.

"이제부터 국한문을 섞어 쓰도록 합시다."

그 가운데는 더 강경한 의견을 가진 사람도 있었다.

"지금 어떤 사람들은 아주 한자를 폐지하자는 주장까지 하오. 아예 그렇게 하는 것이……."

이 당시도 한자 폐지를 들고 나오는 이가 있긴 하였지만 도저히 불가능한 일이었다. 하여튼 국한문을 병용케 하여 쓰게라도 했으니, 이는 문호 개혁인 동시에 사대 사상으로부터 민족 자주 사상에로 전진하는 사상의 발전을 다짐하는 일이기도 했다.

그리고 사법 부문에 있어서도 능지처참이나 유배 따위의 원시적 형벌을 교수형이나 벌금 등으로 고쳤다.

그러던 중에 총리대신 김홍집, 궁내대신 이재순, 외무대신 김윤식, 탁지대신 어윤중, 군무대신 조의연 등의 이른바 5대신의 선서가 있었다. 그 선서는 11월 10일에 행해졌는데 그 내용은 이러했다.

1, 청국의 기반에서 벗어나 독립의 기틀을 만들고, 중흥(中興)의 큰 업을 익찬(翼贊)하여 왕시(王是)를 지켜 국시(國是)를 정하며, 불요불굴의 마음을 확실하게 하여 백난을 배제하고 힘써 행한다.

2, 국가의 기초가 튼튼하지 못하면 왕실의 안전이 어려우니 상하는 모두 일념으로 게을리하지 말 것.

　이로써 입헌군주국가로서의 책임정치와 민주주의를 강력히 다짐했던 것이다. 그런가 하면 국왕 고종도 홍범(洪範) 14개조의 독립 서고문(誓告文)을 태묘(太廟)에 봉고(奉告) 했다.

　역시 내각의 의결에 의한 정치와 종척의 정치 불관여 및 아문의 직무 한계 명시, 과세 및 재정의 합리화, 왕실의 긴축 재정, 지방 관제의 개혁 등을 열거하고 유학생 해외 파견, 군제의 개혁 등을 확인하고, 민법 및 형법은 엄명 제정하고, 함부로 감금 징벌을 하지 못하게 했다. 인민의 생명 및 재산은 보전하며, 문벌에 불구하고 인재를 널리 등용한다는 조항도 있었다. 이것을 5대신의 선서에 대한 국왕의 보장이며, 인권의 존중을 다짐한 법치 국가로의 탈피를 의미한 것이었다.

　한편 이 홍범 14개조에 대해서 사학가 홍이섭(洪以燮) 씨는 다음과 같이 증언하고 있다.

　그리고 이어 총리대신 김홍집이 왕실의 존칭을 개칭할 것을 상주(上奏) 했다.

이 존칭 변경만은 곧 각 대신들로부터 찬동을 받게 되어 왕은 대군주 폐하로 개칭되었다.

12월 13일 발표된 바에 의하면 왕 전하는 대군주 폐하, 왕대비 전하는 왕태후 폐하, 왕비 전하는 왕후 폐하, 왕세자 전하는 왕태자 전하, 왕세자빈 전하는 왕태자비 전하로 왕실의 존칭을 바꾸었던 것이다.

그리고 며칠 뒤에는 내각 관제를 발표하여 각 아문을 부로 고쳐 내부·외부·탁지부(度支部)·군부·법부·학부·농상공부의 7부로 하고, 전국을 23부 2백36군으로 나누어서 각 부에 관찰부, 각 군에 군수를 두기로 하였다. 그리고 김홍집 총리는 군국기무처의 폐지를 정식으로 발표하는 한편, 그 권한은 내각이 전담하기로 되었다고 밝혔다.

이런 사실로 보아 개혁은 착착 진행되는 듯했으나, 정치적 암투와 강요된 개혁, 피상적인 제도 등이 과연 이 나라의 민주 발전을 진정으로 가져다 줄 것인가?

그렇다. 5대신 선서와 홍범 14개조가 실천되었더라면 이 나라의 앞날은 축복받았을 것이다. 그러나 약속은 말만의 약속으로 되어 버리고, 외부로부터의 강요에 기인한 내부 파탄과 자가 붕괴(自家崩壞)) 징조가 깃들게 되어 마침내 식민지의 어두운 그림자는 뒤덮이기 시작했던 것이다.

김홍집의 실각

대원군의 처우 문제와 존봉(尊奉) 예식도 규정했다.

"즉 대원군의 교자(轎子)는 여덟 사람이 낮게 메고, 공복(公服)은 흉배(胸背)에 거북형을 달 것, 신은 인품관과 같이하고……."

그것은 박영효의 제안이었다.

"박 대신, 잘 알겠소. 하지만 대원군을 국태공으로 존봉한다고는 하지만 그렇게 되면 사실상 연금(軟禁)과 마찬가지가 아니오?"

김홍집은 대원군에 대한 제안이 너무 까다로운 데에 반대했으나 친일파의 강력한 지지에 의해서 거의 무수정 통과로 발표되었던 것이다.

새로운 정책의 수립과 제도의 개혁을 위한 합의가 이루어지자 이제는 정권의 쟁탈전이 벌어졌다. 그것은 이노우에의 흉모대로 처우 문제에서 시작되었다.

즉 민비를 두둔하는 박영효와 대원군의 편에 선 김홍집이 내각의 실권을 양분하게 되어 갈등이 노골화되기 시작한 것이다. 대원군의 증손 이준용(李埈鎔)이 김학우(金鶴羽) 암살사건에 관련 됐다 하여 그 징벌을 논란할 때의 일이다. 박영효는 민비의 부름을 받았다.

"박영효 대신, 이제 대원군파가 음모하여 폐왕까지 획책하고 있으니 큰일이오."

"황공합니다."

"잘 부탁하오."

"알았습니다. 왕후 폐하의 심려를 덜어 드리도록 전력을 다하겠습니다."

"더구나 준용은 왕실의 종친으로 그런 짓을 했으니 엄벌에 처하도록 하오."

"네, 신의 힘을 다해서……."

민비와 이렇게 약속을 하고 나온 박영효는 그날 밤 이규완(李圭完)을 불러 이준용의 체포령을 내렸다.

그 길로 이규완은 순검(巡檢) 십여 명을 데리고 운현궁으로 달려갔다.

"종친 이준용, 내부대신의 명으로 체포하오."

영문도 모르고 이준용은 순검들에 의해 체포되었다.

이 사실에 대해서도 김홍집은 불쾌해했다. 본시 김학우의 살해 사건 처리에 관해서도 격렬히 대립한 바 있지만 이번 이준용의 처벌에 관해서도 그와 박영효의 의견은 정면으로 대립했다. 일은 덮쳐서 갑신정변 때 개화당을 습격한 신태휴라는 사람이 군부의 요직에 발탁(拔擢)되자 두 사람의 사이는 더욱 첨예화됐다. 박영효는 즉시 김홍집에게 항의했다.

"총리대신, 갑신 때 우리를 습격한 신태휴를 그런 요직에 앉히다니 될 말입니까?"

"그건 대군주 폐하와 왕후 폐하도 이미 내락(內諾)하신 바요."

"내락하셨다구요?"

"그러나 그건 군부의 일이니 내부대신은 참견하지 않는 게 좋겠소."

"그럼 우리가 정부를 개혁한 의도가 나변에 있소?"

"내부대신, 우리들은 자기 직권의 한계를 지켜야 할 것 같소. 그렇지 않다면 혁신 정부라고 할 수 있소?"

"총리대신은 왜 군부에 간섭하오?"

"군부대신이 상신하니까 폐하께 상주했을 뿐이오."

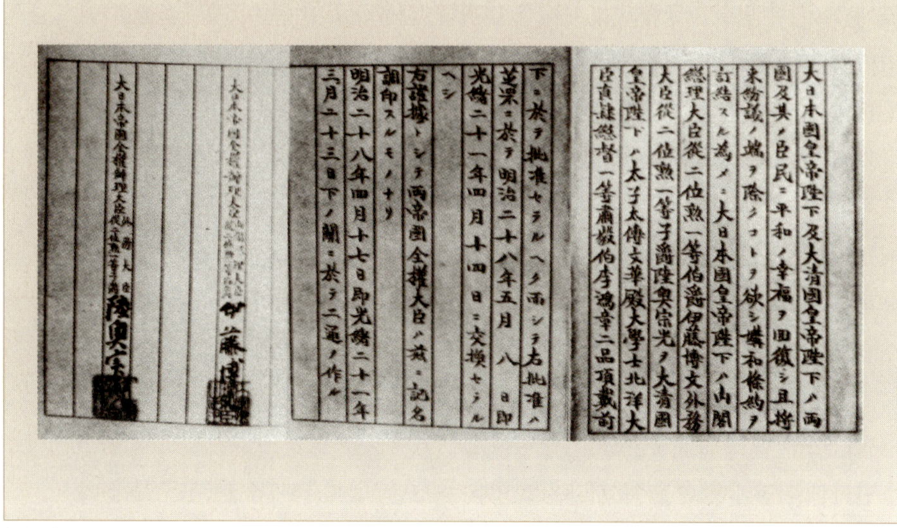

청일강화 조약 정본

　"그러나 나는 용납할 수 없소. 이 나라의 개혁을 총칼로 막은 자를 혁신 정부에 등용하다니 말이 되오?"

　사실 그렇기도 했다. 개화에 반기를 들던 자를 개혁 정부의 요직에 앉힌다는 것은 개혁 정부의 자가당착(自家撞着)이기도 했던 것이다.

　그러나 그렇게 된 데는 민비의 입김이 서리어 있었음은 말할 것도 없다. 하여튼 이러한 일관성 없는 정책 뒤에서 이 나라의 착잡한 정계의 흑막과 병폐는 고질화되기 시작했던 것이다.

　갑오의 개혁이 착잡한 정치 상황 속에서 그나마 미미한 전진을 꾀하는 가운데 갑오년은 저물고 을미년(乙未年)이 되었다.

　을미년에 접어들면서 청일전쟁은 일본에 유리하게 되어 마침내 청나라는 패전하고 말았다. 그리하여 3월 13일에 시모노세키조약(下關條約)이 체결되었다. 여기에 일본측에서는 외무대신 무쓰와 이토 히로부미(伊藤博文), 그리고 청국 대표로 이홍장이 참석했다.

　무쓰는 양측 대표들에게 조약문을 재확인하게 하고 다시 한 번 조약을 낭독했다.

　"그럼 서명에 앞서 다시 한 번 다짐하겠습니다. 제1조, 조선이 완전무결한 독립국임을 확인한다. 제2조, 대청국은 요동반도(遼東半島)와 대만 및 팽호도를

청일전쟁 일본측 강화 대표 일본 전권외무대신 무쓰(陸奥
宗光)

청일전쟁 청국측 전권대사 이홍장(李鴻章)

대일본국에게 할양(割讓)한다.”

　이렇게 하여 한국 문제로 인해 일어났던 청일전쟁의 강화조약이 맺어졌으나,
요동반도를 일본에게 할양한다는 소식이 전해지자 러시아 · 독일 · 불란서 등은
요동반도의 할양을 즉각적으로 반대했다.

　특히 이 반대의 선봉에 나서서 활약을 한 것은 러시아의 베베르였다.

　그는 주조선 외국 대신들을 번번히 찾아다니며 그에 대한 모순성의 여론을 환
기시키려 했다.

　“불란서 공사, 말씀 들으셨죠? 청국이 일본에게 요동반도를 주면 큰일입니
다.”

　불란서 공사도 역시,

　“그렇소. 그렇게 된다면 동양의 평화가 파괴됩니다. 베베르 씨.”
하고, 즉각적으로 동의했다.

　“지금 독일 영사와 만나고 왔습니다만, 독일도 역시 반대입니다.”

　“그럼 우리 3개국이 강경한 반대를 제의합시다, 베베르 씨.”

　“그렇게 합시다. 우리 3개국이 항의하면 일본도 두말 못 할 거요.”

　“잠자는 사자가 잠자는 돼지가 되었군. 일본이 아무리 전승국이래도 우물 안
의 개구리지. 하하하⋯⋯.”

청일강화회담 일방적인 승리를 한 일본은 일본 시모노세키에서 1895년 4월 17일 강화회담 조인

두 사람은 유쾌한 듯 너털웃음을 웃었다. 아무리 일본이 전쟁에 이겼다 하지만 그들은 일본을 과소평가하고 있었던 것이다.

그리하여 이들 3개국의 간섭은 주효하여 마침내 일본은 요동반도를 청국에게 돌려주기로 되었다. 이렇듯 일본이 3개국의 간섭에 굴복하자, 조정에서는 일본을 경시하고 또다시 러시아를 크게 보기 시작했다. 조정의 공기가 러시아로 기울어지는 기미가 보이자 또다시 고개를 쳐드는 것은 민비였다. 어느 날 고종이,

"일이 이쯤 되면 일본에 대해서 다시 생각해야 할 것 같소."

하고 나서자, 민비는 얼른 맞장구를 쳤다.

"여부가 있습니까. 그러면 그렇지, 일본이 아무리 서양 문물을 받아들였다고 해도 청보다 그렇게 강해질 수가 있겠습니까?"

"그러나 청나라가 패한 것은 사실이 아니오."

"그야 청도 갑자기 대군을 동병할 수 없어서 그렇겠죠."

"하여튼 아라사는 강한 나라임에 틀림없소."

"그러니까 우리나라도 도움을 받으려면 아라사에 의지할 수밖에 없는 줄 아옵니다. 아라사를 꼭 붙들어야……"

얼마 전 민비가 단독으로 러시아와 조약을 맺었다가 강렬한 반대에 부딪쳐 뜻

을 못 이룬 데 대해 민비는 그것이 인제 이룩되리라 생각했다.

한편 일본의 조야에서도 요동반도의 반환으로 들끓었다. 수많은 젊은이의 목숨을 희생시킨 대가가 아무것도 없다면 정말 억울한 일이기도 했을 것이지만, 그것이 애당초 식민의 야욕으로부터 나온 전쟁이었으니까 어쩔 수 없는 일이기도 했다. 그러나 군벌은 가만히 있지 않았다.

"그럴 수가 있어? 외무대신 무쓰를 처단해야 하오."

"그렇소. 막대한 희생을 내면서 전쟁을 수행한 대가가 무언가 말이오?"

이렇게 군부측에서는 불평을 토로했고, 이번 전쟁에 아들과 남편을 잃은 사람들도 가만히 있지 않았다.

"내 아들을 돌려줘요."

"내 남편은 무엇 때문에 죽었어요?"

그렇게 되자 국제 정세와 정치를 도외시한 일본 군벌은 전쟁에 이겼으면서 외교에 진 자기네 정부의 과오를 공격하는 나머지, 그저 침략에만 열을 올리는 것이었다. 그러는 가운데 대조선 정책도 암초에 부딪쳤다. 즉 김홍집과 박영효의 대립 세력을 두고 주조선 일본 관리들도 양분되었던 것이다.

이 사실을 외무대신으로부터 전해 들은 이토는,

"그게 사실이오?"

"각하, 두 사람 사이가 아주 험악한 모양입니다."

"그렇다면 즉시 누구를 파견해서 이토 히로부미의 명령이라고 하여……."

"알겠습니다, 각하. 사실 요동반도의 환부 문제로 세상이 소란하니 대조선 정책이라도 원만히 수행되어야 하겠는데."

그런데 조선 정부의 개혁을 지배한 일본인들 간에 또 분열이 일어난 것이다. 본시 운현궁을 드나들며 대원군의 비서 겸 통역 노릇을 하던 일본 로닝(浪人) 오카모도 류노스케는 대원군파인 김홍집을 두둔하였고, 이노우에 공사 역시 그 파를 뒤에서 밀고 있었다. 그 반면에 호시도오루(星亨)라는 자는 박영효의 편에서 암약하게 되었으니, 이노우에와 호시는 정면 대립하게 되었던 것이다. 이토는 후임자를 즉시 물색했다.

"누구 적당한 사람이 있소?"

"네, 그러지 않아도 걱정이 되어 미리 후보 인물을 골라 놓았습니다."

"누군데."

"사사도모 후시와 시바 시로오(紫四郞)가 어떤가 합니다."

"좋소. 그 두 사람을 곧 조선으로 보내시오."

"네."

사사도모 후사와 시바 시로오는 곧 내한했다.

그러나 조선의 조정에서 민비의 힘이 다시 작용하기 시작하여 반대파의 친일당을 하나 둘씩 제거하기 시작했다.

첫 번째로 군부대신 조의연이 파면되었다.

이 문제에 대하여 긴급 내각회의가 소집되었다.

"이렇게 여러분을 긴급 소집한 것은 다름이 아니고, 군부대신 조의연의 파면에 대해 내각의 의견을 종합하려는 것이오."

먼저 김 총리는 내각회의의 성격을 설명했다.

"총리대신, 그것은 폐하가 재결하신 것인데 재론할 필요가 없다고 생각합니다."

하고, 박영효는 회의 벽두부터 김 총리에게 날카로운 반기를 들고 나섰다.

"아니오, 내부대신. 이 문제는 우리 내각으로서는 신중히 검토하고……."

"어윤중 탁지대신, 그건 기정사실이오."

"박정양 학부대신, 우리 정부는 개혁 정부요. 모든 중요 정무는 내각회의의 의결을 거쳐야 하오."

어윤중과 김윤식 등은 김홍집을 두둔하여 토의 계속을 주장했고, 반면 김가진과 서광범은 박영효 편에서 반대 이론을 폈다.

"이 김가진은 군부대신 파면을 찬성하오."

"이 서광범도 같소."

이렇게 되자 총리대신인 김홍집은,

"여러분! 설혹 폐하께서 재결하셨다고 하지만, 우리가 전혀 모르는 일이니 일단 내각의 의결을 상주해야 되지 않겠소?"

하고, 좀처럼 양보하지 않았다.

"총리대신, 그럼 각하는 폐하의 뜻을 반대한단 말이오?"

"반대하는 게 아니라 일의 순서가 그렇지 않소?"

김홍집파 대 박영효파의 다툼은 최고조에 달하게 되고, 그리하여 마침내 김홍집이 실각하고 자리를 물러났다. 그 대신 박영효파인 박정양이 총리대신으로 등장했다. 그리고 신기선(申箕善)이 군부대신(軍部大臣), 이완용(李完用)이 학부대신(學部大臣), 유길준(兪吉濬)이 내부협판(內部協辦), 이주희가 군부협판(軍部協辦), 윤치호(尹致昊)가 학부협판(學部協辦), 서재필(徐載弼)이 외부협판(外部協辦)이 되었으니, 친구미파가 세력을 잡기 시작했다.

그러나 민비 자신으로 볼 때에는 대체로 갑신정변 때 민씨 세력을 몰아내려고 하던 개화파였으므로 속으로는 그리 탐탁하게 여기지 않았다. 그저 대원군파를 몰아낸 것이 속시원했을 따름이다.

그리고 관리 봉급의 제정, 관제 개혁 등 몇 가지 혁신을 수행했다.

그러는 가운데 국왕 고종은 5월 8일 시모노세키조약에 보장된 조선국 독립을 경축하는 독립 경축일 제정의 조서를 내리고, 5월 14일 창덕궁 연경당에서 축하연을 베풀었다.

이 축하연에는 정부 조신들과 외국 대신들, 그리고 내외 귀빈들이 다수 참석했다.

"폐하, 축하합니다."

러시아 공사 베베르가 선두로 들어서면서 축하를 올렸다.

"고맙소, 베베르 공사."

"폐하, 이제야 폐하께서도 마음이 놓이시겠습니다."

"다 모두 도와 준 덕택이오, 미국 공사."

"우리 독일은 언제나 조선국의 독립을 돕겠습니다."

"독일 공사의 협력을 진심으로 고맙게 여기고 있소."

그러나 일본 공사 이노우에만은 이 자리가 자기의 앞날을 묶어 버리는 장례식과도 같았다. 그는 어깨가 축 늘어진 모습으로 나타났다.

"폐하, 더 돕지 못하고 떠나게 되어 황공합니다."

"이노우에 공사, 언제 떠나시오?"

"곧 떠나겠습니다."

"허— 섭섭한 일이오."

"황공합니다."

이러는 중에도 축연은 시작되었다.

"그럼 곧 독립 경축연을 시작하겠습니다. 먼저 이 자리에 왕림해 주신 러시아 공사 베베르 씨를 비롯한 주조선국 외교 사절 미국 공사, 영국 공사, 독일 공사 등

제위에게 감사의 뜻을 표합니다. 특히 이 자리는 그 동안 아국의 개혁에 많이 협조해 주신 이노우에 일본 공사의 송별회이기도 하니 그 점을 알아 주시기 바랍니다.”

이렇게 김가진의 개회를 알리는 말이 있자 박수가 쏟아져 나왔다.

“그럼, 음식을 드시면서 우리 궁중의 춤을 보시기 바랍니다.”

궁중무가 시작되었다. 무희 열두 명이 들어오면서 아악에 따라 춤을 춘다. 이때 베베르가 울적한 채 앉아 있는 이노우에에게 다가갔다.

“이노우에 공사, 그 동안 수고 많았습니다.”

“천만에요, 베베르 공사. 오히려 공사께서 수고를 많이 해야겠습니다.”

“그러나 이 모든 연회 의식이 일본과 흡사합니다.”

“이 나라의 집권자들이 대개 우리나라를 다녀온 분들이니까요.”

그 소리에 다소 기분이 풀렸던지 이노우에는 웃음을 머금으며 말했다.

이것을 멀리서 지켜보고 있던 민비는 그들의 표정이 심상치 않음을 엿보고 있었다.

“곤전마마, 저 일본 공사의 얼굴을 보십시오. 저기 아라사 공사와 이야기를 주고받고 있지 않아요?”

“음―”

“아주 침통한 얼굴인데요?”

“쫓겨가는 거나 다름없으니까.”

“정말이에요, 호호호…….”

“호호호호…….”

민비는 이노우에가 돌아가게 된 것이 통쾌했다.

그렇다. 이날을 마지막으로 해서 일본 정부와 일본군의 강제로 이루어졌던 갑오년의 개혁 운동은 그 막을 내렸던 것이다.

그렇다고 해도 민주와 평등과 인권을 지향하는 큰 흐름은 이 나라의 백성들 가슴속에 깊이 스며들고 있었다.

그러면서도 그 동안에 배태된 정치의 혼선과 독균이 이 나라의 운명을 막다른 골목으로 재촉했던 것이다.

그런데 이 갑오경장이 근대 역사에 미친 영향에 대해 사학가 홍이섭 씨는 다음과 같이 증언하고 있다.

"외세의 간섭과 위협에 의하여 이루어졌다고는 하지만 한국의 제도상 새로운 면을 제시했다는 점을 무시할 수는 없다. 그러나 이것은 어디까지나 일본 침략의 전제가 되었던 것이며, 특히 여기에 밝힐 것은 홍영식·박영효·김옥균·서재필 등의 친일파들은 식민지 치하에서의 친일파와는 별개의 문제로 생각하여야 될 줄로 믿는다."

7. 왕궁의 참극

　　일본이 청국에서 할양받은 요동반도를 노·불·독의 삼국 간섭으로 환부(還付)하게 되자, 민비 세력은 일본을 얕보고 다시 친로 정책을 모색한다. 개화당의 친일파는 이를 막으려 흉모를 꾸미다가 사전에 발각되어 박영효는 일본으로 망명하고, 김홍집을 중심으로 한 친로 내각이 성립된다. 이에 일본은 반민비파(反閔妃派)와 모의하여 낭인·군인·경찰·훈련대 등을 동원하여 대원군을 앞세우고 궁중으로 난입하여 민비를 시살(弑殺) 한다.

명성황후 조난비 경복궁 조난 현지에 세워진 비석. 광복 후인 1954년 당시의 대통령 이승만 박사의 친필로 (明成皇后遭難之地) 세워졌다

민비와 반동의 물결

갑오경장 이후 민비의 정치적 후원을 받으면서 대원군을 중심으로 한 김홍집·어윤중·김윤식 등의 반대파를 몰아내고 정권을 장악한 박영효 일파는, 갑신정변 때의 개화당의 인물들을 중심으로 한 내각을 조직하고 이 나라의 독립과 개화에 한층 더 박차를 가하기로 다짐했다.

어느 날 밤, 이들 박영효파는 자기들의 진로를 논의하는 모임을 베풀었다. 그리하여 실질적 권력자인 박영효가 사회를 맡아 박정양에게 의견을 물었다. 그러나 박정양을 비롯한 여러 동료들은 먼저 박영효의 의견을 듣기를 원했다.

그러자 박영효는 사양하지 않고 일어서서 천천히 이렇게 이야기를 이어갔다.

"갑신년에는 사대당이 청병과 결탁하였을 뿐만 아니라, 또한 일본군도 우리들의 거사에 인색한 협력을 하였기 때문에 우리들의 일이 실패로 돌아갔습니다. 그런데 그로부터 10년이 흐른 지난 해에야 비로소 우리들의 소원인 개혁이 일본의 도움으로 단행되었습니다. 이제 우리나라는 청국과의 종속 관계를 완전히 끊었고, 또 우리와 뜻을 달리하는 사람들도 모두 다 제거되었으니 이제부터야말로 우리나라의 완전 독립과 선진 국가를 본딴 민주주의로 개혁하는 데 총력을 집중해야 하겠습니다."

박영효는 이렇게 갑신년에 못 이룬 개혁이 오늘날에야 비로소 이룩되었음을 말하고 나서,

"특히 대군주와 왕후의 양 폐하께서 우리를 전폭적으로 두둔해 주시고 계시니……."

하고, 민비가 자기들 일파를 적극적으로 지지해 줄 것이라고 덧붙였다.

그러자,

"금릉위께서는 그렇게 생각하고 계실지 모르지만, 이 서광범의 생각으로는 왕후 폐하를 경계해야 할 줄로 아오."

서광범은 그렇지 않다고 주장했다.

"더욱이 3국 간섭 이후 왕후 폐하는 아라사와 가까이 하려는 눈치이고 보매……."

"이 김가진이도 그렇게 생각하오. 그분은 항상 세력 있는 외국과 손을 잡으려고 하시니……."

그들 생각으로는 민비가 그렇게 호락호락 자기들을 밀어 줄 턱이 없다고 생각했다.

"아니올시다. 왕후 폐하께서도 이번만은 우리들을 전적으로 밀어 주시지 않았소?"

박영효는 민비가 자기의 재등장을 밀어 준 만큼 그녀를 의심하지 않았다.

"금릉위, 이 박정양이 금릉위의 힘으로 내각총리대신의 직책을 맡았으니만큼 금릉위의 말씀을 믿기는 하겠소만…… 왕후 폐하가 아라사 힘을 덕보려는 기미는 부인할 수 없소."

박정양도 역시 민비를 믿을 수 없다는 듯 박영효와 의견을 달리했다.

그러나 박영효는,

"하지만 우리가 크게 단결하면 우리의 뜻을 펼 수 있으리라고 이 박영효는 굳게 믿고 있소."

하고 단언했다.

하여튼 박영효 등 개화파의 꿈은 10년 만에 이루어진 셈이다. 해외 망명에서 겪었던 쓰라리고 고생스러웠던 오랜 세월도 이제는 오히려 하나의 정다운 추억으로 남을 뿐이었다.

그러나 그들의 가슴에는 한 가닥 허전함이 있었다. 그것은 갑신의 주동 인물이요 열렬한 개화파의 한 사람이었던 김옥균이 이 자리에 없기 때문이다.

"김옥균 공이 없는 것이 섭섭하구려."

박영효가 허전한 듯 주위를 돌아보며 김옥균의 말을 끄집어 냈다.

"그러니까 더욱 옥균의 뜻을 살려야지."

그러나 민비의 내심이 어떤지 그들은 못내 믿어지지 않았다. 그것은 김옥균에 대한 민비의 보복이 너무나도 집요하고 또 잔학했던 것을 잊을 수가 없었기 때문이다.

"어떻든 왕후 폐하에 대해서는 깊은 관심을 기울여야 할 줄 아오."

박정양이 마침내 이렇게 결론을 내렸다. 그렇다. 이 나라를 발전시키려는 그들의 정열은 불길처럼 타올랐지만, 한편 민비에 대한 그들의 의구는 가실 수 없음이 또한 사실이었다.

사대 사상의 권화요 절세의 정략가인 민비는 어느 날 궁중으로 민영달을 조용히 불러들였다.

"영달, 더 가까이 오지."

"네."

"나는 우리 민씨 일족을 몰아낸 자들에 대한 원한이 뼛속까지 서리어 있소."

"네?"

"그자들을 모조리 몰아내고 다시 우리가 이 나라를 다스려야 하오."

"네—"

"인제 대원군파는 제거했으니 이번에는…… 금릉위 등 일파를……."

"하지만 중전마마, 그들을 도운 것은 바로 폐하가 아니었습니까?"

"그것이 내 계략이었소."

"네—"

"김홍집·박영효 두 파를 한번에 대적하면 그 두 파가 손을 잡을 게 틀림없고, 그렇게 되면 힘이 겨웁지 않겠소."

"알겠습니다."

"우리 민씨 가문에 있어서는 박영효 등이 더 미운 원수요."

"그야 두말 할 것 있겠습니까만."

"하여튼 내 머릿속에 꾀가 있으니 안심하고……."

희대의 여걸이요 당대의 정략가인 민비의 정치적 계략에는 빈틈이 없었다.

아니나다르랴! 민비는 박영효 세력의 구축을 위하여 강력한 포석을 하기 시작했다. 즉 갑오년에 쫓겨났던 민씨 일족인 민영달·민영소 등을 특진관(特進官)이라 하여 다시 궁중에 불러들였고, 자기 파 인물들을 요직에 배치하기 시작했다. 그리고 궁중 안의 세력을 장악하기 시작했다.

어느 날 민영달은,

"여러분! 왕궁에 새로이 시위대를 별도로 두게 했는데 그 책임자들을 추천해야겠소. 영환, 누가 좋을지 말해 보시오."

"영달, 그것 참 잘했소. 궁정은 우리 파에서 지켜야 하오."

"영달, 현흥택을 대장으로 하는 게 좋겠소. 심상훈(沈相薰)이 얘기해 보오."

"좋을 듯하오. 훈련대 대장엔 홍계훈으로 하고."

"좋소."

이들은 첫 단계로 궁중 수비의 실권을 장악하기로 했다. 그리고 군대와 경찰은 홍계훈이 맡기로 했다.

"그럼 심상훈은?"

"아무래도 내각은 개조해야 할 테니 곧 심상훈을 탁지부대신으로 밀어 재정을 장악게 하고, 경무사를 안경사가 맡도록 합시다."

그들은 내각도 자기들이 움켜쥘 뱃심이었다.

이렇게 하여 민비의 세력은 착착 조정과 내각에 자리를 차지하기 시작했다.

그리고 쫓겨났던 민비파들은 궐내에 무상 출입하기에 이르렀다. 일이 이렇게 되자 의욕만이 앞서고 자기네의 힘을 너무 과신한 나머지 민비의 말을 곧이곧대로 믿으려던 박영효는 한편 당황하고 한편 분개했다.

그러나 희대의 여걸 정치가 민비에 비하면 박영효는 너무 순진한 혁명가에 불과하였다. 박영효는 시위대 창설의 소식을 듣자 박정양 총리대신과 같이 궁중으로 달려갔다.

"폐하, 여러 가지 점으로 미루어 보아 왕궁 수비병은 새로 된 훈련병으로 교체하는 게 좋을 것 같습니다."

"금릉위, 그건 갑자기 무슨 말이오?"

"구식 군대는 규율도 나쁘고 아무래도 일본식 훈련을 받은 군대로 바꾸어야겠습니다."

"그게 무슨 말이오? 왕궁은 전에부터 지키던 평양병이 있으니 바꿀 필요가 없소."

그러나 그들로서는 물러설 수 없는 중대한 일이다.

"폐하, 내각에서 그렇게 작정했습니다."

"아니, 내각에서 왕궁일을? 박 총리대신! 아무리 내각에서 정했어도 왕궁의 일은 간섭 마오."

고종의 태도도 의외로 강경했다.

"폐하! 지금은 내각의 의결을 좇아야 합니다. 그리고 궁중에 잡배들이 무상 출입하니, 그런 자들이 조정을 문란케 하고, 나아가선 국사를 어지럽혀……."

"금릉위, 금릉위는 내부대신의 일이나 잘 보오."

"내각의 의결을 좇으셔야 합니다."

"내각? 그건 일본 공사가 억지로 만든 게 아니오?"

"네?"

여느 때와의 고종은 달랐다. 그것은 전제 군주로서의 발언이었다.

"차라리 짐은 훈련대 따위를 해산시키는 것이 좋을 것같이 생각하오."

궁궐의 수비병 문제에 대한 국왕 고종의 의견은 의외로 강경했다. 그리고 내각의 존재 자체에 대해서 노골적으로 싫어하는 눈치였다. 심지어는 내각의 유일한 지지 병력인 일본식 훈련대마저 해산시키려는 의도를 밝혔다. 우유부단한 성격의 소유자일 뿐 아니라 항상 개화를 지지하던 고종으로서는 뜻밖의 태도였다. 여기에 박영효도 무엇을 짐작하지 않을 수 없었다.

"네? 신식으로 훈련한 군대를 말입니까?"

"그렇소."

"그건 아니 될 말씀입니다. 일본 사관들이 손수 교련시킨 것을……."

"더욱 그래서 말이오!"

"폐하, 그건 폐하가 친히 생각하시는 바입니까?"

아무래도 고종의 이런 생각 뒤에는 반드시 왕후의 조종이 있으리라 생각됐다.

"나 혼자만의 생각도 아니오."

"네?"

혹을 떼러 갔다가 혹을 붙여 온 격으로, 박영효·박정양 등의 내각 중신들은 도리어 일본식 훈련을 받은 훈련대의 해산을 획책하려는 의도마저 엿보게 되었다. 그리하여 민비파인 잡배의 출입을 막을 길은 막연했다. 완강한 장벽이 가로 놓임을 깨달았다. 사태는 뜻하지 않던 방향으로 급진전했다.

"금릉위, 큰일이오. 무슨 일이 있어도 훈련대를 해산시켜서는 아니 되겠소."

"박 총리, 폐하가 그렇게까지 되실 줄은 몰랐소. 필시 민씨 일파가 책동하고 있음에 틀림없소."

"그야 벌써부터 아는 사실 아니오?"

그러나 박영효로서는 민씨 일파의 음모가 그렇게까지 진척되었으리라고는 생각 못 했었다. 민비의 너무나 교활한 책략과 민씨 일파의 끈덕진 정권욕에 그는 부르르 몸을 떨었다.

"하여튼 무슨 대책을 강구해야겠소."

"무슨 일이 있어도 우리 내각의 힘으로 훈련대를 그대로 두도록 해야 하오."

"그러나 폐하까지……."

박영효로서는 너무도 믿어지지 않는 청천벽력이었다.

"폐하도 이제는 중전의 괴뢰에 불과하오."

"총리대신, 이런 말이 훈련대 사람들의 귀에 들어가면 또 시끄러워질 텐데."

"그들도 이미 알 거요."

사실 그랬다. 일본인의 손에 훈련된 훈련대는 일본 세력이 밀려가자 불안과 분개 속에 동요하기 시작했고, 더욱이 민씨 일파가 훈련대를 해산시키려 한다는 풍문이 떠돌자 이들은 극도로 흥분하기에 이르렀다.

그러나 사태는 그런 정도가 아니었다. 궁중에서는 더 큰 문제가 논의되고 있었다.

"상감, 이제야 우리도 일본놈들의 행패에서 풀려났는가 봅니다."

"글쎄, 그자들 때문에 나는 임금인지 뭔지 알 수가 없었구려."

"그러니까 이번 기회에 아예 일본의 세력을 뿌리째 뽑아야 합니다."

"그렇습니다. 곤전마마의 말씀이 백에 백 다 옳은 말씀입니다. 도대체 새 법이 무슨 소용이 있습니까? 대감, 그렇지 않소?"

"지당한 말씀이오. 천하에 상감은 혼자시고 이 나라는 상감의 나라이온데."

"그러니까 아주 내각을 없애 버리고 예전대로 상감께서 모든 정사를 다시 단행하시도록 함이 좋을 듯합니다."

민비는 드디어 정부 개혁의 상징적 제도인 내각마저 없앨 심산을 토로했다.

그러나 임금 앞에 모인 노대신들도 민비의 이 당돌한 발언에 놀라기는 하였으나, 한편으로는 자기네 본래의 뜻에 맞는 터이므로,

"그렇습니다. 내각이 다 뭣하는 곳입니까? 그저 상감마마 말씀대로 대신들은 움직이면 될 줄 압니다."

"글쎄, 시위대에 관한 일만 해도 그렇지, 내각이 상감께 이래라저래라 한다니 그 무슨 불충스런 일이옵니까?"

오랫동안 봉건 왕국의 윤리를 믿고 살아온 늙은 조신들로서는 그렇게 생각할 수도 있었다. 신하 된 도리로서는 임금에게 충성을 다하면 그만이지 임금의 권력을 빼앗는다는 것은 하나의 반역으로밖에 생각되지 않았던 것이다. 지금까지는

그저 일본인의 서슬이 무서워서 잠자코 있었던 것이다.

"그리고 금릉위도 제 잘못을 뉘우친 줄 알았더니, 이제 와서 보니 갑신(甲申) 때의 역심(逆心)이 남은 모양입니다."

"글쎄, 금릉위까지 그럴 줄은……."

"글쎄 말입니다. 그 사람은 고분고분 말을 잘 들을 줄 알았는데 정말 엉뚱한 생각을 하고……."

"하여튼 친일당에겐 인제 진절머리가 납니다."

"상감, 내각을 아주 없앱시다."

"내각을 없애?"

"네."

조신들은 누구 하나 그 의견에 반대하지 않았으나, 국왕으로서는 차마 체면을 생각해서인지,

"하지만 일단 국법으로 정한 제도이니……."

하고, 내각을 해산시키려는 최종적인 결론을 내리지 못하였다.

"상감, 이 나라는 상감의 나라이옵니다."

그것은 무서운 반동이었다.

새 국가로 개혁된 모든 제도를 뒤집고 다시 봉건의 울타리 속에 숨어 버리려는 봉건군주 세력의 끈기 있는 반동이었다. 물론 갑오의 개혁이 남의 힘에 의해서 이루어진 것이고 또한 강행된 것이긴 하지만, 그래도 시대의 조류에 따라 낡은 껍질을 벗으려는 발버둥이었기에 애오라지 광명이 비치는가 했으나, 그 희미한 불빛마저 사라지려는 것이다.

내각을 해산시키려는 소식을 듣자 내각은 들끓었다.

"잠깐 조용히들 해주시오. 일은 급박하니까 확실한 대책을 세웁시다."

"내각의 결의로 강행하는 수밖에 없소."

"그러니 사태는 우리에게 불리하게 전개되고 있소."

"그렇다고 좌시하고 있을 순 없지 않소?"

"금릉위, 말씀을 하시오."

"내무대신, 그렇게 침통한 얼굴만 하시면 어떻게 합니까? 무슨 결단을 내리십시오."

침통하게 앉아 있던 박영효는,

"여러분! 모든 일이 내가 양 폐하를 너무 믿었기 때문에 이렇게 된 줄 아오. 하지만 양 폐하를 제쳐 놓고 국정을 다룰 수도 없는 문제고……."

하며, 자신도 어떻게 하면 좋을지 몰라 했다. 그러나 내각의 각 대신은 흥분할 대로 흥분했다.

"그렇다면 개혁 정부는 허수아비요?"

"그야 우리 뜻은 새 정부를 세워 남의 나라 못지않게 정사를 잘 해보려고 했었지만……."

"금릉위, 내각의 운명은 내무대신인 금릉위의 결단에 달렸소. 그리고 이 나라의 장래도."

"여러분, 미안하오. 내 힘과 덕이 부족해서."

"아니오. 내각과 이 나라의 새 시대는 우리들의 어깨에 달려 있소. 대판 싸움을 합시다."

대신들의 얼굴에는 비장한 각오가 서리었다.

그러나 일단 기울어지기 시작한 기운은 어찌할 수 없었다. 내각을 해산시키려는 민비의 책동은 현저하게 눈에 띄었고, 조정을 어떤 힘으로도 움직일 수 없도록 자파 세력으로 굳혀 갔다.

그런가 하면 장안의 시민들도 웅성거리기 시작했다. 정권이 하도 잘 바뀌기 때문에 별로 관심을 가지지 않는 시민들이었으나, 일본 세력이 밀려가고 강대국인 러시아의 세력이 다시 머리를 쳐들기 시작하였기 때문일 것이다. 그리고 그것은 지금의 집권파인 박영효 일파의 운명에도 관계되어 있을뿐더러 나아가서는 피비린내까지 풍기는 처참한 판국이 벌어지지 않을 수 없기 때문인 것이다.

이때 한 대의 사륜마차가 궁궐 쪽으로 달려간다.

"저건 아라사 공사의 마차인 모양인데……."

"음, 또 아라사 공사 여편네가 궁궐에 들락날락하는 모양이군."

"인제 민비는 아라사에 찰싹 들러붙었다니, 아라사와 일본이 또 한판 겨눌지도 모르지……."

"그럼 박영효는 큰일나게?"

"그러잖아도 민씨파가 득세하는 모양이니, 제대로 넘어가진 않을걸."

"아니, 저건 또 훈련대가 아닌가?"

"이 시간에 저렇게 행진하는 건 수상한데?"

검은 구름은 다시 떠돌기 시작했고, 민씨파와 개혁 정부의 대립은 또다시 날카로워졌다.

해괴한 사담(私談)

국내 정국의 풍운이 차차 험악해지는 가운데 또다시 뛰놀기 시작한 것은 일찍이 궁중을 드나들던 외국인들이었다.

그 속에는 한때 천진으로 쫓겨갔던 독일인 묄렌도르프가 끼어 있었다.

묄렌도르프는 민비에게 갖은 아첨을 하면서 그의 비위를 맞추며, 한편으로는 정치 흥정을 일삼았다.

"왕후 폐하, 이 나라 속담에 쇠뿔은 단김에 뽑으라는 말이 있지 않습니까? 그러니 이번에도."

대원군파를 제거한 민비는 친일당의 잔여인 박영효 일파를 몰아내고 러시아와 손을 잡으려고 이날도 묄렌도르프와 무언가 책략을 꾸미고 있었다.

"알겠소. 그런 걱정 마오, 묄렌도르프 씨. 그저 베베르 아라사 공사에게 잘 말씀해 주시오."

"걱정하실 것 없습니다. 베베르 공사와도 벌써 여러 번 만났고, 그분 또한 폐하의 뜻을 잘 압니다."

"그럼 일은 다 됐구먼."

"안심하십시오. 영광의 날 곧 옵니다. 하하하……."

"호호호호……."

민비는 회심의 미소를 띠웠다.

그런가 하면 베베르 러시아 공사도 조선에서 일본 세력을 구축하기 위해서 활동하기 시작했다.

그는 3국 간섭의 경험으로 보아 일본이 감히 자기네와 맞싸우지 못할 것이라고 생각했던 것이다.

베베르는 어느 날 일본 공사관으로 스기무라 대리공사를 찾아갔다.

찾아간 목적은 왕궁 수비에 관한 러시아의 태도를 밝히려 함에 있었다.

"다름 아니라 조선국 왕궁의 수비대 문제 말입니다."

베베르는 단도직입적으로 용건을 꺼냈다. 그는 현재 다루고 있는 조정의 왕궁 수비대 문제가 꼭 일본의 배후 조정으로 알고 있었으므로 그를 제지하고 싶었던 것이다.

"그 문제가 어떻게 됐다는 겁니까?"

아무것도 모른다는 듯이 스기무라는 말했다.

"당신도 아시다시피 지금 조선국 조정과 정부는 왕궁의 위병 문제로 싸우고 있습니다."

"그런 말은 들은 적이 있습니다."

"난 그 일이 나쁘다고 생각합니다. 할일 많은데 그 문제를 가지고 싸울 것 없습니다."

묄렌도르프 1882년 11월, 청나라 이홍장의 추천으로 외무 고문으로 초빙되었던 독일인

"그야……."

"귀국측에서 잠시 동안 내버려 두십시오."

"우리 일본이 어떻게 했습니까?"

"우리 외국은 간섭하지 않는 것이 좋을 듯합니다."

"마치 우리 일본이 간섭하는 것 같은 말씀인데……."

"하여튼 손을 떼십시오."

"네?"

베베르는 일본 공사가 아직도 박영효의 뒤에서 조선 정부를 조정한다고 생각했기 때문에 그를 견제하려고 했고, 나아가서는 장차 자기네가 조정을 돌보겠다는 강력한 암시를 던졌던 것이다. 베베르가 돌아가자 스기무라 일본 대리공사는 곧 박영효에게로 달려갔다. 일본으로서는 궁중 수비대 문제에 대하여 요즈음에 와서는 왈가왈부한 적이 없었으므로 그 문제에 대한 상의를 하고자 함이었다.

"무슨 일이오, 스기무라 공사?"

"내부대신 각하, 오늘 베베르 아라사 공사가 찾아왔었습니다."

"아라사 공사가?"

"그는 궁중의 수비대를 훈련병으로 대치하려고 하여 조정에 물의를 일으키지 않는 것이 좋겠다는 의견이었소."

하고, 스기무라는 베베르가 찾아와서 따지는 것처럼 대들던 이야기를 했다.

"허— 그자가 벌써 그렇게까지?"

한국군의 일본식 군사훈련 한국군은 1881년 별기군 조직 때부터 일본군 장교로부터 일본식 군사훈련을 받았다. 사진은 1894년 갑오경장 이후 일본인 교관의 훈련을 받는 친위대

박영효는 국내 문제를 가지고 베베르가 간섭하려고 나오는 의도를 잘 알고 있었다. 요즈음 민비의 세력이 대두하여 러시아와 굳게 손을 잡으려는 것을 잘 알고 있기 때문이었다.

"어떻게 된 일입니까?"

"스기무라 씨, 지금 민비는 아라사 공사와 결탁해서 일본 세력을 몰아내려고 하고 있소."

박영효는 자기를 두둔해 주고 밀어 주고 있는 일본에 대하여 무책임한 답변을 할 수가 없었다. 일본의 세력이 만일 물러나가게 된다면 자기의 신변도 흔들리게 되기 때문이다.

"뭐요?"

스기무라로서는 처음 듣는 말이었다.

"궁중이 음모장으로 변해 가고 있소."

박영효는 자국의 정치 싸움을 나쁘게 이야기하고 싶지 않았지만 그렇게밖에 표현이 되지 않았다.

"그러나 각하가 김홍집 수상을 몰아낸 것은 민비와 합세해서 한 일이 아닙니까?"

스기무라로서는 오늘에 이르기까지 박영효가 민비와 같이 일을 한다고 보고 있었으므로 이렇게 반문하지 않을 수 없었다.

"그야 그때는 그럴 만한…… 하여튼 귀 공사도 단단히 정신을 차려야 하오."

정계의 분파가 다시 변화된 것이다. 그것을 스기무라는 이제야 짐작한 것이다.

일본 대리공사 스기무라로부터 베베르와 민비와의 음모가 치밀하게 진행되고 있다는 말이 전해지자 일본에 있던 이노우에 가오루가 다시 조선으로 건너온다는 소식이 전해졌다.

이 말을 전해 들은 조정에서는 필경 이노우에가 러시아의 세력을 꺾기 위해 올 것이라는 생각으로 선수를 치기 위해 인천까지 정중히 영접했다.

"영감, 저 이노우에가 이렇게 다시 오는 게 어쩐지 불길합니다."

"그야 폐하께서도 불안해서 이 정병하(鄭秉夏)더러 여기 인천까지 마중을 내보낸 게 아니겠나?"

"지난해 갑오의 정변도 그자가 모두 명령했고, 게다가 일본 군대도 아직 남아 있을 뿐더러, 또한 일본 사관들이 교련한 훈련대까지 살기가 등등하니……."

"글쎄, 나도 걱정이오."

사실 일본 본국 정계에서도 거물급 중의 한 사람일 뿐만 아니라 외무대신의 현직을 버리고 일부러 조선에 건너왔다가 3국 간섭으로 고배를 마시고 건너갔던 이노우에가 다시 이 나라에 온다는 것은 심상치 않은 일이었다. 무슨 헤아릴 수 없는 복선(伏線)이 숨어 있음에 틀림없다. 그는 지금 기선을 타고 막 인천항에 닿은 것이다. 마중 나온 일본군으로부터 사열을 받으며 천천히 배에서 내리는 이노우에의 얼굴은 창백하게 보였다.

"도착한 모양입니다. 가보시지요."

"그럽시다. 사실 청나라가 취한 것같이 책임자를 자기 나라로 데리고 가겠다면 큰일인데……."

"설마 그러기야…… 인젠 독립국인데요."

정병하는 천천히 그가 걸어 나오는 쪽으로 다가갔다. 그러고는 정중히 허리를 굽히며 인사를 했다. 이노우에는 정병하에게 악수를 청하고 곧 서울로 오는 마차에 올랐다.

이렇듯 여러 가지 억측을 자아내게 하던 일본의 이노우에 가오루도 이상하리만큼 별다른 격랑을 일으키지 않았다. 다만 김홍집 중심의 내각을 만들도록 압력을 가했을 뿐이었다.

이노우에의 그런 약화된 태도를 보자 민비는 궁중 고문인 묄렌도르프를 불렀다. 민비는 이노우에가 옛날과는 아주 생각이 달라진 것으로 생각했다.

"묄렌도르프 씨, 이노우에도 뭐 별수없는 모양이오."

"그렇습니다, 왕후 폐하. 인제 안심하시고 폐하의 정책을 실행에 옮기십시오."

"그럼 어떻게 하면 좋겠소?"

"저— 저의 생각으로는…… 용서하십시오. 왕후 폐하, 그저 생각했던 바가 있어서."

"묘안이 있으면 서슴지 말고 말해 보시오."

묄렌도르프는 한참이나 머뭇거리는 체하다가 슬그머니 이런 이야기를 꺼냈다.

"네, 첫째 왕후 폐하와 민씨 일가는 장차 일본과 손을 잡을 수가 없습니다."

그에겐 속셈이 있었던 것이다.

"그렇소. 우리 민씨 세력을 내쫓으려는 게 일본인들의 태도였으니까."

"그리고 사실상 일본보다는 아라사가 더 가깝습니다. 나라의 위치가 일본과는 달라서 육지로 연결되어 있으니까요."

"그렇고말고요."

"그러니까 아라사와 친해지는 것이 옳은 줄 압니다."

이야기의 요점은 바로 이 말이었다.

일본은 바다 건너에 있으나 러시아는 바로 국경과 인접해 있을 뿐만 아니라 또한 강대국이 아닌가?

"나도 늘 그렇게 생각해 왔소."

민비의 생각도 그러했다.

"또한 이번에 아라사가 주동이 되어 일본으로 하여금 요동반도를 내놓게 한 것으로도 짐작이 되시겠지만, 아라사야말로 세계 최대의 강국이니……."

"정말 일본놈들도 꼼짝 못 하더군! 호호호호……."

"그렇다고 아라사는 조선의 독립을 해치지 않을 테니 아라사의 보호를 받도록 함이……."

"알겠소. 나도 꼭 같은 생각이오. 그럼, 묄렌도르프 씨는 우리와 아라사가 꼭 손을 잡을 수 있도록 더 애를 쓰셔야겠소."

"황공합니다, 왕후 폐하."

민비의 암약으로 조정의 친로정책이 점점 노골화되어 가고 있는데도 이노우에는 별로 강경한 태도를 보이지 않았다. 그러나 음흉한 이노우에가 목적 없이 다시 왔을 리는 만무했다. 그는 어느 날 자기 처소에서 내각의 대신들을 초청하여 만찬회를 열었다.

"여러분! 잠깐 조용히 하십시오. 이젠 이노우에 각하께서 간단한 인사말씀이 계시겠습니다."

스기무라의 소개를 받고 이노우에는 자리에서 천천히 일어섰다.

"뭐 별로 인사라고 할 것도 없습니다. 그저 전번에 왔을 때에는 귀국 정부의 상하가 지나친 우대를 해주셨고 해서…… 이번에 다시 온 기회에 식사나 나누며 모처럼의 구정을 나누려고…… 그러니까 오늘은 여러 대신께서도 국사에 지친 피로를 풀 겸 그저 잡담이나 하면서 즐깁시다."

이 자리에 참석했던 정부 관리들은 그가 무슨 중대한 발표라도 할 것으로 기대했으나 그냥 잡담이나 하자고 하니 실망의 빛을 보이는 사람까지도 있었다.

"이제부터의 이야기도 사담이니까, 그리 아시고…… 자아, 술을 드십시오. 들면서 이야기합시다."

하지만 그 중에는 이노우에의 속셈을 짐작하는 사람도 있었다. 타고난 외교관 타입의 정략가 이노우에가 다시 조선으로 온 것도 그렇거니와, 사담을 빙자하여 이렇게 큰 연회석을 만든 것도 알 만한 일이었다.

"그럼 우리나라 노래라도 들으시면서…… 오이, 기미 히도쯔 야레(여봐, 자네 한 마디 부르지)."

"하잇(네)."

이노우에는 데리고 왔던 일본 기녀에게 노래를 청했다. 기녀는 샤미센(三味線)에 맞추어 고우다를 멋지게 부르기 시작했다. 그 노래가 나오자 좌석의 분위기는 한층 부드러워진 듯했다. 이노우에는 노랫소리가 한창 울릴 즈음 김윤식의 옆으로 갔다.

"그런데 저— 박영효 내무대신이 보이지 않는데."

이 자리에 박영효만은 빠졌었다.

"네, 몸이 좀 불편해서 댁에 누워 계십니다."

이노우에는 모처럼의 기회에 내무대신이 빠져서 유감이라는 말을 하고 곧 김윤식에게 말을 건넸다.

"그런데 저— 이건 사담입니다만, 어떻습니까? 귀국의 외교 문제를 우리 일본이 맡아서 해드리면?"

사담이라고 전제하고 한국 외교를 일본에게 맡길 수 없느냐고 묻는 이노우에의 말에 외무대신 김윤식은 펄쩍 뛸 듯이 놀랐다.

"네?"

그러자 이노우에는 농담처럼 웃어 넘기며,

"귀국의 내정에는 인제부터 털끝만큼도 운운하지 않고 그저 외교 문제만 우리가 일체 맡아서⋯⋯."

그러자 외무대신의 역할을 변변히 해오지 못한 김윤식으로서는 귀가 솔깃해지는 점도 있긴 했다.

"하긴 우리나라에는 외국에 사신으로 나갈 만한 인재도 적고 하니, 그것도 생각해 볼 문젭니다."

"그렇게 하십시오. 그렇다고 독립이 흔들리는 것도 아니고⋯⋯."

조선국의 대신들을 자기 처소에 초대한 이노우에는 사담이란 것을 강조하면서 농담 비슷하게 조선국의 외교권을 자기네 일본에게 맡기라는 것이었다.

그 얼마나 음흉한 흉계냐? 외교권이야말로 독립국에 있어서 유일한 권리가 아닌가? 그러나 아직도 국제 정세에 어두웠던 몇몇 대신은 그 말의 저의를 몰랐던 것이다.

김윤식이 여기에 흥미를 느끼자 어윤중도 덩달아,

"하긴 그렇소. 사실 그렇게 하면 국가의 재정도 절약되고⋯⋯."

하면서 마음이 움직이었다.

그러자 이노우에는 틈을 주지 않고,

"그렇고말고요. 이런 말씀을 드려 죄송합니다만, 귀국의 재정이 퍽 어려운 것도 같고."

하고, 걸려 들어오는 고기를 낚아챘다.

"그렇소. 그 동안 조정의 낭비가 심해서⋯⋯."

"그렇게 하십시오."

"생각해 봅시다."

"총리대신 각하는 어떻게 생각하시오?"

우선 김윤식과 어윤중의 의견을 타진해 보고 난 이노우에는 이번에 새로 정권을 잡은 김홍집에게 말을 건넸다.

"글쎄…… 그런 일은 일단 내각회의를 열고 정식으로 논의해야 할 게고, 또 폐하와 내무대신의 뜻도 물어 봐야 할 테니……."

김홍집의 속셈은 반대 의사가 명백했다.

그러나 아직 자기의 입장이 확고하지 못한 때인 만큼 맞대고 반대 의사를 표시하지는 못했다. 이는 그의 굳어진 얼굴 표정에 역력히 나타났던 것이다.

이노우에는 그런 눈치를 알자 너털웃음을 웃으며,

"그야 물론이죠. 자아, 인제 그런 얘기는 그만두고 술이나 드십시오. 하하하하…… 오이, 기미 모히도쯔 야레(여봐, 하나만 더 불러)."

"하이."

이 말이 오간 뒤 연회는 밤늦도록 계속되었으나 김홍집은 기분이 풀리지 않았다.

그 자리에서 김윤식, 어윤중 등은 여러 조건이 여의치 못해 자기네들의 정책 수행이 어려웠으므로 사실상 이노우에의 말에 마음이 많이 기울어졌던 것은 사실이다. 그러나 근대 조선의 희대의 정치가의 한 사람인 김홍집은 벌써 이노우에의 야욕을 간파하고 말을 흐려 버리고 말았던 것이다. 그렇다. 소론(少論)의 정적 속에 에워싸여 있으면서도 단 한 사람인 노론(老論) 출신으로서 정계를 휘두른 그의 역량이야말로 이런 예지에서 나왔던 것이다.

이 일이 있는 지 2, 3일 후 이노우에가 그런 말을 했다는 말을 병석에서 전해 들은 박영효는 펄펄 뛰었다. 이주회가 알렸던 것이다.

"이 협판, 그게 사실이오?"

"네, 저도 그 자리에 있었던걸요."

"그런데도 그자를 가만 두었소? 그런데 왜 그런 말을 곧 알리지 않았소?"

"그저 사담이라고 하기에……."

"사담이라고 그저 받아넘길 게 따로 있지."

"죄송합니다."

"내일 우리집에서 이노우에를 초대할 테니, 곧 연락을 해주시오."

"네."

"우리는 모두 까막눈이란 말이오? 세계가 어떻게 움직이고 있는지도 모르는 줄 아오?"

그 이튿날 박영효는 저녁 대접을 한다는 구실로 이노우에를 자기 집에 초대했다.

이노우에는 궁금하던 차이므로 금세 달려왔다.

"어서 오십시오. 차린 것도 변변치 못하면서 이렇게 오시라고 해서……."

"천만에요. 이렇게 초대해 주셔서 감사합니다. 그런데 건강은 좀 어떠하십니까?"

"네— 몸살을 좀……."

"다행입니다. 이 역사적인 시기에 각하께서 하루라도 누워 계신다면……."

"나야 뭐, 훌륭한 분들이 많이 계신데…… 자, 드십시오. 애, 권주가라도 불러라."

저녁 대접이 아니라 간단한 연회였다.

박영효는 아직 몸이 쾌하진 못했으나 일부러 술을 마시고 노래도 청하고 하면서 흥을 일으키려 했다.

"전날 밤엔 참 실례하였소. 일부러 초청까지 해주셨는데……."

"몸이 불편하셨으니 어떻게 합니까. 오시지 않아서 섭섭은 했습니다만……."

어느 정도 술이 거나해지자 박영효는 그날 밤 들은 이야기를 끄집어 냈다.

"그리고 저— 이건 사담입니다만, 각하는 내일 일본으로 돌아가십시오."

"네?"

"난 각하가 그런 말을 할 줄은 몰랐소."

"내가 뭐 실언이라도?"

"각하는 우리나라의 외교권을 일본에게 맡기라고 하셨다면서요?"

이노우에는 그제야 전날 이야기한 외교권 문제인 줄 알고 안도의 숨을 쉬었다. 그래서 그는 너털웃음을 웃었다.

"예— 하하하…… 그건 어디까지나 사담으로……."

"각하! 사담이면 무슨 말이라도 해도 좋은가요? 남의 나라에 사절로 오신 분이 말입니다."

"글쎄, 사담을 가지고 그렇게 정색을 하시오?"

"나도 사담으로 하는 거요. 각하는 이곳 사절의 자격이 없소."

"네? 하지만 김윤식 외무대신과 어윤중 탁지부대신도 동의하셨는데……."

"뭐요? 그럼 총리대신은?"

"아— 그거 뭐 사담을 가지고."

"하하— 나도 사담이 지나친 것 같군요. 하하……."

박영효는 김윤식, 어윤중이 찬의를 표했다는 데 적이 놀랐다. 그래서 자기의 이야기도 사담이라고 강조하면서 웃어 버렸던 것이다.

그런 일이 있은 후 박영효는 이 나라의 개혁을 돕는다고 하는 일본의 저의를 더욱 의심하기 시작했다. 한편 이노우에는 자기가 내세우고 있는 내각일 뿐만 아니라 자기네의 비호까지 받고 있는 박영효가 그처럼 만만치 않음을 보고 새로운 계략을 꾸미기 시작했다. 이노우에는 다시 일본으로 돌아가기 며칠 전에 국왕 고종을 알현했다.

고종과 박영효의 대결

이노우에 가오루가 조선국의 외교권을 농락하려던 사실에 대해서 그 진부를 야사계(野史界)의 권위자인 권오돈 씨는 다음과 같이 말하고 있다.

"갑신정변과 그후의 일을 알기 위해서 박영효를 만나서 들은 이야기의 소감으로 한 가지 밝혀야 할 점이 있다. 박영효를 친일당의 거두처럼 생각들 하는데 이것은 큰 잘못이다.

일본 세력을 이용하여 독립과 부강을 위한 그야말로 억지춘향식의 친일이었지 결코 매국을 위한 친일은 아니었다. 그들 일본인들의 야심이 나타날 때면 반대하는 게 박영효의 임무였다. 을사(乙巳) 이후 궁내부대신으로 있을 때 이완용이가 왕의 선위(禪位) 문제를 조작하는 걸 탄핵하고 제주에 유배되었다가 한일합방 후 돌아와 인제는 모든 것이 다 글렀다고 단념하고 있었다. 그러나 일본에서 준 후작(侯爵)을 받고 중추원(中樞院) 고문에 임명되었기 때문에 후세에 욕을 먹게 된 것이다."

그렇다. 박영효가 설혹 친일 정객이었다고 하여도, 갑신정변 때와 그 뒤의 일본 공사들의 태도로 미루어 보아, 그들이 사심없이 조선국의 개혁을 도운 것이 아니었음은 물론, 그들의 계속적인 배신과 강압이 식민 정책의 흉계임을 국제 정세에 밝았던 박영효는 이미 알고 있었던 것이다.

이 일이 있은 얼마 후에 이노우에는 귀국하기에 앞서 고종을 배알했다.

"그래, 이번엔 언제 돌아가시겠소?"

"네, 내각도 다시 잘 정비되고 하였으니 곧 돌아갈까 합니다."

"원로에 자주 오락가락할 테니 수고하시겠소."

"모두 폐하를 조금이라도 돕고자 하는 마음에서입니다."

"정녕 그러하다면 고마운 일이오."

"따라서 한말씀 드리고자 하는 것은……."

고종이 자기를 못마땅히 여기고 하는 말투임을 빤히 알면서도 불쾌한 빛은 조금도 나타내지 않고, 넌지시 임금의 비위를 건드려 보았다.

"말해 보시오."

"근자에 내각이 너무 월권을 하여 폐하의 뜻을 간혹 받아들이지 않는 듯한 인상이어서."

"그건 무슨 말이오?"

"이 나라의 정권은 폐하의 손에 달려 있다고 생각하옵고 또 그래야 됨에도 불구하고……."

"외신은 정말 그렇게 생각하오?"

"여부가 있겠습니까. 이 나라 정권은 폐하의 것이기 때문에 폐하가 마음대로 하셔야 옳을 줄 압니다."

국왕 고종은 이노우에의 뜻하지 않은 발언에 적이 놀라기는 하였으나 한편 기쁘기도 하였다. 무슨 큰 힘이라도 얻은 듯하였던 것이다. 그렇다고 의심이 아주 가신 건 아니었다.

"그렇소. 짐도 그것이 불만이었소. 하지만 귀국은 지난 해에 그렇게 하라고 강제로 누르지 않았소?"

이노우에는 고종 황제가 자기 말에 걸려드는 것을 알아차리자,

"아, 그건 그런 뜻이 아니었고…… 그저 모든 제도를…… 하지만 정권은 엄연히 폐하 한 손에 달려 있다고 생각하옵니다."

하고, 그저 비위를 맞추기에만 힘을 썼다.

"고맙소. 인제 좋은 말을 해주는군……."

고종은 진심으로 고마워했고 이제야 마음이 놓였다.

"그럼 외신은 이만 물러가겠습니다."

그날 저녁 고종 황제는 심히 유쾌하여 중전과 이렇게 의논하였다.

"중전, 아까 낮에 일본의 이노우에가 다녀갔는데 나더러 정권을 다시 마음대로 해야 된다는구려."

"이노우에가 그런 말을?"

"일본도 인젠 깨달은 모양이오."

"하지만……."

"왜?"

한마디로 기뻐할 줄 알았던 민비가 신통치 않은 얼굴을 하자 고종 황제는 잠깐 의아한 눈치를 하였다.

그러나 민비는 영리한 여자였다. 이노우에의 말 뒤에 숨은 음모의 정체를 가려내려 했던 것이다. 민비는 이노우에의 말을 차근차근 분석해 보는 것이었다.

"그자들이 어떻게 음흉한 자들인데…… 그런 말을 아무 의미 없이 했을 리 만무입니다."

"하여튼 그자가 그렇게 말한 이상 반대는 하지 못하겠지?"

"참, 상감은 너무 사람이 좋으셔서…… 그야 그렇겠지만 그자의 말을 그대로 받아들이면 또 큰일나게 될지 모르옵니다."

"무슨?"

단순하기 짝이 없는 고종은 다시 민비의 말에 흔들렸다.

"호호호…… 그자들이 지금까지 내각을 만들고 폐하의 권력을 누르느라고 병정까지 내세웠는데 갑자기 그럴 리가 만무하고……."

"말을 해보구려, 좀더 자세히……."

"하여튼 좋아요. 일본이 그렇다면 당장이라도 내각을 없애거나 그러잖으면 내각이 아무리 결의를 해도 폐하가 재가를 하지 말고 버티십시오."

"그렇게 해야지."

"사실 정권은 폐하의 것이니까요"

민비로서는 역시 석연치 않은 점이 많았으나 우선 정권이 고종에게로 돌아올 수 있도록 하는 데는 이의가 없었다.

이런 일이 있은 뒤 어전회의가 열렸다. 아무것도 모르는 대신들은 전과 같이 회의를 진행하려 했다.

"그럼, 지금부터 어전회의를 시작하겠습니다."

"먼저 제 소관인 내부의 인사 문제로……."

박영효가 인사 발령에 대한 재가를 요청하자 고종은 아무 대답이 없었다.

"그럼 먼저 그 품의서(稟議書)를 재가하시기 바랍니다, 폐하."

박영효가 다시 고종에게 품의하자 고종은 버럭 성을 냈다.

"못 하겠소."

뜻밖의 일이었다. 더구나 내각에 제반 권한이 부여된 뒤 처음 당하는 일이라 대신들은 한결같이 놀람을 금치 못했다.

"난 이 나라 대군주요. 모든 문제는 먼저 나와 의논하고 처리하도록 하오."

"네?"

대신들은 전에 없던 고종의 강경한 태도에 놀랐다.

그러나 박영효는 가만히 있지 않았다. 그리고 그 당시의 실정으로 보아 국왕의 권위도 그렇게 큰 것은 아니었다.

"폐하! 그렇지만 지금까지 이런 대수롭지 않은 문제는 내각에서 결정하였는 데."

"이제부터는 안 되오."

"폐하! 갑자기 그건 무슨 말씀인지?"

"금릉위 내부대신은 짐의 신하가 아니오?"

"그걸 새삼스러이."

"하여튼 이제부터는 그렇게 하는 것으로 아오."

"안 되옵니다. 내각이 있는 이상 내각의 결의를 무시해서는 안 되옵니다."

"경들이 정말 그렇게 생각한다면 마음대로 하시오."

"네?"

"나는 내전으로 들겠소."

고종은 역정난 걸음걸이로 급히 내전으로 들어가 버렸다. 얼떨떨한 대신들은 서로 얼굴만 쳐다봤다.

"금릉위, 폐하를 너무……."

김홍집이 박영효가 너무 과격히 나간 것을 탓했다. 그러자 박영효는,

"김 총리, 그렇지 않소? 내각이 있는 이상 그런 일까지 폐하가 거부하신다 면……."

"그렇긴 하지만 폐하께서도 뭐 불쾌하신 일이 있어서 그러시는 모양인데……."

"그렇다고 자신의 감정을 국사에 미치게 할 수는 없지 않소?"

"사실 뭐가 못마땅해서 그러시는지 모르겠소. 어디 잘 말씀드려서 원만히 해결해 봅시다."

"안 되오. 우리는 어디까지나 우리가 세운 제도를 지켜야 하오. 내각이 폐하에게 져서는 안 되오."

박영효는 강하게 버티었다. 고종이 오래도록 버티지 못할 임금임을 그는 알았다.

이때 고종이 불쑥 나타났다.

"자아, 맘대로 하시오."

"아니?"

고종 때의 국새(國璽) 고종 때는 대한국새(大韓國璽), 황제지새(皇帝之璽), 황제지보(皇帝之寶), 대원수보(大元帥寶), 칙명지보(勅命之寶), 대조선군주지보(大朝鮮君主之寶), 황제어새(皇帝御璽)(사진) 등 여러가지의 국새를 썼다

고종은 국새(國璽)를 방바닥에 팽개쳐 버렸다.

갑자기 긴장된 공기가 감돌았다.

"폐하! 그게 무슨 일이옵니까?"

"뭣이?"

박영효가 국새를 주워 들며 고종에게 대들었다.

"그 어보(御寶)가 어떤 것인 줄 아십니까? 그게 폐하 한 개인의 것인 줄 아십니까? 그건 태조 대왕으로부터 5백 년 사직을 지켜 내려온 이 나라와 백성의 상징이 아니옵니까? 그것을 폐하 한 분이 마음대로 누구를 주시거나 내동댕이칠 수 있겠사옵니까? 아니 되옵니다."

무엇 때문인지 모르지만 국왕 고종은 국새를 대신들 앞에 내동댕이쳤다. 이것은 심상치 않은 일이었다. 국왕의 이 태도에 대해 박영효는 흥분해서 말했다.

"그럼 어쩌자는 거요?"

"내각의 결정을 좇으십시오."

이노우에가 내던진 한 알의 바둑알이 조정과 내각 사이에 이렇게 무서운 갈등을 가져오게 한 것이다.

이런 일이 있은 후 박영효는 국왕 고종의 태도가 갑자기 격화되고 전에 없이 강경해진 것을 여러 모로 생각해 보았다.

"필경 아라사가 왕후의 뒤에서 조정함에 틀림없을 게다. 아니, 이노우에가? 그럴 리는 없지. 또 왕후도 그자의 말을 믿지 않을 테고. 그러나 이노우에가 폐하를 배알한 후에 그렇게 달라졌으니……. 그러나저러나 아라사의 세력을 막아야 할 텐데…… 그러자면 왕후 폐하를……."

박영효는 이 나라와 자신의 이념이 결정적인 단계에 이르렀음을 깨달았다. 내각의 세력을 꺾으려는 원흉이 일본이든 러시아든 그 앞잡이는 민비임에 틀림없으리라고 생각했다. 그는 곧 사람을 보내어 측근의 동지들을 모이게 하였다.

"오늘 제공을 오시라고 한 것은 바야흐로 나라의 전정(前程)이 어려운 고비에 도달한 것 같기에……."

이렇게 박영효가 본론을 꺼내려는데,

"금릉위, 그러잖아도 좀 만나려고 하던 참이오."

하고, 어떤 이가 이런 말을 끄집어 냈다.

"듣건대, 진고개를 포함한 남산 일대를 자기네의 소유로 만들려고 일본 사람들이 여러 가지로 획책하고 있다는데……."

"뭐요?"

박영효는 얼굴이 새파랗게 질렸다. 말하려던 문제도 크지만 그것도 작은 문제는 아니었다.

"그건 안 될 말이오. 그게 무슨 말이오? 그렇게 되면 이 박영효가 나라를 일본에게 팔아먹는다는 말을 들을 게 아니오?"

"그렇습니다. 그건 안 됩니다."

"절대로 안 될 말이오. 이 협판, 사실을 더 자세히 알아보시오."

"네―"

그 문제가 일단락지어지자 박영효는 본론을 말하기 시작했다.

"그런데 오늘 오시라고 한 것은, 실은 왕후 폐하가 아라사 공사 베베르와 서로 은밀히 결탁해서 일본 세력을 몰아내고 우리 개혁 정부도 없애려고 획책하고 있는 모양이오."

이 말을 듣자 그 자리에 모인 개화파의 고관들은 전기를 맞은 사람들처럼 어안이 벙벙했다. 그리고 점점 그들의 얼굴에는 비장한 빛이 감돌았다.

"서광범, 어떻게 하면 좋겠소?"

"인제 별수없소. 선수를 쓰는 수밖에."

“그렇습니다. 선수를 써야 하오.”

“선수를 쓰다니?”

그 선수가 무엇을 의미하는지 말하지 않아도 모두 잘 알고 있었다. 그러나 누구도 그 말을 입 밖에 내려 하지 않았다.

이때 이주회가 당돌히 입을 열었다.

“지금 진고개를 돌아다니는 일본 로시들도 자기네들끼리 무슨 꿍꿍이를 하는 모양입니다.”

“이 협판, 그건 무슨 말이오?”

“왕후 폐하를 못마땅히 생각하는 모양이오.”

“하지만 그건 안 되오. 남의 나라 사람을 이용해서 조정의 일을 해결할 수는 없소.”

“그야 저도⋯⋯.”

이주회도 끔찍한 일까지는 생각하지 않았다. 그저 빨리 손을 써야 한다고 생각했다.

“그러나 일은 급하오.”

“하여튼 나 서광범의 생각으로는 하루바삐 왕후를 폐비시키는 수밖에 없다고 생각하오.”

“폐비?”

일본을 믿어 왔고 일본의 도움만을 받고 있던 박영효는 모략이 이노우에로 하여금 꾸며졌다는 사실은 모르고 그저 민비만을 나무랐다. 그러나 이노우에의 검은 마음은 그후 을사보호조약(乙巳保護條約)에 노골적으로 나타났다.

그 당시 일본에서 건너온 일본 로닝들은 진고개를 본거지로 하여 제멋대로 날뛰었는데, 그 중에는 무슨 뜻에서인지 조선의 개혁을 열렬히 도우려는 사람도 없지 않았다. 박영효 등이 민비에 대한 대책을 강구하고 있던 어느 날, 한때 대원군파로 몰려난 한재익이란 자가 진고개에서 일본 로닝들과 만나서 서로 이야기를 주고받았다.

일본 로닝들은 그 보잘것없는 한재익에게도 그저 민비의 제거만을 주장했다.

“그야 폐비하면 되지 않소?”

“누가 감히 그런 짓을⋯⋯.”

“내무대신 박영효가 있지 않소. 박영효도 그걸 열렬히 바랄 거요.”

"그렇지, 그 사람의 힘이면 될 것 같군."

"그래야 당신네들도 잘 살 수 있을 거요."

"하긴 그렇지요. 궁중을 숙청해야 합니다. 민비를 없애야 합니다."

"한 상, 민비를 없애도록……."

그런 말을 주고받고 돌아오는 길에 한재익은 문득 좋은 생각이 떠올랐다. 그는 그 길로 민비의 심복인 심상훈에게로 달려가서 이 사실을 알림으로써 심상훈이 즉시 민비에게로 달려갔던 것이다.

그런 말을 듣자 민비는,

"무엇이? 더 자세히 말해 보오."

"왕후 폐하, 박영효 일당이 폐비를 획책하고 있다는 소문은 벌써 일본 로닝 사이에도 알려져 있는 사실이옵니다."

"음, 기어이 금릉위 그자가……."

"빨리 손을 써야 합니다."

"알겠소. 대감도 빨리 손을 써주오."

한재익이 이렇게 꾸며 댄 말을 곧이듣고 아뢰는 심상훈의 말에 민비는 펄쩍 뛰었다.

"황공하옵니다. 신 심상훈은 갑신 때부터 그자들과는 원수이옵고, 이번에도 왕후 폐하의 덕으로 다시 벼슬에 올랐습니다."

"그리고 그 한재익이란 사람을 경무관으로 시키고 또 경무사를 갈아쳐야겠소."

"경무사에는 안경수가 적당한 줄 압니다."

"그럼, 당장 경무사는 안경수로 바꾸고 박영효를 체포하도록 하겠소."

"네."

구실이 없던 차에 박영효가 자기를 폐비시킨다는 소문을 들은 민비는 박영효를 역적 모의로 몰아 체포하기를 명했다. 박영효에게 체포령이 내리자 김홍집파인 외무대신 김윤식은 복수의 기회가 왔다고 생각하고 즉시 일본 공사관으로 달려갔다. 박영효가 이 소식을 들으면 일본 공사관에 숨을 것이 뻔했기 때문이다.

"아니, 외무대신께서 웬일이십니까?"

"급한 연락이 있어서 왔소."

"네? 하지만 급한 연락 사항이라면 누구를 잠깐 시켜서도……."

"아니오. 직접 통보할 일이 생겼소."

"도대체 무슨 일입니까?"

"내무대신 박영효는 역적 모의한 죄로 체포령이 내렸소."

"네? 박영효 각하가…… 역적 모의?"

"그러니까 귀 공사관은 간섭도 마시고, 체포하는 데 방해를 마시오."

일본 공사관에서도 무슨 영문인지 몰라 말문이 막혔을 뿐이었다.

한편, 새로 경무사가 된 안경수는 그래도 박영효와의 의리를 차마 저버릴 수 없었던지 밤에 비밀히 집으로 그를 찾아갔다.

"이 밤중에 웬일이오, 안 공?"

"금릉위, 빨리 몸을 피하시오."

"피하라니?"

"금릉위에게 체포령이 내렸소."

"무슨 말인지 자세히 말해 주오."

"왕후 폐하를 폐비시키는 역적 모의를 했다고 조정에서……."

"내가 그런 무엄한 짓을?"

민비 제거의 모의

안경수가 다녀간 뒤 내무대신인 자기도 알지 못하는 사이에 조정은 박영효의 측근 부하 2,3명을 체포해 갔다. 그러자 박영효는 신변이 위험함을 느끼고 일본 공사관으로 몸을 피했다. 박영효가 일본 공사관의 보호를 요청했다는 사실이 알려지자 정부에서는 곧 군대와 순검(巡檢)을 동원하여 남대문을 철통같이 지키는 한편, 일본 공사관에 가서 박영효를 내놓으라고 했다.

"외무대신 김윤식 각하가 예보한 대로 역적 박영효를 내주시오."

"정치범은 넘겨줄 수 없소."

"그런 법이 어디 있소?"

"그건 국제 도의로 어느 나라에나 통용되는 일이오."

"하지만 이 땅에서 빠져 나가지는 못할 거요."

"글쎄, 그건 그때 가봐야 알지요."

"좋소."

그후 박영효는 일본 군대의 호위를 받고 다시 망명의 길을 떠났다. 일본 군대의 호위를 받은 박영효 일행은 욕설을 퍼붓는 군중 속을 헤치고 용산으로 갔다.

그를 따르는 사람은 마침내 신응희(申應熙), 이규완(李圭完) 두 사람으로 줄어들었다.

"저 역적을 잡아라―"

"일본놈에게 총을 쏴라!"

군중들은 이렇게 떠들어 대면서 다시 망명의 길을 떠나는 박영효를 바라다보았다.

"순검은 보고도 못 잡으니……."

"글쎄 병정들은 총도 한 방 못 쏘지 않아요?"

이런 말들이 들려오는 가운데 박영효의 머리에는 지난 일들이 문득 생각났다.

"신 공, 이 공, 마치 갑신 때 일이 생각나는구려."

"너무 상심 마십시오."

"나라를 개혁해 보려는 꿈이 이렇게 자꾸 깨어지니."

"세 번째는 꼭 성공할 겁니다."

"글쎄, 내 나라를 위해선 백 번 실패하건 천 번 고생하건 후회할 리 없지만 나라의 앞날이 캄캄해서."

박영효는 마침내 일본인의 배를 타고 무사히 서울을 빠져 나갔다. 때를 같이하여 국왕 고종은,

"짐은 박영효를 갑신년에 역모한 전죄(前罪)를 돌보지 않고 특별히 현직에 등용하여 충성함으로써 전죄를 속죄케 했다. 그런데 또다시 음모를 꾸며 무례한 짓을 하였으므로……."

이와 같은 칙령을 내려 박영효를 엄벌하게 했으나,

"원흉 한 사람만 죄를 주지, 그외의 다른 사람은 불문에 부치어 널리 탕감(蕩減)하는 은전(恩典)을 내리겠다."

고 하였으니, 여기엔 박영효만 제거하면 정권을 농락할 수 있다는 민비의 술책이 숨어 있음을 알 수 있다.

그리하여 얼마 후 고종은 김홍집 · 박영효 · 민비 등의 3파에서 적당한 인재를 등용시킴으로써 소위 연립 내각을 다음과 같이 구성하였다.

내각 총리대신 김홍집, 내부대신 박정양, 외부대신 김윤식, 탁지부대신 심상훈, 군부대신 안경수, 법무대신 서광범, 상공부대신 이범진(李範晋), 그리고 중추원의장 어윤중, 궁내대신 이경직.

그러나 김홍집은 민비가 박영효와 결탁하여 내쫓았던 대원군파의 사람이니 그의 집권을 민비는 보고만 있을 것인가? 또한 반대로 김홍집은 민비를 어떻게 대할 것인지?

그리고 일본 정부의 대 조선 정책은 그것으로 끝마치고 말 것인지?

이노우에가 가고 미우라 공사가 그 후임으로 착임했다. 청 · 일전쟁이 일본의 승리로 끝났음에도 불구하고 3국의 간섭으로 요동반도를 환부하고

일본의 미우라(三浦梧樓) **공사** 황후 시해의 흉계를 품고 부임한 일본군 육군 소장 출신의 미우라(재임 1895~1895)

또 러시아의 세력이 노골적으로 조정의 민비 세력과 결탁하여 친일당을 하나씩 하나씩 제거하고 있는 이 마당에서 과연 이 시국은 어떻게 변모할 것인가?

미우라 공사는 고종 황제를 배알한 자리에서,

"외신은 폐하의 새로운 정책을 도우러 왔습니다."

"그럼 전과 같이 내정을 간섭하지 않겠단 말이오?"

"그렇습니다. 폐하의 나라도 독립국이니 그럴 수가 있겠습니까?"

"참 바른 말씀이오. 허허허……."

"폐하께서 부르시기만 하면 언제나 들어오겠습니다. 이노우에 경과 마찬가지로 정권이 그저 폐하 한 손에서 움직이도록 돕고자 할 뿐입니다."

이렇듯 미우라는 지난번에 다녀간 이노우에의 태도를 또다시 다짐했던 것이다.

물론 말은 그렇게 했으나 미우라의 뱃속에는 어떤 먹구름이 감돌고 있는지 알 수 없었다. 그럴 즈음에 이런 풍설도 돌기 시작했다.

"그런데 참, 그게 정말이에요?"

"뭔데?"

"글쎄, 민비께서 김홍집인가 하는 총리대신과 그 패를 다 죽인다는데요."

"뭐? 누가 그런 소릴 합디까?"

당시의 일본공사관 신임 미우라 공사의 지휘하에 명성황후 시해 공작을 꾸미던 당시의 일본공사관 건물

"소문이 자자한데요."

"여보, 아예 그따윗 소릴 입 밖에도 내지 말우."

"다들 아는 애긴걸요."

"글쎄 여편네들이 뭘 안다고…… 세상이 어떻게 뒤바뀔지 모르는 판에 공연히……."

그런가 하면 이런 말도 떠돌았다.

"허— 글쎄 그런 법이 어디 있담."

"뭐가?"

"아니, 함경도 일대 항구를 죄다 아라사에 빌려 준다는구먼"

"뭐?"

"우리나라가 아라사의 보호국이 된다는 말이야."

"아니 엊그제 독립했다고 하면서?"

"글쎄 말일세."

"그럼, 그게 다 민비의……."

"쉬! 누가 들으면 어쩔려구?"

"떠도는 말이 그렇단 말일세."

"그거 야단났군."

"뭐가?"

"그러면 일본놈들이 또 가만 있지 않을 게 아냐?"

"이젠 일본놈들도 한풀 꺾인걸."

"그래도 그자들이 악바리라."

"그러나저러나 우리같이 천한 백성들이야 아무러면 어떤가."

무슨 변이 일어나려면 으레 갖은 풍문이 떠돌고 인심이 흉흉해지는 법이라, 이런 동요(童謠)도 유행하기 시작했다.

미나리는 저리고
이밥은 자치자……

지난 해 동학혁명이 일어났을 때와 마찬가지로 누가 어디서 부르기 시작한 것인지 모르나, 거리의 이 골목 저 골목에서 불리는 이 노래는 민비가 죽고 이조가 망한다는 뜻이었다.

그런 소문과 동요가 떠돌고 있을 때, 민비가 일본 사관이 교련한 훈련대를 해산시키려 하자 이에 분격한 훈련대의 간부들도 흔들리기 시작했다.

"이 협판, 가만히 보고만 있다가 해산당할 셈이오?"

"그렇소. 가만히 있을 수는 없소. 나 우범선(禹範善)은 더 참을 수 없소."

"그렇소. 나 이두황(李斗璜)도 전쟁에는 조금 자신이 있는 사람이오. 이 협판만 결단하시면……."

"나 이주회는 금릉위의 심복이오. 금릉위가 저렇게 되셨는데 난들 어찌 분하시 않겠소."

"그러니까 거사를 합시다."

"쉿!"

"저 훈련대는 내 명령하에 언제든지 출동합니다."

"알았소. 오늘은 밤도 깊었으니 헤어집시다. 내가 우선 미우라 공사를 만나 보지요."

"그럽시다."

이렇듯 박영효계의 훈련대 고급 책임자들의 모의가 시작되었다.

그리고 이런 소문 저런 사실을 전해 들은 미우라 공사는 드디어 그 마음속에 도사리고 있던 시커먼 생각을 구체화하기 시작했다.

미우라는 마침내 조선에 건너와 있는 일본 로닝들 중의 몇몇 우두머리를 모아 놓았다. 외견상으로는 주연(酒宴)이나 베푸는 것 같았다.

주연이 끝날 무렵 미우라는 기생과 잡인(雜人)들을 밖으로 내보내고 모두 가까이 불러 앉혔다.

"여러분도 이미 들어서 아실 줄 알지만……."

하고, 잠깐 말을 멈추었다가,

"요즘 조선국 왕비가……."

하면서, 주위를 다시 한 번 살폈다.

오카모도는 무슨 말인지 짐작한 듯 말을 재촉했다.

"아무도 없습니다. 말씀을 하십시오."

"그래서 우리 일본으로서도 대책을 세워야겠소."

"그러잖아도 오늘 모임은 그것을 의논하려고 여신 줄 알았습니다."

"그렇소. 다른 데서 모이면 또 눈에 띨지 모르고 해서…… 오히려 이런 요정에서 모이면 눈치채지도 못할 게고."

"공사 각하, 남은 일은 단 한 가지밖에 없습니다."

"오카모도 상, 그것은?"

"민비를 제거하는 것뿐입니다."

좌중에 있는 일본인들은 마치 그것이 당연하다는 듯 고개를 끄덕였다.

"그렇소. 그 여자가 궁중에 도사리고 앉아 있는 한, 조선의 개혁도 우리 일본의 뜻도 관철할 순 없소."

그들은 드디어 조선의 국모인 민비의 제거를 노골적으로 모의했다.

"그러자면……."

"처치해 버려야 합니다."

"음……."

정작 처치하자는 말이 나오자, 약간 긴장한 공기가 감돌았다.

"지금 조선 국왕은 이노우에 상의 압력에 못 이겨 김홍집 내각을 다시 임명했

습니다만, 실제에 있어서 민비는 달갑지 않게 여기고 있습니다."

"그건 요사이 떠도는 풍설로써도 알 수 있지. 민비는 김홍집 등 우리 일본과 가까운 정객들을 살해할 모양이니까."

"그것이 사실인가?"

"그 여자는 능히 해치울 겁니다."

"허—"

"공사 각하, 그러니까 하루속히 김홍집 총리대신 등과 손을 잡고서."

"또 그 휘하에 있는 훈련대가 동요하고 있소. 더욱이 군부협판 이주회는 쫓겨난 박영효의 심복이라."

"그렇습니다. 공사 각하, 각하가 직접 김홍집파에게 말씀을 하시면 일은 수월하게 될 겁니다."

"빨리 손을 써야 하오."

모두의 의견이 한결같아지자 미우라는 결연히 결론을 내렸다.

"알았소. 그럼, 우선 김홍집파와 연결을 가집시다."

"좋습니다. 그럼, 저는 시바, 기꾸치, 아다치, 구니도모 씨 등에게 곧 연락해서……."

그리하여 오카모도를 필두로 한 일본인 로닝들은 김홍집파와 손을 잡는 데 애썼으며, 어느 날 두 편의 주동 인물들이 비밀히 회합을 가졌다.

"그럼, 곧 이야기를 시작합시다. 유길준 각하, 말씀하시지요."

"아니오. 오카모도 상이 주선을 하셨으니 당신이 먼저 말씀을 하시지요."

"그럼 시바 상, 말씀을."

"이제 더 여러 말 할 필요가 없지 않소? 그 동안 이야기는 다 됐을 것으로 생각하는데. 조의연(趙義淵) 각하, 김가진(金嘉鎭) 각하, 여러분도 이미 다 내통이 된 줄 아니까……."

"그건 그렇소. 그저 구체적으로 일을 어떻게 진행시킬 것인가 하는 게 문제인 줄로 아오."

"오카모도 상, 복안이 있으면 말씀하시오."

"그럼, 오늘 모임은 미우라 공사께서 전적으로 지지하는 일이고, 또 우리가 정하는 대로 실행하겠다고 다짐을 받은 일입니다."

"그런데……."

"유길준 각하, 무슨……."

"왕비를 제거해야 될 것은 더 논의할 여지가 없소만, 그 대신 누구를……."

"그야 두말 할 것 없이 대원군 전하를……."

"좋습니다."

"그렇소. 그건 김홍집 총리와도 합의한 거고."

"아무도 이의가 없는 줄 압니다."

"좋습니다."

이제 민비 제거를 위한 모든 반 민비 세력의 결속은 이루어졌다. 그들은 다시 구체적인 방법을 의논했다.

"그럼, 거사의 구체안을……."

"그럽시다."

"잠깐."

"네?"

"우선 대원군 전하와 일단 의논하시는 게 좋을 것 같은데……."

"그럴 필요는 없을 것 같소. 이 오카모도가 목을 걸고 책임지겠소."

"그야 오카모도 상은 대원군 전하의 비서였으니까 염려할 것 없을 줄 아오만, 일단 상의는 해두는 게 좋을 것 같소."

"그럽시다."

"그렇다면 어려울 건 없습니다."

일본의 로닝들과 친일당의 거물급과의 연결이 이루어지고, 또한 거사하기에 합의가 되자 그 첫 단계로 대원군과의 비밀 연락을 오카모도가 맡기로 하였다.

한편 박영효의 심복이었던 군부협판 이주회가 김홍집을 찾아가서 두 파의 연합을 제의했다.

"총리대신 각하, 그래야만 우리가 개혁을 단행한 이상(理想)이 성취되고, 또한 우리나라도 잘살 수 있지 않겠습니까?"

"알았소. 나도 흔쾌히 옛일을 잊고 손을 마주 잡겠소."

이렇듯 일본측과 친일당의 두 파가 서로 굳게 결탁하여 민비 제거에 줄달음치게 되었다.

다시 일어서는 대원군

초가을, 새들이 산마루에 모여 지저귀는 저녁 무렵, 대원군은 저녁을 마치고 산책이라도 할 양으로 밖으로 나왔다. 그러자 자기의 숙사인 아소정(我笑亭)을 감시하고 있는 경비병이 다가오며 묻는다.

"어디를 가십니까?"

"잠깐 거닐려고"

"멀리 가시면 안 됩니다."

"알겠다."

대원군은 감시를 받고 있다는 자신이 서글펐다. 벌써 이 공덕리(孔德里) 아소정에서 연금 생활을 한 지도 열흘이 넘었다. 울적한 나날을 보내는 대원군의 마음은 한량없이 답답하기만 하였다.

무덥던 여름날이 지난 지 오래 되었다고 하지만 아직도 햇볕은 따가워, 대낮에는 길가는 나그네가 함빡 젖은 땀이 배인 속옷에 바람을 불어넣는다. 그러나 저녁이 되고 서산 마루에 해가 뉘엿뉘엿 지기 시작하면 제법 초가을 바람이 싸늘히 불어 옷깃을 여미게 하는 8월 초였다. 먼 산 중턱마다 떡갈나뭇잎이 누릇누릇해지고, 둑에는 하얀 갈대꽃이 흐느적거리고 있었다. 어디선가 귀뚜라미 우는 소리가 들려왔다.

한 사람의 수로(囚虜)에 지나지 않는 대원군은 경비병의 허락을 받고 뒷녘 둑에 올라앉아 지난 일들을 생각했다. 서쪽 하늘에 초생달이 기울어진다.

자신이 이 나라의 정권을 잡았을 때부터 어언 30년, 그 동안 정권을 사이에 두고 며느리인 민비와 서로 다투면서 살아온 반생. 생각해 보건데 외국의 큰 힘을 입고 정권을 전단하려는 사대적 민비 세력과, 일본의 힘을 빌려 나라를 개혁하려는 개화파와, 그래도 자주의 힘으로 나라를 수구하려는 자기와의 삼각 갈등으로 말미암아 이 나라의 사직은 뒤흔들리고 또 파란 곡절이 많았다. 그리고 아직도 앞날을 예측할 수 없지 않은가? 그뿐인가, 자기는 한낱 수로의 몸이 되고…….

"애당초, 애당초 잘못이었지."

애초 정치에 손을 대기 시작한 것부터가 큰 잘못인 것만 같았다. 초야에 묻혀 조용한 여생을 보냈으면 이런 괴로움 같은 건 생각지도 못했을 자기가…….

"그뿐인가, 손주 준용이마저……."

　그는 문득 손자 이준용이 김학우 살해 사건의 연루자로 체포되어 갔을 때의 일을 생각했다.

　얼마 전 일이었다. 갑자기 밖이 떠들썩했다. 그러나 그는 대수롭지 않은 것으로 생각하고,

　"무슨 일이냐? 무슨 일이 생겼느냐?"

　그가 방문을 열었을 때 아전은 금방 울상이었다.

　"대원위 대감, 큰일이올시다. 준용 나으리께서."

　"응?"

　"순검이 와서 체포해 갔습니다."

　"뭣이?"

　"김학우를 죽인 죄에 연루됐다고 하여."

　"그럼……."

　뇌리를 스치고 지나가는 불길한 예감.

　"대감, 그 나으리께서 설마……."

　"음……."

　대원군은 입을 악물었다. 손자까지 정쟁에 끌어넣다니…….

　"여기엔 필유곡절(必有曲折)이……."

　"알겠다. 하여튼 어떻게 된 사연인지 자세히 알아보기나 해라."

　"네."

　1895년 4월 19일, 말썽이 꼬리에 꼬리를 물던 법무협판 김학우의 암살 사건이 만 6개월 만에 새로 생긴 특별법원에서 재판장 서광범, 판사 이재정·조신희·장박·임대준, 검사 송영수·김기룡 등의 입회하에 현대식 재판을 받게 되었다.

　갑오년의 개혁 이후 현대식 재판소가 설립되고 제법 재판다운 재판을 하게 되자 방청객들도 몰려들었다. 재판장인 서광범은 인정심문을 끝내고 나서,

　"피고 이준용은 작년 6,7월경 동학당이 처처에서 봉기하여 인심이 흉흉함을 틈타, 피고 박준양·이태용·한기석·김국선 등과 밀모하여 동학당에게 그 내용을 전하고 서울을 습격게 하였다."

하고, 언도를 시작하자 이준용은 미친 사람처럼 고함을 쳤다.

　"난 죄가 없소. 일을 거짓으로 꾸미지 마시오."

그로서는 천부당만 부당한 죄목이었다.

재판장은 다시 언도를 계속한다.

"또한 대군주 폐하와 왕태자 전하를 시역(弑逆)하고 정부의 주요 인물인 김홍집·조의연·김가진·김학우·유길준·이윤용·안경수 등을 살해하고 정부를 전복하려는 음모를 꾀하였다. 이상 각 피고가 자백한 사실로 미루어 보아 죄상이 명백하므로……."

피고 박준양·전동석 등 5명이 사형을 받게 되고, 이준용은 정상을 참작하여 사형에서 감일등하여 종신

달라진 재판 풍경 갑오경장 이전(위)과 이후의 신식 재판

유형의 언도가 내리게 되었다. 판결문이 내리자 대원군은 자기 장손을 살리려고 재판소로 달려갔다. 그러나 수위는 결사적으로 들여보내지 않으려 했다.

"안 됩니다. 못 들어가십니다."

"비켜라. 나다, 대원군이다."

"어명이 아니고는 누구라도 들어갈 수 없습니다."

"무엇이?"

대원군은 제지를 당하여 어이없이 물러나고 말았다.

이 일이 있자, 부대부인(府大夫人)도 놀라 직접 궁궐로 들어가 임금께 애원하

여 겨우 목숨만을 건지게 됐다. 이준용은 강화 옆의 교동(喬桐)섬으로 귀양을 가게 되었고, 사형을 언도받은 피고들은 그날로 처형되고 말았다. 그리하여 대원군은 민비와의 대전에서 또다시 며느리에게 참패를 당하고 말았던 것이다.

지금, 그 쓰라린 과거사가 대원군의 머리에 생생히 되살아났다.

"허— 참, 표독스러운 여자. 준용이가 그렇게 된 것도 그 민가 여자가 뒤에서 조종한 것 때문이지."

쓰라린 추억이었다. 되생각해 보기도 역정이 났다. 그는 고개를 천천히 들어 멀리 내리뻗은 마찻길을 바라봤다. 이때였다. 한 필의 말이 자기 집 앞으로 쏜살같이 달려오고 있었다.

"아니, 저게 누군가? 필시 이리로 달려오는 모양인데, 또 궁중에서 무슨 일이라도 생겼나?"

말 달리는 소리만 들어도 대원군은 곧 궁중을 생각했다. 도무지 요즈음 정세는 짐작할 수 없었던 것이다.

아니나다를까, 그 말은 아소정 대문 앞에서 멎었다.

"국태공을 잠깐 만나러 왔소."

하고, 말에서 내리는 사람은 오카모도가 분명했다. 경비경에게 묻는 모양이었다.

"지금 안 계시오."

"안 계시다고. 그럼 어디 가셨소?"

"무슨 일로 오셨소?"

"잠깐 문안 여쭈러 왔소."

대원군은 귀를 모았다. 이야기가 간간이 들렸다. 심상치 않은 생각에 자리에서 일어섰다. 지금 막 오카모도가 들어간 대문께로 향했다.

노수(老樹)와 같은 몸으로 사람이 그립던 차라 대원군은 오카모도를 반갑게 맞았다. 그러나 오카모도의 오늘 방문은 무슨 중대한 일인 성싶었다. 저녁에 찾아온 것도 그러하려니와 오카모도의 표정이 심각했기 때문이다. 대원군은 방에 들어가자마자 문을 닫고 성급히 물어 보았다.

"어떻게 왔소?"

"대감! 저……."

말을 하려고 하나 밖에 자꾸 신경이 쓰이는 모양이었다. 경비병들의 뜻없는 웃음소리가 간간이 들려왔다.

"밖에는 들리지 않을 거요."

"그럼, 대감, 아무래도 대감께서 또 나서 주셔야 할 것 같습니다."

"나서다니?"

"말씀을 못 들으셨습니까?"

"경비병들이 30명이나 지키고 있으니 바깥소식을 알 도리가 있어야지. 도대체 무슨 말이오?"

대원군은 전혀 바깥세상과는 절연 상태였다.

"우선 훈련대를 왕후께서 해산시킨다는 말 때문에 간부들도 모두 흥분해 있고……."

대원군은 묵묵히 오카모도의 말에 귀를 기울였다.

"우리 일본 로닝들의 공기도 심상치 않습니다."

"하지만 일본 로닝이 우리나라와 무슨 상관이오?"

"그들은 협기심을 가지고 그저 이 나라의 개혁을 도우려고 하고 있을 따름입니다."

"그래, 어떻게 하겠다는 말이오?"

"대감, 대감의 결단이 필요합니다."

"말이나 해보시지."

"미우라 공사도 이미 결심한 바 있고, 또 우리 공사관측이나 로닝들, 그리고 김홍집과 박영효파가 모두 결탁이 됐습니다."

"그래서?"

"인제 대감께서만 나서 주신다면 민비를 대번에 제거할 수 있습니다."

"뭐?"

"그분을 제거치 않고는 나라를 건질 수 없습니다."

"하긴 그분이 아라사와 손을 잡으려 한다니……."

"그렇습니다. 일단 이룩한 독립을 다시 아라사에 팔 수는 없지 않습니까?"

"그야 그렇지, 하지만 일본도 너무 간섭하는 것 같으니 마찬가진걸."

"아니올시다. 일본으로서는 그저 조선국을 외국이 간섭하지 못하는 나라로 만들면 그만입니다."

"그러나 사람의 욕심이 어디 그런가."

"그것은 지난번에 이노우에 상이 왔을 때 잘 알 수 있었으리라고 믿습니다. 그분이 와서 무슨 강경한 행동을 안 하지 않았습니까?"

"그건 그렇다치고, 대체 어떻게들 하겠다는 거요?"

대원군은 오카모도가 무슨 전갈을 가져온 듯 생각했기 때문에 그걸 알고 싶었다. 오카모도는 소리를 낮추더니 대원군 귀에다 대고 한참 동안 뭐라고 속삭였다. 대원군 역시 심각한 얼굴로 듣고 있었다. 방 안이 조용해지고 속삭이는 소리가 오래 계속되자 밖에 있던 경비병이 소리를 버럭 질렀다.

"인제 그만하면 됐으니 돌아가시오."

"허— 그 사람들, 참 성미도 급하군."

"빨리 나와요."

"그럼 오늘은 그만 돌아가 보지."

"네, 하지만 곧 다시 오겠습니다."

그러자 그 이튿날부터 오카모도의 왕래가 빈번해졌다. 8월 한가위 쟁반 같은 달이 휘영청 밝은 어느 날 밤, 대원군은 아들 재면, 장손 준용과 한자리에 모여 이야기를 나누고 있었다.

"달이 무척 밝군."

대원군이 밖에서 들려오는 아이들의 노랫소리를 듣고 밖을 내다보더니 한 마디 한다.

"아버님, 중추 명월이옵는데요."

"서라벌 옛 애기가 생각나는구나."

"전 정배 갔던 섬에서 본 달이 생각납니다."

"허허…… 준용이는 그 일이 뼈에 사무치는 모양이지?"

"그야 할아버지를 생각하면 아무것도 아닙니다만."

"준용인 공연한 소릴……."

아들 3대가 잠시 시름에 잠겨 있을 때 밖에서 말발굽 소리가 요란히 들려왔다.

"누가 또 오는 걸까요?"

"오늘 밤에 너희들도 자리를 같이하자."

"네?"

아들과 손자는 의아한 눈으로 할아버지를 응시했다.

"아마, 오카모도가 오겠지."

대원군의 말은 바로 들어맞았다.

오카모도가 말을 타고 급히 달려온 것이다.

"오카모도 상, 이 밤중에……."

이준용이 문을 열고 오카모도를 맞아들였다.

"대감, 네 가지 약조를 내세우기로 하고 입궐하시도록 해야겠습니다."

"갑자기 입궐을?"

재면과 준용이 놀라서 오카모도를 바라본다. 대원군은 꼿꼿이 앉아서,

"읽어 보시오."

한다. 오카모도는 급히 종이를 펴고 읽어 내려갔다.

네 가지 공약이란 이러했다.

"첫째, 궁중 사무의 정리에만 임하고 일체의 정무에는 불간여한다는 경고문의 취지를 준봉하여, 왕실의 사무와 정무를 구별하는 동시에, 궁내부의 세력을 확충하여 국정 사무를 침식하는 일이 없게 할 것이며, 따라서 태공은 정부 관원 진퇴에 간여하지 말 것."

"다음은?"

"둘째, 김홍집·어윤중·김윤식 세 사람을 주로 하되 개혁파의 인물을 요로에 등봉하여 정무를 맡기고, 고문관의 의견을 들어 대군주의 재가를 거쳐 정사의 개혁을 결행함으로써 독립의 기초를 공고히 할 것."

"음……."

"셋째는 여기 앉아 계시는 이재면 씨를 궁내대신에, 그리고 김한종 씨를 동 협판에 복귀시키고, 궁내부의 사무를 관장케 할 것입니다."

"내가 궁내대신으로……."

"네."

"그건……."

"또 말해 보지."

"네, 넷째로는 이준용 씨를 3년간 일본에 유학시키고, 그 재기를 양성할 것. 단 매년 여름에는 귀국함도 무방함."

"허허허……."

대원군은 그것이 모두 자기 집안일에만 치우쳐 규정한 것임을 깨닫자 웃음이 나왔다.

"그건 모두 우리 집안에 관한 일이로구먼."

"네, 그건……."

"국가 대사를 모의하는 조건으로 한 집안의 일만 내세워서야 어디 명분이 서겠나?"

"그야 그렇지만, 왕후 폐하 쪽에서도 항용 척족만 내세우니……."

"할아버지, 일본에 가서 한 3년 공부하고 오는 것도 좋습니다."

이준용은 자기의 일본 유학에 대한 이야기를 듣자 한없이 기뻤고, 이재면 역시 그러했다.

"그리고, 제가 궁내대신이 되면 민씨네도 행패를 할 수 없어서 개혁도 신속히 이룰 수 있을 겁니다."

"그렇습니다. 그런 취지에서 내세우자는 겁니다."

"좋소."

대원군도 생각해 보니 역시 일을 쉽게 해나가자면 그것도 괜찮을 듯싶었다.

"내가 정무에 불간여한다는 약조는 좋지만……."

"그 약조만 내세우신다면 다음 세 가지 조항은 마땅하게 여겨질 줄로 압니다."

"그럼, 그렇게 하지."

대원군의 말에는 힘이 있었다.

이렇게 하여 대원군과 일본측과의 밀약은 성립되었다. 며칠 후 조선 정부의 친일당측 고관인 이주회, 이두황, 우범선, 구연수 등이 또한 대원군을 찾았다.

"대원위 대감, 오카모도 씨로부터 말씀을 들었습니다. 언제든지 날짜만 정하시면……."

이주회가 날짜 문제를 꺼냈고 우범선도 서둘렀다.

"속히 결행하시는 것이……."

"훈련대의 준비도 다 되어 있습니다. 오늘이 8월 열엿새……."

"알겠소. 여러분들이 합세하면 과히 어려울 것 같지 않군."

"네."

"그럼 곧 결행하지."

달밤의 흉모

　일본 로닝들과 친일당들이 일본 공사관과 공덕리 대원군 별저를 들락날락하고, 주변의 뒤숭숭한 기미를 알아챈 영리한 민비는 친일당들이 무슨 꿍꿍잇속을 꾸미고 있는 것을 눈치챘다. 마치 갑신정변 때와 지난 해의 갑오경장 때를 방불케 했기 때문이다. 아니나다를까, 대원군 별저의 경비병 한 사람이 몰래 찾아왔다. 그는 대원군의 감시를 명한 민비의 밀정이었다.

　"이리 가까이 오게."

　"황공합니다."

　"그래, 무슨 기미를 알아챘나?"

　"네, 그저께 그 오카모도라고 하는 자가 찾아와서 오랫동안 무슨 쑥덕공론을 하고 가더니, 또 어제는 협판 나으리와 훈련대장님들이 찾아와서……."

　"그래, 무슨 말들을 하던가?"

　"안방에서 워낙 작게 하시는 말씀들이라……."

　"그래도 한두 마디는 엿들었겠지?"

　"황공합니다. 가까이 갈 수가 없어서."

　그러자 민비는 성을 발칵 냈다.

　"도대체 자네들은 허수아빈가?"

　경비병은 머리를 땅에 조아렸다.

　"황공합니다."

　"알맹이를 가져와야지, 껍질만 핥으라는 거냐?"

　민비는 혀를 찼다. 그도 그럴 것이 인제 그들이 모의 중인 것은 확인했지만 도대체 무엇에 대해 어떻게 하는 것인지를 알 수 없기에 민비는 울화가 치밀었다.

　"앗참, 이런 말들을……."

　경비병은 문득 무슨 생각이난 듯 고개를 들었다.

　"응?"

　"지금 문득 생각났습니다만, 뭐 입궐하느니, 대원군의 결단이니 뭐니……."

　"그래서?"

　"집을 둘러보는 체하며 뒤꼍에 잠깐 갔더니 그런 말씀들을 했습니다."

　"다른 말은 또 못 들었나?"

　그러나 민비로서는 대개 짐작이 갔다. 대원군 별저의 경비병에게서 그런 보고를 듣자 민비는 모든 것을 짐작하고 분이 치밀었다. 입궐이니 결단이니 하는 것은 또 자기를 몰아내고 저희들이 정권을 잡는다는 애기에 틀림없는 것이었다.

　"여봐라—"

　민비는 무슨 생각에서인지 일본인 소녀로서 궁녀로 있는 오가와의 딸을 불러들였다.

　민비는 일본인 오가와의 딸에게 가까이서 시중을 들게 했는데, 무척 영리하여 민비는 그 소녀를 장중보옥(掌中寶玉)처럼 사랑했다.

　"흥, 그렇게 만사가 마음대로 척척 될 줄 알고……."

　이대로 방치할 수는 없는 일이었다. 빨리 손을 써야만 했다.

　"소녀를 부르셨습니까?"

　"오냐, 게 앉거라."

　본시 일본 여자들이란 상냥하고 애교가 넘치고 복종 잘하기로 유명하니까 그 성품이 마음에 들었는지 모른다. 민비가 이날 그 소녀를 부른 데는 물론 다른 뜻이 있었다.

　그러나 그 일본 소녀 때문에 무서운 비극을 맞게 되리라고는 민비 자신도 미처 생각하지 못했다.

　"우리 뜰이나 거닐까?"

　"날씨가 쌀쌀한데요?"

　"괜찮다."

　아무리 흥분했을 때도 사람 앞에서는 자신의 감정을 조절할 줄 아는 민비는, 그저 아무렇지도 않은 듯이 오가와의 딸에게 산책을 하자는 것이었다. 일본인 소녀는 무슨 영문인지도 모르고 따라나섰다.

　"아, 달이 밝구나."

　"정말, 낮과 같이 밝습니다."

　"너의 나라 달도 저렇게 밝으냐?"

　"밝기는 하옵니다만, 이 나라처럼 공기가 맑지를 못해서……."

　"음……."

　그들은 넓은 뜰을 걸어 나와 연못 가까이로 갔다. 느지막이 솟은 달은 더 한층 영롱해 보였다.

"애."

"네?"

"너 나를 좋아하느냐?"

"호호호…… 곤전마마께서도."

"말해 보렴."

"누구보다도 좋아합니다."

"진정이지?"

"네."

"그럼, 이리 가까이 오너라. 내가 안아 줄까?"

민비는 갑자기 허전한 생각이 들기도 했던 것이다. 더욱이 달이 교교히 연못을 비추고 사방이 조용한 밤이라 그는 누구를 포옹하고 싶은 생각이 났던 것이다.

"아라(어마)!"

오가와는 흡사 남자에게 안기기나 한 듯이 몸을 비틀었다. 그러나 민비는 자기의 목적을 잊어버릴 만큼 감상적은 아니었다.

"그런데, 저…….."

민비는 일본인 소녀에게 무언가 비밀히 지령을 내리는 것을 잊지 않았다.

그런데 그 이튿날에는 훈련대와 경찰대의 충돌 사건이 일어났다.

"뭣이 어쩌구 어째? 경찰이 우리 훈련대에 왜 간섭을 하는 거야?"

"인제 훈련대 따윈 없어질 텐데 뭘 야단들이야?"

"뭣이?"

"흥."

경찰대는 훈련대가 없어진다는 소식을 듣고 있었기에 그들을 무시하려 했다.

하기야 오래도록 그들에게 눌려 온 것은 사실이었다.

"누가 그 따위 소릴 해?"

"세상이 어떻게 돌아가는지도 모르고…….."

"좋다."

그러자 훈련대원은 더 화가 치밀었다. 그는 떨어져 있던 동료들을 불렀다.

"그래, 좋다. 해보자. 훈련대원들!"

경찰도 만만치 않게 나왔다. 경찰대원 역시 기다리기라도 한 듯이 고함을 치며 달려왔다.

훈련대와 경찰대는 순전히 자기네들 자격지심 때문에 패싸움이 붙은 것이다.

원래 싸움의 이유란 싱거운 것인지도 모른다.

이 훈련대와 경찰의 충돌로 장안의 공기는 험악할 대로 험악해졌다. 그리고 이 소식은 곧 궁중의 민비에게도 전해졌으며, 일본 공사관, 일본 로닝들에게도 전해졌다. 그것은 마치 다가올 태풍의 전조이기도 했으며 불길한 전조이기도 했다.

일본 공사 미우라는 재빨리 손을 쓰기 시작했다. 그는 곧 오카모도를 불렀다.

오카모도는 미우라가 내미는 찻잔을 들고 이제 내려질 중대한 지령을 기다리며 마음을 가다듬는다.

"어디 차(茶)인지 각별합니다."

"우지(宇治)차요. 옛날엔 도쿠가와 장군께서만 마실 수 있었지. 우지에서 에도까지 나르는데 차츠보교레츠라고 해서 다이묘(大名) 행렬만큼 굉장했던 게 아니오?"

"그야 저도 사무라이니까 압니다. 하여튼 그 차를 마시게 되었으니 좋은 세상이 됐습니다."

일종의 방담이었다. 그러나 주고받는 말과는 달리 그들의 얼굴은 심각했다. 이윽고,

"오카모도 상."

하고, 미우라가 정색을 하며 말을 걸었다.

"하잇."

"이리 더 가까이."

미우라는 오카모도가 다가앉자 한 마디 던졌다.

"준비는 다 됐소?"

"네, 인천서 지금 올라오는 길이지만 로닝 60여 명도 언제나 출동할 수 있도록 대기시켜 놓았습니다."

"수고했소. 그럼 며칠 사이에 대원군을 옹립하고 궐내에 들어가도록 합시다."

"네—"

"낮에 일어난 일을 들으셨소?"

"훈련대하고 경찰이 충돌한 사건 말이지요?"

"그렇소. 인제 하루라도 지체할 수 없소."

"그럼, 내일이나 모레 사이에."

바로 그 시간에 민비도 궁중으로 군부대신 안경수를 불렀다. 민비는 아직도 노기가 잔뜩 서려 있었다.

"군부대신, 낮에 일어난 애기를 들었소?"

"네— 황공합니다."

"인제 더 참을 수 없소."

"그러하오나……."

"그럼, 아직도 일본놈들의 눈치를 살펴야 한다는 거요?"

"아니옵니다. 독립국이 된 지금에 와서 그럴 필요는 없겠습니다만, 아직 그 나라의 군대도 많이 와 있고, 더욱이 그 나라 로닝들이 거리를 쏘다니는 터라."

"결국 그자들이 무섭다는 거구려?"

"그건……."

"우리 뒤엔 세계 제일의 강국인 아라사가 있소."

"네? 그건 저……."

"하여튼 훈련대를 내일 중으로 해산시키시오."

"네?"

안경수는 잠깐 동안 주저하는 빛을 보였다. 그러자 민비는 독촉하는 듯이 한 번 그를 쏘아보았다. 안경수는,

"저…… 그렇게 되면 훈련대원들이 가만히 있지 않을 겁니다."

하며, 가까스로 반대의 뜻을 표했다.

"그래, 가만 있지 않으면…… 설마 나를 죽이겠소?"

하며, 웃음 섞인 말로 반문했다.

그러나 민비의 그 말 속에는 모든 사실을 도려내려는 비수가 숨어 있었다.

"황공한 말씀, 그럴 리야 있겠습니까? 하지만 소동이 날 것입니다."

안경수는 마치 심판대에 오른 사람처럼 몸이 굳어졌다. 사실, 그런 일이 발생할지도 모를 만큼 세간이 뒤숭숭한 것을 그는 알고 있었던 것이다. 그러나 민비는 넘어야 할 고비, 이 고비를 넘기지 않을 수 없었다.

"내일 일본 공사에게 통고를 하시오. 그리고 그 길로 해산 명령을 내리시오."

"네?"

안경수는 대답을 못 한다.

궁궐의 모습 황후 시해가 모의되고 있을 때인 1895년의 조용한 경복궁의 원경, 왼쪽 멀리 광화문이 보인다

민비는 더욱 얼굴을 붉히며,

"못 하겠다는 거요?"

하고, 성을 발칵 냈다. 이쯤 되고 보면 반대할 수 없는 안경수였다.

"분부대로 하겠습니다."

"호호호호…… 자기네가 훈련한 군대가 해산되는 걸 보면 일본놈들도 정신을 좀 차리겠지."

민비도 드디어 결단을 내렸다. 일본군이 훈련한 훈련대만 해산시켜 버리고 러시아 세력으로 배경을 삼는다면 아무리 일본놈들이 악바리라도 어쩌랴 하는 심산이었다. 그런데 민비가 군부대신 안경수에게 이런 지령을 내리는 것을 엿듣는 사람이 있었다. 바로 민비의 총애를 한몸에 받고 있던 일녀 오가와였다.

"누구냐?"

"소녀이옵니다."

일녀의 목소리를 듣자, 민비는 안도의 숨을 내쉬었다. 그러나 안경수는 얼굴빛이 변했다.

"일본 계집애가 아니옵니까?"

남산 일본인촌의 파성관(巴城館) 일본인 낭인배들이 명성황후 시해를 마지막 모의했던 일본인 거주지 안의 파성관. 왼쪽의 큰 건물은 일본인 소학교, 오른쪽 건물이 파성관이다

"그렇소. 얼마나 영리하고 말을 잘 듣는지."

"네?"

민비가 총애하는 사실을 모르던 안경수라 민비의 태도가 수상쩍게 보였던 것이다.

민비는 그녀를 불렀다.

"무슨 일로 왔느냐?"

"손님이 오셨기에 무슨 심부름이라도 할까 하여."

"허허…… 영특도 하지. 대감, 그럼 가보시오."

안경수는 민비의 곁을 빠져 나왔다.

그러자 민비는 오가와를 가까이 불렀다.

"그래? 좀 알아 왔느냐?"

민비는 오가와에게 일본인들의 동태를 정탐해 오라고 했던 것이다.

"네, 저…… 별로 수상한 것은……."

"그러냐? 좋아, 인제 들어가자."

“네.”

“얘! 너는 나와 너의 나라와 누가 더 좋으냐?”

“그건…….”

“호호호…….”

한편 이 시각에 파성관(巴城館)에서는 일본 로닝들이 역시 일이 급박해짐을 알고 시바 시로오, 구니도모 시게아키 등이 모여서 음모를 꾸미고 있었다. 시바와 구니도모 등이 주동 인물이었다. 시바가 걱정스러운 눈빛으로 구니도모를 보며 말했다.

“우선 인천의 오카모도 상과 구스나세 상이 빨리 올라와야 할 텐데.”

“급전으로 연락했으니 지금쯤 도착했는지 모르지.”

“일이 이렇게 급박했는데.”

“우선 우리끼리라도 작전을 세웁시다.”

구니도모는 몸이 달았다. 이렇게 기다리고만 있을 수는 없었다. 자기들끼리라도 작전을 세워 놓는 것이 현명한 처사일 것 같아 이렇게 말했다.

“좋습니다.”

모인 사람들은 모두 찬성했다.

“구니도모 상, 그럼 말씀해 보시오.”

시바가 제안자인 구니도모에게 구체적인 이야기를 요구했다.

“시바 상이 말한 대로 한성신보사(漢城新報社)에선 아다치 겐조가 장사들을 통제하고, 또 다나카 가다미치 씨가 감독을 해서…….”

“좋소.”

“그리고 경찰대원 전원 출동하되 하기하라 서장이 직접 진두 지휘해서 참가하도록.”

작전 계획은 간단했다. 그러면서도 긴장되는 시간이었다. 이때 들어오는 사람이 있었다.

“다레카(누구냐)?”

“나요.”

기다리고 있던 오카모도였다.

“오—”

모두들 반가워했다.

"어서 오시오. 그러잖아도 기다리고 있었소."

"올라오는 길에 미우라 상을 만나고 오느라고."

"미우라 공사를?"

"그렇소."

"그거 잘됐군."

"그래서."

"하여튼 이리 앉으시오."

오카모도는 자리에 앉으며 시바를 돌아봤다. 그리고 낮게 속삭였다.

"미우라 공사도 역시 이 양일 간에."

자기들 계획과 일치한다는 소식에 그들은 더욱 흥분했다. 일은 계획대로 되어 가고 있었다.

궁중의 민비는 민비대로, 일본 공사관과 파성관에선 일본 로닝들이 그들대로, 또다시 피비린내 날 사건을 획책하고 있었다.

그러나 인간 세상의 홍진(紅塵)에 묻힌 세속을 알 바 없고 또 알 필요도 없는 중추 8월의 열아흐렛날, 느즈막이 떠오른 달은 남산 허리에 높이 솟았다가 기울어지는 자기 모습이 쓸쓸한 듯 애수에 잠겨 있었다. 밤은 괴괴했다.

말할 수 없는 고요함! 그것은 또한 우람한 아침을 잉태하고 온갖 신음을 참고 있는 침묵의 시간일는지 모른다.

그런데 그 고요함이 다시 뒤흔들리기 시작했다. 말발굽 소리가 요란히 장안을 흔들었던 것이다.

여기는 일본 사관에게 훈련을 받았으며 박영효의 유일한 충복이었던 우범선이 대장으로 있는 훈련대 제1대대다. 우범선은 이두황을 나무라고 있었다.

"그래, 경찰들을 그 자리에서 당장 처치하지 못하고."

"우 공, 그랬더라면 일이 글러졌을지도 모르지요."

"어째 그렇소, 이 공?"

"일은 일시에 일으켜야지, 그렇게 산발적으로 충돌하면 틀어지기가 일쑤요."

"그렇소, 두황의 말이 옳소. 그럴 필요가 없어. 지금 민비가 아무리 발악을 해도 서울엔 우리 훈련대와 일본 수비대와 일본 경찰이 역시 강하지 않소?"

구연수의 말에 우범선은,

"그러나 왕명으로 훈련대를 해산시킨다면 반역할 수도 없고."

하고 걱정하였다.

　"그러니까 그렇게 되기 전에 거사를 해야지. 더욱이 국태공께서도 응낙하셨으니……."

　"그렇긴 하오."

　"그래서…… 이건 나 혼자의 생각입니다만, 일본 공사관에도 로닝들이 들락날락하는 것을 보니."

　"그 사람들이 무엇을 꾸민다면 우리에게도 곧 연락할 텐데……."

　"그야 연락이 올 테지."

　"하여튼 2,3일 중에 일을 벌여야 하긴 하지."

　"날이 새는 대로 미우라 공사를 찾아가 봐야겠소."

　"그러시오. 연락을 기다리고만 있을 순 없소. 우리나라 일이니 우리가 주동이 돼야지."

　"그럼, 인제 늦었으니 돌아가시오."

　"그럼 몸조심하시오."

　"조심들 하시오."

　되풀이되는 역사! 되풀이되는 싸움! 그것은 아기를 낳기 위해 신음하는 산모의 되풀이되는 진통인가? 그렇기도 했다. 그러나 그보다도 인간의 헛된 욕심을 채우기 위해 되풀이되는 싸움이 많았다.

　그러한 싸움을 위하여 이날 밤은 있었고, 폭발 시점을 향하여 시각은 1초 1초 다가가고 있었다.

그 전날의 민비

　이지러진 달이 아현고개 마루터기에서 희미하게 빛을 잃고, 부산한 하루가 시작되려는 서울 장안은 또다시 불안의 도가니 속으로 몰려 들어갔다. 아침 일찍 우범선은 일본 공사관으로 달려갔다.

　그는 동지들과 지난밤의 회의에서 결단을 내리고 이젠 일본의 힘을 빌리기 위한 것이었다.

　"누구요?"

"나 조선국 훈련대 제1대대장 우범선이오. 미우라 공사를 만나러 왔소."

"잠깐 기다리시오."

위병이 들어갔다 나오더니 스기무라가 따라나왔다.

"우 대장, 안녕하십니까?"

"오— 스기무라 상, 미우라 공사를 뵈려고 왔는데."

"들어오십시오. 그러지 않아도 오늘쯤 좀 뵈올까 했는데."

우범선은 미우라 일본 공사와 마주 앉았으나 잠깐 말이 없었다. 물론, 우범선이 일본 공사관으로 달려올 때는 당장이라도 거사를 할 테니 도와 달라고 간청하려 했으나, 정작 말을 하자니 말문이 열리지 않았다. 이 나라의 일에 번번이 일본의 힘을 빌리고, 또 지난 해에 일본이 강압적으로 모든 행동을 취한 것을 생각해 볼 때, 이번에도 일본인들이 주동이 되면 장차 이 나라는 어떻게 될는지 한편 두렵기도 했기 때문이다. 미우라가 먼저 입을 열었다.

"어떻게 이렇게 일찍 오셨소?"

미우라 또한 용건의 내용을 빤히 짐작하면서 이렇게 슬쩍 돌려 묻는 것이다.

"사태가 급박해진 것 같소. 그래서 정보도 알 겸 의논하러 왔소."

"어제 훈련대와 경찰이 충돌한 것 말이오?"

"그것도 문제고……."

"그야 우리 일본으로서는 귀국의 개혁에 도움이 된다면 언제든지 나설 준비는 되었소만……."

우범선도 미우라의 내심을 알아차렸고, 미우라 역시 자기의 본심을 우범선이 알고 있음을 깨달았다.

"당장이라도?"

우범선은 단도직입적으로 물었다.

"우리에게도 계획이 있소."

미우라도 주저하지 않고 대답했다.

"언제쯤 행동할 예정이오?"

"시각은 임박했소."

우범선은 초조했다. 미우라가 그들의 거사 계획을 설명하려 할 즈음 노크 소리가 들려왔다. 뜻하지 않던 손님이 찾아왔던 것이다.

"누구냐?"

"조선국 군부대신 안경수 각하가 공사 각하를 뵈오려고 왔습니다."

안경수가 찾아온 것이었다. 우범선과는 정반대의 위치에 있는 사람이었다.

"군부대신이 온 모양이오."

"그 사람이?"

두 사람은 잠깐 긴장한 얼굴로 말없이 상대방을 응시했다. 그러나 미우라 공사로서는 안 만날 수도 없는 사람이었다.

"들어오시라고 해라."

"네."

"어떻게 하실 작정이오?"

"잠깐 안에 들어가 피해 계십시오."

그리고 안쪽을 향해 부인을 불렀다.

"이분을 잠깐 안에 모셔요."

"알았습니다, 도조."

"그럼 잠깐 실례하겠습니다."

우범선은 바로 옆방으로 들어가 있게 되었다. 그러자 안경수가 들어왔다.

군부대신 안경수의 표정이 침통한 것을 보자 미우라 공사는 즉각적으로 조정의 민비가 무슨 일을 획책하는지 짐작할 수 있었으나 시치미를 뗐다.

"급한 일이 아니시면 누구 심부름을 보내시지 않고."

미우라는 표정을 천연스럽게 하며 말을 건넸다.

안경수는,

"네…… 저…… 잠깐."

하고 머뭇거리다가,

"손님이 계시지 않습니까?"

하고, 바로 들어오기 전에 손님이 있었음을 보았으므로 실례가 되지 않느냐는 듯이 묻는다.

미우라는 우범선이 왔다는 것을 밝힐 수는 없었으므로 그저 친척이라고 얼버무려 버렸다.

"네……."

안경수는 그제서 안심한 빛을 보이며,

"잠깐 상의할 일이 있어서 왔습니다."

하고, 말을 시작했다.

"말씀하시지요."

아침 일찍이 찾아온 것도 수상하려니와, 어제 훈련대와 경찰의 충돌이 있은 뒤라 군부대신 안경수의 방문이야말로 범연할 수 없었기 때문에 미우라도 긴장할 대로 긴장했다.

"다름이 아니라, 이번에 우리나라의 훈련대를 해산시키고……."

"네?"

미우라는 그의 입에서 훈련대에 관한 이야기가 나올 줄은 알았으면서도 정작 해산이란 말이 나오자 여간 놀라지 않았다.

"아— 그야 귀국 사관들이 훈련시킨 군대라 훌륭합니다만, 조정에서 그렇게 의논이 되어서……."

"실례지만, 그건…… 대군주 폐하께서 주장하시는 건가요? 내각에서 의결하신 건가요?"

"왕후 폐하의 의견이 강경해서……."

"네?"

"곧 실시하라는 분부이니 각하도 그 점 참작하시고……."

일본 공사 미우라로서는 남의 국내 문제라 왈가왈부할 수는 없었으나, 자기네가 훈련한 군대이고 보매 해산에 있어서 사전에 의당 의논이 있어야 할 것으로 믿어 왔으므로 사실 당황했던 것이다. 그러나 교활한 외교관이라 즉각적으로 그에 대한 의견을 진술하지는 않았다.

"내일 중에 의견을 말씀드리지요."

"우리 조정에서는 이미 결정했습니다."

안경수는 다른 의견은 필요없게 되었다고 덧붙이면서, 이번 일에 대해서만은 그냥 눈감아 달라고 했다. 미우라는 자기대로의 계획이 있었던 만큼,

"좋도록 합시다."

하고, 안경수를 배웅했다.

훈련대와 일본 로닝들이 무슨 수상한 음모를 꾸미고 있는 사실을 안 민비가 선수를 써서 훈련대 해산을 명한 것이 빨랐던 것이다. 안경수가 돌아가자 우범선이 더 참지 못하고 미우라의 방으로 달려 들어왔다.

"군부대신이 무슨 말을 하였소?"

"훈련대의 해산이 결정된 모양입니다."

"뭐요?"

"왕후 폐하의 의견이 강경한 모양입니다."

어제의 충돌 이후 우범선도 짐작을 못 한 바는 아니었다. 각오를 하고 있었기 때문에 거사를 서두른 것이었다. 하지만 민비의 명령으로 해산령이 쉽사리 내린 데 대한 격분이 소용돌이치고 있었다.

"음…… 사태가 그렇다면 오늘이라도 거사를……."

"글쎄, 내 생각에도……."

"그럽시다. 오늘 밤에……."

"우 대장, 역시 급히 서둘러야 할 것 같긴 합니다."

"난, 곧 가서 출동 준비를 시켜 놓겠소. 그리고 대원군 댁에도 연락을 하고."

"하여튼 오늘 저녁으로 예정을 하고 준빌 합시다."

"이쪽 준비가 되는 대로 또 연락을 하지요."

"그럼, 난 가보겠소."

"아, 저 차나 한잔 마시고 가시지요."

"아, 그렇군."

초조한 생각에 그냥 나가려던 우범선이 돌아섰다.

그들은 마치 한가한 듯이 차를 마시는 것이었으나 마음은 아주 다급하기 짝이 없었다. 그렇다. 우범선이 다녀가자 미우라 일본 공사는 곧 로닝의 대표들을 불러들여 그날 밤에 궁중에 돌입할 작전을 의논했다. 오카모도, 시바, 우마야 소좌 등이 모였다.

"그럼, 우마야 바라 소좌는 우리 수비대 1대대를 인솔하고 국태공 입궐을 호위 하시오."

"그 전에 한성신보사대는 공덕리를 급습해서 별저를 경비하는 왕후파 군대를 처치하는 게 좋을 것 같소."

이번 일에 횡적인 연락을 취한 오카모도가 왕후파 군대의 처치를 들고 나왔다.

"그게 좋겠소."

"그리고 우리 로닝대는 훈련대와 함께 궁중으로 돌입하겠소."

"그럼 시간은?"

"공덕리 별저에는 밤 10시에 출발하시오."

"네……."

"그리고 궁중 돌입은 새벽을 기해서……."

"좋소. 작년과 같이……."

"조선국 훈련대 1대대는 우범선 대장 지휘하에 국태공의 입궐에 수행키로 하는 것이 좋을 것 같소."

"그건 제가 연락을 하지요."

"이주회, 구연수 등은 나와 함께 국태공을 모시기로 하겠소."

"그렇게 하시오. 그쪽은 오카모도 상이 전 책임을 지고……."

"염려 마십시오. 그 두 사람과는 연락이 닿는 대로 공덕리로 가는 샛길에서 만나기로 되어 있소."

계획은 착착 진행되어 가고 말았다. 그날, 민비는 맑고 높푸른 가을 하늘 아래 울긋불긋 물들어 가는 나무 사이를 거닐면서 뺨을 스치고 지나가는 시원한 바람을 즐기고 있었다. 연못가에 앉았을 때는 일녀 오가와의 딸이 혼자 옆에 대령하고 있었다. 일본 공사관에서 미우라와 로닝들이 무서운 음모를 꾸미고 있다는 그 사실을 눈치채고 있는지, 전혀 모르고 있는지, 또 무슨 기묘한 대책이 서 있는지, 하여튼 그녀의 노련한 수완과 변화무쌍한 표정 속에서 허실을 가려내기란 힘든 일이기도 했다.

민비는 허탈한 상태에서 연못에 돌을 던지고 있었다. 그때 그의 뇌리에는 주마등처럼 옛일들이 스치며 지나갔다. 그녀에게 어떤 예감이 왔는지도 모를 일이다. 지난 일을 반추할 때면 누구나도 스며드는 허전함! 더구나 이 불세출의 여걸 민비에 있어서는 더욱 그랬다. 가을 벌레 소리가 스산한 연못가를 스치어 온다.

"호호호……."

그는 갑자기 웃음이 나왔다. 허전한, 메아리지지 않는 공허한 웃음이었다.

"아라! 파문이 저렇게……."

오가와는 돌을 던질 때마다 무늬지는 연못의 수면을 보고 감탄했다.

"호호……."

"곤전마마, 손이 더러워지시는데."

"애."

민비는 그윽이 오가와를 불렀다.

"네?"

"저렇게 작은 돌을 던지면 파문도 저렇듯 작게, 큰 돌을 던지면 파문도 저렇듯 크게 퍼져 가는데 참 신기도 하지?"

파문이 져 나가는 수면에서 민비는 그 어떤 인간의 인과 관계를 생각했다.

"그야……."

"그리고 나중 파문이 처음 파문을 지워 버리고……."

어쩌면 자기는 작은 돌이면서 물 가운데 떨어져 큰 파문을 이루었는지도 모를 일이다. 생각에 생각이 꼬리를 물었다.

"무슨 말씀이신지?"

"낡은 것은 새 것이 밀어 버리고, 작은 힘은 큰 힘에 밀리고…… 그것이 세상인가 보다."

민비는 인젠 어렴풋이 깨달아지는 것이 있었다. 낡은 의자에 앉아 지나가는 물거품같이 가벼운 세월을 붙들고 앙탈하며 버텨 보려고 한 자기의 과거가 자기도 모르는 사이에 머리를 스치고 지나갔는지 모른다.

"네—"

오가와는 민비의 심중을 알 까닭이 없었다. 그저 "네" 하고 대답할 따름이다.

"만사가 결국 그렇게 되고 마는 건데. 나도 인제 늙었나 보다."

어느 새 민비의 입에서는 긴 한숨이 흘러나왔다.

"호호…… 무슨 말씀을 하셔요? 마마께선 아직 얼마나 젊게 보이시는데……."

"아냐. 깊은 밤 문득 잠이 깨어 다시 잠을 이루지 못할 때 저릿하게 가슴에 스며드는 것이 있지. 그건 늙는다는 쓸쓸함에 틀림없어."

"왜 그런 생각을 하세요?"

"지난날엔 파란이 너무 많아서 그런 인간다운 생각을 해볼 여가도 없었겠지. 애, 난 가끔 내가 지존의 배필이 되지 않고 상민의 아내가 되었더라면 얼마나 행복했을까 하는 생각을 해보곤 한단다."

사실 지존의 반려로 몇 번씩이나 쫓기며 죽을 뻔하였는고! 이러한 시기 속에 지나 온 자기의 지난날을 생각할 때 사람으로서의 깊은 고독이 엄습해 옴을 어찌 할 수 없기도 했다.

"애, 저 솔개미를 보렴. 푸른 하늘을 마음대로 훨훨 날아다니는 게 얼마나 시원하겠니?"

"그러나 마마께선 인간의 여자로서는 가장 높은 자리, 좀처럼 바랄 수도 없는 꼭대기 자리에 앉아 계신 분이온데."

"그것이 곧 가장 행복한 자리가 아니기도 하지."

"그래도 그 자리에 오를 수만 있다면 어느 여자라도 죽어도 한이 없다고 생각할 것이어요."

"그럼 내 자리를 물려줄까?"

농담치고는 너무 애절한 비애가 서려 있는 말이었다.

"네?"

"허허…… 내가 실없이 농담을 했구나. 그러나 그 자리에 앉으면 권세를 잡고 싶고, 권세를 잡기 위해서는 인명을 희생시켜야 하고, 그렇게 되면 원망을 받게 되고…… 사람의 욕심이란 한이 없어서 권세를 잡으면 더 큰 권세를 잡고 싶고, 그리하여 나중엔 권세에 취해서 좋은 일을 해보려던 애당초의 생각은 어데 가고, 그저 권세를 유지하는 데만 급급해져서 자기도 어쩔 수 없이 나쁜 짓을 하게 되는 것이 사람의 상정이지. 보통 사람은 말이야."

그것은 일종의 푸념이나 회한 같기도 했다. 아니, 어찌할 수 없는 외침 같기도 했다. 그러나 바늘 끝같이 저며 드는 그 무엇! 그것은 이 나라의 정권을 휘둘러 멋있는 정치를 해보려는 야심이 채워지지 않는 데서 오는 초조함일는지도 모른다. 민비의 말은 차차 심각해져서 일본 소녀는 그 뜻을 알 수가 없었다.

"전 무슨 말씀이온지……."

오가와는 영리한 아이였다. 그런 민비의 가슴속을 건드리고 싶지 않았을는지도 모른다.

"허허…… 참 내가 쓸데없는 말을 지껄였나 보구나."

"그러나 마마의 심중은 알 듯하옵니다."

"그런데 저…… 너는 나를 어떻게 생각하지?"

"네?"

"나는 네가 우리나라 계집애보다 귀엽다만……."

"황공합니다. 소녀도 곤전마마께서 귀여워해 주심에 눈물이 나올 지경입니다. 이런 하찮은 왜녀를."

"정말 그렇게 생각하느냐?"

"전에 소녀의 마음을 말씀드린 바 있사온데."

"왜 그런지 갑자기 비감해지는구나. 아무도 나를 생각해 주지 않는 것 같아

서……."

"그럴 리가 있겠습니까? 그리고 우리 일본 여자들은 옛날부터 일단 주인을 섬기게 되면 부모보다도 주인님께 더 충성을 바쳐야 된다고 배워 왔습니다."

"그럼, 그렇게 배워서 나를 그렇게 생각하느냐?"

"아니옵니다. 저는 진정으로 곤전마마를……."

민비는 오가와를 껴안았다.

민비가 일본 소녀를 데리고 이렇게 지난날의 일들과 현재에 가로 놓인 자기의 처지에 관해서 시름없는 소리를 하며 한가한 시간을 보내고 있을 때 급히 이쪽으로 달려오는 한 궁녀가 있었다.

"곤전마마, 곤전마마."

궁녀는 숨이 차서 헐떡거렸다. 서운한 듯 오가와를 놓으면서 돌아서자,

"아뢰옵니다."

"무슨 일이냐?"

"곧 궁에 듭시옵기를……."

"응?"

"궁내대신께서 뵈오러 왔습니다."

"급하지 않는 일이면 나중에 오라고 해라."

"급한 일인가 보옵니다."

"급한 일?"

민비의 참혹한 최후

반쯤 이지러진 달이 막 낙산 마루터기에 기어올라 조용히 잠들려는 서울 장안의 지붕을 희미하게 비치기 시작한 밤 열시! 갑자기 말굽 소리가 여기저기서 요란히 정적을 깨뜨리고 지나갔다. 그리고 다시 깃들인 고요. 그러나 그 고요는 뛰어가는 사람들의 발자국 소리에 다시 깨어졌다. 수십 명을 헤아리는 한 떼의 사람들이 뛰어오고 있는 발자국 소리는 지금 이주회, 구연수 등이 비밀히 계획을 짜고 있는 용산의 한 모퉁이로 다가오고 있었다.

"이 협판, 지금 오는 모양이오."

황후가 시해 당한 옥호루(玉壺樓) 1895년 8월 20일, 일본인 낭인들이 황궁에 난입했을 때 황후는 이곳에 있다가 시해 당했다(현재의 민속박물관 자리)

밖을 내다보고 들어온 구연수는 얼굴이 상기되어 말했다.

"우범선 대장이 인솔한 훈련대임에 틀림없겠지?"

"일본 로닝대도 같이 오겠군."

내일 새벽의 거사를 위하여 이주회, 우범선 등과 일본 로닝대들이 이곳 용산에 모여 각자 맡은 바 행동을 개시하려는 것이다. 뛰어오던 발걸음은 바로 대문께서 멎더니 한 사람이 급히 들어왔다. 그는 훈련대 제1대 대장 우범선이었다.

"우 대장이오?"

이주회가 방문을 열며 우범선의 손을 잡았다. 그리고 이주회는 곧 아다치에게 예정대로 지시했다.

"그럼, 지체할 것 없이 공덕리로 가십시오."

그리하여 일본 로닝들은 공덕리 아소정에 있는 대원군 별저 가까이 다달았다. 주위는 죽은 듯이 고요하였다. 그런데 아직 잠을 이루지 못했는지 또는 오는 졸음을 일부러 막으려고 해서인지 불빛이 새어 나오는 대원군의 방 안에선 글 읽는 소리가 들려온다.

바로 이때 대원군 별저의 경비병들을 습격하기 위해서 달려온 일본 로닝들의 야습대가 아소정을 에워싸기 시작했다. 그들은 숨을 죽여 가며 일시에 달려들려고 한다.

"당신들은 뒤로 돌아가오. 그리고 당신들은 나를 따라서 정문에 있는 경비병들을 습격하고."

"네."

"자아, 일제히."

그때 아소정을 경비하고 있던 경비병들도 무슨 소리가 나자 긴장하여 총을 바로 들었다.

"누구얏!"

바스락 소리가 나는 곳을 향해 총을 겨누며 소리를 쳤지만 아무런 반응도 없었다. 벌레 소리만이 정적을 깨뜨리며 시간을 이어가고 있었다.

"여보게, 무슨 소리가 나지 않았나?"

아무래도 수상쩍다는 듯이 동료인 경비병을 바라보았으나 그는 졸음이 그들먹한 눈을 비비며,

"응? 무슨 소리?"

하고, 눈을 번쩍 떴다.

"이상한데……."

"괭이가 지나간 모양이지."

"아니, 아무래도 이상해."

"하긴 그자들이 들락날락하는 것이 무슨 수를 꾸미는 것 같긴 했어."

"자네, 들어가서 모두 깨우게."

경비병이 졸음에 겨워하는 한 경비병을 막 안으로 들여보내려는 찰나 바로 옆에서 한 방의 총소리가 울렸다.

"손들엇!"

여기저기서 나오는 시커먼 그림자가 그들을 에워싸고 금세라도 쏠 듯이 총을 겨눴다. 경비병들은 꼼짝할 틈도 없었다. 로닝들에게 전부 무장을 해제당하게 되었다.

이때 뒤쪽에서 아다치가 가까이 오며,

"도망친 자는 없소?"

"네."

"그럼 모두 광 속에 잡아 넣으시오."

　　불의에 일본 로닝들의 습격을 받아 무장을 해제당한 경비병들은 모두 컴컴한 광 속에 갇히는 몸이 되고 말았다.

　　광문을 잠그고 난 다음 아다치는 뒤쪽으로 갔던 로닝들이 집합할 때를 기다려,

　　"그럼 적당한 곳에서 쉬고들 있으시오. 난 국태공을 뵙고……."

하고, 안으로 들어갔다.

　　이때 대원군은 방 안에 조용히 앉아 바깥에서 일어나는 일에 귀를 기울이고 있었다.

　　"대감, 주무십니까?"

　　아다치가 대원군의 방 앞에서 인기척을 했다.

　　"그래, 일은 다 끝냈소?"

　　대원군은 방문을 반쯤 열더니 밖을 내다보며 물어 보았다.

　　"네."

　　"인제 떠나는 거요?"

　　"아니올시다. 곧 연락이 올 겝니다."

　　"날씨도 쌀쌀한데 어서 모두 방으로 들어오도록 하구려."

　　"아닙니다. 파수도 볼 겸."

　　"수고하오. 여봐라, 재면이 게 일어났느냐?"

　　"네."

　　"차비를 해라."

　　"네."

　　아다치 겐조가 지휘한 일본 로닝대가 공덕리 대원군 별저를 경비하는 조정의 경비병을 감금해 놓은 지 얼마 안 돼서 이주회, 구연수 등이 별저에 도착했다. 그리하여, 음력 20일 새벽 3시를 기하여 왕궁을 향해 출발했다.

　　"대감, 그럼 가마를 타십시오."

　　이주회가 옆에서 부축을 했다.

　　대원군은 방 앞에 댄 가마에 천천히 오르면서 휘 한번 집 안을 둘러보았다.

　　"인제 이 아소정도 와볼지 모르겠군."

　　그로서는 이제 궁궐로 들어가면 다시 이곳에 올 필요가 없을 것 같았다. 감회가 자못 그의 콧날을 시큰하게 했다.

　　"그럼 이 협판께서 선두에 서십시오. 전 가마 옆을 따르겠소."

오카모도는 바로 대원군이 내다보이는 가마 옆으로 다가갔다.

“그럽시다. 훈련대도 서대문에서 대기하고 있을 테니까요.”

“그럼, 출발!”

대원군 일행은 물샐틈없는 호위를 받아 가며 공덕리 아소정에서 대궐로 향했다.

이렇듯 거리에서는 말발굽 소리가 요란하게 들려오고, 훈련대 또한 어디론지 출동했다는 정보에 궁중에서도 긴장에 감싸였다.

홍계훈이 급히 민비의 부름을 받고 달려왔다.

“신 홍계훈 대령했습니다.”

“들어오시오.”

“네—”

민비는 홍계훈을 자기 방으로 불러들였다. 방에는 고종도 초조하게 앉아 있었다.

“일본인들이 또 무슨 흉계를 꾸미고 있는 모양이 아니오?”

고종은 몹시 걱정되는 얼굴로 홍계훈을 쳐다보며 물었다.

“그런가 봅니다.”

“낮에 궁내대신이 전해 온 소식에 의하면 금명간 무슨 수작을 부릴 모양이던데…….”

민비도 심상치 않다는 듯 올려다본다.

“그래서 궁궐 수비를 더 삼엄하게 했습니다.”

“아니오. 지금 들어온 소식에 의하면 일본 로닝들과 훈련대가 용산에 모여 있다고 하는데, 내 생각에는 필시 대원군을 모시고 서대문 쪽으로 밀려올 것이 틀림없소. 그러니 대감은 시위대를 인솔하고 광화문 근처에 잠복했다가 그들이 오면 일시에 공격을 하도록 하오.”

“네.”

“지체 말고 곧 하오.”

“네.”

홍계훈은 곧 밖으로 사라졌다.

이때 대원군을 옹립한 일본 로닝대는 이주회를 선두로 아현고개를 넘어 봉래교를 건너 의주로를 따라 서대문 밖에 이르렀다.

거기서 그들은 잠깐 머무르면서 먼저 우범선이 이끄는 훈련대와 합세했고, 곧 수비대와 마주쳐서 합세가 되었다.

"날이 벌써 이렇게 밝아 오니 곧 떠나도록 합시다, 이 협판."

"그럽시다. 그럼 이제부터 우범선 대장이 지휘를 하십시오."

"일본 로닝대는 내가 지휘할 테니 훈련대는 우 대장께서."

훈련대는 우범선이 지휘하고, 일본 로닝대는 오카모도가 직접 지휘하기로 했다. 그러자 우마야 바라가 지휘하는 일본군도 도착했다.

"우마야 바라 소좌, 수고하셨습니다."

"하기하라 씨가 인솔하는 경찰대는 중도에서 대기할 거요."

"그럼, 곧 출발합시다."

"그럽시다. 우리 수비대가 선두에 서겠소."

일본군 수비대와 한국군 훈련대는 양 대장의 구령에 맞추어 대원군의 가마를 가운데 두고 길 양쪽으로 늘어섰다.

"출발!"

"훈련대는 목숨을 걸고 대원위 대감을 경호하라."

우범선이 한국군의 맨 선두에 서서 호령한다. 날은 벌써 훤히 밝은 터라 장터에는 한 사람 두 사람 장꾼이 모여들기 시작했다. 그러자 때아닌 난리에 그들은 어리둥절했다.

"여보게, 무슨 변이 또 나는 모양이지?"

"광화문 쪽으로 밀려가는데……."

"앞장선 게 일본 병정들인 것 같은데."

"이런 꼭두새벽에 저런 걸 보니 또 무슨 큰 변이 일겠군."

"아무래도 경복궁으로 가는 모양이야."

"뻔하지. 보나마나 민비파와 친일당이 또 싸움을 벌이는 것이겠지. 여보게, 우리 빨리 가게나 벌여 놓세."

"하기야 그렇지. 이러나저러나 우리 살림은 더 곤란해져만 가니……."

동이 트고 날이 훤히 밝아지자 서대문 장터에서는 광화문 쪽으로 밀려가는 일본군과 훈련대를 보고 상인들이 마치 남의 일처럼 쑥덕거리고 있었다.

한편 국왕의 명을 받은 홍계훈은 시위대를 집결시켜 침입군을 맞아 싸울 준비를 갖추었다. 시위대의 수효도 대단했다.

"시위대원은 듣거라. 지금 눈 앞에 보는 바와 같이 역적 도당들과 일본군이 왕궁을 습격하려고 이 광화문으로 밀려오고 있다. 여기 나 홍계훈은 신명을 바쳐 양 폐하와 사직을 지키려 하니, 제군도 최후의 한 사람까지 왜놈들을 한 놈도 이 안에 들여놓아서는 안 된다."

시위대의 사기도 충천했다.

시위대는 늘어선 집들의 양편 담 벽을 의지하고 엎드려 있었다.

그러자 수비대와 훈련대가 부우연 아침안개 속에서 자취를 나타내기 시작했다. 홍계훈은 드디어 사격 명령을 내렸다.

"사격 개시!"

총소리가 아침 공기를 찢었다. 피차간 거리가 있었으므로 사격은 정확하지 못했다.

앞장서 오던 일본군 수비대도 양측 담에 착 붙어서 전진했다.

거리는 점점 좁아졌다. 갑자기,

"쯔고멧(돌격)—"

하고, 우마야 바라는 명령을 내렸다. "얏!" 하는 함성과 더불어 일본병들은 일시에 돌격전을 감행하여 총을 난사하며 육박했다.

이때 앞에서 진두를 지휘하던 홍계훈이 일본군 총탄에 맞고 말았다.

"아이쿠!"

"대감."

"음— 부탁, 부탁하네. 난, 나……."

"대감!"

"한 놈두, 한 놈두……"

홍계훈은 비틀거리며 쓰러지고 말았다.

임오군란 때 성난 민중에 잡혀 죽을 뻔한 위기일발의 민비를 구출했던 홍재희, 즉 홍계훈은 끝내 민비를 위해 목숨을 거두었다.

그리하여 우범선이 지휘하는 훈련대와 우마야 바라 소좌가 지휘하는 일본 수비대 약 4백여 명은 하기하라 서장이 지휘하는 경찰대, 그리고 오카모도·시바·야다치 등의 일본 로닝대와 합세하여 광화문을 지키던 홍계훈의 시위대를 격파하고 왕궁으로 물밀 듯이 밀려 들어갔다.

그러나 왕궁의 시위대도 맥없이 물러서지만은 않았다.

취향정 부근에서 다시 시위대와 침입군 사이에 백병전이 벌어졌다. 그러나 중과부적이어서 시위대는 패주하고, 침입군은 강녕전(康寧殿)을 지나 건청궁(乾淸宮)에 이르렀다. 대원군은 잠깐 강녕전에서 쉬게 되었다.

일은 성공한 것이다.

"국왕 폐하는 어떻게 되셨느냐?"

대원군은 고종의 신변을 걱정하여 이주회를 불러 물어 보았다.

"건청궁에 계시 온 줄 압니다."

"무사하시냐?"

"네—"

"왕후 폐하는?"

"지금 찾는 중이옵니다."

대원군은 마음이 놓이지 않았다.

혁명이라면 몇 사람의 목숨이야 버려야 하는 것이지만, 그러나 이런 판국에 고종의 신변이 위태해진다면 말이 아니었다.

이때 멀리서 훈련대원들의 의기찬 목소리가 들려왔다.

산발적인 총성에 섞여 확실히 들을 수 있었다.

"궁내대신이 죽은 모양입니다."

"음……"

이때 후궁으로 몰려 들어선 일본 로닝들은 국모 민비를 찾고 있었다. 그리고 국왕 고종에게 마구 덤벼들었다.

고종의 옆에는 태자와 정신 한 명만이 따를 뿐이었다.

"폐하, 폐하, 어디로—"

"비켜라, 중전이, 중전이."

고종은 일이 크게 벌어짐을 알고 민비의 신변이 위험함을 직감했다. 그리하여 그는 민비를 찾으려고 발버둥쳤다.

"어마마마가…… 어머님께서."

태자도 어찌할 바를 몰랐다.

이때 일본 로닝들이 달려들더니 고종의 팔을 붙잡는 것이었다.

"이걸 놓아라."

고종이 아무리 소리를 쳐도 그들은 들으려 하지 않았다.

명성황후의 국장 광경 시해 후 폐위되어 서인이 되었다가 10월에 복호되고 1897년 1월 명성이라는 시호가 내려지고, 시해 2년만인 11월 22일에야 국장을 거행했다.(프랑스 신부 아레베크 촬영)

"어딜 가?"

로닝들은 마구 뿌리치는 고종을 무엄하게도 방바닥에 쓰러뜨렸다. 이 바람에 태자도 쓰러지며 비명을 올렸다.

"아니, 이 일본놈이, 이놈아! 이분이 누군 줄 아느냐? 무엄하게도."

정신은 안하무인인 로닝들을 꾸짖었으나 말이 통할 리 없었다.

"저리 가지 못해. 에잇!"

"어이쿠."

드디어 고종에게 손찌검을 하기도 했다.

"저리 안 가면 모조리 죽일 테다."

일본 로닝들은 주선국의 황제이건 뭐건 상관할 것 없었다. 안하무인인 그들은 황제와 황족 일행을 짓밟으며 날뛰었다.

한편, 이때 민비는 어쩔 줄을 모르고 갈팡질팡하고 있었다.

"일본놈들이 벌써."

"아! 어디로 가야 하느냐?"

"저기, 저기로—"

"아니다, 이제 갈 곳이 없다."

"마마, 빨리 이 옷을 갈아입으시옵소서."

"그렇다고……."

"갈아입으시옵소서. 그리고 저 속으로."

그러나 때는 이미 늦었다. 일본 로닝들이 벌써 몰려 들어왔다.

"민비는 어디 있어?"

"변장을 한 모양입니다. 모조리 베어 버립시다."

"에잇!"

"아이구머니―"

애매한 궁녀들만이 칼날이 번득일 때마다 고목처럼 쓰러졌다.

그럴 즈음에 오가와란 일본 계집이 나섰다.

"오― 넌 오가와 상의 딸 아니냐?"

"네."

로닝들이 눈에 일녀 오가와의 딸이 보이자 그를 붙잡고 민비의 행방을 물었다.

"민비는, 민비는?"

"저."

"빨리."

"하지만……."

"어서 도망치기 전에."

"저기 저 안에 궁녀 차림을 하고 숨어 있는 분이 민비입니다."

일본인인 오가와는 민비가 숨어 있는 곳을 로닝들에게 알려 주고 말았다.

"요시! 끌어내라."

로닝들은 칼을 빼들고 앞을 다투어 달려갔다. 그들은 각자가 자기 손으로 민비를 죽이고 싶었던 것이다. 오가와가 가리키는 다락문을 열자, 거기에 궁녀 복색을 한 민비가 체념한 듯 앉아 있었다.

한 로닝의 칼날이 번득이자 민비의 몸은 힘없이 쓰러지고 말았다.

이날 왕비로 책립된 뒤 30여 년 간 왕궁에서 갖은 권세를 부렸을 뿐 아니라, 최대의 여걸이요 정치적 수완이 비길 데 없이 능하던 민비는 생명이 이미 끊어진 주검이 되어 건청궁 연못가의 녹원 우거진 숲 속으로 옮겨졌다. 그때에 민비의 나이 45세였다. 민비의 시체는 장작더미 위에 올려져 재도 남기지 않고 타버리고 말았다.

지금 경복궁 미술관 바로 옆에 있는 그녀의 비석엔 이렇게 쓰여져 있다.

> 고종 32년 8월 20일 새벽에 일인들이 건청궁에 침입하여 궁내의 곤녕각 옥호루에서 취침 중이던 명성황후를 끌어내어 살해하고 그 시체는 동편 언덕 녹산에서 소각하였다. 이곳은 옥호루 터이다.

무정한 가을 바람이 우수수 부는 저녁이면 외적의 칼에 원한의 죽음을 당하고 그것도 부족하여 주검에 석유를 뿌려서 불태워 버림을 당한 민비의 고혼은 밤새워 흐느껴 울고 있다.

파란 많은 일생이었다.

이 나라의 근대가 시작될 때부터 때로는 시대에 반동하기도 하고, 때로는 청과 러시아의 힘을 빌리려는 사대 세력의 주동이 되기도 하고, 때로는 일본 세력과 정면으로 맞싸우고, 또한 시아버지 대원군을 몰아내는 등, 그러나 어느 때는 간신히 피하여 목숨을 건지기도 했다. 이렇게 파란에 파란을 거듭하면서 권모술수로 이 나라 정치를 주름잡던 희대의 여걸 명성황후 민비는 드디어 비참한 종말을 고한 것이다. 그처럼 푸른 가을 하늘 아래 민비의 육체는 한 줄기 연기가 되어 사라지고 말았다.

· · ·

<제1권> 끝

■ 지은이 김경옥

1925년 2월 28일 평안북도 정주 출생
1942년   오산중학교 졸업
1946년 6월   월남
1953년 3월   고려대학교 영문학과 졸업
1957년   ITI 한국본부 사무국장
1957년   제작극회 창설
1961년   4월 국무원 사무처 공보국장 임명
1962년   <산여인> (제작극회, 드라마센터) 이원강 연출로 상연됨
1968년 4월   예그린악단 단장에 취임
1988년 7월   도미 (시카고 거주)

저 서
시집 ≪회색이 거리를 걸어간다≫ (1958)
희곡집 ≪공연날≫ (1978), ≪공덕인≫ (서문당, 1985)
학술론 ≪연극개론≫ (서문당, 1981)

여명 80년
- 우리는 어떻게 살아왔나 -
제 1 권

김경옥 지음

초판 인쇄 2005년 8월 10일
초판 발행 2005년 8월 15일

발행처 / 서문당

발행인 / 최석로

등록번호 / 제 10-2093
등록일자 / 2001. 1.10
창업일자 / 1968.12.24

서울시 마포구 성산동 54-18호 동산빌딩 2층 우편번호 121-843
전화 / 322-4916~8 팩스 / 322-9154

ISBN 89-7243-609-7